MU
1919–1999

Айрис
МЕРДОК

Черный принц

Роман

АЗБУКА

Санкт-Петербург

УДК 821.111
ББК 84(4Вел)-44
М 52

Iris Murdoch
THE BLACK PRINCE
Copyright © 1973 by Iris Murdoch
All rights reserved

Перевод с английского
Инны Бернштейн, Анастасии Поливановой

Серийное оформление Вадима Пожидаева

Оформление обложки Ильи Кучмы

Мердок А.

М 52 Черный принц : роман / Айрис Мердок ; пер. с англ. И. Бернштейн, А. Поливановой. — СПб. : Азбука, Азбука-Аттикус, 2019. — 512 с. — (Азбука-классика).
ISBN 978-5-389-10337-5

«Черный принц» вошел в золотой фонд мировой литературы (а также в шорт-лист Букеровской премии) и создал Айрис Мердок славу самой «английской» писательницы XX века. «Черный принц» — это вершина психологической прозы автора; это своеобразный, замкнутый внутри себя мир, существующий по своим собственным законам, мир, одновременно логичный и причудливый, реалистичный — и в чем-то ирреальный. Любовь и предательство, цинизм и порядочность — эти взаимоисключающие понятия характеризуют большинство героев книги. Итак, Брэдли Пирсон, стареющий писатель, переживает творческий кризис. Окруженный требующими постоянного внимания и заботы родственниками, терзаемый бывшей женой, он пытается найти утешение в любви к молоденькой девушке, дочери друга. Эта любовь, обреченная с самого начала, неминуемо ведет к катастрофе.

УДК 821.111
ББК 84(4Вел)-44

© И. М. Бернштейн (наследник), перевод, 2019
© А. В. Поливанова, перевод, 2019
© Издание на русском языке, оформление.
ООО «Издательская Группа
„Азбука-Аттикус"», 2015
Издательство АЗБУКА®

ISBN 978-5-389-10337-5

ПРЕДИСЛОВИЕ ИЗДАТЕЛЯ

Эта книга в нескольких отношениях обязана своим существованием мне. Автор ее, мой друг Брэдли Пирсон, возложил на меня заботу о ее опубликовании. В этом примитивно механическом смысле она теперь благодаря мне выйдет в свет. Я также являюсь тем «любезным другом» и проч., обращения к которому встречаются здесь и там на ее страницах. Но я не принадлежу к действующим лицам драмы, о которой повествует Пирсон. Начало моей дружбы с Брэдли Пирсоном восходит ко времени более позднему, чем описываемые здесь события. В пору бедствий ощутили мы оба потребность в дружбе и счастливо обрели друг в друге этот благословенный дар. Могу утверждать с уверенностью, что, если бы не мое постоянное участие и одобрение, эта повесть, вернее всего, осталась бы ненаписанной. Слишком часто те, кто кричит правду безучастному миру, в конце концов не выдерживают, умолкают или начинают сомневаться в ясности собственного рассудка. Без моей поддержки это могло случиться и с Брэдли Пирсоном. Ему нужен был кто-то, верящий ему и верящий в него. И в нужде он нашел меня, свое *alter ego*.

Нижеследующий текст по сути своей, как и по общим очертаниям, является рассказом о любви. Не только поверхностно, но и в основе. История творческих борений человека, поисков мудрости и правды — это всегда рассказ о любви. Он излагается здесь туманно, подчас двусмысленно. Борения и поиски человека двусмысленны и тяготеют к тайне. Те, чья жизнь проходит при этом темном свете, меня поймут. И все же что может быть проще, чем повесть о любви, и что может быть пленительнее? Искусство придает очарование ужасам — в этом, быть может, его благословение, а быть может, проклятие. Искусство — это рок. Оно стало роком и для Брэдли Пирсона. И совсем в другом смысле для меня тоже.

Моя роль как издателя была проста. Вероятно, мне следовало бы скорее называть себя иначе... Как? Импресарио? Шутом или арлекином, который появляется перед занавесом, а потом торжественно его раздвигает? Я приберег для себя самое последнее слово, заключительный вывод, итог. Но лучше уж мне быть шутом Брэдли, чем его судьей. В каком-то смысле я, по-видимому, и то и другое. Зачем написана эта повесть, станет очевидно из самой повести. Но в конце концов никакой тайны здесь нет. Всякий художник — несчастный влюбленный. А несчастные влюбленные любят рассказывать свою историю.

Ф. Локсий, издатель

ПРЕДИСЛОВИЕ БРЭДЛИ ПИРСОНА

Хотя прошло уже несколько лет со времени описываемых здесь событий, рассказывая о них, я воспользуюсь новейшим повествовательным приемом, когда прожектор восприятия переходит от одного настоящего мгновения к другому, памятуя о минувшем, но не ведая предстоящего. Иначе говоря, я воплощусь опять в свое прошедшее «я» и для наглядности буду исходить только из фактов того времени — времени, во многих отношениях отличного от нынешнего. Так, например, я буду говорить: «Мне пятьдесят восемь лет», как было мне тогда. И я буду судить о людях неточно, быть может, даже несправедливо, как судил о них тогда, а не в свете позднейшей мудрости. Но мудрость — ибо я надеюсь, что справедливо считаю это мудростью, — не вовсе отсутствует в рассказе. В какой-то мере она все равно неизбежно должна будет «озарять» его. Произведение искусства равно своему создателю. Оно не может быть больше, чем он. Как не может в данном случае быть и меньше. Добродетели имеют тайные имена; добродетель сама по себе тайна, недоступная уму. Таинственно все, что важно. Я не сделаю попытки описать или назвать то, чему выучился в строгой простоте той жизни, какой я живу в последнее время. Надеюсь, что стал мудрее и милосерднее, чем был тогда, — счастливее я стал несомненно, — и что свет мудрости, падая на фигуру простака, выявит не только его заблуждения, но и строгий облик правды. Я уже дал понять, что считаю этот «репортаж» произведением искусства. Этим я не хочу сказать, что он — плод вымысла.

Всякое искусство имеет дело с абсурдом, но стремится достичь простоты. Настоящее искусство выражает правду, оно и есть правда, быть может, единственная правда. В том, что излагается ниже, я пытался быть мудрым и говорить правду, как я ее понимаю, не только о поверхностных, «интересных» аспектах этой драмы, но и о том, что лежит в глубине.

Я знаю, что люди обычно имеют о себе совершенно искаженное представление. По-настоящему человек проявляется в долгой цепи дел, а не в кратком перечне самотолкования. Это в особенности относится к художникам, которые, воображая, будто прячут, в действительности обнажают себя на протяжении своего творчества. Так и я весь выставлен тут напоказ, хотя душа в полном противоречии с законами моего ремесла, увы, по-прежнему жаждет укрытия. Под знаком этой предваряющей оговорки я теперь попытаюсь себя охарактеризовать. Говорить я буду, как я уже пояснил, от лица самого себя, каким я был несколько лет назад, — главного и подчас бесславного «героя» этого повествования. Мне пятьдесят восемь лет. Я писатель. «Писатель» — моя самая простая и, пожалуй, наиболее верная общая характеристика. Что я к тому же еще и психолог, самоучка философ, исследователь человеческих отношений, следует из того, что я — писатель, писатель именно моего толка. Я всю жизнь провел в исканиях. Теперь искания привели меня к попытке выразить правду. Свой дар, надеюсь и верю, я сохранил в чистоте. А это означает, помимо прочего, что как писатель я не пользовался успехом. Я никогда не стремился к приятности за счет правды. Я знал долгие мучительные полосы жизни без самовыражения. «Жди!» — вот наиболее властное и священное веление для художника. Искусство имеет своих мучеников, среди них не последнее место занимают молчальники. Не боюсь утверждать, что есть святые в искусстве, которые просто промолчали всю жизнь, но не осквернили чистоты бумажного листа выражением того, что не было бы верхом красоты и соразмерности, то есть не было бы правдой.

Как известно, мною опубликовано совсем немного. Я говорю «как известно», полагаясь на славу, приобретенную мною вне сферы искусства. Мое имя пользуется известностью, но, к сожалению, не потому, что я писатель. Как писатель я был и, несомненно, буду понят лишь немногими ценителями. Парадокс, быть может, всей моей жизни, абсурд, служащий мне теперь предметом для постоянных медитаций, состоит в том, что прилагаемый ниже драматический рассказ, столь не похожий на другие мои произведения, вполне может оказаться моим единственным «бестселлером». В нем, бесспорно, есть элементы жестокой драмы, «невероятные» события, о которых так любят читать простые люди. Мне даже выпало на долю, так сказать, вдоволь накупаться в лучах газетной славы.

Свои произведения я здесь описывать не буду. В связи со все теми же обстоятельствами, про которые здесь уже шла речь, о них знают довольно многие, хотя *их* не знает, боюсь, почти никто. Один скороспелый роман я опубликовал в возрасте двадцати пяти лет. Второй роман, вернее квазироман, — когда мне было уже сорок. Мною издана также небольшая книжица «Отрывки», или «Этюды», которую я не рискнул бы назвать философским трудом. (*Pensées*[1], пожалуй, да.) Стать философом мне не дано было времени, и об этом я сожалею лишь отчасти. Только магия и сюжеты остаются в веках. А как убого и ограниченно наше понимание, этому искусство учит нас, наверное, не хуже, чем философия. В творчестве заключена безнадежность, о которой знает каждый художник. Ибо в искусстве, как и в морали, мы часто упускаем

---

[1] Мысли, афоризмы (*фр.*).

главное из-за того, что способны замешкаться в решающий момент. Какой момент надо считать решающим? Величие в том и состоит, чтобы определить его; определив же, удержать и растянуть. Но для большинства из нас промежуток между «О, я мечтаю о будущем» и «Ах, уже поздно, все в прошлом» так бесконечно мал, что в него невозможно протиснуться. И мы все время что-то упускаем, воображая, будто еще успеем к этому вернуться. Так губятся произведения искусства, так губятся и целые человеческие жизни оттого, что мы либо мешкаем, либо без оглядки несемся вперед. Бывало так, что у меня появится хороший сюжет для рассказа, но пока я его как следует, во всех подробностях обдумаю, пропадает охота писать — не потому, что он плох, а потому, что он принадлежит прошлому и уже не представляет для меня интереса. Собственные мысли быстро теряли для меня привлекательность. Какие-то вещи я погубил тем, что принялся за них прежде времени. Другие, наоборот, тем, что слишком долго держал их в голове, и они кончились, не успев родиться. Всего лишь за одно мгновение замыслы из области туманных, неопределенных грез переходили в безнадежно старую, древнюю историю. Целые романы существовали только в заглавиях. Кому-то покажется, пожалуй, что три тонких томика, оставшиеся от этого побоища, не дают мне достаточных оснований претендовать на священный титул «писателя». Могу только сказать, что моя вера в себя, мое чувство призвания, даже обреченности, ни на минуту не ослабевали — «само собой разумеется», хотелось бы мне добавить. Я ждал. Не всегда терпеливо, но, по крайней мере в последние годы, все увереннее. Впереди, за пеленой близкого будущего, я неизменно предчувствовал великие свершения. Пожалуйста, смейтесь надо мной — но только те, кто так же долго ждал. Ну а если окажется, что эта побасенка о себе самом и есть моя судьба, венец всех моих ожиданий, почувствую ли я себя обделенным? Нет, конечно, ведь перед лицом этой темной силы человек бесправен. Права на божественную благодать нет ни у кого. Мы можем только ждать, пробовать, снова ждать. Мною двигала элементарная потребность рассказать правду о том, что повсеместно переврано и фальсифицировано; поведать о чуде, о котором никто не знает. А так как я художник, мой рассказ оказался художественным произведением. Да будет он достоин и других, более глубоких источников, его питавших.

Еще несколько сведений о себе. Мои родители содержали магазин. Это важно, хотя и не так важно, как полагает Фрэнсис Марло, и, разумеется, не в том смысле, который он имеет в виду. Я упомянул Фрэнсиса первым из моих персонажей не потому, что он самый из них значительный; он вообще не имеет значения и не связан по-настоящему с описанными событиями. Он сугубо второстепенная, вспомогательная фигура в рассказе, как, видимо, и вообще в жизни. Бедняга Фрэнсис органически не способен быть главным героем. Из него вышло бы отличное пятое колесо к любой телеге. Но я делаю его как бы прологом к моему повествованию отчасти потому, что в чисто механическом смысле действительно все началось с него, и если бы в определенный день он не... и так далее, я бы, наверное, никогда... и тому подобное. Вот еще один парадокс. Надо постоянно размышлять об абсурдности случая, что еще поучительнее, чем думать о смерти. Отчасти же я ставлю Фрэнсиса на особое место потому, что из основных актеров этой драмы только он, пожалуй, не считает меня лжецом. Примите же мою благодарность, Фрэнсис Марло, если вы еще живы и случайно прочтете эти строки. Позднее отыскался еще некто поверивший, и это значило для меня несоизмеримо больше. Но тогда вы были единственным, кто видел и понимал. Через бездны времени, протекшего после этой трагедии, мой привет вам, Фрэнсис.

Мои родители держали магазин, небольшую писчебумажную лавку в Кройдоне. Они продавали газеты и журналы, бумагу всевозможных сортов, а также безобразные «подарки». Мы с сестрой Присциллой жили в этом магазине. Разумеется, не буквально ели и спали в нем, хотя нам нередко случалось пить там чай, и у меня сохранилось «воспоминание» о том, как я якобы спал под прилавком. Но магазин был домом и мифическим царством нашего детства. У более счастливых детей бывает сад, какой-то пейзаж, на фоне которого протекают их ранние годы. У нас был магазин, его полки, ящики, его запахи, его бессчетные пустые коробки, его специфическая грязь. Это было захудалое, неприбыльное заведение. Мои родители были захудалые, неудачливые люди. Оба они умерли, когда мне не было еще тридцати лет, сначала отец, а вскоре за ним и мать. Первая моя книга еще застала ее в живых. Она сразу возгордилась мною. Мать вызывала у меня досаду и стыд, но я любил ее. (Молчите, Фрэнсис Марло.) Отец был мне решительно неприятен. Или, может быть, я просто забыл ту привязанность, которую питал к нему когда-то. Любовь забывается, как я вскоре смогу убедиться.

Больше я о магазине писать не буду. Он и по сию пору снится мне примерно раз в неделю. Фрэнсис Марло, когда я рассказал ему как-то об этом, усмотрел здесь нечто многозначительное. Но Фрэнсис принадлежит к печальному сонму теоретиков-недоучек, которые перед лицом уникальности личной судьбы в ужасе прячутся за общими местами тупого «символизма». Фрэнсис хотел «истолковать» меня. В дни моей славы это же пытались сделать и еще некоторые, поумнее его. Но человеческая личность всегда бесконечно сложнее, чем такого рода толкования. Говоря «бесконечно» (или правильнее сказать: «почти бесконечно»? Увы, я не философ), я имею в виду не только гораздо большее число подробностей, но и гораздо большее разнообразие в характере этих подробностей и большее разнообразие в характере их связей, чем представляют себе те, кто стремится все упрощать. С таким же успехом можно «объяснить» полотно Микеланджело на листе миллиметровки. Только искусство объясняет, само же оно не может быть объяснено. Искусство и мы созданы друг для друга, и где пресекается эта связь, пресекается человеческая жизнь. Только это мы и можем утверждать, только это зеркало и дает нам верный образ. Конечно, у нас есть и подсознание, о нем отчасти и будет моя книга. Но мы не располагаем картами этого недоступного континента. «Научными» картами, во всяком случае.

Моя жизнь до описанной здесь драматической кульминации протекала вполне безмятежно. Иной бы сказал, даже скучно. Если позволительно употребить такое красивое и сильное слово в неэмоциональном контексте, можно сказать, что моя жизнь была возвышенно скучной — прекрасная скучная жизнь. Я был женат, потом перестал быть женат, как я расскажу ниже. Детей у меня нет. Я страдаю периодически желудочными расстройствами и бессонницей. Почти всю жизнь я жил один. До жены, а также после нее были другие женщины, о которых я здесь не говорю, поскольку они не имеют значения и к делу не относятся. Иногда я представлялся самому себе стареющим Дон Жуаном, но большинство моих побед относятся к миру фантазий. В последние годы, когда было уже слишком поздно начинать, я иногда жалел, что не вел дневника. Человеческая способность забывать поистине безгранична. А это был бы неоспоримо ценный памятник. Мне часто приходило в голову, что своего рода «Дневник соблазнителя», сдобренный метафизическими рассуждениями, был бы для меня, вероятно, идеальной литературной формой. Но эти годы прошли и канули в забвение. О женщинах — все. Жил я в целом бодро, одиноко, но нельзя сказать, чтобы нелюдимо, иногда бывал подавлен, часто печален. (Печаль и бодрость не несовместны.) У меня почти не было в жизни близких друзей. (Я не мог бы, мне кажется, иметь своим другом женщину.) В сущности, эта книга повествует о такой «близкой дружбе». Заводил я знакомства, правда не близкие («приятельства», пожалуй, можно их назвать), и у себя на службе. О годах, проведенных на службе, я здесь не говорю, как не говорю и об этих приятелях, не из неблагодарности, а частично из эстетических соображений, поскольку эти люди не фигурируют в моем рассказе, и, кроме того, из деликатности, так как они, возможно, больше не хотят, чтобы их имя упоминалось в связи с моим. Из этих приятелей называю одного Хартборна — он был типичным обитателем мира моей великой скуки и может дать представление об остальных, кроме того, он по ошибке, но из искренних дружеских чувств все же оказался замешан в моей судьбе. Мне, пожалуй, следует объяснить, что «службой» моей была контора финансового управления и что я почти все годы служил там налоговым инспектором.

Повторяю, что не пишу здесь о себе как о налоговом инспекторе. Не знаю почему, но эта профессия, подобно профессии зубного врача, вызывает у людей смех. Однако, по-моему, это смех натужный. И зубной врач, и налоговый инспектор, естественно, символизируют для нас подспудные ужасы жизни; они говорят о том, что мы должны платить, даже если цена разорительная, за все наши удовольствия, что блага даются нам в долг, а не даруются, что наши самые невосполнимые богатства гниют уже в процессе роста. А в прямом смысле — что еще причиняет нам такие неотступные страдания, как подоходный налог или зубная боль? Отсюда, конечно, и эта скрытно-враждебная защитная насмешка, с какой тебя встречают, как только ты объявишь о своей причастности к одной из этих профессий. Я всегда считал, однако, что только для таких дураков, как Фрэнсис Марло, человек, избирающий профессию налогового инспектора, — скрытый садист. Не знаю никого, кто был бы дальше от садизма, чем я. Я тих до робости. Но получилось так, что даже мое мирное и почтенное занятие было в конце концов использовано против меня.

К моменту, когда начинается этот рассказ, — а мне недолго осталось откладывать его, — я уже не работал у себя в налоговой конторе, удалившись от дел раньше пенсионного возраста. Я пошел в налоговые инспекторы, потому что нуждался в заработке, которого, я знал, мне не дало бы писательство. И ушел со службы, когда наконец скопил достаточно денег, чтобы иметь приличный годовой доход. Жил я, как уже говорилось, до недавнего времени тихо, без трагедий, но с высшей целью. Я неустанно трудился и терпеливо ждал, когда наступит час моей свободы и я смогу только писать. С другой стороны, я умудрялся понемногу писать и в годы рабства и не склонен, как некоторые, относить недостаток своей продуктивности за счет недостатка времени. В целом я считаю себя скорее счастливцем. Даже сейчас. Может быть, в особенности сейчас.

Потрясение от ухода со службы оказалось сильнее, чем я ожидал. Хартборн предупреждал меня, что так будет. Но я не верил. По-видимому, я человек привычки в большей мере, чем мне казалось. А может, тут дело в том, что я глупейшим образом ожидал прихода вдохновения с первым же проблеском свободы. Так или иначе, я не был готов к тому, что дар мой меня покинет. Прежде я все время писал. Вернее, все время писал и все время уничтожал написанное. Не буду говорить, сколько страниц мною уничтожено, цифра эта огромна. И в том была моя гордость и моя печаль. Иногда мне казалось, что я зашел в тупик. Но я ни на минуту не отчаивался в своем стремлении к совершенству. Надежда, вера и самоотверженное служение вели меня вперед, и я продолжал трудиться, стареть и жить наедине со своими эмоциями.

По крайней мере, я знал, что всегда могу написать что-нибудь.

Но вот я оставил налоговую контору и мог теперь каждое утро сидеть у себя дома за письменным столом, обдумывая любую мысль. И тут оказалось, что у меня вообще нет никаких мыслей. Но я и это перенес с бесконечным терпением. Я ждал. Я снова постарался выработать упорядоченный образ жизни, создать монотонность, из которой рождаются всплески. Я выжидал, вслушивался. Я живу, как подробнее будет объяснено ниже, в шумной части Лондона, в некогда приличном, а ныне захудалом квартале. Думаю, мы вместе, мой квартал и я, пустились в это паломничество, уведшее нас от «приличия». Но теперь шум, которого я прежде не замечал, стал действовать мне на нервы. Впервые за всю жизнь я испытал потребность в тишине.

Правда, как могут мне заметить не без язвительной иронии, я всегда был в каком-то смысле приверженцем безмолвия. Нечто подобное сказал мне однажды со смехом Арнольд Баффин и очень меня обидел. Три небольшие книжки за сорок лет непрерывного литературного труда — это нельзя назвать многоречивостью. Если я действительно умею различать истинные ценности, то я, во всяком случае, понимал, как важно бывает держать до поры до времени язык за зубами, пусть даже это грозит тебе молчанием на всю жизнь. Писательство — как женитьба. Ни в коем случае не следует делать решительного шага, пока сам не изумишься своему счастью. Неумеренное словоизвержение мне всегда претило. Вопреки модному мнению, негативное сильнее позитивного и его владыки. Но тогда я нуждался в самой настоящей, буквальной тишине.

И я принял решение уехать из Лондона и сразу же почувствовал себя ближе к моему зарытому кладу. Ко мне вернулась вера в собственные возможности, я ощутил в груди ту дремлющую, выжидающую силу, которая и есть благодать художника. Я решил снять на лето домик у моря. За жизнь я не насытился морем. Мне не пришлось жить наедине с ним, проводить дни и ночи в пустынном месте на берегу, где слышен лишь звук прибоя, который даже и не звук вовсе, а голос самой тишины. В связи с этим должен рассказать об одной довольно дикой идее, которую я вынашивал в течение долгих лет: я почему-то придумал, что достигну величия как писатель, только пройдя через некое *испытание*. Напрасно я ждал этого испытания. Даже тотальная война (я не был в армии) не нарушила спокойного хода моей жизни. Казалось, безмятежность — мой злой рок. Она так завладела мной и так велика была моя душевная робость, что лето вне Лондона уже представлялось мне чуть ли не подвигом. Правда, для человека моего склада, старомодного, неврастенического, с пуританскими наклонностями, раба своих привычек, такой выезд и в самом деле был целым приключением, отчаянно смелым, опасным шагом. А может быть, я в глубине души знал, какие грозные чудеса ждут наконец свершения, замерев на грани бытия за легкой завесой близкого будущего? Мой ищущий взгляд упал на объявление в газете: за умеренную плату сдается на взморье домик, называется «Патара». Я написал, обо всем условился и уже готов был к отъезду, когда Фрэнсис Марло, точно вестник судьбы, постучал в мою дверь. В конце концов я все же попал в «Патару», но там происходило совсем не то, что сулили мои предчувствия.

Перечитывая сейчас это предисловие, я убеждаюсь, сколь неполно передает оно мою сущность. Как мало вообще могут передать слова, если только это не слова гения. Я хотя и творческая личность, но скорее пуританин, чем эстет. Я знаю, что жизнь человеческая ужасна. Знаю, что она ни в чем не подобна искусству. Я не исповедую никакой религии, только верую в собственное предназначение. Обычные религии родственны снам. В них под тонким наружным слоем прячутся бездны ужаса и боязни. Любого человека, даже самого великого, ничего не стоит сломить, спасения нет ни для кого. Любая теория, отрицающая это, лжива. У меня нет никаких теорий. Вся политика — это осушение слез и нескончаемая борьба за свободу. Без свободы нет ни искусства, ни правды. Я преклоняюсь перед великими художниками и перед людьми, способными сказать «нет» тиранам.

Остается написать слова посвящения. Прежде всего, есть некто, кого я, разумеется, не могу здесь назвать. Но я от всего сердца, по долгу справедливости, а не красноречия ради посвящаю этот труд, Вами вдохновленный и благодаря Вам написанный, — Вам, мой любезный друг, мой товарищ и наставник, и выражаю благодарность, мера которой известна Вам одному. Знаю, что Вы будете снисходительны к его многочисленным изъянам, как неизменно, с милосердным пониманием прощали столь же многочисленные слабости его автору

Брэдли Пирсону.

Далее следует рассказ Брэдли Пирсона, озаглавленный:

Черный принц

Праздник любви

Часть первая

Вероятно, эффектнее всего было бы начать рассказ с того момента, когда позвонил Арнольд Баффин и сказал: «Брэдли, вы не могли бы сюда приехать? Я, кажется, убил свою жену». При более глубоком подходе, однако, естественнее, чтобы действие открыл Фрэнсис Марло (в роли пажа или горничной, что, конечно, пришлось бы ему по душе). Он появился на сцене примерно за полчаса до решающего звонка Арнольда, и то известие, которое он мне принес, служит как бы рамкой, или контрапунктом, или наружной оболочкой драмы Арнольда Баффина, свершавшейся тогда и позднее. Впрочем, мест, с которых можно начать, много. Я мог бы, например, пойти от слез Рейчел или от слез Присциллы. В этой истории проливается немало слез. Но если не упрощать, любой порядок изложения окажется условным. Действительно, с чего вообще начинается все? Уже одно то, что три из четырех предложенных мною зачинов не соединяет никакая причинная связь, наталкивает на самые безумные мысли о тайне человеческих судеб.

Как уже было сказано выше, я как раз собирался уехать из Лондона. Сырой, промозглый майский день клонился к вечеру. Ветер не приносил ароматов цветов, а только оставлял на теле холодную, простудную испарину, которую тут же принимался сдирать вместе с кожей. Чемоданы мои были уложены, и я собирался позвонить и вызвать такси, даже уже поднял трубку, когда на меня вдруг нашло то состояние нервного торможения, та потребность помедлить с отъездом, сесть и еще раз все обдумать, которую, как говорят, русские возвели в обычай. Я положил назад телефонную трубку, возвратился в свою заставленную викторианской мебелью гостиную и сел на стул. И сразу меня охватило мучительное беспокойство о множестве разных вещей, которые я уже тысячу раз проверял. Довольно ли я взял с собою снотворных таблеток? Не забыл ли микстуру с белладонной? Уложил ли свои записные книжки? Я могу писать только в записных книжках особого формата, разлинованных строго определенным образом. Я поспешил обратно в переднюю, отыскал, разумеется, и записные книжки, и таблетки, и белладонну, но чемоданы мои были теперь наполовину распакованы, и я ощущал довольно сильное сердцебиение.

Я занимал тогда, как, впрочем, уже задолго до этого, небольшую квартиру на первом этаже в глубине живописного старого квартала в Северном Сохо, неподалеку от башни Почтамта. Это довольно обшарпанный, наполненный неумолчным уличным шумом район, но я предпочитал его благородную столичную бедность чрезмерной неотесанной сытости пригородов, прельстившей Баффинов. Все мои окна выходили во двор. Из спальни были видны мусорные баки и пожарная лестница, из гостиной — глухая кирпичная стена, заляпанная грязью. Моя гостиная (собственно, это была не комната, а только полкомнаты, вторая половина, голая и необжитая, служила спальней) была обшита панелями того благородного пепельно-зеленого оттенка, который приобретается только после пятидесяти лет постепенного выцветания. Эту квартирку я до отказа набил мебелью, викторианскими и восточными безделушками, разнообразными мелкими *objets d'art*[1], диванными подушечками, инкрустированными подносами, бархатными скатертями, даже салфеточками, даже кружевами. Я не коллекционирую, я про-

---

[1] Произведениями искусства (*фр.*).

сто накапливаю. Кроме того, я скрупулезно аккуратен, хотя и мирюсь с пылью. Темное уютное логово — вот что такое была моя квартира, один усложненный интерьер и ничего снаружи. Только за порогом парадного, которое еще не было входом в мою квартиру, можно, задрав голову, увидеть над крышами кусок неба и уходящую ввысь нагую башню Почтамта.

Вот как получилось, что я отложил свой отъезд. Что, если бы я этого не сделал? Я собирался скрыться на все лето, хотя места этого я никогда не видел и снял дом заочно. Арнольду я не сказал, куда еду. Я напустил таинственности. Почему, интересно бы знать? Из какой-то скрытой недоброжелательности? Неизвестное всегда представляется значительнее, чем оно есть на самом деле. Я сказал ему твердо и уклончиво, что буду путешествовать за границей и не могу дать определенного адреса. Зачем эта ложь? Вероятно, отчасти из желания удивить его. Всем было известно, что я никогда никуда не езжу. Наверное, я решил, что мне пора удивить Арнольда. Не сообщил я о предстоящем отъезде и своей сестре Присцилле. В этом как раз не было ничего странного. Она жила в Бристоле с мужем, который был мне решительно несимпатичен. Что, если бы я успел уйти из дому до того, как постучался Фрэнсис Марло? Что, если бы к остановке успел подойти трамвай и увезти Гаврилу Принципа[1], прежде чем автомобиль эрцгерцога выехал из-за угла?

Я снова уложил чемоданы и сунул в карман, чтобы перечитать в поезде, третий вариант моей рецензии на последний роман Арнольда. Плодовитый и популярный романист Арнольд Баффин, выпускающий по книге в год, никогда надолго не исчезает из поля зрения публики. У меня с ним расхождения по вопросу о его творчестве. Бывает, что близкие друзья соглашаются между собой о том, что в чем-то важном они не согласны, и эту область

---

[1] Серб, убивший летом 1912 г. австрийского эрцгерцога Фердинанда, что послужило толчком для начала Первой мировой войны.

обходят молчанием. Так какое-то время было и у нас. Художники — обидчивый народ. Однако, проглядев последнюю книгу Арнольда, я нашел в ней кое-какие похвальные, на мой взгляд, черты и поэтому согласился написать рецензию в воскресную газету. С рецензиями я выступаю редко, ко мне редко обращаются. Но тут я подумал, что мне представляется случай частично загладить обиду, которую, возможно, я причинил Арнольду своим прежним критическим отношением. Однако, перечитав роман внимательнее, я убедился, что он не нравится мне точно так же, как и его многочисленные *confrères*[1], и у меня вышла не рецензия, а «генеральный разнос» творчества Арнольда. Что было делать? Мне не хотелось подводить редактора: приятно иногда видеть свое имя в печати. И потом, разве критик не должен высказываться прямо и без оглядки? С другой стороны, Арнольд — мой старый друг.

И тут у входной двери — мое бессвязное повествование уже и так слишком долго оттягивало этот миг — прозвенел звонок.

Посетитель, стоявший на пороге парадной двери моего дома, но еще за порогом двери в мою квартиру, был мне незнаком. Кажется, он дрожал, то ли от ветра, то ли от волнения или алкоголя. На нем был очень старый синий макинтош и желтое скрученное кашне-удавка на шее. Он был толст (макинтош явно не застегивался), невысок ростом, волосы густые и курчавые, давно не стриженные, с проседью, лицо круглое, со слегка крючковатым носом, толстыми, очень красными губами и удивительно близко посаженными глазами. Он походил, как я потом подумал, на карикатурного медведя. Не на настоящего — у настоящих медведей глаза, по-моему, расставлены широко, а вот на карикатурах их рисуют с близко посаженными глазами — вероятно, для того, чтобы выра-

---

[1] Собратья (*фр.*).

зить их свирепость и коварство. Мне его вид совсем не понравился. Я ощутил в нем нечто подчеркнуто зловещее, хотя и не поддававшееся еще определению. Кроме того, от него пахло.

Наверное, здесь уместно будет снова сделать небольшой перерыв в рассказе и описать самого себя. Я высокого, шести с лишком футов, роста, худощав, блондин, еще не облысел, прямые шелковистые волосы слегка поблекли. У меня нервное, тонкое лицо с мягким, застенчивым выражением, тонкие губы и голубые глаза. Очков я не ношу. И выгляжу значительно моложе своих лет.

Человек, источавший запах, сразу же с порога начал что-то очень быстро говорить. Что именно, я не расслышал. Я слегка глуховат.

— Простите, я не понял, чего вы хотите, говорите, пожалуйста, громче, я вас не слышу.

— Она вернулась, — разобрал я его ответ.

— Что? Кто вернулся? Я вас не понимаю.

— Кристиан вернулась. Он умер. А она вернулась.

— *Кристиан.*

Это было имя моей бывшей жены, и его уже много лет не произносили в моем присутствии.

Я отпустил ручку двери, и человек, говоривший со мной с порога парадного, — теперь я уже узнал его — проскользнул, вернее, пронырнул в квартиру. Я возвратился в гостиную, он последовал за мною.

— Вы меня не помните?

— Помню.

— Я же Фрэнсис Марло, ваш шурин.

— Да-да, как же.

— То есть бывший, разумеется. Я подумал, что надо вам сообщить. Она овдовела, он оставил ей все, она вернулась в Лондон, в ваш старый дом...

— Она вас послала?

— К вам? Нет, не совсем, но...

— Послала или нет?

— Ну нет. Я узнал от адвоката. Понимаете, она расположилась в вашем старом доме!

— Вам незачем было приходить...

— Значит, она сама вам написала? Я так и думал, что она, наверное, напишет.

— Разумеется, она мне не писала!

— Я подумал, вы, конечно, захотите с ней увидеться...

— Я совершенно не хочу с ней видеться. Меньше всего я хотел бы увидеться с ней. И слышать о ней у меня также нет ни малейшего желания.

Не буду здесь описывать мой брак. Некоторое представление о нем, безусловно, должно будет сложиться впоследствии. В настоящее же время интерес представляет лишь его общая природа, без каких-либо деталей. Этот брак был неудачен. Сперва я видел в ней дарительницу жизни. Потом — дарительницу смерти. Бывают такие женщины. Они заряжают вас энергией, которая как будто открывает перед вами мир; а потом вдруг в один прекрасный день обнаруживается, что вас пожирают живьем. Те, кто, как я, испытал это, поймут, о чем я говорю. Возможно, что я холостяк по натуре. Несомненно, что Кристиан по натуре кокетка. Откровенная глупость может быть по-своему неотразима в женщине. Я, во всяком случае, не остался равнодушен. Как женщина она была, по-видимому, довольно привлекательна. Люди считали, что мне сильно повезло. Она привнесла в жизнь то, что я больше всего ненавижу, — беспорядок. Устраивала сцены. Кончилось тем, что я ее возненавидел. Пять лет такого брака убедили нас обоих в совершенной невозможности продолжать так и дальше. Сразу же после нашего развода Кристиан вышла за богатого малограмотного американца по фамилии Эвендейл, поселилась в Иллинойсе и для меня исчезла из жизни навеки.

Может ли что-нибудь сравниться с мутным, гнетущим ощущением, которое остается от неудавшегося брака? А с ненавистью, которую испытываешь к бывшему супруге или супруге? (Как смеют они быть счастливыми?) Не верю тем, кто в этой связи толкует о «дружеских отношениях». Я сам годы прожил с постоянным чувством, что все замарано, испорчено, на душе от этого становилось иногда так скучно, так уныло. Я не мог освободиться из-под власти этой женщины. Здесь не было ничего общего с любовью. Кто испытал такую зависимость, поймет. Есть люди, которые от природы являются «уничижителями», «принизителями» других. Наверное, всякий человек кого-нибудь унижает. Иначе надо быть святым. Но большинство знакомых благополучно уходят из нашего сознания, как только мы перестаем их видеть. С глаз долой — из сердца вон, такова хартия человеческого выживания. Но к Кристиан это не относилось, она была вездесуща: душа ее была ненасытна, мысли разъедали на любом расстоянии, словно губительные лучи, пронизывающие пространство и время. Брошенные ею фразы застревали в памяти, от них некуда было деться. В конце концов только добрая старая Америка излечила меня от нее. Я отправил ее со скучным мужем в скучный и очень отдаленный город и смог наконец считать ее умершей. Какое облегчение.

Другое дело — Фрэнсис Марло. Ни сам он, ни его мысли никогда не имели для меня значения, да и ни для кого другого, насколько я знал, тоже. Он был младшим братом Кристиан, и она обращалась с ним презрительно-терпимо. Он никогда не был женат. После затянувшегося учения он окончил курс с дипломом врача, но вскоре был его лишен за какие-то махинации с наркотиками. Позже я с отвращением узнал, что он завел себе практику в качестве самозваного «психоаналитика». Еще позже я слышал, что он пьет. Если бы мне сообщили, что он покончил жизнь самоубийством, меня бы это совсем не удивило и не встревожило. Новой встрече с ним я отнюдь не обрадовался. Да он и стал почти неузнаваем. Прежде это был легконогий, стройный фавн в ореоле белокурых волос. А теперь стал толстым, грубым, краснолицым и жалким, чуть диковатым, с какой-то зловещинкой, быть может, даже слегка безумным. Только глупым он как был, так и остался. Впрочем, в ту минуту меня интересовал не мистер Фрэнсис Марло, а та убийственная новость, которую он мне сообщил.

— Меня удивляет, что вы сочли нужным обратиться ко мне. Это непростительная наглость. Я ничего не желаю знать о моей бывшей жене. С этим покончено много лет назад.

— Не сердитесь на меня, — сказал Фрэнсис, поджимая свои красные губы словно для поцелуя (привычка, которую я вспомнил с отвращением). — Ну пожалуйста, не сердитесь, Брэд.

— И не зовите меня «Брэд». Я опаздываю на поезд.

— Я не задержу вас, позвольте мне только объяснить — просто я думал... да-да, я буду очень краток, только, пожалуйста, выслушайте меня, прошу вас, умоляю... Понимаете, дело в том, что первым человеком, кого Крис захочет увидеть в Лондоне, будете вы...

— *Что?*

— Она приедет прямо к вам, честное слово, я это чувствую.

— Вы что, совсем рехнулись? Разве вы не знаете... Я не собираюсь обсуждать с вами... Никакие отношения здесь невозможны, с этим покончено много лет назад.

— Да нет же, Брэд, понимаете...

— Не называйте меня «Брэд»!

— Хорошо, хорошо, Брэдли, виноват, только не сердитесь, ведь вы же знаете Крис, вы для нее очень много значили, на самом деле значили гораздо больше, чем старый Эванс, и она непременно придет к вам, хотя бы из одного любопытства.

— Меня здесь не будет, — сказал я.

Все это вдруг показалось мне очень правдоподобным. В каждом есть, вероятно, глубоко запрятанная жилка зловредности. У Кристиан ее, безусловно, было больше, чем у кого бы то ни было. Эта женщина действительно могла явиться ко мне — из любопытства или назло, — как кошки, говорят, нарочно прыгают на колени к тем, кто их терпеть не может. В самом деле, любопытно посмотреть на того, кто некогда состоял с тобою в браке, хочется убедиться, что этого человека мучит раскаяние и разочарование. Хочется услышать о нем дурные вести. Позлорадствовать. Кристиан наверняка потянет удостовериться, что я прозябаю в ничтожестве.

А Фрэнсис продолжал:

— Ей захочется покрасоваться: ведь она теперь богата, веселая вдова, так сказать, и захочет покрасоваться перед старыми знакомыми, всякий бы на ее месте захотел, так что не сомневайтесь, она выкопает вас из-под земли, вот увидите, и...

— Меня это не интересует! — крикнул я. — Совершенно *не интересует*!

— Еще как интересует. Поверьте. Если я видел человека с заинтересованным выражением лица, то это...

— У нее есть дети?

— Вот видите? Видите? Нет, нет у нее детей. И понимаете, Брэд, я всегда вам симпатизировал, хотел с вами увидеться, я восхищаюсь вами, я читал вашу книгу...

— Которую?

— Не помню названия. Замечательная книга. Может быть, вас удивляло, что я не показывался...

— Нет!

— Понимаете, я очень застенчив. Думал, куда я полезу, мелкая сошка, а теперь, с возвращением Кристиан... Дело в том, что я по уши в долгах, вынужден постоянно менять адрес, а это... Ну вот, а Крис некоторое время назад откупилась, так сказать, от меня, и я подумал, если вы с Крис теперь снова будете вместе...

— То есть вы хотите, чтобы я был вашим заступником?

— Вроде того, вроде того.

— Ну и ну! — сказал я. — Уходите-ка отсюда, вот что.

Мысль, что я буду вытягивать из Кристиан деньги для ее уголовника-братца, показалась мне чересчур дикой даже для Фрэнсиса.

— Видите ли, я так и сел, когда узнал, что она вернулась, я был потрясен, ведь это меняет все, мне нужно было пойти и обговорить это с кем-нибудь, просто по-человечески, естественно, я сразу подумал про вас — послушайте, у вас в доме найдется что-нибудь выпить?

— Будьте добры, уйдите.

— Я чувствую, что она захочет вас увидеть, захочет произвести на вас впечатление... Понимаете, мы с ней порвали, прекратили переписку, я все время просил денег, и она в конце концов поручила адвокату заставить меня замолчать... Но теперь можно будет начать как бы все сначала, если только вы меня поддержите, замолвите словечко...

— Вы что, хотите, чтобы я сыграл роль вашего друга?

— Но ведь мы бы и в самом деле могли быть друзьями, Брэд... Послушайте, неужели у вас не найдется ничего выпить?

— Нет.

И тут зазвонил телефон.

— Будьте добры, уйдите, — сказал я. — И больше не приходите.

— Брэдли, имейте жалость...

— Вон!

Он стоял передо мною, и вид у него был до отвращения смиренный. Я распахнул дверь гостиной и дверь на лестницу. Потом в передней я снял телефонную трубку.

Раздался голос Арнольда Баффина. Он прозвучал спокойно, неторопливо: «Брэдли, вы не могли бы сейчас приехать сюда? Я, кажется, убил Рейчел».

Я ответил сразу, тоже негромко, но с чувством:

— Не говорите глупостей, Арнольд. Слышите?

— Если можете, пожалуйста, приезжайте немедленно. — Его голос был как дикторское объявление, записанное на пленку.

Я спросил:
— Врача вы не вызывали?
Помолчав, он ответил:
— Нет.
— Так вызовите.
— Я... вам все объясню... Пожалуйста, если можно, приезжайте прямо сейчас.
— Арнольд, — сказал я, — вы не могли убить ее. Вы говорите чепуху. Этого не может быть...
Короткое молчание.
— Не знаю.
Его голос был невыразителен, как бы спокоен, несомненно вследствие пережитого потрясения.
— Что произошло?
— Брэдли, если можно...
— Хорошо, — сказал я. — Сейчас приеду. Возьму такси.
Я положил трубку.

По-видимому, здесь уместно будет отметить, что первым моим чувством, когда я услышал сообщение Арнольда, была странная радость. Пусть читатель, прежде чем провозгласить меня чудовищем бессердечия, заглянет в собственную душу. Подобные реакции, в общем, не так уж ненормальны, по крайней мере, почти простительны. Беды наших друзей мы, естественно, воспринимаем с определенным удовольствием, которое вовсе не исключает дружеских чувств. Отчасти, но не полностью это объясняется тем, что нам импонируют полномочия помощника, которые нам при этом достаются. И чем внезапнее или неприличнее беда, тем нам приятнее. Я был очень привязан и к Арнольду, и к Рейчел. Но между женатыми и холостяками существует некая родовая вражда. Я не выношу эту манеру женатых людей, быть может неосознанную, изображать из себя не только более счастливых, но в каком-то отношении и более нравственных индивидуумов, чем вы. Это им тем легче дается, что человек неженатый склонен рассматривать каждый брак как счастливый, если ему не приходится удостовериться в противном. Брак Баффинов всегда виделся мне достаточно прочным. И эта неожиданная виньетка к семейному счастью совершенно опрокинула все мои представления.

С лицом, все еще розовым от возбуждения, вызванного словами Арнольда, и в то же время, необходимо подчеркнуть (ибо одно ничуть не противоречит другому), расстроенный и огорченный, я обернулся и увидел перед собою Фрэнсиса, о чьем существовании успел забыть.

— Что-то случилось? — спросил Фрэнсис.
— Нет.
— Я слышал, вы говорили о враче.
— Жена моего друга упала и ушиблась. Я еду туда.
— Может, мне поехать с вами? — предложил Фрэнсис. — Глядишь, окажусь кстати. В конце-то концов, в глазах Бога я все еще врач.

Я минуту подумал и ответил:
— Хорошо, поехали.
И мы сели в такси.

Здесь я опять делаю паузу, чтобы сообщить еще несколько слов о моем протеже Арнольде Баффине. Я крайне озабочен (и это не слова, я действительно до крайности озабочен) тем, чтобы мое описание Арнольда было ясным и справедливым, поскольку вся эта история представляет собой, в сущности, историю моих с ним отношений и той трагической развязки, к которой они привели. Я «открыл» Арнольда — он намного моложе меня, — когда был уже небезызвестным писателем, а он, недавний выпускник колледжа, только заканчивал свой первый роман. Я тогда уже «отделался» от жены и переживал один из тех периодов душевного и творческого обновления, в которых каждый раз усматривал залог ожидающих меня успехов. А он, только что окончив Редингский университет по английской литературе, работал учителем в школе. Мы познакомились на каком-то собрании. Он стыдливо признался, что пишет роман. Я выразил вежливый интерес. Он прислал мне почти законченную рукопись. (Это был, разумеется, «Товий и падший ангел», я и теперь считаю, что это его лучшая книга.) Я усмотрел в его рукописи кое-какие достоинства и помог ему найти для нее издателя. Я же, когда книга вышла из печати, и опубликовал на нее весьма похвальную рецензию. С этого началась одна из самых успешных, с денежной точки зрения, литературных карьер нашего времени. Арнольд немедленно — кстати сказать, вопреки моему совету — оставил место учителя и полностью посвятил себя «писательству». Писал он легко, каждый год по книге, и продукция его отвечала общественным вкусам. Слава и материальное благополучие пришли своим чередом.

Высказывалось мнение, особенно в свете последовавших событий, будто я завидовал писательскому успеху Арнольда. Я с самого начала решительнейшим образом отвергал это. Я иногда завидовал той свободе, с какой он писал, в то время как я был словно скован за письменным столом. Но я никогда не испытывал зависти к Арнольду Баффину вообще по очень простой причине: я считал, что он достигает успеха, поступаясь искусством. Как человек, открывший его и покровительствовавший ему, я чувствовал, что его деятельность имеет ко мне прямое отношение, и меня угнетало, что молодой, многообещающий автор пренебрегает истинными целями творчества и так легко подделывается под вкусы публики. Я уважал его трудолюбие и отдавал должное его блистательной карьере. У него было еще много талантов помимо чисто литературных. Но книги его мне не нравились. Впрочем, здесь на помощь приходил такт, и мы, как я уже говорил, стали обходить некоторые темы молчанием.

Я был на свадьбе Арнольда с Рейчел (я рассказываю о том, что происходило вот уже скоро двадцать пять лет назад). И с тех пор я многие годы каждое воскресенье у них обедал и, кроме того, еще по меньшей мере раз в неделю виделся с Арнольдом в будни. Наши отношения были почти родственными. Одно время Арнольд даже именовал меня своим духовным отцом. Традиция такого близкого общения, однако, нарушилась после того, как Арнольд позволил себе одно замечание о моей работе, которого я здесь воспроизводить не буду. Но дружба наша сохранилась. Она стала, пройдя испытания, даже еще горячее и, во всяком случае, гораздо сложнее. Не стану утверждать, что мы с Арнольдом были, так сказать, одержимы друг другом. Но безусловно, мы представляли друг для друга неистощимый интерес. Я чувствовал, что Баффины нуждаются во мне. Я ощущал себя как бы божеством — хранителем их домашнего очага. Арнольд был мне благодарен, даже предан, хотя суда моего, без сомнения, боялся. Возможно, что у него самого, неуклонно опускавшегося на дно литературной посредственности, жил в душе такой же строгий судия. Мы часто спешим занять те позиции, которые особенно боимся уступить враждебным нам силам. Неодобрительное отношение к творчеству другого служит у художников почвой для самой глубокой вражды. Мы — честолюбивый народ и можем бесповоротно рассориться из-за критики. И нам с Арнольдом, двум творческим личностям, делает честь, что мы по той или иной причине сумели сохранить взаимную привязанность.

Я хочу подчеркнуть, что успех не испортил Арнольда Баффина. Он не стал ловкачом, уклоняющимся от уплаты налогов, владельцем яхты и виллы на Мальте. (Мы иногда в шутку обсуждали законные возможности скостить налоги, но никогда — незаконные способы уклониться от них.) Он жил в довольно большом, но, впрочем, достаточно скромном особняке в одном из «зажиточных» кварталов Илинга. Домашний уклад его был до раздражения лишен «стиля». И дело не в том, что он изображал из себя обыкновенного, простого человека. В каком-то смысле он действительно был этим обыкновенным, простым человеком и избегал увлечений, которые могли бы потребовать от него во благо ли, во зло ли, но другого употребления денег. Не помню, чтобы он хоть когда-нибудь покупал красивые вещи. Вообще ему недоставало зрительного вкуса, в то же время он питал довольно воинственную любовь к музыке. Что до его внешности, то он остался все тем же школьным учителем в бесформенной простой одежде и сохранил слегка застенчивый и неотесанный юношеский облик. Изображать из себя великого писателя ему и в голову не приходило. А может быть, ум (а ум у него был достаточно острым) подсказал ему именно такой способ изображать великого писателя. Он носил очки в стальной оправе, из которых выглядывали неожиданно светлые серо-зеленые глаза. Нос у него был острый, лицо слегка лоснящееся, но цвет лица здоровый. В его внешности ощущался некоторый общий недостаток пигментации. Что-то от альбиноса? Он считался и, вероятно, был красивым. У него была привычка постоянно причесывать волосы.

Арнольд посмотрел на меня и молча кивнул на Фрэнсиса. Мы стояли в прихожей. Арнольд был на себя не похож — лицо восковое, волосы взъерошенные, взгляд без очков рассеянный и безумный. На щеке у него рдел какой-то отпечаток, похожий на китайский иероглиф.

— Это доктор Марло. Доктор Марло — Арнольд Баффин. Доктор Марло случайно оказался у меня, когда вы позвонили и сообщили о несчастном случае с вашей женой. — Я сделал ударение на словах «несчастном случае».

— Доктор, — повторил Арнольд. — Да... она... понимаете...

— Она упала? — подсказал я.

— Да. А он... этот господин — доктор... медик?

— Да, — подтвердил я. — Он мой друг. — Эта ложь содержала, по крайней мере, важную информацию.

— А вы — тот самый Арнольд Баффин? — спросил Фрэнсис.

— Тот самый, — ответил я.

— Послушайте, я восхищаюсь вашими книгами. Я читал...

— Что произошло? — обратился я к Арнольду.

Мне подумалось, что он похож на пьяного, и тут же я действительно ощутил запах спиртного.

Арнольд медленно и с усилием произнес:

— Она заперлась в спальне. После... после того, что случилось... Было так много крови... Я подумал... Я, право, не знаю... Рана, понимаете, была... Во всяком случае... Во всяком случае... — И он окончательно смолк.

— Продолжайте же, Арнольд. Пожалуй, вам лучше сесть. Ведь верно, лучше будет, если он сядет?

— Арнольд Баффин! — бормотал себе под нос Фрэнсис.

Арнольд прислонился спиной к вешалке в передней, уперся затылком в чье-то пальто, на минуту закрыл глаза и продолжал:

— Простите. Понимаете, она там сначала плакала и кричала. В спальне. А теперь все стихло. И она не отвечает. Может быть, она потеряла сознание или...

— А дверь взломать нельзя?

— Я пробовал. Пробовал. Но долото... дерево крошится, и ничего не...

— Сядьте, Арнольд, ради бога.

Я толкнул его в стоявшее поблизости кресло.

— И в замочную скважину ничего не видно, там ключ...

— Наверное, расстроилась и не хочет отвечать просто из... знаете ведь, как бывает...

— Да-да, — сказал он. — Я же не хотел... Если это все так... Я, право, не знаю... Брэдли, вы сами попробуйте.

— Где ваше долото?

— Там. Оно маленькое. Я не мог найти...

— Ладно, вы оба оставайтесь здесь, — сказал я. — А я поднимусь посмотрю, в чем там дело. Ручаюсь, что... Арнольд, да сядьте же!

Я остановился перед дверью, слегка испорченной стараниями Арнольда. Облупившаяся белая краска лепестками обсыпалась на рыжий коврик перед спальней. Здесь же валялось долото. Я нажал на ручку и позвал:

— Рейчел! Это Брэдли. Рейчел!

Молчание.

— Я принесу молоток, — невидимый, сказал снизу Арнольд.

— Рейчел, Рейчел, ответьте, пожалуйста.

Мне вдруг стало по-настоящему страшно. Я со всей силы надавил на дверь. Она была тяжелая и прочная.

— Рейчел!

Молчание.

Я с размаху навалился на дверь, громко позвал: «Рейчел! Рейчел!» Потом замолчал и напряженно прислушался. Из-за двери донесся еле слышный шорох, неуловимый, точно мышиный бег. Я молился вслух:

— Господи! Пусть она только будет жива и невредима! Пусть она будет жива и невредима.

Снова шорох. Потом тихий, почти неразличимый шепот:

— Брэдли.

— Рейчел, Рейчел, вы живы?

Молчание. Шорохи. Тихий шелестящий вздох: «Да».

Я крикнул вниз:

— Она жива! Ничего страшного не случилось.

Позади меня на лестнице послышались их голоса.

— Рейчел, впустите меня, хорошо? Впустите меня.

Что-то зашуршало внизу двери, и близкий голос Рейчел сипло произнес в щель:

— Входите. Но только вы один.

Ключ повернулся в замке, и я быстро протиснулся в спальню, мельком заметив через плечо на лестнице Арнольда и Фрэнсиса за его спиной. Их лица я увидел с особой отчетливостью, как в толпе у распятия, — лица художника и его друга. Губы Арнольда были растянуты в презрительной гримасе страдания. Вид Фрэнсиса выражал нездоровое любопытство. И то и другое подходило для распятия. Переступив порог, я чуть не упал на Рейчел, потому что она сидела у самой двери на полу. Она тихо стонала, дрожащей рукой спеша повернуть ключ. Я запер дверь и опустился рядом с нею на пол.

Поскольку Рейчел Баффин — одно из главных действующих лиц этой драмы, в каком-то трагическом смысле даже самое главное действующее лицо, я хочу здесь задержаться и коротко описать ее. Я знал ее больше двадцати лет, почти столько же, сколько и Арнольда, однако в то время, о котором идет сейчас речь, я знал ее, как стало очевидно впоследствии, довольно плохо. Что-то в ней было для меня неясное. Некоторые женщины, я бы сказал даже, многие женщины, по моим представлениям, отличаются какой-то зыбкостью. Не здесь ли кроется основная разница между полами? Может быть, это просто отсутствие эгоизма в женщинах? (С мужчинами, по крайней мере, все ясно.) У Рейчел это шло, во всяком случае, не от недостатка ума. Но существовала какая-то неопределенность, и все ее хорошее отношение ко мне и моя многолетняя, почти родственная связь с Баффинами не могли эту неопределенность рассеять и даже, наоборот, пожалуй, усиливали. Мужчины, несомненно, играют в жизни роли. Но и женщины тоже играют роли, только менее четкие. В театре жизни им достается меньше выигрышных реплик. А может быть, я измышляю загадки там, где все очень просто. Рейчел была умная женщина, жена знаменитого человека, такая женщина инстинктивно держится как простое отражение своего мужа, она как бы направляет на него все лучи. Ее зыбкость не возбуждала и простого любопытства. От такой женщины даже честолюбия не приходится ждать, тогда как нас с Арнольдом, каждого на свой лад, буквально терзало и, пожалуй, направляло в жизни неуемное честолюбие. Рейчел можно было назвать (в том смысле, в каком никогда не скажешь этого о мужчине) «молодчагой» и «славным малым». На нее можно было положиться, это уж бесспорно. С виду это была (тогда) крупная приятная женщина, довольная жизнью, хорошая и умная жена всеми признанного чародея. У нее было широкое, белое, слегка веснушчатое лицо и жестко торчащие рыжие волосы. Пожалуй, она была немного высоковата для женщины и вообще физически как-то превосходила мужа. В последние годы она стала заметно прибавлять в весе, человек посторонний мог бы сказать — разжирела. Она постоянно была занята благотворительностью или политикой слегка левого толка (сам Арнольд политикой не интересовался). Словом, она была превосходной домашней хозяйкой и часто именно так себя и величала.

— Рейчел, вы не пострадали?

Под левым глазом у нее наливался багровый синяк. И глаз уже начал заплывать, хотя это не сразу было заметно, потому что оба глаза распухли и покраснели от слез. Верхняя губа с одной стороны тоже распухла. На шее и спереди на платье была кровь. Всклокоченные волосы казались темнее обычного, словно мокрые, быть может, они и в самом деле намокли в потоке ее слез. Она тяжело, прерывисто дышала. Ворот ее платья был расстегнут, и в прорези виднелось белое кружево и выпиравшее над ним рыхлое тело. Она так сильно плакала, что лицо ее распухло до неузнаваемости, оно было мокрым, лоснящимся и как бы раскаленным. Теперь она снова расплакалась и, отшатнувшись от моей дружеской руки, стала рассеянно стягивать у горла платье.

— Рейчел, вы ранены? Я привез врача.

Она стала грузно подниматься с пола, опять отстранив мою поддерживающую руку. От ее прерывистого дыхания на меня пахнуло спиртом. Затрещал придавленный коленом подол платья. Она отпрянула и не то бросилась, не то упала на разоренную постель в глубине комнаты. Рухнула на спину, пытаясь прикрыться одеялом, — безуспешно, потому что она лежала на нем, — и, только закрыв руками лицо, зарыдала страшно, в голос, в самозабвении горя некрасиво раскинув на постели ноги.

— Рейчел, ну пожалуйста, возьмите себя в руки. Вот, выпейте воды.

Выносить этот отчаянный плач было выше моих сил, я испытывал чувство, близкое к смущению, но только гораздо более сильное, оно и мешало, и заставляло смотреть на нее. Женский плач пугает и мучит нас сознанием вины; а этот женский плач был ужасен.

Арнольд за дверью кричал:

— Впусти меня, Рейчел, пожалуйста, умоляю!..

— Перестаньте, Рейчел, слышите? — сказал я. — Это непереносимо. Перестаньте. Я пойду отопру дверь.

— Нет, нет! — без голоса, как бы шепотом, взвыла она. — Только не Арнольда, только не...

Неужели она все еще его боялась?

— Я впущу врача.

— Нет, нет!

Я открыл дверь и отстранил ладонью Арнольда.

— Войдите и осмотрите ее, — сказал я Фрэнсису. — У нее кровь.

Арнольд в дверях громко и жалобно взывал:

— Дорогая, прошу тебя, позволь мне только на тебя взглянуть, не сердись, ну пожалуйста...

Я оттолкнул его к лестнице. Фрэнсис вошел в спальню и запер за собою дверь — то ли из деликатности, то ли по правилам своей профессии.

Арнольд сел на верхнюю ступеньку и застонал:

— О господи, господи, господи...

К моему испугу и смущению примешалось теперь какое-то жуткое, манящее любопытство. Арнольд, позабыв о том, что за зрелище он собой являет, сидел, запустив обе руки в волосы, и стонал:

— Господи, ну и кретин, ну и кретин!..

Я сказал:

— Успокойтесь. Что у вас тут произошло?

— Где взять ножницы? — крикнул из-за двери Фрэнсис.

— В верхнем ящике туалетного стола, — отозвался Арнольд. — Господи! Зачем ему ножницы? Неужели он хочет оперировать?..

— Что у вас произошло? Давайте спустимся немного.

Я подтолкнул Арнольда, и он, скрючившись и хватаясь за перила, сполз за поворот лестницы и сел на ступеньку внизу, держась за голову и уставясь в пол. В прихожей у них всегда стоял полумрак, потому что стекло над входной дверью было цветное. Я обошел Арнольда и сел в кресло. На душе у меня было какое-то странное тягостное смятение.

— О господи, господи! Вы думаете, она простит меня?

— Конечно. Но что же...

— Все началось с обыкновенной дурацкой ссоры из-за моей новой книги. Черт! Как можно быть таким кретином! Мы оба твердили свое, не отступались. Обычно мы не спорим о моих книгах, то есть просто Рейчел все нравится и она считает, что спорить не о чем. Иногда только, если ей нездоровится или что-нибудь такое, она прицепится к какому-нибудь месту и начинает говорить, что это про нее или что там описывается какой-то случай, который был с нами, ну, все в таком духе. Но вы ведь знаете, я не пишу так, прямо с натуры, у меня в книгах все вымышленное, а Рейчел иногда ни с того ни с сего взбредет в голову, будто она обнаружила что-то для себя обидное, оскорбительное, унижающее, вдруг какая-то прямо мания преследования, и расстраивается она из-за этого ужасно. Обычно людям, кого ни возьми, до смерти хочется попасть в книгу, угадывают себя, где и не придумаешь, а Рейчел прямо взвивается, если я даже вскользь упомяну какое-нибудь место, где, скажем, мы с ней были вдвоем, — для нее тогда все испорчено. Но все равно, о господи, Брэдли, ну что я за идиот!.. Словом, все началось с такой пустяковой ссоры, но потом она сказала одну обидную вещь о моей работе в целом, сказала, что... ну, не важно... мы начали ругаться, ну и я, вероятно, тоже высказался о ней не слишком одобрительно, просто для самозащиты, а тут еще мы пили с ней коньяк с самого обеда... Как правило, мы много не пьем, но мы начали ссориться и все наливали себе и наливали, с ума сойти можно. Кончилось тем, что она страшно распалилась, уже себя не помнила и заорала на меня, как будто ее режут, а я этого не выношу. Я толкнул ее слегка, только чтобы она перестала орать, а она вцепилась мне в щеку ногтями, вон как разодрала... а, черт, больно. Ну, я перепугался и стукнул ее: надо же было, чтобы она замолчала. Совершенно не могу выносить крики, вопли и сцены, я их просто боюсь. Она визжала как фурия, выкрикивала разные невозможные вещи о моих книгах, и я ударил ее рукой, чтобы прекратить эту истерику, но она все бросалась и бросалась на меня, и я наклонился и поднял у камина кочергу, чтобы не подпускать ее к себе, а она как раз в это время дернула головой — она ведь плясала вокруг меня как бешеная, — как раз дернула головой и прямо наткнулась на кочергу. Звук был такой ужасный — о господи! Я, разумеется, не хотел ее ударить, то есть я ее и не ударил... Она упала на пол и лежала так неподвижно, глаза закрыла, мне даже казалось, что она перестала дышать... Ну и вот. Я страшно перепугался, схватил кувшин с водой и вылил на нее, а она лежит и не двигается. Я был вне себя... А когда я отошел, чтобы принести еще воды, она вскочила и убежала наверх и заперлась в спальне... Я просил, но она не отпирала и не отзывалась. Нельзя было понять, то ли она это назло притворяется, то ли действительно ей худо, ну вот я и не знал, что мне делать... О господи, ведь я же не хотел ее ударить.

Наверху послышались шаги, звук отпираемой двери. Мы оба вскочили. Фрэнсис свесился вниз и проговорил: «Все в порядке». Его потрепанный синий пиджак был покрыт каким-то странным рыжеватым ворсом, и я догадался, что это волосы Рейчел: очевидно, он обстриг их, чтобы осмотреть ей голову. Его невообразимо грязная рука сжимала белые перила.

— Слава богу, — сказал Арнольд. — Знаете, я думаю, что она все время просто притворялась. Но все равно слава богу. Что нужно?..

— Серьезных повреждений нет. У нее большая шишка на темени и состояние неглубокого шока. Возможно, легкое сотрясение мозга. Пусть полежит в постели в затемненной комнате. Аспирин, любое успокаивающее средство, что она там у вас принимает на ночь, грелки, горячее питье, то есть чай, и прочее. Лучше показать ее вашему лечащему врачу. Ничего серьезного, скоро пройдет.

— Ах, спасибо, доктор, — сказал Арнольд. — Значит, ничего страшного, слава богу.

— Она хочет видеть вас, — сказал Фрэнсис мне.

Мы успели снова подняться на площадку.

Арнольд опять начал звать:

— Дорогая, дорогая! Пожалуйста...

— Я узнаю, в чем дело, — сказал я и приотворил оставленную незапертой дверь.

— Только Брэдли, только Брэдли! — Голос, все еще еле слышный, звучал несколько тверже.

— О господи! Это ужасно. Разве мало я... — застонал Арнольд. — Дорогая!

— Пойдите вниз и налейте себе еще рюмку, — сказал я ему.

— Я бы не отказался от рюмочки, — ввернул Фрэнсис.

— Не сердись на меня, пожалуйста, дорогая!..

— Выкиньте сюда мой плащ, если не трудно, — попросил Фрэнсис. — Я его там оставил на полу.

Я вошел, подобрал и выкинул ему плащ и снова закрыл дверь. Было слышно, как Арнольд с Фрэнсисом спускаются по лестнице.

— Заприте дверь.

Я повернул ключ.

Фрэнсис задернул шторы, и теперь в комнате стоял густой розоватый сумрак. Вечернее солнце, бледно сиявшее за окном, уныло подсвечивало крупные лопоухие цветы на полотне. Здесь все дышало скукой спален, той зловещей, тоскливой заурядностью, которая служит напоминанием о смерти. Туалетный столик может быть ужасен. У Баффинов он стоял у окна, загораживая свет, и являл улице свою безобразную изнанку. Стеклянная поверхность была покрыта слоем пыли и заставлена всевозможными флаконами, завалена тюбиками, забросана катышками вычесанных волос. Ящики были задвинуты не полностью, виднелось розовое белье, свисали какие-то ленточки, бретельки. На кровати был хаос и разорение; зеленое покрывало из искусственного шелка низвергалось в одну сторону, простыни и одеяла были скомканы и смяты, точно старческое лицо. В воздухе стоял теплый, нескромный, обезоруживающий запах пота и пудры. Вся комната дышала немым ужасом смертной плоти, тупым, бездушным, необратимым.

Не знаю, почему я тогда сразу и так пророчески подумал о смерти. Может быть, потому, что Рейчел, наполовину прикрытая одеялом, натянула на лицо край простыни.

Ноги ее в лакированных туфлях на высоком каблуке торчали из-под зеленого шелкового покрывала. Робко, чтобы как-то завязать разговор и вызвать ее на ответ, я сказал:

— Дайте-ка я сниму с вас туфли.

Она не пошевелилась, и я с трудом стянул с нее туфли. Рука моя ощутила мягкое тепло влажной ступни в коричневом чулке. Едкий кислый запах влился в пресную атмосферу комнаты. Я отер ладони о брюки.

— Лучше ложитесь в постель по-настоящему. Сейчас я немного поправлю одеяло.

Она подвинулась, откинула простыню с лица и даже приподняла ноги, чтобы я мог вытащить из-под нее одеяло. Я немного расправил одеяло, натянул его на нее, отвернул край простыни. Она уже больше не плакала, а только лежала и потирала синяк на скуле. Он стал темнее, растекся вокруг глазницы, глаз совсем сузился, осталась только слезящаяся щель. Влажный, опухший рот ее был слегка приоткрыт, неподвижный взгляд устремлен в потолок.

— Я налью вам грелку, хорошо?

Я отыскал резиновую грелку, наполнил ее в ванной горячей водой. От ее засаленного шерстяного чехла пахло пóтом и сном. Он слегка подмок у меня с одной стороны, но вода была вполне горячая. Я приподнял край одеяла и простыни и сунул грелку куда-то к ее бедру.

— Аспирину, Рейчел? Это у вас аспирин здесь?
— Спасибо, не надо.
— Поможет вам.
— Нет.
— У вас ничего серьезного. Доктор сказал, скоро пройдет.

Она очень глубоко вздохнула и уронила руку на одеяло. Она лежала теперь, вытянув по бокам руки кверху ладонями, точно вынутый из гробницы Иисус, на чьем мертвом теле еще видны следы жестокого обхождения. К пятнам высохшей крови по переду синего платья пристали обрезки волос. Глухим, но уже немного окрепшим голосом она проговорила:

— Какой ужас, какой ужас, какой ужас.
— Ничего страшного, Рейчел. Это пустяки, доктор говорит, что...
— Я просто уничтожена. Я... я умру со стыда.
— Глупости, Рейчел. Обычная вещь.
— И он еще зовет вас — чтобы вы видели.

— Рейчел, он дрожал как лист, он думал, что вы лежите здесь без сознания, он был вне себя от страха.

— Я никогда не прощу его. Вы будете моим свидетелем. Никогда не прощу. Никогда. Никогда! Пусть хоть двадцать лет простоит передо мной на коленях. Такие вещи женщина не прощает. И когда понадобится, не подаст руку помощи. Он тонуть будет, я пальцем не пошевельну.

— Рейчел, вы сами не понимаете, что говорите. Ради бога, оставим эту скверную декламацию. Конечно, вы его простите. Я уверен, что вы тут оба виноваты. Ведь вы же тоже его ударили, вон какую монограмму оставили на щеке.

— О-ох! — Ее возглас выразил грубое, почти вульгарное отвращение. — Никогда, — повторила она. — Никогда, никогда. О, я так... так несчастна!

Завывания и слезы возобновились. У нее горели щеки.

— Перестаньте, пожалуйста. Вам нужно отдохнуть. Примите вот аспирин. И попробуйте уснуть. А хотите, я принесу чаю?

— Уснуть! Когда у меня на душе такое! Я в аду — он отнял всю мою жизнь. Он все, все испортил. Я ничуть не глупее его. Но он меня обездолил. Я не могу работать, не могу думать, не могу существовать — и все из-за него. Его писания — повсюду. Он у меня все отбирает, все присваивает себе. А я не могу даже быть самой собой, не могу жить собственной жизнью. Просто я его боюсь, вот и все. Все мужчины, в сущности, презирают женщин. А все женщины боятся мужчин. Просто мужчины физически сильнее, вот и все, в этом все и дело. Они пользуются своей силой, за ними всегда последнее слово. Можно спросить любую женщину в бедных кварталах, они там знают. Он поставил мне синяк под глазом, как обыкновенный хулиган, как все эти пьянчуги-мужья, которых потом судят. Он и раньше меня бил, это ведь не первый раз, какое там. Он не знает, я ему не говорила, но когда он в первый раз меня ударил, наш брак на этом кончился. И он говорит обо мне с другими женщинами, я знаю, он делится с другими женщинами, обсуждает меня с ними. Они так им восхищаются, так ему льстят. Он отнял у меня всю мою жизнь и все, все испортил, все разбил, изуродовал, живого места не оставил, словно все косточки переломал, все уничтожил, погубил, все отнял.

— Перестаньте, Рейчел, перестаньте, пожалуйста, я не хочу слушать. Вы сами не понимаете, какой вздор твердите. И не говорите мне, пожалуйста, таких вещей. Потом пожалеете.

— Я не глупее его. Он не разрешал мне пойти работать. И я подчинялась, я ему всегда подчинялась. У меня нет ничего своего. Весь мир принадлежит ему. Все — его, его, его! Нет, если нужно будет, я не подам ему руку помощи. Пальцем не шевельну, пусть тонет. Пусть огнем горит.

— Вы ведь не всерьез это говорите, Рейчел. Вот и не надо говорить.

— Я и вам никогда не прощу, что вы видели меня в таком состоянии, с разбитым лицом, и слышали, как я говорила все эти ужасные вещи. Я буду вам улыбаться, но в душе никогда не прощу.

— Рейчел, Рейчел, зачем вы меня огорчаете?

— Вот сейчас вы спуститесь к нему и будете гадко говорить с ним обо мне. Знаю я эти мужские разговоры.

— Нет, что вы!

— Я вам отвратительна. Жалкая, скулящая пожилая тетка.

— Да нет же...

— О-ох! — Опять этот ужасный возглас глубочайшего, нестерпимого отвращения. — Теперь, пожалуйста, уйдите и оставьте меня. Оставьте меня наедине с моими мыслями, с моей мукой, с моим возмездием. Я буду плакать всю ночь, всю ночь напролет. Извините меня, Брэдли. Передайте Арнольду, что я должна отдохнуть и прийти в себя. Пусть оставит меня сегодня в покое. Завтра я постараюсь, чтобы все было как обычно. Никаких упреков, жалоб — ничего. Как я могу его упрекать? Он опять разозлится, опять меня испугает. Лучше уж оставаться рабыней. Передайте ему, что завтра я буду такой же, как всегда. Да он, конечно, и сам это знает и нисколько не тревожится, он уже успокоился. Только сегодня, пожалуйста, я не хочу его видеть.

— Хорошо, я передам. Не сердитесь на меня, Рейчел. Я ведь не виноват.

— Пожалуйста, уходите.

— А может, принести вам чаю? Доктор сказал: горячего.

— Уходите.

Я вышел из спальни и тихо закрыл за собою дверь. Раздались быстрые мягкие шаги, в замке повернулся ключ. Я спустился по лестнице с чувством растерянности и — да, она была права — отвращения.

За это время стемнело, солнце больше не сияло на улице, и все в доме стало коричневым и холодным. Я вошел в гостиную, где сидели и беседовали Арнольд с Фрэнсисом. Горел свет, и был включен электрокамин. Я увидел осколки стекла и фарфора, пятно на ковре. Гостиная у них в доме была большая, вся увешанная коврами машинной работы и скверными современными литографиями. Много места в ней занимали два огромных динамика от Арнольдова стереопроигрывателя, затянутые оранжевой кисеей. Сквозь выходящую на веранду стеклянную дверь открывался вид на столь же изобиловавший красотами сад, весь назойливо зеленый в грозном, бессолнечном свете, и бесчисленные птицы наперебой распевали там свою лирическую бессмыслицу, порхая в декоративных пригородных деревцах.

Арнольд вскочил при виде меня и бросился к двери, но я остановил его:

— Она сказала, чтобы сегодня к ней больше никто не приходил. Завтра, она сказала, все будет как обычно. Но сейчас она хотела бы заснуть.

Арнольд сел.

— Да, будет лучше, если она сейчас поспит немного, — сказал он. — Бог мой, какая гора с плеч! Пусть отдохнет. Наверное, через часок-другой сама спустится к ужину. Приготовлю ей что-нибудь вкусное, сюрприз. Господи, какое облегчение!

Я почувствовал, что должен слегка умерить его восторги. Я сказал:

— Однако это был довольно серьезный несчастный случай. — Я надеялся, что Арнольд без меня не вздумал исповедоваться Фрэнсису.

— Да-да. Но она спустится, я знаю. Она вообще быстро приходит в себя. Я, конечно, не буду теперь ей мешать, пусть отдохнет. Доктор говорит, это не... Налить вам, Брэдли?

— Да, пожалуйста. Хересу.

Он просто не понимает, думал я, что он наделал, не представляет себе, как она сейчас выглядит, что чувствует. Совершенно очевидно, что он никогда даже не пытался заглянуть ей в душу. Возможно, конечно, что им руководит инстинкт самосохранения. Он умеет закрывать глаза на собственные проступки. А может быть, я заблуждаюсь? Не исключено, что уже сейчас, отведя душу, она успокоилась. Спустится к ужину и будет с удовольствием уписывать приготовленные мужем деликатесы. Брак — это загадочная область.

— Все хорошо, что хорошо кончается, — говорил Арнольд. — Очень жаль, что я вас обоих втянул в эту историю.

Без сомнения, он действительно сожалел об этом. Он, наверное, думал сейчас, что, не потеряй он сегодня на минуту присутствия духа, никто бы ничего не знал и все осталось бы между ними. Однако, как и предсказывала Рейчел, он успел заметно оправиться от потрясения. Он сидел очень прямо, бережно держа в ладонях стакан, и, закинув ногу на ногу, ритмично покачивал маленькой, аккуратной, хорошо обутой стопой. Вообще во внешности Арнольда все казалось небольшим и аккуратным, хотя он, собственно, был среднего роста. У него была небольшая, красивой лепки голова, маленькие уши, маленький рот — впору хорошенькой девушке — и несуразно маленькие ноги. Он успел снова водрузить на нос очки в стальной оправе, и лицо его опять разрумянилось и залоснилось. Его острый нос нюхал воздух, обращенные ко мне глаза неуверенно поблескивали. Светлые гладкие волосы снова были зачесаны со лба назад.

Теперь надо было отделаться от Фрэнсиса. Он уже успел надеть свой синий плащ, но скорее, так сказать, для самозащиты, чем в намерении проститься и уйти. Он опять налил себе виски и, заправив за уши курчавые волосы, вопросительно поглядывал то на меня, то на Арнольда близко поставленными медвежьими глазами. Вид у него был необычно самодовольный. Может быть, неожиданное возвращение в прежний сан, пусть даже случайное, минутное, подбодрило его, придало ему немного уверенности в собственных силах. Глядя на его оживленное, заинтересованное лицо, я вдруг с ужасом вспомнил о принесенном им известии и почувствовал к нему резкую неприязнь. Совершенно незачем мне было брать его с собой сюда. Его знакомство с Арнольдом могло возыметь самые нежелательные последствия. У меня есть правило — никогда не знакомить между собой своих друзей и близких. Не потому, что боишься предательства, хотя, конечно, приходится бояться. Есть ли у человека страх глубже этого? Но просто от таких знакомств не обережешься потом всяких зряшных неприятностей. А Фрэнсис, хоть и неудачник, не заслуживающий серьезных опасений, имел, как и все неудачники, особый талант навлекать неприятности. Его самозваное посольство было в этом отношении типичным. Его надо было выдворить безотлагательно. К тому же я хотел поговорить с Арнольдом, я видел, что он в разговорчивом, возбужденном, почти эйфорическом состоянии. Очевидно, я ошибся, когда решил, что он уже овладел собой. Здесь сказывались скорее шок и виски.

Не садясь, я обратился к Фрэнсису:

— Мы больше вас не задерживаем. Спасибо за визит.

Фрэнсису не хотелось уходить.

— Рад был помочь. Может, мне сходить взглянуть на нее?

— Она вас не захочет видеть. Спасибо за визит. — Я открыл дверь из гостиной.

— Не уходите, доктор, — сказал Арнольд.

Может, ему нужна была мужская поддержка, мужская компания. А может, у них тут был интересный разговор. Арнольд умел якшаться с грубыми, простыми людьми. Возможно, что в браке это тоже полезное свойство. Стакан у него в руке легонько лязгнул о зубы. Он, видимо, успел немало выпить с тех пор, как спустился в гостиную.

— Всего хорошего, — многозначительно сказал я Фрэнсису.

— Я так вам благодарен, доктор, — опять вмешался Арнольд. — Должен я вам что-нибудь?

— Ничего вы ему не должны, — сказал я.

Фрэнсис с тоской во взоре поднялся, послушный моему приказу, вероятно понимая, что сопротивляться бесполезно.

— Насчет того, о чем мы раньше говорили, — заговорщицки зашептал он у порога. — Когда вы увидите Кристиан...

— Я ее не увижу.

— Ну все равно, вот мой адрес.

— Он мне не понадобится. — Я вывел его в прихожую. — До свидания. Спасибо.

Я закрыл за ним дверь и вернулся к Арнольду. Мы сидели один против другого, оба слегка склонившись к электрическому теплу. Я чувствовал себя совсем разбитым и как-то неопределенно встревоженным.

— Вы непреклонны со своими друзьями, — сказал Арнольд.

— Он мне не друг.
— Мне казалось, вы сказали...
— Ну хватит о нем. Вы думаете, Рейчел в самом деле спустится к ужину?
— Да. Тут у меня есть опыт... Она не дуется подолгу после таких историй, когда я выхожу из себя. Наоборот, бывает со мной особенно добра. Вот если я держу себя в руках, тут она может бог знает до чего дойти. Конечно, такие стычки у нас случаются не часто. Но иногда мы просто оба взрываемся, и тут же все как рукой снимает, это дает разрядку. В сущности, мы очень близки друг другу. Эти скандалы не есть проявление вражды между нами, это — другой лик любви. Постороннему, наверное, нелегко это понять.
— Вероятно, как правило, при этом не бывает посторонних?
— Конечно. Вы ведь мне верите, Брэдли?.. Мне важно, чтобы вы мне верили. Для меня это не просто попытка самозащиты. Я забочусь о том, чтобы дать вам правильное представление. Мы оба орем, но это не опасно. Понимаете?
— Да, — ответил я неопределенным тоном.
— Она говорила что-нибудь обо мне?
— Только о том, что не хочет вас сегодня видеть. И что завтра все будет как обычно, забудется и простится.
Не было никакого смысла передавать ему слова Рейчел. Да и что она, собственно, в них вкладывала?
— Она очень хороший человек, такая добрая, великодушная. Я пока не буду ее тревожить. И она скоро пожалеет меня и сама спустится. Мы никогда не затягиваем ссор затемно. Да это и ссоры-то ненастоящие. Вы понимаете, Брэдли?
— Да.
— Видите? — сказал Арнольд. — Рука дрожит. Стакан так ходуном и ходит. Странно, да?
— Вам надо будет завтра самому вызвать доктора.
— О, завтра, я думаю, мне будет лучше.

— Да нет же. К ней вызвать.

— Ну, может быть. Но она очень быстро приходит в себя. Да и потом, она не особенно пострадала, я об этом специально справлялся. Слава богу, слава богу, слава богу! Я просто обманулся с этой кочергой. Это было притворство, назло мне. И я не виню Рейчел. Оба мы потрясающие глупцы. Но она не сильно пострадала, Брэдли. Доктор мне объяснил. Господи, вы, наверное, считаете меня чудовищем?

— Нет. Разрешите, я немного здесь приберу?

Я поднял опрокинутую табуретку и стал ходить по комнате с корзиной для бумаг, подбирая осколки стекла и фарфора, свидетельства недавнего сражения, которое уже представлялось нереальным, невозможным. Среди жертв его оказался знакомый мне красноглазый фарфоровый кролик, любимая статуэтка Рейчел. Кто его разбил? Может быть, она сама?

— Мы с Рейчел очень счастливая супружеская пара, — говорил тем временем Арнольд.

— Да, не сомневаюсь.

Возможно, что он был прав. Возможно, они и в самом деле были счастливой парой. Я снова сел, ощущая страшную усталость.

— Конечно, бывает, что мы и повздорим. Брак — это долгое плавание в тесной каюте. Естественно, нервы сдают. В каждом женатом человеке сидит скрытый зверь, иначе просто не может быть. Вы вот не поверите, а ведь Рейчел может быть невыносимо нудной. Иной раз как начнет пилить, так конца нет. Особенно в последнее время. Возраст, вероятно. Вы не поверите, но она может одно и то же твердить целый час подряд.

— Женщины любят всякие разговоры.

— Это не разговоры. Просто повторяет без конца одну и ту же фразу.

— Как? Слово в слово? Тогда ее надо показать психиатру.

— Нет-нет... Вот это и значит, что вы представления не имеете... Казалось бы, безумие, но она абсолютно в здравом уме. Пройдет еще полчаса, и она уже напевает, готовит ужин. Так всегда бывает, и я это знаю, и она — тоже. Женатые люди должны делать выводы.

— Какие же фразы она повторяет? Приведите пример.

— Не могу. Вы не поймете. Вам это покажется ужасным, а в действительности ничего подобного. Заберет что-нибудь в голову и катает. Например, что я обсуждаю ее с другими женщинами.

— А вы не из тех мужей, которые?..

— То есть не гуляю ли? Разумеется, нет. Господи, да я образцовый муж. И Рейчел это превосходно знает. Я всегда говорю ей правду, и она знает, что у меня нет никаких там связей, интрижек... Когда-то были, верно, но я все ей рассказал, да это и было в незапамятные времена. Что же, мне нельзя и разговаривать с другими женщинами? Мы ведь не викторианцы. Мне нужно иметь друзей, иметь возможность свободно разговаривать с ними, этим я не могу пожертвовать. Вообще неправильно уступать, если потом будешь мучиться и раскаиваться, нельзя этого делать. Да она и сама этого не хочет, это безумие. Почему мне нельзя иной раз и поговорить о ней с кем-нибудь? Смешно. Разве это запретная тема? Просто откровенные, дружеские беседы, и я не говорю ничего, что не предназначалось бы для ее ушей. Я, например, не возражаю, чтобы она говорила обо мне со своими знакомыми. Подумаешь, священный предмет. И разумеется, она говорит, у нее масса знакомых, она вовсе не затворница. Она утверждает, что загубила свои таланты, но это неправда, есть сотни способов для самовыражения — разве непременно надо быть художником, черт возьми? Она толковая женщина, могла бы работать какой-нибудь там секретаршей, если бы хотела, но хочет ли она этого? Конечно нет. Совершенно пустые жалобы, и она это знает, в ней просто говорит минутная обида на меня. У нее много интересных дел, она заседает во всевозможных комитетах, участвует в каких-то там кампаниях за то и за это, знакома с разными людьми, с членами парламента, с такими шишками, не мне чета. Ее жизнь вовсе не загублена.

— Просто на нее нашло, — сказал я. — На женщин иногда находит.

Исполненный муки голос, который я слышал наверху, уже казался мне далеким. И тут мне пришло в голову, что все происходит именно так, как она и предсказала.

— Я знаю, — вздохнул Арнольд. — Простите меня, Брэдли. Я взбудоражен и наговорил глупостей. Переволновался, потом от сердца отлегло, ну вот и... Наверное, я сейчас был несправедлив к Рейчел. В действительности все обстоит не так плохо. Вообще не плохо. Надо помнить, что в том возрасте, которого она сейчас достигла, у женщин всегда появляются кое-какие странности. Потом это, кажется, проходит. Они в это время оглядываются на прожитую жизнь. И понятно, испытывают чувство потери, расставания с молодостью. Тут истерики не в диковинку, мне кажется. — Он добавил: — Она очень женственная женщина. В таких всегда скрыта большая сила. Она удивительная женщина.

Наверху послышался шум спущенной воды. Арнольд привстал было, но тут же снова опустился в кресло.

— Вот видите, — проговорил он. — Она скоро сойдет вниз. Не надо пока ее трогать. Напрасно я вас потревожил, Брэдли, простите меня, не было никакой надобности, я просто потерял голову от страха.

Я подумал, что еще через некоторое время он почувствует за это ко мне неприязнь, и сказал ему:

— Само собой разумеется, об этом никто не узнает.

Арнольд с легкой досадой в голосе заметил:

— Это уж как вам будет угодно. Я не прошу о соблюдении тайны. Еще хересу? Почему вы выставили этого медикуса так, я бы сказал, по-хамски?

— Хотел поговорить с вами.
— А что он такое говорил вам под конец?
— Так, ничего.
— Что-то насчет Кристиан. Это он о вашей бывшей жене? Кажется, ее так звали? Жаль, я не успел с ней познакомиться, вы так рано от нее отделались.
— Пожалуй, мне теперь лучше уйти. Скоро Рейчел сойдет вниз — и состоится сцена примирения.
— Еще через часок, я думаю, не раньше.
— Вероятно, это один из тех тонких выводов, которые делают женатые люди? Но все-таки...
— Не уклоняйтесь, Брэдли. Это он о вашей прежней жене говорил, так или нет?
— Так. Он ее брат.
— Ну? Брат вашей бывшей жены. Как трогательно. Вот жаль, я не знал, а то бы я внимательнее его рассмотрел. Так вы миритесь, что ли?
— Нет.
— Да не отнекивайтесь, что-то же произошло?
— А вы любите, когда что-то происходит, верно? Она возвращается в Лондон. Овдовела. И все это не имеет ко мне ни малейшего отношения.
— Почему же? Разве вы не собираетесь с ней увидеться?
— А зачем мне, интересно знать, с ней видеться? Она мне неприятна.
— Боже, как картинно, Брэдли. Сколько достоинства! А ведь прошло так много времени. Я бы умирал от любопытства. Я-то, прямо скажу, очень хотел бы познакомиться с вашей бывшей женой. Никак не могу себе представить вас женатым мужчиной.
— Я тоже.
— Так, значит, этот доктор — ее брат. Ну и ну.
— Он не доктор.
— То есть как это? Вы же сами сказали.
— Его лишили диплома.

— Бывшая жена. Бывший врач. Как интересно. За что же?

— Не знаю. Что-то там в связи с наркотиками.

— Что именно в связи с наркотиками? Что он сделал?

— Не знаю! — ответил я, чувствуя, как во мне поднимается раздражение. — И не интересуюсь. Он мне всегда был неприятен. Какая-то темная личность. Кстати, вы, я надеюсь, не говорили ему, что у вас на самом деле произошло? Я ему сказал, что это несчастный случай.

— Ну, что у нас на самом деле произошло, не так-то трудно... Мог, наверное, догадаться.

— Упаси бог. Он способен шантажировать вас.

— Этот человек? Ну что вы!

— Во всяком случае, из моей жизни он, слава богу, давным-давно исчез.

— Но теперь вернулся. Ну и строгий же вы, Брэдли.

— Есть вещи, которых я, как это ни странно, не одобряю.

— Не одобрять вещи — это куда ни шло. Плохо не одобрять людей. Можешь оказаться в изоляции.

— Я и хочу быть в изоляции от таких людей, как Марло. Чтобы существовать как личность, надо уметь провести границы и сказать чему-то «нет». Я не желаю туманным комком протоплазмы блуждать по чужим жизням. Такое зыбкое сочувствие ко всем исключает действительное понимание кого бы то ни было...

— Сочувствие вовсе не обязательно должно быть зыбким.

— ...исключает и действительную преданность кому бы то ни было.

— Но надо знать подробности. В конце концов, справедливый суд...

— Я не выношу сплетен и пересудов. Надо уметь держать язык за зубами. Не только не судачить, но иногда даже *не думать* о других людях. Настоящие мысли рождаются из молчания.

— Брэдли, прошу вас, не надо так. Вы же не дослушали. Я говорил, что для справедливого суда нужно знать подробности. А вас, видите ли, не интересует, за что его лишили диплома. И напрасно! Вы называете его довольно темной личностью. А мне бы хотелось знать, в чем это сказывается. Но этого вы, видно, мне объяснить не можете.

С трудом сдерживая раздражение, я сказал:

— Я был рад избавиться от жены, и при этом он тоже ушел из моей жизни. Разве не понятно? По-моему, понятнее некуда.

— А мне он понравился. Я пригласил его бывать у нас.

— Господи!

— Но, Брэдли, нельзя так отвергать людей, нельзя их вычеркивать. Надо относиться к ним с любопытством. Любопытство — это своего рода милосердие.

— Я не считаю любопытство милосердием. По-моему, это скорее своего рода недоброжелательство.

— Знание подробностей — вот что делает писателя...

— Такого писателя, как вы, но не такого, как я.

— Ну вот, опять, — сказал Арнольд.

— Для чего нагромождать детали? Когда начинает всерьез работать воображение, от подробностей все равно приходится отвлекаться, они мешают. Надерганные из жизни подробности — это не искусство.

— А я этого и не говорю! — закричал Арнольд. — Я не беру материал прямо из жизни.

— Ваша жена считает, что берете.

— Еще и это! О господи!

— Подслушанные сплетни и подсмотренные подробности — это еще не искусство.

— Конечно.

— И зыбкий романтический миф — тоже еще не искусство. Искусство — это воображение! Воображение пресуществляет, плавит в своем горниле. Без воображения остаются, с одной стороны, идиотские детали, с другой — пустые сны.

— Брэдли, я знаю, вы...
— Искусство — это не болтовня плюс выдумки. Искусство рождается из бесконечного самоотречения и безмолвия.
— Из бесконечного безмолвия вообще ничего не родится! Только люди, лишенные творческого дара, могут утверждать, что больше — значит хуже!
— Что-то создать, завершить можно лишь тогда, когда чувствуешь на это неоспоримое, заслуженное право. Те, кто выбирает себе задачу по принципу наименьшей затруднительности, никогда не сподобятся...
— Чушь. Я пишу независимо от того, легко мне или трудно. И завершаю любую работу, удалась она мне или не удалась. Все прочее — лицемерие. У меня нет музы. Это и значит быть профессиональным писателем.
— В таком случае я, слава богу, не профессиональный писатель.
— Это невыносимо, Брэдли. Вы слишком романтизируете искусство. Превращаете его в какой-то мазохизм. Вам непременно нужно страдать, непременно нужно ощущать, что ваше творческое бессилие исполнено смысла.
— Оно действительно исполнено смысла.
— Да бросьте! Не надо заноситься, пусть светлый луч проглянет. Зачем так себя изводить? Ваша беда, что вы упорно воображаете себя писателем. Почему бы не считать себя просто человеком, который изредка кое-что пишет, который, возможно, еще напишет кое-что в будущем? Зачем делать из этого трагедию всей жизни?
— Я не считаю себя писателем, во всяком случае, не в том смысле, который вкладываете сюда вы. А вы себя считаете, я знаю. Вы — «писатель» с головы до пят. А я нет. Я себя считаю художником, человеком посвященным. И это, конечно, трагедия моей жизни. Или вы хотите сказать, что я дилетант?
— Нет-нет...
— Потому что, если вы...

— Брэдли, прошу вас, не будем снова затевать эту глупую ссору. У меня больше нет сил.

— Хорошо. Извините.

— Вы так распаляетесь. Так цветисто говорите. Точно цитатами изъясняетесь.

В кармане у меня лежала рецензия на последний роман Арнольда и жгла мне бок огнем. Книги Арнольда Баффина представляли собой набор забавных анекдотов, кое-как слепленных в одну «смачную историю» посредством дешевой неосмысленной символики. Черные силы воображения блистали своим отсутствием. Арнольд Баффин писал слишком много, слишком быстро. По существу, Арнольд Баффин был всего лишь талантливым журналистом.

— Давайте снова возродим наш воскресный обычай, — говорил между тем Арнольд. — Мы так приятно проводили время за беседой. Только не будем больше попадать в это беличье колесо. Мы с вами заводимся, как автоматы, когда речь заходит об определенных предметах. Приезжайте в будущее воскресенье к обеду, а?

— Едва ли Рейчел захочет меня видеть в будущее воскресенье.

— Да почему же нет?

— И потом, я ведь уезжаю за границу.

— Ах да! Я забыл. Куда вы едете?

— В Италию. Точного маршрута я еще не разработал.

— Ну все равно, вы ведь не сейчас же уезжаете? В это воскресенье еще успеете побывать у нас. И сообщите нам, где вы будете в Италии. Мы тоже туда собираемся, может, встретимся.

— Я позвоню. А сейчас я лучше пойду, Арнольд.

— Ну ладно. Спасибо за все. И не беспокойтесь о нас.

Видно было, что он теперь ничего не имеет против моего ухода. Оно и понятно: мы оба были без сил.

Арнольд попрощался со мной и сразу же запер дверь. Не успел я дойти до калитки, как раздались звуки его проигрывателя. Очевидно, он со всех ног бросился обратно в гостиную и тут же точно одержимый поставил пластинку. Кажется, это был Стравинский или что-то в этом роде. И музыка эта, и сам его поступок привели меня едва ли не в бешенство. Увы, я принадлежу, выражаясь словами Шекспира, к тем, «у кого нет музыки в душе», к тем, кто «способен на грабеж, измену, хитрость»[1].

Было уже, как я с удивлением обнаружил по своим часам, без чего-то восемь. Солнце снова сияло, хотя один край неба затянула темная металлическая туча, похожая на театральный занавес. Освещение было слегка зловещим, как случается летним вечером, когда ясное, но обессилевшее солнце медлит на пороге ночи. Зеленые листья вдруг выступили из садового полумрака с ужасающей отчетливостью. Безмозглые пернатые песнопевцы по-прежнему разливались в своем лирическом азарте.

Я устал и даже немного одурел, от пережитых страхов и волнений у меня дрожали поджилки. В груди все так же бушевали противоречивые чувства. Я все еще испытывал то неправедное удовольствие, с каким впервые услышал о постигшей друга беде (в особенности этого друга). И я с удовлетворением сознавал, что в сложной ситуации не ударил в грязь лицом. Однако очень возможно, что за это мне еще придется поплатиться. И Арнольду, и Рейчел, наверное, будет неприятна память о моем участии в происшедшей истории, и они захотят отомстить. Как раз теперь, когда я собираюсь исчезнуть и какое-то время не думать об Арнольде, это было особенно некстати. Я с беспокойством ощутил себя пленником собственного раздражения, гнева, пристрастия. Такая зависимость злила и пугала меня. Может быть, все-таки отложить отъезд до будущей недели? В воскресенье я мог бы изучить обстановку, определить ущерб, все более или менее

---

[1] *Шекспир У.* Венецианский купец. Акт V, сцена 1. Перевод Т. Щепкиной-Куперник.

уладить. И только потом уже уехать, достигнув состояния достаточного равнодушия. Что им обоим неприятно будет видеть меня, свидетеля недавней сцены, — это ясно. Однако, как люди совестливые и разумные, они, я полагал, сознательно постараются подавить в себе неприязненное чувство. И это был довод в пользу того, чтобы остаться и по возможности скорее с ними увидеться, иначе они не смогут изжить своей неприязни и время закрепит и узаконит ее. С другой стороны, в этом неестественном вечернем освещении у меня постепенно возникло предчувствие, что, если я не спасусь бегством до воскресенья, что-то меня захватит и удержит. У меня даже мелькнула мысль сесть в такси (мимо как раз проезжала свободная машина), заехать домой, взять вещи и поспешить на вокзал, чтобы уехать первым же подходящим поездом, пусть даже пришлось бы дожидаться его до утра. Но это, конечно, была вздорная идея.

В какой-то связи с моим назойливым беспокойством о том, как теперь будут ко мне относиться Баффины, стояла серьезная проблема Кристиан. Однако по́лно, где тут проблема? Ведь если бы не этот несчастный Фрэнсис, какое мне было бы сейчас дело до возвращения в Лондон моей бывшей жены? Случайной встречи с ней я мог не опасаться. А вздумай она меня посетить, я бы вежливо выставил ее вон. Подумаешь, событие. Но Фрэнсис разбудил призраков былого. Он сам явился, как некое крайне зловредное привидение. Почему, почему я свалял дурака и ввел его в дом Баффинов? Хуже, кажется, не придумаешь. У меня было пророческое предчувствие, что из-за этой глупости я еще долго буду изводиться и каяться. Арнольд, конечно, сразу нашел с ним общий язык. По части общих языков у него большой талант. Ну а теперь, услышав потрясающее известие, что Фрэнсис — мой бывший шурин и врач-расстрига, он, разумеется, захочет продолжить знакомство. Необходимо ему помешать. Может быть, просто попросить Арнольда?

Подумав, я решил, что это хотя и несколько унизительно, но будет, пожалуй, лучше всего. Фрэнсис должен быть немедленно и окончательно отлучен от моей жизни. Арнольд поймет. Так-то оно так, но не слишком ли я полагаюсь на Арнольдово понимание?

Потом я стал думать о том, что сейчас делается в доме Баффинов. Что там Рейчел, по-прежнему лежит, точно изуродованный труп, устремив глаза в потолок, а ее муж сидит в это время в гостиной, пьет виски и слушает «Жар-птицу»? А может быть, она опять натянула на лицо эту жуткую простыню? Или совсем не так? Арнольд стоит под дверью на коленях, плачет, кается и умоляет впустить его. А может быть, Рейчел, едва дождавшись моего ухода, преспокойно спустилась вниз — и прямо в мужнины объятия? И они сейчас вдвоем у себя в кухне, готовят вкусный ужин и откупоривают по этому случаю особую бутылочку? Загадочная вещь — брак. Странный и бурный мир — мир супружества. Право, к лучшему, что я оказался за его пределами. От этой мысли мне сразу стало как-то смутно жаль их. Я чувствовал такое сильное *любопытство* в том смысле, о котором говорил Арнольд, что едва не повернул обратно к их дому, чтобы побродить вокруг и высмотреть, что там делается. Но разумеется, такой поступок был бы совсем не в моем характере.

К этому времени я оказался поблизости от метро и принял решение не делать глупостей. О том, чтобы уехать сегодня из Лондона, не могло быть и речи. Поеду потихоньку домой, съем бутерброд в закусочной за углом и рано лягу спать. У меня был тяжелый день, после такой нагрузки я всегда чувствую, что уже немолод. А завтра решу, что там понадобится решать, — например, следует ли отложить отъезд до после воскресенья. И я облегченно вздохнул при мысли, что на сегодня с драмами покончено. Однако мне предстояла еще одна.

Я перешел через улицу и свернул в узкий переулок с магазинами, ведущий к станции метро. Странно яркое вечернее освещение начало меркнуть, но еще не погасло. В некоторых витринах зажглись огни. Это еще были не сумерки, а какой-то мглистый, неопределенный свет, и люди шли, купаясь в нем, неясные, словно призраки. Все виделось мне как во сне, чему немало способствовало, я полагаю, и то, что я сильно устал, и пил херес, и ничего не ел. В этом настроении, вернее, в этом состоянии какой-то обреченной умственной апатии я почти не удивился и не особенно заинтересовался, увидев на той стороне улицы молодого человека, который вел себя довольно странно. Он стоял на краю тротуара и, словно в реку, бросал на мостовую цветы. Поначалу мне подумалось, что это приверженец какой-нибудь индуистской секты, которых в Лондоне более чем достаточно, совершающий свой религиозный ритуал. Кое-кто из прохожих останавливался взглянуть на него, но лондонцы так привыкли ко всякого рода чудикам, что особого интереса он не вызывал.

При этом юноша распевал нечто вроде монотонных заклинаний. Теперь я разглядел, что разбрасывал он не цветы, а скорее белые лепестки. Где я недавно видел такие же? Да, хлопья белой краски, облупившейся с двери под нажимом Арнольдова долота. Белые лепестки летели на мостовую не беспорядочно, а в каком-то соответствии с уличным движением. Машины шли одна за другой, и юноша вытаскивал из сумки по горстке лепестков и каждый раз швырял их под колеса, все повторяя и повторяя свой ритмический напев. Хрупкая белизна лепестков взметывалась, увлекаемая автомобилем, ныряла под колеса, завивалась вихрем вслед и рассеивалась, обращаясь в ничто, и это было похоже на жертвоприношение или убийство, ибо бросаемое сразу же поглощалось и исчезало.

Юноша был тонок, одет в темные узкие брюки, темную бархатную или вельветовую курточку и белую рубашку. Густые, чуть волнистые темные волосы почти закрывали шею. Я остановился, разглядывая его, и уже хотел было отправиться дальше, как вдруг, в одном из тех резких поворотов перспективы, от которых становится так не по себе, мне открылось, что вечерний свет сыграл со мной шутку и это вовсе не юноша, а девушка. Более того, в следующее мгновение я ее узнал. Это была Джулиан Баффин, единственное дитя, дочь-подросток Арнольда и Рейчел (названная, мне едва ли надо объяснять, в честь Юлианы из Норича[1]).

Я говорю здесь о Джулиан как о подростке, потому что такой она представлялась мне в ту пору, хотя в действительности ей уже было, по-видимому, лет двадцать. Арнольд стал отцом, когда был еще совсем молод. Я испытывал к маленькой фее умеренный родственный интерес. (Своих детей мне никогда не хотелось иметь. Многие художники не хотят детей.) Но в переходном возрасте она утратила миловидность, стала скованной и угрюмо-агрессивной по отношению ко всему свету, отчего значительно пострадала ее былая прелесть. Она постоянно дулась и жаловалась, а ее детское личико, обретая твердые взрослые черты, делалось все более хмурым и замкнутым. Вот какой я ее запомнил. Дело в том, что мы давно не виделись. Родители были ею очарованы и одновременно разочарованы. Во-первых, они хотели мальчика. И потом, как все родители, они ждали, что у Джулиан будут блестящие способности, а это в данном случае не оправдалось. Джулиан долгое время оставалась ребенком, почти не принимала участия в сложной жизни мира подростков и думала о нарядах для кукол, когда девочки обычно и естественно начинают помышлять о боевой раскраске для самих себя.

Не выказав особых успехов в учении и не проявив ни малейшей склонности к наукам, Джулиан в шестнадцать лет оставила школу. Год она провела во Франции, больше

---

[1] *Юлиана из Норича* (1343–1443) — святая отшельница.

по настоянию Арнольда, чем из собственной любознательности, — так, во всяком случае, мне тогда представлялось. Нельзя сказать, чтобы она вернулась под большим впечатлением от страны, и французский язык, который она оттуда вывезла, был довольно плох, да она его тут же и забыла и поступила после этого на курсы машинописи. Свежевылупившейся машинисткой она стала было работать в машинном бюро какого-то учреждения. Но в девятнадцать лет вдруг возомнила себя художницей, и Арнольд поспешил запихнуть ее в школу живописи, откуда она вылетела ровно через год. После этого она поступила в педагогический колледж где-то в Центральных графствах и проучилась там, вероятно, год, а может быть, и два к тому времени, когда я увидел ее на улице, где она бросала белые цветочные лепестки под колеса проезжающих автомобилей.

Только теперь я, с новой переменой перспективы, вдруг увидел, что вихрящиеся белые хлопья вовсе не лепестки, а кусочки бумаги. Ветер от промчавшейся машины отбросил один такой обрывок прямо к моим ногам, и я поднял его с асфальта. Это был кусок исписанного листа, и я разобрал на нем слово «любовь». Может быть, это странное действо и в самом деле носило какой-то религиозный характер? Я перешел улицу и приблизился к Джулиан сзади. Мне хотелось услышать, что она распевает, я бы не удивился, окажись это заклинанием на каком-нибудь неведомом языке. Она повторяла все время одно и то же, какое-то слово или фразу: «Вы скорбели»? «Оскорбили»? «Скарабеи»?

— А, Брэдли. Здравствуй.

Из-за того, что она училась не в Лондоне, а также из-за того, что прекратились наши ежевоскресные обеды, я не видел Джулиан по меньшей мере год, да и раньше мы встречались лишь изредка. Я заметил, что она повзрослела, лицо, по-прежнему слегка насупленное, приобрело чуть задумчивое выражение, какой-то намек на осмысленность. Цвет лица у нее был неважный, вернее, Арнольдова кожа у женщины выглядела несколько менее привлекательно. Косметику она никогда не употребляла. У нее были водянисто-голубые, а вовсе не крапчато-карие, как у матери, глаза и замкнутое, упрямое личико, совсем не похожее на широкое, с крупными чертами, слегка веснушчатое лицо Рейчел. Цвет густых волнистых волос не содержал и намека на рыжину, они были темно-русыми и кое-где даже с отливом в зелень. Она и вблизи напоминала мальчика, высокого и угрюмо закусившего губу, которую он, может быть, только что порезал при первой попытке побриться. Угрюмость была мне по сердцу — терпеть не могу игривых, веселеньких девочек.

— Здравствуй, Джулиан. Что это ты делаешь?
— Ты был у папы?
— Да.

Я подумал: как удачно, что Джулиан не было дома.

— Слава богу. Я думала, вы поссорились.
— Что за глупости!
— Ты теперь совсем у нас не бываешь.
— Я бываю. Просто тебя не бывает дома.
— Это раньше. Я теперь прохожу педагогическую практику в Лондоне. А что там было, когда ты уходил?
— Где? У вас дома? По-моему, ничего особенного.
— Они ругались, вот я и ушла. Теперь все спокойно?
— Да, конечно...
— Тебе не кажется, что они стали чаще ругаться?
— Н-нет, я... Ты такая нарядная, Джулиан. Настоящая модница.
— Я очень рада, что ты мне встретился, я как раз о тебе думала. Мне нужно у тебя кое-что спросить, понимаешь, я собираюсь писать...
— Джулиан, что ты здесь делаешь? Какие-то бумаги разбрасываешь...
— Колдую. Это любовные письма.
— Любовные письма?
— От моего бывшего друга.

Я вспомнил, что Арнольд не без досады говорил о некоем «волосатом ухажере», если не ошибаюсь, студенте художественного училища.

— Стало быть, вы расстались?

— Да. Я разорвала их на мельчайшие кусочки. Теперь вот избавлюсь от них и буду свободна. Ну, эти, кажется, последние.

Она сняла висевшую на шее сумку, наподобие тех, в каких носят завтрак рабочие, и, вывернув наизнанку это хранилище четвертованных любовных посланий, вытряхнула на мостовую еще несколько белых лепестков. Ветер подхватил их, понес — и их не стало.

— Но ты что-то приговаривала или напевала. Это что, заклинание какое-нибудь?

— Я говорила: «Оскар Беллинг».

— Что?

— Так его звали. Видишь, я уже говорю в прошедшем времени! Все кончено!

— Это ты его оставила или?..

— Мне бы не хотелось говорить об этом... Брэдли, я должна спросить у тебя одну вещь.

За это время наступила ночь — синеватая тьма с золотыми проблесками фонарей, неуместно напомнившая мне старый темно-синий пиджак Фрэнсиса, топорщившийся рыжими обрезками волос Рейчел. Мы медленно шли по тротуару.

— Понимаешь, Брэдли, дело в том, что я решила писать книги.

У меня екнуло сердце.

— Чудесно.

— И я хочу, чтобы ты мне помог.

Трудно помочь человеку писать книги, вероятно, даже невозможно.

— Все дело в том, что я не хочу писать так, как мой папа. Я хочу писать, как ты.

Я почувствовал прилив нежности к этой девочке. Но ответить ей я мог только иронически:

— Моя дорогая Джулиан, я для тебя неподходящий пример! Ведь я бьюсь, но почти ничего не добиваюсь.

— Вот именно! А папа пишет слишком много, ведь верно? Он никогда не работает над тем, что написал. Напишет и, чтобы «избавиться», скорее отдает печатать, он сам так говорит. И тут же принимается писать что-нибудь новое. Постоянная спешка, суета. По-моему, бессмысленно быть художником, если не добиваться совершенства.

Я подумал про себя, что слышу, вероятно, мнение незабвенного Оскара Беллинга.

— Тебе предстоит трудная, долгая дорога, Джулиан, если таковы твои взгляды.

— Это твои взгляды, и я восхищаюсь за это тобой, я всегда тобой восхищалась, Брэдли. Вопрос вот в чем: ты согласишься меня учить?

Сердце у меня снова екнуло.

— Как это учить, Джулиан?

— Собственно, я имею в виду две вещи. Я все продумала. Я знаю, что я необразованная и незрелая. От этого нашего педагогического колледжа проку мало. Составь для меня список литературы. Список всех великих книг, которые я должна прочесть, но только действительно великих и трудных. Я не хочу тратить время на мелочи. У меня ведь осталось теперь не так уж много времени. Я эти книги прочту, а потом мы могли бы их вместе с тобой обсудить. Ты бы давал мне по ним вроде как уроки. А второе вот что. Я хотела бы писать какие-нибудь небольшие произведения, рассказы например, или что ты мне задашь, а ты бы их разбирал, критиковал. Понимаешь, мне необходимо самое строгое руководство. Я считаю, что технике следует уделять первостепенное внимание, ты согласен? Это все равно как надо обучиться рисунку, прежде чем приниматься за живопись. Ну пожалуйста, скажи, что берешь меня в ученики. Много времени у тебя это не отнимет, часа два в неделю, не больше. А в моей жизни это будет полный перелом.

Я, разумеется, понимал, что вопрос лишь в том, как вежливее всего отказаться. Джулиан уже сожалела о растраченных годах и огорчалась тому, что у нее осталось так мало времени. Мое горе и сожаление были посерьезнее. Я не имел возможности уделять ей два часа в неделю. Как она смела просить у меня эти драгоценные часы? И вообще, что за странная и даже пугающая мысль? Здесь не просто юношеское неразумие. Откуда у нее такая амбиция? Ведь бесспорно, удел Джулиан — быть машинисткой, учительницей, домашней хозяйкой, не блистая ни в одной из этих ролей.

Я сказал:

— Я думаю, мысль недурна. И я, разумеется, буду рад тебе помочь. И насчет техники я с тобой совершенно согласен. Но, видишь ли, сейчас я на некоторое время уезжаю за границу.

— О, куда? Я бы могла к тебе приехать. Я сейчас совершенно свободна, в моей школе корь.

— Я буду путешествовать.

— Но, Брэдли, прошу тебя, ты не мог бы дать мне задание перед отъездом? Тогда у нас уже будет о чем потолковать после твоего возвращения. Ну, хотя бы пришли мне список книг, а я их прочту к тому времени и еще приготовлю рассказ. Ну пожалуйста. Я хочу, чтобы ты был моим наставником. Ты — единственный в моей жизни человек, который мог бы быть мне настоящим учителем.

— Ну хорошо, о списке книг я подумаю. Но я не гуру для начинающих беллетристов, я не могу жертвовать время на... А какие, собственно, книги? «Илиада», «Божественная комедия» или «Сыновья и любовники»[1], «Миссис Дэллоуэй»?[2]

— Ой, конечно, «Илиада» и «Божественная комедия». Вот чудесно! Как раз то, что надо. Великие произведения!

---

[1] Роман английского писателя Д. Г. Лоуренса (1885–1930).
[2] Роман английской писательницы Вирджинии Вулф (1882–1941).

— Проза, поэзия — все равно?

— Нет-нет, пожалуйста, не поэзия. Я еще не очень умею читать поэзию. Я ее откладываю на конец.

— Но «Илиада» и «Божественная комедия» — поэмы.

— Ну да, конечно, но я буду читать прозаические переводы.

— Это, разумеется, решает проблему.

— Значит, ты мне напишешь, Брэдли? Я тебе ужасно благодарна. Теперь я с тобой попрощаюсь, мне надо заглянуть в этот магазин.

Мы совершенно неожиданно остановились перед освещенной витриной обувного магазина, немного не доходя до станции метро. За стеклом были выставлены разноцветные летние дамские сапоги с высокими узкими голенищами из каких-то словно бы кружев. Слегка растерявшись от такой внезапности, я не нашелся что сказать, махнул неопределенно рукой и брякнул: «Привет!» — выражение, которым, по-моему, никогда не пользовался ни до, ни после.

— Привет, — ответила Джулиан, словно это был какой-то пароль. И, отвернувшись к витрине, принялась рассматривать сапоги.

Я перешел улицу и, подойдя к метро, оглянулся. Джулиан застыла у витрины, полуприсев и уперев руки в колени; падающий оттуда яркий свет золотил ее густые волосы, лоб и нос. Я подумал, что какой-нибудь художник — не мистер Беллинг, конечно, — мог бы сейчас написать с нее аллегорию Мирской Суеты. Несколько минут я так стоял и наблюдал за нею, как можно наблюдать издалека живую лису, но она все не отходила и даже не шевелилась.

«Дорогой Арнольд», — написал я.

Это было назавтра утром. Я сидел за инкрустированным столиком у себя в гостиной. До сих пор у меня не было случая достаточно подробно описать это важное помещение. Здесь царит чуть пыльная, тускловатая, задумчивая атмосфера внутренней сосредоточенности и сильно пахнет, вероятно даже в буквальном смысле, стариной (не гнилью, не сухим распадом, а как бы пудрой, прахом). Кроме того, эта комната заметно обрезана, укорочена за счет моей спальни, стена которой отторгает часть ее первоначальной площади, так что упомянутые выше зеленые панели одевают ее только с трех сторон. Из-за неестественных пропорций иногда, особенно вечером, возникает впечатление, будто это не комната, а каюта корабля или купе в железнодорожном вагоне первого класса, какие курсировали по Транссибирской магистрали где-нибудь в 1910 году. Круглый инкрустированный столик стоял прямо посредине (на нем, как правило, помещался горшок с каким-нибудь растением, но я как раз незадолго до этого подарил очередного зеленого жильца своей прачке). У стен расположились вперемежку: маленькое бархатное кресло с бахромой, которую Хартборн, будучи не в состоянии из-за своей толщины в него втиснуться, называл «кружевными панталончиками»; два тонконогих стула с лирообразными спинками (подделка под викторианский стиль) и разными вышитыми подушечками на сиденьях: на одной — плывущий лебедь, на другой — букет тигровых лилий; красного дерева, довольно высокий, но узкий книжный шкаф с бюро (почти все мои книги живут на открытых полках у меня в спальне); китайская лаковая черно-красная с золотом горка, викторианская; ночной столик красного дерева с металлической, сильно попорченной верхней доской, предположительно XVIII века; складной столик атласного дерева, тоже в пятнах; висячий ореховый угловой шкафчик с выпуклыми дверцами. Кроме того, придвинутый к столу мягкий стул на гнутых ножках с зачехленными подлокотниками и вытертым лоснящимся бархатным сиденьем красного цвета, на котором в данную минуту расположился я. Пол покрыт черным ковром в больших кремовых розах. У камина — лохматый коврик под медвежью шкуру. На нем — разлапистое кресло хартборновских габаритов, которое обычно так и называется его креслом; ситцевая обивка на нем давно нуждается в обновлении. Широкая каминная полка сделана из плиты иссиня-серого мрамора, а очаг обрамлен чугунными гирляндами черных роз, с листьями в прожилках и с шипами. Картины, все очень маленькие, висели главным образом на «фальшивой» стене, так как у меня недоставало духу дырявить деревянные панели, а имевшиеся на них крючки были расположены, на мой вкус, слишком высоко. Это были небольшие полотна в толстых золотых рамах: девочки с кошками, мальчики с собачками, котята на подушках, цветы — безобидные, дешевые пустяки, которые нравились здоровому сентиментальному поколению наших отцов. Еще там висело два изящных северных пейзажа с морем и в овальной раме рисунок XVIII века: ждущая девушка с распущенными волосами. На каминной полке и в китайской черно-красной с золотом горке стояли разные мелочи: фарфоровые чашки, фигурки, табакерки, слоновая кость, восточная бронза — так, кое-что, но отдельные предметы из этой коллекции мне, видимо, потом придется описать подробнее, так как по крайней мере два из них играют в моем рассказе заметную роль.

С утра мне звонил Хартборн. Не зная о том, что я собрался уезжать, он предложил вместе пообедать. У нас с ним сохранилось обыкновение ходить вместе обедать еще с тех времен, когда я был на службе. В этот момент я еще колебался: не надо ли отложить отъезд, чтобы посвятить воскресный день укреплению мира с Баффинами. Я ответил уклончиво, что позвоню ему позже, но в действительности его звонок побудил меня поспешить с окончательным решением. И я решил ехать. Если я останусь на воскресенье, меня снова затянет рутина праздной, заурядной лондонской жизни, символом которой как раз и был бедняга Хартборн. А я стремился вырваться из этой обыденщины, вырваться из жизни, лишенной цели. Надо сказать, что меня слегка обескураживало собственное явное нежелание расставаться со своей квартирой. Я был почти испуган этим. Переставляя фарфоровые фигурки и обтирая с них пыль носовым платком, я чувствовал, как на меня приступами накатывает вещая тоска и вереницей находят неотступные видения грабежа и надругательства. Прошлой ночью мне приснился страшный сон, после которого я несколько наиболее ценных предметов спрятал, отсюда — необходимость переставлять остальные. Дурацкая мысль, что они тут будут стоять, словно молчаливые стражи, во время моего отсутствия, едва не довела меня до слез. Поэтому, рассердившись на самого себя, я принял решение отправиться нынче же утром более ранним поездом, чем было у меня запланировано.

Да, мне пора было в путь. Последние месяцы я жил, обуреваемый попеременно скукой и отчаянием, трудясь над неким смутным творческим замыслом, который то принимал очертания повести, то становился огромным романом, где герой, обладающий определенным сходством со мной самим, в серии неясных эпизодов предавался размышлениям о жизни и искусстве. Беда была в том, что темный огонь, отсутствие которого я с прискорбием отмечал в работах Арнольда, отсутствовал здесь тоже. Мне не удавалось воспламенить и сплавить отдельные мысли, отдельные образы в нечто единое. Мне бы хотелось изложить свои взгляды, чтобы получилась связная философия, и в то же время хотелось воплотить ее в определенном сюжете, быть может, в аллегории, столь же тонкой и прочной, как моя гирлянда чугунных роз. Но ничего не получалось. Мои образы оставались тенями, мои мысли — сентенциями. И однако я чувствовал близость озарения. Я знал, что стоит мне сейчас уехать, уединиться, разорвать тенета скуки и неудачи, и награда не заставит себя ждать. Вот в каком я был настроении, когда решился отправиться в путь, покинув любимое логово ради мест, где я никогда не бывал, и дома в дюнах, которого никогда не видел.

Однако сначала надо было уладить по почте кое-какие дела. Я, должен признаться, страстный и суеверный любитель писать письма. Если у меня возникает какое-нибудь затруднение, я всегда предпочитаю написать сколь угодно длинное письмо, чем просто взять трубку и позвонить по телефону. Я придаю письмам магическое значение. Почему-то я убежден, что выразить в письме какое-нибудь пожелание равносильно тому, чтобы осуществить его. Письмо — это стена, за которой можно спрятаться, отсрочка важных свершений, защитный талисман, заговоренный от жизни, это почти безошибочный способ воздействия на расстоянии (а также, нельзя отрицать, способ свалить с себя ответственность). Письмо дает возможность остановить мгновение. Поэтому я решил, что совершенно необязательно идти в воскресенье к Баффинам. Всего, что мне нужно, я могу достичь с помощью письма. Итак, я написал:

Дорогой Арнольд!

Надеюсь, что Вы с Рейчел уже простили меня за вчерашнее. Хоть и приглашенный, я все же был незваным гостем. Вы меня поймете, и мне незачем дальше распространяться по этому поводу. Нам в тягость свидетели наших неприятностей, даже самых мимолетных. Посторонний человек не поймет, и мысли, которые у него возникают, — уже бестактность. Я пишу Вам, чтобы сообщить, что у меня не возникло никаких мыслей и чувств, кроме моей искренней привязанности к вам обоим и твердой уверенности, что у вас все в полном порядке. Я ведь никогда не отличался Вашим хваленым любопытством! И я надеюсь, что хотя бы на этот раз Вы оцените преимущества потупленного взора! Говорю это от чистого сердца, без намеков на наш с Вами вечный спор.

Кроме того, я хочу, не вдаваясь в подробности, по возможности коротко, попросить Вас об одной услуге. Вам, разумеется, было интересно познакомиться с Фрэнсисом Марло, который, по удивительнейшему стечению обстоятельств, находился у меня, когда Вы позвонили. Вы сказали, что собираетесь встретиться с ним опять. Пожалуйста, не надо. Подумайте, и Вы поймете, как неприятно для меня может быть такое знакомство. Я не склонен иметь ничего общего с моей бывшей женой и не хочу протягивать ниточку между ее миром, каким бы он ни оказался, и тем, что окружает меня и мне дорого. Для Вас, я знаю, весьма характерно испытывать «любопытство» именно к такого рода вещам, но прошу Вас, будьте настолько добры к старому другу и не делайте этого.

Я хочу воспользоваться случаем и высказать Вам, как высоко я ценю, несмотря на все разногласия, нашу дружбу. Как Вы, наверное, помните, я назначил Вас моим литературным душеприказчиком. Существует ли знак более полного доверия? Однако будем надеяться, что разговоры о завещаниях преждевременны. Покамест я уезжаю из Лондона и думаю некоторое время пробыть в отсутствии. Надеюсь, что я смогу писать. Я чувствую, что стою на пороге самого решительного периода моей жизни. Передайте мой сердечный привет Рейчел. Благодарю вас обоих за неизменную доброту к одинокому человеку и полностью полагаюсь на Вас в деле с Ф. М.

С наилучшими дружескими пожеланиями.
Всегда Ваш

Брэдли.

Кончив писать это письмо, я почувствовал, что весь вспотел. Почему-то письма к Арнольду всегда волновали меня, а в данном случае еще прибавилась память об очень неприятных минутах, которую, как я знал, что там ни говори, все же не скоро сумеет превозмочь даже наша дружба. Уродливое и недостойное особенно трудно, труднее даже, чем дурное, поддается переработке в приемлемое для обеих сторон прошлое. Мы готовы простить свидетелей нашей низости, но не свидетелей нашего унижения. Я все еще был в состоянии неразрешившегося глубокого шока, и, несмотря на искренность моих уверений в том, что я не испытываю «любопытства по Арнольду», было очевидно, что этот эпизод даже для меня еще не окончен.

Я снова наполнил ручку и принялся писать еще одно письмо.

Моя дорогая Джулиан!

С твоей стороны очень мило, что ты просишь моего совета насчет чтения и писательства. Боюсь, что учить тебя писать я не смогу. У меня нет времени, да я думаю, что это и вообще невозможно. Скажу тебе несколько слов о книгах. По моему мнению, тебе следует прочесть «Илиаду» и «Одиссею» в любом достоверном переводе. (Если будет не хватать времени, то одну «Илиаду».) Это величайшие произведения мировой литературы, в них грандиозные идеи выражены в форме, утонченной до простоты. Я думаю, что за Данте тебе лучше взяться немного позже. «Божественная комедия» представляет немало трудностей и, в отличие от Гомера, нуждается в комментариях. В сущности говоря, на любом другом языке, кроме итальянского, она не только непонятна, но даже производит отталкивающее впечатление. Тебе следует, на мой взгляд, снять запрет с поэзии, чтобы он не распространялся хотя бы на наиболее известные пьесы Шекспира. Нам очень повезло, что наш родной язык — английский. Знакомство и восхищение дадут тебе возможность легко справиться с задачей. Забудь, что это «поэзия», и просто читай и получай удовольствие. В остальном мой список состоит из наиболее крупных английских и русских романов девятнадцатого столетия. (Если ты сама точно не знаешь их названий, спроси папу, можешь в этом вполне на него положиться!)

Отдайся целиком этим великим произведениям искусства. Их достанет на целую человеческую жизнь. А о писательстве особенно не заботься. Искусство — неблагодарный и часто безвозмездный труд; в твоем возрасте гораздо важнее наслаждаться им, чем служить ему. Если же ты все-таки решишься писать, не забывай о том, что ты сама говорила о стремлении к совершенству. Самое важное, что должен научиться делать писатель, — это рвать написанное. Искусство имеет дело с правдой, и не главным образом, а исключительно. Эти два слова — в сущности, синонимы. И художник ищет особый язык, чтобы высказать на нем правду. Если уж пишешь, то пиши от сердца, но осторожно, объективно. Ни в коем случае не позируй. Записывай мелочи, которые тебе представляются правдивыми. Со временем ты, может быть, найдешь в них также и красоту.

Желаю тебе всего наилучшего и спасибо за интерес к моему мнению!
Твой

Брэдли.

Покончив с этим письмом, я помедлил и, поразмыслив, походив по комнате с остановками у камина и у горки, сел и стал писать дальше:

Дорогой Марло!
Как Вы, я надеюсь, ясно поняли, Ваш визит был не только нежелателен, но и совершенно напрасен, поскольку я не намерен ни при каких обстоятельствах иметь дело с моей бывшей женой. Всякие дальнейшие попытки к сближению, по почте или лично, будут мною решительно отвергнуты. Впрочем, теперь, когда Вам известно мое отношение, надеюсь, Вы будете настолько добры и благоразумны, что оставите меня в покое. Весьма признателен за Вашу помощь у мистера и миссис Баффин. Должен сказать, на случай если Вы питаете надежду продол-

жить знакомство, что специально просил их не принимать Вас, и Вас принимать не будут.

Искренне Ваш

Брэдли Пирсон.

Вчера перед уходом Фрэнсис исхитрился сунуть мне в карман листок бумаги со своим адресом и номером телефона. Я списал адрес на конверт и бросил бумажку в корзину.

После этого я еще немного посидел, глядя в окно, как солнце золотит дальний край брандмауэра. Потом снова взялся за писание.

Дорогая миссис Эвендейл!
Мне стало известно, что Вы находитесь в Лондоне. Пишу Вам, чтобы сообщить, что я ни при каких мыслимых обстоятельствах не хочу с Вами видеться и иметь с Вами дело. Может показаться нелогичным — писать письмо, чтобы сказать это. Но мне подумалось, что из любопытства или нездорового интереса Вы, может быть, станете искать со мной встречи. Так вот, пожалуйста, не надо. Я не хочу Вас видеть и не хочу о Вас ничего знать. Не вижу причины, почему наши дороги должны теперь пересечься, и буду признателен, если между нами все останется так, как есть. Только, ради бога, не вообразите на основе моего письма, будто я все это время думал о Вас. Ничего подобного. Я Вас совершенно забыл. И сейчас бы не вспомнил, если бы не бесцеремонный визит Вашего брата. Я просил его в дальнейшем избавить меня от своих визитов и надеюсь, Вы позаботитесь о том, чтобы он никогда больше не переступал моего порога в самозваной роли Вашего посланца. Буду весьма обязан, если Вы поймете настоящее письмо только в том смысле, который в нем содержится, и ни в каком ином. И не будете вычитывать «между строк» сердечные приветы и прочее. Тот факт, что я Вам пишу, вовсе не означает, что

я взволнован или чего-то ожидаю. В бытность свою моей женой Вы держались со мной неприязненно, относились ко мне дурно, действовали на меня губительно. Полагаю, что это не слишком сильно сказано. Освободившись от Вас, я испытал глубочайшее облегчение, и теперь Вы мне неприятны. Вернее, мне неприятна память о Вас. Собственно говоря, Вы бы для меня теперь вообще не существовали, если бы не скверные воспоминания, разбуженные Вашим братом. Дурные эти чувства скоро рассеются и снова уступят место забвению. Надеюсь, что Вы не помешаете этому процессу. Буду до конца откровенен и признаюсь, что любая Ваша попытка к сближению рассердила бы меня ужасно, а Вы, я полагаю, предпочтете обойтись без неприятных сцен. Утешаюсь, однако, мыслью, что Ваши воспоминания обо мне, несомненно, столь же неблагоприятны, как и мои о Вас, и поэтому Вы едва ли и сами захотите встречи.

Искренне Ваш

Брэдли Пирсон.

P. S. Должен добавить, что сегодня покидаю Лондон, а завтра — Англию. Предполагаю некоторое время провести в отсутствии, а возможно, и обосноваться за границей.

Заканчивая это письмо, я не только был весь в поту, но к тому же еще дрожал, задыхался и испытывал сильное сердцебиение. Какое чувство меня взволновало? Страх? Удивительно, как трудно порой назвать терзающее тебя чувство. Бывает, что это и не нужно, а бывает ужасно важно. Ненависть?

Я посмотрел на часы — оказалось, что на сочинение последнего письма у меня ушло довольно много времени. На утренний поезд я уже опоздал. Да и все равно дневной гораздо удобнее. Сколько беспокойства с этими поездами. В них воплощается для нас угроза полной, необратимой неудачи. Кроме того, в них грязно, шумно, очень много чужих, незнакомых людей, в них убеждаешься, что жизнь полна досадных неожиданностей: разговорчивых спутников, детей.

Я перечитал письмо к Кристиан и задумался. Его продиктовала мне насущная потребность в самовыражении, в самозащите, в моей охранной магии, которая, как я объяснял, заключена для меня в письмописании. Однако письмо (что я иногда, себе на беду, упускал из виду) — это не только инструмент самовыражения; оно в то же время является высказыванием, обращением, уговором, приказом, и его действенную силу в этом качестве следует трезво оценивать. Каково будет действие моего письма на Кристиан? Теперь я понимал, что оно может оказаться прямо противоположным желаемому. Письмо, да еще с намеком на «неприятную сцену», только воодушевит ее. Она вычитает между строк совсем не то, что в нем есть. И примчится на такси. К тому же там действительно много противоречий. Если я переселяюсь за границу, зачем вообще писать? Вероятно, уместнее было бы послать короткую записку: «Не пытайтесь со мной связаться». Или даже просто ничего. Беда в том, что я уже так разволновался из-за Кристиан и ощущал себя как бы оскверненным от соприкосновения с нею, мне психологически необходимо было отправить ей какое-то послание, просто чтобы очиститься. Тем временем я надписал на конверте наш старый адрес. Дом, разумеется, был приобретен на ее имя. Удачное капиталовложение.

Я решил отправить письмо Фрэнсису, а потом уже решать, слать ли что-нибудь и что именно — Кристиан. Я принял также решение безотлагательно выехать из дому и отправиться на вокзал, где можно будет на досуге пообедать и подождать поезда. Вышло очень удачно, что я пропустил утренний поезд. Мне случалось приезжать на вокзалы настолько раньше отправки нужного поезда, что я поспевал еще в последнюю минуту на предыдущий, и переживание это не из приятных. Засовывая письмо к Кристиан в карман пиджака, я нащупал там рецензию на роман Арнольда. Еще одна нерешенная проблема. Разумеется, я мог бы воздержаться от публикации, однако я сознавал, что мне хочется ее напечатать. Почему? Да, надо уехать и все как следует обдумать.

Чемоданы стояли, как я их вчера оставил, в прихожей. Я надел плащ. Потом зашел в ванную. Ванная комната в моей квартире была из тех, куда, сколько их ни вылизывай, все равно противно зайти. В мыльницах, на раковине и в ванне валялись разноцветные обмылки: я никогда не мог себя заставить их выкинуть. Теперь внезапным усилием воли я вдруг собрал их и спустил в унитаз. И пока я стоял, ошеломленный собственным триумфом, у входной двери вдруг громко и требовательно задребезжал звонок.

Здесь я должен сообщить кое-какие сведения о моей сестре Присцилле, которая сейчас появится на сцене.

Присцилла моложе меня на шесть лет. Она рано оставила школу. Как, впрочем, и я. Я человек образованный и культурный, но только благодаря собственному рвению, труду и таланту. У Присциллы не было рвения и таланта, и она не трудилась. Она была избалована нашей матерью, на которую походила во всех отношениях. Мне кажется, что женщины, быть может бессознательно, передают дочерям свою глубокую неудовлетворенность жизнью. Моя мать, не будучи, собственно, несчастлива в браке, испытывала постоянное недовольство белым светом. Оно родилось у нее или, во всяком случае, утвердилось благодаря сознанию, что она вышла замуж в некотором смысле «ниже себя». В молодости она была красавица и за ней ухаживали многие. И я подозреваю, что позже, постарев за прилавком, она нередко прикидывала, как можно было разыграть свои карты по-иному и оказаться в большем выигрыше. Присцилла, которая заключила с точки зрения коммерческой и даже светской гораздо более выгодную сделку, тоже не избежала такой участи. Хотя и не столь красивая, как наша мать, девушкой она тоже была недурна собой и пользовалась большим успехом в кружке развязных и малообразованных юнцов, которые составляли ее «компанию». Но Присцилла, поддерживаемая матерью, питала более честолюбивые намерения и не торопилась останавливать свой выбор на ком-нибудь из этих немудрящих искателей.

Я и сам оставил школу пятнадцати лет, поступив младшим клерком в правительственное учреждение. Я поселился один и все свободное время учился и писал. Я был привязан к Присцилле в детстве, но теперь решительно и сознательно отошел и от нее, и от родителей. Было очевидно, что родные не способны понять и разделить мои интересы, и я отделался от них. Присцилла, не имея никакой профессии, — она не умела даже печатать на машинке — поступила работать в заведение, которое она именовала «Домом моделей», — оптовый магазин женского платья в Кройдоне. Она служила там, видимо, в какой-то очень мелкой должности. В это время Присцилла совершенно помешалась на моде, может быть не без влияния матери. Присцилла начала сандалить лицо косметикой, проводить дни и ночи в парикмахерской и постоянно покупала себе новые платья, в которых была бог знает на кого похожа. Ее требования, ее расточительность служили, очевидно, причиной частых ссор в семье. А у меня к этому времени были другие интересы и заботы — заботы человека, рано осознавшего, что он не получил того образования, которого заслуживал.

Коротко говоря, Присцилла действительно «выбилась в люди» с помощью шикарных туалетов и великосветских замашек и осуществила свои честолюбивые чаяния, проникнув в чуть более высокие круги, чем те, с которых начинала. Я думаю, что вдвоем с матерью они разработали и провели настоящую кампанию борьбы за Присциллино счастье. Присцилла играла в теннис, участвовала в любительских спектаклях, танцевала на благотворительных балах. Это был настоящий светский дебют. Только Присциллин «дебют» все продолжался и продолжался. Она никак не могла выбрать себе мужа. А может быть, ее новые воздыхатели, несмотря на то что Присцилла с матерью так усердно пускали им пыль в глаза, все же чувствовали, что бедная Присцилла — не такая уж блестящая партия. Может быть, от нее все же попахивало лавкой. Тем временем, употребив все свои усилия на работу над собой, она потеряла работу в «Доме моделей» и другой подыскивать не стала. Теперь она проводила время дома, считалась не вполне здоровой — очевидно, у нее началось то, что теперь называется острым нервным истощением.

А когда она выздоровела, ей было уже сильно за двадцать и первая свежесть в ее облике заметно пошла на убыль. Она поговаривала о том, чтобы стать манекенщицей, но, насколько мне известно, никаких серьезных попыток в этом направлении не предпринимала. Стала же она в действительности, если называть вещи своими именами, просто шлюхой. Я не хочу этим сказать, что она пошла на улицу, но она вращалась в кругу дельцов на отдыхе, игроков в гольф и клубных завсегдатаев, которые, безусловно, относились к ней именно так. Я об этом не желал ничего знать; возможно, мне следовало бы выказать несколько большее участие. Когда мой отец попытался однажды заговорить со мной о Присцилле, мне это было крайне неприятно, и я, хотя и видел, как он расстроен, решительно отказался обсуждать эту тему. Матери я ничего не говорил, она всегда заступалась за Присциллу и делала вид, а может, и вправду верила, будто все хорошо. Да и сам я к этому времени уже был связан с Кристиан, и у меня были свои заботы.

Где-то в этом клубно-ресторанном хороводе Присцилла встретилась с Роджером Саксом, который стал в конечном счете ее мужем. О существовании Роджера я впервые услышал в связи с известием о том, что Присцилла беременна. Тогда о браке и речи не было. Выяснилось, что Роджер готов оплатить половину стоимости аборта, но требует, чтобы вторую половину оплатила семья. С такой неприкрытой низости и началось мое знакомство с будущим зятем. Был он, как я понял, человек вполне со средствами. Мы с отцом сложились, и Присцилле сделали операцию. Эта грязная противозаконная история убила моего отца. Он был пуританин вроде меня и к тому же робок и законопослушен. Стыд и страх подорвали его здоровье. Он уже раньше был болен, а тут расхворался совсем и так и не выздоровел. Мать, угнетенная горем, направила все силы на то, чтобы выдать Присциллу за кого-нибудь замуж, теперь уж за кого придется. И в конце концов (как и почему, осталось неизвестно) примерно через год после операции Присцилла вышла за этого Роджера.

Подробно описывать Роджера я не буду. Он тоже со временем появится в моем рассказе. Мне он не нравился. И я ему тоже. Он называл себя «питомцем частной школы», и это, по-видимому, было правдой. Он отличался невежеством, шикарными замашками, «сочным» голосом и обманчиво импозантной внешностью. Когда его пышная каштановая шевелюра засеребрилась, а затем и побелела, он стал похож на старого солдата. Кажется, он служил некоторое время в интендантских частях. У него была военная выправка, и, по его словам, друзья даже прозвали его Бригадир. Он любил грубые армейские шутки. А на самом деле был просто служащим в банке, о чем всячески старался умалчивать. Он слишком много пил и слишком много смеялся.

Очевидно, что с таким мужем моя сестра не могла быть особенно счастлива. И она не была счастлива, хотя трогательно и храбро делала вид, будто все очень хорошо. У нее был вкус к обзаведению, и со временем они совсем недурно устроились в одном из «хороших» кварталов Бристоля в отдельном доме, вернее, в половине дома с отдельным входом, со всякой посудой и прочими причиндалами, которые так ценят женщины. Они затевали «званые вечера», купили большой автомобиль. Это уже был не Кройдон. Я подозревал, что они живут не по средствам и что у Роджера бывают серьезные денежные затруднения, но Присцилла никогда в этом прямо не признавалась. Оба они очень хотели детей, но детей не было. Один раз под пьяную руку Роджер намекнул, что все дело в необратимых последствиях Присциллиной «операции». Но я ничего не хотел знать. Я видел, что Присцилла несчастлива, что жизнь ее пуста и скучна и от Роджера ей тоже было мало утешения. Впрочем, я и об этом не хотел ничего знать. Бывал я у них очень редко. Время от времени я угощал Присциллу обедом в Лондоне. И мы говорили с ней о пустяках.

Я открыл дверь: на пороге стояла Присцилла. Я сразу почувствовал, что что-то произошло. Присцилла прекрасно знала, как я не люблю, когда мне сваливаются на голову. О наших «обеденных» свиданиях мы всегда сговаривались по почте за много дней вперед.

Она была в модном синем трикотажном костюме, но смотрела на меня взволнованно, без улыбки, и лицо ее было бледно. Она и теперь была еще довольно хороша собой, но сильно прибавила в весе и утратила блеск и теперь походила на деловую даму — как раз под стать своему «старому солдату» Роджеру. Ее хорошо сшитые неброские туалеты в нарочито строгом стиле, совсем не похожие на огненное оперение ее юных лет, производили впечатление униформы, впрочем, его нарушало обилие дешевых побрякушек, которыми она себя увешивала. Волосы, всегда аккуратно причесанные и завитые, она красила в скромный, чуть золотистый цвет. Лицо у нее было не из слабых, имело некоторое сходство с моим, но без моего замкнутого, сосредоточенного выражения. Она близоруко щурила глаза, а тонкие губы всегда красила яркой помадой.

Присцилла ни слова не вымолвила в ответ на мое удивленное приветствие, а прошла мимо меня прямо в гостиную, взяла у стены один из стульев с лирообразной спинкой, выдвинула его на середину комнаты, села и разразилась потоком слез.

— Присцилла, Присцилла, что с тобой? Что случилось? Господи, как ты меня огорчаешь!

Через какое-то время плач ее утих, но она продолжала протяжно вздыхать и всхлипывать, бессмысленно разглядывая бумажный платок у себя в руках, на котором остались медвяно-коричневые разводы от ее грима.

— Присцилла, ну что с тобой?
— Я ушла от Роджера.

Я почувствовал холодное отчаяние, страх за себя. Я вовсе не хотел, чтобы меня вмешивали в Присциллины неприятности. Принуждали жалеть ее. Но тут же я подумал, что это, конечно, одни слова, очередное недоразумение.

— Не говори глупости, Присцилла. И успокойся, пожалуйста. Никуда ты не ушла. Просто вы поссорились...
— Ты дашь мне глоток виски?
— У меня нет виски. Кажется, стоит там какой-то полусладкий херес.
— Ну хорошо. Принеси.

Я отошел к ореховому настенному шкафчику и налил ей рюмку темного хереса.

— Вот.
— Брэдли, это было ужасно, ужасно. Я жила в страшном кошмаре, вся моя жизнь была один жуткий кошмар, от такого кричат по ночам.
— Присцилла, послушай. Я сейчас уезжаю. Я не могу менять свои планы. Если хочешь, поедем куда-нибудь пообедаем, и я посажу тебя в бристольский поезд.

— Говорю тебе, я ушла от Роджера.

— Вздор.

— Знаешь, я, пожалуй, лучше лягу в постель.

— *В постель?*

Она, не слушая меня, встала со стула, вышла из гостиной, стукнувшись о косяк, и пошла в свободную комнату, которая служила у меня спальней для гостей. Убедившись, что там нет постели, она тут же вернулась обратно, едва не сбив меня с ног. Так же стремительно прошла в мою спальню, села на кровать, швырнула в угол сумочку, скинула туфли и стянула жакет. Потом с глухим стоном принялась снимать юбку.

— Присцилла!

— Я должна лечь. Я всю ночь провела на ногах. Принеси сюда, пожалуйста, мой херес.

Я вернулся с рюмкой.

Присцилла стянула юбку, что-то при этом у нее разорвалось, мелькнула розовая комбинация, и вот она уже лежит под одеялом, вздрагивая и глядя пустыми, скорбно расширенными глазами.

Я пододвинул стул и сел рядом.

— Кончено мое замужество, Брэдли. Наверное, и жизнь моя кончена. Какая она была жалкая, никчемная.

— Присцилла, не говори так...

— В Роджера просто дьявол вселился. Какой-то демон. Или он вдруг сошел с ума.

— Ты знаешь, я всегда был невысокого мнения о Роджере...

— Я так страдала, столько лет страдала...

— Знаю, но...

— Не понимаю, как может человек все время так страдать и оставаться в живых!

— Мне очень жаль...

— Но в последние месяцы это уже был настоящий, невыносимый ад, понимаешь, я чувствовала, что он хочет моей смерти, о, я не могу объяснить, но он пытался отравить меня, а иногда я просыпалась ночью, а он стоит у моей кровати и так страшно смотрит, будто сейчас меня задушит.

— Присцилла, все это чистые выдумки, ты не должна...
— Конечно, он путается с другими женщинами, наверняка так, но я бы и слова не сказала, если бы не то, что он так ненавидит меня. Жить с человеком, который тебя ненавидит... можно с ума сойти. Он так часто куда-то пропадает, говорит, что задерживается на работе, а когда я звоню, его нет. Я целыми днями сижу и думаю, где он... Ездит на какие-то конференции, наверное, действительно бывают конференции, я один раз позвонила, и... Он делает все, что захочет, а я так одинока, так ужасно одинока... И я все время мирилась с этим, потому что ничего другого не оставалось...
— Присцилла, и сейчас тоже ничего другого не остается.
— Как ты можешь мне говорить такое? Как ты можешь? Эта холодная ненависть, это желание убить меня, отравить...
— Присцилла, успокойся. Тебе нельзя уйти от Роджера. Это бессмысленно. Разумеется, ты страдаешь, все, кто состоит в браке, страдают, но ведь нельзя же начинать жизнь заново в пятьдесят лет, или сколько там тебе сейчас...
— Пятьдесят два. О господи, господи!..
— Перестань. Остановись, пожалуйста. Вытри глаза, успокойся, и я отвезу тебя на такси на Паддингтонский вокзал. Я уезжаю из Лондона. Тебе больше нельзя здесь быть.
— И я оставила все свои украшения, а там есть довольно дорогие, и вот теперь он мне их не отдаст, просто назло. О, почему я так сглупила! Вчера ночью взяла и убежала из дому, мы ругались, ругались без конца, и я не могла этого больше выносить. Взяла и выбежала вон, даже пальто не надела, пришла на вокзал, думала, он при-

дет за мной, а он не пришел. Он, конечно, нарочно старался довести меня до этого, заставить уйти из дому, а потом сказать, что вся вина на мне. А я ждала на вокзале всю ночь, и было так холодно, я чувствовала, что схожу с ума, так мне было больно. О, как он со мной ужасно обращался, как страшно, как подло... Иногда он часами твердил и твердил одно: «Ненавижу тебя, ненавижу, ненавижу!..»

— Все супруги твердят друг другу это слово. Оно — панихида по браку.

— «Ненавижу тебя, ненавижу...»

— По-моему, это ты говорила, а не он. По-моему, Присцилла...

— И я оставила все мои украшения, и норковый палантин, и Роджер снял все деньги с нашего общего счета...

— Присцилла, возьми себя в руки. Слышишь? Я даю тебе десять минут. Отдохни немного, а потом оденься честь честью, и мы вместе выйдем отсюда.

— Брэдли, о господи, я так несчастна, так подавлена... Я создала ему дом, у меня ведь больше ничего в жизни нет, я столько души в этот дом вложила, все шторы вышила своими руками, мне там каждая вещичка дорога, другого ведь у меня ничего нет, и вот теперь все кончено, все, что у меня было в жизни, теперь отнято, я убью себя, я себя на куски разорву...

— Перестань, прошу тебя. Напрасно я выслушиваю твои жалобы. Тебе это не на пользу. Ты довела себя бог знает до чего и совсем перестала соображать. С женщинами твоего возраста это бывает. Подумай хорошенько, Присцилла. Согласен, жить тебе с Роджером, наверное, несладко, он большой эгоист, все так, но тебе придется его простить. Женщинам всегда приходится мириться с эгоизмом мужчин, такая уж у них участь. Ты не можешь теперь вдруг его оставить, тебе просто больше некуда деваться.

— Я убью себя.

— Сделай над собой усилие. Возьми себя в руки. Говорю тебе это не от бессердечия, а для твоего же блага. Сейчас я ненадолго уйду и закончу там паковать свои вещи.

Но она уже снова рыдала в три ручья, даже не думая вытирать глаза. Вид у нее был такой жалкий и безобразный, что я протянул руку и задернул шторы. Ее распухшее лицо и полумрак спальни напомнили мне о Рейчел.

— О, о, я оставила все свои украшения, и стразовый гарнитур, и нефритовую брошь, и янтарные серьги, и перстни, и хрустальное ожерелье с лазуритами, и норковый палантин...

Я закрыл за собой дверь спальни, вернулся в гостиную и закрыл также дверь гостиной. Я был глубоко взволнован. Не выношу необузданных изъявлений чувств и глупых женских слез. Я боялся, как бы сестра не оказалась вдруг у меня на руках. Я просто-напросто не настолько любил ее, чтобы она могла на меня рассчитывать, и, видимо, лучше всего было сказать ей об этом прямо.

Переждав минут десять, пока успокоятся мои нервы и прояснится голова, я встал и подошел к двери в спальню. В сущности, я и не надеялся, что застану Присциллу одетой и готовой к уходу. Что мне делать, я не знал. Мне противна и страшна была сама мысль о «нервном расстройстве», этом наполовину сознательном уходе от упорядоченной жизни, к которому в наши дни принято относиться с такой терпимостью. Я заглянул в комнату. Присцилла, растрепанная и жалкая, лежала на боку, откинув одеяло. Мокрый рот ее был широко раскрыт. С кровати как-то неудобно свешивалась полная нога в чулке с желтыми подвязками, между которыми выпирал кусок голого, в пигментных пятнах, тела. Присцилла лежала в такой неизящной и неловкой позе, что была похожа на опрокинувшийся манекен. Глухим, чуть подвывающим голосом она проговорила:

— Я выпила все мои снотворные таблетки.

— Что? Присцилла, нет!
— Выпила.
В руке у нее был пустой пузырек.
— Не может быть! Сколько их было?
— Я сказала тебе, что моя жизнь разбита. А ты ушел и закрыл дверь. Вот и уходи и закрой дверь. Ведь вина не твоя. И оставь меня в покое. Уходи, на поезд опоздаешь. А я смогу уснуть наконец. Я достаточно настрадалась за свою жизнь. Ты сказал, мне некуда уйти. Нет, есть еще куда: в смерть. Достаточно я настрадалась.

Пузырек выпал у нее из руки.

Я подобрал его. Наклейка ничего мне не сказала. Я бросился к Присцилле и стал тупо натягивать на нее одеяло, но одна ее нога лежала поверх, и ничего не получалось. Я выбежал из спальни.

Я стал метаться по прихожей, порываясь то в спальню, то к дверям квартиры, то назад, к столику, на котором стоял телефон. Как раз когда я остановился перед телефоном, он зазвонил. Я поднял трубку.

Послышались короткие гудки, потом щелкнуло, и голос Арнольда произнес:

— Брэдли, мы с Рейчел обедаем в городе, по соседству с вами, и мы подумали, может, вы согласитесь к нам присоединиться? Дорогая, хочешь поговорить с Брэдли?

Голос Рейчел сказал:

— Брэдли, милый, нам бы очень...

Я перебил:

— Присцилла приняла все свои снотворные таблетки.
— Как? Кто?
— Присцилла. Моя сестра. Она только что приняла все таблетки из пузырька... я... в больницу...
— Что вы говорите, Брэдли? Я вас не слышу. Брэдли, не вешайте трубку, мы...
— Присцилла выпила снотворные... Простите, я должен закончить... доктора... простите...

Я опустил трубку, тут же поднял снова, еще услышал, как Рейчел говорит: «...чем-нибудь помочь?» — и швырнул ее на рычаг. Потом снова подбежал к двери спальни, оттуда назад, поднял телефонную трубку, опустил, принялся вытаскивать из ящика телефонные книги — они у меня стояли в переоборудованном старинном комоде. Они разлетелись по полу. У входной двери зазвонил звонок.

Я бросился открывать. Пришел Фрэнсис Марло.

Я сказал:

— Слава богу, что вы пришли, моя сестра только что выпила целый пузырек снотворных таблеток.

— Где пузырек? — спросил Фрэнсис. — Сколько их там было?

— Господи, откуда мне знать?.. Пузырек? Он у меня только что был в руках... О черт, куда я его девал?

— Когда она их приняла?

— Только что.

— В больницу позвонили?

— Нет, я...

— Где она?

— Там, у меня.

— Найдите пузырек и позвоните в Мидлсексскую больницу. Спросите отделение несчастных случаев.

— О черт, куда задевался проклятый пузырек? Только что держал его в руках...

У входной двери снова зазвонили. Я открыл. На пороге стояли Арнольд, Рейчел и Джулиан. Все трое нарядно одетые, Джулиан в каком-то цветастом платьице выглядела лет на двенадцать. Они походили на семейную группу с рекламной картинки — только у Рейчел был синяк под глазом.

— Брэдли, может быть, мы...

— Помогите найти пузырек, у меня был пузырек из-под снотворного, что она выпила, куда я его девал?..

Из спальни послышался крик.

— Брэд! — позвал Фрэнсис. — Если можно...

— Пустите меня, — сказала Рейчел и ушла в спальню.

— Надо позвонить в больницу, — сказал я.

— А что вы говорили насчет какого-то пузырька? — спросил Арнольд.

— Я не разбираю здесь номеров. Арнольд, найдите мне номер телефона больницы.

— Я всегда говорил, что вам нужны очки.

Из спальни в кухню пробежала Рейчел. Стало слышно, как Присцилла бормочет:

— Оставьте меня, оставьте...

— Арнольд, пожалуйста, позвоните вы в больницу, а я пока поищу... Может быть, я унес его...

Я выбежал в гостиную и с удивлением увидел там девочку. У меня возникло впечатление свежевыстиранного платьица, свежевымытой девочки, которая пришла в гости. Она разглядывала бронзовые статуэтки в лакированной горке, но при моем появлении отвлеклась и с вежливым интересом смотрела, как я расшвыриваю диванные подушки.

— Брэдли, что ты ищешь?

— Бутылочку. Снотворные таблетки. Узнать какие.

Арнольд разговаривал по телефону.

Фрэнсис позвал из спальни. Я побежал туда.

Рейчел вытирала тряпкой пол. Стоял отвратительный запах. Присцилла всхлипывала, сидя на краю кровати. Комбинация в розовый цветочек задралась на ней, довольно тесные шелковые трико врезались в кожу, и между ними и верхним краем чулок выпирало голое тело.

Фрэнсис возбужденной скороговоркой объяснил:

— Ее стошнило. Я даже ничего... теперь ей станет легче, но промывание желудка...

Раздался голос Джулиан:

— Вот этот?

Она, не входя, протянула в приоткрытую дверь руку. Фрэнсис взял у нее пузырек.

— Ах, это... Ну, это не...

— «Скорая помощь» сейчас будет! — крикнул Арнольд.

— Эта штука ей особого вреда не причинит. Надо выпить сразу целую гору. А так просто вызывает рвоту, поэтому она и...

— Присцилла, перестань плакать. Все будет хорошо.

— Оставьте меня!

— Надо ее укрыть, — сказал Фрэнсис.

— Оставьте меня! Я вас всех ненавижу.

— Она не в себе, — пояснил я.

— Надо уложить ее по-настоящему в постель, укутать, пусть согреется, — распорядился Фрэнсис.

— Я заварю чаю, — сказала Рейчел.

Они вышли, и дверь закрылась. Я еще раз попробовал вытянуть из-под Присциллы одеяло — она сидела на нем.

Тогда, вдруг вскочив, она сама отбросила одеяло, плюхнулась в кровать и стала лихорадочно натягивать его на себя, укрываясь с головой. Слышно было, как она бормочет под одеялом: «Стыдно, ах как стыдно... Выставить меня напоказ перед всеми этими людьми! Я хочу умереть, хочу умереть!» И она снова зарыдала.

Я сел к ней на кровать и взглянул на часы. Был уже первый час. Никто не позаботился раздернуть шторы, и в комнате по-прежнему стоял полумрак. Пахло отвратительно. Я погладил вздымавшуюся груду на постели. Только волосы и оставались открытыми — грязно-серая полоса у корней золотистых прядей. Волосы казались сухими и ломкими, они больше походили на какие-то синтетические волокна, чем на человеческие волосы. Я ощутил отвращение, бессильную жалость и подкрадывающуюся тошноту. Некоторое время я так сидел и неловко поглаживал какую-то выпуклую часть ее тела — точно малый ребенок, которому позволили погладить незнакомое животное. Потом мне пришло в голову, что нужно решительно приподнять одеяло и взять ее за руку, но, когда я потянул, она только глубже зарылась в постель — скрылись даже волосы.

Раздался голос Рейчел:

— «Скорая помощь» приехала!

Я сказал Фрэнсису:

— Распорядитесь тут, хорошо? — и через прихожую, мимо Фрэнсиса, объяснявшегося с санитарами, прошел обратно в гостиную.

Джулиан, похожая на одну из моих фарфоровых статуэток, опять стояла перед горкой. В кресле, откинувшись, сидела Рейчел и как-то странно улыбалась. Она спросила:

— Опасности нет?

— Нет.

— Брэдли, — сказала Джулиан, — а можно, я куплю у тебя вот это?

— Что?

— Вот эту вещицу. Можно, я ее у тебя куплю? Продай ее мне.

Рейчел сказала:

— Джулиан, не приставай, ради бога.

Джулиан держала на ладони одну из моих китайских бронзовых фигурок — они жили у меня уже бог знает сколько лет. Это был буйвол с опущенной головой и изысканно морщинистой шеей, а на спине у него сидела важная госпожа, нежная и прекрасная, в многоскладчатом одеянии, с высокой замысловатой прической.

— Можно, Брэдли?

Рейчел сказала:

— Джулиан, слыхано ли это — торговать у человека его имущество?

— Можешь взять ее себе, — сказал я.

— Брэдли, не позволяйте ей...

— Нет, ты продай мне.

— Разумеется, не продам. Можешь взять ее. — Я сел. — Где Арнольд?

— Ой, вот спасибо! Посмотрите-ка, письмо папе. И мне тоже. Можно захватить?

— Да, да. Где Арнольд?

— Пошел в кабак, — ответила Рейчел и улыбнулась еще шире.

— Она сочла, что момент не вполне благоприятный, — добавила Джулиан.

— Кто?

— Он пошел в кабак с Кристиан.

— *С Кристиан?*

— Приехала ваша бывшая жена, — улыбаясь, объяснила Рейчел. — Арнольд рассказал, что у вас сестра только что пыталась покончить с собой, вот ваша бывшая жена и решила, что сейчас не вполне благоприятный момент для встречи. И удалилась со сцены в сопровождении Арнольда. Куда именно, я точно не знаю. «В кабак» — это его слова.

Я выбежал в прихожую. Мне навстречу шли санитары с носилками. Я бросился на улицу.

Здесь, думается мне, позволительно будет сделать остановку в рассказе и обратиться к вам прямо, любезный друг. В сущности, все, что я сейчас пишу, а подсознательно и вообще все мое творчество — это сообщение, сделанное специально для вас. Но обратиться прямо — это совсем другое дело, это снимает бремя с сердца и ума. В этом есть элемент исповеди. Как легко становится человеку, когда он может отступить назад и даже признать свое поражение, признать поражение в таком контексте, где нет опасности, что это прозвучит фальшиво! Когда верующий — счастливый человек! — просит Бога отпустить ему не только те грехи, которые он за собой помнит, но и те, которых он не помнит, и, еще того трогательнее, те грехи, которых он, по темноте своей, вообще за грехи не считает, каким грандиозным должно быть даруемое ему чувство освобождения и наступающего затем покоя! Так и я ныне, предназначая и отдавая эти строки на суд вам, мой проницательный критик, испытываю глубокий покой в сознании того, что мною сделано все возможное и что вы по справедливости оцените мои скромные труды. Бывают минуты, я знаю, когда я представляюсь вам маньяком, которого переполняет сознание собственного величия. Но возможно, всякий художник должен быть немножко маньяком, сознавать себя богом. Не должен ли всякий художник испытывать иногда восторг от своей работы, упиваться ее блеском, видением ее совершенства? И здесь нет места сравнению в обычном смысле этого слова. Мало кто из художников интересуется своими современниками. Кто имеет кумиров в сегодняшнем дне, сам принадлежит дню вчерашнему. Только того, кто вульгарен, может беспокоить хвала, которая достается другим. Чувство собственного превосходства чуждо зависти, не ведает точной меры, вероятно, полезно, быть может, необходимо. И столь же необходимо чувство собственного ничтожества, то сознание пределов своих возможностей, которое должен иметь художник, различая за жалкими плодами своих трудов головокружительный, сияющий призрак совершенства.

У меня нет намерения снабжать эту книгу столь же пространным, как она сама, комментарием. Рассказ неизбежно должен будет вскоре вырваться из-под моего контроля. Это обращение к вам отвечает внутренней потребности, которая сама служит одной из тем книги. Вы сами, подробно обсуждая со мной возможные формы воплощения моего творческого замысла, подтвердили «законность» такого приема; впрочем, излитое из самого сердца заслуживает, наверное, более теплого обозначения — скажем, такого лирического всплеска: невольного, неудержимого выражения любви. Эта книга — об искусстве. В то же время она сама хоть и скромное, но произведение искусства — *objet d'art*, как принято говорить; так что ей можно позволить оглянуться на самое себя. Искусство (как я объяснил Джулиан) — это выражение правды, для некоторых случаев — единственный способ выражения. И однако как немыслимо трудно порой отделить великолепие инструмента от достоинств исполняемого на нем произведения. Иные хвалят лишь предельную простоту; для них птичья трель так называемого примитива есть критерий всего, как будто правда перестает быть правдой, если она не косноязычна. Существует, конечно, божественно-искушенная простота, мы видим ее в творениях тех, чьи имена я не решаюсь назвать, так близки они к богам. (Богов не называют.) Но даже если к простоте и надо стремиться постоянно, бывают положения, в которых без некоторой изящной усложненности обойтись все равно невозможно. И тут возникает вопрос: а как же правда? Разве действительность такова, разве это и есть действительность? Конечно, мы можем, как вы не раз замечали, достичь правды посредством иронии. (Ангел вывел бы отсюда определение предела человеческих возможностей.) Почти любая повесть о наших делах комична. Мы безгранично смешны в глазах друг друга. Даже любимейшее существо смешно для своего обожателя. Роман — комическая форма. И язык — комическая форма, он шутит во сне. Бог, если бы он существовал, смеялся бы над своим творением. В то же время нельзя отрицать, что жизнь страшна, лишена смысла, подвержена игре случая, что над нею властвуют боль и ожидание смерти. Из этого и рождается ирония, наше опасное и неизбежное орудие.

Ирония — это вид «такта» (забавное словцо). Это наше тактичное чувство пропорции при отборе форм для воплощения красоты. Красота присутствует там, где правда нашла подходящую форму. Эти понятия в конечном счете неразделимы. И однако есть такие точки, в которых, прибегая к минутной условности, можно остановиться и дать анализ. Но здесь опять перед нами казус, столь занимающий логиков. Как может человек «правильно» описать другого? Как может человек описать самого себя? С какой жеманной притворной скромностью, с каким наигранным доверительным простодушием приступаем мы к этой задаче! «Я пуританин» и так далее. Брр! Как могут не быть фальшивыми такие утверждения? Даже «Я высок ростом» — звучит по-разному, в зависимости от контекста. Как, должно быть, смеются и вздыхают над нами ангелы. И однако что еще нам остается, как не пытаться вложить свое видение в эту иронико-чувствительную смесь, которая, будь я персонаж вымышленный, оказалась бы куда глубже и плотнее? Как пристрастно мое изображение Арнольда, как поверхностен образ Присциллы! Эмоции туманят взгляд, они не выделяют деталей, а, наоборот, тянут за собой обобщения и даже теории. Когда я пишу об Арнольде, мое перо дрожит от обиды, любви, раскаяния и страха. Я словно пытаюсь отгородиться от него словами, укрыться за насыпью слов. Мы защищаемся от бед описаниями и смиряем мир силлогизмами. Чего он боится? — вот главный ключ к душе артиста. Искусство так часто служит нам оградой. (Интересно, справедливо ли это в отношении великого искусства?) Вместо средства коммуникации оно нередко становится способом мистификации. Думая о сестре, я испытываю жалость, досаду, чувство вины и отвращение — вот в каком свете я изображаю ее, изуродованную и униженную самим моим восприятием. Как же мне это исправить, дорогой мой друг и товарищ? Присцилла была отважная женщина. Она сносила свою горькую судьбу стойко, с достоинством. Одна-одинешенька, она сидела по утрам и делала себе маникюр, а на глаза ей набегали слезы по ее загубленной жизни.

Мать значила для меня очень много. Я любил ее, но всегда как-то мучительно. Утрата, смерть страшили меня с необычной для ребенка силой. Позднее я с грустью осознал безнадежное непонимание, разделявшее моих родителей. Они просто *не слышали* друг друга. Отец, с которым я все больше отождествлял себя, был нервный, робкий, честный человек со старомодными взглядами, начисто лишенный тщеславия в его наиболее вульгарных формах. Он избегал пререканий с матерью, но с очевидным неодобрением относился к ее суетности и презирал «подмостки света», на которые они с Присциллой так упорно старались пробиться. Нелюбовь к этим «подмосткам» усложнялась у него чувством собственной неполноценности. Он боялся сделать какую-нибудь унизительную оплошность, разоблачающую недостаток его образования, например неправильно произнести известное имя. С возрастом я стал разделять и его нелюбовь, и его страхи. Я, может быть, отчасти потому так страстно стремился к образованию, что видел, как от его недостатка страдал мой отец. За свою заблудшую мать я чувствовал боль и стыд, которые не уменьшали, но сопровождали мою любовь. Я смертельно боялся, как бы кто-нибудь не счел ее нелепой или жалкой, не увидел в ней зарвавшуюся мещанку. А позднее, когда она умерла, почти все эти чувства я перенес на Присциллу.

Разумеется, я не любил Присциллу так, как любил мать. Но я отождествлял себя с нею и был раним через нее. Я часто стыдился ее. В сущности, брак ее был не таким уж неудачным. Как я уже говорил, Роджер мне не нравился. Помимо всего прочего, я не мог ему простить унижения отца тогда, в связи с Присциллиной «операцией». Однако с годами я стал ощущать какую-то надежную обыкновенность во всей атмосфере их бристольского дома с этим дорогим кухонным оборудованием, с безобразными современными ножами и вилками и шкафчиком-баром в углу гостиной. Даже самые дурацкие современные затеи могут обладать успокоительным простодушием, могут служить якорем спасения. Они — жалкая замена искусства, мысли и святости, но все-таки замена, и потому, может быть, и в них есть что-то святое. Домовитость, наверное, была спасением для моей сестры, спасением для многих женщин.

Но теперь ни о домовитости, ни об отваге речи не было. Присцилла после долгих разговоров сумела более или менее убедить меня, что она действительно решилась оставить мужа, что она уже ушла от него. Горе ее приняло навязчивую форму. «Ах, как глупо, как глупо, что я оставила свои украшения!» — без конца повторяла и повторяла она.

Это было назавтра после ее подвига со снотворными таблетками. Ее увезли на «скорой помощи» в больницу и в тот же вечер выпустили. Она снова оказалась у меня в квартире и поспешила лечь в мою постель. Там она находилась и теперь, на следующий день в половине одиннадцатого утра. Ярко светило солнце. Башня Почтамта блестела новыми металлическими частями.

Накануне мне, конечно, не удалось разыскать Арнольда с Кристиан. Поиски, как замечено психологами, представляют собой весьма своеобразный феномен: весь мир вдруг оказывается как бы единым пьедесталом, на который возводится зловещее отсутствие разыскиваемого. Знакомые окрестные улицы отныне и навсегда неотвязно наполнялись призраками этой пары, убегающей, смеющейся, дразнящей, невыносимо реальной и, однако, невидимой. Другие пары принимали их обличье и наводили на ложный след, самый воздух курился ими. Но разумеется, Арнольд никогда не допустил бы, чтобы я испортил ему эту превосходную, эту остроумнейшую шутку. К тому времени, когда я выбежал из дому, их уже не было ни в «Фицрое», ни в «Маркизе», ни в «Пшеничном снопе», ни в «Черной лошади», они находились где-то еще; их белые призраки летели мне в лицо, словно белые лепестки цветов, словно белые хлопья облупившейся краски, словно обрывки бумаги, которые священный отрок разбрасывал по течению уличной реки, — видения красоты, жестокости и страха.

Когда я вернулся, в доме было пусто и дверь моей квартиры стояла распахнутая настежь. Я сел в гостиной на «антикварный» стул и некоторое время ничего не испытывал, кроме голого страха, ужаса в его наиболее классической и жуткой форме. «Шутка» Арнольда была слишком непристойна и хороша, чтобы не увидеть в ней знамения; она служила видимым знаком огромной скрытой угрозы. И я сидел, трепеща и тяжело дыша, не в силах даже разобраться, в чем причина моей душевной муки. Потом начал ощущать, что в комнате что-то не так, чего-то не хватает. И наконец понял: исчезла бронзовая женщина на буйволе, одна из моих самых любимых статуэток. Я с досадой вспомнил, что подарил ее Джулиан. Как это могло случиться? И здесь тоже было знамение — пропажа предмета, предшествующая исчезновению Аладдинова дворца. Когда же я наконец задумался о том, где сейчас моя сестра и как она себя чувствует, позвонила Рейчел и сообщила, что Присциллу выписали и она едет ко мне.

В ту мучительно бессонную ночь я пришел к выводу, что проблема Арнольда и Кристиан решается просто. Иначе быть не могло — либо простота, либо безумие. Если Арнольд «подружится» с Кристиан, я просто прекращаю с ним знакомство. Но, несмотря на принятое решение, спать я все-таки не мог. Перед глазами крутились вереницы цветных видений, которые, словно вращающиеся двери, приводили меня все назад и назад, в мир бодрствования и боли. Когда же я наконец уснул, мне снились унизительные сны.

— Ну хорошо, зачем же ты так поторопилась с уходом? Если ты решила оставить Роджера давным-давно, почему бы тебе честь по чести не сложить чемоданы и не вызвать такси, когда он на работе?

— По-моему, так от мужей не уходят, — ответила Присцилла.

— Так уходят от мужей разумные женщины.

Зазвонил телефон.

— Алло, Пирсон. Говорит Хартборн.
— А, здравствуйте...
— Может, пообедаем вместе во вторник?
— Н-не знаю, право, тут у меня сестра... Я вам потом позвоню.

Во вторник? Все мое представление о будущем успело рухнуть.

Опуская трубку, я через дверь спальни видел Присциллу — она лежала в моей полосатой пижаме, нарочито неудобно, точно кукла, раскинув руки, и не переставая лила слезы. Уродство жизни без флера очарования. Плачущее лицо Присциллы было помятым и старым. Неужели она когда-то походила на мою мать? Две глубокие жесткие морщины шли от углов ее искривленного мокрого рта. Слой желтой пудры там, где его не смыли потоки слез, не скрывал серых расширенных пор. Она не умывалась, как приехала.

— Присцилла, ну перестань же. Хоть немного постарайся быть храброй.
— Я знаю, я выгляжу ужасно...
— Господи, ну какое это имеет значение?
— А, значит, и ты считаешь, что я стала безобразна, ты думаешь, что я...
— Ничего я такого не думаю и не считаю. Прошу тебя, Присцилла...
— Роджер видеть меня не мог, он сам так говорил. А я плакала у него на глазах, сижу перед ним и часами плачу, я чувствовала себя такой несчастной, а он сидел напротив и читал газету.
— Честное слово, ему можно посочувствовать!
— А один раз он пытался отравить меня, вкус был такой ужасный, а он сидит, смотрит на меня, а сам не ест.
— Это совершеннейшая чушь, Присцилла.
— О, Брэдли, если б мы только не убили того ребенка...

На эту тему она уже распространялась несколько раньше.

— О, Брэдли, если б мы только сохранили того ребенка!.. Но откуда мне было знать, что другого у меня никогда не будет! Тот ребенок, мой единственный ребенок, подумать, что он существовал, хотел жить, а мы хладнокровно убили его. Это все Роджер виноват, он настоял на том, чтобы мы от него избавились, он не хотел жениться на мне, и мы убили его, моего единственного, моего дорогого крошку...

— Перестань, бога ради, Присцилла. Был бы сейчас двадцатилетний верзила, наркоман и проклятие всей твоей жизни.

Мне никогда не хотелось иметь детей, и я не понимаю этого желания в других.

— Двадцатилетний... Взрослый сын... Было бы кого любить, было бы кому заботиться обо мне. О, Брэдли, ты не представляешь, как я день и ночь оплакиваю этого ребенка. Был бы он, и все бы у нас с Роджером сложилось по-другому. Я думаю, Роджер тогда и возненавидел меня, когда выяснилось, что я уже не смогу иметь детей. Но ведь виноват-то он сам. Он нашел того проклятого врача. О, как это несправедливо, как несправедливо...

— Разумеется, несправедливо. Жизнь вообще несправедлива. Перестань, прошу тебя, причитать и попробуй быть практичной. Здесь ты жить не можешь. Я не могу тебя содержать. Да и потом, я ведь уезжаю.

— Я поступлю работать.

— Присцилла, подумай здраво: ну кто тебя возьмет?

— Я должна найти работу.

— Женщина за пятьдесят, без образования и профессии. Кому ты нужна?

— Как ты жесток...

Снова звонок телефона. Елейный, вкрадчивый голос мистера Фрэнсиса Марло:

— Брэд, вы уж простите меня, я решил звякнуть, справиться, как там у вас Присцилла.

— Хорошо.

— Ну и чудесно. Да, Брэд, еще я хотел сказать: психиатр в больнице не рекомендовал оставлять ее одну.

— Рейчел мне говорила.

— И потом, Брэд, послушайте, вы уж не сердитесь на меня за Кристиан...

Я швырнул трубку.

— Ты знаешь, — сказала мне Присцилла, когда я вернулся в спальню, — мама ушла бы от отца, если бы у нее была материальная возможность, она сама мне сказала перед смертью.

— Не хочу ничего об этом слышать.

— Вы с отцом тогда так свысока, так презрительно со мной обращались, вы оба были так жестоки ко мне и к маме, мама так страдала...

— Тебе надо либо возвратиться к Роджеру, либо заключить с ним определенное денежное соглашение. Меня это не касается. Ты должна смотреть фактам в глаза.

— Брэдли, прошу тебя, съезди к Роджеру.

— И не подумаю.

— О господи! Ну почему я не захватила свои украшения, они так много для меня значат, я экономила, чтобы их покупать. И мой норковый палантин. И два серебряных кубка, они стоят у меня на туалетном столике, и малахитовую шкатулочку...

— Присцилла, не будь ребенком. Все эти вещи ты сможешь получить потом.

— Нет, не смогу! Роджер назло мне все продаст. Я их покупала, в этом было мое единственное утешение. Куплю хорошенькую вещичку, и на душе хоть ненадолго становится веселее, выкраивала из хозяйственных денег, и это меня чуточку развлекало. И стразовый гарнитур, и хрустальное ожерелье с лазуритами, оно знаешь какое дорогое, и...

— Почему Роджер не позвонил сюда? Ведь он, наверное, знает, где ты.

— Он слишком горд и уязвлен. Понимаешь, в чем-то мне даже жаль Роджера, наверное, ему невесело жилось, раз он так орал на меня или вовсе не разговаривал, я думаю, в душе он ужасно страдал, в сущности, он был подавлен и опустошен. Мне иногда казалось, что он сходит с ума. Ну как жить такому жестокому, такому равнодушному человеку? В последнее время он не позволял мне даже готовить для него и не впускал меня в свою комнату, и я знаю, он никогда не застилал постель, белье у него было грязное и пахло, он иногда даже не брился, и я думала, его прогонят со службы. А может, его и прогнали, и он не решается мне признаться. А сейчас ему и того хуже. Я хоть немножко следила за чистотой, правда, трудно было, когда человеку так явно на все наплевать. А теперь он там один, в этом грязном хлеву, не ест, на все махнул рукой.

— Я думал, вокруг него толпы женщин.

— О, наверное, есть какие-то женщины. Но, должно быть, мерзкие, нечистоплотные, которым только нужны его деньги и выпивка, как было в его прошлой жизни, когда я еще не вышла за него замуж, это такой страшный, материалистический мир... О, мне его так жалко, он создал ад вокруг себя и вот теперь оказался один в этом аду, у него депрессия, а вокруг горы немытой посуды...

— Ну так поезжай и перемой ее!

— Брэдли, прошу тебя, съезди в Бристоль.

— А мне так кажется, что тебе до смерти хочется к нему вернуться...

— Прошу тебя, съезди и привези мои драгоценности, я дам тебе ключ.

— Да перестань ты, бога ради, твердить про свои драгоценности. Ничего с ними не сделается. По закону они так или иначе принадлежат тебе. Украшения остаются за женой.

— Закон здесь ни при чем. О, мне так хочется, чтобы они были у меня, это ведь единственное, что у меня есть, больше у меня во всем свете нет ничего, я чувствую, они меня зовут... И маленькие безделушки, и полосатая ваза...

— Присцилла, дорогая, перестань сходить с ума.

— Брэдли, ну пожалуйста, прошу тебя, съезди в Бристоль. Он еще не успеет их продать, не додумается. И потом, он, наверное, воображает, что я вернусь. Они все на своих местах. Я дам тебе ключ от дома, ты зайдешь, когда он будет на работе, и возьмешь мои вещи, тебе это не составит никакого труда, а у меня сразу отляжет от сердца, я тогда сделаю все, что ты мне скажешь, это уже будет совсем другое дело.

И тут у входной двери зазвонили. Я встал. Я глупо, бессмысленно расчувствовался. Ласково махнув Присцилле рукой, я вышел из спальни и закрыл за собою дверь.

Я отпер дверь — на пороге стоял Арнольд Баффин. Точно два танцора, мы проскользнули в гостиную.

У Арнольда, когда он бывал взволнован, все лицо розовело, словно на него направляли красный свет. Разрумянился он и теперь, и блеклые глаза за стеклами очков выражали нервную озабоченность. Он похлопал меня по плечу, не похлопал, а быстро дотронулся, словно осалил, и спросил:

— Ну как она?

— Лучше. Вы с Рейчел были так добры.

— Это Рейчел. Брэдли, вы не сердитесь на меня?..

— За что мне на вас сердиться?

— Вы же знаете, они вам передали, что я увел Кристиан?

— О миссис Эвендейл я ничего не желаю слышать, — сказал я.

— Ну вот. Вы сердитесь. О господи!

— Я и не думаю сердиться. Я — просто — не — желаю — ничего — слышать...

— Я ведь не хотел, так само получилось.

— Вот и прекрасно. И довольно об этом.

— Но не могу же я теперь делать вид, будто вообще ничего и не было. Брэдли, мне необходимо поговорить с вами, я хочу, чтобы вы перестали меня обвинять, я же понимаю, я не идиот, в конце концов, я ведь писатель, разве я не знаю, как сложно...

— При чем тут ваше писательство и для чего вам понадобилось примешивать его сюда?

— Потому что я понимаю ваши чувства.

— Едва ли. Я вижу, вы сильно взволнованы. Кажется, вас немало позабавила роль комитета по организации торжественной встречи моей бывшей жены. И вас, естественно, тянет поделиться со мною. Так вот, прошу вас этого не делать.

— Но, Брэдли, она — феномен.

— А меня не интересуют феномены.

— Мой дорогой Брэдли, не может быть, чтобы вас не разбирало любопытство, просто не может быть. Я бы умер от любопытства на вашем месте. Конечно, уязвленное самолюбие...

— Никакого уязвленного самолюбия. Это я оставил ее.

— ...ну, обиду, или что там еще, время не залечивает, я знаю. Это все глупости. Но мне бы наверняка было до того любопытно! Мне бы смертельно хотелось посмотреть, какой она стала, что она собой представляет. Конечно, по произношению ее теперь можно принять за настоящую американку...

— Мне решительно все равно!

— Вы никогда о ней толком не рассказывали. Послушать вас, так она...

— Арнольд, раз уж вы такой вдумчивый писатель и так хорошо разбираетесь в психологии, пожалуйста, поймите, что здесь опасная зона. Если вы готовы подвергнуть опасности нашу дружбу — продолжайте. Я не могу вам запретить водить знакомство с миссис Эвендейл. Но прошу вас при мне никогда не упоминать ее имени. Это могло бы положить конец нашей дружбе, я говорю совершенно серьезно.

— Наша дружба, Брэдли, не такое нежное растение, выдержит. Ну поймите, я отказываюсь делать вид, будто ничего не произошло, и вам не советую. Я знаю, два человека могут быть проклятием друг для друга...

— Вот именно.

— Но иногда, если не прятаться и смотреть правде в глаза, все оказывается не так страшно. И вы не должны прятаться, все равно у вас ничего не выйдет, она здесь и хочет во что бы то ни стало вас увидеть, она умирает от интереса, и вам не избежать встречи. И знаете ли, она такой удивительно приятный человек...

— По-моему, ничего глупее вы бы сказать не могли.

— Да-да, я вас понимаю. Но раз вы все еще относитесь к ней так эмоционально...

— Вовсе нет!

— Брэдли, будьте искренни.

— А вы перестаньте меня мучить! Я так и знал, что вы появитесь здесь с этим торжествующим видом...

— Откуда у меня может быть торжествующий вид? У меня нет никакого повода торжествовать.

— А как же. Вы познакомились с ней, обсуждали меня, нашли ее «таким удивительно приятным человеком»...

— Брэдли, не кричите. Я...

Снова телефонный звонок.

Я выхожу и снимаю трубку.

— Брэд? Неужели это в самом деле ты? Догадайся, кто с тобой говорит!

Я опускаю трубку, осторожно, чтобы не произвести шума. Потом возвращаюсь в гостиную и снова сажусь в кресло.

— Это была она.

— Вы побледнели как полотно! Вам дурно? Дать вам что-нибудь? Простите меня за этот глупый разговор. Она у телефона?

— Нет. Я... повесил трубку...

Телефон звонит опять. Я не двигаюсь с места.

— Брэдли, позвольте, я поговорю с ней.

— Нет.

Я оказываюсь у телефона, когда Арнольд уже успел поднять трубку. Спешу нажать на рычаг.

— Брэдли, поймите, вам все равно никуда не деться, так или иначе придется с ней встретиться. Ну, она возьмет такси и приедет сюда.

Снова телефонный звонок. Снимаю трубку и держу ее на некотором удалении. Голос Кристиан, даже с американской гнусавинкой, сразу можно узнать. Падает пелена лет.

— Брэд, прошу тебя, послушай, я тут неподалеку, ну, знаешь, в нашем старом доме. Может, заглянул бы, а? У меня есть виски. Брэд, только, пожалуйста, не хлопай трубкой, не будь таким. Лучше приходи в гости. Мне безумно хочется на тебя поглядеть. Я весь день дома, до пяти во всяком случае.

Я повесил трубку.

— Она хочет, чтобы я пришел к ней в гости.

— Надо пойти, Брэдли, ничего не поделаешь. Судьба.

— Не пойду.

Опять звонит телефон. Снимаю трубку и кладу на столик. Она отдаленно воркует. Раздается пронзительный голос Присциллы:

— Брэдли!

— Не прикасайтесь!

Я указал Арнольду пальцем на лежащую трубку и вышел к Присцилле.

— У тебя там Арнольд Баффин?

Она сидела, спустив ноги, на краю кровати. К моему удивлению, на ней была надета юбка и блуза и она деловито обмазывала нос какой-то желтовато-розовой дрянью.

— Да.

— Я, пожалуй, выйду к нему. Надо его поблагодарить.

— Как хочешь. Присцилла, я сейчас должен уйти на час или два. Ты подождешь меня? Я вернусь к обеду, может быть, чуть опоздаю. Попрошу Арнольда посидеть с тобой.

— Ты не очень надолго?
— Да нет же.
Я выбежал к Арнольду.
— Вы не побудете с Присциллой? Врач не советовал оставлять ее одну.
— Пожалуй, — ответил Арнольд без удовольствия. — Выпить здесь найдется? Я, собственно, хотел поговорить с вами о Рейчел и о вашем странном письме. Куда это вы вдруг?
— В гости к Кристиан.

Супружество, я уже говорил, очень странная вещь. Непонятно вообще, как оно существует. По-моему, когда люди хвастают, что счастливы в браке, это самообман, если не прямая ложь. Человеческая душа не предназначена для постоянного соприкосновения с душой другого человека, из такой насильственной близости нередко родится бесконечное одиночество, терпеть которое предписано правилами игры. Ничто не может сравниться с бесплодным одиночеством двоих в одной клетке. Те, кто снаружи, еще могут, если им надо, сознательно или инстинктивно искать избавления в близости других людей. Но единство двоих не способно к внешнему общению, счастье еще, если с годами оно сохраняет способность к общению внутри себя. Или это во мне говорит голос завистливого неудачника? Я имею в виду, разумеется, обычные «счастливые браки». В тех же случаях, когда единство двоих оказывается генератором взаимной вражды, получается уже ад в чистом виде. Я оставил Кристиан до того, как наш ад окончательно созрел. Мне стало ясно, к чему идет дело.

Разумеется, я был влюблен в нее, когда женился, и почитал себя счастливцем. Она была хороша собой. Родители ее были коммерсанты. У нее даже имелись кое-какие собственные средства. На мою мать она производила сильное впечатление, на Присциллу тоже. Они робели перед ней. Потом, когда мне стало казаться, будто я лучше разбираюсь в любви, я решил, что испытывал к Кристиан всего лишь неодолимое физическое влечение, усложненное своеобразной одержимостью. Я словно знал живую, настоящую Кристиан когда-то в предыдущем рождении и теперь был обречен, может быть даже в наказание за что-то, снова пережить знакомую, но перевернутую жизненную ситуацию. (Я подозреваю, что есть немало таких пар.) Или же словно она умерла задолго до этого и явилась мне в виде призрака давней возлюбленной. Возлюбленные-призраки всегда безжалостны, даже если в жизни они были сама доброта. Мне иногда чудилось, будто я помню доброту Кристиан, хотя теперь все было одна злоба и ведьмовство. И не в том дело, что она бывала иногда грубой и жестокой, хотя это случалось, и нередко. Но она словно для того только и существовала, чтобы дразнить, мешать, портить, подрывать, унижать. И я был соединен с ее мыслями, точно сиамский близнец. Мы ковыляли по жизни, сросшись головами.

Причина, по которой я, поклявшись, что никогда с ней не увижусь, теперь передумал и спешил на ее зов, была проста. Я вдруг понял, что не буду знать покоя, покуда не увижу своими глазами, не удостоверюсь, что она больше не имеет надо мной власти. Может быть, она и осталась ведьмой, но, уж конечно, не для меня. Убедиться в этом тем более важно теперь, когда по воле злосчастного случая на нее вышел Арнольд. По-моему, его отзыв о ней как о «таком удивительно приятном человеке» оказал на меня очень сильное действие. Так, значит, она вырвалась на свободу из мира моих представлений и ходит по земле? И Арнольд видел ее своими посторонними глазами? Где-то тут содержалась для меня страшная угроза. Явившись к ней, я сумею разбавить вредное влияние их знакомства. Но все это было продумано мною потом, а тогда я действовал по наитию, стремясь узнать худшее.

Маленькая улочка в районе Ноттинг-Хилла, где мы жили в самом конце нашего прежнего существования, стала с тех лет гораздо роскошнее. Я, разумеется, всегда обходил ее стороной. Теперь, быстро шагая по тротуару, я на ходу замечал, как блестят свежей краской голубые, желтые, розовые фасады домов, у парадных висят новомодные дверные молотки, на окнах — витые чугунные решетки, стилизованные ставни, горшки с землей. Такси я отпустил на углу, так как не хотел, чтобы Кристиан заметила меня раньше, чем я ее.

Когда внезапно возрождается минувшее, даже без кошмаров, у всякого может закружиться голова. Мне не хватало кислорода. Я спешил, я бежал. Дверь открыла она.

Вероятно, я бы не узнал ее сразу. Она казалась выше и тоньше. Когда-то она была довольно полная, с пышными формами и чувственными линиями. Теперь она выглядела суше, безусловно старше и при этом элегантнее, в простом шерстяном платье бежево-серого цвета с золотой цепочкой вместо пояса. Волосы, густые, раньше всегда завитые, а теперь лишь слегка волнистые, были отпущены почти до плеч и выкрашены в какой-то бронзово-коричневый цвет. На лице слегка выступили скулы и появились мелкие морщины, придавая ему сходство с печеным яблоком, нисколько, впрочем, его не безобразя. А влажные продолговатые карие глаза совсем не постарели и не потускнели. У нее был элегантный и самоуверенный вид, скажем, директрисы международной косметической фирмы.

Какое у нее было выражение лица, когда она открыла мне дверь, описать трудно. Прежде всего, она была взволнована, взволнована почти до идиотического смеха, но старалась казаться спокойной. Вернее всего, она все-таки успела увидеть меня в окно. Во всяком случае, она хихикнула, когда я входил, издала сдавленный веселый смешок и какой-то возглас, то ли «господи!», то ли еще что-то. Я чувствовал, что лицо у меня сплюснуто и свернуто на сторону, словно на него надет нейлоновый чулок. Мы прошли в гостиную, где, по счастью, было довольно темно. Здесь все показалось мне точно таким же, как было когда-то. Сильные чувства затянули комнату дымным флером, лишили ее света, воздуха. Что это были за чувства, сейчас сказать нельзя (ненависть? страх?), только позже удастся оттеснить их и дать им имена. На минуту мы оба замерли. Потом она сделала шаг ко мне. Я подумал — ошибочно или верно, не знаю, — что она хочет до меня дотронуться, и спрятался за кресло у окна. Она засмеялась, закатилась громким протяжным хохотом, словно птица. Ее лицо, искаженное в самозабвении смеха, стало похоже на гротескную античную маску. Теперь она выглядела старой.

Потом она отвернулась и стала шарить в шкафчике.

— О господи, на меня смехунчик напал. Надо выпить, Брэдли. Виски? Нам обоим необходимо. Надеюсь, ты будешь ко мне добр. Какое ужасное письмо ты мне написал!

— Письмо?

— У тебя в гостиной лежало письмо, адресованное мне. Арнольд его захватил. На вот, возьми выпей и перестань дрожать.

— Нет, благодарю.

— Надо же, я тоже дрожу. Спасибо еще, Арнольд позвонил и предупредил о твоем приходе. Иначе я бы, наверное, шлепнулась в обморок. Ну как, рады мы увидеться вновь?

Акцент был явно американский. Теперь, присмотревшись, я отчетливо увидел среди коричнево-синих теней гостиной, до чего она стала хороша собой. Зрелость и элегантность придали прежнему назойливому полнокровию облик властной самоуверенности. Как ей это удалось — необразованной женщине, прозябавшей в провинциальном американском городишке где-то на Среднем Западе?

В комнате, кажется, все оставалось как раньше. Здесь воплотился и отразился давно забытый, прежний «я», мой более молодой и еще не сформировавшийся вкус: плетеная мебель, вышитые шерстью подушечки, размытые контуры литографий, керамика ручной работы, отливающая лиловой глазурью, вручную тканные сиреневые рябенькие занавески, соломенные циновки на полу. Спокойная, приятная, немудрящая обстановка. Я создал эту комнату много лет назад. Здесь я плакал. Здесь орал и топал ногами.

— Не нервничай, Брэд. Ты просто зашел навестить старого друга, верно? Твое письмо такое взбудораженное. А нервничать совершенно не из-за чего. Как поживает Присцилла?

— Хорошо.

— А мама твоя жива?

— Нет.

— Да не сиди ты так, словно аршин проглотил. Я и забыла, какой ты деревянный. Пожалуй, похудел, да? И волосы поредели, но седины, кажется, нет, правда? Мне плохо видно. Ты всегда был немного похож на Дон Кихота. Ты выглядишь совсем неплохо. Я думала: а вдруг ты уже скрюченный, плешивый старичок? А я как выгляжу? Господи, сколько лет пролетело, а?

— Да.

— Выпей, выпей глоток. У тебя язык развяжется. Знаешь, я, ей-богу, рада тебя видеть. Я еще на корабле думала, как я с тобой встречусь. Но пожалуй, я сейчас всех рада видеть, мне теперь звонят, звонят все на свете, и все чудно, все восхитительно: знаешь, я ведь прошла курс дзен-буддизма. Должно быть, я достигла просветления, раз мне все вокруг кажется таким прекрасным! Я уж думала, бедняга Эванс никогда не закончит эту сцену расставания, я каждый день молилась, чтобы он скорее умер, он был очень болен. А теперь каждое утро просыпаюсь, вспоминаю, что все это правда, и снова закрываю глаза и чувствую себя в раю. Не очень по-христиански, конечно, но такова жизнь, а уж в моем-то возрасте можно себе позволить быть искренней. Ты шокирован? Осуждаешь меня? Нет, я в самом деле рада тебя видеть, ей-богу, мне весело. Так, кажется, и хохотала, хохотала бы, вот чудно́, да?

Этот грубоватый тон был в ней нечто новое, нечто, как я понял, заокеанское, хотя я представлял себе ее жизнь в Америке очень чинной. Но своими глазами и своим телом она действовала по-старому, только, так сказать, сознательнее, с оттенком иронического самодовольства, уместного в женщине, которая стала старше и элегантнее. Женщина постарше флиртует, сохраняя четкость мысли и самообладание, и ее выпады от этого оказываются гораздо сокрушительнее слепых порывов молодости. А тут передо мной сидела женщина, для которой жить означало нравиться. Она флиртовала со мной, хотя как она это проделывала, сказать не берусь, — всем своим существом, каждым покачиванием плеч, поворотом головы, меткими выстрелами глаз, трепетанием губ осуществляла она легкий, но упорный нажим. Выражение «строить глазки» было бы здесь слишком вульгарно и бессодержательно. Впечатление было такое, будто смотришь на атлета или танцовщика, чья особая стать очевидна и в минуту, казалось бы, полного бездействия. В ее позах содержался призыв, который был в то же время издевкой и даже блистательной издевкой над самой собой. В молодости ее кокетство всегда было немного безмозглым, глуповатым. От этого теперь не осталось и следа. Своим искусством она овладела в совершенстве. Может быть, благодаря все тому же дзен-буддизму.

Я смотрел на нее, и душу мою наводнял прежний, забытый страх быть неверно понятым, ложно истолкованным, это было подобно угрозе вторжения, насильственного захвата моих мыслей. Я старался не отводить взгляд и сохранять холодность, старался найти такой тон, чтобы голос звучал твердо и спокойно. Я сказал так:

— Я пришел сюда просто потому, что иначе ты бы наверняка не дала мне покоя. Но все, что я написал тебе в письме, — правда. Оно нисколько не «взбудораженное», оно — простая констатация факта. Я не хочу и не потерплю возобновления нашего знакомства. Теперь, когда ты насмотрелась на меня, удовлетворила любопытство и насмеялась вдоволь, прошу тебя понять, что я больше не желаю иметь с тобой ничего общего. Говорю это на случай, если тебе придет в голову позабавиться еще, преследуя меня. Буду весьма тебе признателен, если ты совершенно оставишь меня в покое. Меня и моих друзей.

— Ну, ну, Брэд, твои друзья — это еще не твоя собственность, верно? Неужели ты уже ревнуешь?

Прошлое живо встало передо мной, я припомнил, как она всегда ловко парировала все, что ей говорилось, не гнушаясь ничем, лишь бы за ней во всех случаях жизни оставалось последнее слово. Краска гнева и отчаяния залила мне лицо. Только не вступать в пререкания с этой женщиной! Я решил спокойно повторить ей то, что только что сказал, и уйти:

— Прошу тебя не беспокоить меня больше — ты мне неприятна, и у меня нет ни малейшего желания тебя видеть. Зачем? Твое возвращение в Лондон для меня мучительно. Будь добра, впредь совершенно забудь о моем существовании.

— Знаешь, мне и самой тоже не очень приятно. Я как-то взволнована, растревожена. Я думала о тебе там, Брэд. Ужас, что мы с тобой наделали, верно? Так влезли друг другу в печенки, что свет стал не мил. Я даже говорила о тебе с моим гуру. Собиралась написать тебе...

— Всего доброго.

— Не уходи, Брэд, прошу тебя. Мне ведь о многом хотелось поговорить с тобой, не только о прошлом, но вообще о жизни, понимаешь? Ты единственный близкий мне человек в Лондоне, я растеряла всех друзей. Да, знаешь, я купила верхний этаж тоже, теперь весь дом мой. Эванс считал, что это выгодное помещение капитала. Бедный старина Эванс, упокой Господи его душу, был настоящий американский дуб, но в делах разбирался прилично. А я развлекалась самообразованием, иначе мне бы просто сдохнуть с тоски. Помнишь, как мы мечтали купить когда-нибудь верхний этаж? Я жду рабочих на будущей неделе. И я подумала: может быть, ты мне поможешь кое в чем советом? Право, не уходи еще, Брэдли, расскажи мне немного о себе. Сколько у тебя книг вышло?

— Три.

— Всего? Надо же, а я думала, ты теперь уже настоящий писатель.

— Я и есть настоящий писатель.

— К нам приезжал один тип из Англии, литератор, выступал у нас в Женском писательском клубе, я спросила его о тебе, так он даже имени твоего не слышал. Я тоже немного занималась писательством, написала несколько рассказов. И ты по-прежнему тянешь лямку в налоговом управлении или уже нет?

— Недавно ушел.

— Но тебе ведь еще нет шестидесяти пяти, Брэд? У меня все в голове перепуталось. Сколько тебе лет?

— Пятьдесят восемь. Я ушел, чтобы писать.

— Страшно подумать, какие мы уже старые. Давно бы надо было тебе уйти. Всю жизнь ты отдал этой дурацкой конторе, ну разве это дело? Тебе бы надо было пуститься в странствования, сделаться настоящим Дон Кихотом, тогда бы у тебя было много материала. Птицы в клетках не поют. Я, слава богу, вырвалась на свободу. Знаешь, я так счастлива, что можно с ума сойти. Целыми днями смеюсь не закрывая рта, с тех пор как бедный Эванс отдал богу душу. Он был приверженец «Христианской науки», ты не знал? Но все равно, когда болезнь его скрутила, стал звать доктора, испугался не на шутку. А они устраивали у него коллективные моления, так он прятал лекарства перед их приходом. А знаешь, в «Христианской науке» все-таки что-то есть, я сама в нее немного верю. Ты в этом хоть сколько-нибудь разбираешься?

— Нет.

— Бедный старина Эванс. В нем была какая-то доброта, какая-то тонкость, но скука такая жуткая, что я чуть не померла. С тобой, по крайней мере, никогда не было скучно. А ты знаешь, что я теперь богатая женщина, действительно богатая, по-настоящему богатая? Ах, Брэдли, как хорошо, что я могу тебе это сказать, как замечательно! Я начну новую жизнь, Брэдли, я еще услышу фанфары!

— Всего наилучшего.

— Я еще буду счастлива и буду дарить счастье. Убирайся вон!

Последнее приказание относилось, как я почти сразу понял, не ко мне, а к кому-то, появившемуся у меня за спиной, в окне, выходившем прямо на улицу. Я повернул голову и увидел за окном Фрэнсиса Марло. Он приблизил лицо к стеклу и вглядывался, подняв брови, с кроткой, покорной улыбкой на губах. Разглядев нас, он воздел перед собой по-молитвенному сложенные ладони.

Кристиан сердито отмахнулась, даже как-то некрасиво оскалилась. Но Фрэнсис плавным движением развел ладони, распластав их по стеклу, и прижал между ними сплющенный нос.

— Пошли наверх. Быстрее.

По узкой лестнице я поднялся за ней в одну из спален. Здесь все переменилось. На полу лежал ярко-розовый ковер, а мебель была черная, блестящая и современная. Кристиан распахнула окно и вышвырнула что-то на улицу. Я подошел ближе и увидел на тротуаре полосатый мешочек, из которого вывалилась электрическая бритва и зубная щетка. Фрэнсис быстро подобрал свое имущество и выпрямился, все такой же жалкий, подняв кверху маленькие, близко поставленные глазки и по-прежнему кривя маленький рот в покорной улыбке.

— И вот еще твой шоколад! Посторонись. Нет, я лучше отдам его Брэдли. Брэд, ведь ты еще любишь молочный шоколад? Смотри, я отдаю твой шоколад Брэдли. —

Она сунула шоколадку мне в руки. Я положил ее на кровать. — Я не бессердечная, но он пристает ко мне со дня моего приезда, воображает, что я буду его нянчить и содержать. Настоящий паразит, живущий за счет социального обеспечения, американцы считают, что все англичане теперь такие. Ну ты только погляди на него! Что за шут! Денег я ему дала, но он желает переехать сюда и у меня поселиться. Забрался, пока меня не было, через окно на кухню, прихожу — а он в постели. О-о! Смотри-ка, кто пришел!

Внизу появился еще один человек — Арнольд Баффин. Он остановился и разговаривал с Фрэнсисом.

— Ау, Арнольд!

Арнольд запрокинул голову, помахал рукой и пошел к подъезду. Она убежала, дробно простучали вниз по лестнице каблуки, я услышал, как открывают входную дверь. Смех.

Фрэнсис по-прежнему стоял в канаве под окном с бритвой и зубной щеткой в руках. Он перевел взгляд с закрывшейся двери вверх, на меня. И, виновато улыбаясь, жестом шутовского отчаяния вскинул и уронил руки. Я бросил ему в окно плитку молочного шоколада. Как он ее подберет, я смотреть не стал, а медленно пошел вниз по лестнице. Арнольд и Кристиан стояли в дверях гостиной и оба одновременно говорили.

Я сказал Арнольду:

— Вы оставили Присциллу!

— Брэдли, не сердитесь, — ответил Арнольд, — но Присцилла набросилась на меня.

— Набросилась?

— Я рассказывал ей о вас, Кристиан. Брэдли, вы даже не говорили ей о приезде Кристиан, а она не знала, что подумать. Ну, словом, я рассказывал ей о вас, и можете не делать такой гримасы, — все, что я говорил, было очень лестно для вас, и вдруг с ней случился припадок, она набросилась на меня, обхватила руками за шею...

Кристиан шумно захохотала.

— Мне, может быть, и надо было стойко терпеть, но... словом, я, как джентльмен, не буду вдаваться в детали, но я подумал, что для нас обоих будет лучше, если я удалюсь, а тут как раз появилась Рейчел. Она не знала, что я там, у нее было какое-то дело к вам, Брэдли. Ну, я и сбежал, а ее оставил вместо себя. Понимаете, Присцилла обхватила меня за шею, да так крепко, я даже ничего не мог сказать ей... Допускаю, что это было не слишком галантно, однако... Словом, мне очень жаль. Но что, интересно, сделали бы вы, Брэдли, — *mutatis mutandis*?[1]

— О господи, вот чудак! — проговорила Кристиан. — Да поглядите, как он взволнован! И я вам нисколько не верю, все, наверное, было совсем не так. А обо мне что вы говорили? Вы же ничего обо мне не знаете! Верно, Брэд? Ты знаешь, Брэд, этот человек меня смешит.

— Вы меня тоже смешите! — отозвался Арнольд.

И они оба стали смеяться. Веселое возбуждение, которое Кристиан еле сдерживала в продолжение нашего разговора, шумно вырвалось наружу. Она заливалась смехом, задыхалась, всхлипывала, бессильно прислонившись к дверному косяку, и слезы катились у нее из глаз. Арнольд тоже хохотал от всей души, хохотал самозабвенно, запрокинув голову и прикрыв глаза. Они выли от смеха. Они едва держались на ногах.

Я прошел мимо них в дверь и быстро зашагал по улице. Фрэнсис Марло бросился за мной:

— Брэд, погодите, два слова!

Я не обращал на него внимания, и он вскоре отстал. Уже когда я сворачивал за угол, он крикнул мне вдогонку:

— Брэд! Спасибо за шоколадку!

А потом я очутился в Бристоле.

Нескончаемые стенания Присциллы об оставленных «драгоценностях» сломили в конце концов мое сопро-

---

[1] *Здесь:* на моем месте (*лат.*).

тивление. С опаской и неохотой я все же взялся за это поручение и согласился проникнуть в дом, чтобы в отсутствие Роджера вынести ее горячо любимые побрякушки. Присцилла составила целый список, куда вошли также кое-какие предметы покрупнее и много ее носильных вещей. Все это я должен был «спасти». Список я сильно сократил. Мне была не вполне ясна законная сторона дела. Я считал, что сбежавшая жена сохраняет право собственности на свою одежду. Присцилле я сказал, что и украшения остаются за ней, но в действительности отнюдь не был в этом уверен. А уж то, что покрупнее, я уносить наверняка не собирался. В итоге помимо украшений и норкового палантина я должен был доставить ей еще ряд вещей, а именно: жакет с юбкой, вечернее платье, три пуховых свитера, две блузки, две пары туфель, узел нейлонового белья, белую в синюю полоску фарфоровую вазу, мраморную статуэтку какой-то греческой богини, два серебряных кубка, малахитовую шкатулочку, расписную коробку для рукоделия флорентийской работы, эмаль «Девушка, собирающая яблоки» и веджвудский фарфоровый чайник.

Присцилла обрадовалась, когда я согласился привезти ее вещи, — видимо, они имели для нее чуть ли не магическое значение. Было решено, что после этого изъятия Роджеру будет направлена официальная просьба сложить и выслать всю ее остальную одежду. Присцилла считала, что надо только добыть украшения, а остального он присваивать не станет. Она все время повторяла, что Роджер может продать ее «драгоценности» просто ей назло, и я, поразмыслив, склонен был поверить ей. Я очень надеялся, что мое согласие на эту поездку, довольно самоотверженное, если учесть все обстоятельства, развеет Присциллину мрачность, но Присцилла, успокоившись на этот счет, тут же снова начала стенать и причитать о потерянном ребенке, о своей старости, о том, какой у нее ужасный вид и как плохо обращался с ней муж, и о своей загубленной, никому не нужной жизни. Такие приступы безудержной жалости к себе, не облагороженной разумом и совестью, могут быть очень непривлекательны. Мне тогда было стыдно за свою сестру, я бы с радостью спрятал ее от людей. Но кто-то должен был с ней остаться, и Рейчел, которая уже накануне наслушалась ее причитаний, любезно, хотя и без восторга, согласилась побыть это время у меня, при условии, что я постараюсь вернуться как можно скорее.

Телефон звонил в пустом доме. Было немного за полдень, рабочее время. В стекле телефонной будки я разглядывал свою выбритую верхнюю губу и думал о Кристиан. Что это были за мысли, я объясню ниже. В ушах у меня все еще раздавался демонический хохот. А несколько минут спустя, нервничая, и страдая, и чувствуя себя почти вором, я вставлял ключ в замочную скважину и осторожно толкал дверь. Я тихонько опустил на пол в прихожей два чемодана, которые привез с собой. В квартире что-то было не так, я это почувствовал, как только переступил порог, но не сразу смог понять, в чем дело. Потом догадался: сильно пахло свежей мебельной политурой.

Присцилла так красочно описывала мне царящее в ее доме запустение. Постели не застилаются неделями. Посуду она мыть перестала. Женщина, помогавшая по дому, разумеется, взяла расчет. Роджер с каким-то даже удовольствием увеличивал беспорядок, всю вину возлагая на нее, Присциллу. Он нарочно все ломал. А она не убирала за ним. Он нашел тарелку с заплесневевшими остатками пищи и прямо в прихожей бросил ее на пол Присцилле под ноги. И она там так и лежит — осколки фаянса вперемешку со слизистой кашицей, налипшей на ковер. Присцилла тогда просто перешагнула и с каменным лицом прошла в комнату. Но обстановка, в которую я попал, отперев дверь, была настолько не похожа на все, о чем я слышал, что мне даже пришло в голову, уж не ошибся ли я адресом. Чистота и порядок так и бросались в глаза. Полированное дерево блестело, уилтонский ковер сверкал чистотой. Были даже цветы, большие белые и красные пионы в медном кувшине на старом дубовом сундуке. Сам сундук был свежеотполирован. Медный кувшин сиял.

Та же зловещая чистота и порядок царили и наверху. Постели стояли убранные и по-больничному аккуратные. Нигде ни пылинки. Мерно тикали часы. Что-то во всем этом было жуткое, как на «Марии Селесте»[1]. Я выглянул в окно — вокруг аккуратно подстриженной лужайки цвели сиреневые ирисы. Сияло яркое холодное солнце. Должно быть, Роджер после отъезда Присциллы как следует поработал в саду. Я отошел к комоду и открыл нижний ящик, где, по рассказам Присциллы, должен был лежать ларец с ее украшениями. Я вытянул ящик полностью, но в нем ничего, кроме тряпок, не было. Я запихал их обратно и стал искать в других ящиках здесь и в ванной комнате. Открыл платяной шкаф. Нигде не было никаких следов ни ларца с украшениями, ни норкового палантина. Не увидел я и серебряных кубков, и малахитовой шкатулки, которым надлежало находиться на туалетном столике. Обескураженный, я стал ходить из комнаты в комнату. Одна была почти доверху завалена Присциллиной одеждой — вещи лежали на кровати, на стульях, на полу, яркие, разноцветные, странные. В каком-то углу мне попалась на глаза сине-белая полосатая ваза, которая оказалась значительно больше, чем следовало из рассказов Присциллы; я прихватил ее. И как раз когда я стоял на лестнице с вазой в руках, размышляя, что мне с ней делать, внизу послышался шум и чей-то голос пропел:

— Ау! Это я.

---

[1] *Мария Селеста* — американская бригантина, оставленная экипажем в океане при загадочных обстоятельствах. Обнаружена в 1873 г.

Я медленно пошел вниз по ступеням. В прихожей стоял Роджер. При виде меня у него отвисла челюсть, а брови полезли на лоб. У него был прекрасный, цветущий вид. Каштановые, с сильной проседью волосы тщательно зачесаны со лба вверх. Хорошо сшитый серый пиджак спортивного покроя. Я осторожно поставил полосатую вазу на сундук рядом с пионами в медном кувшине.

— Я приехал за Присциллиными вещами.
— Присцилла тоже здесь?
— Нет.
— Она не собирается вернуться?
— Нет.
— Слава богу. Зайдите сюда. Выпьем чего-нибудь.

У него был сочный, «интеллигентный» голос, довольно громкий, псевдоуниверситетский голос, голос завзятого оратора, голос завзятого подлеца. Мы, скользя по паркету, прошли в «залу». (Голос паркетного шаркуна.) Здесь тоже все было прибрано, стояли цветы. В окно лился солнечный свет.

— Мне нужны украшения моей сестры.
— Выпьете? А я выпью, если не возражаете.
— Мне нужны украшения моей сестры.
— Очень сожалею, но я вам сейчас отдать их не могу. Видите ли, мне неизвестна их стоимость, и пока я...
— И ее норковый палантин.
— То же самое относится и к палантину.
— Где эти вещи?
— Здесь их нет. Послушайте, Брэдли, зачем нам ссориться?
— Мне нужны ее украшения, и норка, и та ваза, что я принес вниз, и эмаль...
— О господи! Вы что, не понимаете, что Присцилла психопатка?
— Если и так, то это вы ее довели.
— Прошу вас, не надо. Я больше ничего не могу для нее сделать. Я делал все, что мог. Можете мне поверить,

это была не жизнь, а сущий ад. И кончилось тем, что она все бросила и скрылась.

— Это вы ее выжили!

Я увидел на каминной полке Присциллину мраморную статуэтку. Вероятно, это была Афродита. Горькая жалость к сестре охватила меня. Ей хочется иметь вокруг себя эти жалкие вещицы, в них все ее утешение. Больше у нее ничего не осталось в жизни.

— Жить под одной крышей со стареющей истеричкой, я вам скажу, не шутки. Я старался, как мог. Она становилась буйной. Кроме того, она перестала убирать, в доме был развал.

— Я не хочу с вами разговаривать. Мне нужны вещи.

— Все ценное находится в банке. Я предвидел, что Присцилла захочет обчистить дом. Она может получить свою одежду, но, ради бога, не подавайте ей мысли являться сюда лично. А так я буду только рад освободить дом от ее туалетов. Но все прочее я считаю *sub judice*[1].

— Украшения являются ее собственностью.

— Отнюдь. Она покупала их, экономя на хозяйственных расходах. Я недоедал. Конечно, она делала эти покупки, не советуясь со мной. Но теперь, черт возьми, я рассматриваю их как капиталовложение, как мое капиталовложение. И эту чертову норку тоже. Ладно, ладно, успокойтесь, я буду справедлив к Присцилле, я назначу ей содержание, но я совершенно не склонен делать ей дорогостоящие подарки. Сначала я должен узнать, на каком я свете, — в смысле денег. А присваивать все ценное в доме я ей не позволю. Она убралась отсюда по своей доброй воле. Сама знала, что делала.

От ярости и унижения я почти не мог говорить.

— Вы же сознательно, намеренно выжили ее отсюда. Она рассказывала, как вы пытались ее отравить!

— Просто всыпал ей в тарелку соли с горчицей. Вкус, я думаю, был премерзкий. Всыпал — и сижу смотрю,

---

[1] Арестовано на время суда (*лат.*).

как она будет есть. Картинка из преисподней. Вы этого и представить себе не можете. У вас, я видел, с собой два чемодана. Я вам вынесу кое-что из ее одежды.

— Вы сняли все деньги с вашего общего счета...

— Ну и что же? Ведь это были мои деньги, верно? Другого источника доходов у нас нет. А она втихомолку тянула фунт за фунтом и покупала себе тряпки. Она на этих тряпках просто помешалась. У нас наверху одна комната до отказа набита ее вещами, и все ненадеванные. Дай ей волю, она бы все пустила на ветер. Ей-богу, не будем ссориться. Вы же мужчина, можете меня понять, и незачем тут поднимать крик. Она обозленная неудачница, да к тому же помешанная и жестокая, как дьявол. Мы оба хотели ребенка. Она сыграла на этом, заставила на себе жениться. Я женился только потому, что хотел ребенка.

— Что вы врете! Вы же требовали аборта.

— Это она хотела сделать аборт. А я сам не знал, чего хотел. Но когда ребенка не стало, я это очень тяжело пережил. Ну а потом Присцилла сказала, что снова забеременела. Гениальная идея вашей матушки. Но это была ложь. Я женился, чтобы не потерять и этого ребенка. А никакого ребенка не оказалось.

— О господи!

Я отошел к камину и взял с полки мраморную статуэтку.

— Поставьте на место, — сказал Роджер. — Здесь вам не антикварная лавка.

Я поставил статуэтку назад, и в это время в прихожей послышались шаги. Дверь отворилась, вошла красивая молоденькая девушка в белых брюках и длинном розовом полотняном жилете, с темно-каштановыми растрепанными волосами, словно только что каталась на яхте. Лицо ее сияло каким-то значительным внутренним светом, а не просто здоровьем и загаром. Ей было лет двадцать. В руке она держала сумку с продуктами и опустила ее прямо на пороге.

Может быть, я перепутал и у них все-таки был в конце концов ребенок? Вот эта девица?

Роджер вскочил и бросился ей навстречу, лицо его смягчилось, губы улыбались, глаза словно стали больше, залучились, разошлись от переносицы. Он поцеловал ее в губы, прижал, потом отодвинул от себя и, улыбаясь, смотрел на нее, словно пораженный. Потом издал возглас довольного изумления и обернулся ко мне.

— Это Мэриголд. Моя любовница.

— Быстро вы обзавелись.

— Дорогая, это брат Присциллы. Скажем ему все, да, дорогая?

— Конечно, дорогой, — важно ответила девица, откидывая волосы со лба и прижимаясь плечом к Роджеру. — Скажем ему все.

Она говорила с легким провинциальным акцентом, и я теперь видел, что ей больше двадцати лет.

— Мы с Мэриголд уже давно вместе. Мэриголд была моей секретаршей. Мы уже тысячу лет живем как бы вместе. Но от Присциллы скрывали.

— Не хотели ее огорчать, — добавила Мэриголд. — Несли бремя одни. Так трудно было принять верное решение. Нелегко нам пришлось.

— Теперь все позади, — сказал Роджер. — Слава богу.

Они держались за руки.

Эта картинка любовного счастья наполнила меня ненавистью и отвращением. Не обращая внимания на девицу, я сказал Роджеру:

— Я вижу, что с молодой особой, которая вам в дочери годится, жить куда приятнее, чем с пожилой женщиной, связанной с вами супружеской клятвой.

— Мне тридцать лет, — возразила Мэриголд. — И мы с Роджером любим друг друга.

— «И в бедности, и в богатстве, и в здравии, и в болезни». И как раз когда она особенно нуждается в вашей помощи, взять и выгнать ее из дому!

— Это неправда!

— Правда!

— Мэриголд беременна, — сказал Роджер.

— Как вы можете мне это говорить, — возмутился я, — и стоять тут с таким порочно-самодовольным видом? Я что, должен радоваться, что вы зачали еще одного ублюдка? Чем вы так гордитесь? Прелюбодейством? В моих глазах это мерзость: старик и молодая девушка. Если бы вы только знали, как на вас противно смотреть — стоите там и лапаете друг друга и так грубо радуетесь, что избавились от моей сестры! Вы точно убийцы...

Они отошли друг от друга. Мэриголд села в кресло, не сводя со своего любовника горячего растерянного взгляда.

— Мы не нарочно, — сказал Роджер. — Так уж случилось. Чем мы виноваты, что мы счастливы? По крайней мере, теперь мы поступаем по совести, мы покончили с ложью. И мы хотим, чтобы вы сказали Присцилле, — объясните ей все. Черт, гора с плеч. Правда, дорогая?

— Нам так неприятно было лгать, ужасно неприятно, да, дорогой? — подхватила Мэриголд. — Мы столько времени прожили во лжи.

— У Мэриголд была квартирка, и я приезжал к ней... Унизительное положение.

— Но теперь все это позади, и мы... Господи, когда можно наконец просто говорить правду! Мы так жалеем Присциллу...

— Вы бы на себя посмотрели. Полюбовались бы. А теперь, будьте добры, отдайте мне Присциллины украшения.

— Мне очень жаль, — сказал Роджер. — Я же объяснил.

— Она просила украшения, норку, вон ту статуэтку, полосатую вазу, какую-то эмаль...

— Статуэтку купил я. И она останется здесь. Эмаль тоже. Она мне самому нравится. Эти вещи принадлежат не ей одной. Неужели вы не понимаете, что еще не время приступать к дележу? Речь идет о деньгах. Она уехала и все здесь бросила — может немного и подождать! А тряпки увозите, сделайте милость. В ваши два чемодана поместится довольно много.

— Я пойду упаку, хорошо? — предложила Мэриголд и выбежала из комнаты.

— Вы расскажете Присцилле, да? — сказал Роджер. — Для меня это будет огромным облегчением. Знаете, я такой трус. Все время откладывал, не мог ей признаться.

— Когда ваша приятельница забеременела, вы сознательно выжили свою жену из дома.

— Я ничего такого не думал! Все шло, как шло, само по себе, мы были очень несчастны. Жили и ждали неизвестно чего...

— Присциллиной смерти, я полагаю. Удивительно, что вы ее не убили.

— Мы хотим ребенка, — сказал Роджер. — Ребенок — самое главное, и я забочусь о его интересах. Он тоже, слава богу, имеет свои права. И мы хотим наконец жить счастливо, честно и открыто! Я хочу, чтобы Мэриголд стала моей женой. Присцилла никогда не была со мной счастлива.

— А вы подумали о том, что теперь будет с Присциллой, какое существование ее ждет? Она посвятила вам всю свою жизнь, а теперь она вам больше не нужна.

— Ну, я тоже посвятил ей жизнь. Она отняла у меня не один год, когда я мог бы жить счастливо и открыто!

— Идите к черту!

Я выскочил в прихожую и увидел Мэриголд, стоявшую на коленях в облаке шелка, твида и розового нейлона. Почти все вещи были совершенно новыми.

— Где норка?

— Я же объяснил, Брэдли.

— Ну как вам не стыдно! Посмотрите на себя. Вы очень плохие люди. Неужели вам не стыдно?

Они сокрушенно, участливо посмотрели на меня, грустно переглянулись. Счастье словно сделало их святыми. Задеть их я не мог. Мне хотелось уязвить их, растерзать на куски. Но они были неуязвимы, блаженны.

Я сказал:

— Я не стану тут дожидаться, пока вы упакуете чемоданы. — Я не мог видеть, как эта девица встряхивает и аккуратно складывает Присциллины вещи. — Можете отправить их ко мне на квартиру.

— Хорошо, мы отправим, верно, дорогой? — сказала Мэриголд. — Наверху есть большой кофр...

— Вы ей расскажете, да? — сказал Роджер. — Только как-нибудь потактичнее. Но чтобы была полная ясность. Можете сказать и про беременность Мэриголд. Обратной дороги нет.

— Уж об этом-то вы позаботились.

— Но что-то вы должны ей привезти прямо сейчас, — сказала Мэриголд, стоя на коленях и подняв к нам безмятежное лицо, светившееся искренним доброжелательством счастливых. — Дорогой, может быть, пошлем ей эту статуэтку или?..

— Нет. Она мне самому нравится. Это ведь и мой дом, верно? — сказал Роджер. — Я его создавал. У этих вещей есть свое место.

— Ну, тогда полосатую вазу... она ведь ее просила? Ах, дорогой, ну пожалуйста, пусть эта ваза будет Присцилле, ну согласись, ради меня!

— Ладно, пускай. Ну что за доброе, нежное сердечко!

— Пойду упакую ее получше.

— Не считайте меня дьяволом во плоти, Брэдли, дружище. Я, конечно, не святой, но, право же, самый обыкновенный человек, обыкновеннее меня не найдешь, я думаю. Вы должны понять, что мне тут ой как несладко жилось. Знаете, какое мучение, когда приходится жить двойной жизнью? А Присцилла уже много лет обращалась со мной ужасно, как настоящее исчадие ада, годы я от нее слова доброго не слышал...

Вернулась Мэриголд с громоздким свертком. Я взял его у нее из рук и открыл дверь на улицу. Мир за порогом ослепил меня, словно все это время я находился в темноте. Я вышел в дверь и оглянулся. Они стояли покачиваясь, плечом к плечу, держась за руки, не в силах подавить сияющих улыбок. Мне хотелось плюнуть им на порог, но во рту у меня пересохло.

Я пил у стойки легкий золотистый херес и разглядывал в окно черно-красно-белую пароходную трубу на фоне густо-синего, подернутого дымкой неба. Труба была очень яркой, очень осязаемой, до краев полной цвета и бытия. Небо было умопомрачительно огромным и бесконечным: кулисы, кулисы, кулисы прозрачной, зернистой, чистейшей голубизны.

Потом стреляли голубей, а труба была сине-белая, и синева смешивалась с небом, а белизна висела в пространстве, словно рулон хрустящей бумаги или змей на картинке. Змеи всегда много для меня значили. Что за образ нашей судьбы — далекая высота, легкое подергивание, натянутый шнур, невидимый, длинный, — и страх, что оборвется. Обычно я не пьянею. Но Бристоль — это город хереса. Превосходного дешевого хереса, светлого и прозрачного, его цедят из больших темных бочек. На какое-то время я почти обезумел от неудачи.

Стреляли голубей. Что за образ нашей судьбы — громкий хлопок, бедный белый комочек перьев бьется на земле, машет крыльями отчаянно, напрасно пытаясь опять взлететь! Сквозь слезы я смотрел, как подбитые птицы падают и скатываются по крутым крышам пакгаузов. Я видел и слышал их вес, их внезапное трагическое порабощение силой тяжести. Как должно огрубеть человеческое сердце, которому назначена такая обязанность — преображать невинные, высоко парящие существа в бьющийся комок лохмотьев и страданий. Я смотрел на пароходную трубу, и она была желто-черная на фоне раздражающе зеленого неба. Жизнь ужасна, ужасна, как сказал философ. Когда стало очевидно, что лондонский поезд уже ушел, я позвонил домой, но никто не поднял трубку.

«Все складывается к лучшему для любящих Бога», — сказал апостол Павел. Возможно; но что значит — любить Бога? Не знаю, никогда не видел. Мне знакома, мой дорогой друг и наставник, лишь тяжким трудом заработанная тишина души, когда мир видится близко-близко и очень подробно, так же близко и ясно, как свежевыкрашенная пароходная труба весенним солнечным вечером. Но темное и безобразное не смывается при этом, его мы тоже видим, ужас жизни — неотъемлемая часть жизни. Добро не торжествует, а если бы торжествовало, то не было бы добром. И слезы не высыхают, и не забываются муки невинных и страдания тех, кто испытал калечащие душу несправедливости. Говорю вам, друг мой, то, что вы сами знаете лучше и глубже, чем когда-нибудь смогу узнать я. Даже сейчас, когда я пишу эти строки, которым надлежит сиять и лучиться радужным светом, я чувствую, как темнота моего существа переполняет перо мое. Но может быть, только такими чернилами и возможно написать эту повесть? Мы не способны писать, как ангелы, хотя иные, кто приближен из нас к богам, по небесному наитию почти исхитряются порой достичь этого.

Я чувствовал себя, уйдя от Роджера и Мэриголд, униженным и несчастным и был от злости почти в истерике. С беспредельной ясностью я увидел наконец, как несправедлива и жестока была судьба к моей сестре. Меня терзало сожаление о том, что я так и не сумел навязать Роджеру мою волю, уязвить, унизить его. Мне было стыдно и грустно, что я не добыл для нее даже того жалкого утешения, о котором она так самозабвенно просила. Ведь я не привезу ей стразовый гарнитур, хрустальное ожерелье с лазуритами, янтарные серьги. И нет у меня для нее норкового палантина, нет даже мраморной Афродиты и эмали «Девушка, собирающая яблоки». Бедная Присцилла, думал я, бедная Присцилла, но жалость моя не заслуживала похвалы, ибо, в сущности, это была просто жалость к себе. Разумеется, я сделал для Присциллы «все, что мог», сделал не колеблясь, просто потому, что раз надо, так надо. Наверное, именно эта маленькая область бесспорных обязательств, которые берет на себя человек, и есть его спасение, спасение от звериной, эгоцентрической ночи, находящейся в непосредственной близости от любого, самого цивилизованного из нас. Однако, если пристальнее всмотреться в этот «долг», в этот жалкий подвиг малодушного, заурядного человека, окажется, что ничего славного в нем нет, что это не обращение вспять реки мирового зла, отступающего перед разумом или Богом, а лишь проявление все той же любви к себе, одна из тех хитрых уловок природы, к которым она прибегает, ибо иначе как бы она могла существовать? — изменчивая и противоречивая в своей многоглавой единосущности. Наше участие безоговорочно и полно лишь там, где мы мысленно подставляем самих себя. Святой — это человек, отождествляющий себя со всем и вся. Только ведь на свете, как учит мой мудрый друг, не существует святых.

Я отождествлял себя с Присциллой по древним, формальным причинам. Будь Присцилла мне просто знакомая, я не только бы пальцем не шевельнул, чтобы облегчить ее страдания, но и самые эти страдания задержались бы в моей памяти не дольше минуты. Однако в Присциллином унижении и крахе я сам был унижен и повергнут. Я вкусил всю горечь несправедливости и был потрясенным свидетелем благоденствия моих обидчиков. Как часто выпадает нам это страдание: злодеи процветают прямо у нас на глазах и процветанию их нет конца. Как хорошо было человеку, когда он верил в ад. Какое глубокое и мощное утешение пропало для нас с утратой этого древнего почтенного верования. Но дело не только в этом.

Я был потрясен еще более возмутительным и отталкивающим зрелищем — я видел, как Роджер с его сединами, с его псевдоинтеллигентными замашками стареющего жуира обнимает девушку, которая годится ему в дочери, существо юное, нежившее, незапятнанное. Такое соприкосновение молодости и старости оскорбляет взор, и оскорбляет, по-моему, не без основания.

Потом безлюдная улица была как театральная декорация. Черный задник в конце ее был бортом корабля. Камень набережной соприкасался со сталью корабельного корпуса, а я сидел на камне и прижимался лбом к стальной коробке. И еще я был в магазине, под прилавком, лежал на полу с женщиной, а повсюду на полках стояли клетки с мертвыми животными, которых я забыл накормить. Корабли состоят из полостей; корабли — как женщины. Железо вибрировало и пело, пело про хищных женщин, про Кристиан, Мэриголд, мою мать; про губительниц. Я видел мачты и паруса могучих клипперов на фоне темного неба. А потом я сидел на вокзале Темпл-Мидс и беззвучно выл, терзаемый муками больной совести под безжалостными вокзальными сводами. Почему, почему никто не поднял трубку? Ночной поезд увез меня. Каким-то образом я умудрился разбить полосатую вазу. И осколки оставил в вагоне, выходя на Паддингтонском вокзале.

Я находился у Кристиан, куда увезли Присциллу. Позже я находился с Рейчел в саду. Это был не сон. Кто-то пускал змея.

Дома я нашел записку от Рейчел, а утром, рано-рано утром, только я успел приехать, она пришла сама, чтобы объяснить мне, как все произошло: как Присцилла разнервничалась, а в это время как раз позвонила Кристиан, как приехал Арнольд, а потом приехал Фрэнсис. А меня все не было, и Присцилла раскапризничалась, как младенец без матери, слезы, страхи. Поздно вечером Кристиан увезла Присциллу на такси. Арнольд и Кристиан много смеялись. Рейчел боялась, что я буду на нее сердиться. Я не рассердился. «Ну конечно, против *них* вы бессильны».

Присцилла в черном пеньюаре Кристиан сидела, откинувшись на высоко взбитые белоснежные подушки. Ее безжизненные жидкие крашеные волосы были не причесаны, лицо без косметики казалось мягким, как глина или опара, с морщинами, неглубоко отпечатавшимися на вздутой поверхности. Нижняя губа отвисла. Ей можно было дать лет семьдесят — восемьдесят. Кристиан в темно-зеленом платье с ниткой натурального жемчуга ходила, сияя, словно хозяйка удачного вечера. У нее влажно блестели глаза, точно омытые слезами, которые выступают от смеха или от удовольствия и растроганности. Изящными тонкими пальцами она то и дело проводила по своим бронзово-каштановым волнистым волосам. Арнольд был по-мальчишески взбудоражен, извинялся передо мной, но при этом все время переглядывался с Кристиан и смеялся. Он напустил на себя свой «заинтересованно-писательский» вид: я только зритель, наблюдатель, но *понимающий* наблюдатель. Лицо его лоснилось, и белесые волосы игривой мальчишеской челкой падали на светлые умные глаза. Фрэнсис сидел от всех в стороне и потирал руки, один раз он даже беззвучно похлопал в ладоши, а его маленькие, близко посаженные медвежьи глазки радостно бегали от одного лица к другому. Мне он все время кивал, словно кланялся, и вполголоса приговаривал: «Ничего, все хорошо, все будет хорошо, все будет очень хорошо». Потом в какой-то момент он засунул лапу себе в брюки и с озабоченным видом почесался. Рейчел стояла неподвижно, но в ее позе было что-то от нарочитого спокойствия человека, который в глубине души сильно смущен. Она нерешительно улыбалась, чуть-чуть размыкая конфетно-розовые накрашенные губы, улыбка ее становилась шире, потом гасла, потом снова появлялась, словно в ответ на какие-то скрытые мысли, но, впрочем, возможно, что это было одно притворство.

— Брэдли, это не заговор, не смотрите так.
— Он ужасно на нас сердится.
— Он думает, что вы взяли Присциллу в заложницы.
— Я и взяла Присциллу в заложницы!
— Что с вами стряслось?

Присцилла была вне себя.

— Я опоздал на поезд. Виноват.
— Почему же вы опоздали на поезд?
— Почему ты не позвонил?
— Смотрите, какой у него виноватый вид! Присцилла, поглядите только, какой у него виноватый вид!
— Бедняжка Присцилла думала, что ты попал под машину или еще что-нибудь случилось.
— Видите, Присцилла, мы говорили вам — никуда он не денется.
— Тише вы все! Присцилла хочет что-то сказать!
— Полно, Брэдли, не сердитесь.
— Помолчите!
— Ты привез мои вещи?
— Сядь, пожалуйста, Брэд. Ты выглядишь ужасно.
— Мне очень жаль, что я опоздал на поезд.
— Ничего, ничего, все будет хорошо.
— Я звонил.
— Ты привез мои вещи?
— Присцилла, милая, не надо так нервничать.
— К сожалению, нет.
— О, я так и знала, что ничего не получится! Я так и знала, так и знала, я же говорила.
— А в чем дело, Брэдли?
— Роджер оказался дома. Мы с ним потолковали.
— Потолковали!
— И теперь ты на его стороне.
— Мужчины все заодно, моя милая.

— Я не на его стороне. Ты что, хотела, чтобы я с ним подрался?
— Доблестный Брэд Железный Кулак!
— Ты говорил с ним обо мне?
— Разумеется.
— И они сошлись во мнениях, что женщины — исчадия ада.
— Женщины и есть исчадия ада, если на то пошло.
— Ему плохо?
— Да.
— И в доме грязь и бог знает что?
— Да.
— Ну а мои вещи?
— Он сказал, что пришлет их.
— Но неужели ты не мог привезти хоть что-нибудь, хоть одну вещичку?
— Он будет все паковать.
— А ты говорил ему особо про украшения и норковый палантин?
— Он все пришлет по почте.
— Но ты говорил?
— Все хорошо, все будет хорошо. Да! Говорил!
— Он не пришлет, знаю, что не пришлет...
— Присцилла, одевайся.
— Никогда он не пришлет мне моих вещей, никогда, никогда, я знаю, что не пришлет, они погибли для меня навеки, навеки!
— Буду ждать тебя внизу. Одевайся, и поедем домой.
— Мои вещи — это все, что у меня было!
— Да нет же, Присцилла останется у меня.
— А ты нашел их, ты видел их там?
— Присцилла, вставай и одевайся.
— Разве вы не хотите, милая, остаться здесь, у меня?
— Брэдли, ну зачем вы с ней так?
— Брэд, подумай сам. Она нуждается во врачебной помощи, в наблюдении психиатров, я найму сиделку...

— Да не нуждается она ни в какой сиделке!
— Вы же знаете, Брэдли, что уход за больными — не ваше амплуа.
— Присцилла!
— Ну посмотрите, что вышло вчера.
— Пожалуй, мне пора, — сказала Рейчел, не произнесшая до той минуты ни единого слова и только неопределенно улыбавшаяся словно бы своим тайным мыслям.
— Ах, пожалуйста, останьтесь еще.
— Выпить чего-нибудь еще не время?
— Я не отдам вам мою сестру. Чтобы вы тут жалели и унижали ее.
— Никто ее не жалеет!
— Я жалею, — сказал Фрэнсис.
— А тебя вообще никто не спрашивает. Ты сию же минуту отсюда уберешься. Сейчас приедет настоящий доктор, и мне совершенно не нужно, чтобы ты тут болтался.
— Идем, Присцилла.
— Брэдли, успокойтесь. Может быть, все-таки Крис права?
— И нечего вам называть ее Крис.
— Ну знаешь, Брэд, одно из двух: либо ты от меня отрекаешься, либо...
— Присцилла абсолютно здорова, ей только нужно успокоиться и взять себя в руки.
— Брэдли не верит в психические болезни.
— Собственно, я тоже, но...
— Вы вбиваете ей в голову, что она больна, а ей нужно только...
— Брэдли, Присцилле нужен отдых и покой.
— Это здесь, по-вашему, покой?
— Брэд, она больной человек.
— Присцилла, вставай.
— Брэд, бога ради, не ори.
— Пожалуй, мне в самом деле пора.

— Вы ведь хотите остаться здесь со мной, моя милая, вы ведь хотите остаться с Кристиан, правда?

— Он не пришлет моих вещей, я знаю, я никогда, никогда их больше не увижу.

— Ничего, ничего, все будет хорошо.

В конце концов Рейчел, Арнольд, Фрэнсис и я вместе вышли от Кристиан. Вернее, я повернулся и пошел, а они потянулись за мной.

Описанная сцена происходила в одной из новых комнат на верхнем этаже, в прежние годы она была не наша. Обстановка здесь отличалась претенциозностью, хотя сейчас все пришло в запустение: стояла роскошная овальная кинокровать, а по стенам шли панели под бамбук. Я чувствовал себя словно в ловушке, казалось, какая-то игра перспективы свела потолок под острым углом с полом, еще шаг — и уткнешься головой. Бывают дни, когда человек высокого роста ощущает себя еще выше, чем обычно. Я возвышался над остальными, как над лилипутами, а ноги мои не доставали до пола. Возможно, это еще действовало выпитое вчера вино.

На улице перед глазами у меня кипела чернота. Солнце, пробившись сквозь туманное облако, слепило меня. Встречные люди вырастали высокими черными силуэтами и проплывали мимо, как призраки, как ходячие деревья. Я слышал, что они идут за мною. Слышал их шаги еще на лестнице. Но не оборачивался. Мне было тошно.

— Брэдли, вы что, ослепли? Что вы лезете прямо под колеса, безумный вы человек?

Арнольд схватил меня за рукав и не отпускал. Другие подошли и стали по бокам. Рейчел сказала:

— Ну пусть она побудет там день или два. Оправится немного, и тогда заберете ее домой.

— Вы не понимаете, — ответил я. Голова у меня болела, и свет резал глаза.

— Я прекрасно вас понимаю, если хотите знать, — сказал Арнольд. — Вы проиграли этот раунд и все еще не можете прийти в себя. Я бы на вашем месте просто лег в постель.

— Да. А я буду ухаживать за вами, — сказал Фрэнсис.

— Нет.

— Почему вы щуритесь и прикрываете глаза? — спросила Рейчел.

— Как это случилось, что вы опоздали на поезд? — спросил Арнольд.

— Пожалуй, я и в самом деле пойду к себе и лягу в постель.

— Брэдли, — сказал Арнольд, — не сердитесь на меня.

— Я не сержусь на вас.

— Это получилось совершенно случайно — ну что я оказался там, я зашел, думал, вы уже вернулись, тут Кристиан позвонила, потом приехала. Присцилла к этому времени уже довела Рейчел до полного изнеможения, а вы всё не появлялись. Я знаю, вышло не очень приятно для вас, я вполне понимаю, но, право, все было продиктовано только здравым смыслом, а Кристиан это так забавляло, и вы знаете, я неисправимый любитель волнений и суматохи. Вы должны нас простить. Никакого заговора против вас не было.

— Я знаю, что не было.

— И сегодня я зашел туда просто потому...

— Неважно. Я еду домой.

— И я с вами, — сказал Фрэнсис.

— Лучше поедем к нам, — предложила Рейчел. — Я накормлю вас обедом.

— Прекрасная мысль. Поезжайте с Рейчел. А мне пора в библиотеку продолжать работу над романом. И так столько времени растрачено на эту маленькую драму. А все из-за моего несносного любопытства. Так вы не сердитесь на меня, Брэдли?

Мы с Рейчел сели в такси. Фрэнсис бежал рядом, пытаясь что-то сказать, но я поднял стекло.

Теперь наконец наступила тишина. Мне улыбалось крупное спокойное женское лицо — добрая полная луна, а не черноликая, с ножом в зубах, источающая тьму. Синяк под глазом сошел, а может быть, она запудрила его. Или его вообще не было — просто падала тень.

После вчерашнего первое, что я смог проглотить, были три таблетки аспирина, за которыми последовал стакан сливок, затем — ломтик молочного шоколада, затем — кусок картофельной запеканки с мясом, затем — немного рахат-лукума, затем — стакан кофе с молоком. Я почувствовал себя физически лучше, голова заработала яснее.

Мы сидели на веранде. Сад у Баффинов был невелик, но сейчас, в пышном июньском цвету, он казался бесконечным. Купы фруктовых деревьев и каких-то перистых кустов среди высокой, красноватой травы заслоняли соседние дома, заслоняли даже свежепросмоленный штакетный забор. Только вьющиеся розы меж стволов создавали впечатление замкнутости. Сад изгибался, он был как большая зеленая раковина, источающая запахи листьев и земли. Внизу, у самого крыльца, была площадка, вымощенная камнем, из щелей смотрели розовые цветы чабреца, а дальше шла подстриженная лужайка, и по ней были рассыпаны белые ромашки. И мне припомнился солнечный летний день моего детства. В тот день на бескрайней поляне сквозь рыжие метелки трав ребенок, которым был тогда я, увидел молодую лису, охотившуюся на мышей. Лиса была изящна, вся новенькая, с иголочки, прямо из рук творца, ослепительно-рыжая, в черных чулках, с белой кисточкой на хвосте. Она услышала и обернулась. Я видел ее живую маску, влажные янтарные глаза. Потом она исчезла. Исчез образ совершенной красоты и мистического смысла. Ребенок заплакал и почувствовал, что в нем пробудился художник.

— Так, значит, Роджер на седьмом небе от счастья, — сказала Рейчел.

Я ей все рассказал.

— Но Присцилле нельзя этого говорить, верно?

— Пока нельзя.

— Роджер и эта девица. Противно!

— Знаю. Но вся сложность в Присцилле.

— Что мне делать, Рейчел, что мне делать?

Рейчел, босая, в платье без пояса, не отвечала. Она легонько поглаживала пальцами скулу в том месте, где мне привиделся синяк. Мы оба сидели откинувшись в шезлонгах и отдыхали. Но отдыхающая Рейчел была в то же время оживлена, на ее лице появилось знакомое мне выражение, Арнольд называл его «экзальтированным», — румянец каких-то предчувствий тронул обычно бледные, с веснушками, щеки и зажег огонь в спокойных светло-карих глазах. Она сидела откинувшись, живая и красивая. Мелко завитые золотистые волосы были расчесаны во все стороны и неаккуратно торчали вокруг головы.

— Как заводные, — сказал я.

— Кто? Кто как заводные?

— Дрозды.

Несколько дроздов, дергаясь, точно игрушечные, расхаживали в подстриженной траве.

— Совсем как мы.

— О чем вы, Брэдли?

— Заводные. Как мы.

— Возьмите еще шоколаду.

— Фрэнсис любит молочный шоколад.

— Мне жалко Фрэнсиса, но я понимаю Кристиан.

— От таких приятельских разговоров про Кристиан мне становится тошно.

— А вы не обращайте внимания. Все это одни ваши мысли.

— Вся моя жизнь — одни мысли. Лучше бы она умерла. У себя в Америке. Я уверен, что она убила своего мужа.

— Брэдли, я хотела вам сказать, все это неправда, — то, что я тогда говорила об Арнольде.

— Да, я знаю.

— В браке люди иногда говорят разные вещи просто так, ну да, механически, но они идут не от сердца.

— Не от чего?

— Брэдли, ну не будьте таким...
— У меня на сердце так тяжело, словно большой камень в груди. Иногда вдруг чувствуешь над собою гнетущую власть рока.
— Ну пожалуйста, приободритесь, прошу вас.
— А вы не сердитесь на меня за то, что я был свидетелем... ну, вот как вы и Арнольд тогда?..
— Нет. Наоборот, вы только стали как-то ближе.
— Зачем, зачем она познакомилась с Арнольдом?
— Вы очень привязаны к Арнольду, правда?
— Правда.
— Вы ведь не просто дорожите его мнением?
— Нет.
— Как странно это. Он так резок с вами. Часто говорит обидные вещи. Но вы для него очень много значите, я знаю, очень много.
— Давайте слегка переменим тему, хорошо?
— Вы такой смешной, Брэдли. Неземной какой-то. И робкий, как ребенок.
— Меня потрясло появление этой женщины. Вдруг, не ждал не гадал, и бац — пожалуйста. И она уже запустила когти в Арнольда. И в Присциллу.
— А знаете, она красивая.
— И в вас.
— Нет. Но я отдаю ей должное. Вы о ней не так рассказывали.
— Она сильно изменилась.
— Арнольд считает, что вы все еще любите ее.
— Если он так считает, то, верно, потому, что сам влюбился.
— А вы не влюблены в нее?
— Рейчел, вы хотите довести меня до истерики?
— Господи, ну и ребенок же вы, в самом деле.
— Только благодаря ей я познал ненависть.
— А вы не мазохист, Брэдли?
— Не болтайте чепухи.

— Мне иногда казалось, что вы получаете удовольствие от нападок Арнольда.

— Арнольд влюблен в нее?

— По-вашему, куда он пошел, распрощавшись с нами?

— В библио... Неужели обратно к ней?

— Конечно.

— Дьявол! Он же виделся с ней всего два-три раза.

— А вы не верите в любовь с первого взгляда?

— Так вы считаете, что он...

— Тогда в пивной он вел с ней очень долгую сердечную беседу. И потом, вчера, когда она...

— Не рассказывайте мне, прошу вас. Так он?..

— Голову он не теряет. Он человек земной, но холодный. А вы не от мира сего и теплый. Он обожает всякую суматоху, как он вам говорил, обожает чужие драмы. Он безумно любопытен, ему все надо знать, всем владеть, он во все должен совать нос, всех и каждого исповедать. Из него и вправду вышел бы неплохой исповедник, он умеет поддержать человека, когда захочет. В два счета выудил у Кристиан всю историю вашего брака.

— Боже мой.

— Это еще тогда, в пивной. А вчера, я думаю, она... Ну хорошо, хорошо, не буду. Я только хотела сказать, что я на вашей стороне. Хотите, привезем Присциллу сюда?

— Поздно. О господи! Рейчел, мне как-то не по себе.

— Ну что за человек! Вот. Возьмите меня за руку. Возьмите.

Под запотевшими стеклами веранды стало безумно душно и жарко. Земля и трава запахли как-то по-нездешнему, точно воскурения, и больше не отдавали свежестью и дождем. Рейчел придвинула свой шезлонг вплотную к моему. Вес ее близкого обвисшего тела давил на меня, точно мой собственный. Она подсунула руку мне под локоть и довольно неловко переплела свои пальцы с моими. Так два трупа могли бы приветствовать друг друга в день воскрешения из мертвых. Потом она стала медленно поворачиваться на бок лицом ко мне и положила голову мне на плечо. Я чувствовал запах ее пота и свежий чистый аромат только что вымытых волос.

Человек в шезлонге особенно беззащитен. Я тщетно ломал голову над тем, что должно означать это рукопожатие, как мне следует на него ответить, долго ли надо держать ее за руку. А когда она вдруг вытянула шею и неловко, ничуть не смущаясь, потерлась щекой о мое плечо, я неожиданно для себя испытал довольно приятное чувство полнейшей беспомощности. И одновременно сказал:

— Рейчел, встаньте, прошу вас, войдемте в дом.

Она вскочила на ноги. Я тоже встал, но гораздо медленнее. Обвисшая парусина не давала опоры — как она могла так быстро подняться, было выше моего разумения. Вслед за Рейчел я прошел в затемненную гостиную.

— Одну минутку, Брэдли.

Она уже распахнула дверь в коридор. Ее отрывистый голос и решительный вид недвусмысленно показывали, что у нее на уме. Я понял, что, если я немедленно не заключу ее в объятия, случится нечто «непоправимое». Поэтому, закрыв дверь в коридор, я повернулся и обнял ее. Сделал я это не без удовольствия. Я ощутил ладонями горячую пышность ее плеч и снова — ласкающее, давящее прикосновение ее щеки.

— Сядем, Рейчел.

Мы сели на диван, и в ту же минуту ее губы оказались прижаты к моим.

Я, разумеется, не в первый раз прикасался к Рейчел. Случалось и чмокнуть ее дружески в щеку, и обхватить рукой за плечи, и похлопать по руке, но эти ничего не значащие, общепринятые жесты служат порой лишь своего рода прививкой против сильных чувств. Примечательно, какие грандиозные преграды стоят на пути к близости между людьми и как они рассыпаются от одного легчайшего прикосновения. Достаточно взять другого человека за руку определенным образом, даже просто определенным образом заглянуть ему в глаза, и мир вокруг вас навеки преобразится.

При этом я, подобно досточтимому Арнольду, старался не терять голову. Я не отрывал губ от губ Рейчел, и мы так долго оставались в неподвижности, что это уже становилось нелепым. Я по-прежнему не слишком ловко обнимал ее одной рукой за плечи, а другой сжимал ее пальцы. У меня было такое чувство, что я ее держу и при этом сдерживаю. Но вот мы отодвинулись друг от друга и вопросительно заглянули друг другу в глаза — для того, наверное, чтобы понять, что же все-таки произошло.

Лицо человека, только что обнаружившего свои чувства, всегда представляет собой зрелище трогательное и поучительное. У Рейчел лицо было светлым, ласковым, сокрушенным, вопрошающим. Мне стало весело. Хотелось выразить удовольствие, благодарность.

— Рейчел, дорогая! Благодарю вас.
— Я ведь это не просто, чтобы приободрить вас.
— Знаю.
— В этом есть что-то настоящее.
— Знаю. Я рад.
— Мне и раньше хотелось... обнять вас. Но было стыдно. Мне и сейчас стыдно.
— И мне. Но... Спасибо, спасибо вам.

Минуту мы молчали, взволнованные, почти смущенные.

Потом я сказал:
— Рейчел, я думаю, мне надо идти.
— Господи, какой вы смешной. Ну хорошо, хорошо, вот ребенок, удирает со всех ног. Ну, ступайте. Спасибо за поцелуй.
— Дело не в этом. Все вышло так прекрасно. Мне страшно испортить что-то очень важное.
— Да-да, ступайте. Я уже сама достаточно напортила, наверное.

— Какое там напортила! Рейчел, глупая. Это замечательно. Мы теперь стали ближе, верно?

Мы поднялись с дивана и стояли, держась за руки. Я вдруг почувствовал себя очень счастливым и рассмеялся.

— Я кажусь вам нелепой?

— Да нет же, Рейчел. Вы подарили мне немного счастья.

— Ну и держитесь за него, раз так. Потому что оно и мое тоже.

Я отвел жесткие, непослушные рыжие волосы с ее ласкового смущенного лица и, придерживая их обеими ладонями, поцеловал бледный веснушчатый лоб. Потом мы вышли в прихожую. Мы оба чувствовали неловкость, оба были приятно растроганы, и нам обоим хотелось провести сцену расставания так, чтобы ничего не испортить. Хотелось поскорее остаться в одиночестве и подумать.

На столике у входной двери лежал последний роман Арнольда «Плакучий лес». Я вздрогнул, и рука сама потянулась в карман. Там, вчетверо сложенная, все еще лежала моя рецензия на эту книгу. Я вынул ее и протянул Рейчел. Я сказал:

— Сделайте мне одолжение. Прочтите вот это и скажите, печатать или нет. Как вы скажете, так я и поступлю.

— Что это?

— Моя рецензия на Арнольдову книгу.

— Разумеется, печатайте, чего тут спрашивать.

— Нет, вы прочтите. Не сейчас. Я сделаю, как вы скажете.

— Хорошо. Я провожу вас до калитки.

Мы вышли в сад. Все переменилось. Наступил вечер. В его слабом грозовом освещении все предметы казались расплывчатыми и то ли слишком далекими, то ли близкими. Ближайшие купались в дымчатом медовом свете солнца, а дальше небо было черным от туч и близящейся ночи, хотя час еще был совсем не поздний. Смятение, тревога, восторг стеснили мне грудь, я чувствовал настоятельную потребность поскорее остаться одному.

Сад перед домом был довольно длинным, на лужайке росли какие-то кустики, розы и прочее, а посредине шла дорожка, выложенная плоскими камнями. Дорожка в полумраке белела, а на ней были черные узоры — это рос сырой мох между камнями.

Рейчел коснулась пальцами моей ладони. Я сжал ее пальцы и сразу отпустил. Она пошла по дорожке впереди меня. На полпути к калитке неясное чувство, что сзади что-то происходит, заставило меня оглянуться.

В окне третьего этажа, кажется, прямо на подоконнике кто-то сидел. Не различая смутно белевшего в сумраке лица, я все же узнал Джулиан и почувствовал укор совести: ведь я целовал мать чуть ли не в присутствии дочери. Однако внимание мое было привлечено другим. Джулиан, одетая во что-то белое, вероятно халат, полулежала в темном квадрате распахнутого окна, прислонясь спиной к деревянной раме и высоко подтянув колени. Левая рука ее была высунута наружу. И я увидел, что она держит на веревочке змея.

Но только это был не простой змей, а волшебный. Самой веревочки не было видно, а вверху, футах в тридцати над крышей, недвижно висел огромный бледный шар, и от него тянулся вниз длинный хвост. В странном вечернем освещении казалось, будто шар светится молочно-белым загадочным светом. Хвост, видимо, привязанный на длинной, свободно болтавшейся веревке, потому что он отклонялся от вертикального положения при малейшем дыхании ветра, состоял из ряда белых бантов или, как они виделись на расстоянии, комков, отходивших от материнского круглого тела. А в вышине за шаром, размеры которого было трудно определить (его диаметр, если этот термин допустим в применении к объемному предмету, достигал, возможно, четырех футов), закатное небо отливало фиолетовыми красками — то ли легкое облако, то ли просто небесная твердь на грани ночи.

Рейчел тоже обернулась, мы молча стояли и глядели вверх. Фигура в окне была такой странной, такой отчужденной, словно изваяние на гробнице, мне даже в голову не приходило, что я могу заговорить с ней. Но вот она медленно подняла другую руку и широким картинным жестом поднесла ее к невидимой натянутой веревке. Что-то слабо блеснуло, раздался щелчок, и бледный шар в вышине с церемонным поклоном стал, словно спохватившись, деловито, величественно набирать высоту и не спеша уходить в сторону. Джулиан перерезала веревку.

Поступок этот, такой нарочитый, показной, так очевидно рассчитанный на нежданно появившихся зрителей, произвел впечатление физического толчка, удара. Боль и печаль сжали мне сердце. Рейчел ахнула и быстро пошла к калитке. Я двинулся следом. У калитки она не остановилась, а вышла на улицу и, не сбавляя шага, пошла по тротуару. Я заспешил следом и нагнал ее на углу под старым буком. Заметно стемнело.

— Что это такое было?
— Воздушный шар. Какой-то знакомый ей подарил.
— Но отчего он летает?
— Надут водородом или чем-то там еще.
— Почему же она перерезала веревку?
— Понятия не имею. Очередной вызов. У нее сейчас что ни день, то какие-нибудь фантазии.
— Плохое настроение?
— У девушек в этом возрасте всегда плохое настроение.
— Любовь, должно быть?
— Не думаю, чтобы она уже испытала любовь. Просто чувствует себя личностью особенной, а тут оказывается, что никаких особых талантов у нее нет.
— Удел человеческий.

— О, она очень избалована, как и все сейчас, ни в чем не знает отказа, не то что мое поколение. Они так боятся быть обыкновенными. Ей бы отправиться кочевать с цыганами или еще там что-нибудь эдакое выкинуть. А так ей скучно. Арнольд разочаровался в ней, и она это чувствует.

— Бедное дитя.

— Нисколько не бедное, птичьего молока ей не хватает. Вы же сами говорите — удел человеческий. Ну ладно, до свидания, Брэдли. Я знаю, вам хочется от меня отделаться.

— Нет-нет...

— Не в дурном смысле. Вы такой скромник. Мне это нравится. Поцелуйте меня.

В темноте под деревом я поцеловал ее коротко, но прочувствованно.

— Я, может быть, напишу вам, — сказала она.

— Да, напишите.

— И не беспокойтесь. Беспокоиться совершенно не о чем.

— Знаю. Всего доброго. И спасибо.

Рейчел издала загадочный короткий смешок и исчезла во тьме. Я свернул за угол и быстро зашагал по направлению к станции метро.

Я обнаружил, что сердце мое довольно сильно бьется. Я никак не мог понять, случилось со мной что-то очень важное или нет. Завтра, подумал я, все будет ясно. Теперь же оставалось только одно: не ломать голову, а просто лечь спать и сохранить в душе эти новые впечатления. Я все еще ощущал присутствие Рейчел, точно стойкий запах духов. Но в то же время мысленно я отчетливо видел перед собой Арнольда, словно глядящего на меня из дальнего конца освещенного коридора. То, что случилось со мной, случилось также и с ним.

И вот тогда-то я снова увидел воздушный шар. Он медленно плыл впереди меня над самыми крышами домов. Он уже заметно снизился и продолжал постепенно терять высоту. На улице зажглись фонари, они проливали слабый, недалекий свет под отпылавшим, но еще не померкшим небом, в котором этот бледный округлый предмет был почти неразличим. По тротуарам шли люди, но никто, кроме меня, не замечал удивительного странника. Я заторопился, на ходу пытаясь предугадать его направление. В нижних этажах загородных вилл вспыхнули квадраты незашторенных окон. В них кое-где просматривались унылые, блеклые интерьеры, мерцало голубое свечение телевизоров. А вверху, над строгим силуэтом крыш и пышным силуэтом древесных крон, по иссиня-черному небу пробирался, таща за собою невидимый хвост, еле различимый бледный шар. Я бросился бежать.

На бегу свернул в какой-то безлюдный переулок, где стояли дома попроще. Шар оказался позади, он продвигался очень медленно и при этом почти отвесно падал. Я ждал его, глядя, как он приближается ко мне, точно блуждающая луна, таинственный для всех, кроме меня, невидимый провозвестник властной, еще не разгаданной судьбы. Я должен был его поймать. О том, что я буду с ним делать, когда поймаю, я не думал. Важнее было понять, что он будет делать со мной. Я шел по переулку, чувствуя кожей его направление и скорость падения.

На несколько секунд он скрылся за деревом. Затем, подхваченный вечерним ветерком, вдруг перелетел на ту сторону и очутился в кругу фонарного света. Несколько мгновений он стоял передо мной, большой, желтый, яростно размахивая хвостом из белых бантов. Я даже видел веревку. Я бросился к нему. Что-то мимолетное легко коснулось моего лица. В слепящем свете фонаря я судорожно хватал воздух у себя над головой. В следующее мгновение его не стало. Он исчез, опустившись где-то дальше, в лабиринте ночных пригородов. Я еще побегал по узким путаным переулкам, но так больше и не увидел блуждающего знамения.

Входя в метро, я заметил Арнольда, он шел мимо турникета, чему-то про себя улыбаясь. Я посторонился, и он меня не заметил.

У двери моей квартиры меня ждал Фрэнсис Марло. Он несказанно удивился, когда я пригласил его войти. О том, что произошло между нами у меня дома, я расскажу ниже.

Одно из многих отличий жизни от искусства, мой любезный друг, состоит в том, что персонажи в искусстве всегда сохраняют достоинство, а люди в жизни — нет. И однако, жизнь в этом отношении, как и в других, упорно, хотя и бесплодно, стремится достичь высот искусства. Элементарная забота о собственном достоинстве, чувство формы, чувство стиля толкают нас на низкие поступки чаще, чем можно себе представить, исследуя общепринятые понятия греха. Добродетельный человек подчас кажется нелепым просто потому, что пренебрегает бессчетными мелкими возможностями сподличать и придать себе «хороший» вид. Отдавая предпочтение истине перед формой, он не думает ежечасно о том, как выглядят его действия.

Приличный, порядочный человек (каковым я не являюсь) самым жалким образом убежал бы от Рейчел, прежде чем что-нибудь «произошло». Я, конечно, не хотел ее оскорбить. Но гораздо больше я был озабочен тем, чтобы самому выглядеть «хозяином положения». Мне было интересно поцеловать Рейчел, и задним числом мой интерес еще возрос. Так все обычно и начинается. Серьезный поцелуй способен преобразить мир, нельзя, чтобы он совершался просто из соображений стиля, ради полноты картины. В этой мысли люди молодые несомненно усмотрят ханжество. Но именно из-за своей молодости они и не в состоянии понять, что все события имеют последствия. (Это событие тоже имело последствия, и даже весьма неожиданные.) В жизни нет отдельных, пустых, немаркированных моментов, в которые можно поступать как попало, с тем чтобы потом продолжать существование с того места, на котором остановились. Дурные люди считают время прерывным, они нарочно притупляют свое восприятие естественной причинности. Добродетельные же воспринимают бытие как всеобъемлющую густую сеть мельчайших переплетений. Любая моя прихоть может повлиять на все будущее мира. Оттого, что я сейчас курю сигарету и улыбаюсь своим недостойным мыслям, другой человек, быть может, умрет в муках. Я поцеловал Рейчел, спрятался от Арнольда и напился с Фрэнсисом. При этом я совершенно переменил свой «жизненный настрой», что имело весьма далекие и неожиданные последствия. Разумеется, мой друг, я не могу — как мог бы я? — до конца сожалеть о том, что произошло. Но прошлое нужно судить по справедливости, какие бы дивные чудеса ни проистекли из твоих промахов по неисповедимой милости судьбы. *Felix culpa*[1] не может служить оправданием.

Для художника все оказывается связанным с его творчеством, все питает его. Мне, вероятно, следует подробнее объяснить мое тогдашнее состояние ума. Назавтра после воздушного шара я проснулся с мучительным ощущением беспокойства. Может быть, надо немедленно уехать в «Патару» и взять Присциллу с собой? Этим разрешилось бы сразу несколько проблем. Сестра будет у меня под присмотром. Эта элементарная, настоятельная обязанность оставалась при мне, подобно острому шипу в теле моего увертливого эгоизма. Кроме того, я уеду от Кристиан, уеду от Кристиан сам, по своей инициативе. Уже одно физическое расстояние может оказаться спасительным, я думаю, всегда спасительно в таких случаях простейшей околдованности. Я рассматривал Кристиан как колдунью, как низменного демона моей жизни, хотя, конечно, ни в коей мере не оправдывал себя самого. Есть люди, которые просто автоматически возбуждают в нас навязчивое эгоистическое беспокойство,

---

[1] Счастливая вина (*лат.*).

неотступную досаду. От такого человека надо спасаться бегством — или же быть к нему абсолютно глухим. (Или быть «святым», о чем здесь речи нет.) Я знал, что, оставаясь в Лондоне, неизбежно должен буду опять встретиться с Кристиан. Хотя бы из-за Арнольда, чтобы выяснить, что там у них происходит. И вообще должен буду, потому что это неизбежно. Те, кто испытал подобное наваждение, поймут меня.

Когда я скажу, что считал нужным уехать из Лондона *еще и из-за Рейчел*, не надо меня понимать в том смысле, будто мною руководили исключительно угрызения деликатного свойства, хотя, разумеется, угрызения у меня были. Я испытывал в связи с Рейчел нечто большее, своего рода отвлеченное удовлетворение, включавшее в себя много составных частей. Одной из таких составных частей было довольно низменное, грубое и элементарное сознание, что теперь мы с Арнольдом квиты. Или, пожалуй, это уж действительно слишком грубо сказано. Я просто чувствовал себя по-новому защищенным от Арнольда. Было нечто важное для него, что я знал, а он нет. (Только много позднее мне пришло в голову, что Рейчел могла рассказать ему о наших поцелуях.) Такое знание всегда придает человеку уверенность в себе. Хотя буду справедливым и замечу, что у меня не было ни малейшего намерения идти в этом смысле дальше. Примечательно, как далеко мы с ней уже успели зайти. Очевидно, по справедливому замечанию самой Рейчел, и у нее, и у меня в душе к этому уже была подготовлена почва. Подобные диалектические скачки из количества в качество — не редкость в человеческих отношениях. И это было еще одной причиной, чтобы мне уехать из Лондона. Мне надо было многое обдумать, и я хотел обдумывать без дальнейшего вмешательства внешних событий. До сих пор все шло хорошо, достоинство и рассудок не пострадали. Возникла даже какая-то законченность. Поступок Рейчел доставил мне большую радость. Я не чувствовал вины. Я хотел мирно наслаждаться теплом этой радости.

Однако стоило только встать на практическую точку зрения, и становилось очевидно, что это неподходящий способ для решения всех моих проблем. Присцилла и я в «Патаре» — это было просто немыслимо. Во-первых, я не смогу работать под одной крышей с сестрой. Мало того что ее истерическое присутствие не позволит мне углубиться в творчество. Я знал, что она очень скоро вообще доведет меня до исступления. И кроме того, насколько серьезна ее болезнь? Нуждается ли Присцилла в медицинском обслуживании, в психиатрическом лечении, в электрошоковой терапии? А что мне делать с Роджером и Мэриголд, с ожерельем из хрусталя и лазуритов и с норковым палантином? Пока все эти вопросы не будут решены, Присцилла должна оставаться в Лондоне, а стало быть, и я тоже.

Бремя всех этих неожиданных препятствий положительно выводило меня из себя. Потребность уехать из города и сесть за работу дошла во мне до предела. Я чувствовал себя, как это бывает с художниками в счастливую минуту, «посвященным, призванным». Я больше не принадлежал себе. Силы, которым я так долго, так самоотверженно и бескорыстно служил, готовились вознаградить меня за все. Я чувствовал в себе наконец-то великую книгу. Это было дело первостепенной, жесточайшей срочности. Мне нужен был мрак, чистота, одиночество. Я не мог терять драгоценное время на мелочи, на пустые житейские планы, незапланированные спасательные экспедиции и неприятные разговоры. Но прежде всего надо было вызволить Присциллу от Кристиан — ведь Кристиан сама прямо так и сказала, что рассматривает ее как заложницу. Осуществимо ли это без дальнейших контактов? Или мне все-таки придется прибегнуть к помощи Рейчел и замутить в конце концов чистые воды этого источника?

Я впустил в свой дом Фрэнсиса, потому что меня поцеловала Рейчел. В этот вечер разлившаяся несокрушимая уверенность в себе еще наполняла меня благожелательством и силой. И я удивил Фрэнсиса, пригласив его к себе. Кроме того, мне нужен был собутыльник, раз в жизни мне захотелось посидеть и *поболтать* — не о том, понятно, что произошло на самом деле, а совсем о других вещах. Когда у человека есть тайная радость, ему приятно потолковать о чем угодно, о предметах совершенно посторонних. Кроме того, мне было важно ощутить себя неизмеримо выше Фрэнсиса. Как сказал один умный писатель (вероятно, француз), нам мало преуспеть, нужно еще, чтобы другие потерпели неудачу. И потому в тот вечер я испытывал к Фрэнсису благосклонность за то, что он был таков, каков он был, а я таков, каков был я. Мы оба много выпили, и я позволил ему для моего развлечения выступить в роли шута: он обсуждал со мной способы заставить раскошелиться свою сестрицу — предмет, в котором он может быть вполне занимателен. Он сказал: «Арнольду, конечно, очень хочется снова свести вас с Кристиан». Я хохотал как безумный. Еще он сказал: «Почему бы мне не остаться у вас ухаживать за Присциллой?» Я опять захохотал. Выставил я его только сильно за полночь.

На следующее утро я встал с головной болью и с ощущением, будто всю ночь не смыкал глаз, которое так хорошо знакомо людям, страдающим бессонницей. Надо было, как видно, позвонить моему врачу и попросить еще снотворных таблеток. Я был истерзан заботой о Присцилле и раздираем безумным желанием немедленно уехать и начать работу над книгой. Помимо всего этого я еще испытывал теплое чувство признательности к Рейчел, меня даже тянуло сесть и написать ей туманно-неопределенное письмо. Впрочем, в этом отношении, как выяснилось, она меня опередила. Выйдя после завтрака, вернее, после чая, так как я обычно не завтракаю, в прихожую, я обнаружил на коврике перед дверью продолговатый конверт, надписанный ее рукой, — очевидно, только что просунутый кем-то в дверь. Письмо было такое:

Мой дорогой Брэдли, простите, пожалуйста, что я вот так сразу же села за письмо к Вам. (Арнольд спит, я одна в гостиной. Час ночи. Кричит сова.) Вы так поспешно убежали, я и половины не успела Вам сказать из того, что мне было нужно. Какой Вы все-таки ребенок. Знаете ли, Вы восхитительно покраснели! Я уже тысячу лет не видела, чтобы мужчина краснел. И я тысячу лет никого по-настоящему не целовала. Ведь это был по-настоящему важный поцелуй, правда? (Два по-настоящему важных поцелуя!) Мой дорогой, мне уже давно хотелось поцеловать Вас. Брэдли, я нуждаюсь в Вашей любви. Я имею в виду не интрижку. Мне нужна любовь. Вчера я сказала, что наговорила Вам неправду про Арнольда, когда Вы видели меня в тот ужасный день в спальне. Но это не совсем так. То, что я Вам тогда говорила, наполовину все-таки правда. Я, конечно, люблю Арнольда, но и ненавижу тоже, можно любить и в то же время не прощать какие-то вещи. Сначала, совсем недолго, я думала, что и Вас никогда не прощу за то, что Вы видели меня в кошмарную минуту моего поражения, — жена наверху плачет, а муж пожимает плечами и толкует о «женщинах» с другим мужчиной (это и есть ад). Но получилось иначе. Вместо ненависти — поцелуй. Мне теперь обязательно надо иметь в Вас союзника. Не в «войне» против мужа. Воевать с ним я не могу. А просто потому, что я одинокая, стареющая женщина, а Вы — старый друг, и мне так хочется обнять Вас, обвить Вам руками шею. Большое значение имеет и то, что Вы так любите и цените Арнольда. Брэдли, Вы спрашивали, как по-моему, влюблен ли Арнольд в Кристиан, и я Вам не ответила. Так вот, после сегодняшнего вечера я начинаю думать, что влюблен. Он столько смеялся, был так весел. (Я подозреваю, что весь день он пробыл у нее.) Без конца говорил о Вас, но думал при этом о ней. Не могу Вам выразить, как мне это больно. И вот Вам, мой дорогой, еще одна причина, почему Вы мне нужны. Брэдли, между нами должен быть союз, союз отныне и присно. Ничто другое меня не устраивает, и никто другой для этого не подходит. Я должна, как могу, по-прежнему жить с мужем, мирясь с его неверностью и с его приступами бешенства, о которых никто посторонний, даже Вы, ничего не знает, а рассказать — не поверят, мирясь также и с моей собственной ненавистью, которая входит в мою любовь. Я не могу, не в силах простить. Когда я в тот день лежала, натянув край простыни на разбитое лицо, я заключила договор с преисподней. И однако я люблю его. Какая фантасмагория, правда? Мыслимо ли тут оставаться в здравом уме? Вы должны мне помочь. Вы единственный, кто знает правду, хотя бы частично, и я люблю Вас особенной любовью, которую Вы не можете не разделять. Нас теперь связывают нерасторжимые узы, а кроме того, и клятва молчания. Я ни словом не обмолвлюсь о нашем «союзе» Арнольду, и Вы, я знаю, тоже. Брэдли, я должна Вас увидеть как можно скорее, я должна с Вами видеться часто. Надо, чтобы Вы увезли Присциллу от Кристиан и поселили у нас, тогда Вы сможете ее здесь навещать, а я буду за ней ухаживать. Позвоните мне утром, хорошо? Я съезжу подбросить Вам это письмо и сразу вернусь домой. Если Арнольд будет дома, когда Вы позвоните, я буду говорить обычным тоном, Вы сразу поймете и позвоните еще раз, попозже. О Брэдли, я так нуждаюсь в Вашей любви и совершенно полагаюсь на Вас отныне и навсегда.

Любящая, любящая Вас

Р.

P. S. Рецензию я прочитала и вкладываю в этот же конверт. По-моему, публиковать ее не нужно. Арнольду это было бы очень больно. Вы с ним должны любить друг друга. Это очень важно. Помогите мне сохранить рассудок!

Это эмоциональное, путаное послание встревожило, растрогало, раздосадовало, обрадовало и вконец перепугало меня. Что это, новое и большое, происходит со мной и каких надо ожидать последствий? Зачем женщинам обязательно ставить все точки над «i»? Почему она не оставила все как есть, в приятной неопределенности? Я сам смутно думал о ней как о союзнике против (против?) Арнольда. Но она облекла эту ужасную мысль в слова. И если между Арнольдом и Кристиан что-то есть и я должен из-за этого сходить с ума, разве мне легче, что Рейчел тоже сходит с ума? Ее бесконечные «нуждаюсь» пугали меня. Мне захотелось поскорее увидеться с Арнольдом, поговорить с ним по душам, даже, может быть, поорать друг на друга. Но разговор по душам с Арнольдом час от часу выглядел все невозможнее. В полном смятении я опустился на стул прямо там, где стоял, в прихожей, и стал думать. И тут зазвонил телефон.

— Алло, Пирсон? Говорит Хартборн. Я собираюсь устроить небольшую вечеринку для наших сотрудников.

— Что?

— Небольшую вечеринку для сотрудников. Я думал пригласить Бингли, и Мейтсона, Хейдли-Смита, и Колдикотта, и Дайсона, разумеется, с женами, и мисс Веллингтон, и мисс Сирл, и миссис Брэдшоу...

— Прекрасно.

— Но я хочу знать наверняка, что вы сможете прийти. Понимаете, вы у нас будете вроде почетного гостя.

— Вы очень любезны.

— Так вот, назовите мне день, когда вам удобно, и я разошлю приглашения. Помянем старые времена. О вас здесь все справляются, и я подумал, что...

— Мне любой день подходит.

— Понедельник?

— Разумеется.

— Чудесно. Значит, в восемь у меня. Да, кстати, пригласить Грей-Пелэма? Он придет без жены, так что все будет в порядке.

— Конечно, конечно.

— И еще я хочу сговориться с вами и пообедать вместе.

— Я вам позвоню. У меня под рукой сейчас нет записной книжки.

— Ну хорошо. Так вы не забудете насчет понедельника?

— Сейчас запишу. Спасибо большое.

Я еще не успел повесить трубку, когда у дверей позвонили. Я открыл. Приехала Присцилла. Она прошла мимо меня в гостиную и сразу же принялась плакать.

— О господи, Присцилла, да перестань же реветь.

— Тебе только одно нужно — чтобы я перестала плакать.

— Ну хорошо, мне только одно нужно. Пожалуйста, перестань.

Она откинулась на спинку большого «хартборновского» кресла и действительно успокоилась. Волосы ее были в безобразном беспорядке, потемневший пробор шел через всю голову зигзагом. Она лежала в кресле в некрасивой, вялой позе, колени расставлены, рот раскрыт. На одном чулке была дырка, и в дырке выпучился кусок розового, в пятнах, колена.

— Присцилла, Присцилла! Мне так жаль...

— Да. Жалей, жалей, Брэдли. Ты знаешь, я думаю, ты был прав. Мне нужно вернуться к Роджеру.

— Присцилла, это невозможно.

— Почему? Ты же сам меня убеждал. Столько раз твердил, что я должна вернуться. Что ему плохо, что дом в запустении. Я ему нужна все-таки, наверное. И там мой дом. Там — и больше нигде. Может быть, теперь он будет лучше со мной обращаться. Брэдли, понимаешь, мне кажется, я схожу с ума. Как это бывает, когда люди сходят с ума, — сами они знают, что сходят?

— Глупости. Вовсе ты не сходишь с ума.

— Пожалуй, я пойду лягу в постель, если ты не против.

— Я, к сожалению, так и не приготовил запасную кровать.

— Брэдли, в твоей горке что-то не так. Не хватает какой-то вещицы. Куда ты переставил женщину на буйволе?

— Женщину на буйволе? — Я в недоумении осмотрел зиявшее пространство на полке. — Ах да! Я подарил ее. Подарил Джулиан Баффин.

— Ах, Брэдли, ну как ты мог? Она же моя, моя! — воскликнула Присцилла со стоном, и слезы снова побежали у нее из глаз.

Она стала слепо шарить у себя в сумке, ища носовой платок.

Я вспомнил, что формально она была права. Я подарил ее много лет назад Присцилле ко дню рождения, но потом как-то нашел эту прелестную вещицу у нее в ящике комода и забрал себе.

— Ах ты боже мой!

Я почувствовал, что краснею — в полном согласии с описанием Рейчел.

— Ты даже не смог ее для меня сохранить.

— Я верну ее.

— Я ведь отдала ее тебе, потому что думала, я всегда смогу ее здесь навестить. Здесь для нее была подходящая обстановка.

— Мне ужасно жаль, Присцилла.

— Я потеряла и никогда не верну свои драгоценности, а теперь вот и она пропала, моя дорогая, последняя...

— Прошу тебя, Присцилла, я же сказал...

— Ты отдал ее этой противной девчонке.

— Она попросила. Не беспокойся, пожалуйста, я ее верну. А тебе сейчас лучше лечь и отдохнуть.

— Она же моя, ты сам мне ее подарил.

— Да-да, знаю, я ее верну, а теперь успокойся, пожалуйста. Можешь лечь в мою кровать.

Присцилла поплелась в спальню и сразу же забралась под одеяло.

— Может быть, разденешься?

— Какой смысл? Какой смысл вообще во всем? Лучше бы мне умереть.

— Присцилла, не раскисай, возьми себя в руки. Я рад, что ты вернулась. А почему ты оттуда ушла?

— Арнольд стал приставать ко мне.

— Что?

— Я его оттолкнула, и он обозлился. Должно быть, он рассказал об этом Кристиан. И они там внизу целый день смеялись, смеялись без конца. Наверное, они надо мной смеялись.

— Вряд ли. Просто им было весело.

— Ну а я не могла этого слышать. Не могла.

— Арнольд был там днем?

— А как же! Он вернулся сразу после твоего ухода и пробыл почти весь день, они приготовили большой обед, я чувствовала запахи, мне ничего не хотелось, я только слышала, как они все время смеялись, смеялись без конца. Я им была не нужна, они на целый день оставили меня одну.

— Бедная Присцилла!

— Я его не выношу. И ее тоже. Я им там нисколько не нужна, им до меня дела нет, и вовсе они обо мне не заботятся, для них это просто игра, просто шутка.

— Вот тут ты права.

— Они пользуются мною в своей игре, добиваются, чего хотят, и рады. Я их ненавижу. Я чувствую себя наполовину мертвой. Как будто я где-то внутри истекаю кровью. Как ты думаешь, я не схожу с ума?

— Да нет же.

— Она говорила, что должен прийти доктор, но никакой доктор не пришел. Я чувствую себя ужасно, у меня, наверное, рак. Все меня презирают, все всё обо мне знают. Брэдли, ты не мог бы позвонить Роджеру?

— Нет-нет, прошу тебя...

— Я все равно должна буду к нему вернуться. Дома я смогу вызвать доктора Мейси. Или же мне лучше убить себя. Да, я думаю, я убью себя. Никто и внимания не обратит.

— Присцилла, разденься толком. Или встань и причешись как следует. Я не могу видеть, как ты лежишь в постели одетая.

— Господи, какая разница? Какая разница?

Снова зазвонили у входной двери. Я побежал открывать. На пороге стоял Фрэнсис Марло, с умильным раболепием щуря свои медвежьи глазки.

— Брэд, прошу меня великодушно простить, я...

— Входите, — сказал я. — Вы предлагали свои услуги по уходу за моей сестрой. Так вот, она здесь, и вы наняты.

— Правда? Чудненько, чудненько.

— Можете идти и приступать к своим обязанностям. Она там. Найдется у вас для нее какое-нибудь успокоительное?

— Я всегда ношу при себе...

— Ну и отлично. Ступайте. — Я поднял телефонную трубку и набрал номер. — Алло, Рейчел?

— О... Брэдли.

По ее голосу я сразу понял, что она одна. Женщины умеют так много передать одним тоном, каким они произносят ваше имя.

— Рейчел! Спасибо за ваше милое письмо.

— Брэдли... могу я вас увидеть... скоро... прямо сейчас?..

— Рейчел, послушайте меня. Присцилла вернулась, и здесь Фрэнсис Марло. Слушайте, я подарил Джулиан буйвола, на котором сидит дама...

— Что?

— Такую бронзовую фигурку.

— А-а. Подарили Джулиан?

— Да. Она попросила, когда была здесь, помните?

— Ах да!

— Так вот, это на самом деле Присциллина фигурка, только я забыл, и она хочет ее обратно. Вы не могли бы взять ее у Джулиан и привезти сюда, или пусть она привезет. Передайте ей мои извинения...

— Ее нет дома, но я поищу. И сразу же привезу.
— Здесь полно народу. Мы не будем...
— Да-да. Сейчас приеду.

— Он спилил мою магнолию, — жаловалась Присцилла. — Она, видите ли, затеняла клумбу. Сад у него всегда был «мой сад», дом — «мой дом». Даже кухня и та была «моя кухня». Я отдала этому человеку всю мою жизнь. У меня нет ничего, ничего!

— Удел человеческий мрачен и дик, — бормотал в ответ Фрэнсис. — Мы все — демоны друг для друга. Да. Демоны.

Вид у него был довольный, красные губы поджаты, медвежьи глазки поглядывали на меня скромно и удовлетворенно.

— Присцилла, позволь, я расчешу тебе волосы.
— Нет, не дотрагивайтесь до меня, я чувствую себя прокаженной, мне кажется, я заживо гнию, я уверена, что от меня пахнет...

— Присцилла, сними, пожалуйста, юбку, она, вероятно, ужасно смялась.

— Ну и что, какое это все имеет значение? О, я так несчастна.

— Давай, по крайней мере, снимем туфли.
— Мрачен и дик. Мрачен и дик. Демоны. Демоны. Да.
— Присцилла, перестань так напрягаться. Ты вся деревянная, точно неживая.

— А мне и незачем быть живой.
— Ну хоть попробуй лечь поудобнее!
— Я отдала ему всю жизнь. Больше у меня нет ничего. Ничего. Что еще остается женщине?

— Ужасно и напрасно. Напрасно и ужасно.
— О, мне так страшно...
— Присцилла, тебе совершенно нечего бояться. О господи, как ты меня мучаешь!

— Страшно.

— Прошу тебя, сними туфли.

У дверей снова зазвонили. Я открыл дверь, увидел Рейчел и уже готов был сокрушенно развести перед ней руками, как вдруг заметил у нее за спиной Джулиан.

Рейчел была одета в светло-зеленый, похожий на офицерский, макинтош. Руки она держала в карманах, а лицо ее, обращенное ко мне, выражало тайный восторг. Одного взгляда, которым мы обменялись в первое же мгновение, было достаточно, чтобы почувствовать, как далеко мы успели зайти со времени последнего свидания. Обычно люди не слишком всматриваются в глаза друг другу. Я испытал приятное потрясение. Джулиан была в бежевом вельветовом жакете и брюках, на шее — газовый индийский шарф, коричневый с золотом. Вид был шикарный, но при этом лицо ее и весь облик выражали застенчивость и скромность, она словно говорила: «Я знаю, я здесь самая младшая, самая незначительная и неопытная, но я сделаю все, чтобы быть вам полезной, и спасибо вам большое за то, что вы вообще обращаете на меня внимание». Все это, разумеется, одна поза. В действительности молодые люди самодовольны и совершенно безжалостны. В руках она держала женщину на буйволе и большой букет ирисов.

Рейчел поспешила объяснить:

— Джулиан как раз вернулась домой и непременно захотела привезти вам эту вещицу сама.

Джулиан сказала:

— Я так рада, что могу вернуть ее Присцилле. Конечно, раз это ее, надо ей тут же отдать. И я очень надеюсь, что это ее немного ободрит и обрадует.

Я пригласил их войти и провел в спальню, где Присцилла по-прежнему жаловалась Фрэнсису:

— Он не имел ни малейшего представления о равенстве, мужчины вообще этого не понимают, они презирают женщин... Мужчины ужасны, ужасны...

— Присцилла, к тебе гости.

Присцилла сидела в кровати, обложенная высоко взбитыми подушками, из-под одеяла выглядывали носки туфель. Глаза у нее покраснели и заплыли от слез, рот был скорбно растянут, точно щель почтового ящика.

Джулиан вышла вперед и села на край кровати. Она почтительно положила ирисы на одеяло под бок Присцилле и, словно забавляя ребенка, стала двигать к ней по одеялу бронзового буйвола. Фигурка ткнулась Присцилле в грудь. Присцилла не поняла, что это, и с испугом и отвращением вскрикнула. А Джулиан тем временем вздумала ее поцеловать и, подавшись вперед, потянулась губами к ее щеке. Слышно было, как они стукнулись подбородками.

Я сказал мягко:

— Посмотри, Присцилла, вот твоя женщина на буйволе. Вернулась к тебе, видишь?

Джулиан успела ретироваться к изножью кровати. Она смотрела на Присциллу с мучительной, все еще несколько застенчивой жалостью, чуть приоткрыв губы и, словно в молитве, сложив ладони. Казалось, она молит Присциллу о прощении за то, что она молода, хороша собой, чиста и неиспорченна и перед нею — долгое будущее, а Присцилла стара, безобразна и грешна и будущего у нее нет. Контраст между ними был пронзителен, как спазм.

Я ощутил эту боль, я разделил муку сестры. Я сказал:

— И смотри, что за чудесные цветы тебе принесли, Присцилла. Какая ты счастливица!

Присцилла сердито прошептала:

— Я не маленькая. Нечего вам всем так... меня жалеть. И смотреть на меня так. И так со мной обращаться, как будто... как будто...

Она нашарила на одеяле бронзовую фигурку, я думал, она хочет подержать ее. Но вместо этого она с размаху швырнула ее через всю комнату об стену. Слезы снова градом полились у нее из глаз, она зарылась лицом в подушку. Ирисы упали на пол. Фрэнсис подобрал женщину на буйволе и, улыбаясь, спрятал в ладонях. Я сделал знак Рейчел и Джулиан, и мы вышли из спальни.

В гостиной Джулиан сказала:

— Мне ужасно жаль.

— Ты не виновата, — ответил я ей.

— Как это, должно быть, жутко, когда ты... вот такая.

— Ты не можешь понять, каково это, когда ты вот такая, — сказал я. — Так что и не пытайся.

— Мне ужасно жаль ее.

— Беги-ка теперь по своим делам, — сказала Рейчел.

— Мне... мне бы хотелось, — нерешительно проговорила Джулиан. — Ну ладно. — Она пошла к двери, но обернулась. — Брэдли, можно тебя на два слова? Проводи меня до угла, ладно? Я тебя не задержу.

Я по-заговорщицки махнул Рейчел и вышел вслед за девушкой из дому. Она, не оглядываясь, самоуверенно прошла через двор и свернула на Шарлотт-стрит. Ярко светило холодное солнце, и я вдруг почувствовал большое облегчение, очутившись на улице в толпе спешащих, незнакомых, равнодушных людей, под ясными синими небесами.

Мы прошли несколько шагов и остановились перед оранжевой телефонной будкой. Джулиан снова стала оживленной и по-мальчишески задорной. Она тоже явно испытывала облегчение. Над нею, сзади, высилась башня Почтамта, и я словно сам был в этой вышине — так отчетливо, так близко мне видны были все ее сверкающие металлические части. Я чувствовал себя высоким и прямым — до того хорошо было вдруг вырваться из дому, прочь от Присциллиных красных глаз и тусклых волос и очутиться на минуту рядом с кем-то, кто молод, красив, не испорчен и не растрачен, с кем-то, у кого есть будущее.

Джулиан озабоченно сказала:

— Брэдли, мне очень жаль, что у меня это так плохо получилось.

— Это ни у кого бы хорошо не получилось. Настоящее страдание само отрезает к себе все дороги.

— Как ты замечательно сказал! Но святой человек мог бы ее утешить.

— Святых нет, Джулиан. Да ты и молода еще думать о святости.

— Я знаю, мне так по-идиотски мало лет. О господи, старость так ужасна, бедная, бедная Присцилла. Послушай, Брэдли, я только хотела тебя поблагодарить за то письмо. Такого замечательного письма мне еще не писал никто.

— Какое письмо?

— Ну, то письмо. Об искусстве. Об искусстве и правде.

— А-а, ну да.

— Я считаю тебя моим учителем.

— Очень любезно с твоей стороны, но...

— И прошу тебя составить мне список литературы для чтения. Более полный.

— Спасибо, что принесла назад женщину на буйволе. Надо будет дать тебе что-нибудь взамен.

— Правда? Ах, пожалуйста! Что-нибудь, какую-нибудь маленькую вещичку. Мне бы так хотелось иметь от тебя память, меня бы это вдохновляло, какую-нибудь вещь, которая у тебя давно, которую ты много раз держал в руках.

Я был тронут.

— Я поищу, — сказал я. — А теперь мне, пожалуй...

— Брэдли, погоди немного. Мы с тобой совершенно не разговариваем. Ну да, я понимаю, сейчас нельзя, но давай встретимся как-нибудь на днях, мне нужно поговорить с тобой о «Гамлете».

— О «Гамлете»? Ах да, но...

— Мне надо подготовить его к экзамену. И потом, знаешь, Брэдли, я совершенно согласна с тем, что ты написал в своей рецензии на папину книгу.

— Где ты видела мою рецензию?

— Я заметила, когда мама прятала ее с таким таинственным видом...

— Не очень-то честно с твоей стороны...

— Знаю. Я никогда не стану святой, даже если доживу до такой же старости, как твоя сестра. Но я считаю, что папа должен раз в жизни услышать о себе правду, у всех привычка расхваливать его, не думая, знаешь, — известный писатель, явление в литературе, никому и в голову не приходит оценить его творчество критически, получается прямо заговор...

— Я знаю. Но все равно я ее не напечатаю.

— Почему? Он должен знать правду о себе. Каждый должен знать о себе правду.

— Так думают молодые.

— И потом, еще насчет Кристиан: папа говорит, что занимается ею в твоих интересах...

— Что?

— Что он там делает, я не знаю, но, по-моему, тебе надо пойти к нему и все выяснить. И я бы на твоем месте уехала, как вот ты говорил тогда. Может быть, я могла бы навестить тебя в Италии, вот чудесно было бы! А за Присциллой присмотрит Фрэнсис Марло, он мне понравился. Послушай, по-твоему, Присцилла вернется к мужу? Я бы скорее умерла на ее месте.

Столько ясности одним махом — это было довольно трудно воспринять. Молодежь всегда так прямолинейна. Я ответил:

— На последний твой вопрос могу ответить, что не знаю. И спасибо за соображения, которые ему предшествовали.

— Мне ужасно нравится, как ты говоришь, ты всегда так точен, не то что папа. Он живет в розовом тумане, а вокруг Иисус, и Мария, и Будда, и Шива, и Король-рыболов[1] водят хороводы в современных костюмах.

---

[1] Персонаж мистических романов позднего Средневековья о рыцарях короля Артура и священном Граале.

Это было так похоже на Арнольдовы книги, что я засмеялся.

— Я благодарен тебе за советы, Джулиан.
— Я считаю тебя своим звездочетом.
— И спасибо, что ты держишься со мной как с равным.

Она заглянула мне в глаза, вероятно опасаясь подвоха.

— Брэдли, мы ведь будем друзьями, да? Настоящими друзьями?
— Что должен был означать воздушный шар? — спросил я.
— Да просто так, небольшая демонстрация.
— Я пытался его поймать.
— Честное слово?
— Но он улетел.
— Ну и хорошо, что он пропал. Он для меня много значил.
— Жертвоприношение богам?
— Да. Откуда ты узнал?
— Тебе подарил его мистер Беллинг?
— Но откуда же ты...
— Я ведь твой звездочет.
— Мне правда был очень дорог этот шар. Иногда, конечно, подмывало отпустить его, но я и не думала тогда, что перережу веревку.
— Пока не увидела в саду мать?
— Пока не увидела в саду тебя.
— Ну хорошо, Джулиан, теперь я должен отпустить тебя, перерезать веревку, твоя мама ждет меня.
— Когда же мы поговорим о «Гамлете»?
— Я позвоню.
— Не забывай, что ты мой гуру.

Я пошел обратно. В гостиной Рейчел поднялась мне навстречу и одним рассчитанным порывом сжала меня в объятиях. Мы закачались, едва не рухнув на пол, где валялся сброшенный ею макинтош, и наконец опустились в «хартборновское» кресло. Рейчел пыталась протолкнуть меня коленом в глубину кресла, но я сидел, вытянув ноги, на самом краю и держал ее перед собой, точно большую куклу.

— О Рейчел, не надо никаких осложнений.

— Вы обсчитали меня на столько минут! Называйте как хотите, но мы все равно уже переступили грань. Звонила Кристиан.

— Насчет Присциллы?

— Да. Я сказала, что Присцилла останется здесь. А она сказала...

— Ничего не хочу слышать.

— Брэдли, я должна вам рассказать одну вещь, чтобы вы могли как следует подумать. Я поняла это уже после того, как написала вам письмо. Меня больше не мучает то, что происходит у Арнольда с Кристиан, слышите? Я словно освободилась. Вы понимаете, Брэдли? Понимаете, что это значит?

— Рейчел, я не хочу никаких осложнений. Я должен работать, я должен быть один, я собираюсь писать книгу, этого мгновения я ждал всю жизнь...

— Господи, у вас сейчас такой брэдлианский вид, что я готова заплакать. Мы оба не молоды и оба не дураки. Никаких осложнений не будет, кроме тех, которые исходят от Арнольда. Просто родился новый мир, который принадлежит вам и мне. У нас теперь всегда будет прибежище. Мне нужна любовь, мне нужны люди, которых я могла бы любить, мне нужны вы, чтобы я могла любить вас. Конечно, я хочу, чтобы и вы любили меня, но даже это не так уж важно, а что мы будем делать, и вовсе не имеет значения. Просто держать вас за руку — как это чудесно, кровь начинает быстрее бежать у меня по жилам. Наконец-то у меня в жизни что-то происходит, наконец-то я живу, двигаюсь, изменяюсь, подумать только, как много успело всего произойти со вчерашнего дня.

Я столько лет была как мертвая, я была несчастной и ужасно скрытной. Думала, сохраню верность ему до конца моих дней, и, конечно, так и будет, конечно, я люблю его, это само собой. Но, любя его, я была словно в каком-то ящике, и теперь я из этого ящика выбралась. Знаете что, мне кажется, мы совершенно случайно открыли секрет полнейшего счастья. Вероятно, вообще невозможно быть счастливым до сорока лет. Вот увидите, никакой драмы не получится. Все останется по-прежнему, кроме самого глубинного. Я навеки жена Арнольда. И вы тоже можете ехать куда хотите, и быть один, и писать свою книгу, и все, что угодно. Но у нас будет тайное прибежище, у нас будем мы, вечный союз, словно религиозная клятва, — и в этом наше спасение, если только вы мне позволите вас любить.

— Но, Рейчел... это ведь будет тайна?

— Нет. Ах, все так вдруг переменилось, буквально за несколько мгновений. Мы сможем жить открыто, не таясь. Я чувствую себя свободной, как воздушный шар Джулиан, я плыву высоко над миром, я наконец могу видеть его с высоты. Это как мистическое переживание. Нам не надо будет ничего скрывать. Теперь из-за Арнольда все изменилось. У меня наконец появятся свои друзья, свои хорошие знакомые, будет возможность поездить по свету, будете вы. И Арнольду придется смириться, ему ничего другого не останется, может быть, он даже научится смирению, Брэдли, он будет нашим рабом. О, наконец-то я опять сама себе хозяйка. Мы стали как боги. Неужели вы не понимаете?

— Не совсем.

— Вы ведь любите меня немножко, да?

— Да, конечно, и всегда любил, но я затрудняюсь точно определить...

— И не определяйте! В этом все дело.

— Рейчел, я не хочу чувствовать себя виноватым. Это помешает мне работать.

— Ах, Брэдли, Брэдли!

И она захохотала, заливисто и беспомощно. Потом она снова подогнула колени и надавила на меня всей тяжестью своего тела. И мы провалились в глубину кресла, я снизу, а сверху она. Я ощущал ее тяжесть и видел близко перед собой ее лицо, жадное и раскованное под наплывом чувств, непривычное, беззащитное и трогательное, и я перестал сопротивляться, а она перестала давить, тело ее расслабилось и, как тяжелая жидкость, растеклось по моему телу, проникая во все щели, подобно меду. Влажные губы проползли у меня по щеке и устроились на моих губах, точно небесная улитка, замкнувшая великие врата. На мгновение, прежде чем тьма застлала мне взор, я увидел, как в окно ко мне искоса заглянула башня Почтамта в ореоле синего неба (что было в действительности невозможно, так как дом напротив совершенно ее заслоняет).

В комнату вошел Фрэнсис Марло, пробормотал: «Прошу прощения» — и снова скрылся за дверью. Я медленно высвободился из-под Рейчел — и не из-за Фрэнсиса, его присутствие смущало меня не больше, чем присутствие собаки, а потому, что ощутил физическое желание и соответственно — тревогу. Вина и страх, которые у меня в крови, проснулись во мне, неотличимые в ту минуту от самого желания, уже тогда пророчески о себе возвещая. В то же время меня глубоко растрогало, как Рейчел в меня верит. Может быть, он в самом деле существует, этот новый мир, о котором она говорила. Могу ли я войти в него, не совершив предательства? При этом больше всего меня беспокоило предательство не по отношению к Арнольду. Мне надо было подумать. Я сказал:

— Мне надо подумать.
— Ну конечно же, вам надо подумать. Вы — такой.
— Рейчел!
— Я знаю. Сейчас вы скажете, чтобы я ушла.
— Да.

— Ухожу. Видите, какая я послушная. И пусть вас не пугает то, что я говорила. Вам ничего не надо будет делать.

— Бездействующий деятель.

— Бегу. Увидимся завтра?

— Рейчел, я ужасно боюсь как раз сейчас оказаться чем-нибудь связанным. Вы, наверное, подумаете, что я низкий и бессердечный человек, но я в самом деле ценю и разделяю... Только мне нужно писать книгу, обязательно нужно, и я должен быть достоин...

— Я уважаю вас, Брэдли, я восхищаюсь вами. Это все к тому же. Вы настолько серьезнее относитесь к творчеству, чем Арнольд. Не беспокойтесь насчет завтрашнего дня и ни о чем не беспокойтесь. Я вам позвоню. Не вставайте. Я хочу оставить вас сидящим в этом кресле, такого длинного, сухопарого, серьезного. Как... как... налоговый инспектор. Только не забудьте: свобода, новый мир. Может быть, как раз этого и не хватало вам для вашей книги, как раз этого она и ждала. Ах, ну какой же вы ребенок, какой пуританин! Пора, пора вырасти и стать свободным. Прощайте, Брэдли. Да благословит вас ваш бог.

Она выбежала из комнаты. А я остался сидеть, как она хотела. Меня поразили ее последние слова насчет книги. Я размышлял о них. Может быть, действительно Рейчел — ниспосланный мне ангел. Как это все было странно, и как переполняло меня желание, и до чего все было необыкновенно.

Очнувшись, я увидел перед собой лицо Фрэнсиса Марло. Я понял, что он находится в комнате уже довольно давно. Он как-то странно гримасничал — щурил глаза, и при этом у него морщился нос и расширялись ноздри. Проделывал он это с самым естественным и непринужденным видом, как зверь в зоопарке. Может быть, он просто был близорук и хотел получше рассмотреть меня.

— Вы хорошо себя чувствуете, Брэд?

— Конечно.

— Вы странно выглядите.

— Что вам нужно?
— Можно, я схожу куда-нибудь пообедаю?
— Пообедаете? Я думал, уже вечер.
— Первый час. А в доме одна только консервированная фасоль. Можно?..
— Да, да. Идите.
— Я принесу что-нибудь легкое для Присциллы.
— Как она?
— Уснула. Брэд...
— Да?
— Вы не могли бы дать мне один фунт?
— Вот.
— Спасибо. И потом, Брэд...
— Что?
— Боюсь, что эта бронзовая вещичка повреждена. Она не хочет стоять.

Он вложил мне в ладонь теплую бронзовую фигурку, и я попробовал поставить ее на стол. Одна нога у буйвола была подогнута. Фигурка беспомощно повалилась набок. Я присмотрелся. Женщина улыбалась. Она была похожа на Рейчел. Когда я поднял глаза, Фрэнсиса уже не было.

Я на цыпочках вошел в спальню. Присцилла спала высоко на подушках, рот ее был приоткрыт, ворот блузки сдавил шею. Сон чуть расслабил, размягчил брюзгливую маску отчаяния, лицо ее уже не казалось таким старческим. Она дышала с тихим, ровным присвистом: «Ищу... ищу...» На ногах у нее по-прежнему были туфли.

Очень осторожно я расстегнул ей пуговицу на блузке. Раскрывшийся ворот был изнутри засален до черноты. Потом, взявшись за длинные острые каблуки, я стащил с нее туфли и тихонько прикрыл одеялом пухлые ступни в сырых, пропахших потом чулках. Она перестала пришептывать на выдохе, но не проснулась. Я ушел.

Я пошел в комнату для гостей и лег на голую кровать. Меня одолевали мысли о двух моих последних свиданиях с Рейчел и о том, как покойно и приятно было у меня на душе после первого и как разволновало и смутило меня второе. Может быть, я в самом деле готов «влюбиться» в Рейчел? Следует ли допускать это даже в мыслях? Не грозит ли мне кошмарная неразбериха катастрофических масштабов, настоящее, серьезное бедствие? А может быть, наоборот, передо мной неожиданно разверзся долгожданный проход в иной мир, уготованный мне путь к божеству? Или все это пустое, мимолетная вспышка чувств стареющей женщины, несчастливой в браке, минутное смущение пожилого пуританина, у которого так долго не было в жизни никаких приключений? Действительно, говорил я себе, действительно у меня в жизни очень давно не было приключений. Я сделал попытку трезво подумать об Арнольде. Но очень скоро перестал что-либо соображать и только чувствовал вокруг себя огненные волны неопределенного, ненаправленного физического желания.

В наш век принято объяснять безграничный и непостижимый мир причинных взаимосвязей «сексуальными влечениями». Эти темные силы рассматриваются то как прямые двигатели исторического прогресса, то, в более общем смысле, как всемогущие мировые законы, и им приписывается власть делать из нас преступников, невропатов, сумасшедших, фанатиков, мучеников, героев, святых или, реже, преданных отцов, жен, нашедших самовыражение в материнстве, безмятежных человеко-скотов и тому подобное. Немного того, немного другого, и на свете не остается явлений, которых не могли бы вывести из «секса» такие циники и лжеученые, как Фрэнсис Марло, с чьими взглядами по этим вопросам мы вскоре должны будем подробно ознакомиться. Лично я, однако, ни в коей мере не принадлежу к фрейдистам, что и считаю необходимым, во избежание неясности, подчеркнуть на этой стадии моей «исповеди», или «апологии», или как бы там ни назвать сей несуразный опус.

Я питаю отвращение к этому дешевому вздору. Мои собственные понятия об иррациональном, не имеющие абсолютно никакого отношения ни к чему научному, носят совершенно иной характер.

Утверждаю это особенно горячо, так как могу допустить, что человек недалекий усмотрит в моих рассуждениях нечто именно в названном роде. Ведь я только сейчас размышлял о том, не послужит ли нечаянный дар нежности Рейчел к высвобождению запертого во мне таланта, в который я так долго и упорно верил, который так терпеливо в себе растил. Какое представление обо мне может сложиться у читателя? Боюсь, оно будет несколько неопределенным, поскольку у меня никогда не было четкого самоощущения, а как можно с достаточной ясностью описать то, что видится расплывчато себе самому? Однако моя скромность не сможет послужить защитой от суда, наоборот, она еще вызовет на себя огонь суждений, подобных следующему: «Субъект немолодой и не добившийся в жизни успеха, не уверен в себе как мужчина, естественно, он надеется, что, заполучив женщину, почувствует себя другим человеком, даст выход своим талантам, которых у него, кстати сказать, может, сроду и не было. Прикидывается, что думает о своей книге, а у самого на уме женские груди. Прикидывается, что заботится о своей честности и прямоте, а на самом деле ему причиняет беспокойство совсем другая прямизна».

Так вот, должен со всей определенностью заметить, что подобные толкования не только примитивизируют и опошляют, но также бьют абсолютно мимо цели. Даже допуская в мыслях близость с Рейчел (о чем я к этому времени уже подумывал, но только в самых общих чертах), я был не настолько плосок и глуп, чтобы воображать, будто простая сексуальная разрядка может принести мне ту высшую свободу, которую я искал, я отнюдь не смешивал животный инстинкт с божественным началом. Тем не менее так уж сложно организовано наше сознание и так глубоко переплетаются его пласты, что перемены в одной области нередко предвещают, как бы отражают изменения, казалось бы, совсем другого порядка. Вдруг начинаешь ощущать какое-то подспудное течение, властную руку рока, происходят удивительные совпадения, и мир наполняется знамениями. И это вовсе не вздор и не бред параноика. Такие ощущения действительно могут отражать реальные, хотя еще не осознанные метаморфозы. Предстоящие события ведь и в самом деле отбрасывают из будущего свои тени. Известно, что книги нередко оказываются пророческими. Просто воображение писателей рисует перед ними то, чему предстоит произойти. Однако эти предвестия бывают двусмысленнее и загадочнее древних оракулов, и исполняются они в самой неожиданной форме. Как случилось и на этот раз.

Не было ничего смешного в том, что, предчувствуя великие откровения, я испытывал беспокойство о своей работе. Если в моей жизни предстояли перемены, они неизбежно должны были стать частью моего творческого развития, ибо мое творческое развитие было моим человеческим развитием. Очень может быть, что Рейчел — посланница Бога. Ведь она бросила мне вызов, и теперь важно было, как я на него отвечу, хватит ли у меня храбрости. Мне часто приходило в голову, когда я задумывался поглубже, что я плохой художник, потому что я трус. Не настало ли время выказать смелость в жизни и тем заявить о своей смелости в искусстве, даже, может быть, таким образом обрести ее?

Однако существовала и другая сторона проблемы: титанический мыслитель, которому принадлежат изложенные выше соображения, уживался во мне с осмотрительным, совестливым обывателем, полным моральных запретов и общепринятых страхов. Во всей этой истории нельзя было не считаться с Арнольдом. Если дойдет до дела, хватит ли у меня духу, не дрогнув, противостоять Арнольдову праведному гневу? А кроме того, существовала и Кристиан. С Кристиан у меня еще ничего не было решено. Она не шла у меня из головы, рыская по отдаленным уголкам моего сознания. Я хотел ее видеть. Я даже испытывал по поводу ее новоиспеченной дружбы с Арнольдом чувство, близко напоминавшее ревность. Ее оживленное любопытством, чуть сморщенное лицо виделось мне во сне. Хватит ли у Рейчел силы, чтобы защитить меня от нее? Быть может, к этому все и сводилось: я просто искал у нее защиты?

Теперь, задним числом, меня поразил возглас Рейчел: «Он наш раб!» Как можно было сказать такое о муже? А ведь мне тогда показалось, что я понимаю ее. Однако что, в сущности, эти слова означают? Если они справедливы, тогда справедливы и все остальные ужасные вещи, сказанные между нами. Не следует ли признать, что речь идет о самом обыкновенном, пошлом «романчике»? Разве уже эти мои размышления не есть грех? «Властная рука рока» легко может привести нас к жалкой зависимости. Драматическое самоощущение — это свойство, которого лучше не иметь, у святых его, безусловно, нет. Однако, если ты не святой, толку от таких умозаключений не много. Самое большое, что я мог сделать на пути раскаяния, — это опять подумать об Арнольде, но даже и в этих мыслях главным героем по-прежнему оставался я сам. Я решил, что надо поскорее увидеться с Арнольдом и обязательно (но как?) откровенно поговорить с ним. Разве не он тут главная фигура? И что я, в сущности, к нему испытываю? Вопрос интересный. И я принял решение, сразу при этом немного успокоившись, что поговорю по душам с Арнольдом, прежде чем снова увижусь с Рейчел.

Так размышлял я, стараясь обрести покой. Но к пяти часам того же дня я все еще метался в исступлении, исступлении загадочном и темном: что это было — любовь, секс, искусство? Я испытывал мучительную потребность сделать, предпринять что-то — обычный удел человека, не знающего, как ему поступить. Кажется, совершишь какой-нибудь поступок, уедешь, вернешься, отправишь письмо и тем избавишься от нервного беспокойства, которое в действительности есть не что иное, как боязнь, боязнь будущего, принимающая формы страха перед собственными темными сиюминутными желаниями, это и есть тот самый страх, о котором говорят философы, он рождается не столько от ощущения пустоты, сколько от холодящего душу чувства, что ты находишься во власти могущественных, но еще не выявившихся сил. Под влиянием вышеописанного нервного беспокойства я взял свою рецензию на книгу Арнольда, запечатал в конверт и отправил прямо ему. Но прежде я внимательно перечитал ее.

«Новая книга Арнольда Баффина восхитит его многочисленных почитателей. Она сделана, в соответствии с пожеланиями простодушной публики, все по тому же старому рецепту. Речь в ней идет о биржевом маклере, который в пятьдесят лет решает пойти в монахи. Ему препятствует в этом сестра настоятеля, дама истово религиозная, незадолго перед тем вернувшаяся с Востока. Она хочет обратить героя в буддизм. Вдвоем они проводят время в горячих религиозных диспутах. Кульминация приходится на ту сцену, где настоятель (вариант Христа) служит мессу, и в это время на него случайно (или не случайно?) падает со стены массивное бронзовое распятие и убивает на месте.

Такой роман типичен для творчества Арнольда Баффина. Сзади на обложке написано: „Новая книга Баффина одновременно и серьезна, и смешна. В ней есть и глубокий сравнительный анализ религий, и захватывающий, как в авантюрном романе, сюжет". Стоит ли придираться к рекламе? То, что в ней говорится, частично правда. Книга действительно вполне серьезна и очень смешна (как почти всякий роман). Она содержит туманное, и поверхностное, и, на мой взгляд, довольно скучное сопоставление религий, которому решительно не хватает меткости и остроты мысли, а на научность оно даже не претендует (автор смешивает махаяну с тхеравадой и, по-видимому, считает суфизм формой буддизма!). Сюжет, хотя до него нелегко добраться, безусловно, мелодраматичен, правда, я не понимаю, почему говорится, что эта книга — „как авантюрный роман", по-моему, она и есть авантюрный роман. Та часть, где героиня приводит себя в состояние транса, чтобы перенести боль в сломанной лодыжке, а тем временем переполняется резервуар с водой и едва не затопляет ее, — чистейший боевик в духе „индейцев и ковбоев". Само собой разумеется, права на экранизацию романа уже куплены. Спросим себя, однако, не о том, занимательна ли эта книга, интересно ли ее читать, — спросим себя, является ли она произведением искусства? Ответ в данном случае — и, боюсь, во всех остальных случаях, когда речь идет о сочинениях мистера Баффина, — увы, отрицателен.

Мистер Баффин пишет быстро и непринужденно. Он — плодовитый писатель. Именно это качество и является его главным врагом. Плодовитость так легко спутать с силой воображения. И если в такую ошибку впадает сам автор, тогда он обречен. Чтобы стать настоящим художником, писатель, пишущий с такой легкостью, превыше всего нуждается в одном — в смелости, он должен иметь смелость уничтожать и смелость выжидать. Мистер Баффин, судя по объему его продукции, не способен ни ждать, ни уничтожать. Только гению позволительно писать, „не вымарав ни строчки", а мистер Баффин не гений. Сила воображения даруется лишь тем из малых сих, кто готов работать, а работать нередко означает только одно: отбрасывать редакцию за редакцией, пока не будет достигнута та степень насыщенности, накала, которая и есть искусство».

И так далее, еще на две тысячи слов. Когда я запечатал это в конверт и опустил в почтовый ящик, я испытал большое, по-прежнему довольно загадочное, чувство удовлетворения. Теперь, по крайней мере, наши отношения, уже давно застывшие на мертвой точке, должны будут вступить в новую фазу. Я даже допускал, что мой тщательный анализ может принести Арнольду пользу.

В тот вечер Присцилле стало как будто немного лучше. Она проспала до заката, а проснувшись, сказала, что хочет есть. И поела, правда совсем немного, приготовленной Фрэнсисом курицы в прозрачном бульоне. Фрэнсис, к которому я постепенно менял отношение, взял на себя заботы по кухне. Он не принес сдачи с моего фунта, но представил вполне убедительный отчет о том, на что были потрачены деньги. Из своей квартиры он принес спальный мешок и сказал, что будет ночевать в гостиной. Он был сама кротость и признательность. Я старательно подавлял в своей душе все связанные с ним опасения. Дело в том, что я решил, хотя и не сообщил еще Присцилле, в ближайшие дни уехать в «Патару», а дом оставить на Фрэнсиса. В этой части моего будущего я уже навел ясность. Как впишется в него Рейчел, оставалось пока неизвестно. Я представлял себе, что буду сочинять для нее длинные, прочувствованные письма. И, кроме того, я провел длинный телефонный разговор с моим лечащим врачом (обо мне самом).

Но пока я сидел дома в обществе Присциллы и Фрэнсиса. Мирная семейная обстановка. Десять часов вечера, шторы на окнах опущены.

Присцилла опять в моей пижаме с высоко завернутыми рукавами. Она пьет приготовленный Фрэнсисом горячий шоколад. А мы с Фрэнсисом потягиваем херес. Фрэнсис говорит:

— Детские воспоминания всегда так фантастичны. Мне, например, все помнится каким-то темным.

— Вот забавно, — говорит Присцилла. — Мне тоже. Словно всегда стоял дождливый вечер — такое освещение.

Я сказал:

— По-видимому, прошлое представляется нам как туннель. Сегодня светло, а чем дальше вглубь, тем темнее.

— Но бывает, — заметил Фрэнсис, — что какой-то кусок из самого отдаленного прошлого видится нам очень ярко. Я вот помню, как мы с Кристиан идем в синагогу...

— В синагогу? — переспросил я.

Фрэнсис скрестил ноги и сидит в маленьком кресле, заполняя его целиком, точно скульптура святого в нише. Засаленные, заскорузлые от грязи отвороты его мешковатых, широких штанин торчат над щиколотками. На коленях сквозь вытертую до блеска, истончившуюся ткань просвечивает розовая кожа. Руки, пухлые и тоже очень грязные, сложены на животе, и вся эта умиротворенная поза слегка отдает чем-то восточным. Красные губы изогнуты в извиняющейся улыбке.

— Ну да. Мы ведь евреи. Наполовину.

— И на здоровье. Странно только, что мне никто этого никогда не говорил.

— Кристиан немного, ну, не то чтобы стыдится этого, но, пожалуй, стыдилась. Наши дед и бабка со стороны матери были евреи. Другие дед с бабкой у нас гои.

— Но это не очень-то вяжется с именем Кристиан, верно?

— Да. Наша мать была крещеная. Во всяком случае, она была рабыней отца, ужасного самодура. Вы ведь не были знакомы с нашими родителями? Отец слышать не желал о своих еврейских родичах. Заставил маму порвать со всеми. Имя Кристиан было частью этой кампании.

— И однако вы ходили в синагогу?

— Один раз, мы тогда были совсем маленькие. Папа был болен, и нас поселили у бабки с дедом. Им очень хотелось, чтобы мы пошли. Вернее, чтобы я пошел. До Кристиан им было мало дела. Она, во-первых, девочка. И потом, их возмущало ее имя. Когда они говорили с ней, то называли ее другим именем.

— Да, Зоэ. Помню, она раз распорядилась выбить на одном очень дорогом чемодане свои инициалы: «К. З. П.». Ну и ну!

— По-моему, он убил маму.

— Кто?

— Отец. Считается, что она умерла, упав с лестницы. Он был очень тяжел на руку. Меня бил смертным боем.

— Почему же я ничего не знал?.. Ну, бог с ним. Чего только не случается с людьми в браке — один убивает жену, другой не знает, что его жена еврейка...

— В Америке Кристиан много общалась с евреями. Этим, вероятно, объясняется перемена...

Я смотрел на Фрэнсиса. Когда про кого-то становится известно, что он еврей, немедленно обнаруживаешь и перемену в его наружности. Так, я только недавно, после многих лет знакомства, узнал, что Хартборн — еврей. И сразу его лицо показалось мне гораздо умнее, чем раньше.

Присциллу, выключенную из разговора, не оставляло беспокойство. Ее руки безостановочно двигались, собирая на краю простыни мелкие веерообразные складочки. Одутловатое лицо покрывал густой, неравномерный слой пудры. Волосы были наконец расчесаны. Она то и дело вздыхала, и нижняя губа ее мелко, жалобно вздрагивала.

— А ты помнишь, как мы прятались в магазине? — обратилась она ко мне. — Забирались под прилавок, ложились на полки и играли, будто спим на койках и пароход плывет по морю. Бывало, мама нас позовет, а мы затаимся и лежим тихо-тихо... Так интересно было...

— И еще там были портьеры на двери, и мы прятались за них; иной раз кто-нибудь откроет дверь и войдет и магазин, а мы спрячемся за портьеру — и молчок.

— А какие там были товары на верхних полках! Залежавшиеся. Старые, высохшие бутылки из-под чернил, выщербленные тарелки.

— Мне часто снится наш магазин.

— И мне. Чуть не каждую неделю.

— И что удивительно, это всегда кошмары, я испытываю страх.

— Когда мне снится магазин, — сказала Присцилла, — там всегда пусто, большое пустое помещение, все деревянное, пустые полки, прилавки, ящики.

— Вы, конечно, знаете, что такой сон означает? — заметил Фрэнсис. — Материнское чрево.

— Пустое материнское чрево, — повторила Присцилла, опять сухо всхлипнула и заплакала, прикрыв лицо широким, болтающимся рукавом моей пижамы.

— Какая чушь, — сказал я.

— Нет, не пустое. Вы в нем. Вы вспоминаете свою жизнь в материнском чреве.

— Глупости! Как это можно помнить? Да это и невозможно ни доказать, ни проверить. Ну ладно, Присцилла, перестань, тебе пора спать.

— Я весь день спала... Как я теперь усну?..

— Уснете, — сказал Фрэнсис. — В шоколаде была снотворная таблетка.

— Вы меня опаиваете. Роджер хотел меня отравить...

Я сделал Фрэнсису знак, и он ушел, неслышно ступая и бормоча под нос извинения.

— Господи, ну что мне делать?..

— Ляг и усни.

— Брэдли, ты ведь не допустишь, чтобы меня объявили сумасшедшей? Роджер один раз сказал, что я душевнобольная, что ему придется освидетельствовать меня и засадить в сумасшедший дом.

— Его самого надо освидетельствовать и засадить в сумасшедший дом.

— Брэдли, Брэдли, что со мной теперь будет? Мне остается только убить себя, другого выхода нет. Вернуться к Роджеру я не могу, он умерщвляет мне душу, он сводит меня с ума. Разобьет что-нибудь и говорит, что это я, — просто-де память потеряла, не помню.

— Он очень плохой человек.

— Нет, это я плохая, такая плохая, я говорила ему ужасные вещи. Я уверена, что у него были женщины. Один раз я нашла носовой платок. А я пользуюсь только косметическими салфетками.

— Ляг поудобнее, Присцилла. Дай я поправлю тебе подушки.

— Возьми меня за руку, Брэдли.

— Я и держу тебя за руку.

— Если хочешь убить себя, это признак сумасшествия?

— Нет. И ты вовсе не хочешь убить себя. У тебя просто депрессия.

— Депрессия! Если бы ты только знал, каково это — быть на моем месте! У меня такое чувство, будто я сделана из старых тряпок — труп из тряпок. О, Брэдли, не уходи от меня, я сойду с ума в темноте.

— Помнишь, когда мы были совсем маленькие, мы просили маму, чтобы она не ложилась спать и всю ночь нас сторожила? Она соглашалась, и мы сразу же засыпали, а она тихонько уходила.

— И ночник. Брэдли, может быть, мне можно поставить ночник?

— У меня нет ночника, и сейчас уже поздно. Завтра я тебе достану. Тут лампа, у кровати, можешь включить, когда захочешь.

— У Кристиан над дверью такое полукруглое окно, и в него падал свет из коридора.

— Я оставлю дверь приоткрытой, тебе будет виден свет с лестницы.

— Я просто умру от страха в темноте, мысли мои меня убьют.

— Послушай, Присцилла, я послезавтра уезжаю из города работать. Ненадолго. Тебя я поручу Фрэнсису...

— Нет, нет, нет! Брэдли, не уезжай, не оставляй меня, может прийти Роджер...

— Он не может прийти, я это точно знаю.

— Если он придет, я умру от стыда и страха... О, моя жизнь так ужасна, мое существование так страшно, ты не можешь себе представить, каково это — просыпаться каждое утро и каждое утро убеждаться, что все по-прежнему, что ты — это ты и от этого ужаса никуда не деться. Брэдли, ты не можешь уехать, скажи, ты ведь не уедешь? У меня же никого нет, кроме тебя.

— Ну хорошо, хорошо.

— Обещай, что ты не уедешь, ты обещаешь?

— Хорошо, пока не уеду.

— Нет, ты скажи: «Обещаю», скажи это слово.

— Обещаю.

— У меня в голове какой-то туман.

— Это ты хочешь спать. Ну, спокойной ночи, будь умницей. Я оставлю дверь чуть приоткрытой. Мы с Фрэнсисом будем рядом.

Она пыталась спорить, но я вышел и возвратился в гостиную. Здесь горела только одна лампа, отбрасывая вокруг багровые тени. Некоторое время из спальни еще доносилось бормотание, потом все стихло. Я чувствовал большую усталость. Так много всего успело произойти за один день.

— Что за мерзкий запах?

— Это газ, Брэд. Я не мог найти спички.

Фрэнсис сидел на полу, смотрел на газовое пламя и держал бутылку хереса в руках. Уровень содержимого в ней значительно понизился.

— Не может человек помнить своего пребывания в утробе матери, — сказал я ему. — Это невозможно.

— Нет, возможно. И бывает довольно часто.

— Глупости.

— Мы даже помним, как наши родители вступали в половые сношения, когда мы были в утробе матери.

— Ну, если вы в такую чушь способны поверить!..
— Мне очень жаль, что я расстроил Присциллу.
— Присцилла все время твердит о самоубийстве. Я слышал, если человек говорит, что убьет себя, значит он этого не сделает. Верно?
— Да нет. Она может и сделать.
— Вы присмотрите за ней, если я уеду?
— Конечно. Мне бы только стол и квартиру и немного мелочи на...
— Все равно. Я не могу уехать. О господи! — Я откинулся на спинку одного из кресел и закрыл глаза. Спокойный образ Рейчел взошел перед моим внутренним взором, подобный тропической луне. Мне захотелось поговорить о себе, но я мог говорить только загадками. Я сказал: — Муж Присциллы влюблен в молоденькую девушку. Она уже много лет его любовница. Теперь он счастлив, что избавился от Присциллы. Собирается жениться. Присцилле я, понятно, не рассказывал. Не странно ли, как человек вдруг влюбляется. Это может случиться со всяким и во всякое время.
— Вот что, — сказал Фрэнсис. — Значит, Присцилла в аду. Ну что ж, мы все в аду. Жизнь — это мука, мука, которую осознаешь. И все наши маленькие уловки — это только дозы морфия, чтобы не кричать.
— Нет, нет! — возразил я. — Хорошее в жизни тоже бывает. Например... ну вот, например — любовь.
— Каждый из нас кричит, надрывается в своей отдельной, обитой войлоком, звуконепроницаемой камере.
— Не согласен. Когда по-настоящему любишь...
— Так, значит, вы влюблены, — сказал Фрэнсис.
— Вовсе нет!
— В кого же? Впрочем, я знаю и сам могу вам сказать.
— То, что вы видели сегодня утром...
— О, я не ее имею в виду.
— Кого же тогда?
— Арнольда Баффина.

— То есть вы хотите сказать, что я влюблен в?.. Что за непристойная чушь!

— А он влюблен в вас. Иначе для чего бы ему любезничать с Кристиан, для чего вам любезничать с Рейчел?

— Я вовсе не...

— Для того, чтобы заставить ревновать другого. Вы оба подсознательно добиваетесь перелома в ваших отношениях. Почему вам снятся кошмары про пустые магазины, почему вас преследует образ башни Почтамта, почему вы так чувствительны к запахам?..

— Это Присцилле снятся пустые магазины, а у меня они забиты до отказа...

— Ага! Вот видите?

— А образ башни Почтамта преследует каждого лондонца, и...

— Неужели вы никогда не осознавали своей подавленной гомосексуальности?

— Послушайте, — сказал я, — я признателен вам за то, что вы помогаете тут с Присциллой. И пожалуйста, поймите меня правильно. У меня нет предрассудков. Я абсолютно ничего не имею против гомосексуализма. По мне, пусть люди поступают так, как им хочется. Но так уж вышло, что лично я — абсолютно нормальный, гетеросексуальный индивидуум и...

— Нужно уметь принимать свое тело таким, как оно есть. Не надо воевать с ним. Насчет запахов это у вас типичный комплекс вины из-за подавленных наклонностей, вы не хотите смириться со своим телом, это хорошо изученный невроз...

— Я не невротик!

— Вы — сплошные нервы, сплошной трепет...

— Как же иначе? Ведь я художник!

— Вам приходится воображать себя художником из-за Арнольда, вы отождествляете себя с ним...

— Да это я его открыл! — заорал я. — Я был писателем задолго до него, я пользовался известностью, когда он еще лежал в колыбели!

— Тсс! Разбудите Присциллу. Ваши чувства находят выход, когда вы направляете их на женщин, но источником их являетесь вы и Арнольд, вы одержимы друг другом...

— Говорю вам, я не гомосексуалист и не невропат, я себя знаю!

— Ну и хорошо, — вдруг другим тоном отозвался Фрэнсис, пересаживаясь спиной к огню. — Пожалуйста. Пусть будет по-вашему.

— Вы просто все это выдумали мне назло.

— Да, я просто выдумал. Это я гомосексуалист и невропат, и нет слов, как от этого страдаю. Счастливец, вы не знаете себя. Я-то себя хорошо знаю... — И он заплакал.

Мне редко случалось видеть плачущего мужчину, зрелище это внушает мне страх и отвращение. Фрэнсис плакал в голос, заливаясь, совершенно для меня неожиданно, потоком слез. Его пухлые красные руки мокро поблескивали в газовом свете.

— Да перестаньте вы, ради бога!

— Простите меня, Брэд. Я бедный, жалкий извращенец... Всю жизнь я такой несчастный... Когда меня лишили диплома, я думал, что умру от горя. У меня никогда ни с кем не было по-настоящему хороших отношений. Я так нуждаюсь в любви, любовь всем нужна, это естественная потребность, все равно как мочеиспускание, а мне и крохи не досталось за всю мою жизнь. А сколько любви я отдал людям, я ведь умею любить, я когда люблю, то по земле расстилаюсь — пожалуйста, наступайте... Но меня никогда никто, никто не любил, даже мои разлюбезные родители. И дома у меня нет и никогда не будет, все вышвыривают меня вон рано или поздно... чаще рано. Я странник на Божьей земле. Думал, хоть Кристиан меня пригреет, господи, да я бы спал в прихожей, мне просто нужно служить кому-то, помогать, заботиться, но почему-то у меня никогда ничего не получается. Я постоянно думаю о самоубийстве, каждый божий день думаю, что надо умереть и покончить с этой мукой, а сам продолжаю ползать в собственном дерьме, раздираемый ужасом и болью... Я так отчаянно, безнадежно, ужасно одинок, что готов выть целыми днями...

— Перестаньте твердить этот мерзкий вздор!

— Хорошо, хорошо. Виноват. Простите меня, Брэд. Пожалуйста, простите. Я, наверное, сам хочу страданий. Я мазохист. Наверное, мне нравится мучиться, иначе я бы давным-давно прекратил это существование, принял бы пузырек снотворных таблеток, сколько раз мне приходило это в голову. Господи, теперь вы решите, что я не гожусь ухаживать за Присциллой, и вытолкаете меня взашей...

— Да замолчите немедленно! Я не могу этого выносить.

— Простите меня, Брэд. Просто я...

— Возьмите себя в руки, будьте мужчиной.

— Да не могу я... Господи, господи!.. Какая боль. Я не такой, как все люди, у меня жизнь не складывается, ничего не выходит. И вот теперь вы меня выгоните, а ведь если б вы только знали, боже мой...

— Я иду спать, — сказал я. — У вас спальный мешок с собой?

— Да, да.

— Ну так полезайте в него и не болтайте больше.

— Мне еще нужно в уборную.

— Спокойной ночи.

Я повернулся и вышел из комнаты. В коридоре я остановился у Присциллиной двери и прислушался. Сначала мне почудилось, что она тоже плачет. Но нет, это был храп. Вскоре он утратил сходство с плачем и стал звучать как предсмертный хрип. Я пошел в комнату для гостей, где так и не удосужился приготовить себе постель, и лег, не раздеваясь и не погасив верхнего света. Дом тихонько поскрипывал от шагов моего верхнего соседа, подозрительного юнца по фамилии Ригби, который продавал галстуки на Джермин-стрит. За ним наверх проследовали еще чьи-то осторожные увесистые шаги. Чем бы они ни занимались там вдвоем наверху, они, к счастью, проделывали это тихо. Слышен был и еще какой-то звук наподобие приглушенного стука. Это было мое сердце. Я решил, что завтра рано утром поеду к Рейчел.

— Где Арнольд?

— Ушел в библиотеку. Так он сказал. А Джулиан уехала на фестиваль поп-музыки.

— Я послал Арнольду ту рецензию. Он говорил что-нибудь?

— Он никогда не читает при мне своих писем. А говорить он ничего не говорил. Ах, Брэдли, слава богу, что вы приехали.

В передней я на минуту обнял Рейчел и сквозь рыжее облако ее волос различил в слабом свете, падавшем от стеклянной двери, портрет миссис Сиддонс — цветную гравюру, которая висела на стене возле вешалки. Перед моим внутренним взором все еще стояло широкое бледное лицо Рейчел, вдруг преобразившееся от радости и облегчения, когда она открыла дверь и увидела меня. Это очень много значит, когда тебя так встречают. Есть люди на свете, которые за всю жизнь не удостоились такого приема. И ощущение того, что Рейчел уже немолода, что она замучена, тоже волновало и трогало меня.

— Идемте наверх.

— Рейчел, нам нужно поговорить.

— Можно поговорить и наверху, я ведь не съем вас.

Она за руку повела меня по лестнице, и мы очутились в той самой спальне, где Рейчел недавно лежала, точно покойница, натянув на лицо край простыни. Как только мы вошли, она задернула шторы и стала снимать с кровати зеленое шелковое покрывало.

— Брэдли, сядьте вот сюда, возле меня.

Мы неловко сели рядом и посмотрели друг на друга. Под ладонью у меня был ворс шерстяного одеяла. Радостный образ встретившей меня Рейчел больше не стоял у меня перед глазами, я чувствовал скованность, смущение, беспокойство.

— Я только хочу к вам прикоснуться, — сказала Рейчел.

И в самом деле провела, чуть касаясь кончиками пальцев, по моему лицу, шее, волосам, словно это был не я, а святой образ.

— Рейчел, мы должны осознать, что делаем, я не хочу поступать дурно.

— Чувство вины может помешать вашей работе. — Она прикрыла пальцами мне веки.

Я отстранился.

— Рейчел, вы это все делаете не для того, чтобы позлить Арнольда?

— Нет. Вначале — может быть. Когда это только пришло мне в голову. Ради самозащиты. Но потом, в тот раз, ну, знаете, когда вы оказались здесь в комнате, вы были как бы тоже по эту сторону барьера, и я так давно вас знаю, на вас словно бы возложена особая роль — роль рыцаря, как в старину, моего рыцаря, и это так необыкновенно, так важно, вы всегда представлялись мне немного мудрецом, каким-то отшельником, аскетом...

— А дамам всегда особенно нравится соблазнять аскетов.

— Может быть. Разве я вас соблазняю? Понимаете, я должна проявить свою волю, это необходимо, иначе я умру от унижения или еще от чего-нибудь. Наступает божественная минута.

— А не безбожные ли это мысли?

— Но это и ваши мысли, Брэдли. Посмотрите, где вы находитесь.

— Мы оба добропорядочные, пожилые люди.

— Я не добропорядочная.

— Но я принадлежу еще к веку строгих нравов. А вы — жена моего лучшего друга. С женой своего лучшего друга нельзя...

— Чего?

— Ничего.

— Но это уже произошло, это уже с нами случилось, единственный вопрос: что мы будем с этим делать? Брэдли, мне очень жаль, но от препирательства с вами я получаю большое удовольствие.

— Вы же знаете, куда приводят такие препирательства.

— В постель.

— Ей-богу, мы словно восемнадцатилетние.

— Они сейчас не препираются.

— Рейчел, это все не из-за того, что у Арнольда роман с Кристиан? У них действительно роман?

— Не знаю. И это уже не важно.

— Но ведь вы любите Арнольда?

— Да, да. Но это тоже не важно. Он слишком долго был моим тираном. Я нуждаюсь в новой любви, я должна вырваться из Арнольдовой клетки.

— По-видимому, женщинам вашего возраста...

— Брэдли, вы опять за свое.

— Я просто хотел сказать, что потребность в переменах вполне естественна, но не будем делать ничего такого, что бы...

— Брэдли, сколько бы вы ни философствовали, вы же понимаете: что мы будем делать, в сущности, не имеет значения.

— Нет, имеет. Вы сами говорили, что мы не станем обманывать Арнольда. Так это будет или не так, очень важно.

— Вы что, боитесь Арнольда?

Я подумал.

— Да.

— Ну, так вам надо перестать его бояться. Друг мой, неужели вы не понимаете, что в этом-то все и дело?

Я должна увидеть вас бестрепетным, бесстрашным. Это и значит быть моим рыцарем. Тогда я обрету свободу. И для вас это тоже будет решительный поворот в жизни. Почему вы не можете писать? Потому что вы робки, забиты, скованны. В духовном смысле, конечно.

Ее слова были очень близки к тому, что я сам думал.

— Значит, мы будем любить друг друга в духовном смысле?

— Ох, Брэдли, довольно препирательств. Раздевайтесь.

Все это время мы сидели вполоборота, не прикасаясь друг к другу, только концы ее пальцев легко проскользнули по моему лицу, потом по лацканам пиджака, по плечу, рукаву, словно околдовывая меня.

Теперь Рейчел вдруг отвернулась и, изогнувшись, одним движением стянула с себя блузку и лиф. До пояса нагая, она вновь посмотрела на меня. Это уже было совсем другое дело.

Она покраснела, и лицо ее неожиданно приобрело неуверенное, вопросительное выражение. У нее были большие, очень полные груди с огромными коричневыми сосками. На обнаженном теле голова смотрится совсем иначе. Румянец спустился ей на шею и слился с глубоким клином пятнистого загара между грудей. Ее тело дышало скромной, непоказной чистотой. Видно было, что такое поведение для нее совсем не характерно. И к тому же я уже бог весть как давно не видел обнаженной женской груди. Я смотрел, но не двигался.

— Рейчел, — сказал я, — я очень тронут и взволнован, но, право же, мне кажется, что это в высшей степени неразумно.

— Да перестаньте! — Она вдруг обхватила меня за шею и повалила на кровать.

Последовало какое-то копошение, толчки, и вот она уже лежала рядом со мной совершенно голая. От ее тела шел жар. Учащенное дыхание обжигало мне щеку.

Лежать одетым, в ботинках, рядом с бурно дышащей голой женщиной — это, пожалуй, не вполне по-джентльменски. Я приподнялся на локте и заглянул ей в лицо. Я не мог допустить, чтобы меня затопил этот горячий шквал. Лицо ее искажала гримаса, напоминавшая мне японские картинки, в ней была как бы смесь радости и боли: глаза сужены в щелки, рот квадратно открыт. Я дотронулся до ее грудей, легко провел по ним ладонью, словно разглядывал прикосновением. Потом опустил взгляд ниже и рассмотрел ее тело. Оно было полным, пышным. Я повел ладонь вниз по животу, чувствуя, как он поджимается у меня под пальцами. Я был взволнован, даже потрясен, но это еще не было желание. Я словно видел себя со стороны, на картине — пожилой мужчина в темном костюме, при синем галстуке рядом с розовой голой грушеподобной дамой.

— Брэдли, разденьтесь.

— Рейчел, — сказал я, — говорю вам, я очень тронут. Я вам глубоко благодарен. Но у нас ничего не выйдет. Не потому, что я не хочу. Я не могу. У меня ничего не получится.

— Вы всегда... испытываете затруднения?

— О «всегда» говорить не приходится. Я не был близок с женщиной много лет. Ваше отношение — для меня непривычная и неожиданная честь. И я оказался ее недостоин.

— Разденьтесь. Я просто хочу, чтобы вы меня обняли.

Мне было страшно холодно, и я по-прежнему видел себя со стороны, тем не менее я снял ботинки, носки, брюки, кальсоны и галстук. Рубашку я, повинуясь инстинкту самозащиты, оставил, но не мешал горячим, дрожащим пальцам Рейчел расстегнуть все пуговицы. Лежа в ее объятиях, недвижный и озябший, и ощущая робкое прикосновение ее ладоней, я вдруг увидел над рыжим облаком ее волос в щель между шторами нежно колышущуюся листву растущего за окном дерева и почувствовал, что я в аду.

— Брэдли, вы совсем закоченели. И кажется, готовы заплакать. Не огорчайтесь, мой дорогой, это не имеет никакого значения.

— Нет, имеет.

— В следующий раз все будет хорошо.

Следующего раза не будет, подумал я. И мне вдруг стало так мучительно жаль Рейчел, что я и в самом деле обнял ее и прижал к себе. Она взволнованно дышала.

И тут:

— Рейчел! Эй, Рейчел, куда ты запропастилась?

Голос Арнольда внизу.

Мы подскочили, как души грешников, подколотые вилами дьявола. Я принялся нашаривать на полу свою одежду, она вся перекрутилась и спуталась в клубок. Рейчел быстро надела юбку и блузку прямо на голое тело. И, наклонившись ко мне, пока я еще возился с вывернутыми наизнанку брюками, шепнула, щекоча дыханием мне ухо: «Я уведу его в сад». Она исчезла, плотно прикрыв за собою дверь. Я услышал внизу голоса.

У меня ушло на одевание довольно много времени. Штанины оказались связаны узлом, и что-то треснуло и разорвалось, когда я наконец просунул ногу. Туфли я надел на босу ногу, вспомнил про носки, хотел было надеть, но передумал. Подтяжки скатались в клубок и никак не распутывались. Галстук и носки я сунул в карманы. Наконец я на цыпочках подкрался к окну и посмотрел вниз через щель в шторах. В глубине сада Рейчел, положив руку Арнольду на плечо, показывала ему какое-то растение. Вид у них был пасторальный.

Я выскользнул из спальни, спустился по лестнице и отворил входную дверь. Постарался бесшумно прикрыть ее за собой, но она не закрывалась. Тогда я слегка толкнул, и она захлопнулась, с довольно громким стуком. Я бросился бегом по дорожке, поскользнулся на мхе и упал. Кое-как поднявшись, я со всех ног пустился прочь.

Я добежал по улице до угла и как раз начал переходить на быстрый шаг, но тут, свернув, на всем ходу налетел на кого-то, кто шел мне навстречу. Это оказалась девушка в очень коротком полосатом платьице и босиком. Джулиан.

— Простите, пожалуйста. Ой, Брэдли, вот здорово! Ты навещал родителей? Как жалко, что меня не было. Ты на метро? Можно, я провожу тебя?

Она повернула, и мы пошли рядом.

— Я думал, ты на фестивале, — задыхаясь от еле скрываемого волнения, сказал я.

— Не смогла сесть в поезд. То есть можно было, конечно, но я не выношу давки, это у меня прямо клаустрофобия.

— Я тоже. Фестивали поп-музыки — не место для нас, клаустрофобов.

Я уже говорил вполне спокойно, а сам думал: «Она расскажет Арнольду, что встретила меня».

— Наверное. Я ни разу на них не бывала. Теперь ты прочтешь мне еще лекцию о вреде наркотиков, да?

— Нет. А ты хотела бы выслушать лекцию?

— От тебя — ничего не имею против. Но лучше не о наркотиках, а про «Гамлета». Брэдли, как по-твоему, Гертруда была в заговоре с Клавдием, когда он убивал короля?

— Нет.

— А была у нее с ним связь при жизни мужа?

— Нет.

— Почему?

— Неприлично. И храбрости не хватило бы. Тут нужна большая храбрость.

— Клавдий мог ее уговорить. У него сильный характер.

— У короля тоже.

— Мы видим его только глазами Гамлета.

— Нет. Призрак был настоящим призраком.

— Откуда ты знаешь?

— Знаю.

— Тогда, значит, король был страшный зануда.

— Это другой вопрос.

— По-моему, некоторые женщины испытывают психологическую потребность изменять мужьям, особенно достигнув определенного возраста.

— Возможно.

— А как по-твоему, король и Клавдий вначале симпатизировали друг другу?

— Существует теория, что они были любовниками, Гертруда отравила мужа, потому что он любил Клавдия. Гамлет, естественно, это знал. Ничего удивительного, что он был неврастеником. В тексте много зашифрованных указаний на мужеложство. «Колос, пораженный порчей, в соседстве с чистым». Колос — это фаллический образ; «в соседстве» — эвфемизм для...

— Ух ты! Где можно об этом прочитать?

— Я шучу. До этого еще не додумались даже в Оксфорде.

Я шагал очень быстро, и Джулиан то и дело подбегала вприпрыжку, чтобы не отстать. При этом она умудрялась все время держаться ко мне лицом, выплясывая рядом со мной какой-то замысловатый танец. А я смотрел вниз на ее очень грязные голые ноги, выделывавшие эти скачки, прыжки и антраша.

Мы уже почти дошли до того места, где она рвала тогда в сумерки свои любовные письма и я еще принял ее сначала за мальчика. Я спросил:

— Как поживает мистер Беллинг?

— Брэдли, пожалуйста...

— Прости.

— Да нет, ты можешь говорить мне все, что хочешь. Но только это все, слава богу, кончено и забыто.

— И шарик не прилетел к тебе обратно? Не было так, что ты проснулась утром, а он привязан к твоему окну?

— Нет!

Ее лицо, обращенное ко мне, все в бегучих солнечных бликах и тенях, казалось очень юным, почти детским и по-детски сосредоточенно-серьезным. Какой чистой, неиспорченной представилась она моему взгляду в ту минуту со своими грязными босыми ногами и со своими заботами о «заданной» книге. И я почувствовал сожаление, которое было, в сущности, стыдом перед нею. Что я сейчас делал? И зачем? Жизнь человека должна быть простой и открытой. Ложь, даже в гедонических целях, гораздо реже бывает оправданна, чем полагают в образованных кругах. Я понял, что запутался, и мне стало стыдно, страшно. И вместе с тем я по-прежнему чувствовал к Рейчел нежность и жалость, к которым примешивалась память о запахе ее теплого, пышного тела. Нет, я, конечно, не оставлю ее в нужде. Надо будет выработать какой-то приемлемый модус. Но как, однако же, мне не повезло, что я встретился с Джулиан. Можно ли просто попросить ее не говорить отцу о нашей встрече? Придумать для этого какую-нибудь убедительную причину, чтобы не выглядеть совсем уж бог знает как. Просто попросить и предоставить ей догадаться я не мог. Жалкие слова навеки замарают меня в ее глазах. Впрочем, разве я и без того уже не замаран и так ли уж важно, что подумает Джулиан? Гораздо важнее, что будет знать Арнольд.

В эту минуту Джулиан остановилась перед обувным магазином, у которого мы с ней расстались в прошлый раз.

— Как мне нравятся вон те сапоги, лиловые, видишь? Надо же, какая зверская цена.

И тут я вдруг сказал:

— Я тебе их куплю.

Надо было выиграть время и придумать, под каким предлогом лучше попросить ее молчать.

— Ой, Брэдли, это невозможно, они ужасно дорогие, с твоей стороны это безумно мило, но я не могу.

— Почему же? Я вот уже сколько лет не делал тебе подарков, пожалуй, с тех пор, как ты стала большая, ни разу. Идем, смелее.

— Ой, Брэдли, я бы с радостью, ты такой добрый, это мне еще дороже, чем сапоги, но, понимаешь, я не могу...
— Да почему?
— Я без чулок. Не могу примерить.
— Вот оно что. Я, кстати сказать, нахожу этот культ босоножества совершенно идиотским. А если наступишь на стекло?
— Я знаю. По-моему, тоже, это идиотство. Я больше не буду, это я только на фестиваль. Ужасно неудобно, подошвы горят, сил нет. Надо же, как досадно.
— А чулки купить нельзя?
— Тут поблизости нет такого магазина.

Я полез в карман за бумажником и, вытаскивая руку, выронил на тротуар скомканные носки. С горящим от стыда лицом я второпях нагнулся за ними.

— Смотри-ка, вот здорово! Я могу надеть твои носки. Такая жара, неудивительно, что ты их снял. Можно, ты позволишь?
— Разумеется, пожалуйста. Они были чистые утром, но, конечно, сейчас...
— Глупости. Вот это как раз предрассудки, не то что насчет босых ног. Ах, Брэдли, мне так хочется эти сапоги, но они такие ужасно дорогие. Может, я отдам тебе, когда...
— Нет. И довольно торговаться. Вот тебе носки.

Она тут же натянула их, стоя сначала на одной, потом на другой ноге и держась за мой рукав. Мы вошли в магазин.

Там было прохладно и полутемно. Совсем не похоже на магазин тех кошмаров, что мучили меня и мою сестру. Или на воспоминание о чреве матери. Скорее на храм какой-то древней бесстрастной, даже аскетической, религии. Ряды белых хранилищ (содержащих, быть может, мощи или святые дары), церемонные служители в темном облачении, тихие голоса, сиденья для медитации, какие-то скамеечки. Сапожные рожки.

Мы уселись в два соседних кресла, и Джулиан попросила свой размер. Девушка в черном помогла ей натянуть сапог на мой серый нейлоновый носок. Высокое лиловое голенище обхватило ногу, взбежала кверху застежка-молния.

— В самый раз. Можно второй?

Был надет и второй сапожок.

Джулиан встала перед зеркалом, и я посмотрел на ее отражение. В новых сапожках у нее был потрясающий вид. Выше колен — открытые незагорелые ноги, а дальше — белый в голубую и зеленую полоску подол короткого платья.

Восторг Джулиан был в буквальном смысле слова неописуем. Лицо ее расплылось и сияло, она, забывшись, хлопала в ладоши, кидалась ко мне, трясла меня за плечи, снова бросалась к зеркалу. Такая простодушная радость в другое время, наверное, совсем бы меня растрогала. Почему я увидел в ней тогда воплощение суеты мирской? Нет, эта молодая животная радость сама по себе была прекрасна и чиста. Я не мог сдержать улыбки.

— Брэдли, тебе нравится? По-твоему, у них не дурацкий вид?

— Вид шикарный.

— Ой, я так рада, ты такой милый. Вот спасибо тебе!

— Это тебе спасибо. Делая подарки, мы ублажаем собственную натуру.

И я попросил чек.

Джулиан, все так же восторгаясь, стала стягивать сапоги. Сняв их и оставшись в моих носках, которые она закатала до самых лодыжек, она закинула ногу на ногу и сидела, упиваясь видом своей добычи. Я посмотрел на лежавшие на полу лиловые сапожки, потом перевел взгляд на голые ноги Джулиан, слегка загорелые ниже колен и покрытые золотистыми волосками, и тут со мной произошло нечто неожиданное и невероятное. Я испытал то, чего тщетно добивался, когда обнимал голую Рейчел: меня вдруг словно молнией пронзило желание со всеми его абсурдными, пугающими, недвусмысленными симптомами, с антигравитационным устремлением мужского полового органа, этим удивительнейшим и крайне обескураживающим явлением природы. Я так смутился, что это уже и смущением назвать было трудно. И одновременно почувствовал прилив какой-то нелепой, ни с чем не соотносимой, восторженной радости. Простое удовольствие, которое я должен был испытать, делая девочке подарок, вдруг вышло из берегов, и я почувствовал себя на минуту совершенно счастливым. Я поднял глаза. Джулиан сияла благодарной улыбкой. Я засмеялся тому физическому ощущению, которое возбудили во мне ее ноги и о котором она даже не подозревала. Скрывать свои чувства бывает больно, но это дает нам какое-то преимущество над окружающими, и иногда получается смешно. Я смеялся, и Джулиан, в детском восхищении своими сапожками, вторила мне.

— Нет, я сейчас не надену, очень жарко, — объяснила она продавщице. — Брэдли, ты ангел. Можно мне прийти на днях поговорить о Шекспире? Я всегда свободна — в понедельник, вторник, — вот, например, во вторник, в одиннадцать утра у тебя? Или когда тебе удобнее?

— Хорошо, хорошо.

— И мы поговорим серьезно и подробно разберем текст?

— Да, да.

— Ой, как мне нравятся сапожки!

Когда мы прощались у метро и я заглянул в ясную синеву этих глаз, у меня не хватило духу замутить их просьбой о лжи, хотя к этому времени я и успел сочинить в объяснение какую-то вполне правдоподобную чушь.

И только много позже я спохватился, что она так и ушла от меня в моих носках.

Каким-то образом оказалось, что уже двенадцать часов. Возвращаясь домой, я постепенно остыл и вскоре уже сожалел, что пренебрег возможностью обеспечить молчание Джулиан. Из какого-то смехотворно понятого чувства собственного достоинства я не принял элементарнейшей меры предосторожности. Когда Джулиан выболтает про нашу встречу, что решит Арнольд? Что придумает Рейчел, в чем она признается? Тщетно пытаясь все ясно себе представить, я испытывал неловкость и беспокойство, близкое любовному возбуждению. Джулиан уже, наверное, дома. Что там происходит? Может быть, ничего. Мне нестерпимо захотелось немедленно позвонить Рейчел, но я понимал, что это ничего не даст.

Когда я уходил с Шарлотт-стрит, было около половины десятого. Теперь, открывая дверь в свою квартиру, я вдруг почувствовал давящую тревогу о Присцилле и, войдя, сразу же понял, что произошло что-то скверное. Дверь в комнату Присциллы стояла распахнутая. Я вбежал туда — Присциллы не было. На кровати лежала Кристиан и читала детективный роман.

— Где Присцилла?

— Брэд, не нервничай. Она у меня.

Кристиан скинула туфли, они валялись тут же на одеяле, и красиво скрестила свои изящные шелково-жемчужные ноги. Ноги не стареют.

— По какому праву ты вмешиваешься?

— Я вовсе не вмешиваюсь. Я просто зашла навестить ее и застала всю в слезах, такую подавленную, она сказала, что ты хочешь уехать и оставить ее одну, ну я и предложила: почему бы ей не переехать обратно ко мне? Она ответила, что она бы хотела, вот я и отправила их с Фрэнсисом на такси.

— Моя сестра не шарик для пинг-понга!

— Не злись, Брэд. Теперь ты можешь уезжать с чистой совестью.

— Я не собираюсь уезжать.

— Ну, не знаю. Присцилла думала, что собираешься.

— Я собираюсь немедленно поехать и привезти ее обратно.

— Брэд, ну не будь же таким глупым. Ей гораздо лучше в Ноттинг-Хилле. Я сегодня на вечер пригласила к ней доктора. Оставь ты ее хоть на некоторое время в покое.

— У тебя был сегодня утром Арнольд?

— Да, он заезжал навестить меня. Почему ты спрашиваешь таким многозначительным тоном? Его очень расстроила твоя злобная рецензия. Зачем было показывать ему? Зачем причинять страдания просто так, без надобности? Тебе бы едва ли понравилось, если бы кто-нибудь поступил так с тобой.

— Значит, он приходил поплакать тебе в жилетку?

— Нет. Он приходил обсудить деловой проект.

— Деловой проект?

— Да. Мы планируем войти компаньонами в одно дело. У меня уйма свободных денег, у него тоже. В Иллинойсе я не все время проводила в дамском клубе. Мне приходилось помогать Эвансу в делах. Под конец я просто вела его дела. И здесь я тоже не собираюсь бездельничать. Хочу открыть галантерейную торговлю. Вместе с Арнольдом.

— Почему ты не говорила мне, что ты еврейка?

— Ты никогда не спрашивал.

— Значит, вы с Арнольдом собираетесь вместе заняться коммерцией? И как к этому отнесется Рейчел, вам не приходило в голову задуматься?

— Я не домогаюсь любви Арнольда. И вообще, по-моему, кому бы говорить об этом, но не тебе.

— Почему?

— Разве ты не домогаешься Рейчел?

— Откуда ты взяла?

— Рейчел сказала Арнольду.

— Рейчел сказала Арнольду, что я ее домогаюсь?

— Да. Они хохотали до упаду.

— Ты лжешь, — сказал я и вышел из комнаты.

Кристиан крикнула мне вдогонку:

— Брэд, прошу тебя, будем друзьями!

Я подошел к входной двери — то ли затем, чтобы немедленно ехать за Присциллой, то ли чтобы сию же минуту избавиться от Кристиан, и тут зазвонил звонок. Я сразу же распахнул дверь. Это был Арнольд.

Он улыбнулся заранее приготовленной иронически-сокрушенной улыбкой. Я сказал:

— Ваша компаньонша здесь.

— Так она вам сказала?

— Да. Вы открываете галантерейную торговлю. Входите.

— Привет, дружок! — окликнула его у меня из-за спины Кристиан.

Они весело и шумно пошли в гостиную, и я, мгновение поколебавшись, вошел вслед за ними. Кристиан надевала туфли, стоя посреди комнаты в очень красивом полотняном платье исключительно яркого зеленого цвета. Теперь мне было, конечно, заметно, что она еврейка: этот изогнутый умный рот, этот хитрый закругленный нос, затененный змеиный глаз. Она была так же красива, как ее платье, — царица израильская. Я спросил Арнольда:

— Вы знаете, что она еврейка?

— Кто? Кристиан? Конечно. Знаю с первого дня знакомства.

— Откуда?

— Спросил.

— Брэд думает, что у нас с вами роман, — сказала Кристиан.

— Слушайте, — обратился ко мне Арнольд, — между мной и Крис нет ничего, кроме дружбы. Вам знакомо такое понятие, правда?

— Между мужчиной и женщиной дружба невозможна, — сказал я. Я это только что, во внезапном озарении, со всей ясностью понял.

— Возможна, если они достаточно разумные люди, — возразила Кристиан.

— Женатые люди не могут заводить друзей, — настаивал я. — Это уже измена.

— О Рейчел можете не беспокоиться, — сказал Арнольд.

— Представьте себе, беспокоюсь. И очень даже. Особенно когда увидел ее на днях с синяком под глазом.

— Я не подбивал ей глаз. Это вышло случайно. Я же вам объяснил.

— Прежде чем мы продолжим, — сказал я, — будьте добры, попросите вашу компаньоншу, которая только что вторично выкрала мою сестру, покинуть этот дом.

— Я уйду, — сказала Кристиан. — Только сначала произнесу маленькую речь. Мне очень жаль, что все так получилось, ей-богу. Но, честное слово, ты живешь в фантастическом мире, Брэд. Я была очень взволнована, когда вернулась в Англию, и я прямо явилась к тебе. Другой бы мужчина был польщен. Мне хоть и за пятьдесят, но списывать в тираж меня еще рано. Я получила на пароходе три предложения руки и сердца, и все — от людей, которые не знали, что я богата. Да и что дурного в богатстве? Это привлекательное свойство. Богатые приятнее, спокойнее, уравновешеннее. Я — довольно выгодная партия. И я пришла прямо к тебе. Но случилось так, что у тебя я познакомилась с Арнольдом, мы разговорились, он задавал вопросы, я была ему интересна. Это и есть залог дружбы, и мы с ним стали друзьями. У нас дружба, а не роман. Зачем он нам? Мы слишком разумные люди. Я не девочка в короткой юбчонке, ищущая сильных ощущений. Я чертовски умная женщина, которая хочет остаток жизни прожить в свое удовольствие, понимаешь? Я хочу удовольствия и счастья, а не пошлой чувственной неразберихи. Уж как-нибудь я знаю собственные потребности. Там, в Иллинойсе, я много лет ходила к психоаналитикам. У меня глубокая потребность в дружеских отношениях с мужчинами. Я люблю помогать людям. Да знаешь ли ты, что помогать людям — огромное удовольствие? Я любопытна. Мне хочется знать как можно больше людей, разбираться в их внутренних побуждениях. А вовсе не ввязываться в нечистоплотные, тайные драмы. Я намерена жить в открытую. И у нас с Арнольдом все в открытую. Ты просто ничего не понял. Я хочу, чтобы мы с тобой были друзьями, Брэд. Хочу дружбой искупить прошлое, стремлюсь к искупительной любви...

Я застонал.

— Можешь не издеваться надо мною, я говорю серьезно, я понимаю, конечно, что выгляжу смешно...

— Отнюдь нет, — сказал я.

— Женщины моего возраста сплошь и рядом выглядят по-дурацки, когда говорят всерьез, но в каком-то смысле, поскольку нам мало что осталось терять, мы, наоборот, умнее. И так как мы — женщины, наше дело — помогать людям, дарить тепло, заботу. Я вовсе не пытаюсь тебя поймать или загнать в угол. Я просто хочу, чтобы мы еще раз поближе узнали друг друга и, может быть, узнав, стали бы лучше друг к другу относиться. Я много тяжелых минут пережила там, в Иллинойсе, с каждым днем отдалялась от бедного Эванса и все время вспоминала, сколько у тебя накопилось обид и как ты все время считал, что я на тебя наседаю, и, может быть, так оно и было, я не защищаюсь. Но только я стала с тех пор умнее и, может быть, — так я надеюсь — немного лучше. Ну почему бы нам с тобою не встретиться как-нибудь, не потолковать о прежних временах, о нашем браке...

— Который, как я понимаю, ты уже обсудила с Арнольдом.

— Ну а что ж тут такого? Естественно, он интересовался, я ничего не скрывала. Это не запретная тема, почему бы мне и не обсудить ее? По-моему, нам с тобой надо поговорить откровенно, начистоту и раз и навсегда облегчить душу. Я знаю, что мне, например, это было бы очень полезно. Скажи, ты когда-нибудь обращался к психоаналитику?

— К психоаналитику?! Конечно нет!

— Напрасно ты так уж уверен, что тебе это не нужно. На мой взгляд, ты совсем запутался и нуждаешься в помощи.

— Пожалуйста, попросите вашу приятельницу уйти, — обратился я к Арнольду.

Он улыбнулся.

— Ухожу, Брэд, ухожу. Знаешь что? Ты мне сейчас ничего не отвечай, а просто подумай. Я прошу тебя, умоляю нижайше — слышишь? нижайше — выбрать время и как-нибудь поговорить со мной, поговорить серьезно, по душам, о нашем прошлом, о том, что у нас с тобой было не так. И не ради тебя, а потому, что в этом нуждаюсь я. Вот и все. Ты подумай, хорошо? Пока.

Она направилась к двери. Я сказал:

— Минутку! Тому, кто много лет ходил к психоаналитику, это может показаться грубым, но ты мне неприятна, и я не хочу тебя видеть.

— Я понимаю, тебе страшно...

— Ничего мне не страшно. Просто ты мне не нравишься. Ты принадлежишь к породе вкрадчивых поработительниц, которых я не выношу. Простить тебя я не могу и видеть тебя не желаю.

— Вероятно, это классический случай любви-ненависти...

— Никакой любви. Только ненависти. Будь честной и пойми это, раз уж ты такая умная. И вот еще что. Сейчас я поговорю с Арнольдом, а потом приеду за сестрой, и на этом всякие отношения между мною и тобой кончаются.

— Послушай, Брэд, мне, пожалуй, надо тебе сказать еще одну вещь. Я, по-моему, поняла тебя...

— Убирайся вон! Или ты ждешь, чтобы я применил силу?

Она весело расхохоталась, обнажив белые зубы и красный язык.

— Ого! Это еще что должно значить, а? Только осторожнее, я ведь обучалась приемам каратэ в дамском клубе. Ну ладно, прощайте. Но ты все-таки обдумай то, что я тебе говорила. Зачем сознательно избирать ненависть? Почему бы, разнообразия ради, не избрать удовольствие и хорошие отношения? Ну ладно, ладно, ухожу. Пока!

Она вышла, стуча каблучками, и я слышал, как она смеялась, закрывая за собой парадную дверь.

Я повернулся к Арнольду:

— Не знаю, что вы думаете про Рейчел и...

— Брэдли, я ведь не нарочно ударил Рейчел, я знаю, я виноват все равно, но это получилось случайно. Вы не верите мне?

— Нет.

Я снова испытывал нежное чувство жалости к Рейчел, не вздор этот насчет ног, а жалость, жалость в чистом виде.

— Послушайте, погодите минуту. Рейчел давно успокоилась, а вы — вы кипятитесь из-за меня и Кристиан. Я понимаю, вы, естественно, считаете Кристиан своей собственностью...

— Ничего подобного!

— Но у нас действительно просто-напросто дружеские отношения, и только. Рейчел это поняла. А вот вы сочинили миф обо мне и вашей бывшей жене. И если не ошибаюсь, используете его теперь как предлог для того, чтобы самым элементарным образом приставать к Рейчел, что я мог бы поставить вам в вину, будь я хоть чуточку старомоднее. Хорошо еще, что Рейчел относится к этому с юмором. Она рассказала мне, как вы явились к ней сегодня утром с обвинениями против меня и тут же стали предлагать себя в утешители! Разумеется, я знаю, это всем известно, что вы питаете слабость к Рейчел. Это одна из сторон нашей дружбы. Вы питаете слабость к нам обоим. И не поймите меня ложно: для Рейчел это не просто предмет для шуток, она очень тронута. Каждая женщина рада поклоннику. Но когда вы докучаете ей своим вниманием и в то же время изображаете меня неверным мужем, это уж слишком, этого она терпеть не намерена. В самом ли деле вы верите, что Крис и я любовники, или только делаете вид, будто верите, чтобы произвести впечатление на Рейчел, но она, я знаю, нисколько этому не верит.

Арнольд сидел, вытянув вперед ноги и упираясь в пол каблуками. Характерная поза. На лице у него было то добродушно-недоуменное ироническое выражение, которое когда-то мне так нравилось.

Я сказал:

— Выпьем.

И пошел к висячему шкафчику.

Я не подумал о том, что Рейчел может избрать такой способ самозащиты и принести меня в жертву. Я рисовал себе, в случае разоблачения, пламенную ссору, взаимные упреки, Рейчел в слезах. Вернее же, если быть честным, я вообще ничего конкретного себе не рисовал. Совершая дурные поступки, мы стараемся обезболить собственное воображение. Несомненно, что для многих обезболенное воображение — необходимое условие дурного поступка или даже просто одна из его сторон. Я понимал, что могут выйти неприятности, и внешне настолько примирился с этой возможностью, что даже не потрудился наврать что-нибудь Джулиан, хотя бы самое простое, сказать, что я вообще не был у них дома («Собирался зайти, но вдруг почувствовал себя плохо», — все было бы лучше, чем ничего). Но в чем именно будут состоять эти неприятности, я не решался себе представить. Так оно всегда бывает с теми, кто рыщет у пределов чужого брака, не давая себе труда постигнуть истинную природу невидимой драмы, совершающейся за его священными, неприступными стенами.

Конечно, я должен был почувствовать — и действительно почувствовал — облегчение оттого, что все сошло так легко и просто. Но, с другой стороны, мне было грустно и обидно и так и подмывало нанести удар по его самоуверенности и показать ему письмо Рейчел. Оно, кстати сказать, лежало тут же на раскладном столике, и уголок его виднелся из-под других бумаг. Разумеется, о подобном предательстве всерьез не могло быть и речи. Привилегия женщины — спасать себя за счет мужчины. И хотя то, что произошло — что бы это ни было, — казалось тогда затеей Рейчел и уж никак не моей, тем не менее всю ответственность мне надлежало взять на себя. И я решил не опровергать и не обсуждать изложенную Арнольдом версию, а по возможности спокойно переменить тему разговора. Но потом мне пришло в голову: а не лжет ли Арнольд? Ведь он мог лгать насчет Кристиан. Значит, мог лгать и про Рейчел. Что же в действительности произошло между ним и его женой, узнаю ли я об этом когда-нибудь?

Я посмотрел на Арнольда — он смотрел на меня. Казалось, он вот-вот расхохочется. Выглядел он прекрасно: молодой, здоровый, с худым загорелым лоснящимся лицом, похожий на любознательного студента. На способного студента, который разыгрывает своего учителя.

— Брэдли, все это истинная правда, насчет меня и Крис. Я слишком дорожу своей работой, чтобы ввязываться в путаные отношения. И Кристиан тоже чересчур разумна для этого. Я в жизни не встречал женщины разумнее. Какая у нее жизненная хватка, бог мой!

— Жизненная хватка, насколько я понимаю, не может ей помешать закрутить с вами роман. Впрочем, как вы любезно заметили, это не мое дело. Я очень сожалею, что оскорбил Рейчел. У меня, право, в мыслях не было докучать ей своим вниманием. Я был подавлен, а она проявила сочувствие. Постараюсь больше не распускаться. И довольно об этом, согласны?

— Я не без интереса прочел вашу так называемую рецензию.

— Почему так называемую? Это рецензия. Я не буду ее публиковать.

— Не надо вам было присылать ее мне.

— Верно. И если вас это в какой-то мере удовлетворит, готов сказать, что я об этом сожалею. Вы не могли бы разорвать ее и забыть?

— Я и так уже ее разорвал. Боялся, как бы меня не потянуло перечитать еще раз. А забыть не могу. Брэдли, неужели вы не знаете, какие мы, художники, ранимые и обидчивые люди?

— Знаю по себе.

— Да я и не исключал вас, что вы, ей-богу. Мы — и вы тоже. Когда удар наносят по нашему творчеству, он доходит до самого сердца. Я не говорю о газетчиках, бог с ними со всеми, но люди близкие, знакомые иногда думают, что можно презирать книгу и оставаться другом ее автора. Это невозможно. Такую обиду простить нельзя.

— Значит, нашей дружбе конец.

— Нет. В редких случаях обиду удается преодолеть, вступив с обидчиком в новые, более близкие отношения. Я думаю, это удастся и нам. Но кое-что я должен все-таки сказать.

— Я слушаю.

— Вы — и не вы один, это свойственно каждому критику — воображаете, что разговариваете с человеком, у которого несокрушимое самодовольство, вы разговариваете с художником так, словно он совершенно не видит собственных недостатков. А на самом деле художник обычно знает свои слабости гораздо лучше, чем любой критик. Только, само собой разумеется, он не обнаруживает свое знание перед публикой, это было бы неуместно. Если он напечатал книгу, пусть она сама за себя говорит. Нелепо семенить рядом и приговаривать: «Да, да, я понимаю, она никуда не годится!» Тут уж приходится помалкивать.

— Вот именно.

— Я знаю, что я второсортный писатель.

— Угу.

— Правда, считаю, что в моей работе есть кое-какие достоинства, иначе бы я ее не публиковал. Но я живу, живу ежедневно, ежечасно с неотступным сознанием неудачи. У меня никогда ничего не получается так, как надо. Каждая книга — это погибший замысел. Годы проходят, а ведь жизнь-то одна. Если уж взялся, то надо работать, работать, работать, делать свое дело все лучше и лучше. И каждый для себя должен решать, в каком темпе ему работать. Я не думаю, что достиг бы большего, если бы писал меньше. Меньше просто и будет меньше, только и всего. Я могу ошибаться, но таково мое мнение, и я его держусь. Вы понимаете?

— Вполне.

— Кроме того, мне это нравится. Для меня писательство — естественный способ получать *joie de vivre*[1]. А почему бы и нет? Почему бы мне не получать удовольствие, если я могу?

— Действительно, почему?

— Можно, правда, поступать так, как вы. Ничего не доводить до конца, ничего не печатать, жить в постоянном недовольстве белым светом, лелеять в душе идею недостижимого совершенства и на основании этого задирать нос перед теми, кто делает усилия и терпит неудачи.

— Как это метко сказано.

— Вы не обиделись на меня?

— Да нет.

— Брэдли, не сердитесь, наша дружба страдает из-за того, что я преуспевающий писатель, а вы нет — в общепринятом понимании. Прискорбно, но правда, так ведь?

— Ну да.

— Поверьте, я говорю это не для того, чтобы вас разозлить. Мною движет внутренняя потребность отстоять

---

[1] Радость жизни *(фр.)*.

себя. Ведь если я не отстою себя, я вам этого никогда не прощу, а я вовсе не хочу к вам плохо относиться. Убедительно, с психологической точки зрения?

— Без сомнения.

— Брэдли, мы просто не вправе быть врагами. Дело не только в том, что дружба всегда приятнее, дело еще в том, что вражда гибельна. Мы можем уничтожить друг друга. Брэдли, да скажите хоть что-нибудь, ради бога.

— До чего же вы любите мелодраму, — сказал я. — Я никого не могу уничтожить. Я стар и туп. Единственное, что меня занимает в жизни, — это книга, которую я должен написать. Только это для меня важно, а все остальное вздор. Я сожалею, что расстроил Рейчел. Вероятно, я уеду на некоторое время из Лондона. Мне надо переменить обстановку.

— О господи! Почему такое спокойствие, такая сосредоточенность на самом себе? Орите на меня. Размахивайте руками. Ругайте, спрашивайте. Нам надо сблизиться, иначе мы погибли. Дружба так часто оказывается на поверку застывшей, замороженной полувраждой. Мы должны спорить, бороться, если хотим любить. Не будьте со мной так холодны.

Я сказал:

— Я не верю вам насчет вас и Кристиан.

— Вы ревнуете.

— Вам хочется заставить меня орать и размахивать руками. Но я все равно не буду. Даже если вы не состоите в связи с Кристиан, ваша «дружба», как вы это называете, наверняка причиняет боль Рейчел.

— Наш брак — очень жизнеспособный организм. Всякая жена переживает минуты ревности. Но Рейчел знает, что она — единственная. Когда много лет подряд спишь подле женщины, она становится частью тебя, и разъединение невозможно. Посторонние, которым хочется думать иначе, часто недооценивают прочность брака.

— Очень может быть.

— Брэдли, давайте на днях встретимся опять и поговорим толком, не обо всех этих раздражающих вещах, а о литературе, как раньше. Я собираюсь написать эссе о творчестве Мередита. Мне очень хотелось бы знать ваше мнение.

— Мередит! Да, конечно.

— И я хочу, чтобы вы встретились и поговорили с Кристиан. Она нуждается в таком разговоре, она недаром говорила об искуплении. Хорошо бы вы согласились с ней увидеться. Я прошу вас.

— Ваши, как выражается Кристиан, побуждения мне неясны.

— Не прячьтесь за иронию, Брэдли. Ей-богу, я только и делаю все время, что пытаюсь вас умилостивить и расшевелить. Проснитесь, вы живете словно во сне. А нам нужно в борении добиться достойной взаимной прямоты. Разве эта цель не стоит усилий?

— Стоит. Арнольд, вы не могли бы сейчас уйти? Вы не обижайтесь. Возможно, это старость, но я уже не способен так долго выдерживать бурные разговоры.

— Тогда напишите мне. Раньше мы переписывались. Не будем же так по-глупому терять друг друга.

— Хорошо, хорошо. Очень сожалею.

— Я тоже очень сожалею.

— Да выкатитесь вы когда-нибудь, черт вас возьми?

— Вот так-то оно лучше, Брэдли, старина. Ну, всего доброго. До скорой встречи.

Я прислушивался к шагам Арнольда, пока он не вышел со двора, потом вернулся к телефону и набрал номер Баффинов. Подошла Джулиан. Я сразу же положил трубку. Интересно, что они сказали Джулиан?

— Он знает, что вы со мной?
— Он послал меня к вам.

Дело было назавтра утром, и мы с Рейчел сидели в сквере на площади Сохо. Сияло солнце, в воздухе стоял пыльный, унылый запах лондонского лета — бензиновый, угарный, горький, печальный и древний. Вокруг по песку топтались несколько встрепанных пожилых голубей, посматривая на нас бесстрастными неодушевленными глазами. На соседних скамейках разочарованно сидели неудачники. Небо над Оксфорд-стрит отливало беспощадной, испепеляющей синевой. Несмотря на довольно ранний час, я был весь в поту.

Рейчел сидела свесив голову и то и дело терла глаза. Она казалась больной. Безрадостное выражение ее лица, опухшие веки напоминали Присциллу. Взгляд был уклончив, она не смотрела мне в глаза. Одета она была в летнее кремовое платье без рукавов. Сзади на вороте оборвался крючок и расстегнулась до половины молния, обнажив выпуклые округлые позвонки, покрытые рыжеватым пухом. Из-под проймы на бледную полную руку выскользнула атласная, не очень чистая бретелька и повисла петлей над крупной выпуклой оспиной. Вырез плеча глубоко въелся в выпирающую мякоть ее тела. Спутанные рыжие волосы нависали надо лбом, и она все время теребила их и тянула вниз, словно ей хотелось за ними укрыться. В этой ее неряшливости, нечесанности, распоясанности было для меня что-то физически привлекательное. Какая-то интимность, благодаря которой я теперь чувствовал себя гораздо ближе к ней, чем тогда, когда мы лежали с ней в постели. Это представлялось мне теперь тяжелым сном. И еще я испытывал к ней то смешанное чувство жалости, которое заметил в себе и проанализировал уже раньше. В сущности, ведь неправда, что жалость — худой заменитель любви, хотя многие, кому она предназначается, воспринимают ее именно так. Очень часто это сама любовь.

Не подумав, я сказал:

— Бедная Рейчел, бедная, бедная Рейчел!

Она засмеялась, словно огрызнулась, и опять потянула себя за волосы.

— Вот именно. Бедная старушка Рейчел.

— Простите, я... Тьфу, черт... Неужели он прямо так и сказал: «Ступай навести Брэдли»?

— Да.

— Точно этими самыми словами? Если человек — не писатель, от него никогда нельзя добиться точности.

— Ну, не знаю. Не помню.

— Вспомните, Рейчел. Ведь прошло не больше двух часов...

— Не пытайте меня, Брэдли. Меня и так словно всю исполосовали, изодрали, переехали. Прошлись по мне плугом.

— Мне знакомо это чувство.

— Едва ли. У вас в жизни все в порядке. Вы человек свободный. С деньгами. Нервничаете из-за своей работы, но всегда можете уехать из города или за границу и предаться размышлениям где-нибудь в гостинице. Господи, как бы мне хотелось побыть одной в гостинице! Для меня это был бы рай.

— «Нервничать из-за своей работы» — это может означать и ад.

— Все это поверхностное и — как бы сказать? — произвольное. Это все... забыла слово...

— Факультативное.

— Не составляет жизненной реальности, не обязательное. А в моей жизни все обязательное. Ребенок, муж, от этого не уйдешь. Я заперта в клетку.

— Мне бы тоже не помешало в жизни что-нибудь обязательное.

— Вы не знаете, что говорите, Брэдли. У вас есть собственное достоинство. Одинокие люди сохраняют достоинство. А у замужней женщины ни собственного достоинства, ни своих, отдельных мыслей. Так только, какой-то придаток мужа, и муж, когда ему вздумается, может впрыснуть ей в душу чувство неполноценности, точно каплю чернил в воду.

— Рейчел, вы бредите. Это очень сильный образ, но я никогда не слышал такой чепухи.

— Ну, может быть, это относится только ко мне с Арнольдом. Я всего лишь нарост на его теле. Лишенный собственного существования. И не могу оказать на него никакого воздействия. Ни малейшего — даже если бы убила себя. Он, конечно, живо заинтересуется, придумает какое-нибудь объяснение. И скоро найдет другую женщину, с которой ему будет еще легче ладить, и они вдвоем будут меня обсуждать.

— Рейчел, какие низкие мысли.

— Ах, Брэдли, ваше простодушие меня умиляет. Неужели вы думаете, что мне еще доступны такие понятия? Ведь вы говорите с жабой, с извивающимся червяком, разрезанным на две части.

— Перестаньте, Рейчел, вы меня огорчаете.

— А вы чувствительное растение, так ведь? Подумать, что я видела в вас рыцаря!

— В таком потрепанном жизнью...

— Да вы были для меня самостоятельной территорией, нсужели непонятно?

— Широкой равниной, где можно разбить одинокий шатер? Или это уж слишком далекий образ?

— Вы над всем смеетесь.

— Я не смеюсь. Просто такая манера речи. Вы могли бы лучше знать меня.

— Да-да, я знаю. Боже мой, я все испортила. Даже вы уже не так со мною разговариваете. Арнольд перетянул вас на свою сторону. Вы для него значите гораздо больше, чем я. О, он все у меня отбирает.

— Рейчел! Вы слышите? Мои отношения с вами совершенно не зависят от моих отношений с Арнольдом.

— Прекраснодушные слова. В действительности это уже не так.

— Пожалуйста, постарайтесь вспомнить, что именно он сказал вам сегодня утром, ну знаете, когда посылал вас...

— Как вы меня мучаете и раздражаете! Ну, сказал: «Не думай, что тебе теперь нельзя видеться с Брэдли. Наоборот, я бы посоветовал тебе поехать к нему прямо сейчас. Он там сгорает от нетерпения обсудить с тобой наш последний разговор. Поехала бы и поговорила с ним по душам, начистоту. С тобой он будет откровеннее, чем со мной. Он сейчас слегка обижен, и ему очень полезно облегчить душу. Так что ступай».

— И он ждет, что о нашем разговоре вы доложите ему?

— Может быть.

— И вы доложите?

— Может быть.

— Я не понимаю.

— Ха-ха.

— Это правда, что у Арнольда роман с Кристиан?

— Вы влюблены в свою Кристиан.

— Не говорите глупостей. Это правда, что...

— Не знаю. Не хочу больше об этом думать, надоело. Может быть, и нет, в строгом смысле слова. Мне наплевать. Он ведет себя как совершенно свободный человек, всегда так себя вел. Хочет видеться с Кристиан — и видится. Они собираются открыть вместе какое-то дело. И мне совершенно неинтересно, спят они вдобавок вместе или нет.

— Рейчел, возьмите себя в руки и постарайтесь отвечать яснее. Арнольд действительно считает, что я преследую вас вопреки вашей воле? Или он это придумал для приличия?

— Не знаю, что он считает, и не интересуюсь.

— Пожалуйста, постарайтесь ответить толком. Истина важна. Что произошло вчера вечером, после того как вернулся Арнольд, а мы были... Прошу вас, опишите все подробно. Начните с того момента, как вы сбежали вниз по лестнице.

— Я сбежала по лестнице. Арнольд был на веранде. Я проскользнула по коридору на кухню, оттуда через заднюю дверь в сад и подошла к веранде, будто только что его заметила, и повела его в сад показать кое-что, и мы там пробыли какое-то время, и все было хорошо. Но полчаса спустя появилась Джулиан и сообщила, что встретилась с вами и что вы были у нас.

— Я так не говорил. Она это предположила, и я не отрицал.

— Ну, все равно. Потом она рассказала, что вы купили ей в подарок сапоги. Признаюсь, это меня удивило. Хватило же у вас хладнокровия! Тогда Арнольд поднял так брови — знаете, как он делает. Но не сказал при Джулиан ни слова.

— Минутку! А заметил Арнольд, что Джулиан в моих носках?

— Хм! Это другой вопрос. Не заметил, по-моему. Джулиан пошла прямо к себе наверх примерять сапоги. И больше не показывалась, пока Арнольд не уехал к вам. И только тогда она мне рассказала про носки. Ей казалось, что это ужасно смешно.

— Я ведь скомкал все тогда и сунул в карман и...

— Да-да, я так себе и представляла. Кстати, вот они. Я их выстирала. Еще немного влажноватые. Я сказала Джулиан, чтобы она некоторое время не упоминала о вас при отце. Из-за того будто, что его расстроила ваша рецензия. Так что с носками вопрос, по-моему, исчерпан.

Я убрал с глаз серые влажные комки, эти неприличные напоминания.

— Ну, дальше. Что сказал Арнольд, когда Джулиан ушла наверх?

— Спросил, почему я не сказала, что вы приходили.

— А вы что ответили?

— Что я могла ответить? Я совершенно растерялась от неожиданности. Засмеялась и говорю, что разозлилась на вас. Что вы были со мной довольно несдержанны, и я вас выставила, ну и не хотела ему говорить, пожалела вас.

— Неужели вы не могли придумать что-нибудь более уместное?

— Нет, не могла. При Джулиан я вообще не могла думать, а потом сразу же должна была что-то сказать. У меня в мыслях была одна только правда. И самое большее, что я могла, — это сказать полуправду.

— Могли бы сказать и полную неправду.

— И вы тоже. Зачем вы дали Джулиан понять, что были у нас?

— Это верно. И Арнольд поверил вам?

— Не убеждена. Он знает, что я лгунья, он часто ловил меня на лжи. А я — его. Мы оба знаем это друг за другом и миримся, как все женатые люди.

— О Рейчел, Рейчел.

— Вы сокрушаетесь из-за несовершенства мира? Так или иначе, для него это не важно. Если я чем-то провинилась, ему только лучше, это дает ему моральное право еще свободнее вести себя. И пока хозяин положения — он, и пока он может понемногу подковыривать вас, ему даже забавно. Он не видит в вас серьезной угрозы своему браку.

— Понимаю.

— И он, конечно, прав. Какая уж тут угроза.

— Никакой угрозы?

— Никакой. Вы просто подыгрывали мне по доброте и жалости. Пожалуйста, не возражайте, я знаю. А то, что Арнольд не рассматривает вас всерьез как ловеласа, это вряд ли может вас удивлять. И самое смешное, что ведь вы для него очень много значите.

— Да, — сказал я. — И самое смешное, что, хоть я и считаю его в каком-то отношении совершенно невозможным человеком, он тоже очень много для меня значит.

— Так что, как видите, драма разворачивается между вами и им. А я, как всегда, побочное обстоятельство.

— Нет-нет.

— Когда мужчины разговаривают между собой, они, естественно, предают женщин, это у них само по себе выходит, даже против воли. В том, как Арнольд делал перед нами вид, будто верит моему рассказу, было даже какое-то презрение ко мне. Презрение ко мне и презрение к вам. Но вам он все равно при этом подмигивал.

— Никогда он мне не подмигивал.

— В переносном смысле, бестолковый вы человек. Ну что ж, ладно, мой порыв к свободе был кратковременным, как видите. И кончился только жалкой бурей в стакане воды, и я снова пресмыкаюсь в грязи и ничтожестве. Снова все досталось Арнольду. О господи! Брак — это такая странная смесь любви и ненависти. Я ненавижу и боюсь Арнольда, бывают минуты, когда я готова его убить. Но я и люблю его тоже. Если бы я его не любила, у него не было бы надо мной этой кошмарной власти. И я восхищаюсь им, восхищаюсь его книгами: по-моему, они замечательные.

— Что вы, Рейчел!

— И рецензию вашу считаю глупой и злобной.

— Ну и ну.

— Вас изъела зависть.

— Не будем говорить об этом, Рейчел, прошу вас.

— Извините. Я чувствую себя такой несчастной. И зла на вас за то, что вам не хватило чего-то — геройства? везения? — чтобы спасти меня, или защитить, или уж не знаю что. Видите, я даже не могу сказать, чего я ждала. Бросать Арнольда я не собиралась — это невозможно, я бы умерла. Мне просто хотелось немножко личной жизни, хотелось иметь свои секреты, хоть что-нибудь, что не было бы насквозь пропитано Арнольдом. Очевидно, это невозможно. Вы и он все начнете по новой...

— Что за выражение!

— Снова будете вести свои интеллектуальные разговоры, а я останусь в стороне и за мытьем посуды буду слышать, как вы бубните, бубните, бубните... Все станет опять как прежде.

— Дорогая Рейчел, — сказал я, — выслушайте меня. Почему бы вам действительно не иметь личной жизни? Я говорю не о любовной связи — и у вас, и у меня неподходящий для этого темперамент. Я, вероятно, действительно очень скован условностями, правда, это меня не тяготит. Связь заставила бы нас лгать, да и вообще это нехорошо...

— Как вы это точно заметили!

— Я бы не хотел внушать вам мысль об измене мужу...

— А вас никто и не просит!

— Мы много лет были знакомы, но держались вдали друг от друга. Теперь вдруг столкнулись, но все пошло вкривь и вкось. Можно, конечно, снова разойтись на прежнее расстояние. И даже еще дальше. Но я предлагаю вам другое. Ведь мы можем стать друзьями. Арнольд вон мне все уши прожужжал, что они с Кристиан друзья...

— Да?

— И я вам предлагаю: давайте установим настоящие дружеские отношения, ничего подпольного, тайного, все — открыто, все — радостно...

— Радостно?

— А почему же нет? Почему жизнь должна быть мрачной?

— Я тоже часто думаю: почему?

— Разве нам нельзя любить друг друга — немножко? Согревать друг другу душу?

— Мне нравится это ваше «немножко». Вы такой знаток мер и весов.

— Давайте попробуем. Вы мне нужны.

— Это самое хорошее, что вы пока сказали.

— Арнольд едва ли будет возражать, если мы...

— Конечно, не будет. В этом-то все и дело. Иногда я начинаю сомневаться, Брэдли, можете ли вы вообще быть писателем. У вас такие наивные понятия о человеческой натуре.

— Когда хочешь чего-то определенного, простые формулировки — лучше всего. Да ведь мораль и вообще-то проста.

— И мы должны быть моральны, не правда ли?

— В конечном счете — да.

— В конечном счете. Великолепно. Вы собираетесь оставить Присциллу у Кристиан?

Этого я совсем не ожидал. Я ответил:

— Пока да. — Я еще не решил, что мне делать с Присциллой.

— Присцилла — конченый человек. Это ваш крест до конца дней. Я, кстати, передумала насчет того, чтобы за ней ухаживать. Она бы свела меня с ума. Да вы так или иначе оставите ее у Кристиан. И будете навещать ее там. Начнете разговаривать с Кристиан, обсуждать, что там у вас не вышло с вашим браком, как вам Арнольд советовал. Вы не представляете себе, до чего Арнольд уверен, что он пуп земли. Такие мелкие людишки, как вы или я, могут завидовать, подличать, ревновать. Арнольд так самоупоен, что даже добр, это стало, в сущности, его достоинством. Так что в конце концов вы придете к Кристиан. Конец будет именно такой. Не за моралью, а за силой. Она женщина сильная. Мощный магнит. Она — ваша судьба. И что самое смешное, Арнольд будет считать это своей заслугой. Мы все — пешки в его руках. Ну да вот увидите. Кристиан — ваша судьба.

— Никогда!

— Вы произносите: «Никогда!» — а сами улыбаетесь украдкой. Вы ведь тоже очарованы ею. Так что, как видите, Брэдли, нашей дружбе не бывать. Я всего лишь придаток, вы не способны выделить меня, вам пришлось бы очень насиловать свое внимание, чтобы сосредоточить его на мне, а этого вы делать не будете. Ваши мысли будут заняты Кристиан, вам важно, что происходит там. Даже в том, что было между нами, вас, в сущности, толкала ревность к Арнольду...

— Рейчел, вы сами знаете, что так говорить недостойно и жестоко и что это полнейшая чушь. У меня не было холодного расчета, я просто запутался и жду снисхождения. Как и вы.

— «Запутался и жду снисхождения». Звучит смиренно и трогательно. Наверное, было бы удачным местом в какой-нибудь из ваших книг. Но я в моем ничтожестве глуха и слепа. Вам не понять. Вы живете открыто, нараспашку. А меня затянуло в машину. Даже сказать, что сама виновата, и то — какой смысл? Да ладно, вы особенно не беспокойтесь за меня. Я думаю, у всех женатых людей так. Это не мешает мне пить чай с удовольствием.

— Рейчел, мы будем друзьями, вы не отдалитесь, не убежите от меня? Передо мной вам незачем хранить достоинство.

— Вы такой правильный человек, Брэдли. Это у вас в характере. Строгость и порядочность. Но вы желаете мне добра, я знаю, вы славный. Может быть, когда-нибудь потом я буду рада, что вы сейчас так говорили.

— Значит, условились.

— Ладно. — Потом она сказала: — А ведь во мне еще много огня, имейте в виду. Я еще не конченый человек, как бедная Присцилла. Во мне еще много огня и силы. Вот так.

— Конечно.

— Вы не понимаете. Я говорю не о простодушии и не о любви. И даже не о воле к жизни. Я имею в виду огонь. Огонь! Который жжет. Который убивает. А, ладно.

— Рейчел, посмотрите кругом. Солнце сияет.

— Не распускайте слюни.

Она вскинула голову и вдруг встала и пошла через площадь, точно машина, которую завели. Я догнал ее и взял за руку. Рука безжизненно висела, но лицо, которое Рейчел обратила ко мне, было искажено гримасой-улыбкой, какими часто улыбаются женщины, чтоб не заплакать. Мы вышли на Оксфорд-стрит, из-за крыш выплыла в небо башня Почтамта, четкая и ясная, сверкающая, грозная, воинственная и учтивая.

— О, посмотрите-ка, Рейчел.
— Что?
— Башня.
— Ах это. Не ходите дальше, Брэдли. Я пойду на метро.
— Когда я вас увижу?
— Никогда, наверное. Нет, нет. Позвоните мне. Только не завтра.
— Рейчел, вы уверены, что Джулиан ничего не знает о... ни о чем?
— Да, абсолютно. Кто же ей скажет? Что это вам взбрело в голову покупать ей такие дорогие сапоги?
— Я хотел выиграть время и успеть придумать убедительное объяснение, зачем мне нужно, чтобы она не рассказывала о нашей встрече.
— И кажется, не очень успешно воспользовались этим временем.
— Да, не очень.
— До свидания, Брэдли. Даже спасибо.

И Рейчел ушла от меня. Я смотрел ей вслед, пока она не затерялась в толпе, размахивая потертой синей сумкой, — бледные, расплывшиеся выше локтей руки ее слегка подрагивали, волосы были растрепаны, лицо растерянное и усталое. Машинальным жестом она подтянула выскользнувшую из-под платья бретельку. Потом я снова увидел ее — и снова, и снова. Улица была полна усталых, стареющих женщин с растерянными лицами, они, слепо толкаясь, куда-то шли и шли, точно стадо животных. Я перебежал через улицу и зашагал домой.

Я должен уехать, думал я, я должен уехать, уехать. Как хорошо, думал я, что Джулиан ничего не знает об этом. Может быть, думал я, Присцилле и в самом деле будет лучше в Ноттинг-Хилле. Пожалуй, думал я, надо и вправду зайти как-нибудь к Кристиан.

Здесь, приближаясь к первой кульминации моей книги, я хотел бы сделать остановку, любезный друг, и освежиться еще раз прямой беседой с вами.

Отсюда, из уединения и тишины нашего нынешнего убежища, все события тех нескольких дней между появлением Фрэнсиса Марло и моим разговором с Рейчел на площади Сохо кажутся сплошным нагромождением абсурдов. Жизнь, безусловно, сама по себе полна совпадений. Но нам она представляется еще того нелепее, ибо мы смотрим на нее с неуверенностью и страхом. Неуверенность более всего характеризует это животное по имени человек. Она знаменует вообще усредненный порок. Это и алчность, и страх, и зависть, и ненависть. Теперь, избранник и затворник, я могу, по мере того как неуверенность отходит от меня, оценить по-настоящему и мою нынешнюю свободу, и мое прежнее рабство. Блаженны те, кто понимает все это хотя бы настолько, чтобы оказывать пусть минимальное, но сопротивление одуряющей человеческой неуверенности. Вероятно, тот, чья жизнь не есть служение, больше чем на минимальное сопротивление не способен.

Естественная тенденция человеческой души — охрана собственного «я». Каждый, заглянув внутрь себя, может увидеть катаклическую силу этой тенденции, а результаты ее у всех на виду. Мы хотим быть богаче, красивее, умнее, сильнее, любимее и по видимости лучше, чем кто-либо другой. Я говорю «по видимости», ибо средний человек, хоть и желает реального богатства, обычно стремится только к видимой добродетели. Он инстинктивно знает, что настоящее добро есть бремя слишком тяжкое и что стремление к нему может затмить обыкновенные желания, которыми жив человек.

Конечно, изредка и на очень краткий миг даже худший из людей может устремиться к добру. Притягательная сила добра знакома каждому художнику. Я пользуюсь здесь словом «добро», как покровом. Что сокрыто под ним, знать хотя нам и дано, однако не может быть названо. Но спасает нас от гибели в хаосе самоубийственного младенческого эгоизма не магнетизм этой тайны, а то, что высокопарно именуется долгом, а точнее, называется привычкой. Счастлива та цивилизация, которая с детства приучает людей хотя бы некоторые из естественных проявлений личности считать немыслимыми и недопустимыми. Однако привычка эта, которой при благоприятных условиях может хватить на всю жизнь, оказывается лишь поверхностной там, где начинаются ужасы: на войне, в концентрационном лагере, в заточении семьи и брака.

Эти замечания мне хотелось предпослать анализу моих последних (условно говоря) поступков, который я теперь, любезный друг, разверну перед вами. В том, что касается Рейчел, я руководствовался смешанными и не слишком высокими побуждениями. Поворотным моментом было, я думаю, эмоциональное письмо Рейчел. Какими опасными орудиями бывают письма! Хорошо, что они теперь выходят из моды. К письму возвращаются еще и еще, его толкуют то так, то эдак, оно будит фантазию, родит мечты, оно преследует, оно служит уликой. Я уже много лет не получал ничего, что хотя бы отдаленно заслуживало названия любовного письма. То обстоятельство, что это было именно письмо, а не высказывание *viva voce*[1], давало ему надо мной особую абстрактную власть. Мы часто совершаем в жизни важные шаги, оказываясь в условиях обезличенности. Вдруг нам представляется, что мы что-то олицетворяем собой. Это может служить нам источником вдохновения, а может быть и поводом для самооправдания. Страстный тон ее письма сообщил мне чувство собственной значительности, энергию, чувство роли.

Кроме того, как я уже говорил, меня соблазняла мысль рассчитаться с Арнольдом, заведя от него секрет. Такое

---

[1] *Здесь:* живым голосом (*ит.*).

желание тоже, как правило, не доводит до добра. Исключая кого-то из круга посвященных в тайну, мы тем самым хотим унизить его. Моя злость на Арнольда не ограничивалась сферой нашего личного, старинного соперничества. Она проистекала также из потрясения, испытанного мною при виде Рейчел на кровати в затененной комнате — Рейчел с лицом, закрытым простыней. В тот миг у меня в душе родилась к ней глубокая жалость — единственное, правда, как всегда, оскверненное высокомерием, но все же относительно чистое чувство в составе всей амальгамы. Поверил ли я Арнольду, что это «несчастный случай»? Может быть. Может быть, сквозь мрак моей эгоистической жалости я уже начинал видеть Рейчел глазами Арнольда — как слегка истеричную и не всегда правдивую пожилую женщину. Общаясь с супругами, невозможно соблюдать нейтралитет. Сила их отношения друг к другу тянет симпатии третьего лица то в одну, то в другую сторону. Кроме того, я досадовал на Рейчел за то, что она поставила меня в смешное положение. Того, по чьей вине страдает наше достоинство, нам особенно трудно простить.

Тщеславие и неуверенность связывали меня с Рейчел, а кроме того — зависть (к Арнольду), жалость, нечто вроде любви и, безусловно, перемежающаяся игра физического желания. Как я объяснял, я уже тогда был, в общем-то, равнодушен к телу — в чем, разумеется, нет особой моей заслуги. Я соприкасался с телами поневоле, но и без явного отвращения, в тесных вагонах метро. Но так или иначе я не придавал особого значения этим вместилищам души. Для меня существовали лица моих знакомых, а остальное могло быть какой-нибудь протоплазмой. Щупать и глазеть было мне не свойственно. Вот почему мне было интересно обнаружить, что меня тянет поцеловать Рейчел, тянет, после значительного перерыва, поцеловать какую-то определенную женщину. В этом была для меня заманчивая сторона новой роли. Однако во время того поцелуя у меня не было мысли идти дальше. То, что произошло потом, носило характер непредумышленный и запутанный. Я, разумеется, не думал отказаться от ответственности и ожидал серьезных последствий. И не ошибся.

Боюсь, я до сих пор не сумел передать, в чем состояла особенность моих отношений с Арнольдом. Попробую, пожалуй, еще раз. Я, как уже говорилось, его открыл и был поначалу его покровителем. Он оставался моим благодарным протеже. Вспоминаю, что относился к нему тогда немножко как к любимой собачке (у Арнольда лицо терьера). У нас были даже свои «собачьи» шутки, ныне погибшие для истории. И только потом, постепенно в нашу дружбу проник яд, зароненный главным образом его (мирским) успехом и моими (мирскими) неудачами. (Как трудно даже лучшим из нас сохранять равнодушие к миру!) Но и тогда мы еще в основном держались в отношении друг друга по-джентльменски. То есть я изображал снисходительность, а он — почтение, которые мы отчасти испытывали и на самом деле. Подобное притворство играет важную роль в этой несовершенной жизни. В нашей дружбе не было места равнодушию. Мы думали друг о друге постоянно. Он был для меня (разумеется, не в том смысле, какой имел в виду Фрэнсис Марло) самым важным человеком. И это кое-что да значит, ведь у меня было много знакомых мужчин — сослуживцы вроде Хартборна и Грей-Пелэма, литераторы и журналисты, которых я здесь не называю, так как они не являются действующими лицами этой драмы. Едва ли будет преувеличением сказать, что я был очарован Арнольдом. Наши отношения были не гладкими, не простыми, они давали мне чувство подлинной жизни. Разговоры с ним всегда будили у меня свежие мысли. И одновременно, как это ни парадоксально, я подчас ощущал его как эманацию моей собственной личности, как мое отчужденное, заблудшее *alter ego*. Он смешил меня, смешил до глубины души. Мне нравилась его веселая лоснящаяся собачья физиономия и светлые иронические глаза. Держался он всегда колюче — немного поддразнивая, немного задираясь, немного (не могу обойтись без этого слова) флиртуя со мной. Он отдавал себе отчет, что олицетворяет в наших взаимоотношениях сыновнее начало, несущее разочарования и некоторую угрозу. Эту роль он играл забавляясь, остроумно и по большей части беззлобно. Только уже в последние годы, после нескольких открытых столкновений я начал воспринимать его как источник боли и вынужден был от него немного отдалиться. Любое его замечание стало казаться мне шпилькой. По мере того как проходили годы, а великий миг в моей жизни все не наступал, меня стал больше и больше раздражать легкий успех Арнольда.

Справедлив ли я к нему как к писателю? Быть может, нет. Кто-то сказал, что «все писатели-современники нам либо друзья, либо враги»; и действительно, быть объективным к ныне живущим трудно. Досада, с какой я, признаюсь, читал всякую благоприятную рецензию на очередную книгу Арнольда, безусловно, имела и низменные источники. Но я делал попытки разумно осмыслить его творчество. Вероятно, больше всего мне не нравилась его болтовня. Писал он очень небрежно. Но болтовня шла не от неряшливости, это была одна из сторон его «метафизики»! Арнольд все время старался завоевать мир, излившись на него, как переполнившаяся ванна. Такой вселенский империализм был абсолютно чужд моим собственным, гораздо более строгим представлениям об искусстве как о сгущении, концентрации образа, сведении его в одну точку. Я всегда чувствовал, что искусство является одной из сторон добродетельной жизни и поэтому оно очень трудно, тогда как Арнольд, к моему прискорбию, считал искусство забавным. Именно так, хотя из-за некой «мифологической» помпезности кое-кто из критиков склонен был всерьез относиться к нему как к мыслителю. Символика у Арнольда была непродуманна. Значением наделялось все, все входило в его «мифологию». Он все любил и принимал. И хотя в жизни это был умный, интеллигентный человек и умелый спорщик, в искусстве он оказывался беспомощен и даже не способен расчленять понятия. (А расчленение понятий — это центральный момент искусства, как и философии.) Причина здесь крылась, по крайней мере отчасти, в его особого рода велеречивой религиозности. Он был, на свой путаный лад, последователем Юнга. (Я не хочу сказать ничего дурного об этом теоретике, чьи писания просто нахожу неудобоваримыми.) Для Арнольда-художника жизнь представляла собой одну огромную богатую метафору. Но на этом мне, по-видимому, следует остановиться, ибо я уже чувствую, как мой тон становится все ядовитее. Я много слышал от моего друга Ф. об абсолютной духовной ценности молчания. Как художник, я уже и раньше на свой скромный лад инстинктивно понимал ее, и это давало мне право презирать Арнольда.

Мои отношения с сестрой были гораздо проще и в то же время гораздо сложнее. Братско-сестринские связи вообще очень запутанны, хотя принимаются всеми как данность, и люди простодушные подчас даже и не подозревают, какая паутина любви и ненависти, преданности и соперничества их сплетает. Как я уже объяснял, я отождествлял себя с Присциллой. Потрясение, которое я испытал при виде счастья Роджера, было реакцией самозащиты. То, что он сумел безнаказанно сменить старую жену на молодую, представлялось мне возмутительным. Это мечта каждого мужа, спорить не приходится, но в данном случае старой женой был я. Я думаю даже, что в каком-то смысле мое сочувствие к Рейчел проистекало из моего сочувствия к Присцилле, хотя с Рейчел, конечно, все обстояло иначе — она была гораздо сильнее характером, умнее, содержательнее как личность и привлекательнее как женщина. С другой стороны, Присцилла раздражала меня до остервенения. Я вообще не терплю слез и нытья. (Меня очень тронуло, когда Рейчел сказала об «огне». Горе должно высекать искры, а не источать сырость.) Молчание, мною столь высоко ценимое, означает, среди прочего, и умение сжать зубы, когда тебя бьют. Не люблю я и слезливых признаний. Читатели, вероятно, заметили, как я поспешил пресечь излияния Фрэнсиса Марло. В этом еще одно мое отличие от Арнольда. Арнольд был готов без разбора от всех и каждого выслушивать исповеди и жалобы, утверждал даже, что это входит в его обязанности как писателя. (Так, он «проявил интерес» к Кристиан в первый же вечер их знакомства.) Шло это у него, конечно, больше от злорадного любопытства, чем от сочувствия, и часто приводило потом к недоразумениям и обидам. Арнольд был большой мастер разыгрывать участие как перед женщинами, так и перед мужчинами. Я презирал в нем это. Возвращаясь, однако, к Присцилле, я должен сказать, что был очень обеспокоен ее бедами, но решительно не хотел оказаться в них втянутым. По-моему, берясь помочь ближнему, нужно трезво оценивать свои возможности, в этом залог доброты. (Арнольд был абсолютно не способен к такой самооценке.) Я не собирался допускать, чтобы из-за Присциллы страдала моя работа. И я не намерен был считать ее, как говорила Рейчел, «конченым человеком». Так легко люди не погибают.

То, что Присциллу увезла Кристиан, было, конечно, «неприлично», но меня это уже больше озадачивало, чем возмущало. Я склонялся к тому, чтобы оставить все как есть. Выкупа за свою заложницу Кристиан не получит. Но я не думал, чтобы она бросила Присциллу, убедившись в этом. Возможно, что и тут я находился под влиянием Арнольда. Есть люди, у которых сила воли заменяет мораль. Хватка, как называл это Арнольд. В бытность свою моей женой Кристиан употребляла эту силу воли на то, чтобы поработить и заполнить собою меня. Человек более мелких масштабов, наверное, покорился бы и взамен получил брак, который мог бы оказаться даже счастливым. Мы видим повсеместно немало довольных жизнью мужчин, управляемых и, так сказать, манипулируемых женщинами с железной волей. Моим спасением от Кристиан было искусство. Душа артиста во мне восстала против этого массированного вторжения (подобного вторжению вирусов в организм). Ненависть к Кристиан, которую я лелеял в сердце своем все эти годы, была естественным продуктом моей борьбы за существование, ее главным, первичным оружием. Чтобы свергнуть тирана и в обществе, и в личной жизни, надо уметь ненавидеть. Но теперь, когда угроза, в сущности, миновала и я начал склоняться к большей объективности, мне стало отчетливо видно, как правильно, как разумно Кристиан себя организовала. Быть может, на меня подействовало открытие, что она — еврейка. Я был почти готов к новому виду состязания с ней, сулившему мне легкую победу. Моим конечным триумфом могла быть демонстрация холодного, даже веселого безразличия. Но все это казалось мне неясным. Магистральной мыслью была моя уверенность в том, что Кристиан — человек деловой и надежный, а я — нет и что поэтому ей можно доверить Присциллу.

В свете последующих событий я был склонен поначалу осуждать себя за все, что я тогда делал. Не спорю, дурные поступки иногда порождаются осознанными злыми намерениями. (Такие злые намерения я приписывал Кристиан, хотя, как выяснилось, по-видимому, не вполне справедливо.) Но чаще они являются плодами полусознательного невнимания, некоего полуобморочного восприятия времени. Как я уже говорил вначале, всякий художник знает, что промежуток, отделяющий одну стадию творчества, когда замысел еще не настолько созрел, чтобы осуществиться, от другой стадии, когда уже поздно над ним работать, часто бывает тонок, как игла. Гений, быть может, в том и состоит, чтобы растягивать этот тонкий промежуток на весь рабочий период. Большинство художников по лени, усталости, неумению сосредоточиться переходят, не успев оглянуться, прямо из первой стадии во вторую, с какими бы надеждами и благими намерениями ни приступали они к новой работе. И это, в сущности, моральная проблема, поскольку всякое искусство есть в определенном смысле стремление к добродетели. Такой же точно переход существует и в нашей каждодневной нравственной деятельности. Мы закрываем глаза на то, что делаем, покуда не оказывается, что уже ничего нельзя изменить. Мы не позволяем себе сосредоточиться на решающем моменте, а ведь его и так бывает нелегко выделить, даже если специально искать. Мы отдаемся мутному потоку своего существования, ищем слепо удовольствий, уклоняемся от обид и так и плывем, пока не становится очевидно, что исправить уже ничего невозможно. Отсюда извечное противоречие между познанием самого себя, которое дается нам в объективных самонаблюдениях, и ощущением своего «я», приобретаемым субъективно; противоречие, из-за которого, наверное, достижение истины вообще неосуществимо. Самопознание слишком абстрактно, самоощущение слишком лично, обморочно, заморочено. Может быть, какое-то цельное воображение, своего рода гений морали сумел бы внести сюда ясность как функцию от высшего и более общего сознания. Существует ли естественная, шекспировская радость в нравственном бытии? Или правы восточные мудрецы, ставя перед учениками цель постепенного, но полного разрушения грезящего «я»?

Проблема эта остается невыясненной, потому что нет философа и едва ли найдется хоть один писатель, который сумел бы объяснить, из чего же состоит это таинственное вещество — человеческое сознание. Тело, внешние объекты, летучие воспоминания, милые фантазии, другие души, чувство вины, страх, сомнения, ложь, триумфы, пени, боль, от которой заходится сердце, — тысяча вещей, лишь ощупью доставаемых словом, сосуществуют, сплавленные воедино в феномене человеческого сознания. Как тут вообще возможна личная ответственность — вопрос, способный поставить в тупик любого внегалактического исследователя, который бы вздумал изучить наш способ движения во времени. И как можно трогать эту таинственную материю, вносить какие-то усовершенствования, как можно изменить сознание? Оно движется, обтекая волю, как вода обтекает камень. Быть может, выход — в непрерывной молитве? Такая молитва была бы постоянным впрыскиванием в каждый из этих многочисленных отделов одной и той же дозы антиэгоизма (что, разумеется, не имеет никакого отношения к «богу»). Но на дне сосуда все равно так много мусора, почти все наши естественные проявления имеют низкую природу, так что лоскутное наше сознание только и сплавляется воедино в горниле великого искусства или горячей любви. Ни то ни другое не присутствовало в моих запутанных, полубессознательных действиях.

Боюсь, что до сих пор не сумел с достаточной ясностью передать могучее предчувствие наступающего в моей жизни великого произведения искусства, предчувствие, полностью захватившее меня в этот период. Им освещался каждый из отделов моего сознания, так что, прислушиваясь, например, к голосу Рейчел или вглядываясь в лицо Присциллы, я ни на минуту не переставал думать: «Срок настал». Не в словах, я вообще не думал об этом словами, но просто ощущал нечто необычайное, что ждало меня в близком будущем и было магнетически связано со мной, с моей душой и моим телом, которое по временам, в буквальном смысле слова, дрожало и покачивалось под грозным и властным воздействием его притягательной силы. Какой представлялась мне будущая книга? Я не мог бы сказать. Я лишь интуитивно чувствовал ее присутствие и ее совершенство. Художник, обретя силу, наблюдает за бегом времени с божественным спокойствием. Свершения надо лишь терпеливо ждать. Твой труд объявит о себе или прямо возникнет в готовом виде, когда придет его час, — только бы прошли так, как надо, годы твоего служения и ученичества. (Так мудрец всю жизнь смотрит на ветвь бамбука, чтобы потом нарисовать ее безошибочно одним росчерком пера.) Мне нужно было только одно: одиночество.

Каковы они, плоды одиночества, я знаю теперь, мой любезный друг, гораздо лучше и глубже, чем тогда, — благодаря своему опыту и вашей мудрости. Тот человек, каким я был тогда, видится мне слепцом и пленником. Предчувствия меня не обманывали, и направление было избрано верно. Только путь оказался гораздо длиннее, чем мне представлялось.

На следующее утро, то есть назавтра после того обескураживающего разговора с Рейчел, я снова принялся укладывать чемоданы. Я провел беспокойную ночь, кровать словно горела подо мной. И я принял решение уехать. Кроме того, я намерен был съездить в Ноттинг-Хилл — повидать Присциллу и провести холодный, деловой разговор с Кристиан. Искать перед отъездом встречи с Рейчел или Арнольдом я не хотел. Лучше написать им обоим из моего уединения по длинному сердечному письму. Я заранее предвкушал удовольствие от писания этих писем: теплого и подбадривающего — Рейчел, иронического и покаянного — Арнольду. Мне только надо было немного подумать, и я, без сомнения, разобрался бы в положении вещей, нашел бы способ защитить себя и удовлетворить их обоих. Для Рейчел — *amitié amoureuse*[1], для Арнольда — бой.

Ум, постоянно озабоченный собою, чувствительно реагирует на все, что наносит ущерб его достоинству (читай: тщеславию). И при этом неутомимо изыскивает

---
[1] Дружба-любовь (*фр.*).

способы восполнить понесенный ущерб. Я был расстроен и устыжен тем, что Рейчел считает меня пустословом и неудачником, а Арнольд изображает дело так, будто в чем-то «разоблачил» (и еще того хуже — «простил») меня. Но мысленно я уже переписывал всю картину. Ведь они оба у меня в руках, Рейчел я еще утешу, с Арнольдом рассчитаюсь. В ответ на вызов моя пострадавшая гордость опять поднимала голову.

Я утешу Рейчел невинной любовью. Это решение и самый звук «правильного» слова принесли мне в то незабываемое утро ощущение собственной добродетели. Но мысли мои были больше заняты другим: образом Кристиан. Именно образом, а не какими-то связанными с ней соображениями. Эти образы, проплывающие в пещере нашего сознания (ибо сознание наше, что бы там ни говорили философы, действительно темная пещера, в которой плавают бесчисленные существа), разумеется, не нейтральны, они уже пропитаны нашим отношением, просвечены им. Я все еще чувствовал по временам прежнюю смертельную ненависть к своей угнетательнице. Я чувствовал также упомянутую сомнительную потребность исправить произведенное мною жалкое впечатление, демонстрируя безразличие. Я выказал слишком много эмоций. Теперь буду смотреть на нее с холодным любопытством. Так я стал мысленно разглядывать ее накаленный образ и вдруг увидел, как он преображается прямо у меня на глазах. Не возвращалась ли ко мне память о том, что когда-то я любил ее?

Я встряхнул головой, закрыл крышку чемодана и защелкнул замок. Мне бы только сесть за работу. Один день одиночества, и я смогу написать что-то: драгоценные, чреватые будущим несколько слов, словно семя, брошенное в почву. А уж тогда я смогу наладить отношения с прошлым. Ни с кем не мириться, ничего не искупать, а просто сбросить бремя горького раскаяния, которое тащил на себе всю жизнь.

Зазвонил телефон.
— Говорит Хартборн.
— А, здравствуйте.
— Почему вас не было?
— Где?
— У нас на вечере. Мы специально выбрали день, когда вам удобно.
— Ах, боже мой! Простите.
— Все были так огорчены.
— Мне ужасно жаль.
— Нам тоже.
— Я... я надеюсь, что вечер, несмотря на это, удался...
— Несмотря на ваше отсутствие, вечер удался на славу.
— Кто был?
— Вся старая компания. Бингли, и Грей-Пелэм, и Дайсон, и Рэндольф, и Мейтсон, и Хейдли-Смит, и...
— А миссис Грей-Пелэм была?
— Нет.
— Замечательно. Хартборн, мне очень жаль.
— Не беда, Пирсон. Может, пообедаем вместе?
— Я уезжаю.
— А, ну да. Я бы тоже не прочь куда-нибудь податься из города. Пришлите открытку.
— Право, мне очень жаль...
— Ну что вы, что вы.

Я положил трубку. Я чувствовал на себе десницу рока. Даже воздух вокруг меня был душен, словно полон воскурений или цветочной пыльцы. Я посмотрел на часы. Пора было ехать в Ноттинг-Хилл. Я остановился перед горкой, где лежал на боку маленький буйвол со своей всадницей. Я так и не рискнул выправлять ножку буйвола из страха сломать хрупкую бронзу. За окном косое солнце бесплотным контрфорсом подпирало замызганную стену, высвечивая кружевным рельефом разводы грязи и трещины между кирпичами. Все и внутри и снаружи трепетало ясностью, казалось, неодушевленный мир готовился изречь слово.

И тут позвонили в дверь. Я пошел открывать. Это была Джулиан Баффин. Я поглядел на нее с недоумением.

— Брэдли! Ты забыл. Я пришла на беседу о «Гамлете».

— Я не забыл, — ответил я и про себя выругался. — Входи.

Она прошла впереди меня в гостиную и придвинула к инкрустированному столику два лирообразных стула. На один из них она села и положила перед собой открытую книгу. На ней были лиловые сапоги, ярко-розовое трико, какое называют теперь колготками, и короткое, похожее на рубаху сиреневое платье. Свои густые золотисто-русые волосы она зачесала или просто закинула назад, и они стояли веером позади ее головы. Лицо ее сияло летом, солнцем, здоровьем.

— Те самые сапожки, — сказал я.

— Да. Жарковато, конечно, но я хотела показаться в них тебе. Они мне так нравятся, я ужасно тебе благодарна. Ты в самом деле не против, если мы поговорим немного о Шекспире? У тебя такой вид, будто ты куда-то собрался. Ты правда помнил, что я должна прийти?

— Да-да. Конечно.

— Ах, Брэдли, ты так успокоительно действуешь на мои нервы! Меня все раздражают, кроме тебя. Я не стала доставать второй текст. У тебя ведь есть?

— Да. Вот, пожалуйста.

Я сел напротив нее. Она сидела на стуле боком, выставив из-под стола ноги в лиловых сапожках. Я оседлал свой стул, сжимая его коленями, и открыл лежащий на столе том Шекспира. Джулиан рассмеялась.

— Чему ты смеешься?

— У тебя такой деловитый вид. Убеждена, что ты не ждал меня. Забыл и думать о моем существовании. А теперь вот сидишь — вылитый школьный учитель.

— Может, ты тоже успокоительно действуешь на мои нервы.

— Брэдли, как это все здорово!
— Еще ничего не было. Может быть, выйдет совсем не здорово. Что будем делать?
— Я буду задавать вопросы, а ты отвечай.
— Что ж. Начинай.
— Видишь, у меня тут целый список вопросов.
— На этот я уже ответил.
— Про Гертруду и... Да, но ты меня не убедил.
— Ты что же, намерена отнимать у меня время этими вопросами да еще не верить моим ответам?
— Это могло бы оказаться отправной точкой для дискуссии.
— Ах, у нас еще и дискуссия, оказывается, будет?
— Если у тебя найдется время. Я ведь понимаю, как тебе некогда.
— Ничуть. Мне абсолютно нечего делать.
— Я думала, ты пишешь книгу.
— Все враки.
— Ну вот, ты опять меня дурачишь.
— Ладно, давай. Не сидеть же нам целый день.
— Почему Гамлет медлит с убийством Клавдия?
— Потому что он мечтательный и совестливый молодой интеллигент и не склонен с бухты-барахты убивать человека только потому, что ему привиделась чья-то тень. Следующий вопрос?
— Брэдли, но ведь ты же сам сказал, что призрак был настоящий.
— Это я знаю, что он настоящий, а Гамлет не знает.
— Мм. Но ведь должна быть еще и другая, более глубокая причина его нерешительности, разве не в этом смысл пьесы?
— Я не говорил, что не было другой причины.
— Какая же?
— Он отождествляет Клавдия с отцом.
— А-а, ну да. И поэтому он, значит, и медлит, что любит отца и у него рука не поднимается на Клавдия?

— Нет. Отца он ненавидит.
— Но тогда бы ему сразу и убить Клавдия.
— Нет. Ведь не убил же он все-таки отца.
— Ну, тогда я не понимаю, каким образом отождествление Клавдия с отцом мешает Гамлету его убить.
— Ненавидя отца, он страдает от этого. Он чувствует себя виноватым.
— Значит, его парализует чувство вины? Но он нигде этого не говорит. Он ужасно самодовольный и ко всем придирается. Как, например, он безобразно обращается с Офелией.
— Это все стороны одного и того же.
— То есть чего?
— Он отождествляет Офелию с матерью.
— Но я думала, он любит мать?
— Вот именно.
— Как это «вот именно»?
— Он не может простить матери прелюбодеяния с отцом.
— Подожди, Брэдли, я что-то запуталась.
— Клавдий — это продолжение брата в плане сознания.
— Но невозможно же совершить прелюбодеяние с мужем, это нелогично.
— Подсознание не знает логики.
— То есть Гамлет ревнует? Ты хочешь сказать, что он влюблен в свою мать?
— Ну, это общее место. Знакомое до скуки, по-моему.
— Ах, ты об этом.
— Да, об этом.
— Понятно. Но я все равно не понимаю, как он может думать, что Офелия — это Гертруда, они нисколько не похожи.
— Подсознание только тем и занимается, что соединяет разных людей в один образ. Образов подсознания ведь всего несколько.

— И поэтому разным актерам приходится играть одну и ту же роль?
— Да.
— Я, кажется, не верю в подсознание.
— Вот и умница.
— Брэдли, ты опять меня дурачишь?
— Нисколько.
— Почему Офелия не спасла Гамлета? Это у меня такой следующий вопрос.
— Потому, моя дорогая Джулиан, что невинные и невежественные молодые девицы, вопреки своим обманчивым понятиям, вообще не способны спасать менее молодых и более образованных невротиков — мужчин.
— Я знаю, что я невежественна, и не могу отрицать, что я молода, но с Офелией я себя не отождествляю!
— Разумеется. Ты воображаешь себя Гамлетом. Как все.
— Всегда, наверное, воображаешь себя главным героем.
— Для великих произведений это не обязательно. Разве ты отождествляешь себя с Макбетом или Лиром?
— Н-нет, но все-таки...
— Или с Ахиллом, или с Агамемноном, с Энеем, с Раскольниковым, с мадам Бовари, с Марселем, с Фанни Прайс...
— Постой, постой. Я тут не всех знаю. И по-моему, я отождествляю себя с Ахиллом.
— Расскажи мне о нем.
— Ой, Брэдли... Ну, я не знаю... Он ведь убил Гектора, да?
— Ладно, не важно. Ты меня поняла, я надеюсь?
— Н-не совсем.
— Своеобразие «Гамлета» в том, что это великое произведение, каждый читатель которого отождествляет себя с главным героем.
— Ага, поняла. Поэтому он хуже, чем другие основные произведения Шекспира?

— Нет. «Гамлет» — лучшая из пьес Шекспира.
— Тогда тут что-то странное получается.
— Именно.
— В чем же дело, Брэдли? Знаешь, можно, я запишу вкратце вот то, что мы с тобой говорили о Гамлете, — что он не мог простить матери прелюбодеяния с отцом и все такое? Черт, как тут жарко. Давай откроем окно, а? И ничего, если я сниму сапоги? Я в них заживо испеклась.
— Запрещаю тебе что-либо записывать. Открывать окно не разрешаю. Сапоги можешь снять.
— Уф! «За это благодарствуйте».

Она спустила молнии на голенищах и обнажила обтянутые в розовое ноги. Полюбовавшись своими ногами, она расстегнула еще одну пуговицу у ворота и хихикнула.

Я спросил:
— Ты позволишь мне снять пиджак?
— Ну конечно!
— Сможешь увидеть мои подтяжки.
— Как обворожительно! Ты, наверное, последний мужчина в Лондоне, который носит подтяжки. Это теперь такая же пикантная редкость, как подвязки.

Я снял пиджак и остался в серой в черную полоску рубашке и серых армейского образца подтяжках.
— Ничего пикантного, к сожалению. Если б я знал, мог бы надеть красные.
— Значит, ты все-таки не ждал меня?
— Что за глупости! Ты не против, если я сниму галстук?
— Что за глупости!

Я снял галстук и расстегнул на рубашке две верхние пуговицы. Потом одну из них застегнул снова. Растительность у меня на груди обильная и седая (или «с проседью сребристой», если угодно). Пот бежал струйками у меня по вискам, сзади по шее, змеился через заросли на груди.
— А ты не потеешь, — сказал я Джулиан. — Как это тебе удается?

— Какое там! Вот смотри. — Она сунула пальцы в волосы, потом протянула мне через стол руку. Пальцы у неё были длинные, но не чересчур тонкие. На них чуть поблескивала влага. — Ну, Брэдли, на чём мы остановились? Ты говорил, что «Гамлет» — единственное произведение...

— Давай-ка мы на этом закончим, а?

— Ой, Брэдли, я так и знала, что надоем тебе! И теперь я тебя не увижу много месяцев, я тебя знаю.

— Перестань. Всю эту тягомотину насчёт Гамлета и его матушки ты можешь прочитать в книжке. Я скажу — в какой.

— Значит, это неправда?

— Правда, но не главное. Интеллигентный читатель схватывает такие вещи между делом. А ты интеллигентный читатель in ovo[1].

— Что «и ново»?

— Дело в том, что Гамлет — это Шекспир.

— А Лир, и Макбет, и Отелло?..

— Не Шекспир.

— Брэдли, Шекспир был гомосексуален?

— Конечно.

— А-а, понимаю. Значит, на самом деле Гамлет был влюблён в Горацио и...

— Помолчи минутку. В посредственных произведениях главный герой — это всегда автор.

— Папа — герой всех своих романов.

— Поэтому и читатель склонен к отождествлению. Но если величайший гений позволяет себе стать героем одной из своих пьес, случайно ли это?

— Нет.

— Мог ли он это сделать несознательно?

— Не мог.

— Верно. И стало быть, вот, значит, о чём вся пьеса.

— О! О чём же?

---

[1] В зародыше *(лат.)*.

— О личности самого Шекспира. О его потребности выразить себя как романтичнейшего из всех романтических героев. Когда Шекспир оказывается всего загадочнее?

— То есть как?

— Какая часть его наследия самая темная и служит предметом бесконечных споров?

— Сонеты?

— Верно.

— Ой, Брэдли, я читала одну такую удивительную штуку про сонеты...

— Помолчи. Итак, Шекспир оказывается загадочнее всего, когда говорит о себе. Почему «Гамлет» — самая прославленная и самая доступная из его пьес?

— Но это тоже оспаривается.

— Да, однако факт, что «Гамлет» — самое широко известное произведение мировой литературы. Землепашцы Индии, лесорубы Австралии, скотоводы Аргентины, норвежские матросы, американцы — все самые темные и дикие представители рода человеческого слышали о Гамлете.

— Может быть, лесорубы Канады? По-моему, в Австралии...

— Чем же это объяснить?

— Не знаю, Брэдли, ты мне скажи.

— Тем, что Шекспир силой размышления о себе самом создал новый язык, особую риторику самосознания...

— Не поняла...

— Все существо Гамлета — это слова. Как и Шекспира.

— «Слова, слова, слова».

— Из какого еще произведения литературы столько мест вошли в пословицы?

— «Какого обаянья ум погиб!»[1]

— «Все мне уликой служит, все торопит».

— «С тех пор, как для меня законом стало сердце».

---

[1] *Шекспир У.* Гамлет. Перевод Б. Пастернака.

— «Какой же я холоп и негодяй!»
— «На время поступишься блаженством».
— И так далее, до бесконечности. Как я и говорил, «Гамлет» — это монумент из слов, самое риторическое произведение Шекспира, самая длинная его пьеса, самое замысловатое изобретение его ума. Взгляни, как легко, с каким непринужденным, прозрачным изяществом закладывает он фундамент всей современной английской прозы.
— «Какое чудо природы человек...»
— В «Гамлете» Шекспир особенно откровенен, откровеннее даже, чем в сонетах. Ненавидел ли Шекспир своего отца? Конечно. Питал ли он запретную любовь к матери? Конечно. Но это лишь азы того, что он рассказывает нам о себе. Как отваживается он на такие признания? Почему на голову его не обрушивается кара настолько же более изощренная, чем кара простых писателей, насколько бог, которому он поклоняется, изощреннее их богов? Он совершил величайший творческий подвиг, создал книгу, бесконечно думающую о себе, не между прочим, а по существу, конструкцию из слов, как сто китайских шаров один в другом, высотою с Вавилонскую башню, размышление на тему о бездонной текучести рассудка и об искупительной роли слов в жизни тех, кто на самом деле не имеет собственного «я», то есть в жизни людей. «Гамлет» — это слова, и Гамлет — это слова. Он остроумен, как Иисус Христос, но Христос говорит, а Гамлет — сама речь. Он — это грешное, страждущее, пустое человеческое сознание, опаленное лучом искусства, жертва живодера-бога, пляшущего танец творения. Крик боли приглушен, ведь он не предназначен для нашего слуха. Красноречие прямого обращения *oratio recto*, а не *oratio obliqua*[1]. Но адресовано оно не нам. Шекспир самозабвенно обнажает себя перед почвой

---

[1] Прямая речь, а не косвенная (*лат.*).

и творцом своего существа. Он, как, быть может, ни один художник, говорит от первого лица, будучи на вершине искусства, на вершине приема. Как таинствен его бог, как недоступен, как грозен, как опасно к нему обращаться, это Шекспиру известно лучше, чем кому бы то ни было. «Гамлет» — это акт отчаянной храбрости, это самоочищение, самобичевание пред лицом Бога. Мазохист ли Шекспир? Конечно. Он король мазохистов, его строки пронизаны этим тайным пороком. Но так как его бог — это настоящий Бог, а не *eidolon*[1], идолище, порожденное игрой его фантазии, и так как любовь здесь создала собственный язык, словно бы в первый день творения, он смог пресуществить муку в поэзию и оргазм — в полет чистой мысли...

— Брэдли, погоди, остановись, прошу тебя, я совершенно ничего не понимаю...

— Шекспир здесь преобразует кризис своей личности в основную материю искусства. Он претворяет собственные навязчивые представления в общедоступную риторику, подвластную и языку младенца. Он разыгрывает перед нами очищение языка, но в то же время это шутка вроде фокуса, вроде большого каламбура, длинной, почти бессмысленной остроты. Шекспир кричит от боли, извивается, пляшет, хохочет и визжит — и нас заставляет хохотать и визжать — в нашем аду. Быть — значит представлять, играть. Мы — материал для бесчисленных персонажей искусства, и при этом мы — ничто. Единственное наше искупление в том, что речь — божественна. Какую роль стремится сыграть каждый актер? Гамлета.

— Я один раз тоже играла Гамлета, — сказала Джулиан.

— Что?

— Я играла Гамлета, еще в школе, мне было шестнадцать лет.

---

[1] Идол (*греч.*).

Я сидел, положив обе ладони поверх закрытой книги. Теперь я поднял голову и внимательно посмотрел на Джулиан. Она улыбнулась. Я не ответил на ее улыбку, и тогда она хихикнула и залилась краской, одним согнутым пальцем отведя со лба прядь волос.

— Неважно получалось. Скажи, Брэдли, у меня от ног не пахнет?

— Пахнет. Но пахнет восхитительно.

— Я лучше надену сапоги. — Она стала, вытянув ногу, заталкивать ее обратно в лиловую оболочку. — Прости, я прервала тебя, продолжай, пожалуйста.

— Нет. Спектакль окончен.

— Ну пожалуйста! Ты говорил такие дивные вещи, я, конечно, мало что понимаю. Жалко, что ты не позволил мне записывать. А можно, я сейчас запишу?

Она застегивала молнии на голенищах.

— Нет. То, что я говорил, не пригодится тебе на экзамене. Это премудрость для избранных. Если ты попробуешь сказать что-нибудь такое, непременно провалишься. Да ты и не понимаешь ничего. Это не важно. Тебе надо выучить несколько простых вещей. Я пришлю тебе кое-какие заметки и две-три книги. Я знаю вопросы, которые они задают, и знаю, за какие ответы ставят высшие баллы.

— Но я не хочу облегчать себе работу, я хочу делать все по-серьезному, и, потом, если то, что ты говорил, — правда...

— В твоем возрасте нельзя бросаться этим словом.

— Но мне очень хочется понять. Я думала, Шекспир был деловой человек, интересовался деньгами...

— Конечно.

— Но как же он тогда...

— Давай выпьем чего-нибудь.

Я встал. Я вдруг почувствовал себя совершенно обессиленным, я был с головы до ног весь в поту, словно купался в теплой ртути. Я открыл окно и впустил вялую струю чуть более прохладного воздуха, загрязненного, пыльного, но все-таки донесшего из дальних парков полувыветрившиеся воспоминания о запахах цветов. Комнату наполнил слитный шум улицы — машин, людских голосов, неумолчный гул лондонской жизни. Я расстегнул рубашку до самого пояса и поскреб в седых завитках у себя на груди. Потом обернулся к Джулиан и, подойдя к висячему шкафчику, вынул стаканы и графин с хересом.

— Итак, ты играла Гамлета, — сказал я, разливая вино. — Опиши свой костюм.

— Да ну, обычный костюм. Все Гамлеты ведь одеты одинаково, если только представление не в современных костюмах. Наше было не в современных.

— Сделай, что я тебя просил, пожалуйста.

— Что?

— Опиши свой костюм.

— Ну, я была в черных колготках, и черных бархатных туфлях с серебряными пряжками, и в такой хорошенькой черной курточке, сильно открытой, а под ней белая шелковая рубашка, и толстая золотая цепь на шее, и... Ты что, Брэдли?

— Ничего.

— По-моему, у меня был костюм как у Джона Гилгуда на картинке.

— Кто он?

— Брэдли, это актер, который...

— Ты меня не поняла, дитя. Продолжай.

— Все. Мне очень нравилось играть. В особенности фехтование в конце.

— Пожалуй, закрою окно, — сказал я, — если ты не возражаешь.

Я закрыл окно, и лондонский гул сразу стал смутным, словно бы звучащим где-то в сознании, и мы оказались с глазу на глаз в замкнутом, вещном пространстве. Я смотрел на нее. Она задумалась, расчесывая длинными пальцами иззелена-золотистые слои своих волос, воображая себя Гамлетом со шпагой в руке.

— «Так на же, самозванец-душегуб!»

— Брэдли, ты просто читаешь мои мысли. Ну пожалуйста, расскажи мне еще немного, ну вот что ты сейчас рассказывал. В двух словах, а?

— «Гамлет» — это пьеса *à clef*[1]. Пьеса о ком-то, кого Шекспир любил.

— Но, Брэдли, ты этого не говорил, ты говорил...

— Довольно. Как поживают родители?

— Ну вот, ты опять меня дурачишь. Поживают обычно. Папа целыми днями в библиотеке — строчит, строчит, строчит. Мама сидит дома, переставляет мебель и понемножку киснет. Обидно, что она не получила образования. Она ведь такая способная.

— Этот снисходительный тон крайне неуместен, — сказал я. — Они не нуждаются в твоей жалости. Это замечательные люди, и он и она, и у обоих есть своя настоящая личная жизнь.

— Прости. Это, наверное, прозвучало ужасно. Я, наверное, вообще ужасная. Я думаю, все молодые ужасны.

— «Во имя бога, бросьте ваш бальзам!» Не все.

— Прости, Брэдли. Но правда, приходил бы ты к родителям почаще, мне кажется, ты на них хорошо действуешь.

Мне было немного стыдно спрашивать ее об Арнольде и Рейчел, но я хотел удостовериться и удостоверился, что они не говорили ей обо мне ничего плохого.

— Итак, ты хочешь быть писателем, — сказал я.

Я все еще сидел, откинувшись к окну, и она повернула ко мне свое скрытное, оживленное узкое личико. Грива густых волос делала ее похожей скорее на славную собачонку, чем на наследника датского трона. Она закинула ногу на ногу, выставляя для обозрения лиловые сапоги и высоко открытые, обтянутые розовым ноги. Рука ее те-

---

[1] С ключом (подтекстом) *(фр.)*.

ребила ворот, расстегивала еще одну пуговицу, ныряла за пазуху. Пахло ее потом, ее ногами, ее грудями.

— Да, я чувствую, что могу писать. Но я не тороплюсь. Я готова подождать. Я хочу писать плотную, жесткую, безличную прозу, ничуть не похожую на меня самое.

— Умница.

— Конечно, я не буду подписываться «Джулиан Баффин»...

— Джулиан, — сказал я, — теперь ты лучше уходи.

— О, прости... Брэдли, мне было так приятно, так интересно. Не могли бы мы встретиться как-нибудь поскорее еще раз? Я знаю, как ты не любишь себя связывать. Ты уезжаешь или нет?

— Нет.

— Тогда, пожалуйста, дай мне знать, если появится возможность нам опять встретиться.

— Хорошо.

— Ну, мне, очевидно, надо идти...

— Я тебе должен одну вещь.

— Какую вещь?

— Какую-нибудь вещь. Взамен женщины на буйволе. Помнишь?

— Да. Я не хотела напоминать...

— Вот возьми.

Я сделал два шага к камину, снял с полки золоченую овальную табакерку, которую очень любил, и вложил ее в ладонь Джулиан.

— Ой, Брэдли, это так мило с твоей стороны, она такая изящная и, наверное, страшно дорогая, и смотри-ка, тут что-то написано. «Дар друга», ой, какая прелесть! Мы ведь друзья, правда?

— Правда.

— Брэдли, я так, так благодарна...

— Ну-ну, ступай.

— Ты не забудешь обо мне?

— Ступай.

Я проводил ее до двери и запер замок, как только она оказалась за порогом. Потом возвратился в гостиную и плотно прикрыл за собой дверь. В комнате был разлит густой и пыльный солнечный свет. Ее стул стоял там, куда она его придвинула. А на столе она оставила своего «Гамлета».

Я упал на колени перед камином, потом лег во весь рост ничком на ковер. Ибо воистину со мной только что случилось нечто совершенно невероятное.

Часть вторая

Что произошло — проницательному читателю объяснять излишне. (Он, несомненно, давно предвидел это. Со мной же все обстояло иначе. Одно дело — искусство, а другое — когда это происходит с тобой на самом деле.) Я влюбился в Джулиан. Трудно определить, в какой именно момент нашего разговора я это понял. Ведь сознание, как ткач, снует во времени взад и вперед и, занятое своим таинственным самотворчеством и самонакоплением, может заполнить очень большой и вместительный отрезок настоящего. Возможно, я понял это, когда она проговорила своим прелестным звонким голоском: «С тех пор, как для меня законом стало сердце». Возможно, тогда, когда она сказала: «В черных колготках и черных бархатных туфлях с серебряными пряжками». А может быть, когда она сняла сапоги. Нет, тогда еще нет. А когда меня пронзило странное чувство при взгляде на ее ноги в обувном магазине, не понял ли я тогда, еще не сознавая этого, что влюблен? Пожалуй, нет. Хотя отчасти я уже был на пути к тому. Я все время был на пути к тому. Как-никак я знал эту девочку с самого рождения. Я видел ее в колыбели, я держал ее на руках, когда она была не более двадцати дюймов. О господи!

«Я влюбился в Джулиан», — как легко написать эти слова. Но как трудно передать само состояние. Удивительно, в литературе так часто говорят о том, что люди влюбляются, но так редко по-настоящему описано, как это происходит. Ведь это же поразительное явление, для многих — самое потрясающее событие в жизни, куда более потрясающее, чем все ужасы на свете, потому что влюбленность противоестественна. (Я говорю не о голом сексе.) Грустно, что и любовь, и большое горе обычно забываются, как сон. К тому же люди, никогда без памяти не влюблявшиеся в тех, кого они давно знают, могут усомниться, что это вообще возможно. Позвольте мне уверить их, что это возможно. Это случилось со мной. Неужели любовь созревала и вынашивалась в теплых недрах времени, пока девочка росла и готовилась к цветению? Конечно, она всегда мне нравилась, особенно когда была маленькая. Но я ничем не был подготовлен к такому удару. А это был действительно удар — он сбил меня с ног. Как будто мне выстрелили в живот и осталась зияющая дыра. Колени стали ватными, я не мог стоять, я весь дрожал и трясся, зуб не попадал на зуб. Лицо словно сделалось восковым и приняло форму большой, странной, таинственно улыбающейся маски. Я превратился в бога. Я лежал, уткнувшись носом в черный шерстяной ворс ковра, носки ботинок описывали небольшие эллипсы, я весь трепетал от охватившего меня чувства. Конечно, я страшно желал ее, но то, что я испытывал, до такой степени превосходило простое вожделение, что, хотя я остро, до боли, ощущал свое тело, я чувствовал себя совершенно обновленным, изменившимся и, в сущности, бестелесным.

Разумеется, влюбленный с негодованием отвергает всякую случайность. «Что делали с тобой мы до любви»[1] — вот естественный вопрос, которым задается их потрясенный ум. Моя любовь к Джулиан была, наверное, предрешена еще до Сотворения мира. Астрологию открыли, несомненно, влюбленные. Только огромный звездный дом достаточно обширен и прочен, чтобы вмещать, питать и охранять такое вечное понятие, как любовь. Только там может зародиться это нетленное чувство.

---

[1] *Донн Дж.* Доброе утро. Перев. Вал. Савина.

Я сознавал теперь, что весь мой жизненный путь подводил меня к этому мигу. И вся ее жизнь, пока она играла, читала учебники, подрастала и рассматривала в зеркале свою грудь, шла к этому. Все было предопределено. Но это случилось не только что, а произошло целую вечность тому назад, когда создавались земля и небо. Бог сказал: «Да будет свет» — и тогда же была сотворена эта любовь. У нее нет истории. Когда, как начал я сознавать обаяние этой девочки? Любовь создает или, вернее, открывает нечто, что можно назвать абсолютным обаянием. В любимой все привлекательно. Каждый поворот головы, каждое изменение голоса, смех, стон или кашель, подергивание носом — все бесценно и исполнено смысла, как мгновенное райское видение. И действительно, пока я лежал совершенно обмякший и в то же время весь натянутый, как тетива, прижавшись виском к полу и закрыв глаза, мне не просто приоткрывался рай — я пребывал в нем. Когда мы влюбляемся, когда мы по-настоящему влюбляемся (я не говорю о том, что иногда незаслуженно называют этим словом), все наше существо незамедлительно приходит в состояние экстаза.

Не знаю, как долго я пролежал на полу. Может быть, час, может, два, а может, и три часа. Когда я заставил себя принять сидячее положение, было уже за полдень. Безусловно, мир стал иным и время стало иным. О том, чтобы поесть, нечего было и думать — меня бы тут же стошнило. Сидя на полу, я придвинул к себе стул, на котором она перед этим сидела, и прислонился к нему. На столе стояла моя рюмка с хересом и ее — наполовину выпитая. В ней плавала муха. Мне очень хотелось выпить херес даже с мухой, но я знал, что не смогу ничего проглотить. Я обхватил руками стул (это был стул с тигровой лилией) и уставился на ее «Гамлета». Взять его в руки, полистать, быть может, увидеть ее имя, написанное на титульном листе, — эта радость предстояла мне еще через сотни лет, когда я смогу безраздельно отдаться таким занятиям. Спешить было некуда. Время стало вечностью. Это был огромный теплый шар осознанного бытия, внутри которого я медленно-медленно перемещался или которым, возможно, был сам. Мне нужно было только пристально вглядеться и медленно протянуть руки. Куда смотрел или что я делал, уже не имело значения. Джулиан была во всем.

Некоторым читателям может показаться, что я описываю состояние безумия, — в каком-то смысле так оно и есть. Не будь это столь распространено, людей сажали бы под замок при таких сдвигах в сознании. Однако для каждого человека на нашей планете мир может вот так преобразиться — это одна из поразительных особенностей человеческой души, быть может, ниспосланная нам свыше. И каждый может стать объектом такого преображения. Какая заурядная девочка, возможно, скажет читатель, наивная, невежественная, легкомысленная, даже не очень красивая. Или вы неверно ее изобразили. Могу сказать одно: до этой минуты я ее просто не видел. Я как честный рассказчик пытался показывать ее не слишком отчетливо такой, какой она представлялась беглому невидящему взгляду человека, каким я был раньше. А теперь я прозрел. Разве хоть один влюбленный усомнится в том, что именно теперь ему открылась истина? И разве тот, кто способен так по-новому увидеть, не походит скорее на бога, чем на безумца?

Согласно общепринятому представлению о христианском Боге, Он сотворил мир и призван его судить. Теология, менее абстрактная и более созвучная природе любви, как мы ее понимаем, считает, что потусторонние силы непрерывно участвуют в процессе творения и созидания. Я чувствовал, что каждую минуту творю Джулиан и питаю ее бытие своим собственным. Тем не менее я видел в ней все то же, что и прежде. Я понимал, что она недалека, невежественна, по-детски жестока, видел ее невзрачное встревоженное личико. Она не отличалась ни красотой, ни особым умом. Как несправедливо утверждать, будто любовь слепа. Я мог беспристрастно судить о ней, мог даже осуждать ее, мог даже каким-то галактическим поворотом мысли представить себе, что заставлю ее страдать. И все же это был рай: я был бог и, создавая Джулиан, был вовлечен в вечный процесс созидания единственного в своем роде и абсолютного по ценности бытия. И вместе с Джулиан я творил целый мир, ничего не утрачивая — ни единой песчинки, ни единого зернышка, потому что она сама была этим миром, и я касался ее повсюду.

Весь этот вихрь высокопарных мыслей, изложенных мною выше, разумеется, не был таким стройным в то время, когда я сидел на полу, обнимая стул, на котором перед этим сидела Джулиан. (Этим я тоже занимался довольно продолжительное время, возможно до самого вечера.) Тогда я был слишком ошеломлен свалившимся на меня счастьем — радостью от сознания, что мне чудесным образом удалось познать идеальную любовь. В этом лучезарном световом потоке, разумеется, то и дело мелькали более земные помыслы, как маленькие птички, едва различимые для того, кто ослеплен светом при выходе из пещеры. Я приведу здесь два из них, так как они связаны с последующими событиями. Должен заметить, что эти соображения явились у меня не после того, как я понял, что влюблен, — они родились и возникли одновременно с любовью.

Ранее в этой моей исповеди я уже упоминал, как вся моя жизнь подвела меня к тому, что теперь произошло. Вряд ли можно осудить моего друга, проницательного читателя, если он выразит это следующим образом: мечты о том, чтобы стать большим художником, были попросту поисками большой человеческой любви. Это бывает, и даже довольно часто, особенно среди женщин. Любовь очень скоро может заслонить мечты об искусстве, они начнут казаться чем-то второстепенным, даже заблуждением. Я хочу сразу же сказать, что в данном случае это не так. Разумеется, поскольку все теперь было связано с Джулиан, то и мои честолюбивые писательские помыслы были связаны с Джулиан. Но они тем самым не зачеркивались. Скорее произошло нечто обратное. Она наделила меня силой, о которой раньше я не мог и мечтать, и я знал, что эта сила непременно проявится в моем творчестве. То, что движет Вселенной, звездами, отдаленными галактиками, элементарными частицами материи, соединило эти две вещи — мою любовь и мое искусство — в одно нераздельное целое. Я знал, что и то и другое в конце концов одно и то же. И теперь я, обновленный человек, в своей любви и в своем искусстве подчинялся одним и тем же законам, признавал одну власть. Об этом своем убеждении я еще буду говорить и объясню более подробно, что я имею в виду.

Второе, что мне стало абсолютно ясно и что я осознал в первое же мгновение, было следующее: я никогда-никогда-никогда не смогу признаться в своей любви. Эта мысль причинила мне сильную боль, и если я тут же от нее не умер, то лишь потому, что, видно, непомерно сильна и *ipso facto*[1] чиста была моя любовь к Джулиан. Любить ее уже было достаточным счастьем. Наслаждение, которое я мог бы испытать, говоря ей о своей любви, было ничтожным в сравнении с той божественной радостью, которую я испытывал от того, что она просто существует. В тот момент мое потрясенное воображение даже не могло подсказать мне никаких дальнейших радостей любви, не говоря уже о том, чтобы их себе представить. Мне было даже не важно, когда я увижу ее снова. Я не строил никаких планов относительно этого. Кто я такой, чтобы строить планы? Я был бы, конечно, огорчен, если бы мне сказали, что больше я никогда ее не увижу, но от этого огорчения тут же не осталось бы и

---

[1] Тем самым (*лат.*).

следа, оно растворилось бы в величайшем созидательном наплыве моего обожания. Это не был бред. Те, кто любил так, как я, меня поймут. Это было переполнявшее душу чувство реальности, сознание, что ты наконец реален и видишь реальное. Столы, стулья, рюмки с хересом, ворс на ковре, пыль — все было реальным.

А вот ожидавшего меня страдания я не предвидел. «Пусть я пройду сквозь строй и получу тысячу ударов, но буду молчать». Нет. Истинному влюбленному, чьи помыслы еще чисты, страдание кажется чем-то грубым — оно возвращает его к самому себе. То, что я испытывал, походило скорее на изумление и благодарность. Хотя при этом умом я отчетливо понимал, что никогда не смогу сказать Джулиан о своей любви. Сама эта уверенность и все, что из нее вытекало, мне стали яснее впоследствии, но я сразу понял, что это так. Мне было пятьдесят восемь, ей двадцать. Я не смел встревожить, обременить, отравить ее юную жизнь ни малейшим намеком на мою огромную грозную тайну. Как пугает нас эта черная тень, когда мы вдруг замечаем ее в чужой жизни! Неудивительно, что те, в кого направлена эта черная стрела, зачастую обращаются в бегство. Как непосильна бывает для нас любовь, которую испытывает к нам кто-то. Нет, никогда я не открою моей ненаглядной страшную правду. Отныне и присно, до скончания мира все останется точно таким, как было, хотя все и преобразилось до неузнаваемости. Читатель, особенно если он не испытал ничего подобного, с нетерпением отмахнется от этого лирического отступления. «Фи, — скажет он, — как все это высокопарно. Человек прямо-таки опьянен собственным красноречием. Он признается, что устал и уже не молод. А дело просто сводится к тому, что он вдруг почувствовал сильное сексуальное влечение к двадцатилетней девочке. Все это не ново». Не стану задерживаться, чтобы отвечать такому читателю, но со всей правдивостью буду продолжать свой рассказ.

Ночью я спал прекрасно, а когда проснулся, меня, как вспышка, пронзило сознание случившегося. Я лежал в постели, плавая в тайном блаженстве, — тайном потому, что первой моей мыслью, когда я проснулся, было: я призван к тайному служению. И это навсегда. Тут не было никаких сомнений. Если я перестану тебя любить, снова начнется хаос. Почему даже безответная любовь приносит радость? Потому что любовь вечна. Человеческая душа стремится к познанию вечности, и только любовь и искусство, не считая некоторых религиозных переживаний, приоткрывают нам ее. (Не стану останавливаться, чтобы возразить цинику, может быть, тому самому, которого мы уже слышали, если он скажет: «И сколько же может длиться эта ваша романтическая вечность?» Или же попросту отвечу так: «Истинная любовь вечна. Но она встречается редко, и вам, сэр, как видно, не посчастливилось ее испытать!») Любя, мы почти отрываемся от своего эгоистического «я». Как прав был Платон, говоря, что, обнимая красивого мальчика, он находится на пути к добру. Я сказал: почти отрываемся, потому что испорченная человеческая природа легко может загрязнить самые чистые наши помыслы. Но постижение этой истины — пусть мельком, пусть ненадолго — большой дар и имеет непреходящую ценность именно потому, что переживается нами с такой силой. О, хотя бы однажды возлюбить другого больше, чем самого себя! Почему бы этому откровению не стать рычагом, который приподнимает мир? Почему бы отрешению от самого себя не послужить точкой опоры для создания нового мира, который мы будем заселять и расширять, покуда не возлюбим его целиком больше самих себя? Об этом мечтал Платон. Его мечта — не утопия.

Не буду утверждать, что все эти глубокие мысли пришли мне в голову, пока я лежал в постели в то первое утро, утро первого дня творения. Возможно, меня осенили только некоторые из них. Я чувствовал себя так, будто вторично родился, будто вся моя плоть преобразилась — такое смиренное изумление мог бы испытывать человек, если бы ему довелось восстать из мертвых. Тело мое было не то из масла, не то из лилий, не то из белого воска, не то из манны, не то еще неизвестно из чего. Конечно, пламя желания согревало и одушевляло все эти блаженные и незапятнанные видения, но оно не казалось чем-то отдельно существующим, точнее, я вообще ничего не воспринимал в отдельности. Когда физическое желание и любовь неразделимы, это связывает нас со всем миром, и мы приобщаемся к чему-то новому. Вожделение становится великим связующим началом, помогающим нам преодолеть двойственность, оно становится силой, которая превратила разъединенность в единство, когда Бог даровал нам блаженство. Я томился желанием и в то же самое время никогда еще не чувствовал себя таким раскованным. Я лежал в постели и представлял себе ноги Джулиан — то голые, коричневатые, как скорлупка яйца, то обтянутые колготками — розовые, лиловые, черные. Я представлял себе ее волосы, сухие и блестящие, отливающие тусклым золотом и низко растущие сзади на шее. Я представлял себе ее нос, который так и хотелось погладить, надутые губки, как рыльце зверька, всю ее сосредоточенную мордочку. Представлял небесную голубизну ее акварельных английских глаз. Представлял себе ее грудь. Я лежал и чувствовал себя счастливцем и праведником (я хочу сказать, что все мои мысли были абсолютно целомудренны).

Я встал и побрился. Какое наслаждение бриться, когда ты счастлив! Я внимательно посмотрел на свое лицо в зеркале. Оно было свежим и молодым. На нем все еще была та же восковая маска. Я действительно казался другим человеком. Ликующая энергия, распиравшая меня, разгладила щеки и стерла морщины вокруг глаз. Я тщательно оделся и не торопясь выбрал галстук. О еде я все еще не мог думать. Мне казалось, что мне никогда больше не нужно будет есть, я смогу жить, насыщаясь одним воздухом. Я выпил немного воды. Выжал апельсин, движимый скорее теоретическими соображениями, что я должен все же чем-то питаться, чем вернувшимся аппетитом, но сок был слишком густой и приторный, я не смог отхлебнуть даже глотка. После этого я прошел в гостиную и вытер пыль. Во всяком случае, смахнул ее с гладких поверхностей. Как прирожденный лондонец, я терпимо отношусь к пыли. Солнце еще не настолько поднялось, чтобы осветить кирпичную стену дома напротив, но небо было пронизано яркими солнечными лучами, и вся комната озарялась рассеянным светом. Я сел и принялся думать о том, что мне делать со своей новой жизнью.

Может показаться смешным, но быть влюбленным — это тоже занятие. Человек, посвятивший себя Богу, превращает жизнь в непрерывное священнодействие, как пишет Герберт: «Убирая комнату, я исполняю Твой, Господи, закон»[1]. Это очень похоже на то, что делает влюбленный, последнее — только частный случай. Так я, стирая пыль для Джулиан, разумеется, совсем не помышлял о том, что она когда-нибудь снова сюда придет. Теперь я позволил себе взять в руки ее «Гамлета», который так и лежал на инкрустированном столике. Это было школьное издание. Имя прежней владелицы Хейзел Бингли было зачеркнуто и детским почерком, вероятно уже давно, написано: «Джулиан Баффин». Какой почерк у Джулиан сейчас? Я видел только открытки, присланные ею, когда она была еще маленькой. Получу ли я когда-нибудь от нее письмо? Представив себе такую возможность, я почувствовал слабость в ногах. Я внимательно просмотрел книжку. Текст был испещрен удивительно глупыми замечаниями Хейзел. Было тут и несколько пометок Джулиан (должен признаться, таких же глупых), относившихся скорее к поре ее занятий в школе,

---

[1] Парафраз из стихотворения английского поэта XVII в. Дж. Герберта «Эликсир».

чем ко «второму периоду» ее знакомства с пьесой. «Слабо» было написано против слов Офелии: «О, что за гордый ум»[1], — мне показалось это не совсем справедливым. И «лицемер» в том месте, где Клавдий в раскаянии пытается молиться. (Разумеется, молодые не могут понять Клавдия.)

Некоторое время я изучал книжку, собирая рассыпанные по ней цветы. Затем, прижав ее к груди, начал размышлять. Мне было по-прежнему ясно, что мое новое «занятие» ни в коей мере не исключает моей работы. И то и другое было послано мне одной и той же высшей властью и не для того, чтобы они соперничали, но дополняли друг друга. Очень скоро я непременно начну писать и буду писать хорошо. Я совсем не хочу сказать, будто мне пришла такая пошлая мысль, что я буду писать о Джулиан. Если стремишься к совершенству, жизнь и искусство не должны пересекаться. Но я уже почувствовал, как в голове у меня запульсировало, и ощутил покалывание в пальцах — верный признак, что пришло вдохновение. Детища моей фантазии уже начали роиться у меня в мозгу. Тем не менее пока меня ждали более легкие задачи. Я должен наладить свою жизнь, и теперь у меня есть для этого силы. Я должен повидаться с Присциллой, должен повидаться с Роджером, должен повидаться с Кристиан, должен повидаться с Арнольдом, должен повидаться с Рейчел. (Теперь все это вдруг показалось очень просто.) Я не сказал себе: «Я должен повидаться с Джулиан», я смотрел спокойными, широко раскрытыми глазами через этот божественный пробел на мир, в котором не было места злу. О том, чтобы уехать из Лондона, не могло быть и речи. Я выполню все, что мне предстоит, но и пальцем не шевельну для того, чтобы снова увидеть мою ненаглядную. Думая о ней, я радовался, что вовремя отдал ей одно из своих драгоценнейших сокровищ — золоченую табакерку «Дар друга», — теперь

---

[1] *Шекспир У.* Гамлет. Акт III, сцена 1. Перевод Б. Пастернака.

бы я уже не мог этого сделать. Она унесла с собой эту невинную вещицу, взяла, сама того не зная, залог безмолвной любви, принесенный в дар сокровенному, принадлежавшему только ей одной счастью. Отныне в безмолвии я буду черпать силы. Да, это было еще одно открытие, и я за него ухватился. Я буду писать потому, что сумею сохранить молчание.

Некоторое время я с благоговением размышлял о своем новом прозрении; когда вдруг зазвонил телефон, я подумал: «А вдруг это она», и сердце чуть не выскочило из груди.

— Да.

— Говорит Хартборн.

— А, добрый день, старина! — Я почувствовал несказанное облегчение, хотя все еще едва переводил дух, так я был возбужден. — Рад, что вы позвонили. Может быть, встретимся? Как насчет того, чтобы вместе пообедать? Ну хоть сегодня?

— Сегодня? Ну что ж, я как будто свободен. Итак, в час на нашем обычном месте?

— Прекрасно! Правда, я в некотором роде на диете и мало что могу есть, но буду рад вас видеть. До скорой встречи.

Улыбаясь, я положил трубку. В это время раздался звонок в дверь. Мое сердце снова устремилось в пустоту. Замок никак не открывался, я чуть не застонал.

На пороге стояла Рейчел.

Когда я увидел ее, я выскользнул из квартиры и, закрыв за собой дверь, произнес:

— Ах, Рейчел, до чего же приятно вас видеть. Мне нужно кое-что срочно купить — может, пройдемся вместе?

Я не хотел ее впускать к себе. Ведь она могла бы войти в гостиную и сесть на стул Джулиан. Кроме того, я предпочитал говорить с ней не в интимной обстановке, а под открытым небом. Но я был рад видеть ее.

— Можно мне войти и присесть на минутку? — спросила она.

— Мне просто необходимо глотнуть свежего воздуха. Такой чудесный день. Пойдемте лучше вместе.

Я стремительно зашагал по двору, а затем — по Шарлотт-стрит.

Рейчел явно принарядилась: на ней было шелковое, красное с белым платье, с низким квадратным вырезом, открывавшим ее усыпанную веснушками грудь и выступающие ключицы. Сухая, морщинистая шея слегка напоминала шею пресмыкающегося, лицо — более гладкое, более тщательно загримированное, чем всегда, — было *maussade*[1], как говорят французы. Вьющиеся, только что вымытые волосы распушились, придавая голове форму шара. При всем том она выглядела красивой женщиной, утомленной, но не сломленной жизнью.

— Брэдли, не так быстро.

— Простите.

— Пока я не забыла. Джулиан просила захватить «Гамлета», которого она у вас оставила.

Я не собирался расставаться с этой книжкой. Я сказал:

— Я хотел бы оставить ее у себя на некоторое время. Это неплохое издание. Я нашел там кое-что любопытное.

— Но это же школьное издание.

— Тем не менее прекрасное. Теперь его не достанешь. Позже я сделаю вид, что потерял ее.

— Как мило, что вы вчера побеседовали с Джулиан.

— Мне было только приятно.

— Надеюсь, она вам не очень надоела?

— Ничуть. Вот мы и пришли.

Мы зашли в писчебумажный магазин на Ретбоун-плейс. Тут для меня было полное раздолье; действительно, в хорошем писчебумажном магазине мне все нра-

---

[1] Недовольное *(фр.)*.

вится, все хочется купить. Тут все дышало свежестью и чистотой! Блокноты, писчая бумага, тетради, конверты, почтовые открытки, ручки, карандаши, скрепки, промокашки, чернила, скоросшиватели, старомодный сургуч и новомодная клейкая лента.

Я сновал от полки к полке, Рейчел за мной.

— Мне надо купить тетради, которыми я обычно пользуюсь. Скоро мне предстоит много писать. Рейчел, можно мне купить что-нибудь для вас? Пожалуйста. У меня настроение делать подарки.

— Что с вами, Брэдли? Вы какой-то ошалевший.

— Вот. Посмотрите, какая прелесть.

Мне просто необходимо было осыпать кого-нибудь подарками. Я выбрал для Рейчел моток красной тесьмы, синий фломастер, блокнот со специально разграфленной бумагой, лупу, модную сумку-портфель, большую деревянную защипку, на которой золотыми буквами было написано «Срочно», и шесть почтовых открыток с башней Почтамта. Я заплатил за покупки и вручил Рейчел сумку со всем этим добром.

— Вы, кажется, в хорошем настроении, — сказала она, явно довольная, но все еще немного *maussade*. — А может быть, теперь мы вернемся к вам?

— Мне ужасно жаль, но я сговорился рано пообедать с одним приятелем и не собираюсь возвращаться домой.

Меня все тревожила мысль о стуле, и я боялся, как бы она снова не захотела забрать книжку. Это вовсе не означало, что мне было неприятно разговаривать с Рейчел. Мне это даже доставляло удовольствие.

— В таком случае давайте где-нибудь посидим.

— На Тоттенхем-Корт-роуд есть скамейка как раз напротив магазина Хилза.

— Брэдли, я не собираюсь сидеть на Тоттенхем-Корт-роуд и смотреть на магазин Хилза. Разве пивные еще не открыты?

Она была права. На мои размышления ушло больше времени, чем я предполагал. Мы зашли в бар.

Это было современное, лишенное всякой индивидуальности заведение, вконец испорченное пивоварами: все было отделано светлым пластиком (в пивных должно быть темно, как в норе), но лившийся в окна свет и распахнутые настежь двери сообщали всему какой-то южный аромат. Мы подошли сначала к стойке, а затем сели за пластиковый столик, на который кто-то уже пролил пиво. Рейчел взяла себе двойную порцию виски без содовой. Я взял лимонад с пивом, лишь бы что-нибудь взять. Мы посмотрели друг на друга.

Я подумал, что с тех пор, как был «повержен», я впервые смотрю в глаза другому человеку. Это было приятно. Я расплылся в улыбке. Я чувствовал себя так, словно еще немного — и я начну раздавать благословения.

— Брэдли, вы сегодня правда какой-то необычный.

— Странный, да?

— Очень милый. Вы просто замечательно выглядите. Вы помолодели.

— Рейчел, дорогая! Я так рад вас видеть. Расскажите же мне обо всем. Давайте поговорим о Джулиан. Она очень умная девочка.

— Я рада, что вы так думаете. Не уверена, что я того же мнения. Спасибо, что вы наконец ею заинтересовались.

— Наконец?

— Она уверяет, что всю жизнь пытается обратить на себя ваше внимание. Я предупредила ее, чтобы она не слишком обольщалась.

— Я сделаю для нее все, что смогу. Правда, она мне очень нравится.

Я рассмеялся как сумасшедший.

— Она такая же, как все они теперь. Эгоистка. Сама не знает, чего хочет. Что ей в голову взбредет, то и делает. И все и вся презирает. Обожает отца, а сама только и знает, что отпускает по его адресу шпильки. Сегодня она заявила ему, что вы считаете его сентиментальным.

— Рейчел, я как раз последнее время думал, — сказал я (на самом деле мне это только что пришло в голову), — возможно, я несправедлив к Арнольду. Я бог знает когда последний раз читал его. Я должен перечитать все его вещи, возможно, теперь я отнесусь к ним совсем иначе. Вам ведь нравятся его романы, правда?

— Я его жена. И совершенно необразованная женщина, как мне непрестанно твердит моя дорогая дочь. Но мне вовсе не хочется сейчас об этом говорить. Я хочу сказать... впрочем, прежде всего простите, что я опять вам надоедаю. Скоро вы начнете считать меня невропаткой, еще подумаете, что у меня есть пунктик.

— Что вы, Рейчел! Я так рад вас видеть. Какое у вас красивое платье! Вы просто очаровательны!

— Спасибо. Я так несчастна, после всего что произошло. Я знаю, жизнь — всегда безнадежная неразбериха, но сейчас я совсем запуталась. Знаете, когда все очень плохо и никак не можешь уйти от своих мыслей, — это невыносимо. Поэтому я и пришла к вам. Арнольд все поворачивает так, что я оказываюсь виноватой, и я действительно виновата...

— Я тоже виноват, — проговорил я, — но сейчас я чувствую, что все можно исправить. Зачем продолжать войну, когда можно жить в мире. Я зайду к Арнольду, и мы как следует обо всем...

— Постойте, Брэдли. Неужели вы опьянели от такой ерунды? Вы ведь, кажется, даже не притронулись к пиву. Зачем вам торжественно обсуждать все это с Арнольдом? Мужчины, правда, обожают откровенничать и выяснять все до конца. Я вообще не уверена, что мне хочется, чтобы вы с Арнольдом сейчас встречались. Я только хотела вам сказать вот что... Брэдли, вы слушаете?

— Да, конечно, дорогая.

— Когда мы виделись в последний раз, вы очень хорошо и, пожалуй, правильно говорили о дружбе. Я знаю, я была слишком резка...

— Нисколько.

— Я хочу сказать, что принимаю вашу дружбу. Я нуждаюсь в ней. И еще я хочу сказать — так трудно подобрать слова, — мне было бы горько сознавать, что для вас я просто престарелая хищница, которая от отчаяния и в отместку мужу решила затащить вас к себе в постель...

— Уверяю вас...

— Все совсем не так, Брэдли. Мне кажется, я недостаточно ясно выразилась. Я вовсе не стремилась найти мужчину, который бы успокоил меня после семейного скандала...

— Я именно так и понял...

— Мне нужны именно вы. Мы знакомы целую вечность. Но я только недавно поняла, как много вы для меня значите. Вы занимаете совершенно особое место в моей жизни. Я уважаю вас, я восхищаюсь вами, я доверяю вам и... ну, словом, я люблю вас. Это-то я и хотела сказать.

— Рейчел, это же чудесно! Я просто в восторге.

— Брэдли, перестаньте шутить.

— Я говорю совершенно серьезно, дорогая. Люди должны любить друг друга, любить проще — я всегда это чувствовал. Ободрять, поддерживать друг друга. Мы непрерывно мучаемся и обижаемся исключительно в целях самозащиты. Надо быть выше этого, понимаете, выше, и свободно любить, ничего не опасаясь. Вот в чем истина. Я знаю, что я в своих отношениях с Арнольдом...

— Ах, при чем тут Арнольд? Я говорю о себе. Я хочу... я, должно быть, немного пьяна... скажу напрямик: я хочу, чтобы между нами были совершенно особые отношения.

— Но они такие и есть.

— Помолчите. Я говорю не о связи — не потому, что я не хочу этого, может быть, и хочу, сейчас это не важно, но потому, что так было бы слишком сложно. Вас на это просто не хватит, у вас не тот темперамент, или не знаю еще что, но, Брэдли, мне нужны вы.

— Я и так ваш!

— Перестаньте смеяться, не будьте таким легкомысленным, у вас такой самодовольный вид — что с вами стряслось?

— Рейчел, не волнуйтесь. Каким вы захотите, таким я и буду. Все очень просто. Как, несколько неопределенно, но с *élan*[1], выразилась тезка Джулиан, все будет прекрасно, все будет прекрасно и все вообще будет прекрасно.

— Я хочу, чтобы вы хоть на минуту стали серьезны. Вы все время отделываетесь шутками, просто невыносимо. Брэдли, поймите, это очень важно: вы будете любить меня, будете мне верны?

— Конечно.

— Будете настоящим, преданным другом на всю жизнь?

— Ну конечно.

— Я, право, не знаю... но все равно... спасибо. Вы смотрите на часы, вам пора идти. Я останусь здесь... я хочу подумать... и выпить немного. Еще раз спасибо.

Выйдя на улицу, я увидел в окно, что она сидит, уставившись в стол, и медленно водит пальцем, размазывая лужицы пива. На лице ее застыло хмурое отсутствующее выражение, словно она что-то припоминала, и это было как-то очень трогательно.

Хартборн спросил про Кристиан. Он немного знал ее. До него, вероятно, дошли слухи о ее возвращении. Я говорил с ним о ней просто и откровенно. Да, я видел ее. Она, безусловно, изменилась к лучшему — и не только внешне. Мы встретились совершенно миролюбиво, как вполне воспитанные люди. А Присцилла? Она ушла от мужа и сейчас живет у Кристиан. «У Кристиан? Это просто удивительно!» — заметил Хартборн. Я с ним со-

---

[1] Порывистостью *(фр.)*.

гласился. Но, в сущности, это только доказывает, какие у нас всех прекрасные отношения. В свою очередь, я спросил Хартборна о работе. Что, эта нелепая комиссия все еще заседает? Мейсон получил повышение? Появились уже новые уборные? А та смешная женщина, которая разносит чай, все еще у них? Хартборн заметил, что у меня очень «бодрый и беззаботный» вид.

Я действительно собирался в Ноттинг-Хилл, но сначала решил зайти домой. Мне необходимо было подкрепиться мыслями о Джулиан, побыть некоторое время в тишине и одиночестве. Так святые отшельники возвращаются в храмы, так странствующие рыцари черпают силы в причастии. Меня тянуло отправиться прямо домой и сидеть, никуда не выходя, на случай если она позвонит, но я знал, что это чистейший соблазн, и поборол его. Если я хочу, чтобы все шло хорошо, я никак не должен менять свой образ жизни — пусть все останется прежним; нужно только помириться со всеми, и я чувствовал, что теперь мне это будет легко. По дороге домой я зашел в книжный магазин и заказал полное собрание сочинений Арнольда. Книг оказалось слишком много, и я не мог их с собой взять, к тому же в магазине нашлись не все. Продавец обещал мне прислать их в ближайшее время. Проглядывая список, я обнаружил, что многого совсем не читал, а кое-что читал так давно, что уже ничего не помнил. Как можно в таком случае судить о человеке? Я понял, что был глубоко несправедлив.

— Да, пожалуйста, все до одной, — сказал я, улыбаясь продавцу.

— И стихи, сэр?

— И стихи тоже.

Я даже не подозревал, что Арнольд пишет стихи. Какой же я после этого подлец! Заодно я купил лондонское издание Шекспира в шести томах, чтобы со временем подарить его Джулиан взамен ее «Гамлета», и, продолжая все так же улыбаться, отправился домой.

Входя во двор, я увидел Ригби, своего соседа сверху. Я остановил его и завел было дружеский разговор о погоде, но он прервал меня:

— Вас там кто-то ждет у двери.

У меня перехватило дыхание, я извинился и бросился к подъезду. Но это был Роджер. Хороший костюм и военная выправка сразу бросались в глаза.

Увидев меня, Роджер сразу сказал:

— Послушайте, прежде чем вы начнете...

— Роджер, дорогой, заходите, выпьем чаю. А где Мэриголд?

— Я оставил ее в кафе, тут недалеко.

— Ну так пойдите и приведите ее, отправляйтесь не мешкая: я буду счастлив ее видеть! А я пока поставлю чайник и накрою на стол.

Роджер вытаращил на меня глаза и покачал головой — он, видно, думал, что я сошел с ума, — но все же отправился за Мэриголд.

Мэриголд была принаряжена: маленькая полотняная синяя шапочка, белый полотняный сарафан с темно-синей шелковой блузкой и довольно дорогой шарф в синюю, белую и красную полоску. Она немного напоминала девушку-моряка из музыкальной комедии. Только была поокруглее, с характерным для беременных самодовольным и чуть капризным выражением лица. На ее загорелых щеках играл яркий румянец здоровой и счастливой женщины. А глаза все время улыбались, и просто невозможно было не улыбнуться ей в ответ. Переполнявшее ее счастье, наверное, сталось за ней по улице как облако.

— Мэриголд, вы сегодня прехорошенькая! — сказал я.

— Куда это вы гнете? — спросил Роджер.

— Садитесь, садитесь, простите меня, пожалуйста, — просто у вас обоих такой счастливый вид, что я не могу удержаться. Мэриголд, вы скоро станете матерью?

— К чему эти дурацкие шуточки?

— Что вы! Что вы!

Я расставлял чашки на ночном столике из красного дерева. Стул Джулиана я успел отодвинуть подальше.

— Через минуту вы опять начнете злиться, как в прошлый раз.

— Роджер, пожалуйста, не волнуйтесь, говорите со мной совершенно спокойно. Давайте относиться друг к другу мягче и разумнее. Мне очень неприятно, что в Бристоле я был так резок с вами обоими: я расстроился из-за Присциллы, я и сейчас расстроен, но я совсем не считаю вас злодеем. Я знаю, что такое случается.

Роджер усмехнулся, глядя на Мэриголд. Она в ответ широко улыбнулась.

— Я хочу, чтобы вы были в курсе, — сказал он, — и, если вы не против, я хочу, чтобы вы кое-что для нас сделали. Но сперва вот это.

И он поставил рядом со мной на пол огромную открытую сумку.

Я взглянул на сумку и запустил в нее руку. Бусы и разные побрякушки. Эмалевая картинка. Маленькая мраморная или еще бог весть из чего сделанная статуэтка. Два серебряных кубка и остальное в том же роде.

— Очень мило с вашей стороны. Присцилла будет очень довольна. А где норка?

— Сейчас дойдет и до этого, — проговорил Роджер. — Вообще-то, я ее продал. Когда я вас видел в последний раз, я ее уже продал. Мы, когда покупали ее с Присциллой, договорились, что в случае чего можно будет ее и продать. Она получит свою половину. Со временем.

— Пусть не беспокоится, — сказала Мэриголд, прижимая свою нарядную синюю лакированную туфельку на платформе к ботинку Роджера.

Она все время ритмично покачивала рукой, рукав ее блузки то и дело касался рукава Роджера.

— Здесь украшения, — сказал Роджер, — и все вещи с ее туалетного столика, а платья и все остальное Мэриголд уложила в три чемодана. Куда их послать?

Я написал адрес в Ноттинг-Хилле.

— Я не стала класть старую косметику, — сказала Мэриголд, — и еще там было много рваных поясов и другого старья...

— Может, вы скажете Присцилле, что нам хочется сразу же получить развод? Содержание ей, конечно, будет выплачиваться.

— Нуждаться мы не будем, — сказала Мэриголд, и рукав ее блузки коснулся рукава Роджера. — После того как малыш родится, я снова начну работать.

— А что вы делаете?
— Я зубной врач.
— Это прелестно!

Я рассмеялся просто от *joie de vivre*[1]. Подумать только, эта очаровательная девушка — зубной врач!

— Вы, конечно, рассказали про нас Присцилле? — невозмутимо поинтересовался Роджер.

— Да. Все будет прекрасно, все будет прекрасно, как сказала Джулиан.

— Джулиан?

— Джулиан Баффин, дочь одного моего друга.

— Дочь Арнольда Баффина? — спросила Мэриголд. — Я прямо обожаю его книги. Это мой самый любимый писатель.

— Дети мои, вам пора идти, — сказал я, поднимаясь. Мне нестерпимо хотелось остаться одному со своими мыслями. — С Присциллой я все улажу. А вам обоим желаю всяческого счастья.

— Признаться, вы меня удивили, — сказал Роджер.

— Присцилле не станет легче, если я наговорю вам гадостей.

— Вы такой милый, — сказала Мэриголд.

Я думал, что она меня поцелует, но Роджер решительно повел ее к двери.

— Прощайте, очаровательный зубной врач! — крикнул я им вслед.

---

[1] Радости жизни *(фр.)*.

Закрывая дверь, я услышал, как Роджер сказал:
— Он, должно быть, пьян.
Я вернулся в гостиную и лег, уткнувшись лицом в черный шерстяной ковер.

— Угадай, что у меня тут в сумке? — сказал я Присцилле.

Это было в тот же вечер. Меня впустил Фрэнсис. Кристиан нигде не было видно.

Присцилла все еще находилась наверху, в «новой», но уже изрядно обшарпанной спальне, обитой искусственным бамбуком. Видно, она только что встала. Грязные простыни на овальной кровати были скомканы. Облаченная в белый, больничного вида, банный халат, она сидела на табуретке перед низким сверкающим туалетным столиком. Когда я вошел, она пристально разглядывала себя в зеркале и, кивнув мне без тени улыбки, снова повернулась к зеркалу. Она напудрила белой пудрой лицо и накрасила губы. Вид у нее был нелепый, точно у престарелой гейши.

Ничего мне не ответив, она внезапно схватила баночку с жирным кольдкремом и стала наносить его толстым слоем на лицо. Крем смешался с помадой и сделался розовым. Присцилла стала размазывать эту розовую массу по всему лицу, по-прежнему жадно разглядывая себя в зеркале.

— Посмотри, — сказал я, — посмотри, что у меня тут.
Я поставил статуэтку на стеклянную поверхность туалетного столика. Рядом я положил эмалевую картинку и малахитовую шкатулку. Вытащил груду перепутавшихся бус.

Присцилла взглянула на разложенные вещи, но не прикоснулась к ним, а взяла бумажную салфетку и начала стирать с лица розовую массу.

— Это все притащил Роджер. И смотри, я принес тебе твою женщину на буйволе. Правда, он немного прихрамывает, но...

— А норковый палантин? Ты видел Роджера?
— Да, видел. Послушай, Присцилла, я хочу тебе сказать...

Без крема лицо Присциллы было грубое и все в пятнах. Пропитанную красноватым кремом бумажную салфетку она уронила на пол.

— Брэдли, я решила вернуться к нему, — проговорила она.

— Присцилла...

— Я сделала глупость. Не надо было от него уходить. Он этого не заслужил. Мне кажется, я без него буквально с ума схожу. Мне уже никогда не быть счастливой. Одной так страшно. А здесь все так бессмысленно, и я одна и одна. Даже в самой ненависти к Роджеру что-то было, в этом был какой-то смысл, и хоть я была несчастна из-за него, а все равно он принадлежал мне. Я ко всему там привыкла, и дела находились — ходить по магазинам, убирать квартиру и готовить, и, даже если он не возвращался домой к ужину, я все равно готовила ему, накрывала на стол, а он не возвращался, и я сидела и плакала и смотрела телевизор. Все-таки какая-то жизнь: лежу на кровати в темноте и вслушиваюсь и жду, когда же повернется ключ в замке, — хоть было чего ждать. Я не оставалась наедине со своими мыслями. И пусть даже у него были женщины — всякие там секретарши с работы, — я думаю, они у всех есть. Теперь мне это не так уж важно. Я связана с ним навеки, «на горе и радость», у нас, правда, получилось «на горе», но любая связь благо, когда тебя уносит в пропасть. Ты не можешь заботиться обо мне, да и с какой стати? Кристиан пока очень добра, но просто из любопытства, для нее это игра, скоро ей надоест. Я знаю, что я ужасна, ужасна, — и как только вы еще можете смотреть на меня? И не нужны мне ваши заботы. Я чувствую, что разлагаюсь заживо. От меня, наверное, гнилью несет. Я целый день пролежала в постели. Даже не напудрилась и не накрасилась, пока ты не пришел, и вид был такой ужасный... Я ненавижу Роджера, а последние года два даже стала его бояться. Но когда я думаю, что не вернусь к нему, — мне конец, душа с телом расстается, как у осужденного при виде палача. Если б ты знал, до чего мне плохо.

— Присцилла, ну перестань. Посмотри, какие милые вещицы. Ты ведь рада, что снова их видишь? Ну вот.

Я вытащил из груды вещей длинное ожерелье с голубыми и прозрачными бусинами, встряхнув, растянул в большое «О» и хотел надеть Присцилле на шею, но она резко отстранила его.

— А норка?
— Понимаешь...
— Я ведь все равно собираюсь вернуться к нему, так что не важно. Очень мило, что он принес... Что он сказал? Он хочет со мной увидеться? Сказал, что я невыносима? О, какая ужасная у меня была жизнь, но, когда я вернусь, хуже, чем теперь, не будет, хуже быть не может. Я буду послушной и спокойной. Уж я постараюсь. Буду чаще ходить в кино. Не буду кричать и плакать. Если я стану спокойной, он ведь не будет меня мучить? Брэдли, ты не поедешь со мной в Бристоль? Хоть бы ты объяснил Роджеру...

— Присцилла, — сказал я, — послушай, дорогая. О том, чтобы вернуться сейчас или вообще когда-нибудь, не может быть и речи. Роджер хочет получить развод. У него любовница, она молодая, ее зовут Мэриголд. Он живет с ней уже давно, много лет, и теперь собирается на ней жениться. Я видел их сегодня утром. Они очень счастливы, они любят друг друга и хотят стать мужем и женой, и Мэриголд беременна...

Присцилла встала и точно деревянная двинулась к кровати. Забралась в нее и легла. Так ложился бы мертвец в собственный гроб. Натянула на себя простыню и одеяло.

— Он хочет жениться, — еле выговорила она, губы у нее тряслись.

— Да, Присцилла...
— Он живет с ней давно...
— Да.
— Она беременна...
— Да.
— И он хочет получить развод...
— Да. Присцилла, дорогая, ты все поняла и должна принять это спокойно.

— Умереть, — пробормотала она, — умереть, умереть, умереть.

— Крепись, Присцилла.
— Умереть.
— Тебе скоро станет легче. Хорошо, что ты избавилась от этого подлеца. Поверь. Ты заживешь по-новому, мы будем исполнять все твои прихоти, мы поможем тебе, вот увидишь. Ты сама сказала, что тебе надо почаще ходить в кино. Роджер будет давать тебе деньги на жизнь, а Мэриголд зубной врач, и...

— А я, может, займусь тем, что буду вязать распашонки для беби!

— Ну вот и молодец. Главное — не падать духом.

— Брэдли, если бы ты знал, как я ненавижу даже тебя, ты бы понял, как далеко я зашла. Ну а Роджер... да я бы с радостью... ему раскаленной спицей... печень проткнула.

— Присцилла!

— Я такое читала в одном детективе. Смерть долгая, в страшных мучениях.

— Послушай...

— Ты не понимаешь... что такое страдания... Вот и не умеешь как следует писать... ты не видишь страданий.

— Я знаю, что такое страдания, — сказал я. — И знаю, что такое радости. Жизнь полна приятных неожиданностей, удач, побед. Мы поддержим тебя, поможем тебе...

— Кто это «мы»? Ах... у меня нет никого на свете. Я покончу с собой. Так будет лучше. Все скажут, что так лучше, для меня же самой лучше. Я ненавижу тебя, ненавижу Кристиан, ненавижу себя до того, что могу часами кричать от ненависти. Это невыносимо. Ах, Роджер, Роджер, это невыносимо, Роджер...

Она лежала на боку и почти беззвучно всхлипывала, губы у нее дрожали, глаза были полны слез. Я еще никогда не видел, чтобы кто-то был так недоступно несчастен. Я почувствовал острое желание усыпить ее — не навсегда, разумеется, но только бы сделать ей какой-нибудь укол, остановить эти безудержные слезы, дать хоть короткую передышку ее измученному сознанию.

Дверь открылась, и вошла Кристиан. Она уставилась на Присциллу, а со мной рассеянно поздоровалась жестом, который показался мне верхом интимности.

— Ну, что еще такое? — строго спросила она Присциллу.

— Я сказал ей про Роджера и Мэриголд, — объяснил я.

— Господи, зачем?

Присцилла вдруг спокойно завыла. «Спокойно выть» — казалось бы, оксюморон, но этим термином я обозначил странно ритмичные, рассчитанные вопли, сопровождающие некоторые истерические состояния. Истерика пугает тем, что она произвольна и непроизвольна в одно и то же время. В том-то и ужас, что со стороны кажется, будто все это нарочно, и вместе с тем в безостановочных монотонных воплях есть что-то механическое, словно запустили машину. Тому, кто бьется в истерике, бесполезно советовать взять себя в руки: он ничего не воспринимает. Присцилла сидела, выпрямившись на постели, повторяя судорожное «у-у», потом выла «а-а», потом задыхалась от рыданий, после чего снова судорожно всхлипывала, снова выла — и так без конца. То был чудовищный крик — несчастный и злой. Я четыре раза в жизни слышал, как женщина кричит в истерике: один раз кричала моя мать, когда ее ударил отец, один раз Присцилла, когда была беременна, еще один раз другая женщина (если бы только это забыть) и вот опять Присцилла. Я повернулся к Кристиан и в отчаянии развел руками.

В комнату, улыбаясь, вошел Фрэнсис Марло.

— Выйди, Брэд, подожди внизу, — сказала Кристиан.

Я кинулся вниз по лестнице и, проскочив один пролет, пошел медленнее. Пока я дошел до двери гостиной, выдержанной в темно-коричневых и синих тонах, все стихло. Я вошел в гостиную и остановился, тяжело дыша.

Появилась Кристиан.

— Замолчала? Что ты с ней сделала?

— Ударила по щеке.

— Кристиан, мне сейчас дурно станет, — сказал я и сел на диван, закрыв лицо рукой.

— А ну-ка, Брэд, выпей скорее коньяку...

— Может, печенья принесешь или еще чего-нибудь? Я целый день не ел. Да и вчера, кажется, тоже.

Я действительно на мгновение почувствовал дурноту — странное, ни на что не похожее состояние, будто тебе на голову опускают черный *baldacchino*[1] и ты уже ничего не видишь. А когда передо мной очутились коньяк, хлеб, печенье, сыр, сливовый торт, я понял, что сейчас расплачусь. Много-много лет уже я не плакал. Тот, кто часто плачет, вряд ли сознает, какое поразительное явление наши слезы. Я вспомнил, как были потрясены волки в «Книге джунглей», увидев плачущего Маугли. Нет, кажется, это сам Маугли был потрясен и боялся, что он умирает. Волкам известно, что от слез не умирают, они смотрят на слезы Маугли с достоинством и некоторым отвращением. Я держал обеими руками рюмку с коньяком, смотрел на Кристиан и чувствовал, как к глазам медленно подступает теплая влага. И от сознания, что это происходит так естественно, независимо от моей воли, мне стало легче. Я почувствовал удовлетворение. Наверное, слезы всегда приносят удовлетворение. О, бесценный дар!

---

[1] Навес *(ит.)*.

— Брэд, милый, не надо...
— Я ненавижу насилие... — сказал я.
— Но нельзя же ее так оставлять, она себя изматывает, вчера целых полчаса выла...
— Ну ладно, ладно...
— Бедненький! Я же стараюсь как лучше. Думаешь, приятно, когда в доме помешанная? Я делаю это для тебя, Брэд.

Я с трудом проглотил кусочек сыра — мне казалось, будто я ем мыло. Зато от коньяка стало легче. Я был потрясен видом Присциллы. Такая безысходность. Но что же значили мои драгоценные слезы? Это были, бесспорно, слезы истинной радости, чудесное знамение происшедшей перемены. Все во мне, материальное и духовное, все мое существо, все настроения, — все определялось состоянием любовного экстаза. Я глядел перед собой сквозь теплую серебристую завесу слез и видел лицо Джулиан: внимательное, сосредоточенное, словно у настороженной птицы, оно застыло передо мной в пространстве — так голодающему, обезумевшему пустыннику, чтобы его утешить, является в пещере видение Спасителя.

— Брэд, в чем дело? Ты какой-то странный сегодня, с тобой что-то случилось, ты красивый, ты похож на святого, что ли, прямо как на картинке, и ты помолодел...
— Ведь ты не оставишь Присциллу, да, Крис? — сказал я и смахнул рукой слезы.
— Ты ничего не заметил, Брэд?
— Нет, а что?
— Ты назвал меня «Крис».
— Правда? Совсем как раньше. Но ведь ты не оставишь ее? Я дам тебе денег...
— Да ну их. Я присмотрю за ней. Я уже нашла другого врача. Ей надо делать уколы.
— Это хорошо. Джулиан...
— Как ты сказал?
Я вдруг произнес вслух имя Джулиан.

— Крис, мне пора. — Я поднялся. — У меня важное дело. (Думать о Джулиан.)

— Брэд, ну пожалуйста... Впрочем, ладно, я тебя не задерживаю. Только скажи мне одну вещь.

— Что тебе сказать?

— Ну, что ты простил меня или еще что-нибудь. Что мы помирились. Ведь я просто любила тебя, Брэд. Тебе казалось, что моя любовь — разрушительная сила, что мне нужна власть и еще не знаю что, а я просто хотела тебя удержать, ведь вернулась-то я к тебе и ради тебя. Я много думала, как ты тут и какая я была дура. Я, конечно, не романтическая девчонка... Ясно, у нас тогда ничего не могло получиться, мы были такие молодые и, господи, до чего же глупые. Но я увидела в тебе что-то такое, чего не смогла забыть. Мне столько раз снилось, что мы опять вместе. Да, снилось, по ночам.

— И мне, — сказал я.

— О господи, какие счастливые сны. А потом я просыпалась и вспоминала, с какой ненавистью мы расстались, а рядом я видела глупое, старое лицо Эванса — мы почти до самого конца спали вместе. Да, я говорю тебе гадости про беднягу Эванса, и зачем я так поступаю — ведь это производит ужасное впечатление. Не то чтобы я по-настоящему презирала Эванса, или ненавидела его, или хотела его смерти, все совсем не так, просто он мне страшно надоел и вся эта страна тоже. Деньги — единственное, что меня там удерживало. Не занятия рисованием, не дыхательные упражнения, не психоанализ. Я ведь еще и керамикой там занялась — господи, за что я только не хваталась. А важны-то были только деньги. Но я всегда знала, что где-то есть совсем другой, духовный мир. И когда я вернулась сюда, я надеялась, что возвращаюсь вроде к себе домой, что в твоем сердце есть для меня место...

— Крис, милая, ну что за чепуха.

— Да, конечно. Но все равно, понимаешь, вдруг я почувствовала, что твое сердце открыто для меня, именно для меня, и можно войти туда, и на коврике так и написано: «Добро пожаловать»... Брэд, скажи же эти чудесные слова, скажи, что ты меня простил, что мы наконец помирились, что мы снова друзья.

— Конечно, я простил тебя, Крис, конечно, мы помирились. Ты тоже меня прости. Я не был терпеливым мужем...

— Ну конечно, я простила. Слава богу, наконец-то мы можем поговорить, поговорить о том, что было, и о том, какие мы были дураки, но теперь мы все исправим, вернем, «выкупим», как говорят в ломбарде. Я поняла, что это возможно, когда увидела, как ты плачешь из-за Присциллы. Ты славный, Брэдли Пирсон, и все у нас наладится, только бы открылись наши сердца.

— Крис, дорогая, ради бога!

— Брэд, знаешь, ведь в каком-то смысле ты остался моим мужем. Я всегда думала о тебе как о муже — ведь нас же венчали в церкви, и я «должна служить тебе душой и телом» и всякое такое прочее; и мы были невинны, мы желали друг другу добра, и мы действительно любили — ведь правда мы любили?

— Возможно, но...

— Когда у нас ничего не вышло, я думала, что навсегда стану циником — ведь я согласилась выйти за Эванса из-за денег. Но это был серьезный шаг, и я его не бросила: бедняга, старая развалина, умер, держась за мою руку. А теперь прошлое будто куда-то провалилось. Я приехала сказать тебе это, Брэд, убедиться в этом. Ведь мы стали старше, мудрее и раскаиваемся в том, что мы наделали. Так почему бы нам не попытаться начать все сначала?

— Крис, милая, ты сошла с ума, — сказал я, — но я очень тронут.

— Ах, Брэд, ты так молодо выглядишь. Ты такой свежий, такой умиротворенный, как только что окотившаяся кошка.

— Я пошел. До свидания.

— Нет, ты не можешь просто взять и уйти, когда мы только что заключили нашу сделку. Я давно хотела все это тебе сказать, но я не могла, ты был совсем другой, какой-то замкнутый, я не могла тебя как следует разглядеть, а теперь ты весь передо мной, весь открыт, и я тоже, а это не шутка, Брэд, и нам надо попытать счастья, Брэд, обязательно надо. Конечно, нельзя решать с ходу, обдумай все спокойно, не спеша; мы бы поселились, где тебе захочется, и ты бы спокойно работал, можно купить дом во Франции или в Италии — где хочешь...

— Крис...

— В Швейцарии.

— Нет, только не в Швейцарии. Ненавижу горы.

— Хорошо, тогда...

— Послушай, мне надо...

— Брэдли, поцелуй меня.

Лицо женщины преображается нежностью так, что порой его трудно узнать. Кристиан *en tendresse*[1] казалась старше, лицо стало смешное, как мордочка зверька, черты расплющились, будто резиновые. На ней было бумажное темно-красное платье с открытым воротом и на шее золотая цепочка. От яркой золотой цепочки шея казалась темной и сухой. Крашеные волосы лоснились, точно звериный мех. Она смотрела на меня в прохладном северном сумраке своей гостиной, и в глазах ее было столько смиренной, молящей, робкой, грустной нежности; ее опущенные руки, повернутые на восточный манер ладонями ко мне, выражали покорность и преданность. Я шагнул к ней и обнял ее.

Я тут же рассмеялся и, обнимая ее, но не целуя, продолжал смеяться. За ее плечом я видел совсем другое лицо, излучавшее счастье. Я отдавал себе отчет в том, что обнимаю ее, и тем не менее смеялся, а она тоже засмеялась, уткнувшись лбом в мое плечо.

---

[1] В состоянии нежности *(фр.)*.

В эту минуту вошел Арнольд.

Я медленно опустил руки, и Кристиан, все еще смеясь, немного устало, почти ублаготворенно, посмотрела на Арнольда.

— Ах, боже мой...

— Я сейчас ухожу, — сказал я Арнольду.

Он вошел и преспокойно уселся, точно в приемной. Как всегда, он казался взмокшим (промокший альбинос), словно попал под дождь, бесцветные волосы потемнели от жира, лицо блестело, острый нос торчал, как смазанная салом булавка. Бледно-голубые глаза, слинявшие почти до белизны, были холодны, как вода. Арнольд постарался придать себе безразличный вид, но я успел заметить, какую горечь и досаду вызвали у него наши объятия.

— Ты подумаешь, да, Брэд?

— Над чем?

— Ты бесподобен! Ты уже забыл? Я только что сделала Брэдли предложение, а он уже забыл.

— Кристиан слегка рехнулась, — очень ласково сказал я Арнольду. — Я только что заказал все ваши книги.

— Зачем? — спросил Арнольд, теперь приняв грустно-дружелюбный и в то же время отчужденный вид.

Он продолжал невозмутимо сидеть на стуле, а Кристиан, тихо посмеиваясь и мелко переступая ногами, не то танцевала, не то просто кружилась по комнате.

— Хочу пересмотреть свое мнение. Наверное, я был несправедлив к вам, да, я был совершенно не прав.

— Очень мило с вашей стороны.

— Ничуть. Мне хочется... быть со всеми в мире... сейчас.

— Разве сегодня Рождество?

— Нет, просто... я прочту ваши книги, Арнольд, и поверьте — смиренно, без предубеждения. И пожалуйста... простите мне... все мои... недостатки... и...

— Брэд стал святым.

— Брэдли, вы не больны?

— Вы только посмотрите на него. Просто преображение!

— Мне пора, до свидания, и всего, всего вам хорошего.

И, довольно нескладно помахав им обоим и не замечая протянутой руки Кристиан, я пошел к двери и выскочил через крошечную прихожую на улицу. Был уже вечер. Куда же девался день?

Дойдя до угла, я услышал, что за мной кто-то бежит. Это был Фрэнсис Марло.

— Брэд, я только хотел сказать — да постойте, постойте же, — я хотел сказать, что останусь с ней... что бы ни случилось... я...

— С кем — с ней?

— С Присциллой.

— Ах да! Как она сейчас?

— Заснула.

— Спасибо, что помогаете бедняжке Присцилле.

— Брэд, вы на меня не сердитесь?

— С какой стати?

— Вам не противно смотреть на меня после всего, что я наговорил, и после того, как я вам плакался, и вообще, некоторые просто не выносят, когда на них выливают свои несчастья, и я боюсь, что я...

— Забудьте об этом.

— Брэд, я хотел сказать еще одну вещь. Я хотел сказать: что бы ни случилось, я с вами.

Я остановился и посмотрел на него: он глупо улыбался, прикусив толстую нижнюю губу и вопросительно подняв на меня хитрые глазки.

— В предстоящей... великой... битве... как бы она... ни... обернулась... Благодарю вас, Фрэнсис Марло, — сказал я.

Он был слегка озадачен. Я помахал ему и пошел дальше. Он опять побежал за мной.

— Я очень люблю вас, Брэд, вы это знаете.

— Пошли вы к черту!

— Брэд, может, дали бы мне еще немного денег... стыдно приставать, но Кристиан держит меня в черном теле...

Я дал ему пять фунтов.

То, что один день отделен от другого, — вероятно, одна из замечательнейших особенностей жизни на нашей планете. В этом можно усмотреть истинное милосердие. Мы не обречены на непрерывное восхождение по ступеням бытия — маленькие передышки постоянно позволяют нам подкрепить свои силы и отдохнуть от самих себя. Наше существование протекает приступами, как перемежающаяся лихорадка. Наше быстро утомляющееся восприятие разбито на главы; та истина, что утро вечера мудренее, к счастью да и к несчастью для нас, как правило, подтверждается жизнью. И как поразительно сочетается ночь со сном, ее сладостным воплощением, столь необходимым для нашего отдыха. У ангелов, верно, вызывают удивление существа, которые с такой регулярностью переходят от бдения в кишащую призраками тьму. Ни одному философу пока не удалось объяснить, каким образом хрупкая природа человеческая выдерживает эти переходы.

На следующее утро — было опять солнечно, — рано проснувшись, я окунулся в свое прежнее состояние, но сразу же понял: что-то изменилось. Я был не совсем тот, что накануне. Я лежал и проверял себя, как ощупывают свое тело после катастрофы. Я, бесспорно, по-прежнему был счастлив, и мое лицо, будто восковая маска, так и растекалось от блаженства, и блаженство застилало глаза. Желание столь же космическое, как и раньше, больше походило, пожалуй, теперь на физическую боль, на что-то такое, от чего преспокойно можно умереть где-нибудь в уголке. Но я не был подавлен. Я встал, побрился, тщательно оделся и посмотрел в зеркало на свое новое лицо. Я выглядел необычайно молодо, почти сверхъестественно. Затем я выпил чаю и уселся в гостиной, скрестив руки и глядя на стену за окном. Я сидел неподвижно, как йог, и изучал себя.

Когда проходит первоначальное озарение, любовь требует стратегии; отказаться от нее мы не можем, хотя часто она и означает начало конца. Я знал, что сегодня и, вероятно, все последующие дни мне предстоит заниматься Джулиан. Вчера это не казалось таким уж необходимым. То, что случилось вчера, просто означало, что, сам того не сознавая, я вдруг стал благороден. И вчера этого было достаточно. Я любил, и радость любви заставила меня забыть о себе. Я очистился от гнева, от ненависти, очистился от всех низменных забот и страхов, составляющих наше грешное «я». Достаточно было того, что она существует и никогда не станет моей. Мне предстояло жить и любить в одиночестве, и сознание, что я способен на это, делало меня почти богом. Сегодня я был не менее благороден, не более обольщался, но мной овладело суетливое беспокойство, я не мог больше оставаться в бездействии. Разумеется, я никогда ей не признаюсь, разумеется, молчание и работа, к счастью, потребуют всех моих сил. Но все же я ощущал потребность в деятельности, средоточием и конечной целью которой была бы Джулиан.

Не знаю, как долго я просидел не двигаясь. Возможно, я и впрямь впал в забытье. Но тут зазвонил телефон, и в сердце у меня вдруг взорвалось черное пламя, потому что я тотчас решил, что это Джулиан. Я подбежал к аппарату, неловко схватил трубку и дважды уронил ее, прежде чем поднести к уху. Это был Грей-Пелэм: его жена заболела, и у него оказался лишний билет в Глиндебурн, он спрашивал, не хочу ли я пойти. Нет, нет и нет! Только еще Глиндебурна мне не хватало! Я вежливо отказался и позвонил в Ноттинг-Хилл. Подошел Фрэнсис и сказал, что сегодня Присцилла спокойнее и согласилась показаться психиатру. Потом я сел и стал думать, не позвонить ли мне в Илинг. Конечно, не для того, чтобы поговорить с Джулиан. Может быть, я должен позвонить Рейчел? Ну а вдруг подойдет Джулиан?

Пока меня бросало то в жар, то в холод от такой перспективы, снова зазвонил телефон, и в сердце снова взорвалось черное пламя; на этот раз звонила Рейчел. Между нами произошел следующий разговор:

— Брэдли, доброе утро. Это опять я. Я вам не надоела?

— Рейчел... дорогая... чудесно... я счастлив... это вы... я так рад...

— Неужели вы пьяны в такую рань?

— А который час?

— Половина двенадцатого.

— Я думал, около девяти.

— Можете не волноваться, я к вам не собираюсь.

— Но я был бы очень рад вас увидеть.

— Нет, надо себя сдерживать. Это... как-то унизительно... преследовать старых друзей.

— Но мы ведь друзья?

— Да, да, да. Ах, Брэдли, лучше мне не начинать... я так рада, что вы у меня есть. Я уж постараюсь не слишком приставать к вам. Кстати, Брэдли, Арнольд был вчера у Кристиан?

— Нет.

— Был, я знаю. Ладно, не важно. О господи, лучше мне не начинать.

— Рейчел...

— Да...

— Как... как... сегодня... Джулиан?

— Да как всегда.

— Она... случайно... не собирается зайти за «Гамлетом»?

— Нет. Сегодня ей, кажется, не до «Гамлета». Она сейчас у одной молодой пары, они копают яму для разговоров у себя в саду.

— Что копают?

— Яму для разговоров.

— О... Ах да. Ясно. Передайте ей... Нет. Словом...

— Брэдли, вы... вы любите меня... не важно, в каком смысле... любите, да?

— Разумеется.

— Простите, что я такая... размазня... Спасибо вам... Я еще позвоню... Пока.

Я тут же забыл о Рейчел. Я решил пойти и купить Джулиан подарок. Я все еще чувствовал себя разбитым. Голова кружилась, меня слегка лихорадило. При мысли, что я покупаю для нее подарок, меня бросило в настоящий озноб. Покупать подарок — разве это не общепризнанный симптом любви? Это просто *sine qua non*[1] (если тебе не хочется сделать ей подарок — значит ты ее не любишь). Это, наверное, один из способов трогать любимую.

Когда я почувствовал, что в состоянии пройтись, я вышел из дому и отправился на Оксфорд-стрит. Любовь преображает мир. Она преобразила огромные магазины на Оксфорд-стрит в выставку подарков для Джулиан. Я купил кожаную сумочку, коробку с носовыми платками, эмалевый браслет, вычурную сумку для туалетных принадлежностей, кружевные перчатки, набор шариковых ручек, брелок для ключей и три шарфа. Потом я съел бутерброд и вернулся домой. Дома я разложил все подарки вместе с шеститомным лондонским изданием Шекспира на инкрустированном столике и на ночном столике из красного дерева и стал их разглядывать. Конечно, нельзя дарить ей все сразу, это показалось бы странным. Но можно дарить ей сначала одно, потом другое, а пока все это тут и принадлежит ей. Я повязал себе шею ее шарфом, и от желания у меня закружилась голова. Я был на верху огромной башни и хотел броситься вниз, меня жгло пламя, еще немного, и я потеряю сознание — мучение, мучение.

---

[1] Непременное условие *(лат.)*.

Зазвонил телефон. Шатаясь, я подошел к аппарату и что-то буркнул.

— Брэд, это Крис.
— О... Крис... добрый день, дорогая.
— Рада, что сегодня я еще «Крис».
— Сегодня... да...
— Ты подумал о моем предложении?
— Каком предложении?
— Брэд, не валяй дурака. Послушай, можно сейчас к тебе зайти?
— Нет.
— Почему?
— Ко мне пришли играть в бридж.
— Но ты же не умеешь играть в бридж.
— Я выучился за тридцать или сколько там лет нашей разлуки. Надо же было как-то проводить время.
— Брэд, когда я тебя увижу? Это срочно.
— Я зайду навестить Присциллу... может быть... вечером...
— Чудесно, я буду ждать... Смотри не забудь.
— Благослови тебя Бог, Крис, благослови тебя Бог, дорогая.

Я сидел в прихожей рядом с телефоном и гладил шарф Джулиан. Это ее шарф, но раз я пока оставил его у себя, она как будто мне его подарила. Я смотрел через открытую дверь гостиной на вещи Джулиан, разложенные на столиках. Я прислушивался к тишине квартиры среди гула Лондона. Время шло. Я ждал. «Для верных слуг нет ничего другого, как ожидать у двери госпожу. Так, прихотям твоим служить готовый, я в ожиданье время провожу»[1].

Теперь я просто не мог понять, как у меня хватило смелости уйти в это утро из дому. А вдруг она звонила, а вдруг заходила, пока меня не было? Не целый же день она копает яму для разговоров, что бы под этим ни под-

---
[1] *Шекспир У.* Сонет 57. Перевод С. Маршака.

разумевалось. Она обязательно придет за «Гамлетом». Какое счастье, что у меня остался залог. Потом я вернулся в гостиную, взял потрепанную книжицу и, поглаживая ее, уселся в кресло Хартборна. Мои веки опустились, и материальный мир померк. Я сидел и ждал.

Я не забывал, что скоро начну писать самую главную свою книгу. Я знал, что черный Эрот, настигший меня, был единосущен иному, более тайному богу. Если я сумею держаться и молчать о своей любви, я буду вознагражден необычайной силой. Но сейчас нечего было и думать о том, чтобы писать. Я бы мог предать бумаге лишь неразбериху подсознания.

Зазвонил телефон, я бросился к нему, зацепил стол, и все шесть томов Шекспира посыпались на пол.

— Брэдли! Это Арнольд.
— О господи! Вы!
— Что случилось?
— Нет, ничего.
— Брэдли, я слышал...
— Который час?
— Четыре. Я слышал, вы собираетесь вечером к Присцилле?
— Да.
— Нельзя ли потом с вами встретиться? Мне нужно сказать вам очень важную вещь.
— Прекрасно. Что такое яма для разговоров?
— Что?
— Что такое яма для разговоров?
— Это углубление, куда кладут подушки, садятся и разговаривают.
— Зачем?
— Просто так.
— Ах, Арнольд...
— Что?
— Ничего. Я прочту ваши книги. Они мне понравятся. Все будет по-другому.

— У вас что, размягчение мозгов?

— Ну, до свидания, до свидания.

Я вернулся в гостиную, подобрал с пола Шекспира, сел в кресло и произнес мысленно, обращаясь к ней: «Я буду страдать, ты не будешь... Мы друг друга не обидим. Мне будет больно, иначе и быть не может, но не тебе. Я буду жить этой болью, как живут поцелуями. (О господи!) Я просто счастлив, что ты существуешь, ты — это и есть абсолютное счастье, я горд, что живу с тобой в одном городе, в одну эпоху, что я вижу тебя изредка, урывками...»

Но что значит «изредка, урывками»? Когда она захочет поговорить со мной? Когда я смогу поговорить с ней? Я уже решил, что, если она напишет или позвонит, я назначу ей встречу лишь через несколько дней. Пусть все идет как обычно. И хотя мир совершенно переменился, пусть он остается каким был, каким был бы — прежним во всем, в большом и малом. Ни малейшей спешки, ни намека на нетерпение, ни на йоту не меняться самому. Да, я даже отложу нашу встречу и, как святой отшельник, посвящу это драгоценное украденное у счастья время размышлениям; и так мир будет прежним и все же новым, как для мудреца, с внешностью крестьянина или налогового инспектора, который спустился с гор и живет в деревне обычной жизнью, хотя и смотрит на все глазами ясновидца, — так мы будем спасены.

Зазвонил телефон. Я взял трубку. На сей раз это была Джулиан.

— Брэдли, здравствуй, это я.

Я издал какое-то подобие звука.

— Брэдли... ничего не слышно... это я... Джулиан Баффин.

Я сказал:

— Подожди минутку, хорошо?

Я прикрыл трубку ладонью, зажмурился и, ловя ртом воздух и стараясь дышать ровнее, нащупал кресло. Через несколько секунд, покашливая, чтобы скрыть дрожь в голосе, я сказал:

— Прости, пожалуйста, у меня тут как раз закипел чайник.

— Мне так неудобно беспокоить тебя, Брэдли. Честное слово, я не буду приставать, не буду все время звонить и приходить.

— Нисколько ты меня не беспокоишь.

— Я просто хотела узнать, можно мне забрать «Гамлета», если он тебе больше не нужен?

— Конечно можно.

— Мне не к спеху. Я могу ждать хоть две недели. Он мне сейчас не нужен. И еще у меня есть один или два вопроса — если хочешь, я могу прислать их в письме, а книгу ты мне можешь тоже прислать по почте. Я не хочу мешать тебе работать.

— Через... две недели...

— Или месяц. Кажется, я уеду за город. У нас в школе все еще корь.

— А может, ты заглянешь на той неделе? — сказал я.

— Хорошо. Может, в четверг, часов около десяти?

— Прекрасно.

— Ну, большое спасибо. Не буду тебя задерживать. Я знаю, ты так занят. До свидания, Брэдли, спасибо.

— Подожди минутку, — сказал я.

Наступило молчание.

— Джулиан, — сказал я, — ты свободна сегодня вечером?

Ресторан на башне Почтамта вращается очень медленно. Медленно, как стрелка циферблата. Величавая львиная поступь всеотупляющего времени.

С какой скоростью он вертелся в тот вечер, когда Лондон из-за спины моей любимой наползал на нее? Может быть, он был недвижим, остановленный силой мысли, — лишь иллюзия движения в утратившем продолжительность мире? Или вертелся, как волчок, мчась за пределы пространства, пригвождал меня к внешней стене и распинал центробежной силой, будто котенка?

Любовь всегда живо изображает страдания разлуки. Тема дает возможность подробно выразить тоску, хотя, бесспорно, есть муки, о которых не расскажешь. Но достойно ли воспеты минуты, когда любимая с нами? Возможно ли это? В присутствии любимой мы, пожалуй, всегда испытываем тревогу. Но капля горечи не портит свидания. Она сообщает блаженному мигу остроту и превращает его в миг восторга.

Проще говоря, в тот вечер на башне Почтамта меня ослеплял восторг. У меня перед глазами взрывались звезды, и я буквально ничего не видел. Я часто и с трудом дышал, но это не было неприятно. Я даже чувствовал удовлетворение оттого, что по-прежнему наполняю легкие кислородом. Меня трясло — слабой, возможно со стороны незаметной, дрожью. Руки дрожали, ноги ныли и гудели, колени находились в состоянии, описанном греческой поэтессой[1]. Ко всему этому *dereglement*[2] добавлялось головокружение от одной мысли, что я так высоко над землей, однако же по-прежнему с ней связан... От восторга и благодарности ты почти теряешь сознание, а между звездными взрывами обострившимся зрением жадно впитываешь каждую черточку в любимом облике. Я здесь, ты здесь, мы оба здесь. Видя ее среди других, словно богиню среди смертных, ты чуть не лишаешься чувств оттого, что тебе ведома высокая тайна. Ты сознаешь, что эти короткие, преходящие мгновения — самое полное, самое совершенное счастье, дарованное человеку, включая даже физическую близость, и на тебя находит спокойное ликование.

Все это наряду с вихрем других оттенков и нюансов блаженства, которые я не в силах описать, я чувствовал,

---

[1] Сафо (VI в. до н. э.).
[2] Расстройству *(фр.)*.

сидя в тот вечер с Джулиан в ресторане на башне Почтамта. Мы говорили, и наше взаимопонимание было столь полным, что потом я мог объяснить это лишь телепатической связью. Стемнело, вечер стал густо-синим, но еще не перешел в ночь. Очертания Лондона с уже засветившимися желтым светом окнами и рекламами плыли сквозь туманную, мерцающую и дробящуюся дымку. Альберт-холл, Музей естествознания, Сентр-пойнт, Тауэр, собор Святого Павла, Фестивал-холл, Парламент, памятник Альберту. Бесценные и любимые очертания моего Иерусалима беспрестанно проходили позади милой и таинственной головки. Только парки уже погрузились во тьму, чернильно-лиловые и тихо-ночные.

Таинственная головка... О, как мучительна тайна чужой души, как утешительно, что твоя собственная душа — тайна для другого! В тот вечер я, пожалуй, больше всего ощущал в Джулиан ее ясность, почти прозрачность. Незамутненную чистоту и простодушие молодости, так не похожие на защитную неискренность взрослых. Ее ясные глаза смотрели на меня, и она говорила с прямотой, с какой я еще не встречался раньше. Сказать, что она не кокетничала, было бы уж слишком прямолинейно. Мы беседовали, как могли бы беседовать ангелы, — не сквозь мутное стекло, а лицом к лицу. И все же — нет, говорить о том, что я играл роль, тоже было бы варварством. Меня жгла моя тайна. Лаская Джулиан глазами и мысленно обладая ею, улыбаясь в ответ на ее открытый внимательный взгляд со страстью и нежностью, о которых она и не догадывалась, я чувствовал, что вот-вот упаду без сознания, быть может, даже умру от грандиозности того, что я знал, а она не знала.

— Брэдли, мне кажется, мы качаемся!

— Вряд ли. По-моему, от ветра башня действительно слегка качается, но сегодня ветра нет.

— Но может быть, тут наверху ветер.

— Что ж, может быть. Да, пожалуй, мы качаемся. — Что я мог сказать? Все и правда качалось.

Разумеется, я только делал вид, что ем... Я почти не пил вина. Спиртное представлялось мне совершенно неуместным. Я был пьян любовью. Джулиан, наоборот, пила и ела очень много и хвалила все подряд. Мы обсуждали вид с башни, колледж, школу и корь, говорили о том, когда можно определить, поэт ты уже или нет, о том, когда пишется роман, а когда пьеса. Никогда еще я не разговаривал ни с кем так свободно. О, блаженная невесомость, блаженный космос.

— Брэдли, до меня не дошло, что ты наговорил тогда про Гамлета.

— Забудь это. Все высокопарные рассуждения о Шекспире ни к чему не ведут. И не потому, что он так божествен, а потому, что он так человечен. Даже в гениальном искусстве никто ничего не может понять.

— Значит, критики — дураки?

— Теории не нужны. Просто нужно уметь любить эти вещи как можно сильнее.

— Так, как ты сейчас стараешься полюбить все, что пишет отец?

— Нет, тут особый случай. Я был к нему несправедлив. В его вещах — большое жизнелюбие, и он умеет строить сюжет. Уметь построить сюжет — это тоже искусство.

— Закручивает он здорово. Но все это мертвечина.

— «Так молода и так черства душой!»

— «Так молода, милорд, и прямодушна»[1].

Я чуть не свалился со стула. И еще я подумал — если я был в состоянии думать, — что, пожалуй, она права. Но в этот вечер мне не хотелось говорить ничего неприятного. Я уже понял, что скоро должен буду с ней расстаться, и теперь ломал себе голову, поцеловать ли мне ее на прощание, и если да, то как. У нас не было заведено целоваться, даже когда она была маленькая. Короче, я

---

[1] *Шекспир У.* Король Лир. Акт I, сцена 1. Перевод Б. Пастернака.

еще никогда ее не целовал. Никогда. И вот сегодня, может быть, поцелую.

— Брэдли, ты не слушаешь.

Она то и дело называла меня по имени. Я же не мог произнести ее имя. У нее не было имени.

— Прости, дорогая, что ты сказала? — Я будто невзначай вставлял нежные обращения. Вполне безопасно.

Разве она что-нибудь заметит? Конечно нет. А мне было приятно.

— Как по-твоему, мне нужно прочитать Витгенштейна?

Мне так хотелось поцеловать ее в лифте, когда мы будем спускаться, если нам посчастливится оказаться вдвоем в этом временном любовном гнездышке! Но об этом нечего было и думать. Никоим образом нельзя выдать свое чувство. Со свойственным молодости чарующим эгоизмом и любовью к внезапным решениям она спокойно приняла как должное, что мне вдруг захотелось пообедать на башне Почтамта и раз она случайно позвонила, я случайно пригласил ее с собой.

— Нет, не советую.
— Думаешь, он для меня слишком трудный?
— Да.
— Думаешь, я ничего не пойму?
— Да. Он никогда не думал о тебе.
— Что?
— Не важно. Это опять цитата.
— Мы сегодня так и сыплем цитатами. Когда я бываю с тобой, у меня такое чувство, будто я начинена английской литературой, как мясным фаршем, она так и лезет у меня из ушей. Правда, не слишком аппетитное сравнение? Ох, Брэдли, как здорово, что мы здесь, Брэдли, я просто в восторге!

— Я очень рад.

Я попросил счет. Мне не хотелось разрушать полноту мгновения жалкими стараниями его продлить. Затянувшееся радушие обернулось бы пыткой. Я не хотел видеть, как она поглядывает на часы.

Она посмотрела на часы.

— Ой, мне уже пора.

— Я провожу тебя до метро.

В лифте мы были одни. Я не поцеловал ее. Я не пригласил ее к себе. Пока мы шли по Гудж-стрит, я ни разу не коснулся ее, даже «случайно». Я шел и думал, как я вообще смогу с ней расстаться.

Около станции метро «Гудж-стрит» я остановился и словно невзначай оттеснил ее к стене. Но не уперся руками в стену по обе стороны ее плеч, как мне бы хотелось. Откинув свою львиную гриву и улыбаясь, она смотрела на меня снизу вверх так открыто, так доверчиво. В этот вечер на ней было черное льняное платье с желтой вышивкой — индийское, наверное. Она напоминала придворного пажа. Свет фонаря падал сверху на ее нежное правдивое лицо и треугольный вырез, до которого мне так нестерпимо хотелось дотронуться во время ужина. Я все еще был в полной и теперь уже мучительной нерешительности, поцеловать ее или нет.

— Ну вот... Ну так вот...

— Брэдли, ты очень милый, спасибо. Мне было так приятно.

— Ах да, я совсем забыл захватить твоего «Гамлета».

Это была чистейшая ложь.

— Не важно. Заберу в другой раз. Спокойной ночи, Брэдли, и еще раз спасибо.

— Да, я... постой...

— Мне надо бежать.

— Может быть... мы условимся, когда ты зайдешь... Ты говорила, что у тебя... меня так часто не бывает дома... или мне... может, ты...

— Я позвоню. Спокойной ночи и большущее спасибо.

Теперь или никогда. Медленно, с таким чувством, словно я выделывал какое-то сложное па в менуэте, я придвинулся ближе к Джулиан, которая уже тронулась было с места, взял ее левую руку в свою и, удержав ее таким образом, осторожно прижался приоткрытыми губами к ее щеке. Результат превзошел все мои ожидания. Я выпрямился, и секунду мы смотрели друг на друга.

Джулиан сказала:

— Брэдли, если я тебя попрошу, ты пойдешь со мной в Ковент-Гарден?

— Конечно.

Я готов был пойти за ней даже в ад, не то что в Ковент-Гарден.

— На «Кавалера роз». В ту среду. Давай встретимся в вестибюле около половины седьмого. Места хорошие. Септимус Лич достал два билета, а сам не может пойти.

— Кто это Септимус Лич?

— Мой новый поклонник. Спокойной ночи, Брэдли.

Она ушла. Я стоял, ослепленный светом фонаря среди спешивших призраков. Я чувствовал себя так, как чувствует себя тот, кого нежданно-негаданно после плотного обеда схватила тайная полиция.

Проснувшись наутро, я, разумеется, начал терзаться. Какая непростительная тупость: неужели же заранее не ясно было, что нельзя вечно пребывать в таком блаженстве? — подумает читатель. Но читатель, если только в то время, как он читает эти строки, сам отчаянно не влюблен, вероятно, к счастью, забыл — а может, никогда и не знал, — каково находиться в подобном состоянии. Это, как я уже говорил, одна из форм безумия. Не безумие ли, когда все помыслы сосредоточены исключительно на одном человеке, когда весь остальной мир просто перестает существовать, не безумие ли, когда все твои мысли, чувства, вся твоя жизнь зависят от любимой, а какова твоя любимая — абсолютно не важно? Бывает, один человек сходит с ума, а другой считает предмет его восторгов никчемным. «Неужели получше не мог найти?» — вечная присказка. Нас поражает, когда тот, кого мы привыкли уважать, поклоняется какому-нибудь грубому, пустому и вульгарному ничтожеству. Но как бы ни был благороден и умен в глазах всего света предмет твоей любви, творить из него кумира — а в этом и состоит влюбленность — не меньшее безумие.

Обычно, хотя и не обязательно, самая ранняя стадия этого умопомрачения — как раз та, в которой я сейчас находился, — заключается в кажущейся утрате своего «я» до того, что теряется всякий страх перед болью или чувство времени (ведь бег времени вызывает тревогу и страх)... Чувствовать, что любишь, созерцать любимое существо — больше ничего и не надо. Так, рай на земле, вероятно, представляется мистику как бесконечное созерцание Бога. Однако свойства Бога таковы (или должны бы быть таковыми, существуй Он на самом деле), что, по крайней мере, не мешают нам длить радость поклонения. Являясь «основой бытия», Он даже этому, пожалуй, потворствует. И наконец, Он неизменен. Вечно же поклоняться так человеческому существу куда сложнее, даже если любимая не моложе тебя на сорок лет и, мягко выражаясь, к тебе равнодушна.

За эти два коротких дня я, по сути, пережил почти все этапы влюбленности. (Я говорю «почти все этапы» потому, что многое еще предстояло испытать.) Я разыграл на подмостках своего сердца два акта этого действа. В первый день я был просто святой. Благодарность так согревала и укрепляла меня, что хотелось поделиться своим богатством. Я настолько ощущал свое избранничество, свое исключительное положение, что гнев, даже воспоминания об обидах не укладывались у меня в голове. Мне хотелось ходить и прикасаться к людям, благословлять их, причастить их моего счастья, поведать о доброй вести, рассказать о тайне, превратившей вселенную в обитель радости и свободы, благородства, бескорыстия и великодушия. В тот день мне даже не хотелось видеть

Джулиан. Она была мне не нужна. Достаточно было знать, что она существует. Я, кажется, почти забыл о ней, как мистик, возможно, забывает о Боге, сам становясь богом.

На другой день я почувствовал, что она мне нужна, хотя тревога — это слишком грубое слово для обозначения той магнетической, шелковой нити (так, во всяком случае, мне представилось это поначалу), которая обвилась вокруг меня. Мое «я» начало оживать. В первый день Джулиан была повсюду. На второй день она занимала хоть и не ясное, но все-таки более определенное место в пространстве и была не то чтобы насущно необходима, но нужна. На второй день я ощутил ее отсутствие. Так возникла смутная потребность стратегии, желание строить планы. Будущее, потонувшее было в потоках яркого света, вновь открылось взору. Явились перспективы, предположения, возможности. Но восторг и благодарность по-прежнему озаряли мир, и я еще был в состоянии проявлять добрый интерес к другим людям и предметам. Любопытно, как долго человек может находиться в первой стадии любви? Без сомнения, гораздо дольше, чем я, но, разумеется, не до бесконечности. Вторая стадия, я уверен, при благоприятных условиях может продолжаться гораздо дольше. (Но опять-таки не до бесконечности. Любовь — история, любовь — диалектика, ей присуще движение.) И так я исчислял часами то, что другой переживал бы несколько лет.

Пока тянулся этот второй день, трансформацию, которой подверглось мое блаженство, можно было измерить чисто физическим ощущением напряженности, словно магнетические лучи, или даже веревки, или цепи сперва осторожно меня подергивали, потом стали подтягивать и, наконец, тащить изо всех сил. Желание я ощущал, разумеется, с самого начала, но хотя раньше оно оставалось в какой-то мере локализованным, оно было настолько абстрактным, что растворялось в необычайном упоении. Секс — это звено, связывающее нас с миром, и, когда мы по-настоящему счастливы и испытываем наивысшее духовное удовлетворение, мы совсем им не порабощены, напротив, он наполняет смыслом решительно все и наделяет нас способностью наслаждаться всем, к чему бы мы ни прикасались, на что бы мы ни смотрели. Бывает, конечно, что он поселяется в теле, как жаба. Тогда это тяжесть, бремя, хоть и не всегда нежеланное. Можно любить и цепи свои, и оковы. Когда Джулиан позвонила, я томился и тосковал, но это не были муки ада. Я не мог добровольно отсрочить свидание — мне слишком хотелось ее увидеть. И когда я был с ней, я еще мог быть совершенно счастлив. Я не ожидал мук преисподней.

Когда же я вернулся домой, расставшись с ней, я уже был в смятении, страхе, мне было больно, но я еще не корчился, еще не выл от боли. Однако я уже не мог так гордо обходиться без спиртного. Я достал потаенную бутылку виски, которую держал на случай крайней необходимости, и выпил довольно много, не разбавляя. Потом я выпил хереса. Я поел тушеной курицы прямо из консервной банки, которую, очевидно, притащил в дом Фрэнсис. И я чувствовал себя ужасно несчастным, как бывало в детстве, каким-то униженным, но решил, что не буду об этом думать и постараюсь уснуть. Я знал, что крепко усну, и так и вышло. Я ринулся в забытье, как корабль устремляется к черной грозовой туче, закрывшей горизонт.

Проснулся я с ясной головой, хотя она слегка побаливала, и с четким ощущением, что я пропал. Рассудок, который был — был же он хоть где-то все эти последние дни? — на заднем плане, или в отпуску, или в рассеянии, или в отлучке, снова оказался на своем посту. Во всяком случае, я услышал его голос. Однако он выступил в довольно своеобразной роли, и уж во всяком случае не в роли друга-утешителя. Он, конечно, не опустился до примитивных суждений вроде того, что Джулиан всего-навсего заурядная молодая девица и не стоит так из-за нее волноваться. Он даже не указал мне на то, что я поставил себя в такое положение, при котором неизбежны муки ревности. До ревности дело еще не дошло. Это тоже еще предстояло. Одно было ясно как день — мое положение стало невыносимым. Я желал с такой силой, от которой можно взорваться или сгореть, — желал того, чего просто не мог получить.

Я не плакал. Я лежал в постели, и меня электрическими разрядами пронзало желание. Я метался, стонал, задыхался, словно в борьбе с осязаемым демоном. То обстоятельство, что я дотронулся до нее, поцеловал, выросло в громадную гору (да простятся мне эти метафоры), которая непрестанно обваливалась на меня. Вкус кожи Джулиан был на моих губах. Это прикосновение породило на свет тысячу призраков. Я чувствовал себя нелепым, про́клятым, отверженным чудищем. Как могло случиться, что я поцеловал ее и при этом не вобрал ее в себя, не растворился в ней? Как я удержался, не бросился к ее ногам, не зарыдал?

Я встал, но почувствовал себя так плохо, что с трудом оделся. Хотел заварить чай, но от одного запаха меня чуть не стошнило. Выпил немного разбавленного водой виски, и тут мне стало совсем скверно. Не в силах стоять на одном месте, я бесцельно метался по квартире, натыкаясь на мебель, как тигр в клетке непрестанно натыкается на решетку. Теперь я не стонал, я хрипел. Надо было собраться с мыслями и решить, что же делать дальше. Может быть, покончить с собой? Может, немедленно отправиться в «Патару», засесть там, как в крепости, и глушить себя алкоголем? Бежать, бежать, бежать. Но собраться с мыслями я не мог. Меня занимало одно — как пережить эту муку.

Я уже сказал, что ревности пока не чувствовал. Ревность, в конце концов, упражнение, игра ума. Я же был до такой степени переполнен любовью, что для рассудка не оставалось места. Рассудок как бы стоял в стороне, озаряя своим пламенем этот своеобразный монумент.

Внутрь он не прокрался. И только на другой день, нет, то есть на четвертый (но я сейчас его опишу), я начал думать, что Джулиан двадцать лет и что она свободна как птица. Решился ли я задаться ревнивым вопросом, где она и любит ли кого-нибудь? Да, я задался этим вопросом, это было неизбежно. Собственно, даже сейчас она может быть где угодно, с кем угодно. Разумеется, я не мог этого не знать с самого начала, это было слишком очевидно. Но святого, каким я тогда был, это совершенно не касалось. Тогда я приобщился ее, как святых тайн. Теперь же мне казалось, что кто-то вонзил мне в печень раскаленную спицу (и где только я откопал это кошмарное сравнение?).

Ревность — самый чудовищно непредумышленный из наших грехов. К тому же один из самых мерзких и самых простительных. Зевс, смеющийся над клятвами влюбленных, должно быть, прощает их муки и горечь, которую эти муки порождают. Один француз сказал, что ревность родится вместе с любовью, но не всегда умирает с ней. В этом я не уверен. Я скорее склонен думать, что там, где ревность, там и любовь, и если мы ее испытываем, когда любовь как будто прошла, значит не прошла и любовь (я думаю, это не пустые слова). На некоторых стадиях — хотя мой случай показывает, что не на всех, — ревность служит мерилом любви. К тому же она (что, верно, и натолкнуло француза на его мысль) — новообразование, опухоль, именно опухоль. Ревность — это рак, она иногда убивает то, чем питается, хотя обычно ужасно медленно. (И сама тоже умирает.) И еще, меняя метафору: ревность — это любовь, это любящее сознание, любящее зрение, затуманенное болью, а в самых страшных формах — искаженное ненавистью.

Ужаснее всего в ней чувство, что у тебя отторгли, безвозвратно похитили часть самого тебя. Полюбив Джулиан, я начал сознавать это, сперва смутно, а потом все более отчетливо. Я не просто отчаянно желал того, чего не мог получить. Это бы еще куда ни шло. Это еще самое тупое и глухое страдание. Я был обречен быть с ней, как бы она меня ни отвергала. И как бы долго, как бы томительно медленно и как бы мучительно это ни происходило, все равно искушение повлечет меня за ней, где бы она ни была. Кому бы она ни отдавалась, я всегда буду с ней. Как бесстыжее домашнее животное, я буду сидеть по углам спален, где она будет целоваться и любить. Она сойдется с моими врагами, будет ласкать тех, кто насмехается надо мной, будет пить с чужих губ презрение ко мне. А моя душа будет незримо следовать за ней, беззвучно плача от боли. И это огромное, непомерное страдание поглотит меня целиком и навсегда отравит мне жизнь.

Когда любишь, трудно представить себе, что от любви можно исцелиться. Это противоречит самому понятию любви (во всяком случае, как я ее понимаю). К тому же исцеляется далеко не каждый. Естественно, моему пылающему уму ни на секунду не являлась возможность такого пошлого утешения. Как я уже говорил, я понял, что пропал. Ни луча света, вообще никакого утешения. Хотя тут надо упомянуть о том, что, правда, осенило меня уже позднее. Конечно, я и думать не думал писать, «сублимировать» все это (слово-то какое нелепое). Но я знал, что это мое предназначение, что это... ниспослано мне... той же властью. Пусть ты корчишься от боли, ибо печень тебе пронзила спица, быть пригвожденным этой властью — значит быть на своем месте.

Оставив в стороне всю эту метафизику, должен признаться, что я, разумеется, тут же решил: бежать я не могу. Я не могу уехать из города. Я должен снова увидеть Джулиан, должен прождать все ужасные, пустые дни до нашего свидания в Ковент-Гардене. Конечно, мне хотелось сейчас же ей позвонить и позвать к себе. Но каким-то чудом мне удалось побороть соблазн. Я не позволил себе опуститься до умопомешательства. Лучше остаться один на один с силами тьмы и страдать, чем уничтожить все, ввергнув в воющий хаос. Хранить молчание, хотя теперь совсем иное и неутешительное, — вот моя единственная задача.

В это утро, которое я не пытаюсь больше описывать (скажу только, что звонил Хартборн, но я тут же положил трубку), явился Фрэнсис.

Открыв ему, я вернулся в гостиную, и он последовал за мной. Я сел и, тяжело дыша, начал тереть глаза и лоб.

— Брэдли, что случилось?
— Ничего.
— Смотрите-ка — виски. Я и не знал, что у вас есть. Где же это вы его прятали? Можно?
— Да.
— А вам налить?
— Да.

Фрэнсис дал мне стакан.
— Вы больны?
— Да.
— Что с вами?

Я отхлебнул виски и поперхнулся. Я был совершенно болен и никак не мог отличить физические муки от душевных.

— Брэд, мы прождали вас вчера весь вечер.
— Почему, где?
— Вы сказали, что зайдете к Присцилле.
— Ах да! Присцилла.

Я полностью и начисто забыл о существовании Присциллы.

— Мы вам звонили.
— Меня не было. Я обедал не дома.
— Вы что, просто забыли?
— Да.
— Арнольд сидел до двенадцатого часа. Вы ему зачем-то нужны. Он был сам не свой.
— Как Присцилла?
— Все так же. Кристиан спрашивала, как вы посмотрите на то, чтобы ее лечили электрошоком.

— Что же, очень хорошо.
— Так не возражаете? А вы знаете, что при этом распадаются мозговые клетки?
— Тогда лучше не надо.
— Но с другой стороны...
— Мне надо повидать Присциллу, — произнес я, кажется, вслух.

Но я знал, что просто не могу. У меня ни на кого другого не осталось ни капли душевных сил. Я не мог предстать в таком состоянии перед этой беспомощной, страждущей душой.

— Присцилла говорит, что согласна на все, если вы этого хотите.

Электрошок. Тебя ударяют по черепу. Так стучат по неисправному радиоприемнику, чтобы он заработал. Мне необходимо взять себя в руки. Присцилла...

— Надо... еще... подумать, — сказал я.
— Брэд, что случилось?
— Ничего. Распад мозговых клеток.
— Вы больны?
— Да.
— Что с вами?
— Я влюблен.
— О! — сказал Фрэнсис. — В кого?
— В Джулиан Баффин.

Я не собирался ему говорить. Я сказал потому, что тут было что-то схожее с Присциллой. Та же безысходность. И ощущение, будто тебя так измолотили, что уже все нипочем.

Фрэнсис принял новость совершенно спокойно. Что же, наверное, так и надо.

— И что, очень плохо вам? Я имею в виду, из-за вашей болезни.
— Очень.
— Вы ей сказали?
— Не валяйте дурака, — проговорил я. — Мне пятьдесят восемь, а ей двадцать.

— Ну и что? Любовь не считается с возрастом, это известно каждому. Можно, я налью себе еще виски?

— Вы просто не понимаете, — сказал я. — Я не могу... выставлять свои... чувства перед этой... девочкой. Она просто испугается. И насколько я понимаю, никакие такие отношения с ней невозможны...

— А почему? — сказал Фрэнсис. — Вот только нужно ли — это другой вопрос.

— Не мелите такого... Тут же встает нравственная проблема и прочее... Я почти старик, а она... Ей противно будет... Она просто не захочет меня больше видеть.

— Ну, это еще неизвестно. Нравственная проблема? Возможно. Не знаю. Теперь все так переменилось. Но неужели вам будет приятно и дальше встречаться с ней и держать язык за зубами?

— Нет, конечно нет.

— Ну а тогда, прошу прощения за прямолинейность, не лучше ли выйти из игры?

— Вы, наверное, никогда не были влюблены.

— Нет, был, и еще как. И... всегда безнадежно... всегда без взаимности. Так что мне уж не говорите...

— Я не могу выйти из игры, я еще только вошел. Не знаю, что делать. Я просто схожу с ума. Я попал в силки.

— Разорвите их и бегите. Поезжайте в Испанию, что ли.

— Не могу. Я встречаюсь с ней в среду. Мы идем в оперу. О господи!

— Если хотите страдать, дело ваше, — сказал Фрэнсис, подливая себе виски. — Но если хотите выкарабкаться, я бы на вашем месте ей сказал. Напряжение бы ослабло, и все пошло бы своим чередом. Так легче исцелиться. Терзаться втихомолку всегда хуже. Напишите ей письмо. Вы же писатель, вам писать — одно удовольствие.

— Ей будет противно.

— А вы осторожно, намеками.

— В молчании есть достоинство и сила.

— В молчании? — сказал Фрэнсис. — Но вы уже его нарушили.

О, моя душа, пророчица! Это была правда.

— Конечно, я никому ни слова. Но мне-то вы зачем сказали? Не хотели ведь и сами потом будете жалеть. Может, даже возненавидите меня. Прошу вас, не надо. Вы сказали мне потому, что вы не в себе. Просто не могли удержаться. А рано или поздно вы и ей скажете.

— Никогда.

— Не стоит все усложнять, а насчет того, что ей противно будет, — вряд ли. Скорее она просто рассмеется.

— Рассмеется?

— Молодые не принимают всерьез стариковские чувства нашего брата. Она будет даже тронута, но решит, что это смешное умопомешательство. Ее это развлечет, заинтригует. Для нее это будет событие.

— Убирайтесь вы, — сказал я. — Убирайтесь.

— Вы сердитесь на меня. Я же не виноват, что вы мне сказали.

— Убирайтесь.

— Брэд, как же все-таки насчет Присциллы?

— Поступайте, как сочтете нужным. Оставляю все на ваше усмотрение.

— Вы не собираетесь ее проведать?

— Да, да. Потом. Сердечный ей привет.

Фрэнсис подошел к двери. Я сидел и тер глаза. Смешное медвежье лицо Фрэнсиса все сморщилось от тревоги и огорчения, и вдруг он напомнил мне свою сестру, когда она с такой нелепой нежностью смотрела на меня в синей тьме нашей старой гостиной.

— Брэд, почему бы вам не ухватиться за Присциллу?

— Не понимаю.

— Ухватитесь за нее, как за спасательный круг. Пусть это заполнит вашу жизнь. Думайте только о том, чтобы ей помочь. Правда, займитесь этим всерьез. А остальное выкиньте из головы.

— Ничего вы не понимаете.

— Ну хорошо. Тогда попробуйте ее уговорить. Что тут особенного?

— О чем это вы?

— Почему бы вам не завести роман с Джулиан Баффин? Ей это нисколько не повредит.

— Вы... негодяй. О господи, как я мог сказать вам, именно вам, я с ума сошел.

— Ну хорошо, молчу. Ладно, ладно, ухожу.

Когда он ушел, я как безумный заметался по квартире. Зачем, ах зачем я нарушил молчание? Я расстался со своим единственным сокровищем, отдал его дураку. Я не боялся, что Фрэнсис меня предаст. Но к моим страданиям добавились новые, куда страшнее. В шахматной партии с Черным принцем я, возможно, сделал неверный и роковой ход.

Через некоторое время я сел и принялся думать о том, что мне сказал Фрэнсис. Разумеется, не обо всем. О Присцилле я вовсе не думал.

Мой дорогой Брэдли!

Я попал в ужаснейший переплет и чувствую, что должен Вам все открыть. Возможно, это Вас не так уж и удивит. Я безумно влюблен в Кристиан. Представляю себе, с какой убийственной иронией отнесетесь Вы к этому сообщению. «Влюбились? В Вашем-то возрасте? Ну, знаете!» Мне известно, как Вы презираете всякую «романтику». Это предмет наших давних споров. Позвольте заверить Вас: то, что я чувствую, не имеет никакого отношения к розовым грезам или к «сантиментам». Никогда в жизни я еще не был в таком мраке и никогда еще не чувствовал себя таким реалистом. Боюсь, Брэдли, что это серьезно. Ураган, в существование которого, я думаю, Вы просто не верите, сбил меня с ног. Как мне убедить Вас, что я нахожусь in extremis?[1] Последнее время я несколько раз хотел встретиться с Вами, попытаться

---

[1] В крайности *(лат.)*.

объяснить, убедить Вас, но, возможно, в письме это мне лучше удастся. Во всяком случае, пункт первый. Я действительно влюблен, и это мучительно. По-моему, я никогда еще ничего подобного не чувствовал. Я вывернут наизнанку, я живу в фантастическом мире, я перестал быть самим собой, меня подменили. Я уверен, между прочим, что стал совершенно другим писателем. Это взаимосвязано, иначе и не может быть. Что бы ни произошло, мои книги отныне будут гораздо лучше и тяжелее. Господи, мне тяжело, тяжело, тяжело. Не знаю, поймете ли Вы меня.

Перехожу к следующему пункту. Есть две женщины: люблю из них я одну, но и другую совсем не собираюсь бросать. Разумеется, мне не безразлична Рейчел. Но увы, иногда случается, что от кого-то страшно устаешь. Конечно, наш брак существует, но у нас от него ничего не осталось, кроме усталости и опустошенности; он превратился в пустую оболочку, боюсь, навсегда. Теперь я так ясно это вижу. Между нами уже нет живой связи. Я вынужден был искать настоящей любви на стороне, а моя привязанность к Рейчел стала привычной, как роль, в которую ты вошел. Тем не менее я не оставлю ее, я сохраню их обеих, это мой долг, оставить сейчас кого-нибудь из них равносильно смерти, и поэтому совершенно ясно: чему быть, того не миновать, и если это означает иметь две семьи, что поделаешь. Не я первый, не я последний. Слава богу, я могу себе это позволить. Рейчел, конечно, кое-что подозревает (ничего похожего на ужасную правду), но сам я ей еще ничего не говорил. Я знаю, что чувств у меня хватит на обеих. (Почему считается, что запас любви ограничен?) Трудно будет только на первых порах, я имею в виду стадию устройства. Время все сгладит. Я удержу их и буду любить обеих. Я знаю, все, что я говорю, возмущает Вас (Вас ведь так легко возмутить). Но уверяю Вас, я все так ясно и чисто себе представляю, и тут нет ни романтики, ни грязи. И я не думаю, что это будет легко, — просто это неизбежно.

Третий пункт касается Вас. При чем тут Вы? Мне очень жаль, но Вы, безусловно, в этом замешаны. Мне бы этого не хотелось, но дело в том, что Вы можете оказаться даже полезным. Простите мою холодную прямоту. Возможно, теперь Вы поймете, что я имею в виду, употребляя такие слова, как «тяжело», «чисто» и прочее. Короче, мне необходима Ваша помощь. Я знаю, в прошлом мы враждовали и в то же время любили друг друга. Мы — старые друзья и старые враги, но больше — друзья; вернее, дружба включает в себя вражду, но не наоборот. Вам это понятно. Вы связаны с обеими женщинами. Если я скажу: освободите одну и утешьте другую, я грубо и примитивно выражу то, чего я от Вас хочу. Рейчел Вас очень любит, я знаю. Я не спрашиваю, «что у вас было» недавно или когда-нибудь раньше. Я вообще не ревнив и сознаю, что бедная Рейчел в разные времена, и в особенности сейчас, очень от меня натерпелась. В том горе, которое ее ждет, Вы будете ей большой поддержкой, я уверен. Ей важно иметь друга, которому можно жаловаться на меня. Я хочу, чтобы Вы — и в этом заключается моя конкретная просьба — встретились с ней и рассказали про меня и про Крис. Я думаю, психологически правильнее всего, чтобы именно Вы ей это сказали, и, кроме того, Вы сумеете ее подготовить. Скажите ей, что это «очень серьезно» — не то что мимолетные увлечения, которые были раньше. Скажите насчет «двух семей» и т. д. Откройте ей все, и пусть она, во-первых, поймет самое плохое, а во-вторых — что все еще может неплохо устроиться. На бумаге это звучит чудовищно. Но мне кажется, любовь сделала меня таким безжалостным чудовищем. Я уверен, что, если она обо всем этом узнает от Вас (и не откладывая, сегодня же или завтра), она скорее с этим примирится.

Это, безусловно, свяжет Вас с ней особыми узами. Радует ли Вас такая перспектива, я не спрашиваю.

Теперь о Кристиан, и это тоже Вас касается. О ее чувствах я пока ничего не сказал, но, кажется, намекнул *достаточно ясно. Да, она любит меня. За последние несколько дней случилось многое. Больше, наверное, чем за всю мою жизнь. То, что Кристиан сказала Вам в последний раз, разумеется, только шутка — она просто была в приподнятом настроении, как Вы, полагаю, заметили. Она такая веселая и добрая. Но Вы, конечно, ей не безразличны, и она хочет получить от Вас — довольно трудно подобрать для этого слово — своего рода благословение, хочет уладить все старые споры и заключить полный мир, хочет, чтобы Вы ей пообещали — я уверен, Вы это сделаете, — что Вы останетесь ее другом, когда она будет жить со мной. Я могу добавить, что Кристиан, будучи щепетильной, в первую очередь озабочена интересами Рейчел и тем, как Рейчел со всем «справится». Надеюсь, что и на этот счет Вы ее сможете успокоить. Обе они поистине поразительные женщины. Брэдли, Вы меня понимаете? Во мне смешались радость, и страх, и твердая решимость — не знаю, достаточно ли ясно я выражаюсь.*

Я сам занесу Вам письмо, но не стану пытаться с Вами увидеться. Вы, конечно, придете навестить Присциллу, тогда и встретимся. Не стоит откладывать разговор с Рейчел до тех пор, пока мы с Вами увидимся. Чем скорее Вы с ней поговорите, тем лучше. Но я бы хотел встретиться с Вами до того, как Вы пойдете к Кристиан. Господи, Вам хоть что-нибудь понятно? Я взываю о помощи — и Ваше тщеславие должно быть польщено. Наконец-то Вы взяли верх. Помогите мне. Прошу во имя нашей дружбы,

Арнольд.

P. S. Если Вам все это не по душе, ради бога, будьте, по крайней мере, великодушны и не изводите меня. Я могу показаться слишком рационалистичным, но я страшно расстроен и совсем потерял рассудок. Мне так не хочется обижать Рейчел. И пожалуйста, не кидайтесь к

Кристиан и не огорчайте ее — ведь сейчас только-только все налаживается. И к Рейчел не ходите, если не можете поговорить с ней спокойно и так, как я просил. Простите, простите меня.

Я получил это любопытное послание на следующее утро. Немного раньше оно вызвало бы во мне целую бурю противоречивых чувств. Но любовь настолько притупляет интерес ко всему остальному, что я глядел на письмо, как на счет из прачечной. Я прочитал его, отложил в сторону и забыл. Теперь я не могу повидать Присциллу — вот единственный вывод, который я для себя сделал. Я пошел в цветочный магазин и оставил там чек, чтобы ей ежедневно посылали цветы.

Не берусь описывать, как я просуществовал следующие несколько дней. Бывает безысходность, о которой можно дать понять только намеками. Я словно потерпел крушение и с ужасом смотрел на собственные обломки. И все же по мере того, как приближалась среда, во мне все росло и росло возбуждение, и при мысли, что я просто буду с ней, меня уже заливала мрачная радость — это был демонический отблеск той радости, которую я испытал на башне Почтамта. Тогда я пребывал в невинности. Ныне я был виновен и обречен. И — правда, только по отношению к себе самому — неистов, груб, жесток, непримирим... И все же: быть с нею снова. В среду.

Разумеется, я подходил к телефону, на случай если это она. Каждый телефонный звонок пронзал меня словно электротоком. Звонила Кристиан. Звонил Арнольд. Я бросал трубку. Пусть думают что хотят. И Арнольд, и Фрэнсис оба звонили в дверь, но я разглядел их сквозь матовое стекло в двери и не впустил. Не знаю, видели они меня или нет, мне было все равно. Фрэнсис просунул записку, сообщая, что Присциллу начали лечить шоковой терапией и ей, кажется, лучше. Приходила Рейчел, но я спрятался. Потом она позвонила, взволнованная, —

я отвечал ей односложно и обещал позвонить. Так я коротал время. Несколько раз я принимался писать Джулиан. «Моя дорогая Джулиан, я попал в ужаснейший переплет и должен тебе все открыть». «Дорогая Джулиан, прости, но мне надо уехать из Лондона, и я не могу с тобой встретиться в среду». «Джулиан, любимая, я люблю тебя, и если бы ты знала, как это мучительно, любовь моя». Разумеется, я разорвал все эти письма, я писал их только для себя. Наконец после столетий тоски наступила среда.

Джулиан держала меня под руку. Я не пытался взять под руку ее. И теперь она судорожно сжимала мою руку, вероятно, бессознательно, от возбуждения. После меркнущей улицы мы оказались в залитом ярким светом вестибюле Королевской оперы и пробирались сквозь шумную толпу. На Джулиан было довольно длинное красное шелковое платье с синими тюльпанами в стиле *art nouveau*[1]. Ее волосы, которые она украдкой тщательно расчесывала в тот момент, когда я ее увидел, вопреки обыкновению, образовали нечто вроде шлема у нее на голове — они мягко поблескивали, словно длинные, плоские металлические нити. Лицо было отсутствующее, радостно-рассеянное, сиявшее улыбкой. Я ощутил счастливую муку желания, как будто меня вспороли кинжалом от паха до горла. И еще я испугался. Я боюсь толпы. Мы вошли в зал — Джулиан уже тащила меня — и нашли свои места в середине партера. Люди вставали, чтобы нас пропустить. Ненавижу все это. Ненавижу театры. Слышался ровный гул приглушенных голосов цивилизованной публики, ожидавшей своего «зрелища», — безумная болтовня тщеславных людей между собой. И все нарастала неподражаемо грозная какофония настраивающегося оркестра.

---

[1] Новое искусство *(фр.)*, т. е. модерн.

Как я отношусь к музыке — вопрос особый. Я не лишен музыкального слуха, хотя, пожалуй, лучше бы мне его не иметь. Музыка трогает меня, она до меня доходит, может меня волновать и даже мучить. Она доходит до меня, как доходит зловещее бормотание на языке, который тебе почти понятен, и ты с ужасом подозреваешь, что бормочут о тебе. Когда я был моложе, я даже любил слушать музыку; я глушил себя путаными эмоциями и воображал, будто испытываю великое душевное потрясение. Истинное наслаждение искусством — холодный огонь. Я не отрицаю, что есть люди — их меньше, чем можно подумать, слушая разглагольствования мнимых знатоков, — которые получают чистое и математически ясное удовольствие от этой мешанины звуков. Но для меня музыка — просто предлог для собственной фантазии, поток беспорядочных чувств, мерзость моей души, облеченная в звуки.

Джулиан выпустила мою руку, но сидела, наклонясь ко мне, так что ее правая рука от плеча до локтя слегка касалась моей левой. Я сидел не дыша, весь отдавшись этому прикосновению. Только осторожно подвинул свою левую ногу к ее правой ноге, чтобы наши туфли соприкасались. Так тайно подсылают своего слугу подкупить служанку возлюбленной. Я судорожно дышал и молил бога, чтобы это было не слышно. В оркестре продолжались нестройные причитания полоумных птиц. Там, где должен был находиться мой живот, я ощущал огромную, во все здание театра, пустоту, и ее рассекал шрам желания. Меня мучил страх, не то физический, не то душевный, и предчувствие, что скоро я утрачу власть над собой, закричу, потеряю сознание или меня вырвет. В то же время я блаженствовал, ощущая легкое, но по-прежнему явственное касание руки Джулиан. Я вдыхал свежий острый запах ее шелкового платья. Осторожно, словно к яичной скорлупе, я прикасался к ее туфле.

Нестройно звучавший, красный с золотом зал заколыхался у меня перед глазами, начал чуть заметно кружиться, напоминая что-то из Блейка — огромный разноцветный мяч, гигантскую елочную игрушку, дымчато-розовый, сверкающий, переливающийся и щебечущий шар, в середине которого, повиснув, вращаемся мы с Джулиан, соединенные головокружительным, непрочным и легким, как перышко, касанием. Где-то над нами сияло синее, усыпанное звездами небо, а вокруг полуобнаженные женщины высоко держали красные факелы. Моя рука горела. Колено дрожало от напряжения. Я был в пурпурных, золотых джунглях, оглашаемых трескотней обезьян и свистом птиц. Кривая сабля сладких звуков рассекала воздух и, вонзаясь в кровавую рану, превращалась в боль. Я сам был этим карающим мечом, я сам был этой болью. Я был на арене, окруженный тысячью кивающих, гримасничающих лиц, я был приговорен к смерти через звуки. Меня убьют птичьим щебетом и похоронят в бархатной яме. Меня позолотят, а потом сдерут с меня кожу.

— Брэдли, что с тобой?
— Ничего.
— Ты не слушаешь.
— А ты что-нибудь сказала?
— Я спрашиваю, ты знаешь содержание?
— Содержание чего?
— «Кавалера роз».
— Конечно, я не знаю содержания «Кавалера роз».
— Ну, тогда скорее читай программку.
— Нет, лучше ты мне расскажи.
— О, все очень просто. Это об одном молодом человеке, Октавиане, его любит жена фельдмаршала, они любовники, только она намного старше его и боится его потерять, потому что он может влюбиться в свою ровесницу...
— А сколько лет ему и сколько ей?
— Ему, кажется, лет двадцать, а ей, наверное, тридцать.
— Тридцать?

— Ну да, кажется, в общем, совсем старая и понимает, что он относится к ней как к матери и что их связь не может длиться долго. В начале оперы они в постели, и она, конечно, очень счастлива, потому что она с ним, но и очень несчастна, потому что уверена: она непременно его потеряет и...

— Хватит!

— Ты не хочешь знать, что будет дальше?

— Нет.

В эту минуту раздался рокот аплодисментов, перешедший в грохот, неумолимый прибой сухого моря, буря из перестука кастаньет.

Звезды потухли, красные факелы померкли, и, когда дирижер поднял палочку, наступила жуткая, плотная тишина. Тишина. Мрак. Затем порыв ветра, и по темному залу свободно покатилась волна нежной пульсирующей боли. Я закрыл глаза и склонил перед нею голову. Сумею ли я преобразить эту льющуюся извне нежность в поток чистой любви? Или она меня погубит, опозорит, задушит, разорвет на части? И вдруг почти сразу я почувствовал облегчение — из глаз полились слезы. Дар слез, который был мне когда-то дан и отнят, вернулся как благословение. Я плакал, и мне стало несказанно легко, и я расслабил свою руку и ногу. Быть может, если из моих глаз будут непрерывно литься слезы, я все это вынесу. Я не слушал музыку, я отдался ей, и моя тоска лилась из глаз и увлажняла жилет, а мы с Джулиан летели теперь свободно, взмахивая крыльями, как два сокола, два ангела, слившиеся воедино, в темной пустоте, прошиваемой вспышками огня. Я боялся только, что долго не смогу плакать тихо и зарыдаю в голос.

Занавес вдруг раздвинулся, и я увидел огромную двуспальную кровать в пещере из кроваво-красных, ниспадавших фестонами полотнищ. На минуту я успокоился, вспомнив «Видение святой Урсулы» Карпаччо. Я даже пробормотал про себя, как заклятие: «Карпаччо». Но охлаждающее сравнение скоро улетучилось, и даже Карпаччо не мог меня спасти от того, что произошло дальше. Не на кровати, а на подушках на авансцене лежали в обнимку две девушки. (Вероятно, одна из них изображала юношу.) Потом они начали петь.

Звук поющего женского голоса — один из самых щемяще-сладостных звуков на свете, самый проникновенный, самый грандиозно-значительный и вместе с тем самый бессодержательный звук; а дуэт в два раза хуже соло. Возможно, пение мальчиков хуже всего. Не знаю. Две девушки разговаривали с помощью чистых звуков, голоса кружились, отвечали друг другу, сливались воедино, сплетали зыбкую серебряную клетку почти непристойной сладости. Я не знаю, на каком языке они пели, слов было не разобрать, слова были излишни, слова — эти монеты человеческой речи самой высшей чеканки — расплавлялись, стали просто песней, потоком звуков, ужасных, чуть ли не смертоносных в своем великолепии. Несомненно, она оплакивала неизбежную потерю своего молодого возлюбленного. Прекрасный юноша возражал ей, но сердце его в этом не участвовало. И все это претворялось в пышный, сладкий, душераздирающий каскад приторных до тошноты звуков. О господи, это было невыносимо!

Я понял, что застонал, так как сосед справа, которого я только теперь заметил, повернулся и уставился на меня. В то же мгновение мой желудок скользнул куда-то вниз, потом подскочил обратно, и я почувствовал внезапную горечь во рту. Пробормотав: «Прости!» — в сторону Джулиан, я неуклюже поднялся. Нелепо скрипнули кресла в конце ряда, когда шесть человек торопливо встали, чтобы меня пропустить. Я протиснулся мимо них, споткнулся на каких-то ступеньках, а неумолимо сладкое тремоло все впивалось когтями мне в плечи. Наконец я добрался до светящейся таблички «Выход» и очутился в залитом ярким светом, совершенно пустом и внезапно тихом фойе. Я шел быстро. Я знал, что меня вот-вот вырвет.

Для собственного достоинства далеко не безразлично, где тебя вырвет: неподходящее место лишь усиливает ужас и позор этого акта. Только бы не на ковер, не на стол, не на платье хозяйки дома. Я хотел, чтобы меня вырвало вне пределов Королевского оперного театра, — и мне это удалось. Меня встретила безлюдная грязная улица и острый едкий запах ранних сумерек. Сиявшие светлым золотом колонны театра казались в этом убогом месте портиком разрушенного, или призрачного, или выросшего по волшебству дворца, и рынок лепился к нему зелеными и белыми аркадами чужеземного фруктового базара, как будто из итальянского Возрождения. Я свернул за угол и увидел перед собой ящики с персиками, выстроенные бессчетными рядами за решеткой. Я осторожно ухватился за решетку, наклонился, и меня вырвало.

Рвота — весьма любопытное явление, совершенно *sui generis*[1]. Потрясающе, до какой степени она непроизвольна, ваше тело неожиданно проделывает что-то совершенно необычное с удивительной быстротой и решительностью. Спорить тут невозможно. Тебя просто «схватывает». Рвота подымается с таким поразительным напором, совершенно обратным силе тяжести, что кажется, будто тебя хватает и сотрясает какая-то враждебная сила. Я слышал, что есть люди, которые получают удовольствие от рвоты, и, хотя не разделяю их вкуса, мне кажется, я могу их в какой-то мере понять. Такое чувство, что ты что-то *совершаешь*. И если не противиться приказу желудка, то испытываешь своего рода удовлетворение от того, что ты его беспомощное орудие. Облегчение, которое наступает после того, как тебя вырвало, разумеется, совсем другое дело.

---

[1] Своеобразное (*лат.*).

Я стоял наклонясь и смотрел на то, что я натворил, и чувствовал, что лицо мое влажно от слез и его овевает прохладный ветер. Я вспомнил драгоценную оболочку, содрогающуюся в агонии, эту приторную засахаренную сталь. Вспомнил неизбежную утрату любимой. И я ощутил Джулиан. Я не могу этого объяснить. Совершенно изнуренный, поверженный, загнанный в угол, я просто понял, что она есть. В этом не было ни радости, ни облегчения, только точное бесспорное сознание, что я проник в ее сущность.

Внезапно я почувствовал, что кто-то стоит рядом.

— Ну как ты, Брэдли? — спросила Джулиан.

Я зашагал от нее прочь, нащупывая носовой платок. Я тщательно вытер рот и постарался прополоскать его слюной.

Я шел вдоль коридора из клеток. Я был в тюрьме. В концлагере. Это была стена, сложенная из полиэтиленовых мешков с огненно-рыжей морковью. Они смотрели на меня, как насмешливые рожи, как обезьяньи зады. Я осторожно и размеренно дышал, я прислушивался к своему желудку, мягко его поглаживая. Я вошел под освещенный свод и подверг свой желудок новому испытанию, вдохнув запах гниющего латука. И продолжал идти, занятый процессом вдохов и выдохов. Только теперь я почувствовал пустоту и слабость. Я понял, что это предел. Как олень, который не может больше бежать, поворачивается и склоняет голову перед собаками, как Актеон, подвергшийся каре богини, загнанный и растерзанный.

Джулиан шла за мной. Я слышал постукивание ее каблучков по липкому тротуару и всем телом ощущал ее присутствие.

— Брэдли, может, кофе выпьешь? Рядом закусочная.
— Нет.
— Давай где-нибудь присядем.
— Тут негде сесть.

Мы прошли между двумя грузовиками молочно-белых коробок с вишнями и вышли из лабиринта. Темнело, фонари уже освещали элегантные, строгие, военные очертания овощного рынка, напоминавшего арсенал, обшарпанные казармы восемнадцатого века; в это время дня он был тихий и мрачный, как монастырь. Напротив виднелся осыпающийся восточный портик церкви Иниго Джонса, заставленный тележками, в дальнем его конце пристроилась закусочная, о которой говорила Джулиан. Скудный свет фонарей, сам казавшийся грязным, выхватывал из темноты толстые колонны, несколько отдыхающих грузчиков и сторожей, груду овощных отбросов и поломанных картонных коробок. Как нищий итальянский городок, изображенный Хогартом[1].

Джулиан уселась на цоколь одной из колонн в дальнем конце портика, и я сел рядом или, точнее, почти рядом, насколько позволяла выпуклость колонны. Под собой, под ногами, позади я чувствовал жирную, клейкую лондонскую грязь. Сбоку в тусклом луче я видел задравшееся шелковое платье Джулиан, дымчато-синие колготки, сквозь которые розовело тело, ее туфли, тоже синие, которых я так осторожно касался в театре своим ботинком.

— Бедный Брэдли, — сказала Джулиан.
— Прости, пожалуйста.
— Это из-за музыки, да?
— Нет, это из-за тебя. Прости.

Мы молчали, как мне показалось, целую вечность. Я вздохнул, прислонился к колонне, и запоздалые слезы, чистые и спокойные, опять медленно подступили к глазам и потекли по лицу. Я рассматривал синие туфли Джулиан.

Джулиан сказала:
— Как из-за меня?

---

[1] *Хогарт Уильям* (1697–1764) — английский живописец, график и теоретик искусства.

— Я в тебя безумно влюблен. Но ты, пожалуйста, не беспокойся.

Джулиан присвистнула. Нет, не совсем так. Она просто выдохнула воздух задумчиво, сосредоточенно. Через некоторое время она сказала:

— Вообще-то, я догадывалась.

— Как, откуда ты узнала? — сказал я, потер рукой лицо и уткнулся губами в свою мокрую ладонь.

— По тому, как ты меня поцеловал на прошлой неделе.

— А... Ну что ж. Прости. А сейчас мне, наверное, лучше пойти домой. Завтра я уеду из Лондона. Прости, что испортил тебе вечер. Надеюсь, ты извинишь мое скотское поведение. Надеюсь, ты не испачкала свое прелестное платьице. Спокойной ночи.

Я действительно встал. Я чувствовал, что я пуст и легок, способен передвигаться. Сначала тело, потом уже дух. Я зашагал к Генриетта-стрит.

Джулиан была передо мной. Я увидел ее лицо — птичья маска, лисья маска, — напряженное и ясное.

— Брэдли, не уходи. Посидим еще минутку.

Она положила ладонь мне на локоть.

Я отпрянул.

— Это не игрушка для маленьких девочек, — сказал я.

Мы смотрели друг на друга.

— Сядем. Пожалуйста.

Я вернулся к колонне. Сел и закрыл лицо руками. Потом я почувствовал, что Джулиан пытается просунуть руку мне под локоть. Я отстранил ее. Так решительно и с такой яростью, словно в ту минуту ненавидел ее и готов был убить.

— Брэдли, не надо... так. Ну скажи мне что-нибудь.

— Не прикасайся ко мне, — сказал я.

— Хорошо, не буду. Только скажи что-нибудь.

— А не о чем говорить. Я сделал то, чего поклялся никогда не делать. Я рассказал тебе, что со мной происходит. Преувеличить трудно, думаю, ты и так поняла, что это чересчур серьезно. Завтра я сделаю то, что мне давно уже следовало сделать, — уеду. Но потакать твоему девчоночьему тщеславию и выставлять свои чувства напоказ я не собираюсь.

— Слушай, слушай, Брэдли. Я не умею объяснять, не умею спорить, но пойми: нельзя тебе вылить все это на меня и сбежать. Это нечестно. Пойми.

— Какая уж тут честность, — сказал я. — Я просто хочу выжить. Я понимаю твое любопытство, и, естественно, тебе хочется его удовлетворить. Наверное, простая вежливость требует, чтобы я был не так резок с тобой. Но мне, ей-богу, плевать, оскорблю я твои чувства или нет. Это, вероятно, худшее, что я сделал в жизни. Но раз дело сделано, нечего тянуть канитель и анатомировать собственные переживания, даже если тебе это доставляет удовольствие.

— И тебе не хочется рассказать мне о своей любви?

Вопрос был убийствен своей простотой. Ответ на него был мне предельно ясен.

— Нет, все уже испорчено. Я сто раз воображал, как я объяснюсь тебе, но это относилось к миру фантазий. В реальном же мире этому нет места. Нельзя. Не то чтобы преступно — просто абсурдно. Я холоден как лед, мне все равно. Ну, чего ты хочешь? Чтобы я воспевал твои глаза?

— Ты сказал, что любишь... и сразу все... прошло?

— Нет. Но... слов уже нет... я должен носить это в себе и с этим жить. Пока я молчал, я мог без конца представлять себе, как я тебе это говорю. Теперь... мне отрубили язык.

— Я... Брэдли, не уходи... мне надо... о, помоги же мне... подыскать слова... Это так важно... Это же и меня касается... Ты говоришь только о себе.

— А о ком же еще речь? — сказал я. — Ты — просто нечто в моих мечтах.

— Неправда. Я не мечта. Я живая. Я тебя слышу. Я, может быть, страдаю.

— Страдаешь? Ты?

Я рассмеялся, встал и двинулся прочь.

Но не успел я и шагу сделать, как Джулиан, не поднимаясь, схватила меня за руку. Я посмотрел вниз на ее лицо. Я хотел вырвать у нее руку, но приказ мозга затерялся на полпути к руке. Я стоял и глядел на ее настойчивое лицо, вдруг сделавшееся жестче и старше. Она смотрела без нежности, нахмурясь, глаза сузились в два тоненьких вопросительных прямоугольника, губы раскрылись, нос сморщился в требовательном недоверии.

— Сядь, пожалуйста, — сказала она.

Я сел, и она выпустила мою руку.

Мы смотрели друг на друга.

— Брэдли, ты не можешь уйти.

— Похоже, что так. Знаешь, ты очень жестокая молодая особа.

— Это не жестокость. Мне нужно понять. Ты говоришь, что думаешь только о себе. Прекрасно. Я тоже думаю о себе. Ты сам начал, верно, но ты не можешь кончить, когда тебе заблагорассудится. Я полноправный партнер в игре.

— Надеюсь, игра тебя радует. Наверное, приятно почувствовать на коготках кровь. Будет о чем с удовольствием подумать перед сном в постельке.

— Не груби, Брэдли. Я не виновата. Я тебя не просила влюбляться. Мне такое и в голову не приходило. Когда это случилось? Когда ты начал меня замечать?

— Слушай, Джулиан, — сказал я. — Подобного рода воспоминания приятны, когда двое любят друг друга. Но когда один любит, а другой нет, они утрачивают свою прелесть. То, что я имел несчастье влюбиться в тебя, совсем не означает, что я не знаю тебе цену: ты очень молодая, очень необразованная, очень неопытная и во многих отношениях очень глупая девочка. И ты не дождешься, я не стану тешить тебя и выкладывать историю своей любви. Знаю, тебя бы это потешило. Ты была бы в восторге. Но постарайся быть чуточку взрослее и просто все забыть. Это не игрушки. Тебе не удастся удовлетворить свое любопытство и тщеславие. Надеюсь, что в отличие от меня ты сумеешь держать язык за зубами. Я не могу приказать тебе не шушукаться и не смеяться надо мной — я просто тебя об этом прошу.

Немного подумав, Джулиан сказала:

— По-моему, ты меня совсем не знаешь. Ты уверен, что любишь именно меня?

— Хорошо. Допустим, я могу довериться твоей скромности. Ну а теперь избавь меня от сурового и неуместного допроса.

Помолчав еще немного, Джулиан сказала:

— Значит, ты завтра уезжаешь? Куда?

— За границу.

— Ну а мне что, по-твоему, делать? Перечеркнуть сегодняшний вечер и забыть?

— Да.

— И ты думаешь, это возможно?

— Ты прекрасно понимаешь, что я имею в виду.

— Ясно. А сколько тебе понадобится времени, чтобы избавиться от этого, как ты выражаешься, несчастного увлечения?

— Я не говорил «увлечения».

— Ну а если я скажу, что ты просто хочешь спать со мной?

— Говори себе, пожалуйста.

— Значит, тебе безразлично, что я думаю?

— Теперь безразлично.

— Потому что ты испортил всю радость своей любви, перенеся ее из фантастики в мир действительности?

Я поднялся и зашагал прочь; на этот раз я отошел довольно далеко. Я видел ее будто во сне: она бежала, как юная спартанка, пестрело синими тюльпанами красное шелковое платье, мелькали блестящие синие туфли, руки протянулись вперед. Она опять преградила мне дорогу, и мы остановились около грузовика с белыми коробками. Особенный, неопределимый запах налетел на меня, как рой пчел, неся ужасные ассоциации. Я прислонился к борту грузовика и застонал.

— Брэдли, можно до тебя дотронуться?

— Нет. Уходи, пожалуйста. Если хоть немножко жалеешь меня, уходи.

— Брэдли, ты растревожил меня, дай мне выговориться, мне тоже надо разобраться в себе. Тебе и в голову не приходит, как...

— Я знаю, тебе противно.

— Ты говоришь, что не думаешь обо мне. Ты и правда не думаешь!

— Что за ужасный запах? Что в этих коробках?

— Клубника.

— Клубника!

Запах юных иллюзий и жгучей мимолетной радости.

— Ты говоришь, что любишь меня, но я тебя совершенно не интересую.

— Нисколько. Ну, до свидания, слышишь?

— Ты, конечно, и не представляешь себе, что я могу ответить тебе взаимностью.

— Что?

— Что я могу ответить тебе взаимностью.

— Не дурачься, — сказал я, — что за ребячество!

Голуби, не понимая, день сейчас или ночь, прохаживались возле наших ног. Я посмотрел на голубей.

— Твоя любовь... как же это... сплошной солипсизм, раз ты даже не задумываешься, что могу чувствовать я.

— Да, — сказал я, — это солипсизм. Ничего не поделаешь. Это игра, в которую я играю сам с собой.

— Тогда незачем было мне говорить.

— Тут я совершенно с тобой согласен.

— Но неужели же ты не хочешь знать, что я чувствую?

— Я не собираюсь волноваться из-за того, что ты чувствуешь. Ты очень глупая маленькая девочка. Ты возбуждена и польщена, что немолодой человек ставит себя перед тобой в глупое положение. Возможно, с тобой это в первый раз, но уж несомненно — не в последний. Конечно, тебе хочется поисследовать ситуацию, покопаться в своих переживаниях, поиграть в «чувства». Мне это ни к чему. Я, конечно, понимаю, что тебе бы надо быть куда старше, сильнее и хладнокровнее, чтобы просто не обратить на все никакого внимания. Значит, ты вроде меня не можешь поступить так, как следовало бы. Жаль. Ну, пошли от этой проклятой клубники. Пора домой.

Я зашагал прочь, на этот раз не так поспешно. Джулиан шла рядом. Мы свернули на Генриетта-стрит. Я страшно разволновался, но решил не показывать виду. Я чувствовал, что сделал шаг, который мог стать роковым, или, во всяком случае, не сдержался. Заявил, что не буду говорить о любви, а сам говорил о любви — и ни о чем другом. И это принесло мне горькую, сладостную, редкую радость. Объяснение, спор, борьба, раз начавшись, могли длиться и длиться и перейти в пагубную привычку. Если ей хочется говорить, разве у меня хватит сил отказаться? Умри я от такого разговора, я был бы счастлив. И я с ужасом понял, что даже за двадцать минут общения с Джулиан моя любовь безмерно возросла и усложнилась. Она и прежде была огромна, но ей недоставало частностей. Теперь же открылись пещеры, лабиринты. А ведь скоро... Сложность сделает ее еще сильнее, значительнее, неискоренимее. Прибавилось так много пищи для размышлений, питательной пищи. О господи!

— Брэдли, сколько тебе лет?

Вопрос застиг меня врасплох, но я ответил тотчас:

— Сорок шесть.

Трудно объяснить, зачем мне понадобилась эта ложь. Отчасти просто горькая шутка: я был так поглощен подсчетами урона, какой нанесет мне нынешний вечер, представляя себе, как увеличится боль утраты, ревности и отчаяния, что вопрос о том, сколько мне лет, был последней каплей, последней щепоткой соли, насыпанной на рану. Оставалось отшутиться. И конечно, она знала, сколько мне лет. Но, кроме того, в уголке мозга у меня шевелилась мысль: да нет же, нет мне пятидесяти восьми и быть не может. Я чувствую себя молодым, молодо выгляжу. Инстинкт подсказал, что нужно скрыть правду. И я хотел сказать «сорок восемь», но перепрыгнул на сорок шесть. Кажется, подходящий возраст, вполне приемлемый.

Джулиан помолчала. Она, кажется, удивилась. Мы свернули на Бедфорд-стрит. Тогда она сказала:

— О, значит, ты чуть постарше папы. Я думала, моложе.

Я беспомощно рассмеялся, сетуя про себя на эту нелепость, на это утонченное безумие. Конечно, молодежь не разбирается в летах, не ощущает возрастной разницы. Раз после тридцати — им уже все равно. А тут еще моя обманчивая моложавая маска. Ох, как нелепо, нелепо, нелепо.

— Брэдли, что за дикий смех, в чем дело? Пожалуйста, перестань и поговорим, мне надо как следует поговорить с тобой.

— Ну что ж, поговорим.

— Где это мы?

— Все перед тем же гостеприимным Иниго Джонсом.

Войдя в скромную калитку и миновав два задрапированных материей ящика для пожертвований, мы оказались у западного придела, где находился единственный вход в церковь. Я свернул в темный двор и вышел в сад. Дорожка упиралась в дверь, ведущую к обиталищу вечного покоя Лили, Уичерли, Гринлинга Гиббонса, Арне и Эллен Терри[1]. Кирпичный портик был исполнен домаш-

---

[1] *Лили Питер* (Питер ван дер Фаес, 1618–1680) — голландско-английский художник-портретист, представитель фламандской школы живописи. *Уичерли Уильям* (1640–1716) — английский драматург. *Гиббонс Гринлинг* (1648–1721) — английский скульптор. *Арне Томас Аугустин* (1710–1778) — английский композитор. *Терри Эллен Алисия* (1847–1928) — английская актриса.

него, чисто английского изящества. Я сел на скамейку в темном саду. Чуть поодаль фонарь тускло светил на оранжевые розы, делая их восковыми. Шмыгнула кошка, беззвучно и быстро, как тень птицы. Когда Джулиан села рядом, я отодвинулся. Я ни за что, ни за что не дотронусь до нее. Чистое безумие продолжать препирательство. Но я ослабел от своего умопомрачения и от нелепости происходящего. После лжи о возрасте всякое благоразумие, все попытки самосохранения были уже ни к чему.

— Никого никогда еще не рвало из-за меня, — сказала Джулиан.

— Не обольщайся. Тут еще и Штраус.

— Милый старый Штраус.

Я сидел как египтянин — прямо, руки на коленях — и глядел в темноту, где мелькала и резвилась тень кошки. Теплая рука вопросительно легко дотронулась до моих стиснутых пальцев.

— Не надо, Джулиан. Я правда сейчас пойду. Не мучай меня.

Она отняла руку.

— Брэдли, ну что ты так холоден со мной?

— Пусть я кретин, но тебе-то зачем вести себя как девке?

— «Ступай в монахини, говорю тебе! И не откладывай. Прощай!»[1]

— Понимаю, ты развлекаешься вовсю. Но хватит, помолчи, не трогай меня.

— Не буду я молчать и буду тебя трогать.

Ее рука-мучительница опять легла на мою.

Я сказал:

— Ты так нехорошо... себя ведешь. Я бы никогда... не поверил... что ты можешь быть... такой легкомысленной... и злой.

Я повернулся к ней и крепко сжал ее настойчивую руку повыше запястья. И вдруг меня словно ударило —

---

[1] *Шекспир У.* Гамлет. Акт III, сцена 1. Перевод Б. Пастернака.

в эту минуту я скорее угадал, чем увидел, ее взволнованное, смутно улыбавшееся лицо. Тогда я крепко и уверенно обнял ее обеими руками за плечи и очень осторожно поцеловал в губы.

Есть мгновения райского блаженства, которые стоят тысячелетних мук ада, по крайней мере, так мы думаем, но не всегда ясно осознаем это в тот момент. Я — сознавал. Я знал, что, даже если сейчас наступит крушение мира, я буду не в убытке. Я воображал себе, как целую Джулиан, но не мог вообразить сгустка чистой радости, белого накала восторга от касания губами ее губ, всем моим существом — ее существа.

Я был в таком восторге, целуя ее, что не сразу понял, что и она целует и обнимает меня. Ее руки обвивали мою шею, губы горели, глаза закрылись.

Я отвернулся и легонько оттолкнул ее от себя, и тогда она разжала и опустила руки. Оторваться от нее мне помогло естественное неудобство, которое испытываешь, целуясь сидя. Мы отстранились друг от друга.

Я сказал:

— Зачем ты это сделала?

— Брэдли, я люблю тебя.

— Не выдумывай, не говори глупостей.

— Что же мне делать? Ты даже не хочешь меня выслушать. Ты думаешь, я маленькая и для меня это игра. Нет, нет. Конечно, я растерялась. Я так давно тебя знаю, всю жизнь. Я всегда тебя любила. Пожалуйста, не перебивай. Если бы ты только знал, как я всегда ждала твоего прихода, как мне хотелось говорить с тобой, все тебе рассказать. Ты ничего не замечал, но мне обо всем, обо всем хотелось тебе рассказывать. Если бы ты только знал, как я всегда восхищалась тобой. Когда я была маленькая, я говорила, что хочу за тебя замуж. Помнишь? Конечно, забыл. Ты всю жизнь был моим идеалом. И тут не детское обожание, даже не увлечение, а глубокая, настоящая любовь. Конечно, раньше я не спрашивала себя ни о чем, не задумывалась, даже не называла любовь по имени, но недавно, когда я почувствовала, что стала взрослая, я задала себе этот вопрос, я задумалась и все поняла. Знаешь, моя любовь тоже стала взрослая, и мне захотелось бывать больше с тобой, захотелось как следует тебя узнать. Думаешь, зачем мне понадобилось обсуждать пьесу? Мне, конечно, хотелось о ней поговорить. Но еще нужнее мне была твоя любовь, твое внимание. Господи, да мне просто хотелось смотреть на тебя. Ты не представляешь себе, как все последнее время мне хотелось дотронуться до тебя, поцеловать тебя, но я не решалась, я не думала, что когда-нибудь решусь. А потом, с того дня, когда ты увидел, как я рву письма, я думала о тебе почти все время, особенно последнюю неделю, когда... когда заподозрила то... в чем ты мне сегодня признался... Я только о тебе и думала.

— Ну а Септимус? — сказал я.

— Кто?

— Септимус, Септимус Лич. Твой поклонник. Неужели ты не выделила ему нескольких минут в своих мыслях?

— Ах, Септимус. Это я так сказала. Нарочно, наверное, чтоб тебя подразнить. Он вовсе не поклонник, просто приятель. У меня вообще нет поклонников.

Я глядел на нее. Она сидела боком на скамейке, как в дамском седле, одно колено было туго обтянуто шелком. Я смотрел на ряд синих пуговок у нее на груди. Растрепавшиеся волосы, похожие теперь уже не на шлем, а на тюрбан, вздыбились у нее на макушке, когда она бессознательно и нервно откидывала их со лба. Лицо сияло одухотворенной страстью и чувством, которое я не решаюсь назвать. Она была уже не ребенок. Она вступила во владение своей женственностью, осознала ее силу и власть.

Я сказал:

— Все ясно.

Потом я легко и быстро поднялся и пошел к калитке. Я повернул на Бедфорд-стрит, к станции на Лестер-сквер.

Когда я переходил Гаррик-стрит, Джулиан, шагавшая справа, взяла меня левой рукой под локоть. Левой рукой я осторожно отвел ее руку, и она ее опустила. Мы молча дошли до Сент-Мартин-лейн.

Тогда Джулиан сказала:

— Я вижу, ты решил мне не верить и не обращать внимания на мои слова. Ты, кажется, думаешь, что мне все еще двенадцать лет.

— Совсем нет, — сказал я. — Я слушал очень внимательно то, что ты говорила, все очень интересно и даже трогательно. И прекрасно выражено, особенно если учесть, что сочинено с ходу. Только как-то расплывчато и неясно, и мне непонятны твои выводы, если ты вообще их делаешь.

— Господи, Брэдли, я люблю тебя.

— Очень мило с твоей стороны.

— Я не придумываю, это правда.

— Я не обвиняю тебя в неискренности. Просто ты сама не знаешь, что говоришь. Ты признаешь, что растерялась.

— Разве?

— Причина твоей растерянности совершенно ясна. Я нравился тебе или, как ты любезно выразилась, ты любила меня, когда была маленьким, невинным ребенком, а я, писатель, был интересным гостем твоего отца и все такое прочее. Теперь ты взрослая, а я намного старше тебя, но мы неожиданно оказались в одном мире — мире взрослых. Даже если не говорить о небольшом потрясении, пережитом тобой сегодня вечером, ты, естественно, удивлена и, возможно, даже обрадована, обнаружив, что в некотором роде мы ровня. Что же должно произойти с твоей старой привязанностью к человеку, которым ты привыкла восхищаться, когда была маленькая? Закономерный вопрос? Может быть, и нет. Но мое непростительное поведение сделало его закономерным. Мое идиотское объяснение поразило, позабавило, взволновало тебя и толкнуло на ответное объяснение, бестолковое, неясное, о котором ты завтра пожалеешь. Вот и все. Слава богу, уже метро.

Мы спустились по ступенькам на станцию и остановились, глядя друг на друга, в ярком свете около билетных автоматов, неподвижные среди снующей толпы. Поглощенные друг другом, мы не замечали ничего вокруг, словно были одни в тишайшем парке или на огромном пустынном тибетском плато.

— А мой поцелуй тоже был бестолковый и неясный? — сказала Джулиан.

— Ну, садись в метро, и спокойной тебе ночи.

— Брэдли, ты понял, что я сказала?

— Ты сама не знаешь, что говоришь. Завтра все покажется тебе дурным сном.

— Посмотрим! Во всяком случае, ты говорил со мной, ты спорил.

— Говорить тут не о чем. Я просто самым безответственным образом хотел продлить удовольствие и не расставаться с тобой.

— Значит, мне не надо уходить.

— Нет, надо. Все кончено.

— Нет, не кончено. Ты ведь не уедешь из Лондона, да?

— Я... не уеду из Лондона, — сказал я.

— Мы увидимся завтра?

— Возможно.

— Я позвоню около десяти.

— Спокойной ночи.

Я не положил руки ей на плечи, а наклонился и легонько коснулся губами ее губ. Затем повернулся и по ступенькам вышел на Черринг-Кросс-роуд. Я шагал, ничего не видя, расплывшись в счастливой улыбке.

Кажется, я спал. Меня то пронзал толчок блаженства, то я снова проваливался в сон. Тело ныло от мучительного и сладкого желания и сознания того, что оно может быть удовлетворено. Я тихонько стонал от счастья. Я состоял не из костей и плоти, а из чего-то иного, восхитительного... Из меда, из помадки, из марципана — и в то же время из стали. Я был стальной проволокой, тихо дрожавшей в голубой пустоте, а в теплых сокровенных глубинах сознания билось изумление перед тем, что со мной произошло. Все эти слова, разумеется, не передают того, что я чувствовал, — этого не в состоянии передать никакие слова. Я не думал. Я просто был. Когда обрывочные мысли проникали в мой рай, я гнал их прочь.

Я рано встал, побрился с величавой медлительностью, тщательно и любовно оделся и долго изучал себя в зеркале. Мне можно было дать тридцать пять. Ну сорок. Я похудел за последнее время, и это мне шло. Тусклые мягкие, светлые, тронутые сединой волосы, прямые и густые, прямой тонкий нос с крупными ноздрями, вполне не красивый. Твердые серо-голубые глаза, худые щеки, высокий лоб, тонкий рот — лицо интеллектуала. Лицо пуританина. Ну и что же?

Я выпил воды. О еде, разумеется, и думать было нечего. Меня мутило и лихорадило, но ночью я побывал в раю и не утратил ощущения снизошедшей на меня благодати. Я прошел в гостиную и еще раз слегка смахнул пыль с бросавшихся в глаза поверхностей, которые уже успели к этому времени запылиться. Потом, усевшись, погрузился в размышления.

В общем-то, я мог поздравить себя: вчера вечером я был довольно сдержан. Правда, меня стошнило у нее перед носом и я признался ей в любви в таких выражениях, что она сразу поняла, насколько это серьезно, — это я тут же заметил.

Но потом я вел себя достойно. (Отчасти, конечно, благодаря обманчивому торжеству от ее присутствия.) Во всяком случае, я вчера ни к чему ее не понуждал. Но что она сейчас обо всем этом думает? Вдруг позвонит и холодно скажет, что согласна со мной и лучше все это закончить? Я сам ведь убеждал ее, что она достаточно взрослая, чтобы вести себя именно так. А вдруг по здравом размышлении она решила послушаться моего совета? Что значили ее слова о «любви»? Что она в них вкладывала? Может, она сочинила все это, потому что была тронута, польщена, взволнована моим объяснением? Вдруг она одумается? А если она и вправду любит, что будет дальше? Но я не очень-то размышлял над тем, что будет дальше. Если она и вправду любит — будь что будет.

Я посмотрел на часы, они показывали восемь. Я проверил время по телефону, и там мне тоже ответили, что сейчас восемь часов. Я вышел во двор, отошел недалеко, чтобы слышать телефон, и остановился в оцепенении. Появился Ригби с одним из своих сомнительных дружков, и я так медленно и странно поднял руку, приветствуя их, что они еще долго на меня оборачивались. Потом я решил было добежать до цветочного магазина, но передумал. А вдруг она просто не позвонит? Я вернулся домой, опять посмотрел на часы и с остервенением тряхнул их. Прошло бог знает сколько времени, а они показывали четверть девятого. Я перешел в гостиную и попробовал уткнуться носом в ковер, но почему-то это уже не помогало, мне нужно было двигаться, суетиться. Я кружил, я метался по квартире, у меня стучали зубы. Я попробовал засвистеть, но у меня ничего не вышло. Я старался глубоко дышать, но между двумя вздохами переставал ощущать себя и судорожно втягивал воздух, не в силах выдержать паузу. Мне было дурно.

Примерно в девять в прихожей позвонили. Я подкрался к дверям и посмотрел сквозь матовое стекло. Это была Джулиан. Я попытался быстро овладеть собой и открыл дверь. Она влетела в квартиру. Я едва успел захлопнуть дверь ногой, как она уже тащила меня в гостиную. Она обвила мою шею руками, и я обнимал ее в яркой тьме, и зубы у меня уже не стучали, я смеялся и плакал, и Джулиан тоже смеялась и дрожала, и мы опустились на пол.

— Брэдли, господи, я так боялась, что ты передумал, я не могла дожидаться десяти.

— Глупышка. О господи, ты пришла, ты пришла...

— Брэдли, я люблю тебя, люблю, это настоящее. Я поняла это совершенно ясно, когда мы вчера расстались. Я не спала, со мной бог знает что творилось. Такого со мной еще не было. Это — любовь. Сомневаться ведь невозможно! Правда?

— Нет, — сказал я, — невозможно. Когда сомневаешься, значит уже не то.

— Вот видишь!

— Ну а мистер Беллинг?

— Ах, Брэдли, хватит мучить меня мистером Беллингом. Это была просто прихоть, детский каприз. Нет никакого Беллинга. Ничего нет, кроме моей любви к тебе, правда. Да он никогда меня по-настоящему и не любил, никогда не любил так, как ты...

— Конечно, я произвел на тебя впечатление. Может, в этом все дело?

— Я люблю тебя. Я волнуюсь ужасно, но в то же время совершенно спокойна. Разве это не доказывает, что произошло что-то исключительное? Я прямо как архангел. Я могу говорить с тобой, могу убедить тебя, вот увидишь. Ведь у нас масса времени, да, Брэдли?

От ее вопроса — вернее, утверждения — на меня повеяло отрезвляющим холодом. Время, планы, будущее.

— Да, любимая, у нас масса времени.

Мы сидели на полу: я — поджав под себя ноги, она — на коленях, слегка склонившись надо мной. Она гладила мои волосы и шею. Потом начала развязывать мой галстук. Я рассмеялся.

— Все в порядке, Брэдли, чего ты всполошился, я просто хочу посмотреть на тебя. Я ни о чем думать не хочу — только смотреть на тебя, трогать тебя, чувствовать, какое это чудо...

— Что А любит Б, а Б любит А. Это действительно редкость.

— Какая у тебя красивая голова.

— В свое время я просунул ее сквозь полог твоей колыбели.

— А я влюбилась в тебя с первого взгляда.

— Я готов положить ее под колеса твоей машины.

— Хоть бы вспомнить, когда я увидела тебя в первый раз!

Мне вдруг подумалось, что ведь я могу припомнить все свои дела по одной из старых записных книжек (они все у меня сохранились). Все, что я делал в тот день, когда родилась Джулиан. Решал, наверное, какую-нибудь налоговую проблему или завтракал с Грей-Пелэмом.

— А когда ты в меня влюбился? Ведь теперь можно спрашивать?

— Теперь можно. Мне кажется, это началось, когда мы рассуждали о Гамлете.

— Только тогда! Брэдли, мне страшно. Правда, ты лучше еще подумай. Может, это у тебя только минутный порыв? Может, ты просто что-то напутал? Вдруг через неделю ты переменишься ко мне? А я-то думала...

— Джулиан, ну неужели ты серьезно? Нет, нет, ты же видишь, что со мной. Прошлого нет. Истории нет. Все поставлено на карту.

— Знаю...

— Тут нельзя взвешивать, подсчитывать. Но... ох, любимая... нам придется трудно. Пойди ко мне.

Я привлек ее к себе и прижал ее головку с львиной гривой к своей груди.

— Не вижу ничего трудного... — проговорила она в мою чистую голубую в полоску рубашку и расстегнула верхние пуговицы. — Конечно, не надо спешить, надо выдержать проверку временем... нечего торопиться.

— Верно, — сказал я, — не надо спешить...

Легко сказать, когда она засунула руку мне под рубашку и, вздыхая, теребила завитки седых волос у меня на груди.

— Правда ведь, я ничего плохого не делаю? Я не бесстыдница?

— Нет, Джулиан, любимая моя.

— Мне надо тебя потрогать. Как здорово, что я имею на это право.

— Джулиан, ты с ума сошла... это безумие.

— По-моему, нам надо спокойно и не спеша узнать друг друга и говорить друг другу правду, говорить все и смотреть друг другу в глаза, вот как сейчас, и... по-моему, я могу годами так смотреть тебе в глаза... этим можно кормиться... просто смотреть, и все... Да? Ты тоже так чувствуешь?

— Мало ли что я чувствую, — сказал я. — Кое-какие из моих чувств уже выразил Марвелл[1]. Но главное, чувствую — нет, дай мне сказать — вот что. Я совершенно недостоин твоей любви. Не стану разглагольствовать о том, почему и отчего... но поверь мне. Ладно, я готов плыть по течению, медленно, как ты говоришь, а ты убеждай меня и себя, что ты и вправду все это чувствуешь. Но ты не должна быть связана, никаких обязательств...

— Но я связана...

— Ты должна быть совершенно свободна.

— Брэдли, не надо...

— По-моему, нам нельзя произносить некоторых слов.

— Каких слов?

— «Люблю», «влюблен».

— По-моему, это глупо. Но раз у нас есть глаза, можно обойтись и без слов. Смотри. Разве ты не видишь того, чего ты не хочешь произносить?

---

[1] *Марвелл Эндрю* (1621–1678) — английский поэт.

— Ну не надо. Правда, не надо это никак называть. Наберемся терпения и подождем, что будет дальше.

— Ты так странно говоришь — ты волнуешься...

— Я в ужасе.

— А я нет. Никогда еще не чувствовала себя такой храброй. Чего бояться? И почему ты говоришь, что нам придется трудно? Какие трудности ты имел в виду?

— Я намного старше тебя. Гораздо старше. Вот в чем трудность.

— О... Ну, это условность. К нам это отношения не имеет.

— Нет, имеет, — сказал я.

Я уже ощутил, что имеет.

— Больше ты ничего не хотел сказать?

Я колебался.

— Нет.

Мне еще многое предстояло ей выложить. Но не сегодня.

— А это не...

— О Джулиан, ты не знаешь меня, ты же меня не знаешь...

— Это не Кристиан?

— Что? Кристиан? Господи, конечно нет!

— Слава богу. Знаешь, Брэдли, когда папа говорил о том, чтобы помирить вас с Кристиан, я так мучилась... до того... тут, наверное, я и поняла, как я к тебе отношусь...

— Как Эмма к мистеру Найтли[1].

— Точно. Понимаешь, с тех пор как я тебя знаю, ты был всегда один. Абсолютно один.

— Столп в пустыне.

— Я и вчера волновалась насчет Кристиан...

— Нет, нет... Крис прекрасная женщина, и у меня даже ненависть прошла, но она для меня — ничто. Ты вы-

---

[1] Персонажи романа английской писательницы Джейн Остин (1775–1817) «Эмма».

свободила меня из стольких силков. Я еще расскажу тебе... потом... про все.

— Ну а возраст не имеет значения. Многим девушкам нравятся мужчины старше их. Значит, все ясно. Я пока ничего не говорила родителям ни вчера, ни сегодня утром, я хотела убедиться, что ты не передумал. А сегодня скажу...

— Постой! Что ты скажешь?

— Что я люблю тебя и хочу выйти за тебя замуж.

— Джулиан! Это невозможно! Джулиан, я старше, чем ты думаешь...

— Ты стар как мир. Знаем, знаем.

— Нет, это невозможно.

— Брэдли, ты говоришь чепуху. Ну почему ты так смотришь? Ведь ты любишь меня? Ведь ты же не хочешь соблазнить меня и бросить?

— Нет, я правда люблю тебя...

— Разве это не навсегда?

— Да. Настоящая любовь бывает навсегда... а это настоящая любовь, но...

— Что «но»?

— Ты сказала, что не надо торопиться, надо постепенно узнать друг друга... все так внезапно... я уверен, что ты не должна... ничем себя связывать...

— А может, я хочу себя связать. Ладно, наберемся терпения, не будем спешить и всякое такое. Но знаем-то мы друг друга давно, я знаю тебя всю жизнь, ты мой мистер Найтли, а разница в возрасте...

— Джулиан, мне кажется, пока надо сохранить все в тайне.

— Почему?

— Потому что ты можешь передумать.

— Или потому, что ты передумаешь?

— Я не передумаю. Но ты не знаешь меня, не можешь знать. Я гожусь тебе в отцы.

— Ты думаешь, для меня это важно?

— Нет, но для общества важно, а когда-нибудь станет важно и для тебя. Ты увидишь, как я старею...

— Брэдли, это чушь.

— Я бы очень хотел, чтобы ты пока ничего не говорила родителям.

— Ладно, — сказала она, помолчав и все еще стоя на коленях, и отстранилась от меня с детским выражением недоумения на лице.

Я не мог вынести пробежавшей между нами холодности. Что же, чему быть, того не миновать. Надо довериться ее правдивости, ее наивности, даже неопытности, даже неразумию. Я сказал:

— Поступай как знаешь, моя радость, я все предоставляю тебе. Я люблю тебя безгранично и безгранично доверяю тебе, и будь что будет.

— Думаешь, родители не одобрят?

— Они придут в бешенство.

Потом мы поговорили еще немного о Кристиан и о моем браке, о Присцилле. Говорили о детстве Джулиан, перебирали все наши встречи. Говорили о том, когда я полюбил ее и когда она полюбила меня. О будущем мы не говорили. Мы все сидели на полу, как робкие звери, как дети, мы гладили друг другу руки и волосы. Мы целовались, не часто. Где-то в середине дня я отослал ее. Я чувствовал, что нельзя изнурять друг друга. Необходимо подумать и прийти в себя. О том, чтобы лечь с ней в постель, не могло быть и речи.

— Да нет же, — сказал я, — я вовсе не собираюсь уезжать.

Рейчел и Арнольд расположились в креслах у меня в гостиной. Я сидел на стуле Джулиан у окна. Небо нахмурилось и потемнело, я включил свет. Это было в тот день, к вечеру.

— Так что же вы собираетесь делать? — спросил Арнольд.

Сначала он позвонил по телефону, а потом приехал вместе с Рейчел. Они вступили — другого слова не подберешь — в гостиную и оккупировали ее. Встретиться с хорошо знакомыми людьми, которые вдруг перестали улыбаться, потрясены и напряжены, — очень страшно. Я испугался. Я знал, что они «придут в бешенство», но я не ожидал такого единства, такой мощной враждебности. Их полное нежелание — напускное или реальное — поверить в случившееся обескуражило меня, лишило дара речи. Я ничего не мог объяснить и чувствовал, что произвожу поэтому совершенно ложное впечатление. Кроме того, я не только выглядел, но и чувствовал себя ужасно виноватым.

— Остаться в Лондоне, — сказал я, — возможно, изредка видеться с Джулиан.

— И дальше завлекать ее? — сказала Рейчел.

— Что же тут такого... я хочу просто получше узнать ее... Ведь мы, кажется, любим друг друга... и...

— Брэдли, спуститесь-ка на землю, — сказал Арнольд. — Что вы мелете? Вы витаете в облаках. Вам под шестьдесят. Джулиан двадцать. Она заявила, что вы сказали ей, сколько вам лет, и что ей это безразлично, но не можете же вы воспользоваться тем, что сентиментальная школьница польщена вашим вниманием...

— Она не школьница, — сказал я.

— Она совершенный ребенок, — сказала Рейчел, — и ее очень легко обмануть и...

— Я не обманываю ее! Я говорил ей, что при такой разнице в возрасте все просто невозможно.

— Абсолютно невозможно, — сказал Арнольд.

— Она сегодня такое несла, — сказала Рейчел, — не могу себе представить, что вы ей напели.

— Я не хотел, чтобы она вам говорила.

— Значит, по-вашему, надо было обманывать родителей?

— Нет-нет, не то...

— Ничего не понимаю, — сказала Рейчел. — Вы что, вдруг почувствовали к ней влечение, или как там еще, и тут же сказали ей, что она вам нравится, и начали увиваться за ней, да? Что произошло? Все ведь, кажется, только что началось?

— Да, только что, — сказал я. — Но все очень серьезно. Я не предвидел этого, не хотел, это просто случилось. И когда оказалось, что и она тоже...

— Брэдли, — сказал Арнольд, — ваши объяснения не имеют никакого отношения к действительности. Ну хорошо. Вы неожиданно обнаружили, что она привлекательная девушка. В Лондоне полно привлекательных девушек. И лето почти в разгаре, да и вы в таком возрасте, когда мужчины порой превращаются в полных идиотов. Я знал таких, которые в шестьдесят лет начинали вытворять черт-те что: как говорится, седина в бороду, бес в ребро. Тут нет ничего необычного. Но даже если вы распалились по поводу моей дочери, какого черта, вместо того чтоб помалкивать, вы стали докучать ей, расстраивать ее и смущать...

— Я вовсе ей не докучаю, и нисколько она не расстроена.

— Нет, мы оставили ее именно в таком состоянии.

— Значит, это вы ее и расстроили...

— Неужели вы не могли вести себя как порядочный человек?..

— И она гораздо меньше смущена, чем я сам. Простите, но ваши определения совершенно не подходят. Тут действуют космические силы. Вы, наверное, просто не имеете о них понятия. Кстати, Арнольд, вы ведь никогда, ни в одной книге не описали настоящей влюбленности...

Рейчел сказала:

— Вы рассуждаете, как мальчишка. Каждый знает, что такое влюбленность. Дело не в этом. Подробности ваших так называемых переживаний никого не волнуют.

Это еще скучнее, чем слушать про чужие сны. Джулиан, во всяком случае, не влюблена в вас, что бы вы под этим ни подразумевали. В ней нет никакой извращенности, и ей просто интересно и лестно, что пожилой друг ее отца оказал ей такого рода внимание. Если бы вы видели ее сегодня, когда она рассказывала нам обо всем и смеялась, смеялась. Она была похожа на ребенка, которому дали игрушку.

— Но вы же говорите, она расстроена...

— Потому что мы сказали ей, что это неудачная шутка.

Я думал: «Любимая, я верю тебе, верю тебе, и я знаю тебя. Я буду верить так же, как веришь ты». Но тут же мне стало больно и страшно. Неужели после того, что было, я могу поставить теперь все под сомнение? Она так молода. И верно они говорят, это едва началось. Так недавно, что я даже поразился, откуда у меня такая уверенность. И все же, преобладая над всеми сомнениями, эта уверенность у меня была.

— Наконец-то я вижу, вы начали нас слушать, — сказал Арнольд. — Брэдли, вы приличный, разумный и вполне порядочный человек. Неужели вы всерьез намерены переживать вместе с Джулиан сердечные бури? Я говорю: «сердечные бури», но, слава богу, до этого еще не дошло и никогда не дойдет. Я не допущу.

— Я пока сам ничего не знаю, — сказал я. — Я согласен: все совершенно невероятно. Джулиан любит меня — просто не верится. Немыслимо. Я сам потрясен. Но теперь я, естественно, не отступлюсь. Не уберусь потихоньку прочь, как вы предложили, не прекращу свиданий с Джулиан, я просто не могу, я должен понять, любит она меня или нет. А если любит, то я еще и сам не знаю, что из этого следует. Возможно, ничего. Все слишком необычно и может обернуться мукой, особенно для меня. Ей я не причиню мук. Надеюсь, я ей не поврежу. Но сейчас мы оба не можем остановиться. Вот и все.

— Она может остановиться и остановится, — сказал Арнольд. — Пусть даже мне придется запереть ее в комнате.

— И вы прекрасно можете остановиться, — сказала Рейчел. — Будьте честным! И перестаньте говорить «мы». Вы не можете отвечать за Джулиан. Вы ведь не спали с ней, правда?

— О господи, господи, — сказал Арнольд, — конечно нет. Он же не преступник.

— Правда.

— И не собираетесь?

— Рейчел, я не знаю! Поймите, перед вами безумный.

— Значит, вы признаете, что вы невменяемы, не отвечаете за свои поступки и опасны для окружающих!

— Арнольд, пожалуйста, не горячитесь, не выходите из себя. Вы оба пугаете меня, сбиваете с толку, зачем? Когда я сказал: «я сумасшедший», я не имел в виду, что не отвечаю за свои поступки. Я чувствую ответственность, как если бы... мне вручили... ну... не знаю что... чашу Грааля. Клянусь, я не буду давить на Джулиан, приставать к ней... я дам ей полную свободу, она и так совершенно свободна...

— Вы отлично понимаете, что несете чушь, — сказал Арнольд, — во всяком случае, вы сами себе противоречите. Если вы сейчас не оставите ее, то подогреете ее чувства, создадите определенные отношения между вами. Естественно, вам того и надо. Разумеется, у нее к вам нет ничего серьезного, вы понимаете, надеюсь, что сами все сочинили. Подумайте, она же еще ребенок! И поймите раз и навсегда: я не допущу, чтобы между вами и моей дочерью возникли какие бы то ни было «отношения». Не будет ни свиданий, ни волнующих бесед, копания в чувствах — ничего. Пожалуйста, поймите. Поймите, что в данной ситуации вы для меня ничем не лучше грязного, похотливого старика, который пристал к ней на улице. Я буду беспощаден, Брэдли. Иного выхода у меня нет.

Оставьте Джулиан в покое. Я запру ее, увезу, а если понадобится, прибегну к закону, к полиции, к грубой физической силе. Вы и писать ей не сможете, не надейтесь, я полностью огражу ее от вас. Вы не пробьетесь к ней, я не допущу, чтобы между вами хоть что-то началось. Господи, ну поставьте себя на мое место. Решитесь же, поступите честно и разумно и немедленно уезжайте из Лондона. Вы ведь собирались. Пожалуйста, уезжайте. Уверяю вас, все пройдет, я не говорю, что вы никогда больше не увидитесь с ней и с нами, ничего подобного. Но мне ясно, что сейчас на вас нашла дурь, а я не допущу, чтобы моя дочь связывалась как угодно — пусть даже поверхностно, в шутку или неосознанно — с пожилым мужчиной. Одна эта мысль внушает мне отвращение. Я не допущу этого.

Наступило минутное молчание. Я пристально смотрел на Арнольда. Он сидел неподвижно, говорил спокойно, но отрывисто и внушительно, в голосе его слышалась угроза. Лицо под бесцветными волосами пылало, как у девушки. Я хотел победить свой страх гневом, но не смог. Я проговорил глухо:

— Ваше красноречие только доказывает, что Джулиан в конце концов убедила вас обоих, что она действительно в меня влюблена.

— Она не отдает себе отчета в своих чувствах...

— Мы не в восемнадцатом веке...

— Пошли. — Арнольд поднялся, кивнул Рейчел, она тоже поднялась. — Мы сказали все, что собирались... Ваше дело... это переварить... поймите, выбора нет...

Я открыл дверь гостиной и сказал:

— Арнольд, пожалуйста, не сердитесь, я не сделал ничего плохого.

— Сделали, — сказала Рейчел. — Вы сказали ей о своих чувствах.

— Верно. Не надо было говорить. Но любить — не преступление, вот увидите... все будет хорошо... Я не буду надоедать ей... если хотите, не буду с ней видеться целую неделю... пусть все обдумает...

— Не выйдет, — сказал Арнольд мягче. — Полумеры только ухудшат положение. Поймите, Брэдли. Господи, вам ведь тоже ни к чему вся эта каша. Уезжайте. Если вы увидите ее, вы только разведете драму. Лучше тотчас решительно все оборвать. Поймите же. И не обижайтесь.

Арнольд вышел из гостиной и открыл входную дверь.

Рейчел последовала за ним; проходя мимо меня, она отшатнулась, и рот ее искривился отвращением. Она проговорила холодно:

— Я хочу, чтобы вы знали, Брэдли, что в этом вопросе мы с Арнольдом заодно.

— Простите меня, Рейчел.

Она повернулась ко мне спиной и вышла из квартиры. Арнольд вернулся. Он сказал:

— Сейчас не нужно делать то, о чем я просил в письме. Можно получить его обратно?

— Я его разорвал.

Он постоял секунду.

— Хорошо. Простите, что накричал! Даете слово, что не попытаетесь увидеть Джулиан, пока я не позволю?

— Нет.

— Ну что ж. Я не допущу, чтобы моей дочери причинили зло. Имейте в виду. Я вас предупредил.

Он вышел, тихо закрыв за собой дверь. Я тяжело дышал. Я бросился к телефону и набрал номер Илинга. Сначала номер не отвечал, а потом послышалось резкое жужжание, означавшее, что телефон отключен. Я набрал номер несколько раз — с тем же результатом. Мне как будто отрубили ноги. Я изо всех сил стиснул руками голову, я старался успокоиться, подумать. Так захотелось увидеть Джулиан, что в глазах потемнело. Меня слепили, до смерти кусали пчелы. Я задыхался. Я выбежал во двор, зашагал наугад сначала по Шарлотт-стрит, потом по Уиндмилл-стрит, а потом по Тотнем-роуд. Скоро мне стало ясно, что, если я не сделаю отчаянного и сверхъестественного усилия, я просто погибну. Я сел в такси и сказал шоферу, чтобы он вез меня в Илинг.

Я стоял под медно-красным буком на углу. Погладив плотный гладкий ствол, я был поражен его самодовольной вещественностью. Настали сумерки, вечер — вечер все того же длинного, безумного, полного событиями дня.

Совсем стемнело. Угрюмое густое небо слегка полиловело, ветер потеплел и стих. Я чувствовал запах пыли, словно спокойные скучные улицы вокруг обернулись бесконечными пыльными дюнами. Я думал о сегодняшнем утре и о том, как нам казалось, будто перед нами целая вечность. Теперь время исчезло. Взять бы сразу такси, и я приехал бы сюда раньше, чем Арнольд с Рейчел. Что там у них происходит? Я перешел через улицу и стал медленно прогуливаться по другой стороне.

Внизу в доме Баффинов горели лампы, свет проникал сквозь шторы в окне столовой и овальное цветное стекло парадной двери. Наверху свет горел только в одном окне, тоже за шторами, в кабинете Арнольда. Комната Джулиан была в задней части дома, рядом с комнатой, где я видел тогда Рейчел с закрытым простыней лицом и где, да простит мне бог, я тоже лежал, не сняв рубашки. Когда-нибудь я расскажу об этом Джулиан. Когда-нибудь она, как справедливый судия, поймет и простит. Я ее не боялся, и даже в эти минуты, когда я думал в тоске, увижу ли ее снова, я пребывал с ней вне времени в райском мире спокойного общения и полного понимания.

Я стоял теперь на противоположном тротуаре, рассматривал дом и думал, что делать дальше. Может, подождать до трех часов ночи, а потом проникнуть в сад и по приставной лестнице добраться до окна Джулиан? Но мне не хотелось в ее глазах превращаться в персонаж ночного кошмара или в тайного сообщника. Утро было таким ясным и прозрачным — в этом было его величие. В это утро я чувствовал себя обитателем пещеры, вышедшим на солнце. Она была правдой моей жизни. Я не стану ни ночным грабителем, ни мелким воришкой в ее жизни. И еще одно соображение: я не знал многого — что она думает сейчас?

Я стоял на тротуаре в густых, гнетущих городских сумерках, дыша запахом пыльных дюн, каждый вдох наполнял меня еще бо́льшим страхом. Я почувствовал, что кто-то наблюдает за мной из темного высокого окна на лестничной площадке дома Баффинов. Я вгляделся. Различил силуэт и бледное лицо, обращенное ко мне. Это была Рейчел. С минуту мы спокойно, не шевелясь, смотрели друг на друга. Потом я отвел глаза, как зверь, не выдержавший человеческого взгляда, и начал ходить взад и вперед по тротуару в ожидании. Зажглись уличные фонари.

Минут через пять из дома вышел Арнольд. Я узнал его фигуру, хотя лица не мог различить. Я пошел обратно к буку. Он нагнал меня и молча зашагал рядом. Ближний фонарь освещал часть дерева, делая листья прозрачными, наливая их винно-красным цветом и четко разделяя. Мы остановились в густой, плотной тьме под буком, вглядываясь друг в друга.

Арнольд сказал:
— Простите, что я так вскипел...
— Ничего.
— Теперь все прояснилось.
— Да?
— Простите, что наговорил вам таких нелепостей... что, мол, прибегну к закону и прочее.
— Ну что вы!
— Я не знал — оказывается, в общем-то, ничего не произошло.
— О!

— Я хочу сказать, я не принял во внимание фактор времени. Мне показалось со слов Джулиан, будто это уже довольно долгая история. А теперь я понял, что все началось только вчера вечером.

— Со вчерашнего вечера многое изменилось, — сказал я, — сами знаете, ведь и вы без дела не сидели.

— Вам смешно, наверное, что мы с Рейчел приняли этот пустяк так близко к сердцу?

— Я вижу, вы изменили тактику, — сказал я.

— Что?

— Дальше, я слушаю.

— Теперь Джулиан все нам объяснила и все стало ясно.

— А именно?

— Конечно, она была обескуражена и растрогана, она говорит, ей стало вас жаль.

— Я вам не верю, но все равно я слушаю.

— И конечно, она была польщена...

— Что она сейчас делает?

— Сейчас? Лежит на кровати и ревет.

— О господи!

— Но не беспокойтесь о ней, Брэдли.

— Конечно не буду.

— Я хотел объяснить... Теперь она рассказала нам все, и мы поняли, что, в общем-то, ничего не произошло, буря в стакане воды, и она с нами согласна.

— Правда?

— Она просит вас простить ее за то, что она так расчувствовалась и так глупо себя вела, и очень просит, чтобы вы пока не пытались с ней видеться.

— Арнольд, она правда так сказала?

— Да.

Я схватил его за плечи и протащил несколько шагов, пока свет фонаря не упал ему на лицо. Сначала он вырывался, затем притих.

— Арнольд, она в самом деле так сказала?

— Да.

Я отпустил его, и мы оба инстинктивно отступили в тень. Он хмуро смотрел на меня, лицо его исказилось от напряжения, в нем чувствовалась твердая решимость. Это уже было не то розовое, сердитое, враждебное лицо, которое я видел утром. Оно стало энергичным, непроницаемым и ничего мне не говорило.

— Брэдли, постарайтесь вести себя пристойно. Если вы просто утихомиритесь и уберетесь на время, все само собой пройдет — и вы сможете потом встречаться, как прежде. Чепуха, какие-то две встречи. Нельзя навек привязаться друг к другу за две встречи! Сплошная фантазия. Спуститесь с облаков. По правде сказать, Джулиан чувствует себя страшно неловко из-за всей этой глупой истории.

— Неловко?

— Да, и вам всего разумнее устраниться. Пожалейте девочку. Пускай к ней вернется чувство собственного достоинства. Оно так много значит для девушки. Ей кажется, что она уронила себя, приняв все так серьезно, сделала из себя посмешище. Если бы вы встретились с ней сейчас, она бы захихикала и покраснела, ей жалко вас и стыдно за себя. Теперь она понимает, как глупо было воспринимать все всерьез и устраивать драму. Она признает, что была польщена и у нее слегка закружилась голова от такого сюрприза. Но, увидев, что мы не разделяем ее восторгов, она пришла в себя. Она уже понимает, что все это невозможная чепуха, — понимает: в вопросах практических она девочка разумная. Напрягите воображение и постарайтесь представить себе, что она должна сейчас чувствовать! Она не настолько глупа, чтобы полагать, будто вы отчаянно влюблены. Она говорит, что очень сожалеет обо всем, и просит только, чтобы вы пока не искали с ней встреч. Лучше устроить небольшой перерыв. Мы все равно уезжаем отдыхать — скоро, послезавтра. Мы решили свозить ее в Венецию. Она давно хотела. Мы были в Риме и Флоренции, а в Венеции никогда, и она давно мечтает там побывать. Мы снимем квартиру и, наверное, пробудем там до конца лета. Джулиан вне себя от восторга. Думаю, что перемена обстановки и моей книге не повредит. Вот так-то. Мне очень неприятно, что я погорячился сегодня. Вы меня, наверное, сочли идиотом. Надеюсь, вы уже не сердитесь?

— Ничуть, — сказал я.

— Я просто стараюсь как лучше. Что делать! Отцовский долг. Пожалуйста, поймите, прошу вас. Лучше всего для Джулиан спокойно свести это на нет. Отстранитесь и ведите себя тихо, хорошо? И пожалуйста, без душераздирающих писем и прочего. Оставьте девочку в покое, пусть снова радуется жизни. Вы же не хотите преследовать ее как призрак? Вы оставите ее в покое, а, Брэдли?

— Хорошо, — сказал я.

— Я могу на вас положиться?

— Я все-таки не круглый идиот и кое-что понимаю. Я тоже сегодня был слишком торжественно настроен. Я не ожидал такой реакции с вашей стороны и ужасно огорчился. Но теперь я вижу: лучше свести все на нет и рассматривать как бурю в стакане воды. Хорошо, хорошо. Мне, пожалуй, лучше удалиться и тоже попытаться обрести свое достоинство...

— Брэдли, вы сняли у меня камень с души. Я знал, что вы поступите правильно ради девочки. Благодарю вас, благодарю. Господи, какое облегчение! Побегу к Рейчел. Между прочим, она шлет вам привет.

— Кто?

— Рейчел.

— Передайте ей мой привет. Спокойной ночи. Надеюсь, вы приятно проведете время в Венеции.

Он снова окликнул меня:

— Кстати, вы правда порвали письмо?

— Да.

Я отправился домой, в голове у меня проносились мысли, которые я изложу в следующей главе. Придя домой, я нашел записку от Фрэнсиса: он просил меня зайти к Присцилле.

Когда мы пытаемся — особенно в минуты боли и кризиса — проникнуть в тайну чужой души, она представляется нам не хаосом сомнений и противоречий, как собственная душа, но вместилищем вполне определенных, скрытых чувств и мыслей. Так, мне и в голову не пришло тогда, что Джулиан пребывает в полнейшем смятении. На один процент я верил, что Джулиан находится приблизительно в том состоянии, как обрисовал Арнольд: расстроена, смущена, боится, что выставила себя в глупом свете! На девяносто девять процентов я склонялся к другой мысли. Арнольд солгал. И конечно, неправда, что Рейчел «шлет мне привет». Рейчел возненавидела меня до конца своих дней — это я знал наверняка. Рейчел не из тех, кто прощает. Значит, и про Джулиан он солгал. Да его рассказ и непоследователен. Если она горько плачет, как же она может хихикать и радоваться по поводу Венеции? И почему они так поспешно удирают из Англии? Нет. Наше чувство друг к другу вовсе не иллюзия. Я люблю ее, и она меня — тоже. Скорее можно сомневаться в свидетельстве собственных глаз, чем в том, что эта девочка утверждала с таким ликующим торжеством вчера вечером и сегодня утром.

Так что же случилось? Может, они ее заперли? Я представил себе, как она плачет у себя в комнате, мечется по постели, растрепанная, без туфель. (Картина эта причинила мне боль, но она была прекрасна.) Конечно, Джулиан перепугала родителей своей наивной прямолинейностью. Какая ошибка! И они сперва просто рассвирепели, а потом решили перехитрить меня. Разумеется, они вовсе не считают, что она передумала. Просто изменили тактику. Поверил ли Арнольд, что я отрекся от его дочери? Скорее всего — нет. Я не очень-то умею врать.

Я так любил ее, так доверял ее инстинктивной откровенности, что даже не посоветовал ей немного смягчить удар, который она собиралась нанести. Глупец, я даже не представлял себе толком, как ужаснутся ее родители. Я был слишком поглощен собственными переживаниями, чтобы сделать над собой усилие и взглянуть на все спокойно. Ах, как же это я так! И раньше еще — я мог бы открыться ей не сразу, добиться ее любви исподволь, намеками, постепенно. Можно было начать с невинных, бесплотных поцелуев. Черт дернул меня обрушивать на нее все сразу, так что она сама потеряла голову. Но разумеется, хорошо мне рассуждать о постепенных действиях теперь, когда я уже знаю, что она меня любит. А тогда, начав говорить, я просто не мог остановиться, пока не высказал все. Я бы не вынес напряжения. Да и стоило ли думать о том, надо или не надо было мне молчать? Это представлялось мне уже делом далекого прошлого. На беду ли, на счастье ли, но о молчании теперь нет речи, и я огорчался не из-за того, что открылся ей.

Всю ночь, и во сне и наяву, я терзался мыслями о Венеции. Если они увезут ее туда, я, конечно, отправлюсь следом. Трудно спрятать девушку в Венеции. Но в эту ночь моя львиногривая любимая была неуловима. Я без конца догонял ее вдоль черно-белых набережных, залитых луною, у глянцевых вод, застывших, как на гравюрах. Вот она вошла в бар «Флориан», а я никак не мог открыть дверь. Когда же наконец мне это удалось, я очутился в Академии, а она убежала в картину Тинторетто и уже гуляла по мощенной плитами площади Святого Марка. И вот мы уже оба на площади Святого Марка, которая превратилась в огромную шахматную доску... Джулиан была пешкой и упорно продвигалась вперед, а я — конем, который ход за ходом ее преследовал, но, не успев ее настигнуть, вынужден был сворачивать то вправо, то влево. А она доходила до другого края доски и, превратившись в королеву, оглядывалась на меня. Она стояла ангелом святой Урсулы, величавым и высоким, в ногах моей постели. Я протягивал к ней руки, но она отступала по длинной дорожке и уходила через западный придел церкви Иниго Джонса, вдруг превратившийся в мост Риальто. Она была в гондоле вся в красном, с тигровой лилией в руках и удалялась, удалялась, а позади меня ужасный стук копыт становился все громче, громче, и я оборачивался и видел летевшего на меня Бартоломео Коллеони с лицом Арнольда Баффина, который собирался сбить меня с ног. Ужасные копыта опускались мне на голову, и мой череп раскалывался, как яичная скорлупа.

Я проснулся от грохота мусорных бачков, которые передвигали греки в дальнем конце двора. И быстро поднялся, чтобы вступить в мир, ставший более страшным даже со вчерашнего вечера. Вчера вечером было ужасно, но было и ощущение драмы, были препятствия, которые предстояло преодолеть, и вдохновлявшая меня уверенность в ее любви. Сейчас же я сходил с ума от сомнений и страха. В конце концов, она всего лишь молоденькая девочка. Устоит ли она перед родителями, сохранит ли веру в нашу любовь и ясный взгляд на вещи? И если они мне ее оболгали, надо ли из этого сделать вывод, что они и ей оболгали меня? Они, конечно, ее убедили, будто я собираюсь от нее отступиться. Ну да, я ведь так и сказал. Поймет ли она? Хватит ли у нее сил продолжать в меня верить? Хватит ли? Я ведь так мало ее знаю. Может, и правда, все — только мое воображение? А вдруг они ее увезут? А вдруг я не смогу найти ее? Конечно, она напишет. А если нет? Быть может, она и любит меня, но решила, что все это ошибка. В конце концов, вполне разумное решение.

Зазвонил телефон, но это оказался всего лишь Фрэнсис: он просил меня проведать Присциллу. Я сказал, что зайду позже. Я попросил позвать ее к телефону, но она не подошла. Около десяти позвонила Кристиан — я бросил трубку. Я набрал номер в Илинге, но снова услышал, что «номер не отвечает». Наверное, Арнольд после вчерашнего скандала отключил телефон. Я метался по квартире, зная, что рано или поздно мне станет невмоготу и я брошусь в Илинг. Страшно болела голова. Я все старался собраться с мыслями. Раздумывал о своих намерениях и о ее чувствах. Составил больше дюжины планов на все случаи жизни. Я даже попробовал представить себе настоящее отчаяние — что будет, если я поверю, что она меня не любит, никогда не любила; тогда, как человеку порядочному, мне останется только исчезнуть из ее жизни. Потом я понял, что я уже в отчаянии, в настоящем отчаянии, ибо ничего нет хуже ее отсутствия и молчания. А вчера она была в моих объятиях и перед нами расстилалась целая вечность, мы целовались без неистовства и страха, в задумчивой, спокойной радости. И я даже услал ее, а она ведь не хотела уходить. Какое безумие! Возможно, мы уже никогда, никогда не будем вместе. Возможно, такое никогда, никогда не повторится.

Страх ожидания — одна из самых тяжких мук человеческих. Жена шахтера у засыпанной шахты. Заключенный в ожидании допроса. Потерпевший кораблекрушение на плоту в открытом море. Ход времени ощущается как физическая боль. Минуты, каждая из которых могла бы принести облегчение или хоть определенность, пропадают бесплодно и только нагнетают ужас. Пока тянулись минуты этого утра, беспощадно росла моя леденящая уверенность, что все пропало. И так теперь будет всегда. Мы больше не встретимся. До половины двенадцатого я терпел и наконец решил, что надо отправиться в Илинг, увидеться с ней — силой, если понадобится. Я даже подумал, что не мешало бы как-то вооружиться. Но вдруг она уже уехала?

Начался дождь. Я надел плащ и стоял в прихожей. Я не знал, помогут ли мне слезы. Я представлял себе, как резко отпихну Арнольда и взбегу по лестнице. Ну а дальше?

Зазвонил телефон, я снял трубку. Голос телефонистки проговорил:

— Вас вызывает мисс Баффин из телефонной будки в Илинге, вы оплатите разговор?

— Что?.. Как?..

— Вас вызывает мисс Баффин...

— Да-да, я заплачу, да...

— Брэдли, это я.

— Любимая... Слава богу...

— Брэдли, скорее, мне надо тебя увидеть, я убежала.

— Какое чудо, любимая моя, я был в таком...

— Я тоже. Слушай, я в телефонной будке около станции метро «Илинг-Бродвей», у меня нет денег.

— Я заеду за тобой на такси.

— Я спрячусь в магазине, я так боюсь...

— Девочка моя любимая.

— Скажи шоферу, чтобы притормозил у станции. Я тебя увижу.

— Да, да.

— Но, Брэдли, к тебе нам нельзя, они сразу туда отправятся.

— Бог с ними! Я еду за тобой!

— Что случилось?

— Брэдли, это такой кошмар...

— Но что случилось?

— Я такая идиотка, я рассказала им все с таким победным, ликующим видом, я чувствовала себя такой счастливой, я не могла это скрыть или хоть чуть-чуть замаскировать, а они просто почернели, во всяком случае, сначала решительно не хотели верить, а потом бросились к тебе, тут бы мне и убежать, но я вошла в раж, хотела с ними еще разок сцепиться, а потом, когда они вернулись, было еще хуже. Я еще никогда не видела отца таким расстроенным и злым, он был вне себя.

— Господи, он тебя не бил?

— Нет-нет, но тряс меня, пока у меня не закружилась голова, и разбил кое-что у меня в комнате...

— Радость моя...

— Тогда я стала плакать и уже не могла остановиться.

— Да, когда я приходил...

— Ты приходил?

— Они тебе не сказали?

— Папа потом сказал, что опять тебя видел. Сказал, что ты согласен отступиться. Конечно, я не поверила.

— Умница! А мне он сказал, будто ты не хочешь меня видеть. Конечно, я тоже не поверил.

Я держал обе ее руки в своих. Мы тихо разговаривали, сидя в церкви (для точности — в церкви Святого Катберта в Филбич-гарденс). Бледно-зеленый свет, падавший сквозь викторианское цветное стекло, не мог рассеять величавого успокоительного мрака, из которого он выхватывал заалтарную стенку, как будто вылепленную из молочного шоколада, и огромную мрачную алтарную перегородку, словно в последний момент спасенную из огня. Надпись на ней гласила: *«Verbum caro factum est et habitavit in nobis»*[1]. Позади массивной металлической ограды в западной части церкви мрачная, увенчанная голубкой рака загораживала купель, или, быть может, пещеру какой-нибудь вещей сивиллы, или алтарь одного из более грозных воплощений Афродиты. Казалось, силы куда древнее Христа временно завладели местом. Высоко над нами по галерее прошла фигура в черном и исчезла. Мы опять остались одни.

Она сказала:

— Я люблю родителей. По-моему, люблю. Ну конечно. Особенно отца. Во всяком случае, я так всегда думала. Но есть вещи, которых нельзя простить. Что-то обрывается. И начинается другое.

Она с серьезным видом повернулась ко мне. Лицо было усталое, слегка припухшее, с тенями и морщинками

---

[1] Слово стало плотью и обитало среди нас *(лат.)*.

от слез и огорчений. Можно было догадаться, какой она станет в пятьдесят лет. И на секунду ее непрощающее лицо напомнило мне Рейчел в той ужасной комнате.

— Ах, Джулиан, сколько непоправимого обрушилось на тебя из-за меня. Я так изменил твою жизнь.

— Да.

— Но я не сломал ее, правда? Ты ведь не сердишься, что я причинил тебе столько огорчений?

— Что за глупости ты говоришь! Так вот, скандал продолжался несколько часов — главным образом мы с отцом ругались, а когда вмешалась мать, он закричал, что она ревнует ко мне, а она кричала, что он влюблен в меня, и она заплакала, а я завизжала. Ах, Брэдли, никогда бы не подумала, что обыкновенная интеллигентная английская семья может вести себя так, как мы вели себя вчера.

— Это потому, что ты еще молода.

— Наконец они ушли вниз, и я слышала, они продолжали ссориться, мама ужасно плакала, а я решила, что с меня хватит и я сбегу; и тут оказалось, они меня заперли! Меня никогда еще не запирали, даже когда я была маленькая, я не могу тебе передать... это было как... озарение... так вот люди вдруг понимают... нужен бунт. Ни за что, ни за что не дам им меня запирать.

— Ты кричала, стучала в дверь?

— Нет, что ты! Я знала, что в окно мне не вылези. Слишком высоко. Я уселась на кровать и принялась реветь. Ты знаешь, это глупо, наверное, когда идет такое... смертоубийство... но мне стало так жалко моих вещиц, которые разбил отец. Он расколотил две вазы и всех моих фарфоровых зверюшек.

— Джулиан, я не могу...

— Было так страшно... и унизительно. А вот это он не нашел, я ее держала под подушкой.

Джулиан вытащила из кармана золоченую табакерку «Дар друга».

— Я не хотел бы открытой войны, — сказал я. — Знаешь, Джулиан, то, что говорили твои родители, не такой уж бред. В общем-то, они даже правы. Зачем тебе со мной связываться? Нелепость. Ты такая молодая, перед тобой вся жизнь, а я настолько старше и... Ты же не разобралась в себе, все произошло так внезапно, тебя действительно следовало запереть, все бы кончилось слезами...

— Брэдли, мы давно прошли этот этап. Когда я сидела на кровати и смотрела на разбитый фарфор на полу и мне казалось, что вся моя жизнь разбита, я чувствовала себя такой сильной и спокойной и не сомневалась ни в тебе, ни в себе. Взгляни на меня. Уверенна. Спокойна. Да?

Она действительно была спокойна, сидя сейчас рядом со мной в голубом платье с белыми ивовыми листьями, и блестели загорелые юные коленки, и утомленное лицо было ясно, а наши сомкнутые руки лежали у нее на коленях, и в складках юбки пряталась золоченая табакерка.

— Тебе надо еще собраться с мыслями, обдумать, нельзя...

— Ну так вот, около одиннадцати — это была последняя капля — мне пришлось позвать их и попросить, чтоб меня выпустили в туалет. Потом отец опять пришел ко мне и попробовал новую тактику, стал такой добрый, такой понимающий. Тогда-то он и сказал, что снова тебя видел и ты отступаешься от меня, но я, конечно, не поверила. Потом пообещал взять меня в Афины...

— Мне он сказал — в Венецию, я всю ночь провел в Венеции.

— Он боялся, что ты поедешь за нами. Я уже совершенно успокоилась, я решила: со всем соглашусь, что бы они ни предложили, а потом удеру, при первой же возможности. И сделала вид, что пошла на попятный, стала притворяться, сказала, что Афины — дело другое и... слава богу, что ты меня не слышал... и...

— Я знаю. Я тоже. Я правда им сказал, что уеду. Я чувствовал себя предателем, как апостол Петр.

— Брэдли, я к тому времени ужасно устала, вчера был такой длинный день, и не знаю, убедила я его или нет, но он сказал: «Прости мне мою грубость», и я думаю, он правда усовестился. Но мне было противно, когда он расчувствовался и пустился в сантименты, хотел меня поцеловать и прочее, и тут я сказала, что хочу спать, и наконец он ушел и — господи! — опять запер дверь!

— Ты спала?

— Самое смешное, что я спала. Я думала, что глаз не сомкну, и представляла себе, как я не сплю и думаю, я даже предвкушала это, но сон сморил меня, я прямо как провалилась... даже раздеться не могла... Наверное, необходимо было полное отключение. И вот сегодня утром со мной начали обращаться как с больной, меня провожали в ванную, приносили подносы и тому подобное — отвратительно, даже страшно. Отец сказал, чтобы я отдохнула, что мы сегодня же уедем из Лондона, а потом ушел. Наверное, пошел в автомат на углу, чтобы мать не слышала его разговора, он это часто делает, а тут еще вчера, когда он бесновался, он оборвал телефонный провод. Я уже оделась и стала искать сумку, но они ее унесли, и, когда я услышала, что отец ушел, я попробовала открыть дверь, но они меня заперли, я позвала мать, она не отперла, и тогда я поддала ногой поднос с завтраком, который как раз стоял на полу. Ты когда-нибудь пинал ногой вареное яйцо? Когда я увидела, как оно брызнуло, я подумала, что так вот и вся наша жизнь; было ничуть не забавно. И тогда я сказала матери, что, если она сейчас же не отопрет, я выпрыгну в окно, и так бы и сделала, но она отперла, и я стала спускаться, а мать обогнала меня на лестнице и пятилась ко мне лицом. Ой, господи, как глупо, как нелепо, я дошла до входной двери, но она была на замке! А мать все просила и умоляла ее простить, мне даже жалко ее стало, она никогда еще так не говорила, причитала, как старуха. Я ничего не сказала и пошла в сад, а она за мной, я попробовала открыть боковую калитку, но она тоже была заперта, и тогда я побежала по саду и влезла на ограду... Ты знаешь, она очень высокая, я сама удивляюсь, как это я... и спрыгнула в соседний сад. Я слышала, как мать тоже пытается влезть на ограду и зовет меня, но, конечно, где ей залезть, она толстая, и она встала на ящик, и мы смотрели друг на друга, и лицо у нее было такое странное — словно удивленное, как у человека, которому вдруг прострелили ногу, мне так жалко ее стало. Потом я побежала через соседний сад, опять перелезла через ограду — она была не такая высокая, я оказалась среди гаражей, я бежала, бежала и все никак не могла найти будку с неиспорченным телефоном — и наконец нашла и позвонила тебе, и вот я здесь.

— Джулиан, это ужасно, я так виноват перед тобой. Я рад, что ты пожалела мать. Не надо их ненавидеть, ты их пожалей. Ведь, в общем-то, правы они, а не мы...

— С той минуты, как они заперли дверь, я стала чувствовать себя чудовищем. Но счастливым чудовищем. Иногда надо стать чудовищем, чтобы выжить, как-никак я достаточно взрослая, понимаю.

— Ты убежала и пришла ко мне...

— Я ободрала ногу об ограду. Она вся горит. Пощупай.

Она положила мою руку себе под юбку на бедро. Кожа была содрана, покраснела и действительно горела.

Я потрогал ее и обжег ладонь, я желал это юное, милое, бесхитростное создание, так нежданно, таким чудом дарованное мне. Я отдернул руку и отстранился. Это было уж слишком.

— Джулиан, ты моя героиня, моя королева... О, куда бы нам пойти... ко мне нельзя.

— Я знаю. Они туда придут, Брэдли, мне нужно побыть где-нибудь с тобой наедине.

— Да. Хотя бы для того, чтобы подумать.

— Почему ты так говоришь?

— Я так виноват... все... как ты выразилась... смертоубийство... Мы еще ничего не решили, мы не можем, не знаем...

— Брэдли, ну и храбрый же ты, оказывается! Ты что, собираешься отослать меня обратно к родителям? Прогнать, как бродячую кошку? Ты — теперь мой дом. Брэдли, ты меня любишь?

— Да, да, да, да.

— Тогда ничего не бойся и возьми все в свои руки. Подумай, Брэдли, должно же быть какое-нибудь тайное место, куда нам можно пойти, хотя бы просто гостиница.

— О Джулиан, нельзя нам в гостиницу. Нет такого тайного места, куда нам можно пойти... О господи, есть же! Есть, есть, есть!

Дверь квартиры была распахнута. Неужели я оставил ее незапертой? Может быть, там меня уже поджидает Арнольд?

Я тихо вошел и остановился в прихожей, прислушиваясь. Я услышал шорох, кажется, из спальни. Потом какой-то странный звук, вроде стона птицы, вроде затихающего «у-у-у»... Я застыл, пронизанный ужасом. И тут я совершенно явственно услышал, как кто-то зевает. Я двинулся вперед и открыл дверь спальни.

На моей кровати сидела Присцилла. На ней был знакомый синий жакет и юбка, довольно помятая. Она сняла туфли и терла большие пальцы ног, не сняв чулок. Она сказала:

— А вот и ты.

И продолжала тереть и чесать пальцы, внимательно их разглядывая. Она опять зевнула.

— Присцилла! Что ты тут делаешь?

— Я решила вернуться к тебе. Они меня не пускали, а я приехала. Они перепоручили меня врачам. Хотели оставить меня в больнице, а я не согласилась. Там сумасшедшие, а я не сумасшедшая. Меня лечили шоком. Ужас. Кричишь и мечешься по комнате. Тебя держат. Я ушибла руку. Гляди.

Она говорила очень медленно. Потом принялась старательно стаскивать синий жакет.

— Присцилла, тебе нельзя тут оставаться. Меня ждут. Мы сейчас уезжаем из Лондона.

Джулиан была на Оксфорд-стрит, я дал ей денег, чтобы она купила себе кое-что из одежды.

— Посмотри. — Присцилла засучила рукав блузки. Вся рука у нее была в синяках. — А может, это они меня держали? Может быть, и держали. У них есть что-то вроде смирительной рубашки, но на меня ее не надевали. Кажется, нет. Не помню. Перестаешь соображать. Какая уж тут польза. Теперь у меня голова совсем не работает. Я сначала не понимала. Хотела спросить тебя, но ты не приходил. А Кристиан и Арнольд все время болтали и смеялись, и я не могла спокойно прийти в себя. Я там себя чувствовала бедной родственницей. Нужно жить со своими. Помоги мне развестись. С ними мне стыдно говорить, у них все так гладко, они так преуспевают. С ними толком не поговоришь, они всегда торопятся. А потом уговорили меня лечиться электрошоком. Никогда ничего не надо решать в спешке. Все равно пожалеешь. Ах, Брэдли, напрасно мне делали эти шоки. Я чувствую, из-за них у меня мозг почти разрушен. Естественно, нельзя подвергать людей электрошоку, правда?

— Где Арнольд? — сказал я.

— Только что ушел с Фрэнсисом.

— Он тут был?

— Да, приходил за мной. Я ушла сразу после завтрака. Я и не завтракала, я последнее время совсем есть не могу, даже запаха еды не выношу. Брэдли, пойди, пожалуйста, со мной к юристу и еще отведи меня в парикмахерскую, мне надо вымыть голову. Я думаю, можно, это меня не утомит. Потом мне, наверное, надо отдохнуть. Что сказал Роджер про норковый палантин? Я все беспокоюсь. Почему ты не приходил? Я все время про тебя спрашивала. Пожалуйста, отведи меня сегодня к юристу.

— Присцилла, я никуда не могу с тобой пойти. Мне надо немедленно уехать из Лондона. Ах, зачем ты пришла!

— Что сказал Роджер про норковый палантин?

— Он его продал. Он отдаст тебе деньги.

— Не может быть! Такой красивый, особенный...
— Пожалуйста, не плачь.
— Я не плачу. Я пришла пешком из Ноттинг-Хилла, а мне нельзя, я больна. Я лучше посижу в гостиной. Ты не дашь мне чаю?

Она тяжело поднялась и прошла мимо меня. От нее исходил какой-то неприятный звериный запах, смешанный с запахом больницы. Формалин, наверное. Осоловелое лицо набрякло, нижняя губа отвисла, словно в усмешке. Она медленно и осторожно уселась в кресло и поставила ноги на скамеечку.

— Присцилла, нельзя тебе тут оставаться! Мне надо уехать из Лондона!

Она широко зевнула, нос у нее вздернулся, глаза сузились, она просунула руку под блузку и чесала под мышкой. Потом потерла глаза и начала расстегивать средние пуговицы на блузке.

— Я все зеваю и зеваю, и без конца чешусь, и ноги болят, и я не могу сидеть спокойно. Наверное, от электричества. Брэдли, ты не бросишь меня, правда? У меня никого не осталось, кроме тебя, ты не уезжай. Как ты сказал? Роджер правда продал норку?

— Я приготовлю тебе чаю, — сказал я, чтобы уйти из комнаты.

Я прошел на кухню и действительно поставил чайник. Я ужасно огорчился, увидев, в каком состоянии Присцилла, но, разумеется, не могло быть и речи о том, чтобы менять планы. Что же придумать? Через полчаса я должен встретиться с Джулиан. Если я не появлюсь вовремя, она придет сюда. И неведомо почему исчезнувший Арнольд может вернуться в любую минуту.

Кто-то вошел в парадную дверь. Я выскользнул из кухни, готовый в случае необходимости вырваться на свободу. В дверях я с такой силой налетел на Фрэнсиса, что вытолкнул его. Мы ухватились друг за друга.

— Где Арнольд?

— Я его направил по ложному следу, но вам надо спешить.

Я вытащил Фрэнсиса во двор. Так я смогу увидеть Арнольда издали. Появление Фрэнсиса было спасением, я крепко держал его за оба рукава, на случай если он захочет удрать, хотя он, кажется, и не собирался. Он усмехнулся с довольным видом.

— Как это вы сумели?

— Я сказал, что вроде видел, как вы с Джулиан входили в бар на Шефтсбери-авеню, я сказал — вы там завсегдатай, и он кинулся туда, но скоро вернется.

— Он рассказал вам?..

— Он рассказал Кристиан, а она мне. Крис пришла в бешеный восторг.

— Фрэнсис, послушайте. Я сегодня уезжаю с Джулиан. Пожалуйста, останьтесь с Присциллой здесь или в Ноттинг-Хилле, где она захочет. Вот вам чек на большую сумму, я дам вам еще.

— Ну и ну! Спасибо! Куда вы едете?

— Не важно. Я буду позванивать, узнавать о Присцилле. Спасибо, что выручили. А теперь мне надо кое-что уложить и бежать.

— Брэд, посмотрите, я принес ее обратно. Боюсь, правда, что она совсем сломалась. Хотел ногу выпрямить, а она сломалась.

Он что-то сунул мне в руку. Это была маленькая бронзовая статуэтка женщины на буйволе.

Мы вернулись в дом, и я защелкнул задвижку на парадной двери и захлопнул дверь в квартиру. Мы услышали какой-то визжащий звук — это свисток чайника возвещал, что вода закипела.

— Фрэнсис, пожалуйста, приготовьте чай.

Я вбежал в спальню и пошвырял в чемодан кое-что из одежды. Потом вернулся в гостиную.

Присцилла сидела выпрямившись. На лице ее был испуг.

— Что это за звук?

— Чайник.
— Кто у тебя там?
— Фрэнсис. Он останется с тобой. Мне нужно идти.
— Когда ты вернешься? Ты ведь ненадолго уедешь, всего на несколько дней, да?
— Не знаю. Я позвоню.
— Брэдли, пожалуйста, не оставляй меня. Мне так страшно. Я теперь всего боюсь. Мне так страшно по ночам. Ты мой брат. Ты ведь позаботишься обо мне, не можешь ты оставить меня с чужими. Я сама не знаю, что мне делать, а ты — единственный, с кем я могу говорить. Пожалуй, я пока не пойду к юристу. Не знаю, что делать с Роджером. О, зачем я от него ушла, мне нужен Роджер, мне нужен Роджер... Роджер пожалел бы меня, если бы сейчас увидел.
— Вот тебе старый друг, — сказал я и кинул бронзовую статуэтку ей на колени.

Она инстинктивно сжала ноги, и статуэтка упала на пол.
— Ну вот, разбилась, — сказала Присцилла.
— Да. Фрэнсис сломал ее, когда пробовал починить.
— Она мне уже не нужна.

Я подобрал статуэтку. Одна из передних ног буйвола отломилась почти вся, и по краю слома шла зазубрина. Я положил статуэтку набок в лакированный китайский шкафчик.
— Ну вот, совсем сломалась. Как грустно, как грустно.
— Присцилла, перестань.
— О господи, мне так нужен Роджер. Роджер был мой, мы принадлежали друг другу, он был мой, а я — его.
— Не говори глупостей. Роджер — отрезанный ломоть.
— Пойди, пойди к Роджеру и скажи ему, что я прошу у него прощения...
— Ни за что!
— Мне нужен Роджер, милый Роджер, как он мне нужен...

Я попытался поцеловать ее, во всяком случае, приблизил лицо к темной грязной полоске седых волос, но она дернулась и сильно ударила меня головой по челюсти.

— До свидания, Присцилла. Я позвоню.
— Ох, не уходи, не оставляй меня, не надо...

Я остановился в дверях. Она подняла голову и смотрела на меня; крупные слезы медленно катились из глаз, красные мокрые губы приоткрылись. Я отвернулся. Из кухни появился Фрэнсис с чайным подносом в руках. Я махнул ему рукой, выбежал из дома и помчался по двору. В конце двора я задержался и осторожно выглянул на улицу.

Арнольд и Кристиан как раз вылезали из такси в нескольких шагах от меня. Арнольд расплачивался. Кристиан увидела меня. Она сразу же повернулась ко мне спиной и заслонила меня от Арнольда. Я сунулся назад. Там, где двор выходит на улицу, есть крытый узенький проход, туда-то я и спрятался и в ту же секунду увидел, как мимо прошел Арнольд с мрачным лицом, выражавшим озабоченность и решимость. Кристиан шла за ним медленнее, озираясь по сторонам. Она снова меня увидела и сделала странный жест, жест томного Востока, шуточно-чувственной почести — подняла руки ладонями вверх, а затем, как балерина, волнообразно опустила. Она не остановилась. Я подождал немного и вышел из укрытия.

Арнольд вошел в квартиру. Кристиан все стояла снаружи, оглядываясь. Я опустил чемодан, приложил кулаки ко лбу, потом протянул к ней руки. Она махнула мне — хрупкое, порхающее мановение, — словно уплывала в лодке. Затем она вошла за Арнольдом в дом. Я выбежал на Шарлотт-стрит. Сел в оставленное ими такси и доехал до Джулиан.

Часть третья

Она так радовалась нашим покупкам. Она распоряжалась. Смело выбирала еду, всякие вещи для уборки и стирки, кухонную посуду. Купила даже хорошенький голубой совок для мусора и щетку, разрисованную цветочками. И еще фартук. И шляпу от солнца. Мы загрузили взятую напрокат машину. Пророческое чутье заставило меня сохранить шоферские права. Но теперь, с отвычки, я вел машину очень осторожно.

Было пять часов все того же дня, и мы были далеко от Лондона. Мы были в деревне, машину поставили около деревенской лавки. Между плиток мостовой росла трава, и заходящее солнце дарило каждой травинке отдельную бурую тень. Нам предстоял долгий путь.

У меня голова кружилась от счастья, так естественно, с таким деловым видом Джулиан играла роль хозяйки и командовала мной, будто мы уже много лет женаты. Я сдерживал свою радость, чтоб не спугнуть Джулиан. Я купил хереса и столового вина, потому что так водится у женатых, хоть и понимал, что буду пьян одним блаженством. Мне почти хотелось побыть одному, чтобы наедине подумать обо всем, что случилось. Мы немного проехали, и я остановил машину, чтобы на минуту зайти в лес, и, пока я стоял, глядя вниз на полосатый линолеум из хвои, подушечку мха на корне дерева и несколько алых звездочек дикой гвоздики, я вдруг почувствовал себя великим поэтом. Эти мелочи стояли передо мной как живое воплощение чего-то гармоничного и огромного: истории, экстазов, слез.

Стало смеркаться; мы молча ехали по шоссе меж пышных белых цветущих каштанов. Везти в машине свою любимую — особый вид обладания: подчиненная тебе, покачивающаяся машина будто продолжает тебя и словно обнимает ту, кого ты видишь боковым зрением. Иногда моя левая рука искала ее правую. Иногда она робко трогала мое колено. Иногда садилась боком и разглядывала меня, заставляя улыбаться, как трава улыбается на солнце, но я не отрывал глаз от бегущей дороги. Машина нежно несла нас сквозь туннель из каштанов, и бормотание мотора сочувственно окутывало наше счастливое молчание.

Человеческое счастье редко ничем не омрачается, а безоблачное счастье само по себе вселяет испуг. Мое же счастье, хоть и предельно насыщенное, было далеко не безоблачно, и при всей моей сумасшедшей радости (например, когда Джулиан покупала совок и щетку) я вскоре принялся мучить себя всеми грозившими нам ужасами и бедами. Я думал о мстительном Арнольде, о затаившей обиду Рейчел, о несчастной Присцилле. О том, как я странно и глупо наврал про свой возраст. Наше непосредственное будущее было под огромным знаком вопроса. Теперь, когда я был с Джулиан, кошмары обратились в конкретные проблемы. Скоро в уединении я расскажу ей все, пусть сама судит. Когда любишь и любим, даже самые настоящие трудности — хотя порой это лишь иллюзия — кажутся пустячными и просто несуществующими. Вот и я не допускал даже мысли, что нас могут обнаружить. Мы скроемся. Никто не знает, где мы. Я никому не говорил о своих планах.

Пока я в синих сумерках вел машину между старыми цветущими каштанами и видел полную луну как блюдо сливок над ячменным полем, ловившим последние лучи солнца, меня беспокоили две вещи: первая — абстрактная и космическая, вторая — до ужаса конкретная. Космическое бедствие заключалось в моей уверенности, хоть она и никак не вытекала из моих размышлений о будущем, что я непременно потеряю Джулиан. Я больше не сомневался в ее любви. Но я испытывал безграничное отчаяние, словно мы любили друг друга целую вечность и обречены были устать от этого столь совершенного чувства. Я как молния пролетал по планете и, окружив всю вселенную, в тот же миг возвращался обратно, задыхаясь от этого отчаяния. Те, кто любил, меня поймут. Огромная петля захлестнула беспредельное время и пространство, и наши сомкнутые руки держали ее концы. Все это случалось раньше, возможно миллионы раз, и именно потому было обречено. Больше не было обычного будущего, только это полное исступленного восторга мучительное, страшное настоящее. Будущее рассекло настоящее как меч. И даже теперь — глаза в глаза, губы к губам — мы уже погружались в грядущие ужасы. Еще меня беспокоило вот что: вдруг, когда мы приедем в «Патару» и ляжем в постель, у меня ничего не получится.

Тут мы начали пререкаться.

— Брэдли, ты слишком много думаешь, я это вижу. Мы справимся со всеми трудностями. Присцилла будет жить с нами.

— Мы нигде не будем жить.

— То есть как это?

— Не будем — и все. У нас нет будущего. Нам ехать и ехать в этой машине до бесконечности. Вот так.

— Зачем ты? Неправда. Смотри, я купила хлеба, и зубную пасту, и совок для мусора.

— Да. Поразительно. Но это как окаменелости, которые Бог, по мнению верующих, создал, когда сотворил мир — за четыре тысячи лет до Рождества Христова, чтобы у нас была иллюзия прошлого.

— Не понимаю.

— Наше будущее — это иллюзия.

— Гадкие слова, они предают любовь.

— Наша любовь по своей природе замкнута в себе самой. Ей свойственна завершенность. Она не подвержена случайностям и лишена протяженности.

— Пожалуйста, оставь абстракции, это похоже на ложь.

— Может быть. Но у нас нет языка, на котором мы могли бы сказать правду о себе, Джулиан.

— Ну а у меня есть. Я выйду за тебя замуж. Потом ты напишешь замечательную книгу, и я тоже попробую написать замечательную книгу.

— Ты правда в это веришь?

— Да. Брэдли, ты мучаешь меня, по-моему, нарочно.

— Возможно. Я так с тобой связан. Я — это ты. Мне надо расшевелить тебя, пусть даже помучить, чтобы хоть немножко понять.

— Тогда делай мне больно, я вытерплю с радостью, только б нам это не повредило.

— Нам ничто не может повредить. В том-то и беда.

— Я тебя не понимаю. Но мне кажется, ты говоришь так, как будто все это иллюзия, как будто ты можешь от меня уйти.

— Я думаю, можно понять и так.

— Но мы только что нашли друг друга.

— Мы нашли друг друга миллион лет тому назад, Джулиан.

— Да-да, я знаю. Я тоже так чувствую, но на самом деле, совсем на самом деле, после Ковент-Гардена прошло ведь только два дня.

— Я это обдумаю.

— Хорошо, обдумай как следует. Брэдли, никогда ты меня не бросишь, ты говоришь глупости.

— Нет, я тебя не брошу, моя единственная, моя любимая, но ты можешь бросить меня. Я совсем не хочу сказать, будто сомневаюсь в твоей любви. Просто, какое бы чудо нас ни соединило, оно же автоматически нас и сломает. Нам суждено сломаться, катастрофа неизбежна.

— Я не позволю тебе так говорить. Я тебя крепко обниму и заставлю умолкнуть.

— Осторожно! В сумерках и так опасно ездить.

— Ты не можешь остановиться на минутку?

— Нет.

— Ты правда думаешь, я тебя брошу?

— *Sub specie aeternitatis*[1] — да. Уже бросила.

— Ты знаешь, я по-латыни не понимаю.

— Жаль, что твоим образованием так пренебрегали.

— Брэдли, я рассержусь.

— Вот мы и поссорились. Отвезти тебя обратно в Илинг?

— Ты нарочно делаешь мне больно и все портишь.

— У меня не слишком-то хороший характер. Ты меня еще узнаешь.

— Я знаю тебя. Знаю вдоль и поперек.

— И да и нет.

— Ты сомневаешься в моей любви?

— Я боюсь богов.

— Я ничего не боюсь.

— Совершенство приводит к немедленному отчаянию. Немедленному. Время здесь ни при чем.

— Если ты в отчаянии, значит ты сомневаешься в моей любви.

— Возможно.

— Остановись, слышишь?

— Нет.

— Как мне доказать, что я тебя люблю?

— Я думаю, это невозможно.

— Я выпрыгну из машины.

— Не говори глупостей.

— Выпрыгну.

И в следующую секунду она выпрыгнула из машины.

---

[1] С точки зрения вечности *(лат.)*.

Раздался звук, похожий на короткий взрыв, резкий ток воздуха, и ее уже не было рядом. Дверь распахнулась, щелкнула, качнулась и захлопнулась. Сиденье рядом со мной было пусто. Я свернул на травянистую обочину и затормозил.

Посмотрев назад, я увидел ее — темный неподвижный комок у края дороги.

У меня бывали в жизни страшные минуты. Многие из них я познал уже потом. Но эта из всех осталась самой прекрасной, самой чистой и самой глубоко ранящей.

Задыхаясь от ужаса и тревоги, я выскочил из машины и побежал по дороге назад. Дорога была пустынная, тихая, в синих сумерках почти ничего не разобрать.

О, бедная хрупкость человеческого тела, беззащитность яичной скорлупы! Как только ненадежное устройство из плоти и костей не гибнет на этой планете с твердыми поверхностями и беспощадной смертоносной силой тяжести? Я слышал явственно хруст и ощущал удар тела о дорогу.

Головой она уткнулась в траву, подогнутые ноги лежали на обочине. Страшнее всего была первая секунда, когда я подошел к ней и увидел, что она недвижима. Я опустился на колени и застонал вслух, не решаясь притронуться, возможно, к страшно искалеченному телу. В сознании ли она? Вдруг сейчас закричит от боли? Мои руки парили над ней в проклятой беспомощности. Теперь, подле недвижно распластанного тела, которое я даже не смел обнять, мое будущее разом изменилось.

И тут Джулиан сказала:

— Прости меня, Брэдли.

— Ты сильно расшиблась? — спросил я срывающимся, сдавленным голосом.

— Нет, по-моему. — Она села и обвила руками мою шею.

— Ох, Джулиан, осторожно, ты ничего не повредила, не сломала?

— Нет... точно нет... Посмотри, здесь всюду эти горбатые подушки из травы, или мха, или... на них я и упала.

— Я боялся, что ты упала на дорогу.

— Нет. Я опять ободрала ногу... и лицом ударилась... уф! Ничего, наверное. Только больно. Подожди-ка, я попробую пошевелиться. Да... все в порядке... Прости меня.

Тогда я по-настоящему обнял ее, и мы прижались друг к другу, полулежа среди травянистых мшистых кочек у канавы, заросшей цветущей крапивой. Лунное блюдо со сливками уменьшилось и побледнело, стало блестеть металлом. Мы молча обнимались, и тьма стала сгущаться, воздух сделался плотнее.

— Брэдли, мне холодно, я потеряла босоножки.

Я разжал руки и, перегнувшись, начал целовать ее холодные мокрые ноги, вдавившиеся в подушку сырого, пористого мха. У них был вкус росы, и земли, и маленьких зеленых головок мха, пахнущих сельдереем. Я обхватил руками бледные мокрые ступни и застонал от блаженства и страстного желания.

— Брэдли, не надо. Я слышу машину, кто-то едет.

Я поднялся, весь горя, и помог ей встать, и тут действительно мимо нас промчалась машина, и свет фар упал на ноги Джулиан, голубое платье, которое так шло к ее глазам, и растрепанную темно-золотую гриву. Тут мы увидели босоножки, они лежали рядом на дороге.

— У тебя нога в крови.

— Я только содрала кожу.

— Ты хромаешь.

— Нет, просто ноги затекли.

Мы вернулись к машине, я включил фары, выхватив из темноты причудливое плетение зеленых листьев. Мы влезли в машину и взялись за руки.

— Больше тебе никогда не придется так делать, Джулиан.

— Прости меня.

Затем мы молча двинулись дальше, ее рука лежала у меня на колене. На последнем участке пути она при свете фонарика изучала карту. Мы пересекли железную дорогу и канал и ехали по пустой плоской равнине. Уже не горели огни в домах. При свете фар видна была каменистая обочина — гладкая серая галька и яркая жесткая трава. Мы остановились и повернули; на одном перекрестке, ничем не отличавшемся от прочих, луч фонарика Джулиан упал на указатель. Дорога стала каменистой, мы делали не больше пяти миль в час. Наконец на повороте фары осветили белые ворота и на них жирным курсивом — «Патара». Машина въехала на гравий дорожки, фары скользнули по красным кирпичным стенам, и мы остановились возле маленького крыльца с плетеной деревянной решеткой. Ключ хранился у Джулиан: она держала его наготове уже несколько миль. Я мельком взглянул на наше убежище. Это был небольшой квадратный коттедж из красного кирпича. Агент, рекламировавший «Патару», был, пожалуй, уж слишком романтик.

— Какой чудесный дом! — сказала Джулиан.

Она отперла дверь и впустила меня.

Все лампочки были тут же зажжены, Джулиан бегала из комнаты в комнату. Она стащила простыни с двуспального дивана-кровати.

— Наверное, никогда не проветривали, они совершенно сырые. Ой, Брэдли, пойдем сразу к морю, а? А потом я приготовлю ужин.

Я посмотрел на кровать.

— Уже поздно, любимая. Ты уверена, что не расшиблась?

— Конечно! Сейчас переоденусь, стало холодно, а потом пойдем к морю, оно, кажется, рядом, я, по-моему, даже его слышу.

Я вышел через переднюю дверь и прислушался. Ровный шум моря, обкатывающего гальку, скрипучим вздохом доносился откуда-то из-за пригорка, наверное, из-за песчаной дюны прямо передо мной. Луна затуманилась и бросала золотой, не серебряный, свет на белую садовую ограду, косматые кусты и одинокое дерево. Ощущение пустынности и пространства. Мягкое движение соленого воздуха. Я ощутил блаженство и страх. Через несколько секунд я вернулся в дом. Тишина.

Я вошел в спальню. Джулиан в розовой рубашке в белых цветочках и с белой каймой лежала на кровати и крепко спала. Ее медные волосы рассыпались по подушке, прикрыв часть лица шелковой сеткой, словно краем прекрасной шали. Она лежала на спине, запрокинув голову, будто подставив горло под нож. Ее бледные плечи были цвета сливок, как луна в сумерках. Колени чуть приподняты, босые запачканные ступни раскинуты в стороны. Ладони, тоже темные от земли, уютно устроились на груди, прильнув друг к другу, как два зверька. На правом бедре, выглядывавшем из-под белой каймы, были две ссадины — одна появилась, когда она перелезала через забор, другая — когда она выпрыгнула из машины. Этот день действительно оказался для нее полным событий.

Для меня — тоже. Я сидел, склонясь над ней, и о чем только я не думал. Я не хотел будить ее. Правда, мне пришло в голову, что надо бы обмыть ей бедро, но длинная царапина выглядела совсем чистой. Чудесный провал в беспамятство — сколько раз я сегодня мечтал об этом: быть с нею, но быть одному. Вздыхая с ней рядом, я испытывал странное удовольствие от того, что не прикасался к ней. Потом я осторожно прикрыл ее простыней, натянув простыню как раз до уютно сложенных рук, и подумал о том, что я натворил или, вернее, натворила она, так как скорее ее, чем моя, воля так изменила всю нашу жизнь. Быть может, завтра я повезу плачущую девочку обратно в Лондон. Надо ко всему быть готовым, но и так я уже незаслуженно осчастливлен без меры. Как чудесно и страшно было, когда она выскочила из машины. Но что из того? Она молода, молодые любят крайности. Она ребенок и стремится к крайностям, а я пуританин, и я стар. Будет ли она моей? Посмею ли я? Смогу ли?

— Смотри, Брэдли, череп животного, обкатанный морем. Чей это — овечий?
— Да, овечий.
— Возьмем его с собой.
— Мы и так уже берем с собой целую гору камней и ракушек.
— Но ведь машина может спуститься сюда, правда?
— Думаю, может. Опять этот крик. Как ты сказала, кто это?
— Каравайка... Неужели не знаешь? Брэдли, смотри, какая замечательная деревяшка. Как ее изукрасило море. Вроде китайского иероглифа.
— Тоже с собой заберем?
— Еще бы.

Я взял в руки квадратный кусочек дерева; его так обработало море, что он стал похож на лаконичный набросок старческого лица, какой мог бы сделать в своем альбоме итальянский художник вроде Леонардо. Я взял овечий череп. Совершенно целый, только без зубов — видимо, довольно долго пробыл в море. Ничего острого не осталось. Он был так сглажен, отточен и отшлифован, что походил больше на произведение искусства, на тонкую безделушку из слоновой кости, чем на останки животного. Кость была плотная, гладкая на ощупь, прогретая солнцем и кремовая, как плечи Джулиан.

Правда, плечи Джулиан уже изменили цвет, они зловеще пылали красно-коричневым огнем. Было часа четыре. Мои размышления предыдущей ночью прервал сон, почти такой же внезапный, как тот, что сморил Джулиан. Сон бросился на меня, как ягуар, спрыгнувший с дерева.

Я почти разделся и раздумывал, во что бы мне облачиться, чтобы гармонировать со спящей Джулиан, стоит ли вообще облачаться, как вдруг наступило утро, солнце освещало комнату, и я лежал один под одеялом в рубашке, трусах и носках. Я мгновенно понял, где я. Первое ощущение пронзительного страха — Джулиан не было в комнате — сменилось спокойствием, когда я услышал, как она поет на кухне. Мне стало неловко, что я спал рядом с ней в таком безобразном виде. Рубашка и носки — это такое непривлекательное *déshabillé*[1]. Сам я лег под одеяло или она накрыла меня? И как ужасно, вопиюще и смешно, что мы с любимой проспали всю ночь бок о бок, оглушенные сном так, что совсем забыли друг про друга. О, бесценная, бесценная ночь.

— Брэдли, ты проснулся? Чаю или кофе? Молока, сахару? Как мало я о тебе знаю.

— Действительно. Чаю с молоком и сахаром. Ты видела мои носки?

— Мне очень нравятся твои носки. Мы сейчас же пойдем на море.

И мы пошли. Мы сели на плоские камни и позавтракали чаем с молоком из термоса, хлебом с маслом и джемом. Волны, куда ласковее, чем ночью, касались непорочной кромки берега, которую сами же и создали, как верную подругу по своему образу и подобию, отбегая, чтобы перевести дух, и накатываясь, чтобы ее коснуться. У нас за спиной были причесанные ветром дюны, и желтые арки высокого тростника, и небо, голубое, как глаза Джулиан. Перед нами лежало спокойное холодное море, алмазно поблескивавшее и темное даже на солнце.

Мы пережили много счастливых минут. Но в нашем первом завтраке у моря была простота и глубина, с которыми ничто не может сравниться. Его не омрачало даже ожидание. Это был идеальный союз, покой и радость,

---

[1] *Здесь:* нижнее белье *(фр.).*

которые нисходят на нас, когда любимая и твоя собственная душа так сливаются с окружающим миром, что в кои-то веки раз планета Земля оказывается местом, где камни, и прозрачная вода, и тихий вздох ветра обретают реальное бытие. Возможно, этот завтрак был второй частью того диптиха, на первой половине которого я увидел Джулиан, лежавшую неподвижно у дороги вчера в сумерках. Но они не были по-настоящему связаны, как не связаны с чем бы то ни было мгновения первозданной радости. Смертный, которому выпали в жизни такие мгновения, коснулся трепетной рукой самой непознаваемой цели природы — источника бытия.

Мы тащили через дюны камни и выброшенные морем куски дерева — их было так много, что за один раз не унести, — и увидели в глубине неказистый, но уже ставший родным красный кирпичный кубик нашего дома, за ним разрушенную ферму и плоскую равнину линялого изжелта-зеленого цвета под огромным небом, усеянным взбитыми сливками золоченых белых облаков. Вдали, за полосою тени, солнце подсвечивало сзади длинную серую стену и высокую колокольню большой церкви. Мы кучей сложили наши трофеи у подножия дюн и, по настоянию Джулиан, засыпали песком, чтобы их никто не похитил, — излишняя предосторожность, учитывая, что мы тут были одни, — и двинулись по огромной площадке плоских, обкатанных морем камней, которая словно мощеный двор тянулась отсюда до самого дома. Тут в изобилии росла лиловая морская капуста, синяя вика, розовая, похожая на подушки, морская армерия, дикие желтые древовидные лупинусы раскинули звездочки листьев и бледные свечки соцветий над полосатыми круглыми камнями естественной мостовой. Стеклянные стрекозы то со свистом рассекали воздух, то застывали на лету, лениво порхали занесенные с моря бабочки, их угонял легкий ветерок, и они исчезали в ярком мареве. Точное местонахождение рая я по многим причинам утаю, но пусть завсегдатаи британского побережья попытаются его отыскать.

Пока я сидел и наблюдал, как она готовит завтрак (она заметила — совершенно справедливо, — что готовить не умеет), я поражался ее способности войти в роль, поражался тому, насколько она отдавалась моменту, и я пытался отбросить всякое беспокойство, как это, видимо, удалось ей, и не подпускать к нам демонов абстрактного философствования, ведь это в знак протеста против них она выскочила вчера на ходу из машины. После обеда мы поехали через цветущий двор за своими трофеями — чтобы забрать их и поискать новых — и разложили их на заросшей сорняком лужайке перед домом. Все камни были овальные, слегка выпуклые, одного размера, но самых разных расцветок. Лиловые в синюю крапинку, бурые с кремовыми пятнами, крапчатые, серо-синие, как лаванда. У одних вокруг центрального «глазка» вились спирали, другие были разукрашены белоснежными полосками. Джулиан сказала, что очень трудно выбрать лучшие. Все равно как оказаться в огромной картинной галерее, где тебе предлагают взять все, что хочешь. Отобранные она принесла в дом вместе с овечьим черепом и плáвником. Квадратный кусочек дерева с китайскими иероглифами она поставила, как икону, на камин в нашей маленькой гостиной, по одну сторону от него расположился овечий череп, по другую — золоченая табакерка, а на подоконниках среди обломков серых, отшлифованных морем корней она разложила камни — маленькие современные скульптуры. Я видел, что она полностью поглощена этим занятием. Потом мы пили чай.

После чая поехали к большой церкви и побродили внутри пустого, похожего на скелет сооружения. Несколько стульев на огромном каменном полу свидетельствовали о малочисленности прихожан. Тут не было витражей, только высокие узкие окна, через которые холодный солнечный свет падал на бесцветный камень пыльного пола, оставляя в тени многовековые могильные плиты со стертыми надписями. Церковь на равнине выглядела как большой обветшалый корабль, как ковчег или как остов громадного животного, внушавшего нам благоговение и жалость. Мы осторожно ступали под его гигантскими ребрами, разъединенные и слитые молчанием, то и дело останавливаясь и глядя друг на друга сквозь косые столбы кружившей в лучах пыли, прислоняясь к колоннам или к толстой стене, и прикосновение холодного влажного камня было точно касание смерти или истины.

Мы ехали обратно под бурыми тучами в оранжевых и зеленых просветах, и я ощущал восторг, пустоту и чистоту и в то же время сгорал от желания и помимо воли гадал, что будет дальше. Джулиан щебетала, а я прочел ей небольшую лекцию об английской церковной архитектуре. Потом она объявила, что хочет купаться, и мы повернули к дюнам и побежали к морю, и оказалось, что у нее под платьем купальный костюм, и она кинулась в воду и стала брызгаться и поддразнивать меня (я не умею плавать). Думаю, однако, что вода была холодная, потому что Джулиан вылезла довольно быстро.

А я сидел на гряде узорных камней у самого моря, держа за краешек ее сброшенное платье, и, сам того не замечая, судорожно сжимал его в руках. Я не думал, что Джулиан сознательно откладывает момент нашей близости или что она колеблется, стоит ли приносить себя мне в дар. Не думал я также, что она дожидается, чтобы я ее к этому принудил. Я полностью положился на ее инстинкт и вверился ее ритму. Минута, о которой я мечтал и которой страшился, настанет в свое время, и это будет сегодня ночью.

Беспредельное томление одного человеческого тела по другому единственному телу и полное безразличие ко всем остальным — одна из величайших тайн жизни. Говорят, некоторым просто бывают нужны «женщина» или «мужчина». Мне это непонятно, и ко мне это не имеет отношения. Мне редко был беспредельно нужен другой человек — значит, вообще редко кто был нужен. Держаться за руку, целоваться — хорошо для нежной дружбы, хотя и не в моем вкусе. Но того робкого посвящения себя другому существу, которое я испытал, сидя вечером на диван-кровати и ожидая Джулиан, я прежде не знал никогда, хотя умом понимаю, что в свое время был влюблен в Кристиан. И был еще один случай, о котором распространяться сейчас я не намерен.

Этот день был и не был похож на первый день медового месяца, когда молодожены в угоду друг другу отказываются от собственных привычек. Я не был молодым мужем. Я не был молодым и не был мужем. У меня не было потребности держать себя в руках, как это свойственно молодому супругу, не было ни его беспокойных размышлений о будущем, ни его желания отказаться от своей воли. Я боялся будущего, и я совершенно доверился Джулиан, но я оказался в тот день в поистине фантастическом мире, в стране чудес, и чувствовал, что от меня требуется только одно — смело идти вперед. Мне не нужно было управлять событиями. И Джулиан мною не управляла. Обоими управляло что-то другое.

На завтрак мы ели яйца, а на ужин — колбасу. За ужином выпили немного вина. Джулиан относилась к алкоголю со здоровым безразличием молодости. Я думал, что буду слишком взволнован и не смогу пить, но, к собственному удивлению, с удовольствием осушил целых два бокала. Джулиан пришла в восторг, обнаружив красивую скатерть, и изысканнейше накрыла на стол. «Патара», как и обещалось в проспекте, была снабжена всем необходимым для домашнего обихода. Зря Джулиан покупала совок для мусора и щетку. (Тут было даже, как об этом упоминалось в проспекте, свое электричество от движка на заброшенной ферме.) Она принесла из сада цветы: поблекшие, покрытые пушком синие колокольчики на длинных тонких стеблях, желтый вербейник, дикие лупинусы, росшие за оградой, и белый пион в красных прожилках, великолепный, как лотос. Мы чинно уселись за стол и засмеялись от радости. После ужина она вдруг сказала:

— Волноваться не о чем.
— Угу...
— Ты меня понимаешь?
— Да.

Мы вымыли посуду. Потом она ушла в ванную, а я пошел в спальню и посмотрелся в зеркало. Я изучал свои тусклые прямые волосы и худое, не слишком морщинистое лицо. Выглядел я поразительно молодо. Я разделся. Потом пришла она, и мы в первый раз были вместе.

Когда получаешь наконец то, к чему страстно стремился, хочется, чтобы время остановилось. И действительно, зачастую в такие минуты оно чудом замедляет ход. Глядя друг другу в глаза, мы ласкали друг друга без всякой поспешности, с нежным любопытством и изумлением. Марвелловское неистовство покинуло меня. Скорее я чувствовал, что мне посчастливилось в короткий промежуток пережить целую вечность любовного опыта. Знали ли греки между шестисотым и четырехсотым годами до Рождества Христова, какой тысячелетний человеческий опыт они переживают? Возможно, нет. Но я, в священном благоговейном экстазе лаская свою возлюбленную с ног до головы, знал, что воплощаю сейчас в себе всю историю человеческой любви.

И все же мое беспечное доверие к судьбе не осталось безнаказанным. Я слишком долго откладывал кульминационный момент, и когда он наконец наступил, все кончилось в одно мгновение. Я долго еще охал, вздыхал и пытался ее ласкать, но она тесно прижалась ко мне, обхватив мои руки.

— Я никуда не гожусь.

— Глупости, Брэдли.
— Я слишком стар.
— Милый, давай спать.
— Я на минутку выйду.

Я вышел раздетый в темный сад, где свет из окна спальни выхватил тусклый квадрат жухлой травы и одуванчиков. С моря подымался легкий туман, он медленно проплывал мимо дома, свиваясь и развиваясь, как дым от сигареты. Я прислушался, но шороха волн не было слышно, только прогромыхал поезд и ухнул, как сова, где-то позади меня.

Когда я вернулся, она была уже в темно-синей шелковой ночной рубашке, расстегнутой до пупка. Я закатил ее к плечам. Ее груди, круглые и тяжелые, были совершенством, воплощением юности. Волосы высохли и напоминали золотистый пух. Глаза были огромные. Я надел халат. Я опустился перед ней на колени, не прикасаясь к ней.

— Милый, не волнуйся.
— Я не волнуюсь, — сказал я. — Просто я ни к черту не гожусь.
— Все будет хорошо.
— Джулиан, я стар.
— Глупости. Вижу я, какой ты старый!
— Да, но... Как сильно ты расшибла ногу и руку. Бедные лапки.
— Прости...
— Это очень красиво, словно тебя коснулся Бог и оставил пурпурный след.
— Ложись в постель, Брэдли.
— Твои колени пахнут Северным морем. Кто-нибудь раньше целовал твои ступни?
— Нет.
— Прелесть! Жаль, что я оказался таким никудышным.
— Ты же знаешь, что все будет хорошо, Брэдли. Я люблю тебя.

— Я твой раб.

— Мы поженимся, да?

— Это невозможно.

— Зачем ты меня пугаешь? Ты ведь так не думаешь, только говоришь. Что нам может помешать? Вспомни о тех несчастных, которые хотят пожениться и не могут. Мы свободны, ни с кем не связаны, у нас ни перед кем нет обязательств. Правда, вот бедняжка Присцилла, но пусть она живет с нами. Будем за ней ухаживать, ей будет хорошо. Брэдли, зачем так глупо отказываться от счастья? Я знаю, ты и не откажешься, как можно? Если бы я думала, что это правда, я бы завопила.

— Не надо вопить.

— Хорошо, зачем же эти абстракции?

— Это просто инстинктивная самозащита.

— Но ты не ответил: ты ведь женишься на мне, да?

— Ты с ума сошла, — сказал я. — Но повторяю: я твой раб. Твое желание для меня закон.

— Ну, тогда все в порядке. Ах, милый, я так устала.

Мы устали оба. Когда мы потушили свет, она проговорила:

— И еще я хотела тебе сказать, Брэдли. Сегодня был самый счастливый день в моей жизни...

Через две секунды я уже спал. Мы проснулись на рассвете и опять заключили друг друга в объятия, но с тем же результатом.

На следующий день туман не рассеялся, он стал гуще и все надвигался с моря и проносился мимо дома в неустанном марше, как окутанное тенью воинство, выступившее против далекого противника. Мы смотрели на него, сидя рядом рано утром у окна в маленькой гостиной.

После завтрака мы решили пойти поискать лавку. Было свежо, и Джулиан накинула мой пиджак, так как во время налета на магазины забыла купить пальто. Мы шли по тропинке вдоль ручья, заросшего кресс-салатом;

дойдя до домика стрелочника, пересекли железную дорогу и прошли по горбатому мостику, отражавшемуся в спокойной воде канала. Солнце пробивалось сквозь туман и скатывало его в огромные золотые шары, и мы продвигались между ними, как между гигантскими мячами, которые так ни разу и не коснулись нас, как не касались и друг друга. Я волновался из-за того, что произошло или, вернее, не произошло сегодня ночью, но был сумасшедше счастлив от присутствия Джулиан. Чтобы немножко нас помучить, я сказал:

— Но ведь мы не можем оставаться тут вечно...

— Пожалуйста, не говори таким голосом. Опять твое «отчаяние». Пожалуйста, не надо.

— Я просто говорю очевидные вещи.

— Я думаю, надо тут еще побыть, чтобы изучить счастье.

— Это не моя область.

— Я знаю, но я буду тебя учить. Я продержу тебя здесь, пока ты не примиришься с тем, что должно произойти.

— Ты про нашу свадьбу?

— Да. Потом я сдам экзамены, все будет...

— Представь себе, что я старше, чем...

— О, довольно, Брэдли. Тебе обязательно нужно все... как бы это сказать... оправдать.

— Я навсегда оправдан тобой. Даже если ты меня сейчас же разлюбишь, я оправдан.

— Опять цитата?

— Нет, сам придумал.

— Я не собираюсь тебя разлюбить, и хватит говорить про твой возраст. Надоело.

— «Как в зеркало, глядясь в твои черты, я самому себе кажусь моложе. Мне молодое сердце даришь ты, и я тебе свое вручаю тоже»[1].

---

[1] *Шекспир У.* Сонет 22. Перевод С. Маршака.

— А это — цитата?

— Это довольно слабый аргумент в твою пользу.

— Брэдли, ты ничего не заметил?

— Думаю, что кое-что заметил.

— Тебе не кажется, что я за последние несколько дней повзрослела?

Я заметил это.

— Да.

— Я была ребенком, ты, наверное, и сейчас думаешь обо мне как о ребенке. Но теперь я женщина, настоящая женщина.

— Девочка моя, любимая, держись меня, держись крепко, и, если я когда-нибудь вздумаю тебя оставить, не допусти этого.

Мы пересекли луг и оказались в деревушке, где и нашли лавку, а когда двинулись обратно, туман совершенно рассеялся. Теперь дюны и наш двор казались огромными и сверкали на солнце — все камни, смоченные туманом, отливали разными цветами. Мы оставили корзину с покупками у ограды и побежали к морю. Джулиан предложила набрать топлива для камина, но это оказалось трудно, потому что каждая деревяшка, которую мы находили, оказывалась до того красивой, что жалко было жечь. Несколько деревяшек она согласилась принести в жертву огню, и, оставив ее на берегу, я тащил их через дюны к нашему складу, когда вдалеке увидел нечто такое, от чего кровь застыла у меня в жилах. По ухабистой дороге от нашего домика ехал на велосипеде человек в форме.

Не было никаких сомнений, что он приезжал в «Патару». Больше тут некуда было ездить. Я сразу же бросил собранное топливо и залег в песчаной выемке, наблюдая за велосипедистом сквозь мокрую золотистую траву, пока он не скрылся из виду. Полицейский? Почтальон? Официальные лица всегда внушали мне ужас. Что ему надо? Кто ему нужен? Мы? Никто не знает, что мы здесь.

Я похолодел от чувства вины и ужаса и подумал: я был в раю и не испытывал должной благодарности. Я беспокоился, пытался разрушить счастье и вел себя глупо. А вот сейчас я пойму, что значит настоящий страх. Пока я только играл в опасения, хотя к тому не было никаких причин.

Я крикнул Джулиан, что пойду к дому за машиной, чтобы увезти дрова, а она пусть остается и собирает дальше. Я хотел посмотреть, не оставил ли чего-нибудь велосипедист. Я зашагал через двор, но она тут же крикнула: «Подожди!» — нагнала меня, схватила за руку и рассмеялась. Я отвернулся, пряча испуганное лицо, и она ничего не заметила.

Когда мы подошли к дому, она осталась в саду и принялась рассматривать камни, которые она выложила рядком. Не показывая, что спешу, я подошел к крыльцу и вошел в дверь. На половике лежала телеграмма, я быстро нагнулся и поднял ее. Затем вошел в туалет и запер за собой дверь.

Телеграмма была мне. Я мял ее в руках дрожащими пальцами. Наконец я разорвал конверт вместе с телеграммой. Пришлось сложить половинки. Я прочел: «Пожалуйста, немедленно позвоните. *Фрэнсис*».

Я уставился на неумолимые слова. Они могли означать только одно — произошла катастрофа. Непостижимость этого вторжения была ужасна. Фрэнсис адреса не знал. Кто-то его выяснил. Как? Кто? Наверное, Арнольд. Мы допустили неосторожность — в чем? Где? Когда? Какую-то роковую ошибку.

Арнольд уже на пути сюда, Фрэнсис пытается меня предупредить.

— Эй! — позвала Джулиан.

Я сказал: «Иду» — и вышел из туалета. Надо немедленно добраться до телефона, ничего не говоря Джулиан.

— Будем обедать, ладно? — сказала Джулиан. — А дрова привезем потом.

Она опять расстелила на столе синюю скатерть в белую клетку, на середину поставила кувшин с цветами, который неизменно убирала, когда мы садились за стол. У нас уже завелись свои привычки. Я сказал:

— Ты приготовь обед, а я доеду до гаража. Мне нужно сменить масло, заодно заправлюсь. Чтоб все было готово, если к вечеру соберемся куда-нибудь съездить.

— Можно ведь по дороге заехать, — сказала Джулиан.

— А вдруг закроют гараж. Или вдруг нам захочется поехать в другую сторону.

— Ну, тогда я с тобой.

— Нет, оставайся. Лучше пойди нарви кресс-салата. Я бы с удовольствием съел его за обедом.

— А, ну хорошо, ладно! Я возьму корзину. Не задерживайся.

Она вприпрыжку убежала.

Я пошел к машине, но так волновался, что не мог ее завести. Наконец она завелась, и я тронулся с места — машина еле ползла, подскакивая на ухабах. Ближайшая деревня находилась там, где была большая церковь. Там уж наверняка есть телефон. Церковь стояла в стороне от деревни, ближе к морю, и я совсем не запомнил дороги, по которой мы приехали ночью. Я миновал гараж. Я подумал — не попросить ли у владельца разрешения позвонить, но неизвестно, есть ли у него отдельная кабинка. Миновав церковь, я свернул за угол и увидел деревенскую улицу и вдали на ней телефонную будку.

Я подъехал к ней. Будка, конечно, была занята. Девушка, жестикулируя и улыбаясь, повернулась ко мне спиной. Я ждал. Наконец дверь открылась. И тут я обнаружил, что у меня нет монеты. Потом не отвечала телефонная станция. Наконец я сумел добиться разговора за счет абонента. Я позвонил к себе домой, Фрэнсис сразу поднял трубку, и на другом конце провода послышалось какое-то бормотание.

— Фрэнсис, добрый день. Как вы меня нашли?

— Ах, Брэдли... Брэдли...

— Что случилось? Это Арнольд нас разыскал? Что вы там затеяли?

— Ах, Брэдли...

— Ради бога, что там у вас? Что случилось?

Наступило молчание, потом громкие всхлипывания. На другом конце провода, в моей квартире, плакал Фрэнсис. Мне стало дурно от страха.

— Что?..

— Ах, Брэдли... Присцилла...

— Что?

— Она умерла...

Я вдруг четко и ясно увидел телефонную будку, солнце, кого-то, ждущего снаружи, собственные расширенные глаза, отраженные в стекле.

— Как?

— Покончила с собой... приняла снотворное... Наверное, она где-то прятала таблетки... я оставил ее одну... зачем я ее оставил... мы отвезли ее в больницу... слишком поздно... Ах, Брэдли, Брэдли...

— Она правда... умерла? — сказал я и почувствовал, что не может этого быть, немыслимо, она же была в больнице, там людей выхаживают, не могла она покончить с собой, просто опять ложная тревога. — Она действительно... умерла?.. Вы уверены?..

— Да, да... ах, я так... это целиком моя вина... она умерла, Брэдли... в санитарной машине она была еще жива... но потом мне сказали, что она умерла... Я... ах, Брэдли, простите меня...

Присциллы нет в живых...

— Вы не виноваты, — сказал я машинально, — это я виноват.

— Мне так тяжело... все я виноват... хочется наложить на себя руки... я не могу дальше жить...

Он снова всхлипнул и продолжал плакать.

— Фрэнсис, перестаньте хныкать. Слушайте, как вы меня нашли?

— Я нашел в вашем столе письмо от агента и решил, что вы там... мне надо было вас найти... Ах, Брэдли, это ужасно, ужасно, вы неизвестно где, такое случилось, а вы даже не знаете... Вчера ночью я послал телеграмму, но мне сказали, что дойдет только утром.

— Я только что ее получил. Возьмите себя в руки. Помолчите и успокойтесь.

Я стоял в косых лучах солнца, глядя на ноздреватый бетон телефонной будки, и мне хотелось плакать: неужели она умерла и все кончено, все кончено? Мне хотелось взять Присциллу на руки и вдохнуть в нее жизнь. Отчаянно хотелось ее утешить, сделать счастливой. Ведь это так несложно.

— Господи, господи, господи, — тихо говорил Фрэнсис опять и опять.

— Послушайте, Фрэнсис. Кто-нибудь еще знает, что я здесь? Арнольд знает?

— Нет. Никто не знает. Арнольд и Кристиан приходили вчера вечером. Они позвонили, мне пришлось им сказать. Но я тогда еще не нашел письма и сказал им, что не знаю, где вы.

— Это хорошо. Никому не говорите, где я.

— Но, Брэд, вы ведь сейчас же приедете, да? Вы должны вернуться.

— Я вернусь, — сказал я, — но не сразу. Ведь это чистая случайность, что вы нашли письмо. Вы должны считать, что нашего телефонного разговора не было.

— Но, Брэд... похороны... я ничего не предпринимал... она в морге.

— Вы не сказали ее мужу? Вы же знаете его — Роджер Сакс?

— Нет, я...

— Ну так сообщите ему. Найдите его адрес и телефон в моей записной книжке, в...

— Да, да...

— Он и займется похоронами. Если откажется, займитесь сами. Во всяком случае, начинайте. Поступайте так, как если бы вы действительно не знали, где я... я приеду, когда смогу.

— Ах, Брэд, ну как же так... вы должны приехать, вы должны... они все время спрашивают... она ваша сестра...

— Я же нанял вас, чтобы вы за ней ухаживали. Почему вы оставили ее одну?

— Ах, господи, господи, господи...

— Действуйте, как я вам сказал. Мы ничего не можем сделать для... Присциллы... ее больше... нет.

— Брэд, пожалуйста, приезжайте, прошу вас, ради меня... Пока я вас не увижу, я буду терзаться... я не могу вам передать, что это такое... я должен увидеть вас, я должен...

— Я не могу приехать сейчас, — сказал я. — Я не могу... приехать... сейчас. Уладьте... все... разыщите Роджера... Предоставляю все вам. Приеду, как только смогу. До свидания.

Я быстро повесил трубку и вышел из будки на яркое солнце. Человек, дожидавшийся, когда освободится телефон, с любопытством взглянул на меня и вошел в будку. Я направился к машине, встал около нее и провел рукой по капоту. Он весь покрылся пылью. На нем остались следы от моих пальцев. Я посмотрел на спокойную милую деревенскую улицу из домов восемнадцатого века разной формы и размера. Затем я влез в машину, развернулся и медленно поехал мимо церкви и дальше, по направлению к «Патаре».

Порой, отметая простые и очевидные требования долга, мы попадаем в лабиринт совершенно новых сложностей. Иногда мы, несомненно, поступаем правильно, противясь этим простым требованиям и тем самым вызывая к жизни более сложные душевные пласты. По правде сказать, меня не слишком беспокоило чувство долга. Пожалуй, я допускал, что поступаю неправильно, но не тем были заняты мои мысли. Разумеется, я понимал весь ужас и непростительность своей вины. Я не сумел уберечь любимую сестру от смерти. Но пока я ехал, я в мельчайших подробностях обдумывал наше ближайшее будущее. Как это ни глупо, но я исходил из мысли: то, что Фрэнсис узнал, где меня найти, — чистая случайность, простое следствие моей неосмотрительности. И если этот ужасный телефонный разговор держался на такой слабой ниточке и был так мало предопределен, он становился от этого каким-то менее реальным, его легче было вычеркнуть из памяти. Действуя так, словно его и не было, я почти не искажал подлинного хода событий. Случившееся из-за своей ненужности, нелепости обретало призрачный характер. А если так, то незачем терзать себя мыслью, что я должен тут же отправиться в Лондон. Присцилле уже не поможешь.

Пока я ехал по дороге со скоростью пятнадцать миль в час, я понял, в каком двусмысленном и неопределенном положении я находился после нашего приезда в «Патару» (как это было давно). Конечно, я намеревался заниматься только своим счастьем, только чудом постоянного присутствия Джулиан. Так и вышло. Дни в раю, лишенные медленного тревожного пережевывания времени, не должны были омрачаться малодушными опасениями за будущее или отчаянием, которое Джулиан называла моими «абстракциями». С другой стороны, как я теперь понял, под слоем бездумной радости от ее присутствия в глубине сознания у меня происходила — не могла не происходить — подспудная работа. Я преследовал, не отдавая себе в том отчета, страшную цель: я хотел удержать Джулиан навсегда. Пусть я твердил и себе, и ей, что это невозможно, в то же время я знал, что, побыв с ней, я уже не смогу от нее отказаться. Когда-то, в невообразимо далеком прошлом, проблема сводилась к тому, что я убеждал себя, вопреки очевидным фактам, будто имею право воспользоваться ее великодушным даром. Теперь же проблема, как ни маскировали ее натужные логические построения, обратилась в нечто примитивное, была уже не проблема и не мысль даже, а какая-то опухоль в мозгу.

Это, наверное, может показаться глупым или жестоким, но после телефонного разговора я не меньше, а еще больше ощутил необходимость обладать Джулиан по-настоящему. Неудача, которой она так мало придавала значения, стала для меня средоточием всех сложностей. Во всяком случае, это было ближайшее препятствие. Вот преодолею его, а там уж буду думать, а там уж видно будет, что делать дальше. А пока я могу ждать, и никто не посмеет меня ни в чем обвинить. И если я справлюсь с этим, то, возможно, тогда-то меня и озарит наконец свет уверенности; и тогда-то, как представлялось моему помраченному рассудку, я смогу ясно и четко ответить на вопрос: отчего бы мне не жениться на этой девочке? Каким-то чудом мы полюбили друг друга. Кроме разницы в возрасте, ничто не препятствует нашему браку. Ну а на это можно просто закрыть глаза. Разве можно пренебречь такой любовью? Нет! Мы можем пожениться — ведь ничто, кроме женитьбы, не удовлетворит такую любовь. Я мог бы, я могу удержать Джулиан навсегда. Но моя пуританская совесть нашептывала мне мрачные советы, и до телефонного разговора я сам не понимал, отчего я так нерешителен.

Разумеется, я уже понял, что не скажу Джулиан о смерти Присциллы. Если я скажу, мне придется немедленно вернуться в Лондон. А я чувствовал, что если мы покинем наше убежище, если мы расстанемся теперь, то весь наш побег был ни к чему: никогда мы не избавимся от сомнений и наше обручение не состоится. Я должен молчать и ради нее, и ради себя. Я обречен на пытку — молчать, чтобы высвободиться из тьмы. Нельзя, чтобы случившееся ворвалось в нашу жизнь. Я должен обладать Джулиан, но дело не только в этом. Я не могу и не хочу пугать Джулиан рассказом о самоубийстве Присциллы. Разумеется, мне придется скоро ей открыться, и скоро нам придется вернуться, но не теперь — сначала я добьюсь своей совсем уже близкой цели и завоюю право удержать ее навсегда. Присцилле нельзя помочь, остается исполнить долг перед Джулиан. Мука от того, что я вынужден таиться, — часть моей пытки. Мне хотелось сразу же все сказать Джулиан. Я нуждаюсь в ее утешении, в ее бесценном прощении. Но ради нас обоих я должен пока от него отказаться.

— Как ты долго! Посмотри на меня и угадай, кто я.

Я вошел с крыльца и после яркого солнечного света щурился в темной гостиной. Сначала я совсем не видел Джулиан, только слышал ее голос, доносившийся до меня из мрака. Потом различил лицо, больше ничего. Потом увидел, что она сделала.

На ней были черные колготки, черные туфли, черная облегающая бархатная куртка и белая рубашка, а на шее цепь с крестом. Она стояла в дверях кухни и держала в руках овечий череп.

— Это тебе сюрприз! Я купила все на твои деньги на Оксфорд-стрит, такой крест хиппи носят. Я у одного хиппи и купила. Стоит пятьдесят пенсов. Не хватало только черепа, но мы такой прекрасный череп нашли. Как по-твоему, мне идет? Бедный Йорик... Что с тобой, милый?

— Ничего, — сказал я.

— Ты так странно смотришь. Разве я не похожа на принца? Брэдли, ты меня пугаешь. В чем дело?

— Нет, ничего.

— Сейчас я все сниму. Давай обедать. Я нарвала салата.

— Мы не будем обедать, — сказал я. — Мы ляжем в постель.

— Сейчас?

— Да!

Большими шагами я подошел к ней, взял ее за руку, втащил в спальню и повалил на кровать. Овечий череп упал на пол. Я уперся коленом в кровать и начал стаскивать с нее рубашку.

— Подожди, подожди, порвешь.

Она принялась быстро расстегивать пуговицы, возиться с курткой. Я хотел стащить все это через голову, но мешали цепь и крест.

— Брэдли, подожди, пожалуйста, ты меня задушишь.

Я зарылся рукой в снежную пену рубашки и шелковую путаницу волос, добрался до цепи, нашел ее и разорвал. Рубашка соскользнула. Джулиан отчаянно расстегивала лифчик. Я начал стаскивать с нее черные колготки, она выгнулась дугой, помогая мне стянуть их с бедер. Секунду, не раздеваясь сам, я смотрел на ее голое тело. Затем стал срывать с себя одежду.

— Брэдли, пожалуйста, осторожнее. Брэдли, прошу тебя, мне больно.

Потом она плакала. На этот раз я овладел ею, в этом не было сомнений. Я лежал выдохшийся и не мешал ей плакать. Затем я повернул ее к себе, и ее слезы смешались с каплями пота, от которых густые седые завитки у меня на груди потемнели, примялись и прилипли к горячему телу. Я был в экстазе и, обнимая ее, испытывал страх и торжество, сжимая в руках обожаемое, истерзанное, содрогающееся от рыданий тело.

— Не плачь.
— Не могу.
— Прости, что я порвал цепь. Я починю.
— Не важно.
— Я тебя напугал?
— Да.
— Я тебя люблю. Мы поженимся.
— Да.
— Ведь правда, Джулиан?
— Да.
— Ты простила меня?
— Да.

— Ну, перестань плакать.
— Не могу.

Позже мы все-таки опять любили друг друга. А потом оказалось, что уже вечер.

— Почему ты был такой?
— Наверное, из-за принца Датского.

Мы страшно устали и проголодались. Мне захотелось вина. При свете лампы мы тут же съели все, что у нас было приготовлено: ливерную колбасу, хлеб с сыром и кресс-салат; в открытые окна лился синий соленый вечер и заглядывал в комнату. Я допил все вино.

Почему я был таким? Решил ли я вдруг, что Джулиан убила Присциллу? Нет. Ярость, гнев были направлены против меня самого через Джулиан. Или против судьбы через Джулиан и меня. Но конечно, эта ярость была и любовью, проявлением божественной силы, безумной и грозной.

— Это была любовь, — сказал я ей.
— Да, да.

Во всяком случае, я преодолел первое препятствие, и, хотя мир опять переменился, он снова оказался не таким, как я ожидал. Я предвидел, что на меня снизойдет все упрощающая уверенность. Но мое отношение к Джулиан по-прежнему уходило во мрак будущего, насущного и пугающего, динамичного и меняющегося, казалось, каждую секунду. Девочка была уже другой, я был другим. И это то тело, каждую частицу которого я боготворил? Словно высшей силой внесло страшные абстракции в самую сердцевину страсти. Минутами я дрожал и видел, что Джулиан тоже дрожит. Мы трогательно утешали друг друга, будто только что спаслись от пожара.

— Я починю твою цепь. Вот увидишь.
— Зачем, можно просто завязывать ее узлом.
— И овечий череп тоже склею.
— Он вдребезги разбился.

— Я его склею.

— Давай задернем шторы. У меня такое чувство, будто к нам заглядывают злые духи.

— Мы окружены духами. Шторами от них не спастись.

Но я зашторил окна и, обойдя стол, встал за ее стулом, чуть касаясь пальцем ее шеи. Тело у нее было прохладное, почти холодное, — она вздрогнула, выгнула шею. Больше она никак не отозвалась на мое прикосновение, но я чувствовал, что наши тела связывает непостижимая общность. Пришло время объясниться и на словах. Слова стали другие, пророческие, доступные лишь посвященным.

— Я знаю, — сказала она, — их толпы. Со мной никогда такого не было. Слышишь море? Совсем рядом шумит, а ветра нет.

Мы прислушались.

— Брэдли, запри, пожалуйста, входную дверь.

Я встал, запер дверь и снова сел, глядя на Джулиан.

— Тебе холодно?

— Нет... это не холод.

— Я понимаю.

На ней было голубое в белых ивовых листьях платье, в котором она убежала из дому, на плечах — легкий шерстяной плед с кровати. Она смотрела на меня большими, широко раскрытыми глазами, и лицо ее то и дело вздрагивало. Было пролито немало слез, но больше она не плакала. Она так заметно повзрослела, и это так ей шло. Уже не ребенок, которого я знал, но чудесная жрица, пророчица, храмовая блудница. Она пригладила волосы, зачесав их назад, и лицо ее, беззащитное, отрешенное, обрело двусмысленную красноречивость маски. У нее был ошеломленный, пустой взгляд статуи.

— Ты мое чудо, мое чудо.

— Так странно, — сказала она. — Я сама будто совсем исчезла. Со мной еще никогда такого не было.

— Это от любви.

— От любви? Вчера и позавчера я думала, что люблю тебя. А такого не было.

— Это бог, это черный Эрот. Не бойся.

— Я не боюсь... Просто меня перевернуло, и я вся пустая. И вокруг все незнакомое.

— И мне тоже.

— Да. Интересно. Знаешь, когда мы были нежные, тихие, у меня было такое чувство, что ты близко, как никто никогда не был. А теперь я как будто одна... и не одна... я... я... Это ты — я, это мы оба.

— Да, да.

— Ты даже похож на меня. Я словно в зеркало смотрюсь.

Удивительно, мне казалось, что это я сам говорю. Я говорил через нее, через чистую ответную пустоту ее существа, опустошенного любовью.

— Раньше я смотрела тебе в глаза и думала: «Брэдли!» Теперь у тебя нет имени.

— Мы заворожены.

— Мы соединены навек, я чувствую. Это вроде... причащения.

— Да.

— Слышишь поезд? Как ясно стучит.

Мы слушали грохот, пока он не стих вдали.

— А когда приходит вдохновение, то есть когда пишешь, тоже так бывает?

— Да, — сказал я.

Я знал, что так бывает, хотя сам пока еще ни разу этого не испытал. Теперь я смогу творить. Хотя я все еще не вышел из мрака, но пытка осталась позади.

— Правда, это одно и то же?

— Да, — сказал я. — Потребность человеческого сердца в любви и в знании безгранична. Но большинство людей осознают это, только когда любят. Тогда они твердо знают, чего хотят.

— А искусство...

— Эта же потребность... очищенная... присутствием... возможно... божественным присутствием.

— Искусство и любовь...

— Перед обоими стоят извечные задачи.

— Теперь ты станешь писать, да?

— Да, теперь я буду писать.

— Мне больше ничего не надо, — сказала она, — будто объяснилось, почему мы должны были соединиться. Но не в объяснении дело. Мы просто вместе. Ах, Брэдли, смешно, но я зеваю!

— И мое имя вернулось ко мне! — сказал я. — Пойдем. В постель и спать.

— По-моему, я в жизни еще так изумительно не уставала и так не хотела спать.

Я довел ее до кровати, и она заснула, не успев надеть ночную рубашку, — как в первую ночь. Мне совсем расхотелось спать. Я был в бодром, приподнятом настроении. И, держа ее в объятиях, я знал, что верно поступил, не уехав в Лондон. Пытка дала мне право остаться. Я обнимал ее и чувствовал, как тепло простой домашней нежности возвращается в мое тело. Я думал о бедной Присцилле и о том, как завтра я поделюсь своей болью с Джулиан. Завтра я скажу ей все-все, и мы вернемся в Лондон выполнять будничные задачи и обязанности, и начнется повседневность совместной жизни.

Я спал крепким сном. И вдруг грохот — и снова, и снова грохот. Я был евреем, скрывался от нацистов, и они обнаружили меня. Я слышал, как они, словно солдаты на картине Учелло, бьют алебардами в дверь и кричат. Я шевельнулся — Джулиан так и лежала у меня в объятиях. Было темно.

— Что это?

Ее испуганный голос вернул меня к действительности, меня охватил ужас.

Кто-то стучал и стучал в дверь.

— Кто же это?

Она села. Я чувствовал ее теплые темные очертания рядом и будто видел, как светятся у нее глаза.

— Не знаю, — сказал я, тоже садясь и охватив ее руками.

Мы прижались друг к другу.

— Давай молчать и не будем зажигать свет. Ах, Брэдли, мне страшно.

— Не бойся, я с тобой.

Я сам так испугался, что почти не мог ни думать, ни говорить.

— Тсс! Может, уйдут.

Стук, прекратившийся на секунду, возобновился с новой силой. В дверь били металлическим предметом. Было слышно, как трещит дерево.

Я зажег лампу и встал. Увидел, как дрожат мои босые ноги. И натянул халат.

— Оставайся тут. Я пойду посмотрю. Запрись.

— Нет-нет, я тоже выйду...

— Оставайся тут.

— Не открывай дверь, Брэдли, не надо...

Я зажег свет в маленькой прихожей. Стук сразу же прекратился. Я молча стоял перед дверью, уже зная, кто там.

Очень медленно я открыл дверь, и Арнольд вошел, вернее, ввалился в прихожую.

Я зажег свет в гостиной, он прошел за мной и положил на стол огромный гаечный ключ, которым дубасил в дверь... Тяжело дыша, не глядя на меня, он сел. Я тоже сел, прикрывая голые, судорожно подрагивавшие колени.

— Джулиан... здесь? — спросил Арнольд хрипло, как будто он был пьян, но пьян он, конечно, не был.

— Да.

— Я приехал... ее забрать...

— Она не поедет, — сказал я. — Как вы нас нашли?
— Мне сказал Фрэнсис. Я долго приставал к нему, и он сказал. И про телефонный звонок тоже.
— Какой телефонный звонок?
— Не притворяйтесь, — сказал Арнольд, наконец взглянув на меня. — Он сказал мне, что звонил вам сегодня утром насчет Присциллы.
— Понятно.
— Вы не могли вылезти... из своего любовного гнездышка... даже когда ваша сестра... покончила с собой.
— Я собираюсь в Лондон завтра. Джулиан поедет со мной. Мы поженимся.
— Я хочу видеть свою дочь. Машина под окнами. Я заберу Джулиан с собой.
— Нет.
— Может быть, вы ее позовете?

Я встал. Проходя мимо стола, я взял гаечный ключ. Я пошел в спальню, дверь была закрыта, но не заперта, я вошел и запер ее за собой.

Джулиан оделась. Поверх платья она накинула мой пиджак. Он доходил ей до бедер. Она была очень бледна.
— Твой отец.
— Да. Что это?
Я швырнул гаечный ключ на кровать.
— Смертельное оружие. Оно нам ни к чему. Лучше выйди и поговори с ним.
— Ты...
— Я за тебя заступлюсь. Ни о чем не беспокойся. Давай все ему объясним — и пускай едет. Пошли... нет, подожди минуту. Я надену брюки.

Я быстро надел рубашку и брюки. И с удивлением увидел, что только начало первого.

Я вернулся в гостиную вместе с Джулиан. Арнольд встал. Мы смотрели на него через неприбранный стол — мы слишком устали и не смогли убрать остатки ужина. Я обнял Джулиан за плечи.

Усилием воли Арнольд овладел собой, явно решив обойтись без крика. Он сказал:

— Девочка моя...

— Здравствуй.

— Я приехал, чтобы отвезти тебя домой.

— Мой дом здесь, — сказала Джулиан.

Я стиснул ее плечо и тотчас отошел, решив сесть, а им предоставив стоять друг против друга.

Арнольд, в легком плаще, измученный, взволнованный, казался взломщиком-маньяком. Блеклые глаза уставились в одну точку, губы дрожали, будто он беззвучно заикался.

— Джулиан... уедем... ты не можешь остаться с этим человеком... это безумие... Посмотри, вот письмо от твоей матери, она просит тебя вернуться домой... я кладу его здесь, вот, прочти, пожалуйста. Как ты можешь быть такой безжалостной, бессердечной, оставаться здесь и... ведь вы, наверное... после того как бедная Присцилла...

— А что с Присциллой? — сказала Джулиан.

— Так он тебе не сказал? — воскликнул Арнольд.

Он не смотрел на меня. Он стиснул зубы, лицо его дрогнуло, — возможно, он пытался скрыть торжество или радость.

— Что с Присциллой?

— Присцилла умерла, — сказал я. — Она вчера покончила с собой, приняв слишком большую дозу снотворного.

— Он узнал это сегодня утром, — сказал Арнольд. — Ему Фрэнсис сообщил по телефону.

— Это верно, — подтвердил я. — Когда я сказал тебе, что еду в гараж, я поехал звонить Фрэнсису, и он мне сообщил.

— И ты мне не сказал? Ты скрыл... и после этого мы... весь день мы...

— О-о, — простонал Арнольд.

Джулиан не обратила на него внимания, она пристально смотрела на меня, кутаясь в пиджак, воротник его был поднят, окружая ее взъерошенные волосы, она обхватила руками горло.

— Как же так?

Я поднялся.

— Это трудно объяснить, — сказал я, — но, пожалуйста, попробуй понять: Присцилле я уже ничем не мог помочь. А тебе... Я должен был остаться... и нести бремя молчания. Это не бессердечность.

— Похоть, вот как это называется, — сказал Арнольд.

— О, Брэдли... Присцилла умерла...

— Да, — сказал я, — но ведь я же тут ничего не могу поделать, и...

Глаза Джулиан наполнились слезами, они закапали на отвороты моего пиджака.

— Ах, Брэдли... как ты мог... как мы могли... бедная, бедная Присцилла... это ужасно...

— Полная безответственность, — сказал Арнольд. — Или даже ненормальность. Бездушие. Сестра умерла, а он не может вылезти из постели.

— Ах, Брэдли... бедная Присцилла...

— Джулиан, я собирался сказать тебе завтра. Завтра я бы все тебе сказал. Сегодня я должен был остаться. Ты видела, как все получилось. Мы оба не принадлежали себе, мы не могли уехать, так было суждено.

— Он сумасшедший.

— Завтра мы вернемся к повседневности, завтра будем думать о Присцилле, и я все расскажу тебе и расскажу, как я страшно виноват...

— Я виновата, — сказала Джулиан. — Все из-за меня. Ты с ней бы остался.

— Да разве остановишь человека, если он решился покончить с собой? Наверное, неправильно даже и вмешиваться. Жизнь у нее стала совсем беспросветная.

— Удобное оправдание, — сказал Арнольд. — Значит, вы считаете, что раз Присцилла умерла, тем лучше для нее, да?

— Нет. Я просто говорю, что... можно думать и так... Я не хочу, чтобы Джулиан считала, что... Ах, Джулиан, конечно, надо было тебе сказать.

— Да... Мне кажется, это злой рок преследует нас... Ах, Брэдли, почему ты не сказал?

— Иногда надо молчать, даже когда и очень больно. Я нуждался в твоем утешении, конечно, нуждался. Но было что-то важнее.

— Удовлетворить сексуальные потребности пожилого мужчины, — сказал Арнольд. — Подумай, Джулиан, подумай, ведь он на тридцать восемь лет тебя старше.

— Нет, — сказала Джулиан, — ему сорок шесть, значит...

Арнольд издал короткий смешок, и судорога опять прошла по его лицу.

— Он так сказал тебе, да? Ему пятьдесят восемь. Спроси сама.

— Не может быть...

— Посмотри в биографическом справочнике.

— Меня там нет.

— Брэдли, сколько тебе лет?

— Пятьдесят восемь.

— Когда тебе будет тридцать, ему будет под семьдесят, — сказал Арнольд. — Пошли. Я думаю, этого достаточно. Мы никому ничего не говорили, поэтому не будем поднимать шума. Я вижу, Брэдли даже убрал свое тупое оружие. Пошли, Джулиан. Поплачешь в машине. Сразу будет легче. Пошли. Он уже не станет тебя удерживать. Посмотри на него.

Джулиан взглянула на меня. Я закрыл лицо руками.

— Брэдли, убери, пожалуйста, руки. Тебе действительно пятьдесят восемь?

— Да.

— Неужели ты сама не видишь? Неужели не видишь?
Она пробормотала:

— Да... теперь...

— Разве это важно? — сказал я. — Ты говорила, что тебе все равно, сколько мне лет.

— Не надо жалких слов, — сказал Арнольд. — Давайте сохраним чувство собственного достоинства. Ну, пошли, Джулиан. Брэдли, не думайте, что я безжалостный. Всякий бы отец так поступил.

— Разумеется, — сказал я, — разумеется.

Джулиан сказала:

— Это ужасно — насчет Присциллы, ужасно, ужасно...

— Спокойно, — сказал Арнольд. — Спокойно. Пошли.

Я сказал:

— Джулиан, не уходи. Ты не можешь так уйти. Я хочу объяснить тебе все как следует наедине. Конечно, если ты ко мне переменилась, ничего не поделаешь. Я отвезу тебя, куда ты хочешь, и мы распрощаемся. Но я прошу тебя, не оставляй меня сейчас. Я прошу тебя ради... ради...

— Я запрещаю тебе оставаться... — сказал Арнольд. — Я расцениваю ваш поступок, Брэдли, как развращение малолетних. Простите, что употребляю такие сильные выражения. Я мучился, я злился, а теперь стараюсь изо всех сил быть разумным и добрым. Давайте посмотрим на вещи здраво. Я не могу уехать, я не уеду без тебя.

— Я хочу объяснить тебе, — сказал я, — я хочу объяснить про Присциллу.

— Но как же?.. — сказала она. — Боже мой, боже мой.

Она беспомощно расплакалась. У нее дрожали губы.

Душа у меня разрывалась на части, тело терзала физическая боль, бесконечный ужас.

— Не бросай меня, любимая, я умру.

Я подошел к ней и робко дотронулся до рукава пиджака.

Арнольд быстро обогнул стол, схватил ее за другую руку и потащил в прихожую. Я пошел за ними. Через открытую дверь спальни я увидел тяжелый гаечный ключ, валявшийся на белых простынях. Я мгновенно схватил его и встал, загородив дверь.

— Джулиан, я не могу сейчас тебя отпустить, я сойду с ума, пожалуйста, не уезжай, ты должна остаться со мной хоть ненадолго, мне надо оправдаться перед тобой...

— Вам нет оправдания, — сказал Арнольд. — Зачем спорить? Неужели вы не видите, что все кончено? Подурачились с глупой девчонкой — и будет. Чары развеялись. И отдайте мне ключ. Мне не нравится, как вы его держите.

Я отдал ему гаечный ключ, но продолжал стоять в дверях.

Я сказал:

— Джулиан, решай.

Джулиан попробовала совладать со слезами и рывком высвободилась из рук отца.

— Я не поеду с тобой. Я останусь тут, с Брэдли.

— Слава богу, — сказал я, — слава богу.

— Я хочу выслушать все, что мне скажет Брэдли. Я вернусь в Лондон завтра. Я не оставлю Брэдли одного среди ночи.

— Слава богу.

— Ты поедешь со мной, — сказал Арнольд.

— Нет, не поедет. Она же сказала. А теперь уходите, Арнольд, одумайтесь. Вы что — хотите драться? Хотите размозжить мне голову ключом? Обещаю вам, я привезу Джулиан завтра в Лондон. Ее никто не станет принуждать. Поступит как захочет. Я не украду ее.

— Уезжай, пожалуйста, — сказала она. — Прости. Ты такой добрый и спокойный, но я просто должна остаться на эту ночь. Честное слово, я приеду и выслушаю все, что ты скажешь. Но, ради бога, оставь меня с ним поговорить. Нам необходимо поговорить, понять друг друга. Ты тут ни при чем.

— Она права, — сказал я.

Арнольд не взглянул на меня. Он пристально смотрел на дочь, в глазах его было отчаяние. Он судорожно вздохнул.

— Ты обещаешь завтра приехать?
— Да. До завтра.
— Ты обещаешь приехать домой?
— Да.
— И не надо больше... сегодня ночью... о боже... если б ты знала, что ты со мной сделала...

Я отошел от двери, и Арнольд зашагал в темноту. Я зажег свет на крыльце. Как будто провожал гостя. Мы с Джулиан стояли, точно муж с женой, и смотрели вслед Арнольду, шедшему к машине. Раздался грохот — это он швырнул в багажник гаечный ключ. Вспыхнули фары, и стала видна посыпанная гравием дорожка, клочки ярко-зеленой травы и белые столбики ограды. Потом машина круто повернула, фары осветили открытые ворота и стали удаляться по дороге. Я потянул Джулиан за собой в дом, захлопнул дверь и упал перед ней на колени, я обнимал ее ноги и прижимался головой к кромке голубого платья.

Секунду она терпела это объятие, потом осторожно высвободилась и, пройдя в спальню, села на кровать. Я последовал за ней и попытался ее обнять, но она мягко, почти машинально меня оттолкнула.

— Ах, Джулиан, ведь мы не потеряли друг друга? Мне так стыдно, что я наврал про свой возраст, глупо ужасно. Но это не важно, совсем не важно теперь, правда? Не мог я сегодня утром вернуться в Лондон. Я знаю, это преступление. Но я совершил преступление, потому что люблю тебя.

— Я так запуталась, я совсем запуталась...
— Дай я объясню тебе, как...
— Пожалуйста, не надо. Я не могу слушать, я просто не в силах слушать... Такой удар... все рухнуло... я лучше... пойду умоюсь, а потом лягу и попытаюсь уснуть.

Она вышла, вернулась, сняла платье и надела темно-синюю шелковую ночную рубашку поверх белья. Она двигалась как лунатик.

— Джулиан, спасибо, что ты осталась. Я молюсь на тебя, я бесконечно тебе благодарен за то, что ты осталась. Джулиан, ты пожалеешь меня, правда? Ты же одним мизинцем можешь лишить меня жизни.

Едва передвигая ноги, как старуха, она стала с трудом залезать в кровать.

— Вот и хорошо, — сказал я. — Мы поговорим утром. А теперь уснем. Обнимемся и уснем, и нам станет легче, верно?

Она хмуро посмотрела на меня, слезы на ее лице высохли.

— Можно мне остаться с тобой, Джулиан?
— Брэдли... милый... лучше я побуду одна. Меня как будто выпотрошили... сломали... мне нужно собраться с мыслями... лучше я побуду одна...
— Хорошо, я понимаю, любимая моя, родная. Я не стану... мы поговорим утром. Только скажи, что ты прощаешь меня.
— Да, да.
— Спокойной ночи, любимая.

Я поцеловал ее в лоб, быстро встал, потушил свет и закрыл дверь. Потом я пошел и запер входную дверь на замок и на задвижку. Я ко всему был готов. Даже к возвращению Арнольда с гаечным ключом. Я сел в кресло в гостиной и пожалел, что не захватил с собой виски.

Я решил не ложиться.

Мне было так больно и страшно, что даже трудно было думать. Мне хотелось скрючиться от боли и застонать. Как она ко всему отнесется? К тому, что ее отец разоблачил и унизил меня? Арнольду не пришлось пускать в ход тупое орудие. Он и так победил. К чему приведет мое умолчание о смерти Присциллы? О, если бы только успеть и самому ей все рассказать. Вдруг Джулиан посмотрит на меня другими глазами и увидит в новом свете? Вдруг я покажусь ей похотливым рехнувшимся стариком? Я должен объяснить ей, что не ради постели я скрыл от нее смерть Присциллы, бросил Присциллу — сперва живую, потом мертвую — на чужих людей. Все гораздо важнее, чем может показаться, это — как верность некоему обету, как повеление свыше, то, чему нельзя изменить. Неужели все представится ей сейчас вздором? Неужели — и, боюсь, это была самая невыносимая мысль — разница между сорока шестью и пятьюдесятью восемью годами окажется роковой?

Потом я стал думать о Присцилле: как все грустно, как печален ее конец. Казалось, только сейчас до моего сердца начал доходить ужас ее гибели, и я почувствовал никому уже не нужную, подлинную любовь к ней. Надо было найти способ ее утешить. Наверное, можно было что-то придумать. Меня стало клонить ко сну, я встал и начал бродить по комнате. Я открыл дверь спальни, прислушался к ровному дыханию Джулиан, помолился. Потом зашел в ванную и посмотрелся в зеркало. Нездешнее сияние исчезло с моего лица. Вокруг глаз собрались морщины. На лбу залегли складки. Тусклую желтоватую кожу испещрили красные жилки. Я был изможденный и старый. Но Джулиан спокойно спала, моя надежда спала с ней рядом. Я вернулся в гостиную, откинул голову на спинку кресла и тут же заснул. Мне снилось, что мы с Присциллой снова маленькие и прячемся в магазине под прилавком.

Проснулся я ранним серым утром, пятнистый свет делал чужую комнату страшной. Предметы залегли вокруг, как спящие звери. Все было словно накрыто грязными, пыльными простынями. Сквозь просветы в небрежно задернутых шторах виднелось рассветное небо, бледное, хмурое, бесцветное; солнце еще не взошло.

Меня охватил ужас, потом я все вспомнил. Я поднялся с кресла, тело у меня затекло и ныло, я чувствовал какой-то противный запах, возможно свой собственный. Я рванулся к двери, волоча затекшую ногу и хватаясь за спинки стульев. У двери спальни я прислушался. Тишина. Очень осторожно я приоткрыл дверь и просунул голову. В комнате трудно было что-либо разглядеть — рассвет, крапчатый, как фотография в дешевой газете, скорее мешал, чем помогал видеть. Кровать была в беспорядке. Мне казалось, что я различаю очертания Джулиан. Потом я увидел, что это только скомканные простыни. Комната была пуста.

Я тихо позвал ее, побежал в другие комнаты. Я даже как безумный заглянул в шкафы. В доме ее не было. Я выскочил на крыльцо, обогнул дом, выбежал на каменистый двор, спустился к дюнам, я звал ее уже громко, что было силы. Вернувшись к дому, я стал нажимать на сигнал машины — снова и снова, нарушая набатным гулом пустой, совершенно спокойный рассвет. Никто не откликнулся. Она уехала. В этом не было сомнений.

Я вернулся в дом, зажег все лампы — иллюминация отчаяния посреди занимающегося дня — и снова обыскал все комнаты. На туалетном столике лежала пачка пятифунтовых бумажек — сдача после покупки платьев: я настоял тогда, чтобы она держала их в сумочке. Новая сумочка, которую она купила во время «налета на магазины», исчезла. Все новые платья остались в шкафу. Ни письма, ни записки для меня. Она ушла в ночь, с сумочкой, в голубом с ивовыми листьями платье, без пальто, не сказав ни слова, — выскользнула из дома, пока я спал.

Я бросился к машине, нащупывая в карманах брюк ключи, бегом вернулся в дом и обшарил карманы пиджака. Неужели Джулиан унесла ключи от машины, чтобы я не догнал ее? Наконец я нашел ключи на столике в прихожей. Дымное небо стало светлеть, наливаться лучистой голубизной, а в зените сияла огромная утренняя звезда. Конечно, я не мог сразу завести машину. Наконец она завелась, рванулась вперед, задела за столб ворот и запрыгала по ухабистой дороге со всей скоростью, на какую была способна. Вставало солнце.

Я выбрался на шоссе и повернул к станции. Платформа игрушечного полустанка была пуста. Железнодорожник, шагавший вдоль полотна, сказал, что ночные поезда тут не останавливаются. Я выехал на главное шоссе и двинулся к Лондону. Солнце светило холодно и ярко, по шоссе уже мчались машины. Травянистые обочины были пусты. Я повернул назад и поехал через деревню мимо церкви. Я даже остановился и зашел в церковь. Конечно, все напрасно. Я повел машину обратно и ворвался в коттедж, сам перед собой прикидываясь, будто верю, что она могла вернуться, пока меня не было. Дом с распахнутой дверью, перевернутый вверх дном, с зажженными лампами, бесстыдно пустой, стоял в ярком свете солнца. Я направился к дюнам, уперся капотом в стену жесткой редкой травы и песка. Я обежал дюны и спустился к морю, крича: «Джулиан, Джулиан!» Восходящее солнце освещало спокойное зеркальное море, ровно вытянувшееся вдоль откоса из овальных камней.

— Подожди, Брэд, пусть Роджер выйдет первым.

Кристиан крепко ухватила меня за рукав.

С каменным лицом Роджер поднялся с места и, поеживаясь под взглядами присутствующих, зашагал вдоль скамей к дверям церкви, твердо, по-военному печатая шаг. Парчовый занавес сомкнулся, скрыв гроб Присциллы, которому предстояло теперь отправиться в кремационную печь, и кошмарная литургия осталась позади.

— Что теперь? Домой?

— Нет, походим немного по саду, так принято. Во всяком случае, в Америке. Я только скажу несколько слов вон тем женщинам.

— Кто они?

— Не знаю. Приятельницы Присциллы. Кажется, одна у нее убирала. Мило, что они пришли на похороны, правда?

— Да, очень.

— Тебе надо поговорить с Роджером.

— Мне не о чем говорить с Роджером.

Мы медленно двинулись к боковому крылу. Фрэнсис, суетившийся у дверей, отступил в сторону, чтобы пропустить женщин; увидев нас, он скривил рот в вымученной улыбке и вышел в сад.

— Брэд, кто написал стихи, которые декламировал тот человек?

— Браунинг, Теннисон.

— Чудесные, правда? И как раз то, что нужно. Я не могла удержаться от слез.

Роджер договорился о кремации и выдумал эту ужасную декламацию стихов. Церковного отпевания не было.

Мы вышли в сад. С мрачного, в просветах, неба сеялся мелкий дождь. Видно, хорошая погода кончилась. Я стряхнул руку Кристиан и раскрыл зонтик.

Роджер — черный модный костюм, достойный вид вдовца, мужественно переносящего утрату, — благодарил чтеца и кого-то из распорядителей крематория. Служители, несшие гроб, уже ушли. Кристиан разговаривала с тремя женщинами, которые преувеличенно восторгались мокрыми азалиями. Фрэнсис, идя рядом со мной под моим зонтом, вновь с небольшими вариациями повторял то, что уже несколько раз рассказывал мне за последние дни. Он то и дело всхлипывал. Во время заупокойной церемонии он плакал в голос.

— Я только на минуту поднялся, я не думал задерживаться. Я встретил его днем во дворе, а он говорит, почему бы вам не зайти на чашечку чая. Присцилла была в порядке, и я сказал, я пойду наверх, меня звали в гости, и мне казалось, она в порядке, и она сказала, что хочет принять ванну. Ну, я поднялся наверх, а он предложил мне выпить, и бог знает, чего он туда подмешал, я думаю, подсыпал наркотик какой-нибудь, честно, Брэд, или снотворное. Я пить умею, но это зелье сбило меня с копыт, а тут он стал ко мне приставать. Я первый не начинал, Брэд, клянусь Богом, только мне весело было, и я сильно налакался, наверное, а он говорит — оставайтесь ночевать, а я говорю, я спущусь, посмотрю, как Присцилла... а уже было жутко поздно... Ох, господи... И я пошел вниз, и она спала, я заглянул к ней в комнату, и она спала, вид был как всегда, все нормально, все тихо, и я снова к нему поднялся и провел с ним ночь, мы еще выпили и... О боже... А когда я проснулся, было уже поздно — он, верно, чего-то подмешал в стакан, простое виски меня бы так не свалило — и Ригби уже ушел на работу. Я чувствовал себя таким подлецом, на душе кошки скребли, и я спустился вниз. Присцилла еще спала, я не стал ее трогать, но потом мне показалось, что она как-то странно дышит, я принялся ее будить и позвонил в больницу, сто лет прошло, пока приехала карета, я поехал с ней, она была еще жива, а потом я ждал в больнице, и они сказали, видно, она наглоталась таблеток уже давно, еще днем, и теперь уже ничего нельзя сделать. О боже, Брэд, как мне жить после этого, как, как...

— Замолчите вы, — сказал я. — Вы не виноваты. Это моя вина.

— Брэд, простите меня.

— Перестаньте скулить, как баба. Уйдите, оставьте меня в покое. Вы не виноваты. Так было суждено. Оно и лучше. Нельзя спасти того, кто хочет умереть. Так оно лучше.

— Вы велели мне присматривать за ней, а я...

— Уходите.

— Куда мне идти? Куда? Брэд, не гоните меня, я сойду с ума, мне надо быть с вами, не то я рехнусь от горя. Простите меня, Брэд, помогите мне, слышите? Я сейчас пойду к вам, все вымою, приберу, я чисто приберу, ну пожалуйста, позвольте мне остаться у вас, я все буду делать и даже денег просить не буду...

— Я не хочу вас видеть. Чтобы духу вашего не было у меня в доме.

— Я наложу на себя руки, правда.

— Ваше дело.

— Но ведь вы прощаете меня, Брэд, вы меня простили?

— Простил, простил. Только оставьте меня в покое, пожалуйста.

Я накренил зонтик в другую сторону и, повернувшись спиной к Фрэнсису, направился к воротам.

Кто-то спешил следом за мной по лужам. Шлеп-шлеп. Кристиан.

— Брэд, ты должен, понимаешь, должен поговорить с Роджером. Подожди его, он просит. У него к тебе дело. Ах, Брэд, не беги так! Просто ужасно. Все равно я тебя не отпущу! Подожди, не убегай. Вернись, ну пожалуйста, и поговори с Роджером. Прошу тебя.

— Ему мало того, что он убил мою сестру. Он еще лезет ко мне со своими делами.

— Ну секундочку. Секунду подожди. Ну подожди же, вон он идет.

Я задержался под пышной и безвкусной аркой ворот. Ко мне подошел Роджер. Даже макинтош у него был черный.

— Печальная история, Брэдли. Я знаю, я очень виноват.

Я поглядел на него и повернулся, чтобы уйти.

— Как наследник Присциллы...

Я остановился.

— Естественно, Присцилла все оставила мне. Но я понимаю, что семейные сувениры — а их, пожалуй, немало, фотографии и прочее — переходят к вам. А если вам хочется что-нибудь на память, только скажите. Или, может, мне самому отобрать? Ну, безделушку, которую она держала на туалетном столике, или еще что-нибудь.

Он зонтиком задел мой зонт, и я отпрянул. Из-за спины Роджера с жадным любопытством человека, не причастного твоему горю, выглядывало подвижное, любопытное лицо Кристиан. На ней был темно-зеленый плащ и нарядная прорезиненная черная шляпа вроде сомбреро, только поменьше. Зонтика у нее не было. Фрэнсис присоединился к поклонницам азалий.

Я ничего не сказал Роджеру — просто посмотрел на него.

— В завещании все яснее ясного. Я, конечно, покажу вам копию. И надеюсь, вы не откажетесь вернуть мне кое-какие вещи Присциллы — например, украшения. Можно отправить заказной бандеролью. Нет, пожалуй, я лучше сам зайду за ними. Вы будете днем дома? Миссис Эвендейл любезно предложила мне забрать вещи Присциллы, которые остались у нее...

Я повернулся к нему спиной и зашагал по улице.

Вдогонку раздался его голос:

— Я тоже очень расстроен... очень... но что поделаешь...

Кристиан нырнула ко мне под зонтик и, вновь завладев моей рукой, пошла рядом. Мы поравнялись с маленьким желтым «остином», стоявшим у счетчика платной стоянки. За рулем сидела Мэриголд. Она поздоровалась со мной, когда мы шли мимо, но я не обратил на нее внимания.

— Кто это? — спросила Кристиан.
— Любовница Роджера.

Через несколько минут «остин» нас обогнал. Мэриголд правила одной рукой, другой обнимала за шею Роджера. Его голова лежала у нее на плече. Да, действительно, он был очень расстроен, очень.

— Брэд, не беги так. Хочешь, я тебе помогу? Хочешь, я выведаю, где Джулиан?
— Нет.
— А ты разве знаешь, где она?
— Нет. Будь добра, убери свою руку.

— Хорошо... но только разреши, я тебе помогу, я не оставлю тебя одного после всего этого кошмара. Поедем ко мне, поживи в Ноттинг-Хилле, ну пожалуйста, прошу тебя. Я буду за тобой ухаживать, мне будет приятно. Поедем?

— Спасибо, нет.

— Но, Брэд, что же ты собираешься делать? Я имею в виду Джулиан. Нужно ведь что-то предпринять. Если бы я знала, где она, я бы сказала тебе, ей-богу. Может, Фрэнсис ее поищет? У него стало бы легче на сердце, если бы он мог хоть что-то для тебя сделать. Сказать ему?

— Не надо.

— Но где, где она? Где она может быть, как ты думаешь? Ты же не думаешь, что она покончила с собой?

— Нет, конечно, — сказал я. — Она с Арнольдом.

— Наверное, ты прав. Я не видела Арнольда с...

— Он приехал и увез ее ночью. Насильно. Держит ее где-нибудь взаперти и читает нотации. Но она скоро улизнет от него и придет ко мне. Как в прошлый раз. Вот и все, и не о чем больше говорить.

— Ну-у что ж. — Кристиан бросила на меня быстрый, внимательный взгляд из-под черного сомбреро. — А как ты, вообще-то, себя чувствуешь, Брэд? Некому о тебе позаботиться, а нужно бы, очень нужно...

— Не приставай ко мне, будь добра. И держи Фрэнсиса в Ноттинг-Хилле. Я не хочу его видеть. А сейчас, ты меня извини, я возьму такси. Ну, пока.

Да, все, что произошло, было проще простого. Теперь я видел все как на ладони. Арнольд, должно быть, вернулся, когда я спал, и то ли обманом, то ли силой заставил Джулиан сесть в машину. Может быть, вызвал ее поговорить. И с ходу дал газ. Она, наверное, хотела выскочить. Но ведь она обещала мне никогда этого больше не делать. К тому же ей, несомненно, хотелось убедить отца. И теперь они где-то вместе, спорят, сражаются. Он держит ее где-нибудь под замком. Но скоро она убежит от него и вернется ко мне. Не может она бросить меня вот так, без единого слова.

Конечно, я ездил в Илинг. Вернувшись в Лондон, я сперва заехал к себе: а вдруг там записка или письмо; затем отправился в Илинг. Я поставил машину прямо перед домом, подошел к дверям и позвонил. Никто не ответил. Я сел в машину и стал ждать. Прошел час. Я вышел и принялся ходить взад-вперед по тротуару напротив. Я заметил, что из окошка на лестничной площадке второго этажа за мной следит Рейчел. Через несколько минут окно отворилось, она крикнула: «Ее здесь нет!» — и захлопнула окно. Я уехал, поставил машину в гараж, где брал ее напрокат, и пошел домой. Отныне я решил: дозор нести надо у себя в квартире — куда же еще деваться Джулиан, когда она убежит от отца? Отлучился я всего один раз — на похороны Присциллы.

Вернувшись с похорон, я лег в постель. Явился Фрэнсис: он открыл дверь своим ключом. Попробовал заговорить со мной, сказал, что приготовит мне поесть, но я не обратил на него внимания. Пришел Роджер, я велел Фрэнсису отдать ему те немногие вещи Присциллы, которые у меня остались. Роджер ушел. Я его не видел. Когда стемнело, в спальню на цыпочках прокрался Фрэнсис и поставил на каминную полку рядом с «Даром друга» бронзовую женщину на буйволе. Я заплакал. И велел Фрэнсису уйти, совсем уйти из дома, но прошел час, а он все еще возился на кухне.

Мир — это юдоль страданий. Пожалуй, в конечном счете это самое точное его определение. Человек — животное, постоянно страдающее от тревоги, боли и страха, жертва того, что буддисты зовут «dukha» — неослабной, неутолимой муки, испытываемой теми, кто жадно алчет призрачных благ. Однако в этой юдоли мук есть свои холмы и лощины. Все мы страдаем, но страдаем так чудовищно разнообразно. Кто знает, возможно, для просвещенного ума участь желчного миллионера кажется не легче участи голодного крестьянина. Быть может, миллионер даже в большей степени заслуживает искреннего участия, поскольку обманчивые утехи и скоротечные радости уводят его с истинного пути, а лишения крестьянина, хочешь не хочешь, учат его мудрости. Однако такое суждение пристало лишь просвещенным умам, если же их произнесут уста простого смертного, его справедливо обвинят в легкомыслии. Мы с полным основанием считаем, что умирать от голода в нищете более тяжкий удел, чем зевать от скуки, утопая в роскоши. Если бы страдания людей были — попробуйте это себе представить — менее жестоки, если бы скука и мелкие житейские невзгоды были тягчайшим нашим испытанием и если бы — это представить уже труднее — мы не скорбели при утратах и принимали смерть как сон, наша мораль была бы существенно или даже совершенно иной. Наш мир — юдоль ужаса, и это сознание не может не волновать каждого настоящего художника и мыслителя, омрачая его раздумья, разрушая здоровье, иногда просто сводя его с ума. Закрывать глаза на этот факт серьезный человек может лишь себе на погибель, и все великие люди, которые прикидываются, будто забыли об этом, только притворяются (тавтология!). Земля — планета, где царит мрак, где люди повсеместно и повседневно, словно так и надо, мрут как мухи от болезней, голода и стихийных бедствий, где люди уничтожают друг друга таким чудовищным оружием, что не приснится и в страшном сне, где люди запугивают и мучают друг друга и лгут из страха всю жизнь. Вот на какой планете мы живем.

Однако препятствует ли это совершенствованию морали? Сколько уж, мой дорогой друг, об этом говорено.

Имеет ли художник право на радость? Должен ли тот, кто хочет утешить, непременно быть лжецом? И может ли провидец истины быть ее провозвестником? Где она, где должна быть область истинно глубокого духа? Неужели нам суждено вечно осушать людские слезы или хотя бы помнить о них, чтобы не подвергаться осуждению? У меня нет ответа на эти вопросы. Ответ, возможно, очень длинный, а возможно — его нет вообще. Но пока существует Земля (что, конечно, ненадолго), этот вопрос будет бесить наших мудрецов, порой буквально превращая их в злых гениев. Разве ответ на него не должен быть гениальным? Как, наверное, смеется Бог (злой гений номер один)!

Все эти философствования, дорогой друг, служат очередным вступлением к апологии моей любви, выслушивать их вам приходится уже не в первый раз. Любовные терзания? Чепуха! Не скажите. А восторги любви, упоение любви! Держа в объятиях прекрасного юношу, Платон не считал зазорным думать, что он вступил на путь, ведущий к солнцу. Счастливая любовь освобождает нас от эго, мы начинаем видеть окружающий мир. Несчастная любовь помогает, во всяком случае может помочь, приобщиться чистому страданию. Спору нет, наше чувство слишком часто оказывается замутненным и отравленным ревнивыми подозрениями, ненавистью, низкими и подлыми «вот если бы» вздорного ума. Но даже здесь можно прозреть более возвышенные муки. И разве муки эти в какой-то мере не созвучны всем прочим людским страданиям? Зевс, говорят, смеется над клятвами влюбленных, и мы, при всем сочувствии жертвам безнадежной любви, порой не в силах сдержать улыбку, особенно если они молоды. Они оправятся, думаем мы. Возможно и да, только какой ценой? Но бывают страдания, которых ничто не может стереть из памяти. Они остаются в нашей жизни как черные абсолюты. Счастливы те, на кого эти черные звезды роняют хотя бы слабый свет.

Конечно, меня мучили угрызения совести. Любовь не переносит смерти. Столкновение со смертью уничтожает физическое влечение. Любовь должна надеть на смерть личину, не то погибнет от ее руки. Мы не в состоянии любить мертвых. Мы любим призрак, несущий нам тайное утешение. Иногда любовь принимает за смерть острую боль, которую можно вытерпеть и постепенно смягчить. Но полный, бесповоротный конец?! Нет, тут она отводит глаза. (Ложный бог наказывает, истинный — убивает.) В лексиконе любви слово «конец» лишено смысла. (Нам пришлось бы преступить границы любви или менять ее суть.) Конечно, смерть Присциллы была рядом с моей любовью к Джулиан ужасным и непредусмотренным несчастьем. Именно ощущение ее полной неуместности, ее... «невзаправдашности» привело меня к утайке истины и отсрочке отъезда, что так поразило мою любимую. И это бегство от фактов было огромной ошибкой, в результате которой смерть сестры как бы кристаллизовалась в иную субстанцию, еще более чуждую любви, еще более трудную для восприятия. Потом-то я все это понял. Мне бы довериться будущему, не задумываясь, все поставить на карту, мне бы тут же помчаться к Джулиан и взять ее с собой в Лондон, в самую гущу неуместного, безжалостного ужаса.

Обо всем этом я думал в день похорон, лежа на кровати в спальне, пока Фрэнсис бесшумно ходил по квартире, придумывая, чем бы еще заняться. Занавеси на окнах не были задернуты, и я лежал на кровати, неотрывно глядя на каминную полку, где были женщина на буйволе и «Дар друга». Меня душил неистовый гнев, объектом которого был Арнольд, — низкое чувство, сродни ревности. Он, по крайней мере, ее отец, их связывают неразрывные узы. А я, что есть у меня? Меня потом спрашивали, неужели я в самом деле думал, будто в ту страшную ночь он вернулся и увез Джулиан. Трудно ответить. Мое внутреннее состояние не так легко передать, но я все же попытаюсь. Я чувствовал, что, если мне не удастся придумать мало-мальски правдоподобную гипотезу, которая позволит дать мало-мальски приемлемое объяснение происшедшему, я умру. Хотя, как я теперь понимаю, я думал не о реальной смерти, а о муках, горших, чем смерть. Как жить дальше с мыслью, что она взяла и ушла от меня ночью без единого слова? Существует же какое-то объяснение... Желал ли я ее все это время? Нескромный вопрос.

Как утопающий хватается за соломинку, так я попытался прибегнуть к последнему средству — страдать чистым страданием. О, друзья мои по несчастью, все, кто, час от часу теряя надежду и строя хитроумные и нереальные планы, скорбит об утрате любимой, позвольте вам дать совет: страдайте чистым страданием. Забудьте обиды, пустые сожаления, уколы унизительной ревности. Предайтесь незамутненной боли. Тогда в лучшем случае вы обретете радость любви куда более чистой, чем прежде, в худшем — познаете тайны божества. В лучшем — вам будет даровано забвение. В худшем — знание. Наш главный мучитель, конечно, надежда, и я заключил с ней союз. Я надеялся, но прикрыл свою надежду облаком печали. Одна часть моего существа знала, что Джулиан меня любит, составляет со мной одно, неотторжима от меня. Другая — вспоминала, ждала и стенала. Я не позволял им сообщаться: никаких предположений, никаких обсуждений, никаких уступок. Я проводил дни, насколько было сил, в чистых и жгучих мучениях. Как отделаться от этого образа муки? Недаром говорят о геенне огненной, об адском пламени. И солдаты, которых в царской России прогоняли сквозь строй, не придумали ничего более точного в ответ на расспросы дотошного писателя, их товарища по заключению.

Время ожидания — самопожирающее время. Каждая минута, каждая секунда — бездонны. Каждый миг может стать тем самым, единственным, когда произойдет то, о чем мечтаешь. И за тот же миг испуганное воображение успевает залететь на века вперед через бездны черного отчаяния. Лежа на спине в постели и глядя, как квадрат окна светлеет и вновь темнеет, темнеет и вновь светлеет, я пытался сдержать, приостановить томительные конвульсии души. Странно, почему демонические страдания опрокидывают нас навзничь, а возвышенные страдания кладут ничком?

Я ускорю повествование и приведу несколько писем.

Я знаю, что ты пришлешь мне весточку, как только сможешь. Я не выйду из дому даже на минуту. Я мертвец в ожидании Спасителя. Сила обстоятельств заставила меня открыть мою страсть, которую долг повелевал скрывать. Твой чудодейственный дар усилил мою любовь во сто крат. Я твой навеки. Я знаю, ты любишь меня, и всецело доверяюсь твоей любви. Нас нельзя погубить. Ты скоро придешь ко мне, моя любимая, моя королева. О любимая, как я страдаю без тебя!

Б.

Дорогая Кристиан!
Имеешь ли ты какое-нибудь представление о том, где сейчас Джулиан? Куда ее увез Арнольд? Он, верно, держит ее взаперти. Если до тебя дойдут хоть самые неопределенные слухи, если ты хоть что-нибудь узнаешь, сообщи мне, ради бога.

Б.

Пожалуйста, сразу позвони или напиши мне. Видеть тебя я не хочу.

Дорогой Арнольд!
Меня не удивляет, что Вы боитесь вновь встретиться со мной лицом к лицу. Я не знаю, уговорами или силой Вы заставили Джулиан уехать с Вами, но не думайте,

что Вам удастся нас разлучить. Мы с Джулиан откровенно обо всем поговорили и поняли друг друга. После Вашего отъезда между нами было полное взаимопонимание. Ваши «разоблачения» ничего не изменили и не могут изменить. Вам невдомек, что есть такое чувство, — недаром о нем и не упоминается в Ваших романах. Мы с Джулиан молимся одному и тому же богу. Мы нашли друг друга, мы любим друг друга, и для нашего брачного союза нет препятствий. Не старайтесь их создать. Вы сами видели, Джулиан даже слушать Вас не хочет. Поймите, пожалуйста, наконец, что Ваша дочь выросла и сделала свой выбор. Рано или поздно Вам придется признать, что она свободно и добровольно приняла решение в мою пользу. Естественно, она считается с Вашим мнением. И естественно, поступит по-своему. Я жду ее с минуты на минуту. К тому времени как Вы получите это письмо, она, возможно, уже будет со мной.

Мне вполне понятно, почему Вы возражаете против ее выбора. Вопрос о моем возрасте, хотя и существенный, не может быть решающим. Дело не в этом. Вы сами писали мне, что разочаровались в своем творчестве. В глубине души Вы всегда завидовали мне: ведь я сохранил свой талант чистым, а Вы — нет. Беспрерывное сочинение посредственных книг может хоть кому отравить жизнь. Компромисс — удел чуть не каждого, но плохой художник облекает его в форму вечной улики. Куда лучше молчание и осмотрительность более строгих к себе дарований. То, что я к тому же завоевал любовь Вашей дочери, явилось, конечно, последней каплей.

Я сожалею, что нашей дружбе, или как там еще назвать те отношения, которые помимо нашей воли столько лет связывали нас, было суждено кончиться таким образом. Здесь не место писать элегию на эту тему. Я не собираюсь сводить счеты, я не могу Вам простить одного: Вы препятствуете мне на пути к тому, что бесконечно важнее, чем так называемая дружба. Вы правы, лучше Вам не попадаться мне на глаза. Если Вам вздумается еще раз навестить меня, не приносите с собой тупого оружия. Мне не очень-то по вкусу угрозы и намеки на применение грубой силы. Позвольте Вас уверить, я еще достаточно силен, и не надо меня дразнить.

Мы с Джулиан устроим свое будущее без посторонней помощи — так, как сочтем нужным. Мы-то вполне понимаем друг друга. Примиритесь с этим фактом и прекратите жестокие и тщетные попытки заставить свою дочь делать то, чего она не хочет.

Б. П.

Брэд, миленький!

Спасибо, что написал. Я не знаю, где Джулиан (честно!), наверное, гостит у друзей. Я видела Арнольда, он теперь смеется над всей этой историей. По правде говоря, мне не совсем понятно, почему ты так волнуешься. (Сначала ситуация казалась мне довольно забавной!) Не спорю, Джулиан хорошенькая девочка, но не смотрит ли она на тебя как на дядюшку или жеребчика? Ничего не понимаю. Арнольд говорит, ты взял ее с собой на каникулы, а когда стал слишком на нее напирать, она дала тягу. Во всяком случае, это его версия. Я считаю, все хорошо, что хорошо кончается, honni soit qui mal y pense[1], нет дыма, значит нет и огня и т. д. и т. п. Я надеюсь, ты уже успокоился. Брэд, мне надо повидаться с тобой. Ну пожалуйста. Я точно знаю, что ты был дома, когда я заходила в последний раз, я видела тебя через стекло в передней (пора уж тебе знать, что через него все видно, особенно если открыта дверь в гостиную!). Фрэнсис, наверное, еще у тебя (мне он, конечно, не нужен). Он совершенно помешан на тебе, неудивительно, что ты думаешь, будто все остальные — тоже.

---

[1] Да будет стыдно тому, кто дурно подумает *(ст.-фр.)*.

Брэд (это самая важная часть письма), мне надо кое-что тебе сказать. Я, пожалуй, жалею, что встретила Арнольда, когда вернулась. Он мне нравится, мне интересно с ним, он забавляет меня (а я люблю, когда меня забавляют). Но думаю, что просто на безрыбье и рак рыба. Брэд, я вернулась из-за тебя (ты знал?). И я все еще здесь из-за тебя. Я на самом деле к тебе привязана, я никогда до конца не отказывалась от тебя. И по-настоящему ты еще забавнее, чем Арнольд. Почему бы нам снова не сойтись, а? Если ты нуждаешься в утешении, я тебя утешу. Я ведь тебе уже говорила: я страшно соблазнительная и умная богатая вдова. У меня хвост поклонников. Так как, Брэд? Эта старая присказка «лишь смерть нас разлучит» кое-что все-таки значит. Завтра я еще позвоню. По-прежнему твоя, Брэд, милый, с любовью,

Крис.

Мои слова об «ожидании» и «времени» могли, возможно, навести вас, читатель, на мысль, что прошло уже несколько недель. На самом деле прошло всего четыре дня, но тянулись они как четыре года.

Люди, живущие словами и писанием, придают, как я уже говорил, чуть не магическое значение этому средству коммуникации. Письмо к Джулиан я переписал трижды, одно послал в Илинг, другое — в педагогический колледж, третье — к ней в школу. Я не думал, что хоть одно из них ее найдет, но просто писать письма и бросать в ящик уже было облегчением.

На следующий день после похорон позвонил Хартборн и принялся подробно объяснять, почему он не мог присутствовать на церемонии. Я забыл сказать, что еще раньше он продиктовал Фрэнсису по телефону тщательно составленное соболезнование по поводу смерти Присциллы! Звонил мой доктор, сказал, что снотворное, которое я обычно принимаю, изъято из употребления.

На третий день вечером явилась Рейчел. Понятно, всякий раз, как в передней раздавался звонок, я кидался к дверям, едва не теряя сознания от надежды и страха. Два раза это была Кристиан (я ее не впустил), один раз Ригби попросил позвать Фрэнсиса (Фрэнсис вышел, и они поговорили во дворе). В четвертый раз это оказалась Рейчел. Я узнал ее сквозь стекло и открыл дверь.

Видеть Рейчел у себя в квартире было все равно что попасть не туда на машине времени. Воспоминания имеют запах: запахло тлением. Я был подавлен, напуган, чувствовал к ней физическое отвращение. Ее широкоскулое, круглое, бледное лицо было до ужаса знакомо, но виделось смутно, точно возникло из привычного сна. Словно меня, нарядившись в саван, навестила покойная мать.

Рейчел вошла, вскинув голову, возбужденная, самоуверенная (скорее притворно), чуть не ликующая. Не глядя на меня, она прошла мимо, руки в карманах твидового пальто, покрытого паутинкой дождевых капель. Она была хороша собой и целеустремленна, и я отскочил в сторону, чтобы не оказаться у нее на пути. Мы сели в гостиной, освещенной холодным сумеречным светом.

— Где Джулиан?

Рейчел аккуратно разгладила юбку на коленях.

— Брэдли, я хотела вам сказать, что меня ужасно расстроила смерть Присциллы.

— Где Джулиан?

— А вы разве не знаете?

— Я знаю, что она вернется ко мне. Я не знаю, где она сейчас.

— Бедняжка Брэдли, — сказала Рейчел и нервно, отрывисто засмеялась, как кашлянула.

— Где она?

— Она отдыхает. Сейчас я не знаю, где именно, правда не знаю. Вот письмо, которое вы ей послали. Я его не вскрывала.

Я взял конверт. Возвращение непрочитанного любовного письма лишает последней надежды. Если бы где-нибудь она прочитала его, все бы преобразилось. Мое письмо принес ко мне ветер — как мертвые листья.

— Ах, Рейчел, где она?

— Правда не знаю. Я потеряла с ней связь. Брэдли, прошу вас, покончите с этим. Вспомните о гордости, о собственном достоинстве. У вас ужасный вид, вам можно дать сто лет. Хоть бы побрились. Вся история существует только в вашем воображении.

— Вы так не считали, когда Джулиан сказала, что любит меня.

— Джулиан еще ребенок. Все, что произошло, гораздо ближе касается меня и Арнольда, чем вас. Не мешало бы немного знать человеческую природу, ведь вы считаетесь писателем. Ну хорошо, все это «серьезно» и прочее, но нельзя же смотреть на вещи так прямолинейно. Джулиан нас обожает, но она любит время от времени инсценировать бунт. Наверное, мы подавляем ее своей заботой — ведь она единственный ребенок. А она делает с нами, что хочет. Ей надо доказать себе, что она свободна, и в то же время надо, чтобы мы уделяли ей внимание. Ей нравится, когда ее отчитывают. Вы не первый, кем она воспользовалась, чтобы нас огорчить. В прошлом году вообразила, будто влюбилась в одного учителя. Правда, он куда моложе вас, но все-таки женатый человек, отец четверых детей, и она устроила нам «демонстрацию». Но мы-то знали, как на это смотреть. Все кончилось благополучно. Вы — очередная жертва.

— Рейчел, — сказал я, — вы говорите о ком-то другом. Не о Джулиан. Не о моей Джулиан.

— Ваша Джулиан — фикция. Это я и пытаюсь вам объяснить, Брэдли, милый. Я не говорю, что вы ей безразличны, но в чувствах молоденькой девушки царит хаос.

— И говорите вы с другим человеком. Судя по всему, вы просто не знаете, с чем столкнулись. Я живу в другом мире, я люблю и...

— Вы произносите эти слова так торжественно, будто верите в их магическую силу.

— Да, верю. Все это происходит в другом измерении...

— Это просто одна из форм психического расстройства, Брэдли. Только сумасшедший может думать, что есть еще одно какое-то измерение. У вас в голове — путаница, Брэдли, ужасная путаница. Видит бог, я говорю, жалеючи вас.

— Любовь — реальность, возможно, единственная реальность.

— Это душевное состояние.

— Истинное душевное состояние.

— Ах, Брэдли, довольно. Вам трудно пришлось за последнее время, ничего удивительного, что у вас такая каша в голове. Эта ужасная история с Присциллой.

— С Присциллой? Да...

— Не вините во всем себя.

— Да.

— Где Фрэнсис ее нашел? Где она лежала, когда он ее нашел?

— Не знаю.

— Неужели не спросили?

— Нет. В постели, наверное.

— Я бы на вашем месте разузнала... все подробности... просто чтобы представить себе... Вы видели ее мертвой?

— Нет.

— Разве вам не надо было ее опознавать?

— Нет.

— Наверное, кто-то другой опознал.

— Роджер.

— Как странно это — опознавать мертвецов, узнавать их. Не приведи господь...

— Он держит ее взаперти. Я знаю.

— Брэдли, вы живете в вымышленном мире. В жизни все гораздо скучнее, чем в книгах, и куда запутаннее. Даже самые страшные вещи.

— Он уже запирал ее.

— Никогда. Джулиан все выдумала.

— Неужели вы на самом деле не знаете, где она?

— Не знаю.

— Почему же она мне не написала?

— Она не умеет писать писем, никогда не умела. Во всяком случае, дайте ей время. Она напишет. Может быть, такое письмо ей особенно трудно сочинить.

— Рейчел, вы не знаете, что со мной творится, вы не можете стать на мое место. Я абсолютно уверен, я твердо знаю, чего я хочу и чего хочет она, знаю абсолютно точно. Наше чувство неколебимо, оно старо как мир, словно существует с Сотворения мира. Вот почему ваши слова — нелепица, пустая болтовня, они лишены всякого смысла. Она меня понимает, мы сразу нашли общий язык. Мы любим друг друга.

— Брэдли, милый, ну вернитесь вы к действительности.

— Это и есть действительность. О господи, а что, если она вдруг умерла...

— Не говорите глупостей, надоело.

— Рейчел, ведь она не умерла, не умерла, нет?

— Конечно нет! Ну взгляните на себя со стороны. Вы просто смешны, вы разыгрываете мелодраму — и перед кем? Передо мной. Две недели назад вы покрывали меня страстными поцелуями, вы лежали со мной в постели. А теперь ждете, чтобы я поверила, будто за четыре дня на всю жизнь влюбились в мою дочь! Вы ждете, чтобы я в это поверила, да, похоже, еще и посочувствовала вам! Вы потеряли всякое чувство реальности! Неужели же приличие, такт или хотя бы обыкновенная человеческая доброта не подсказали вам, как неуместно это излияние? Ну что вы на меня смотрите? Не можете же вы не помнить, что влезли ко мне в постель.

По правде сказать, я это и помнил, и нет. С понятием «Рейчел» у меня не связывалось никаких конкретных событий. Здесь воспоминания были окутаны холодным туманом, от которого меня пробирала дрожь. Я знал эту женщину, она была мне знакома, но мысль о том, что я совершал какие-то действия, связанные с ней, казалась абсолютно невероятной, настолько потускнело все, что было в моей жизни до пришествия Джулиан, отделившего историю от предыстории. Я попытался это объяснить.

— Да... конечно... помню... но... с тех пор как Джулиан... все как бы... отрезало... прошлое ушло... но это и не важно... это было просто... это звучит довольно жестоко, но когда любишь, приходится говорить правду... я знаю, вы, наверное, смотрите на это как на... измену, что ли... вам, наверное, обидно...

— Обидно?! О господи, нет. Просто мне вас жаль. Все так грустно, и... понапрасну, и... очень горько. Огорчение, разочарование, наверное, утрата иллюзий. Подумать только, я считала вас сильным, умным, думала, что вы можете мне помочь. Меня трогало, когда вы говорили о вечной дружбе. Я находила в этом смысл. Вы помните, как вы говорили о вечной дружбе?

— Нет.

— Неужели правда не помните? С вами что-то неладно. Может быть, нервный срыв? Неужели вы правда забыли про нашу связь?

— У нас не было связи.

— Ну, хватит вам. Согласна, она была короткая, глупая и, видимо, достаточно неправдоподобная. Недаром Джулиан никак не хотела мне верить.

— Вы сказали Джулиан?

— Да. А вы не подумали, что я могу сказать? Ну да, вы же начисто все забыли.

— Вы ей сказали?..

— Боюсь, я и Арнольду чуть не сразу же сказала. Не у одного у вас бывают «настроения». Я не всегда держу язык на привязи, во всяком случае с мужем. Когда женщина замужем, всегда есть риск...

— Когда вы ей сказали... когда?

— О, совсем недавно. Когда Арнольд приезжал в ваше гнездышко, он привез ей от меня письмо. Там все и было рассказано.

— О боже... значит, она прочитала его... после...

— Арнольд решил, что это послужит хорошим аргументом. Он ничего не упустил. Был уверен, что уж по крайней мере она примчится домой, чтобы как следует меня выспросить.

— Что вы ей сказали?

— Ну а когда она вернулась, она...

— Что вы ей сказали?

— Да все как было, то и сказала. Что вы, казалось, были в меня влюблены, что вы принялись страстно меня целовать, что мы легли в постель и что это не увенчалось особым успехом, но вы клялись мне в вечной любви и так далее и тому подобное, а потом пришел Арнольд, и вы убежали без носков и купили ей те сапоги...

— О боже... вы рассказали... все...

— А как же? Ведь так было или нет? Вы же не станете отрицать? Я это не из пальца высосала. Это вас характеризует. Как же скрыть такое?

— О боже...

— Ясно, вы постарались поскорее обо всем забыть. Но, Брэдли, мы отвечаем за свои поступки, прошлого не вычеркнешь. Оно не исчезло оттого, что вы поселились в вымышленном мире и делаете вид, будто вчера родились. За одну минуту не превратишься в другого человека, как бы ни был влюблен. Такая любовь — мираж, вся эта «реальность», о которой вы толковали, — мираж. Словно наркотический дурман.

— Нет, нет, нет.

— Ну ладно, теперь все позади и окончилось благополучно. Не убивайтесь, не терзайтесь угрызениями совести, ничего этого не надо. Она уже одумалась. Девочка не так глупа. Ей-богу, Брэдли, нельзя понимать чувства молоденькой девушки слишком буквально. Не такую уж драгоценность вы потеряли, мой дорогой, и вы оцените это скорее, чем вам кажется. Скоро, очень скоро вы вздохнете с облегчением. Джулиан — очень заурядная девочка. Незрелая, недоразвитая, как зародыш. Не спорю, чувства так и бурлят в ней, но ей все равно, на кого их изливать. Возраст, ничего не поделаешь. Во всех ее великих увлечениях — ни постоянства, ни прочности, ни глубины. За последние два-три года она сто раз была «безумно влюблена». Голубчик, неужели вы всерьез вообразили, что надолго удержите любовь молоденькой девочки? Исключено. Такая девушка, как Джулиан, должна без конца влюбляться, пока не найдет своего героя. Я такая же была. Ах, Брэдли, очнитесь. Посмотрите на себя в зеркало. Спуститесь на землю.

— И она пришла прямо к вам?

— Пожалуй, она появилась почти сразу после Арнольда...

— И что она сказала?

— Перестаньте изображать короля Лира.

— Что она сказала?

— Что она могла сказать? Что тут вообще говорить? Ревела, как ненормальная, и...

— О боже, боже.

— Заставила меня еще раз все ей повторить, во всех подробностях, поклясться, что это правда, тогда поверила.

— Но что она сказала? Неужели вы не помните, что она говорила?

— Она сказала: «Если бы это случилось не так недавно». Вот что для нее самое главное.

— Она не поняла. Все ведь было не так, как вы рассказали. То, что вы рассказали, — неправда. Ваши слова не соответствуют действительности. Вы хотели...

— Ну уж простите! Какие же слова, по-вашему, я должна была употребить? По-моему, я выбрала самые подходящие и точные...

— Она не могла понять...

— Она прекрасно все поняла, Брэдли. Простите, по-моему, она все поняла.

— Вы говорите, она плакала.

— Безумно, как ребенок, которого пригрозили наказать. Но она вообще любит поплакать.

— Как вы могли ей сказать, как вы могли... Но сама-то она должна была понять, что все было не так, все было совсем не так...

— Да? А по-моему, так все и было!

— Как могли вы ей сказать?

— Это была идея Арнольда. Но, честно говоря, я решила, что хватит мне таиться. Думала, что небольшая встряска ее образумит.

— Зачем вы пришли? Вас послал Арнольд?

— Нет, не совсем. Я считала, что надо сказать вам про Джулиан.

— Но вы же ничего не сказали!

— О том, что... ну поймите же наконец... что все кончено.

— Нет!

— Не кричите. Меня привела сюда... вам-то все равно, конечно... ну, скажем, доброта. Я думала, вдруг я смогу вам помочь.

— Мне нужно увидеть Джулиан, мне нужно ее увидеть, найти ее, объяснить...

— Я хотела все уладить. Теперь, когда главное позади. Ведь с того дня, как вам позвонил Арнольд и вы приехали к нам, вы бродите в потемках, не понимаете, что к чему. Нет, вам уже ничем не поможешь. А я правда старалась. Я знаю, у вас большие эмоциональные запросы, я знаю, вы очень одиноки. Может, зря я сунулась не в свое дело. Я чувствовала, что могу вмешаться, раз моя собственная позиция так сильна. Я-то, дура, думала, что и вам тоже понятно, что в моей семейной жизни все в порядке. Думала, вы понимаете, как тесно связаны мы с Арнольдом, как мы счастливы друг с другом. Надо бы, наверное, яснее вам это показать. Я не хотела вводить вас в заблуждение, нет, но я, видимо, не сумела вас разубедить. Я перед вами виновата. Когда другие в нас нуждаются, нужно вести себя очень осмотрительно, ну а я не была достаточно осмотрительна. Понимаете, это нехорошо, но так бывает у супругов. Посочувствуют кому-то, а потом идут прямиком домой и каются. Я никогда не обманываю Арнольда, и он меня не обманывает. Со стороны, наверное, непонятно? Настоящее супружество крепко и гибко, оно вынесет все. Вы говорили об измене, об обиде. Боюсь, что изменили вам, и обижаться придется тоже вам. Я виновата и прошу прощения, не надо было полагаться на вас. Неженатые мужчины часто попадаются на удочку замужним женщинам, ничего не попишешь. Мы с Арнольдом очень близки, мы даже смеялись с ним вместе над всей этой историей, над Кристиан, над вами, над Джулиан. Слава богу, все более или менее обошлось. Конечно, вы сейчас мучаетесь, но ничего, скоро вам станет легче. Путешествие в страну абсурда, быть может, даже пойдет вам на пользу. Мужайтесь, Брэдли, милый. Не стоит все принимать так всерьез.

Я глядел на нее во все глаза. Она была красива, бледна, участлива, приподнята, красноречива, в ней бурлило чувство собственного достоинства и целеустремленности.

— Рейчел, мы, по-моему, не понимаем друг друга.

— Ничего, не волнуйтесь. Пройдет время, и вам станет легче. Постарайтесь не обижаться на меня и на Джулиан. Зачем растравлять себя?..

— Мы говорим на разных языках. Для меня все это какая-то тарабарщина. Простите, я... Но разве Арнольд не влюблен в Кристиан? Я думал...

— Ничего подобного, Кристиан все сама выдумала. Стала за ним бегать, вы же знаете, сколько в ней энергии. Ну, ему это льстило, он развлекался, но никогда не принимал ее всерьез. К счастью, Кристиан разумная женщина, скоро она увидела, что своего не добьется. Брэдли, может, повидались бы вы с Кристиан? Она ведь, в общем-то, хорошая. Утешили бы и поддержали друг друга. Видите, я на вас не сержусь, вы мне до сих пор отнюдь не безразличны, я искренне хочу вам помочь.

Я встал с места, подошел к бюро и вынул письмо Арнольда. Вынул — просто чтобы убедиться, что оно мне не приснилось. Может, у меня действительно что-то с памятью? Я и сам уже толком не помнил, было оно или нет... Я сказал, держа письмо в руке:

— Джулиан ко мне вернется. Я знаю. Я знаю это так же, как то...

— Что это у вас?

— Письмо от Арнольда.

Я взглянул на письмо.

В дверь позвонили. Я бросил письмо на стол и кинулся в переднюю. У меня сжалось сердце.

На пороге стоял почтальон, на полу возле него я увидел большую картонную коробку.

— Что это?

— Посылка мистеру Брэдли Пирсону.

— Что тут?

— Не знаю, сэр. Вы — мистер Пирсон, да? Я втащу ее, ладно? Ну и тяжеленная, не меньше тонны.

Почтальон впихнул квадратную коробку коленом через порог и ушел. Возвращаясь в гостиную, я увидел Фрэнсиса: он сидел на ступеньках. Очевидно, подслушивал. Он был похож на призрак, на привидение из книжки — с виду как будто обыкновенный человек, но что-то выдает его подлинную сущность. Он подобострастно улыбнулся. Я не обратил на него внимания.

Рейчел стояла у стола и читала письмо. Я сел. Я ужасно устал.

— Зачем только вы показали мне это письмо...

— Я не показывал.

— Что вы наделали... Я никогда, никогда, никогда не прощу вам.

— Но вы же сказали, Рейчел, что вы с Арнольдом все друг другу рассказываете. Так что...

— Господи... какой же вы низкий, мстительный...

— Я не виноват! И что это меняет?

— Ничего вы не понимаете. Вы — разрушитель, черный, злобный разрушитель. Вы — лунатик, который во сне крушит все вокруг. Вот вы и не можете писать. Да что вы вообще такое? Вас нет! Джулиан взглянула на вас и сделала вас на мгновение реальным. И я сделала вас реальным: я пожалела вас. Но все, хватит, вы снова сумасшедший злобный вампир, мстительный призрак. Господи! Мне вас жаль. Но я никогда вам не прощу. И себе никогда не прощу, что не держала вас на безопасном расстоянии. Вы ужасный, и вы страшный человек. Жалкое ничтожество, которое стремится разрушить счастье всюду, где его встретит. Вся ваша черная злоба, вы...

— Честное слово, я совсем не хотел, чтобы вы его прочли, просто дурацкая случайность, я вовсе не хотел вас расстраивать. И Арнольд, наверное, уже давно передумал и...

— Нет, вы хотели, чтобы я его прочитала. Это подлая месть. Я всю жизнь буду вас ненавидеть. Ничего вы не поняли... вы вообще ничего не понимаете... Подумать только, у вас было это письмо, и вы его перечитывали, злорадствовали и воображали...

— Не перечитывал и не злорадствовал.

— Нет, злорадствовали. Зачем еще было держать его у себя? Только как оружие против меня, только чтобы показать его и уколоть меня за то, что я вас бросила...

— Правда, Рейчел, я о вас ни разу даже не вспомнил!

— А-а-а-а-а...

В темнеющей комнате пронзительный крик вспыхнул яснее, чем бледный круг ее лица, — всплеск яростного страдания в ее глазах, в ее губах. Она кинулась на меня или просто побежала к дверям. Я шарахнулся в сторону, ударился локтем о стену. Она промчалась мимо, как зверь, обратившийся в бегство, я услышал эхо ее крика. Парадная дверь распахнулась, на мокрых каменных плитах двора светились отражения фонарей.

Я медленно вышел из гостиной, запер дверь и стал зажигать свет. Призрак Фрэнсиса все еще сидел на лестнице. Он улыбался отчужденной, неуместной улыбкой, словно заблудший мелкий дух из другой эпохи, другой повести, как потерявший хозяина Пак[1], он улыбался задумчивой, заискивающей, непроизвольной, нежной улыбкой.

— Вы подслушивали.

— Брэд, простите...

— Не важно. Что это, черт побери?

Я пнул ногой картонную коробку.

— Я сейчас открою, Брэд.

Я смотрел, как Фрэнсис надрывает картонку и стаскивает крышку.

Она была полна книг: «Драгоценный лабиринт», «Перчатки силы», «Товий и падший ангел», «Знамя со странным девизом», «Очерки ищущего», «Череп в огне», «Столкновение символов», «Провалы в небе», «Стеклянный меч», «Мистицизм и литература», «Дева и маг», «Пронзенная чаша», «Внутри снежного кристалла».

Книги Арнольда. Масса книг.

---

[1] Персонаж из комедии Шекспира «Сон в летнюю ночь».

Я взглянул на огромную монолитную гору аккуратно отпечатанных слов. Поднял одну книгу и раскрыл наугад. Меня обуяла ярость. Рыча от омерзения, я попытался разодрать ее пополам, но корешок не поддался, и я стал пучками вырывать страницы. Следующая книга была в бумажной обложке, и мне удалось разорвать ее на две, потом на четыре части. Я схватил третью книгу, Фрэнсис глядел на меня, лицо его светилось радостью и пониманием. Затем он принялся мне помогать, он тихонько произносил «хи», когда разрывал книгу, «хи», когда подбирал страницы, которые каскадом падали на пол, «хи», когда превращал их в клочья. Мы стояли, широко расставив ноги, будто работали в реке, трудились не покладая рук, пока не дошли до дна коробки, а вокруг нас росла и росла гора рваной бумаги. Понадобилось всего десять минут, чтобы уничтожить полное собрание сочинений Арнольда Баффина.

— Ну как вы, Брэд?
— Ничего.

Я, кажется, потерял сознание. С того дня, как я вернулся в Лондон, я практически ничего не ел. Я сидел сейчас на ворсистом черном ковре в гостиной, опираясь спиной о кресло, придвинутое к стене. Потрескивал зажженный газ. Горела лампа. Фрэнсис приготовил сэндвичи, я съел несколько штук. Выпил немного виски. Я чувствовал себя очень странно, но слабость и головокружение прошли, перед глазами не мелькали искры. Меня больше не давило, не прижимало черным пологом к земле. Я и так был на земле, длинный, свинцово-тяжелый. В мерцающем свете я ясно видел Фрэнсиса, так ясно, что даже нахмурился: он вдруг оказался слишком близко, слишком здесь. Я взглянул вниз и увидел, что он держит меня за руку. Я опять нахмурился и отвел руку.

Фрэнсис, который, как я припоминаю, к тому времени уже изрядно выпил, стоял возле меня на коленях с настороженным и выжидательным видом, словно творец перед своим творением. Губы его были умоляюще вытянуты вперед, толстая красная нижняя губа выпячивалась так, что была видна ее багровая мокрая изнанка. Маленькие, близко посаженные глазки поблескивали от внутреннего ликования. Рука, которую я оттолкнул, принялась так же, как другая, ритмически поглаживать толстые ляжки, обтянутые лоснящимися старыми синими брюками. Время от времени он сочувственно похихикивал.

Впервые после возвращения в Лондон я чувствовал, что нахожусь в реальном месте, рядом с реальным человеком. Одновременно я ощущал то же, что ощущают люди, которые после длительного недомогания наконец заболевают всерьез, — разбитость, но и облегчение: хуже уже не будет. Я успел заметить, что Фрэнсис доволен моим срывом. Но я на него не обиделся.

— Выпейте еще, Брэд, поможет. И не волнуйтесь, я вам ее найду.

— Хорошо, — сказал я. — Я побуду здесь. Она сюда придет. В любую минуту может прийти. Не запру парадную дверь, как вчера ночью. Прилетит, будто птичка в родное гнездо. А дверь-то открыта.

— Завтра я ее поищу. Пойду в колледж. Пойду к издателю Арнольда. Где-нибудь да нападу на след. Завтра с утра и отправлюсь. Не горюйте, Брэд. Вернется, вот увидите. Потерпите недельку.

— Знаю, что вернется, — сказал я. — Странно, когда вот так знаешь. Ее любовь ко мне — абсолютная истина. Она вечна и неизменна, вне времени и пространства. Истинность ее любви не подлежит сомнению, это логос, мировой закон, и если она меня разлюбит, воцарится хаос. Понимаете, любить — значит познать. Философы всегда говорили нам об этом. Я знаю ее интуитивно, словно она здесь, у меня внутри.

— Понимаю, Брэд. Когда по-настоящему любишь, кажется, что, кроме любви, ничего на свете нет.

— Все — порука любви. Как раньше думали, что все — порука бытия Божия. Вы так любили, Фрэнсис?

— Да, Брэд. Был один юноша. Он покончил с собой. Много лет назад.

— О боже, Присцилла. Я все время о ней забываю.

— Все я виноват, Брэд. Вы меня простите когда-нибудь?

— Нет, я. Но я не могу отделаться от чувства, что это было неизбежно, что она была обречена, словно ее точил рак. Хотя какое право я имею за нее решать? Мне кажется, она во мне, но это не так. Она постарела, отчаялась и умерла. Превратилась в тлен и прах. Наверное, то же происходит с Богом. Он думает, что держит все, каждую мелочь в Своих мыслях, но однажды Он посмотрит внимательно и увидит, что все умерло, распалось, погибло, осталась лишь шелуха мыслей. Вот зачем нужна любовь. Если хочешь удержать человека, продлить его дни, надо одно — понимать его. Или я не прав? Ваш юноша покончил с собой. Как его звали?

— Стив. Не надо, Брэд.

— Присцилла умерла потому, что ее никто не любил. Она пала духом и умерла, как отравленная крыса. Бог не любит людей. Да и, сами посудите, как Ему их любить? Но что мне за дело? Я любил свою мать.

— И я, Брэд.

— Она была очень глупая женщина, но я ее любил. В отношении Присциллы я испытывал скорее чувство долга, но ведь этого на самом деле мало, да?

— Пожалуй, да.

— Я люблю Джулиан, значит я должен любить всех. Придет день, я всех полюблю. О боже, если бы мне выпало хоть немного счастья. Когда она вернется, я буду любить всех, я буду любить Присциллу.

— Присцилла умерла, Брэд.

— Любовь должна торжествовать над временем, но возможно ли это? Он сказал: «Не кукла жалкая в руках у времени»...[1] а уж кто, как не он, знал, что такое любовь; если кого распяли за нее, так это его. Конечно, надо страдать. Наверное, страдание — все, все — в страдании. Последние, неделимые атомы — просто боль. Сколько вам лет, Фрэнсис?

— Сорок восемь, Брэд.

— Вы на десять лет счастливее и мудрее меня.

— Не было у меня счастья, Брэд. Я уж и надежду потерял. Но я все равно люблю людей. Не так, как Стива, конечно, но люблю. Я вас люблю, Брэд.

— Она вернется. Ведь не зря же преобразился весь мир. Не может он стать прежним. Старый мир исчез. Ах, до чего же незаметно пролетела, ушла жизнь; трудно поверить, что мне уже пятьдесят восемь.

— У вас было много женщин, Брэд?

— По-настоящему я никого не любил до Джулиан.

— Но ведь у вас были женщины, я хочу сказать — после Крис.

— Энни, Кэтрин, Луиза. Странно, имена остаются, как скелеты, с которых уже спала плоть. Они — знаки минувших событий. Иллюзия, воспоминания. Но они ушли, будто умерли. А может, и правда умерли. Как Присцилла, как Стив.

— Не произносите его имени, Брэд. Зачем я только вам сказал!

— Возможно, единственная реальность — страдание. Но нет, не может быть. Любовь обещает счастье. Искусство обещает счастье. Даже не обещает, ведь для нас все — в настоящем. Наверное, и я сейчас счастлив. Я все это запишу, только не сегодня.

---

[1] *Шекспир У.* Сонет 116. Перевод С. Маршака.

— Завидую я вам, Брэд, что вы писатель. Можете высказать, что чувствуете. Меня распирают чувства, а я даже кричать не могу.

— О, кричать-то я могу, могу на всю галактику взреветь от боли. Но знаете, Фрэнсис, я никогда ничего по-настоящему не объяснял. А теперь, по-моему, наконец-то могу все объяснить. Словно само вещество, из которого я создан, прежде твердое, тугое, как орешек, вдруг проросло, стало свободным и светлым. Все увеличилось. Я все теперь вижу, всюду проникаю. Я могу стать великим писателем, я знаю.

— Конечно, можете, Брэд. Я всегда верил в вас. Вы всегда были похожи на великого человека.

— Я никогда раньше не отдавался до конца, Фрэнсис, никогда не рисковал собой бесповоротно. Всю жизнь я был робкий, напуганный человек. Теперь мне уже не страшен никакой страх. Теперь я там, где обитает величие. Я отрекся от самого себя. И вместе с тем все это предначертано мне. У меня нет свободы выбора. Я люблю, я поклоняюсь, и я буду вознагражден.

— Конечно, Брэд. Она придет.

— Да. Она придет.

— Брэд, мне кажется, вам лучше лечь.

— Да-да, в постель, в постель. Завтра решим, что делать.

— Вы останетесь дома, а я буду искать.

— Да. Счастье существует. Не может все оно состоять из боли. Но из чего же состоит счастье? Ладно, ладно, Фрэнсис. Я ложусь. По-вашему, какое предельное выражение человеческих страданий?

— Концентрационный лагерь.

— Да. Я над этим подумаю. Спокойной ночи. Может, утром она вернется.

— Может, завтра в это время вы уже будете счастливы.

— Пожалуй, я могу быть счастлив и теперь, и будь что будет. Но если бы она завтра утром вернулась... Что вы сказали? Концентрационный лагерь? Я над этим подумаю. Спокойной ночи. Спасибо. Спокойной ночи.

Утром в моей жизни произошел перелом. Но такой, какого я не мог вообразить даже в самых безумных фантазиях.

— Брэд, Брэд, проснитесь, вам письмо.

Я сел в постели. Фрэнсис протягивал мне конверт, надписанный незнакомым почерком. Марка была французская. Я знал — это письмо от нее.

— Идите, идите и закройте дверь.

Он вышел. Я вскрыл конверт, дрожа и чуть не плача от надежды и страха, вот что я прочел:

Дорогой Брэдли, я во Франции с папой. Мы едем в Италию. Я очень, очень виновата перед тобой, потому что ушла и не оставила записки, только я не могла найти карандаш. Я так виновата. Я была в ужасном состоянии. Папа не возвращался за мной (он говорит, ты так думаешь). Просто я почувствовала, что мне надо побыть одной, и не могла больше разговаривать. Вдруг мне стало плохо и тяжко, и мне нужно было уехать. Прости меня. Все вдруг так запуталось, рассыпалось на части. Я сама виновата, не надо было ездить с тобой, надо было сначала подумать. И все произошло так быстро, будто моя жизнь лопнула, сломалась, и я должна была уехать, пожалуйста, пойми меня. Я не хотела тебя бросать, мои чувства не переменились, совсем нет, а просто мне надо было вздохнуть. Я была очень глупая, я очень жалею обо всем, что наделала за последнее время. Когда ты сказал, что любишь меня, словно мечта осуществилась. Если бы я была чуть постарше, я бы знала, как поступить, чтоб обоим было хорошо. Я чувствую, что испортила что-то прекрасное, но я не знала, как поступить, и тогда все ка-

залось мне правильным. О, мне так плохо! (Я не могу писать, трудно собраться с мыслями, в комнату все время заходят. А в спальне нет удобного стола.) Мы долго разговаривали обо всем с папой, и теперь, мне кажется, я чуть-чуть лучше понимаю сама себя. Надеюсь, что ты на меня не сердишься и не ненавидишь меня, и прости за то, что я так вот ушла. Я так тебя ценю и всегда буду ценить. У меня все спуталось в голове, и я словно все позабыла, как после автомобильной катастрофы. Будто мне приснился дурной сон, и он дурной по моей вине — потому что глупая, и все запутала, и не разобралась в себе. Папа говорит, в этом никто по-настоящему не разбирается, все говорят то, чего и не думают. Но я ни о чем не жалею и надеюсь, ты тоже. Ты был удивительный со мной, ты вообще удивительный. Ты так удивительно говорил о любви. Папа говорит, я еще молода, мне не понять, что такое любовь; может, он прав. Теперь я вижу, что я тебе не пара, вернее — не я тебе нужна. Другая бы тебе подошла больше. Я хочу сказать, я не та, не та единственная, которая тебе нужна. Ах, ничего не могу объяснить. Я такая глупая, и молодая, и совсем без характера. Я просто чистая страница. Ты заслуживаешь лучшего. Может, тебе уже легче. Сейчас думаю о тебе, только о тебе, просто ужасно не знать, что ты чувствуешь! Но все-таки, пожалуйста, пожалуйста, люби меня, мне нужна любовь, мне никогда еще не была так нужна любовь. Я так ужасно, ужасно несчастна. Но это было безумие, я чувствую, что проснулась. Прости, я, кажется, уже писала об этом, я не могу сосредоточиться. Папа знает, что я тебе пишу, он даст мне марку. Надеюсь, ты скоро получишь письмо. Я бы написала раньше, но я ничего не понимала. Я так несчастна, что была такой дурой, и я так надеюсь, что ты не обиделся и не возненавидел меня. Конечно, ты правильно сделал, что признался мне в любви, хоть это и было так неожиданно. Часто можно избавиться от чувств, если о них расскажешь. Я, навер-

ное, заняла чужое место. В ту ночь, когда я ушла, я обо всем передумала и решила, что тебе, наверное, была нужна не я. Ах, как мне было больно, Брэдли! Во мне ничего нет. Когда ты сказал о своей любви, ты меня ошеломил — должно быть, потому я не так отозвалась! Конечно, я не лгала. Ах, я не могу ничего толком объяснить, я не могу думать. Я чувствую, что со мной произошло что-то огромное, такое, что выпадает из обычного времени и пространства.

Сейчас попытаюсь писать нормальнее, как писала тебе много лет назад, когда была маленькая. Папа уже совсем успокоился и шлет тебе, между прочим, наилучшие пожелания. (Все в отеле думают, что мы любовники!) Он только что повел машину в гараж — поломался капот, плохо закрывается. Я, кажется, тебе никогда не говорила, как я люблю папу. (Может быть, он и есть тот «единственный» в моей жизни!) Но все-таки как жаль, что он приехал за мной в наш коттедж! Этот громкий стук в дверь! Такой ужас, я до сих пор дрожу, как вспомню, и ни с того ни с сего принимаюсь плакать. Но дело не в этом, то есть — для нас. Я хочу сказать, он не заставлял меня уйти. Я ушла не из-за него, не из-за Присциллы, не из-за того, что узнала, сколько тебе лет. Что бы мне ни говорили о тебе — все не важно. Наверное, когда одно потрясение идет за другим, происходит перелом, и просто надо принять какое-то решение, сделать какой-то шаг. Смерть Присциллы перевернула мне душу. Бедная! Нужно было почаще ее навещать, я знаю. Ужасно, когда человек стареет и все его покидают. Особенно если это женщина. Я плакала сегодня утром, все плачу и плачу из-за нее. Мы едем в Италию к одному папиному другу-поклоннику, папа вернется в Англию, а меня оставит там погостить; они почти не знают английского, мне придется все время говорить по-итальянски! В прошлом году я немного его учила, ну, знаю несколько слов. Синьора будет со мной заниматься. Они живут в деревушке, в горах сре-

ди «льдов и снегов», так что рядом никого, кто бы говорил по-английски. Я думаю, я начну писать роман, я уже говорила папе. По-моему, теперь мне есть что сказать.

Пожалуйста, не думай обо мне плохо, ну пожалуйста, и не грусти и не сердись. Прости, что я сама себя не знаю, прости мою никчемную, пустую, эгоистичную молодость. Сейчас мне даже не верится, что ты действительно меня любишь. За что? Взрослая женщина тебе бы больше подошла. Я знаю, мужчины любят «цвет юности» и всякое такое, но, наверное, им лишь бы молодая была, а кто именно — не важно, да мы и правда все на одно лицо. Только ты не думай, что я вела себя как «доступная женщина». У меня были глубокие чувства, я иначе не могла. Я ни о чем не жалею, если только я не сделала тебе больно и ты меня прощаешь. Но хватит уже, я по сто раз повторяю одно и то же, ты, наверное, уже сыт по горло. Я очень виновата, что ушла, не попрощавшись. (Между прочим, я совсем легко добралась до Лондона. Раньше я никогда не голосовала на дорогах.) Я чувствовала, что надо уйти, и ни о чем другом я в ту минуту не думала, а потом, дома, я решила, что лучше уж не менять решения, все и так запуталось и не надо больше причинять никому страданий, хотя я ужасно, ужасно хочу тебя видеть. Мы еще встретимся, правда, может, не сейчас, потом, когда я стану взрослая, и мы будем друзьями. У нас будут новые и тоже дорогие для меня отношения. Я теперь чувствую, особенно с тех пор, как мы все едем и едем на юг, что в жизни так много хорошего. Надеюсь, я справлюсь с итальянским! О, прости меня, Брэдли, прости меня. Я надеюсь, тебе уже кажется, будто тебе приснился странный сон. Надеюсь, сон был хороший. Мой сон был хороший. И все-таки я так несчастна, во мне все перевернулось. Я не помню, когда я столько плакала. Легкомысленная дура! Я люблю тебя по-настоящему. Это было озарение. Я ничего не хочу взять назад. Но это было не с нами, такого в жизни не бывает.

Никак не могу закончить письмо, хоть ничего толком не объяснила и мне хочется еще что-то сказать, вроде «спасибо за то, что ты взял меня» (ой, прости, я не хотела этого ужасного каламбура). Правда, я не могу сосредоточиться, здесь так шумно. И на меня уставился какой-то француз, он так нагло пялится. Брэдли, я надеюсь, мы станем потом настоящими друзьями, я буду так дорожить нашей дружбой. У нас бы ничего не вышло, правда. Без всякой особой причины, а просто не вышло бы — и все. Но я так рада, что ты сказал мне о своей любви. (Я не стану писать обо всем этом в своем первом романе, как ты, наверное, думаешь!) И все-таки тебе, наверное, стало легче, свободнее. Спасибо. И не нужно грустить. И прости меня за то, что я молодая и глупая и все запутываю. Ах, мне никак не закончить письмо, а нужно. О, мой любимый, мой любимый, прощай, я шлю тебе мою огромную-преогромную любовь.

Джулиан.

— Брэд, можно?

Я одевался.

— Хорошие новости, Брэд?

— Она в Италии, — сказал я. — Я еду за ней. В Венецию.

Конечно, письмо было написано для отвода глаз. Это было совершенно ясно из фразы насчет того, что Арнольд «даст ей марку». Она сама написала, что не может «ничего толком объяснить». Она туманно изливалась, повторялась, в надежде, что в последний момент сообщит главное, отсюда ее слова о том, что она «никак не может закончить». Но ее надежда не оправдалась. Пришел Арнольд, прочитал письмо и велел поставить точку. Потом взял его и отправил. Уж он-то постарается, чтобы у нее не было денег на марки. Все-таки ей удалось показать мне, что она не вольна в своих действиях. И ей удалось передать, где она находится. «Снега и льды», которые она специально выделила кавычками, явно означают «Венеция». По-итальянски «снег» — «неве», а ведь она только что сообщила, что знает «несколько слов по-итальянски»; совершенно ясно, что она употребила здесь анаграмму. А на перевернутом «вверх тормашками» языке «деревушка в горах» означает «город у моря». Арнольд сам говорил о Венеции, хотя делал вид, будто хочет сбить меня с толку. Названиями не кидаются наобум.

— Вы едете в Венецию? — спросил Фрэнсис, пока я натягивал брюки.

— Да, немедленно.

— Вы знаете, где она?

— Нет. Письмо зашифровано. Она гостит у какого-то почитателя Арнольдовых книг, не знаю у кого.

— Что мне делать, Брэдли? Послушайте, можно, я с вами? Я вам помогу, я буду ее искать, буду делать все, что надо. Позвольте мне поехать с вами, я буду вроде как ваш Санчо Панса.

Я на миг задумался.

— Ладно, вы можете оказаться полезным.

— Как хорошо! Пойти за билетами? Вы лучше тут оставайтесь. Вдруг она позвонит или еще какую-нибудь весть пришлет.

— Ладно.

Это было разумно. Я сел на кровать. У меня опять закружилась голова.

— И... послушайте, Брэдли, может, я кое-что разнюхаю? Пойду к издателю Арнольда и выужу у него, кто из его почитателей живет в Венеции.

— Как? — спросил я.

Перед глазами у меня опять заплясали искры, и лицо Фрэнсиса, словно распухшее от волнения, окружил каскад звезд, как лик святого на иконе.

— Я скажу, что пишу книгу о том, как в разных странах относятся к творчеству Арнольда. Спрошу, не могут ли они связать меня с его итальянскими почитателями. Может, у них есть адреса. Надо попробовать.

— Счастливая мысль, — сказал я. — Гениальная идея.

— И, Брэд, мне нужны деньги, тогда я закажу билеты в Венецию.

— Если сразу не будет прямого рейса, возьмите через Милан.

— Я куплю карты и путеводитель — ведь нам понадобится карта города.

— Хорошо, хорошо.

— Тогда напишите чек, Брэд. Вот ваша чековая книжка. Сделайте чек на предъявителя, я зайду с ним в банк. Только побольше, Брэд, на самые лучшие билеты. И, Брэд, если вы не против... я совсем обносился... А ведь там жарко, правда... если вы не против, я куплю кое-какие летние вещи, у меня ничегошеньки нет.

— Хорошо. Покупайте что хотите. Купите путеводители и карту. Хорошая мысль. И зайдите к издателю.

— А вам что купить? Шляпу с полями, или словарь, или еще что-нибудь?

— Нет, идите скорее.

Я протянул ему чек на большую сумму.

— Спасибо, Брэд! Оставайтесь дома и отдыхайте. Я скоро вернусь. Как интересно! Вы знаете, Брэд, я ведь никогда не был в Италии, ни разу в жизни.

Когда он исчез, я пошел в гостиную. Я обрел священную цель, предел стремлений, то единственное место в мире, где была она. Следовало уложить чемодан, но я был не в состоянии. Фрэнсис уложит. У меня кружилась голова от тоски по Джулиан. Я все еще держал ее письмо в руках.

Напротив, на книжной полке, стояли любовные стихи Данте. Я вытащил книгу. И, коснувшись ее, почувствовал — столь удивительна алхимия любви, — что мое смятенное сердце продолжает ее историю. Моя любовь преобразилась, она превратилась в божественный гнев. Как я страдал из-за этой девочки! Конечно, и боль эта мне мила. Но существует гнев, рожденный любовью, состоящий из той же чистейшей субстанции, что и она. Данте, который столь часто писал о нем и так страдал от него, знал это.

> S'io avessi le belle trecce prese,
> che fatte son per me scudiscio e ferza,
> pigliandole anzi terza,
> con esse passerei vespero e squille:
> e non sarei pietoso né cortese,
> anzi farei com'orso quando scherza;
> e se Amor me ne sferza,
> io mi vendicherei di più di mille.
> Ancor ne li occhi, ond'escon le faville
> che m'infiammono il cor, ch'io porto anciso,
> guarderei presso e fiso,
> per vendicar lo fuggir che mi face:
> e poi le renderei con amor pace[1].

Я лежал ничком на полу, прижимая письмо Джулиан и *rime*[2] к сердцу, как вдруг зазвонил телефон. Я с трудом поднялся на ноги, окруженный вспышками черных со-

---

[1] О, если б, косы пышные схватив,
Те, что меня измучили, бичуя,
Услышать, скорбь врачуя,
И утренней и поздней мессы звон.
Нет, я не милосерден, но учтив, —
Играть я буду, как медведь, ликуя.
Стократно отомщу я
Амору за бессильный муки стон.
Пусть взор мой будет долго погружен
В ее глаза, где искры возникают,
Что сердце мне сжигают.
Тогда, за равнодушие отмщенный,
Я все прощу, любовью примиренный.
  (Перевод И. Н. Голенищева-Кутузова)
[2] Стихи (*ит.*).

звездий, и подошел к аппарату. Я услышал голос Джулиан.

Нет, это была не она, это была Рейчел. Только когда Рейчел волновалась, ее голос до ужаса напоминал голос Джулиан.

— О! — сказал я. — О! — отведя трубку в сторону. Я, как при вспышке магния, вдруг увидел Джулиан в черных колготках, белой рубашке и черном камзоле, протягивающую мне овечий череп. — Что такое, Рейчел? Я не слышу.

— Брэдли, вы не можете сейчас ко мне приехать?

— Я уезжаю из Лондона.

— Прошу вас, приезжайте ко мне сейчас же. Это очень, очень срочно.

— А вы не можете сами ко мне приехать?

— Нет, Брэдли, вы должны, приезжайте. Прошу вас. Пожалуйста, приезжайте, это касается Джулиан.

— Рейчел, она ведь в Венеции, правда? Вы знаете адрес? Я получил письмо. Она гостит у кого-то из почитателей Арнольда. Вы знаете? У вас есть записная книжка Арнольда, там, наверное, указан адрес!

— Брэдли, приезжайте немедленно. Это очень... важно. Я скажу вам все... что хотите... только приезжайте...

— Что случилось, Рейчел? Рейчел, что с Джулиан? Вы узнали что-нибудь ужасное? О боже, неужели автомобильная катастрофа?

— Я все расскажу. Только приезжайте. Скорее, сразу же на такси, дорога каждая минута.

— Рейчел, Джулиан здорова?

— Да, да, да, только приезжайте...

Когда я платил шоферу, руки у меня дрожали так, что я рассыпал деньги по всей машине; я бегом кинулся по дорожке к двери и принялся изо всех сил колотить молотком. В ту же секунду Рейчел открыла.

Я с трудом узнал ее. Вернее сказать, я узнал в ней обезумевшую от горя женщину, зловещим призраком вернувшуюся из начала этой истории. Лицо распухло от слез, и, как тогда, на нем были синяки, а может, просто грязные потеки, как у ребенка, размазавшего слезы.

— Рейчел, они попали в катастрофу, машина разбилась, они звонили, она ранена? Что случилось, что случилось?

Рейчел села на стул в передней и стала стонать громко, ужасно, протяжно, раскачиваясь взад и вперед.

— Рейчел, с Джулиан что-то ужасное... что? О боже, что, что случилось?

Рейчел встала, продолжая стонать, держась рукой за стену. Ее волосы свалялись в колтун, как у бесноватой, отдельные всклокоченные пряди свисали на лоб и глаза. Мокрый рот был открыт, губы дрожали. Глаза, из которых медленно текли крупные слезы, превратились в щелочки между распухшими веками. Тяжело, как зверь, она прошла мимо меня, ко входу в гостиную, одной рукой опираясь о стену. Она распахнула дверь и жестом подозвала меня. Я подошел.

На полу возле окна лежал Арнольд. Из сада тек солнечный свет, заливая его коричневые твидовые брюки, голова была в тени. Глаза у меня напряглись, заморгали, словно стараясь проникнуть в другое измерение. Голова Арнольда лежала на чем-то непонятном, вроде подноса. Его голова лежала на красном мокром пятне, расплывшемся по ковру. Я подошел ближе и наклонился.

Арнольд лежал на боку, поджав колени, одна рука ладонью вверх вытянута ко мне. Глаза были полузакрыты, между веками поблескивали белки, зубы сжаты, губы оттянуты, словно он рычал. Тусклые разметанные волосы слиплись от крови, кровь мраморными разводами засохла на шее и щеке. Сбоку на черепе след страшного удара, словно голова Арнольда была из воска и кто-то с силой сжал ее; потемневшие волосы уходили в пролом. Из виска еще сочилась кровь.

На ковре в лужице крови лежала большая кочерга. Кровь была густая и вязкая и уже подернулась пленкой. Я тронул обтянутое твидом плечо Арнольда, теплое от солнца, затем схватил покрепче, пытаясь сдвинуть с места, он был тяжелый, как свинец, его будто пригвоздило к полу, а может быть, в моих дрожащих руках просто не было силы. Я шагнул назад и наступил выпачканными в крови ботинками на очки Арнольда, возле самой красной лужицы.

— О боже... вы его... кочергой...

Она шепнула:

— Он умер... Да?.. Да?..

— Не знаю. О боже!

— Он умер, он умер, — шептала она.

— Вы вызвали... о боже... что тут произошло...

— Я его ударила... мы ссорились... я не хотела... он начал кричать от боли... я не могла слышать... и снова ударила, чтобы он замолчал...

— Надо спрятать кочергу... скажите, что это несчастный случай... Что делать... Неужели он умер? Не может быть...

— Я звала его, звала, звала, а он и не шевельнулся.

Рейчел еще говорила шепотом, стоя в дверях. Она перестала плакать и, уставившись расширенными глазами в одну точку, безостановочно, ритмично вытирала руки о платье.

— Может, еще обойдется... не волнуйтесь так. Вы позвонили врачу?

— Он умер.

— Вы звонили врачу?

— Нет.

— Я вызову врача... И полицию... наверное, надо... И «скорую помощь»... Скажите, что он упал, ударился головой или еще что-нибудь... О господи... Я хоть уберу кочергу... или лучше скажите, что он вас ударил и...

Я поднял с пола кочергу. Несколько секунд смотрел в лицо Арнольда. Поблескивание незрячих глаз было ужасно. К горлу подступила тошнота. Меня охватил ужас, острое желание как можно скорее, немедленно снять с себя этот кошмар. Когда я шел к дверям, я увидел что-то на полу возле ног Рейчел. Комочек бумаги. Почерк Арнольда. Я поднял его и протиснулся мимо нее — она все стояла, прислонившись к косяку двери. Я прошел в кухню и положил кочергу на стол. Комок бумаги оказался письмом Арнольда ко мне, где он писал о Кристиан. Я вынул спички и попытался сжечь письмо над раковиной. Руки не слушались меня, оно все падало в мойку. Наконец я сжег письмо и открыл кран. Потом стал мыть кочергу. К крови прилипли волосы Арнольда. Я вытер кочергу и спрятал в буфет.

— Рейчел, я сейчас позвоню. Только доктору или в полицию тоже? Что вы намерены сказать?

— Бесполезно...

Она отошла от двери, и мы стояли теперь в передней в тусклом свете, падавшем сквозь цветное стекло парадной двери.

— Что бесполезно — скрывать?

— Бесполезно...

— Но вы можете сказать, что это — несчастный случай... что он первый вас ударил... что вы оборонялись... Рейчел, звонить в полицию или нет? Ну пожалуйста, попытайтесь подумать.

Она что-то бормотала про себя.

— Что?

— Зайка. Зайка. Любимый...

Она отвернулась. И я понял, что это ласкательное прозвище Арнольда, которого я ни разу не слышал из ее уст за все долгие годы нашего знакомства. Тайное имя.

Она отвернулась и пошла в столовую, и я услышал, как она тяжело рухнула на пол, а может быть, в кресло. Услышал, как она вновь начала стонать — вскрик, затем прерывистое «ой-ой» и снова вскрик. Я вернулся в гостиную посмотреть, не шевелится ли Арнольд. Я почти боялся встретить его обвиняющий взгляд, увидеть, как он корчится от боли, — зрелище, которого не смогла вынести Рейчел. Он не шевелился. Поза его теперь казалась нерушимой, как поза статуи. Он уже был не похож на себя, на искаженном гримасой лице — лице незнакомца — застыло, как на лице китайца, непонятное, непроницаемое выражение. Заострившийся нос был весь в крови, крошечная лужица краснела в раковине уха. Поблескивал белый глаз, скалился сведенный болью рот. Повернувшись, я увидел его маленькие ноги, которые, как я всегда считал, были так для него характерны и так меня раздражали. Обутые в безукоризненно начищенные ботинки, они лежали аккуратно рядом, словно утешая одна другую. Теперь, по дороге к дверям, я заметил на всем пятнышки крови — на стульях, на стене, на изразцах камина. Она брызгала, когда он кружил по комнате во время неподвластной воображению сцены, где-то в совсем ином мире; и я увидел на ковре слабые кровавые следы: его, мои, Рейчел.

Я подошел к телефону в передней; крики Рейчел доносились сюда еле слышным причитанием. Я набрал 999, ответила больница, я сказал, что произошел очень серьезный несчастный случай, и попросил прислать карету. Мужчина поранил голову. Думаю, проломлен череп, да. Затем, после минутного колебания, я позвонил в полицию и сказал то же самое. Я боялся полиции и не мог поступить иначе. Рейчел права, скрывать бесполезно, лучше чистосердечно признаться, чем с ужасом ждать, пока тебя «разоблачат». Говорить, что Арнольд упал с лестницы, ни к чему: Рейчел в таком состоянии, что ее никакой басне не выучишь. Проболтается с первого же слова.

Я вошел в столовую и взглянул на нее. Она сидела на полу, широко раскрыв рот, сжимая щеки ладонями, рот ее был как большое круглое «О». Она потеряла человеческий облик, лицо без черт, кожа без цвета, голубоватая, как у обитателя подземелья. Она была обречена.

— Рейчел, не волнуйтесь так. Сейчас они приедут.

— Зайка, зайка, зайка...

Я вышел, сел на ступеньки и услышал, как я говорю: «О... о... о...» — и не могу остановиться.

Сначала приехала полиция. Я впустил их и показал им гостиную. Через открытую парадную дверь мне была видна залитая солнцем улица и подъезжающие машины, карета «скорой помощи». Кто-то сказал:

— Он мертвый.

— Что тут произошло?

— Спросите миссис Баффин. Она здесь.

— А вы кто такой?

В комнату входили люди в черном, потом в белом. Дверь в столовую закрыли. Я объяснил, кто такой Арнольд, кто такой я, почему я тут.

— Череп расколот, как яичная скорлупа.

За закрытой дверью раздался крик Рейчел.

— Пройдёмте с нами, пожалуйста.

Я сел в машину между двумя полицейскими. Я опять принялся объяснять:

— Он ее, наверное, ударил. Это несчастный случай. Это не убийство.

В полицейском участке я снова им рассказал, кто я такой. Я сидел в маленькой комнатке, где было еще несколько человек.

— Почему вы это сделали?

— Что сделал?

— Почему вы убили Арнольда Баффина?

— Я не убивал Арнольда Баффина.

— Чем вы его ударили?

— Я его не ударял.
— Почему вы это сделали? Почему вы это сделали? Почему вы убили его?
— Я его не убивал.
— Почему вы это сделали?

ПОСЛЕСЛОВИЕ БРЭДЛИ ПИРСОНА

Искусство учит нас тому, как мало способен объять человеческий разум. Совсем рядом с привычным нам миром находятся иные миры, где все для нас уже незнакомо и чуждо. Когда жестокие обстоятельства грубо вышвыривают человека из одного мира в другой, природа дарует ему целительное забвение. И если он нарочно вздумает с помощью слов навести мосты, пробить туннели, как быстро приходится ему убедиться в своем бессилии, в почти полной невозможности описать и связать! Искусство — это как бы псевдопамять, и боль, сопровождающая всякое серьезное произведение, родится от сознания этой неадекватности. Обыкновенно художник певец своего мирка, у него всего один голос и всегда одна песня.

Мне выпало на долю за несколько часов превратиться, вернее, быть превращенным в совершенно другого человека. Я говорю не о жалком чудовище, которого придумали газеты. На суде я действительно выглядел довольно скверно. Какое-то время меня можно было считать самым непопулярным человеком в Англии. «Писатель из зависти убивает друга», «Успех одного — причина ссоры между двумя» и тому подобное. Вся эта вульгарщина прошла мимо меня, вернее, преломилась в моем сознании и упала в иные глубины иной, более осмысленной тенью. Я словно шагнул сквозь стекло прямо в картину Гойи. У меня даже лицо изменилось — стало как бы старше, в нем появилось что-то гротескное, нос зловеще загнулся. Одна газета назвала меня «старым озлобленным неудачником». Я едва узнавал себя на фотографиях. А надо было жить в этом новом обличье, которое напялили на меня, словно у Гойи — ослиную голову.

Первые дни были сплошным смерчем растерянности и недоумения. Я не только не мог поверить в то, что произошло, я даже не в состоянии был всего осмыслить. Впрочем, довольно об этом. Мой рассказ окончен. О чем он был, я вскоре попытаюсь объяснить. Я пробовал вести себя по-разному: говорил то одно, то другое, признавался, показывал правду, лгал, вдруг впадал в отчаяние, потом становился ко всему безразличен, потом хитроумно расчетлив, потом падал духом. Ничего не помогало. Рейчел в трауре выглядела очень трогательно. Все выражали ей сочувствие и почтение. Судья, обращаясь к ней, по-особому склонял голову и особым образом печально улыбался. Я не думаю, чтобы у нее был хладнокровный расчет. Как я потом уже догадался, полицейские, конечно, сами сочинили эту версию и подсказали Рейчел, навели ее на мысль. Может быть, она поначалу даже пыталась бессвязно бормотать правду. Но правда была так неправдоподобна. Вскоре обнаружилась и кочерга, на которой не осталось отпечатков ее пальцев, зато в изобилии были мои. Все казалось ясно. Рейчел должна была только громко плакать. Я же явно держался как виноватый. Вероятно, в иные минуты я и сам почти верил, что я его убил, как, вероятно, она в иные минуты почти верила, что она его не убивала.

Я уже готов был написать, что я «ее не виню», но это было бы неправдой. С другой стороны, я и в самом деле ее не виню, в строгом смысле этого слова. То, что она сделала, ужасно, оба ее поступка скверны — и убийство, и ложь. Но мой долг перед нею, мне кажется, требует, чтобы я внимательнее рассмотрел ее поступки и попытался их понять. «Отвергнутая женщина страшна». В каком-то смысле я мог бы чувствовать себя польщенным. В каком-то смысле она была едва ли не достойна восхищения: сильный дух, сильная воля. Ведь я, разумеется, ни на минуту не допускал, что ею двигали просто мелочные соображения собственной безопасности. Какие чувства испытывала она во время суда и после? Может быть, надеялась, что я каким-то образом выпутаюсь. Может, быть, ей стоило немалых усилий, внутренних оговорок и самообмана войти наконец в свою зловещую финальную роль.

В этой роли есть даже своеобразное совершенство. Какая безукоризненная месть обоим мужчинам в ее жизни! Есть женщины, которые не способны прощать. «Я бы волоса со своей головы ему не бросила для спасения, пальцем бы не пошевелила, если бы он умирал!» Кристиан ездила к Арнольду во Францию, как я узнал уже потом. Но нет сомнения, что воля, направившая убийственный удар, созрела гораздо раньше. Когда она приоткрылась мне в начале моего повествования, я мог убедиться, что это стальная воля. Так что, собственно, удивляться здесь особенно было нечему. Удивило меня другое: сила чувства, которое Рейчел испытывала ко мне. Чтобы возникла такая ненависть, надо много любви. Я простонапросто не заметил, что Рейчел меня любит. Как сильно надо было любить, чтобы ради моей погибели так фантастически, так последовательно лгать! Это должно было бы возбудить во мне, по крайней мере, почтение. Впоследствии я, пожалуй, и в самом деле к нему пришел. Нет, я не виню в строгом смысле слова, но и не извиняю. Я вообще не понимаю, что значит «прощение». Я порвал все связи, я отпустил ее душу, между нами нет больше трепетной соединяющей обиды. В каком-то безличном смысле я даже желаю ей добра. Под прощением понимается некоторая эмоция. Это неверно. Скорее это прекращение некоторой эмоции. Так что я, пожалуй, действительно прощаю ее. Слова здесь не важны. Но она была орудием, сослужившим мне великую службу.

В ходе суда я то обвинял ее, то брал обвинения назад. Не так-то легко спасать себя, губя другого, даже если это справедливо. По временам я чувствовал — это трудно описать, — что я был на грани помешательства от сознания собственной вины, от общей своей вины в жизни. Посадите любого человека на скамью подсудимых, и он почувствует себя виноватым. Я упивался своей виной, купался в ее скверне. В газетах писали, что я получал удовольствие от суда. Удовольствия я не получал, но я жил на процессе полной жизнью — только благодаря тому, что в Англии теперь отменена смертная казнь. Я не мог бы спокойно пойти навстречу палачу. А смутно маячивший передо мной образ тюрьмы воздействовал на меня, на мое пробужденное, ожившее сознание сравнительно слабо. (Невозможно заранее представить себе, что такое длительное тюремное заключение.) Мне был навязан совершенно новый образ жизни, и я хотел поскорее изведать его. Меня (наконец-то) ждал мой собственный, достаточно увесистый крест, и на нем значилось мое имя. Такими вещами не бросаются. Я тогда впервые за всю жизнь по-настоящему встрепенулся и ожил и с высоты моего нового сознания смотрел теперь на себя самого, каким я был раньше, — робкого, половинчатого, обиженного человека.

Мой адвокат хотел, чтобы я признал себя виновным, тогда можно было бы, по-видимому, добиться вердикта о непредумышленном убийстве. (Возможно, и Рейчел рассчитывала на это.) Но я виновным себя не признавал и при этом отказывался объяснить, где я был и что произошло. Собственно, один раз я на суде рассказал всю правду, но к этому времени я уже наговорил столько лжи, столько крутил и увиливал, что ясная, самодовлеющая сущность этой правды никем не была замечена. (А крики негодования на галерее для публики разразились с такой оглушительной силой, что помещение суда пришлось от публики очистить.) Я решал, что не возьму вину на себя, но не обвиню и никого другого. С самого начала выяснилось, что при таком условии о сколько-нибудь правдоподобной версии не может быть и речи. Все: и судья, и присяжные, и адвокаты, включая моего собственного защитника, и пресса, и публика — составили себе определенное мнение еще до начала процесса. Улики против меня были очень серьезны. Представлено было мое угрожающее письмо к Арнольду, и наиболее инкриминирующая его часть, где ясно говорилось о некоем тупом предмете, была зачитана вслух с выражением, от которого стыла кровь. Но больше всего, по-моему, присяжных поразило, что я изорвал книги Арнольда. Куча обрывков в ящике из-под чая была предъявлена суду. И с этой минуты судьба моя решилась.

Хартборн и Фрэнсис, каждый на свой лад, пытались меня спасти. Версия Хартборна, разработанная совместно с моим защитником, состояла в том, что я сумасшедший. («Этот номер не пройдет, старина!» — крикнул я ему через весь зал.) Данных в подтверждение этому у него было довольно мало. Я, например, часто отменял условленные встречи («В таком случае мы все не в своем уме!» — заметил прокурор). Я забыл прийти на вечеринку, устроенную в мою честь. Я сумрачен, чудаковат и рассеян. Воображаю себя писателем. («Но он действительно писатель!» — заметил прокурор. Я приветствовал его аплодисментами.) Была пущена в ход и моя внешне спокойная реакция на смерть сестры. (Потом обвинение использовало ее как доказательство моего бессердечия.) Но самое главное, ради чего все это и говорилось: я убил Арнольда в невменяемом состоянии и немедленно об этом забыл. Если бы я держался растеряннее, чаще хватался за голову, такая версия, по крайней мере, могла бы привлечь интерес. Я же выглядел лжецом, но не безумцем. Я спокойно и здраво отрицал, что я сумасшедший, судья и присяжные со мной согласились. Разумеется, Хартборн считал меня виновным.

Один только Фрэнсис верил в мою невиновность. Но проку от него было довольно мало. Он обесценил все свои показания тем, что не переставая лил слезы и производил на присяжных дурное впечатление. Характеризовать меня как личность и гражданина лучше ему было не браться. Прокурор над ним откровенно издевался. В своем стремлении выгородить меня он простодушно наговорил столько лжи и полуправды, что стал в конце концов посмешищем даже для моей стороны. Судья обращался к нему подчеркнуто иронически. Для меня получилось, мягко выражаясь, неудачно, что Фрэнсиса не было дома, когда позвонила Рейчел. Фрэнсис это усвоил и скоро начал показывать, что он при нашем разговоре присутствовал, однако был совершенно не в состоянии представить сколько-нибудь связной картины происшедшего, которая не рассыпалась бы от первого же вопроса обвинения. Присяжные явно считали Фрэнсиса подставной фигурой и думали, что он действует по моей подсказке. А обвинение скоро сделало из него котлету. «Почему же вы тогда не сопровождали обвиняемого в Илинг?» — «Я должен был ехать за билетами в Венецию». — *«В Венецию?»* — «Да, мы с ним собирались туда». *(Смех.)* Собственно, весь вклад Фрэнсиса в процесс свелся поневоле к созданию еще одной зловещей теории, согласно которой я объявлялся гомосексуалистом, влюбленным до безумия в Арнольда и убившим его, видите ли, из ревности! Желтая пресса одно время носилась с этой темой. Но судья — может быть, чтобы не оскорблять чувства Рейчел, — в своей заключительной речи не стал на ней останавливаться.

Звездой процесса была Кристиан. Она одевалась с большой тщательностью — каждый день, как вскоре заметили репортеры, меняла туалеты. «Богатая элегантная дама» — для газет лучше ничего не придумаешь, так что процесс принес ей даже какую-то славу, которая и пригодилась позднее, когда она надумала завести собственный салон мод. Этот план, вероятно, и в голову-то ей пришел как раз во время процесса. Кристиан была очень озабочена моим делом. (Она тоже, конечно, считала меня виновным.) Но заседания суда доставляли ей несомненное удовольствие. Она была со всех точек зрения «превосходным свидетелем». Отвечала ясно, четко, не колеблясь, и судья, которому она явно нравилась, особо похвалил ее за толковые показания. Присяжные тоже находили ее привлекательной, мужчины всякий раз переглядывались, когда ее вызывали. И все-таки в руках умелого прокурора она быстро превратилась, сама того не заметив, в орудие обвинения. Из ее ответов о нашей семейной жизни прямо следовало, что я — человек в высшей степени неуравновешенный, если не просто опасный. («Могли бы вы назвать вашего бывшего мужа необузданным?» — «О да, ужасно необузданным!») Ее идиотское слепое самодовольство до того меня поражало, что один раз я даже не выдержал и крикнул: «Ай да Крис!» Судья взвился, словно я посягнул на ее добродетель. Одна воскресная газета предложила ей крупную сумму за право опубликовать ее «историю», но она отказалась.

Рейчел, к которой все испытывали живейшее сочувствие, появлялась на процессе не часто. А когда ее вызывали, по залу всякий раз проносился вздох почтительного восхищения. И самое странное, что и я тоже, даже в то время, чувствовал к ней некоторое почтение как к орудию божества. Тогда мне казалось, что это во мне говорит мое придуманное чувство вины. Но позднее я понял, что дело не в том. В Рейчел было какое-то величие. Она не избегала моего взгляда, не казалась растерянной и скованной, как можно было ожидать. Она держалась скромно и просто, с мягким спокойствием и совершенной правдивостью, производившей впечатление на всех, даже на меня. Вспоминаю, как она раз сказала: «Во мне еще есть огонь, огонь!» Я не представлял себе тогда, как неистово и очистительно он мог пылать.

Никому не приходило в голову, что у нее могли быть мотивы для убийства мужа. Семейная жизнь течет за семью замками. Единственный документ, свидетельствовавший о существовании таких мотивов, я уничтожил собственными руками. (Письмо Арнольда о Кристиан.) Все молчаливо согласились, что брак ее был идеален, лишь кое-кто благоговейно коснулся этой темы. Тут и распространяться было не о чем. Равным образом не было речи и о том, что я мог иметь какие-то виды на жену моей жертвы. Деликатность, царившая на этом образцово-показательном процессе, не допускала такой мысли, хотя она просто напрашивалась. Даже газеты, насколько мне известно, за нее не ухватились — вероятно, потому, что версия о моей любви к Арнольду их больше привлекала. И деликатность, как часто бывает, заняла место истины.

Точно так же, благодаря всеобщему заговору молчания, не упоминалось, к счастью, на процессе и имя Джулиан. Никому не было расчета втягивать еще и ее, поскольку, с одной стороны, мое положение и так было из рук вон плохо, а с другой — эта история могла бы причинить мне только вред. Так Джулиан исчезла. Словно вся эта фантастическая сцена в зале заседаний уголовного суда, служители закона в париках и мантиях, свидетели, скромно купавшиеся в лучах славы, притихшая в упоении публика — все это были лишь атрибуты волшебства, предназначенного дематериализовать ее, будто ее никогда и не было. Но ее властное присутствие в этой сцене ощущалось временами с такой силой, что я не раз готов был выкрикнуть ее имя. Однако я этого не сделал.

Молчание мне было предписано, и молчания я не нарушил. Посвященные поймут то удивительное, почти радостное чувство, которое я испытывал от того, что, вознесенная в сферы недоступного, она обрела последнее совершенство. Об этом думал я в то ужасное время, и мысль эта облегчала мои страдания.

Формально я был осужден за убийство Арнольда. (Присяжные отсутствовали не более получаса. Адвокаты не потрудились даже оставить своих мест.) В более широком смысле — и это тоже давало пищу для размышлений — я был осужден за то, что я, вот такой ужасный человек, возбуждал страх и отвращение в сердце судьи, и в сердцах честных граждан присяжных, и у верных псов свободной печати. Меня ненавидели до глубины души. Судья, приговорив меня к пожизненному заключению, выразил то, что чувствовали все. Речь шла о подлом преступлении в самом чистом виде: убить друга из зависти к его талантам! И бедная Присцилла, восстав из гроба, указывала на меня перстом. Я был плохим другом и плохим братом. Мое безразличие к беде и смерти сестры подтверждалось многими. Защита, я уже говорил, пыталась использовать его как доказательство моей душевной неуравновешенности. Но во всеобщем мнении оно просто означало, что я — чудовище.

В мои намерения, однако, не входит описывать процесс или даже рисовать в подробностях свое состояние на процессе. О последнем достаточно будет сказать лишь несколько слов. Всякий, кому пришлось бы вдруг предстать перед судом за убийство, которого он не совершал, неизбежно испытал бы беспокойство. Я, конечно, заявлял о своей невиновности. Но я заявлял о ней (и это тоже могло повлиять на присяжных) без той страстной категоричности, которой можно было бы ожидать от человека действительно невиновного. Почему? Мысль о том, чтобы взять *на себя* смерть Арнольда (и тем «признаться»), действительно приходила мне в голову как эстетически возможная. Если бы я в самом деле убил Арнольда, это было бы по-своему красиво. А для человека иронического что может быть забавнее, чем положение преступника, не совершившего преступления? Однако истина и справедливость не позволили мне так поступить. Кроме того (и это следовало бы иметь в виду и судье, и присяжным), человек моего психологического склада органически не способен солгать в критической ситуации. Но я действительно чувствовал себя отчасти ответственным за некое зло. Такое картинное толкование событий было по-своему приемлемо уже хотя бы благодаря картинности, небезразличной моему литературному вкусу. Я не желал смерти Арнольда, но я завидовал ему, и (по крайней мере, иногда) он бывал мне активно неприятен. Я не поддержал Рейчел и отвернулся от нее. Я не уделял внимания Присцилле. Произошли ужасные несчастья, за которые в ответе был отчасти я. На процессе меня обвиняли в бездушном отношении к смерти двух людей. (Иногда, как отмечала защита, создавалось впечатление, будто меня вообще судят за *два* убийства.) В глазах суда я был холодный, бессердечный фантазер. Я много и глубоко размышлял о своей ответственности. Но чувство вины — это форма энергии, и поэтому голова моя была высоко поднята и глаза горели. В жизни каждого человека бывают минуты, когда очищение виной ему необходимо. Много позже, мой любезный друг, от вас я услыхал, что я, сам того не сознавая, радовался испытанию судом как средству окончательно освободиться от навязчивого чувства вины.

Была еще одна, более глубокая причина, почему я предался течению событий без криков и споров, и эта причина была в Джулиан. Вернее, здесь было две причины — одна под другой. Или даже, может быть, три. Что, по моим понятиям, могла думать о случившемся Джулиан? Как ни странно, я совершенно не представлял себе, что она об этом думает. Допустить, что она считает меня убийцей, я не мог. Но и не ожидал, что она выступит в мою защиту и обвинит мать. Так или иначе, но эту смерть повлекла за собой моя любовь к Джулиан. Такого рода причинно-следственная связь не вызывала у меня сомнений. Но я готов был укрыть свою ответственность в вечной тайне моей любви к Джулиан и ее любви ко мне. Это правда, но не вся. Кроме того, я чувствовал, что выход из мира тишины на широкую арену драм и ужасов был для меня необходимым и естественным следствием того божественного явления, которого я сподобился. Иной раз это представлялось мне карой за нарушенную клятву молчания. А иной раз, с небольшим сдвигом, наоборот: наградой. Я любил Джулиан, и из-за этого со мной случилось нечто грандиозное — я удостоился креста. А что страдал я из-за нее и ради нее, служило мне восхитительным, почти легкомысленным утешением.

В глазах судей я был, как я уже говорил, фантазером. Но они даже отдаленно не представляли себе, насколько это было верно, хотя и не в том грубом смысле, который они имели в виду. Образ Джулиан буквально ни на мгновение не покидал меня в те страшные дни. Я одновременно воспринимал и ее абсолютное присутствие, и абсолютное отсутствие. Были минуты, когда я чувствовал, что любовь просто разрывает меня на куски. (Каково человеку, когда его пожирает огромный зверь? Я это знал.) Иногда эта боль, от которой я почти терял сознание, настигала меня в тот момент, когда я обращался к суду, мгновенно пресекая мою речь и тем давая свежую пищу сторонникам теорий моей невменяемости. Я выжил в ту пору мечтаний о Джулиан только благодаря отсутствию надежды. Малейший проблеск надежды, я думаю, меня бы убил.

Душа в поисках бессмертия открывает глубокие тайны. Как мало знают так называемые психологи о ее путях и ходах. На какой-то миг мне в одном темном видении открылось будущее. Я увидел эту книгу, которую теперь написал, увидел моего дорогого друга Ф. Л., увидел самого себя изменившимся до неузнаваемости. Но я видел еще дальше. Книге предназначено было осуществиться ради Джулиан, а Джулиан должна была существовать ради книги. Не потому — хотя временна́я последовательность для подсознания не важна, — что книга была схемой, которой Джулиан должна была дать жизнь, и не потому, что схемой была Джулиан, которую наполнить жизнью должна была книга. Просто Джулиан была — и есть — сама эта книга, рассказ о себе, о ней. Здесь ее обожествление, а заодно и бессмертие. Вот он, мой дар, вот оно, наконец, обладание. Мое навеки нерасторжимое объятие. Однако — и этим я не оскорблю мою возлюбленную — я видел еще гораздо дальше в темном зеркале будущего. И здесь, если я сумею это выразить, и заключена последняя, глубочайшая причина, почему я смирился перед неправедным судом.

Я чувствовал, что все происходящее со мной не только предначертано, но именно в то самое мгновение, когда оно происходит, *мыслится* некой божественной силой, которая держит меня в своих когтях. Иногда я почти готов был затаить дыхание, дабы, случайно шелохнувшись, не нарушить этой высокой связи. И тут же я понимал, что теперь уже никогда никакая отчаянная борьба не поможет мне вырваться из тисков моей судьбы. И этот зал, и судья, и пожизненный приговор были лишь тенями гораздо более великой и более реальной драмы, героем и жертвой которой я оказался. Любовь человеческая — это ворота ко всякому знанию, как понимал Платон. И через ворота, которые распахнула Джулиан, существо мое входило в иной мир.

Когда я думал раньше, что моя способность любить ее — это и есть моя способность писать, способность осуществиться наконец как художнику, цель, которой я подчинил всю жизнь, — я был прав, но понимал это смутно, темно. Все великие истины таинственны, в основе всякой морали лежит мистика, все настоящие религии — религии мистические, у всех великих богов множество имен. Эта небольшая книга важна для меня, и я написал ее так просто и правдиво, как только мог. Хороша ли она, я не знаю и в высшем смысле не придаю этому значения. Она родилась, как родится произведение истинного искусства, — из абсолютной необходимости, с абсолютной свободой. Что это не великое искусство, я уж как-нибудь понимаю. Суть ее темна для меня, как темен для себя я сам. Механические пружины нашего «я» остаются сокрытыми от нас, покуда божественная сила не доведет их работу до абсолютного совершенства, а тогда некому знать о них, да и нечего. Каждый человек мелок и смешон в глазах ближнего. У каждого есть представление о самом себе, и это представление ложно. Однако представления эти нам, конечно, необходимы, ими мы живы и не так-то легко расстаемся с ними, в последнюю очередь с иллюзиями достоинства, трагедии и искупительного страдания. Каждый художник — мазохист, упивающийся муками творчества, этого блаженства у него никто не отнимет. И в высший миг мы действительно можем оказаться героями собственных представлений. Но все равно это ложные представления. Черный Эрот, которого я любил и боялся, — это лишь слабая тень более великого и грозного божества.

Обо всем этом, мой любезный друг, в минуты тихой общности мы много говорили в нашем затворе словами — отблесками невыразимых значений, подобными кострам на ночной реке. Так, в идеале, беседуют близкие, родственные души. Потому-то мудрый Платон и не приемлет художников. Сократ не написал ни слова. Христос тоже. Без такого света почти любая речь — лишь искажение истины. И однако же вот я пишу эти слова, и люди, которых я не знаю, будут их читать. Этим парадоксом, милый друг, я жил день за днем у себя в уединении. Есть, видимо, люди, для которых он неизбежен, но и для них он только тогда становится жизнью, когда одновременно оказывается мученичеством.

Не знаю, увижу ли еще когда-нибудь «наружный мир». (Странное выражение. Мир в действительности весь снаружи, весь внутри.) Вопрос этот не представляет для меня интереса. Верное зрение видит полноту реальности повсеместно, всю безграничную вселенную в одной тесной каморке. Старая кирпичная стена, которую мы так часто созерцали вместе, о мой любезный друг и учитель, — как мне найти слова, чтобы передать ее ослепительную красоту, куда более совершенную и возвышенную, чем красота холмов и водопадов и прелесть распускающегося бутона? Их блеск банален, общедоступен. А то, что видели мы, есть красота и прелесть, превосходящая все слова, это мир преображенный, мир, открытый душе. Им любуюсь я теперь в благословенной тиши, и он же промелькнул передо мной, головокружительно предвосхищенный, в акварельно-голубом взоре Джулиан Баффин. Она и теперь приносит его в мои сны, подобно тому как иконы далекого детства возвращаются в видения мудрых старцев. Да будет так вечно, ибо ничто не утрачивается, и, приближаясь к концу, мы неизменно оказываемся в начале.

И я нашел вас, мой друг, венец моих странствий. Могло ли статься, чтобы вы не существовали, чтобы вы не ждали меня в этой обители, которую ныне мы с вами разделяем? Этого я не допускаю. Случайно ли оказались вы здесь? Нет-нет, я должен был бы придумать вас, создать силою творчества, вами дарованной. Ныне жизнь моя открылась мне как странствие и как аскеза, но до конца терявшаяся в невежестве и мраке. Я искал вас, я искал его, искал знания, которое запредельно и которому нет имени. Так искал я вас долго в печали, и наконец вы утешили меня за всю прожитую без вас жизнь, разделив со мною мои страдания. И страдание стало радостью.

И вот мы живем вместе в нашем тихом монастыре, как мы любим его называть. И здесь я подошел к концу моей книги. Не знаю, придется ли мне написать еще что-нибудь. Вы научили меня жить настоящим, отвергнув бесплодную, беспокойную боль, которая связывает с прошедшим и будущим нашу сиюминутную дужку великого колеса желания. Искусство — это пустой дешевый балаган, жалкая игрушка мировой иллюзии, если только оно не указывает за пределы самого себя и само не движется в том направлении, которое указывает. Вы, будучи музыкантом, дали мне увидеть это в бессловесных высших сферах вашего искусства, где форма и сущность уже приблизились к грани молчания и где расчлененные формы отрицают себя и растворяются в экстазе. Способны ли слова тоже проделать этот путь через правду, абсурд, простоту — к молчанию, мне неведомо, как неведомо и где он пролегает. Может быть, я напишу еще что-нибудь. А может быть, и отрекусь наконец от деятельности, которая — как вы открыли мне — есть всего лишь примитивное суеверие.

Книга эта сложилась в некотором смысле как история моей жизни. Но также — я надеюсь — как простой и честный рассказ, как повесть о любви. И я ни в коем случае не хотел бы, чтобы в конце создалось впечатление, будто я в своем блаженном уединении забыл о реальности ее действующих лиц. Назову здесь два имени. Присцилла. Да не свяжу я в одну мысленную цепь случайные подробности ее несчастий и не забуду, что в действительности смерть ее не была неизбежной! И Джулиан. Какой бы напряженной и страстной ни была работа моего воображения, я не верю, о моя ненаглядная, что я сам сотворил тебя. Ты неизменно ускользаешь из моих объятий. Искусство бессильно тебя впитать, мысль — осмыслить. Я не знаю ничего, да и не хочу ничего знать, о твоей теперешней жизни. Для меня ты ушла во тьму. Но я сознаю — и часто размышляю об этом, — что где-то ты смеешься, плачешь, читаешь книги, и готовишь пищу, и зеваешь, и, может быть, обнимаешь кого-то. Да не отрекусь я никогда и от этого знания и не забуду, как в тягостной, жалкой действительности под властью времени я любил тебя! Любовь эта, Джулиан, осталась, она не сделалась меньше, хотя и подверглась переменам, это любовь с очень ясной и точной памятью. И она причиняет мне удивительно мало боли. Только иногда по ночам я думаю о том, что ты сейчас живешь, что ты где-то существуешь, и проливаю слезы.

ЧЕТЫРЕ ПОСЛЕСЛОВИЯ ЧЕТЫРЕХ ДЕЙСТВУЮЩИХ ЛИЦ

Послесловие Кристиан

Мистер Локсий любезно показал мне эту рукопись моего бывшего мужа, с тем чтобы я сделала к ней, если захочу, замечания, которые он включит в состав книги. Но у меня, в общем-то, нет никаких замечаний, просто вся книга насквозь фальшива. Многое в ней — плод фантазии автора. Я, например, вовсе не испытывала самодовольства, когда шел суд, а была очень расстроена и подавлена. Надо быть совсем уж бессердечной, чтобы чувствовать самодовольство в такую минуту. У Брэдли есть способность все видеть по-своему и все представлять как будто бы в виде связной, логичной картины. Может быть, это свойственно нам всем, но мы не пишем книг. Картина нашей совместной жизни у него получилась совсем не верной. Не хочу говорить о нем дурно, мне его от души жаль. Я думаю, очень нелегко сидеть в тюрьме — хотя он и держится, я должна сказать, достаточно храбро. (Забавно, что он называет свою тюрьму «монастырем». Хорош монастырь!) Я лично, честно сказать, ничего ужаснее себе не представляю, и, по-моему, это большое дело, что он сумел написать там книгу. Не мне говорить о ее достоинствах — я не критик, — то есть о ее литературных достоинствах. Но то, что мне известно, изображается в ней не очень правдиво, это я могу сказать. Брэдли вовсе не ненавидел меня, когда мы были мужем и женой. И по-моему, потом тоже. Ему понадобилась эта притворная ненависть просто потому, что я его бросила (о чем он в книге вообще не пишет). Он рассказывает, как я его угнетала, не давала ему быть самим собой и всякое такое. Эти места в книге очень красноречивы и, надо думать, хорошо написаны. Но в действительности все было совсем не так. Беда нашего брака состояла в том, что я была молода и хотела яркой и приятной жизни, а Брэдли не способен был мне ее дать. Оттого, что в книге он кое-где довольно остроумен (иногда, по-моему, даже там, где нет ничего смешного), читатель может подумать, что жить с таким человеком очень весело. Ничего подобного. Никакой войны, как он описывает в своей книге, между нами не было. Я просто стала тосковать, и он тоже, и тогда я решила оставить его, хотя он молил и заклинал меня не уходить, о чем он в книге умалчивает. Наша женитьба была ошибкой. Во втором браке я была гораздо счастливее. Про своего второго мужа я ничего такого безобразного, как пишет Брэдли, никогда не говорила, хотя пошутить, конечно, на эту тему могла. Брэдли всегда плохо понимал шутки. Где-то в книге — не могу сейчас найти это место, он называет себя пуританином, и это, по-моему, правда. Он не понимал женщин. И мне кажется, он ревновал меня к моему второму мужу — кому приятно знать, что твоя жена счастлива с кем-то другим. И конечно, он глубоко ошибается, когда пишет в начале своего «романа», будто я, вернувшись в Лондон, хотела сойтись с ним. Это неправда. Я заехала к нему просто потому, что он был чуть ли не единственным моим знакомым в Лондоне, и, потом, мне было интересно узнать, что с ним за это время сталось. У меня было хорошее, радостное настроение, хотелось посмотреть на него, вот я и заехала. Мне он был не нужен! А вот я ему была нужна, это сразу же стало ясно, а он об этом толком ничего не говорит. Он сразу стал меня преследовать. А когда я сказала, что хочу, чтобы мы были просто друзьями, он очень разозлился и расстроился, и вот тогда-то он, наверное, и написал все эти ужасные вещи — что он меня ненавидел и что я страшная женщина вроде паучихи, это все в отместку за то, что я была с ним недостаточно ласкова, когда вернулась в Лондон. Разве из книги не ясно, что он снова в меня влюбился или всегда был в меня влюблен? Для него было большим ударом, когда оказалось, что я снова в Лондоне и снова отвергла его. Я думаю, именно в этом причина того, что он в конце концов повредился в уме и впал в безумие, что мой муж так старался доказать на суде. И мать его, и сестра, кстати сказать, обе были очень неуравновешенны и страдали неврозами, всему семейству не мешало бы обратиться к психоаналитику. Я лично верю, что Брэдли был не в своем уме, когда убил Арнольда Баффина, у него помутился рассудок, и потом он ничего не помнил. Эти снотворные таблетки, что он принимает, отбивают у людей память. Думаю также, что и смерть сестры должна была на него сильно подействовать, хотя он и не казался особенно расстроенным, и, конечно, он бросил ее, хотя не мог не видеть, в каком она состоянии, он рад был оставить ее на меня. Может быть, тут были замешаны денежные соображения, он всегда был скуповат. А то, что он пишет о сестре в послесловии к своей книге, это, по-моему, не настоящие чувства, а просто угрызения совести: его постоянно мучила совесть, хоть от этого он лучше не становился. Что до той части, где рассказывается про мисс Баффин, то для нее это, наверное, крайне неприятно, так как здесь все почти его воображение, я вообще удивляюсь, что книгу собираются напечатать. По-моему, вся история выдумана, чтобы замаскировать любовь ко мне. По крайней мере, люди не влюбляются вдруг, ни с того ни с сего, так бывает только в романах. По-моему, беда Брэдли в том, что он так и не сумел подняться над своей средой. Он без конца вспоминает их «магазин», и, по-моему, он стыдился своих родителей, стыдился, что не получил хорошего образования, — по-моему, это ключ ко многому. Нельзя отрицать, что он немножко сноб, а от этой черты в жизни проку мало. Мой муж считает, что Брэдли совсем не писатель, ему бы стать философом, да не хватило образования. Брэдли не прав, когда говорит, будто мысль об *haute couture*[1] пришла мне только во время процесса, не знаю, откуда он это взял. У меня никогда не было намерения заняться дамским бельем за компанию с мистером Баффином — свой теперешний салон я задумала еще до возвращения в Лондон. Но в одном отношении он совершенно прав: я действительно умею вести дела, что и доказывается сказочным успехом салона всего за каких-то несколько лет. Мой муж тоже оказался прирожденным бизнесменом, а его знакомство с налогами пришлось как нельзя более кстати, так что одна полезная вещь все-таки из процесса произошла, хотя, как я уже говорила, мне было очень грустно и очень жаль бедного Брэдли. (И мистера Баффина, конечно, тоже.) И это я бы хотела сказать Брэдли, если он когда-нибудь прочтет мою приписку: я от души ему сочувствую и думаю о нем очень тепло. Писать ему письма больше нет смысла. Что бедный Брэдли все еще не в себе, ясно показывает его послесловие к книге: там видно, что он возомнил себя каким-то мистиком. Эта часть, по-моему, чистый бред сумасшедшего, от нее мурашки по коже бегут. К чему вообще столько шума насчет искусства? Слава богу, и без искусства можно прожить. Как, например, общественные деятели или те, кто работает на голоде и стихийных бедствиях, они что же, все неудачники или неполноценные люди? Искусство — это не все, но, конечно, для таких, как Брэдли, только то и важно, чем они сами занимаются. Ну, по крайней мере, он теперь опубликует наконец еще одну книгу. Сейчас уже всем должно быть известно, что «мистер Локсий» — это на самом деле один видный издатель, он рассчитывает получить большую прибыль

---

[1] Высокая мода *(фр.)*.

от публикации мемуаров Брэдли и, я надеюсь, получит. Мне говорили, что воскресные газеты тоже собираются их печатать. Только вот не знаю, по-моему, на заключенных авторское право не распространяется. Так что человек, которого Брэдли называет своим «учителем» и проч. и, как видно, очень высоко ставит, должно быть, кто-то другой или же вообще это место в книге вымышленное, как и остальное. Я хочу сказать еще раз, что мне от души жаль Брэдли, и я надеюсь, что ему там в тюрьме все же не очень тяжело. Наверное, сумасшествие — не такая плохая вещь, если оно позволяет человеку считать себя счастливым, когда на самом деле он несчастен.

Кристиан Хартборн

Послесловие Фрэнсиса

Мне выпала приятная честь снабдить эту своеобразную «автобиографию» критическим эпилогом. Делаю это с радостью как дань уважения моему старому другу, все еще «томящемуся в заточении», и одновременно в сознании своего долга перед наукой. Такой замечательный опыт самоанализа, вышедший из-под талантливого пера, заслуживает самого тщательного и развернутого комментария, для которого, как я узнал от издателя, к сожалению, нет места в этом томе. Я, однако, в настоящее время пишу и в свой срок намереваюсь издать подробную книгу о деле Пирсона, и в ней его «автобиография», сыгравшая роль главного свидетельства в этом *«cause sélèbre»*[1], получит, разумеется, надлежащую трактовку. Пока же — краткое резюме в самом общедоступном изложении.

Едва ли надо говорить, что в случае Брэдли Пирсона мы наблюдаем классические симптомы эдипова комплекса. Это очевидно, даже банально. Почти все мужчи-

---

[1] Знаменитом (судебном) деле (*фр.*).

ны любят своих матерей и ненавидят отцов. Многие мужчины вследствие этого, став взрослыми, ненавидят и боятся всех женщин. (Увы, обожаемой маме не прощается, что она спала с ненавистным папой.) Именно так было и с Брэдли. Какой богатый словарь оттенков физического отвращения он использует при описании своих женских персонажей! Многие мужчины, часто неосознанно, видят в женщинах нечистое начало. Представление о менструациях вызывает ужас и омерзение. От женщин пахнет. Женское — это мутное, бесформенное, мягкое. А мужское — ясное, чистое и твердое. Так и Брэдли. Мы видим, как он упивается (трудно подыскать другое слово) физическим уродством, нечистотой, болезнями своих женщин. В случае с сестрой отвращение к ее старости и распаду сознания побудило его вообще отвернуться от нее самым недостойным и бессердечным образом, хотя при этом он не переставал говорить о братском долге и даже о любви к ней. Нет сомнения также и в том, что она, себе на беду, ассоциировалась у него *с магазином*, с душными недрами отвергнутого чрева матери, занимавшей более низкую социальную ступень. Увы, в нашей земной жизни эти символы с такой легкостью складываются в замысловатые цепи, в целые гирлянды причин и следствий, из которых человеку не вырваться никогда! Более того, физическое служит отражением нравственного. Женщины лживы, коварны, трусливы. В противовес им сам Брэдли выглядит в своем сочинении эдаким пуританином, эстетом, высоким худощавым мужчиной — прямо не человек, а стальная, несгибаемая башня Почтамта. Отсюда для нашего героя один шаг до представления о себе — даже без реальных любовных побед — как о «воображаемом Дон Жуане». (Эта трогательная оговорка выдает его с головой!)

Точно так же совершенно ясно с первого беглого взгляда, что наш объект гомосексуален. Наблюдаются черты нарциссизма, типичные для этой публики (смотри автопортрет в начале книги). Его мазохизм (о котором подробнее ниже), его бахвальство своей мужской силой, откровенные признания в расплывчатости собственного «я», отношение к женщинам (о котором уже говорилось), отношения с родителями — все свидетельствует об одном и том же. Этим же свойством, по всей видимости, объясняется и его весьма странная «неубедительная» манера держаться на суде. Он не верил в самого себя и поэтому не мог внушить доверие судье и присяжным. Брэдли Пирсон связывал для себя нечеткость самосознания с особенностями своей творческой личности. Но здесь он совершает ошибку, обычную для людей неосведомленных, принимая причину за следствие. Художники по большей части — гомосексуалисты. Это чувствительные, нежные люди, они лишены возможности самоутверждения и как мужчины, и как женщины и потому, вероятно, особенно хорошо приспособлены представлять человечество в целом и вмещать вселенную в сердце своем.

То, что «История Брэдли Пирсона» трактует о его любви к женщине, не может служить опровержением нашей теории. Брэдли сам дает нам в руки ключи к разгадке. Когда он впервые (на страницах книги) встречает свою даму сердца, он принимает ее за мальчика. Он влюбляется в нее, вообразив ее мужчиной. Он овладевает ею, когда видит ее в костюме принца. (А кто, кстати сказать, любимый автор Брэдли Пирсона? Величайший гомосексуалист. От чего взыгрывает фантазия Брэдли Пирсона, возносясь выше башни Почтамта? От мысли о юношах, которых играли женщины, переодетые юношами.) Далее: кто такая, в сущности, эта девушка с характерной фиксацией интересов на отце и с переносом дочерних чувств на Брэдли Пирсона? Дочь протеже Пирсона, его соперника, идола, придиры, его друга, его врага, его *alter ego*, дочь Арнольда Баффина. Наука утверждает, что такие вещи не могут быть случайны. И наука не ошибается.

Когда я говорю, что Брэдли Пирсон был влюблен в Арнольда Баффина, не следует понимать этого в грубом смысле. Мы имеем дело с психологией сложного и утонченного индивидуума. Привязанности более примитивные, более земные могли тянуть его к другому объекту. Но фокусом страстей для этой жертвы самообмана, воплощением любви как таковой был Арнольд. Его он любил, его ненавидел, его образ воспринимал как искаженное отражение своего лица в тенистой струе, неотразимо влекущей вечно восхищенного, вечно тоскующего Нарцисса. Он сам признает — многозначительное слово! — что в Арнольде, как и в нем самом, было что-то «демоническое». Образ Арнольда, как подтвердит любой критик, в литературном смысле примечательно «слаб». В самом деле, почему вся эта история выглядит такой странно «неубедительной», словно нарочитой? Почему нам кажется, будто в ней чего-то не хватает? Да потому, что Брэдли не до конца чистосердечен. Он часто говорит, что привязан к Арнольду, что завидует Арнольду, даже что он одержим Арнольдом, но не осмеливается выразить, воплотить эти чувства в своем повествовании. Из-за такого умолчания рассказ его, вместо того чтобы дышать жаром, оказывается холодным.

Однако главный интерес здесь представляет не классическое «замещение объекта». Данный случай интересен в основном тем, что Брэдли Пирсон — художник, который прямо у нас на глазах искренне, а подчас и неискренне рассуждает о своем искусстве. Как он сам говорит, душа в поисках бессмертия открывает глубокие тайны. Сам Брэдли часто не отдает себе отчета в значительности своих высказываний, и это делает его книгу для компетентного аналитика еще более ценной и поучительной. (Что Брэдли — мазохист, само собой очевидно.

Что мазохисты все художники — это еще один трюизм.) Как легко специалисту истолковать его одержимость литературой! Даже великие не способны полностью замести следы, скрыть свои мелкие грешки, сдержать возглас упоения. Мы видим: ради этого художник и предпринял свой труд, ради *этой* сцены все и написано, ради того, чтобы насладиться *этим* тайным символом его тайной любви. И будь он хитрее хитрого, ему все равно не укрыться от глаза науки. (В этом одна из причин, почему художники боятся и порочат ученых.) Брэдли весьма искусно вводит нас в заблуждение, особенно там, где расписывает свою любовь к простому гетеросексуальному объекту, но разве же не очевидно, что в действительности он *упивается* поражением, которое ему наносит Арнольд Баффин?

Арнольд Баффин, бесспорно, фигура, замещающая отца. Почему любовь и ненависть Брэдли Пирсона фиксированы именно на писателе? И почему сам он одержим идеей, будто он *писатель*? Этот выбор вида искусства тоже полон значения. Брэдли прямо говорит нам, что его родители держали *писчебумажный* магазин (папки — папа). Загрязнение бумаги (дефекация), естественно, символизирует бунт против отца. Здесь-то и следует искать корни той паранойи, симптомы которой Брэдли, сам того не подозревая, явно демонстрирует на страницах своей книги. (Смотри, например, как он толкует письмо своей дамы сердца!) Почему Брэдли так самозабвенно боготворит крупные писчебумажные магазины? Ведь отец его так и не достиг этих вершин! Вездесущая золотая табакерка служит той же цели: это «дар», существенно превосходящий материальные возможности захудалого лавочника. (И конечно, злато — зло.) Подробнее об этом сравнительно ясном аспекте дела Пирсона см. мою подготовленную к изданию работу под заглавием «Еще о фрейдистском толковании Акрополя».

Гораздо интереснее с точки зрения психологии, если не литературы, поэтичная и вполне сознательная филигранная разработка Пирсоном его собственной темы. Загадочному, двусмысленному — вернее, многосмысленному — заглавию книги дана хотя и туманная, но все же авторская «трактовка». Брэдли имеет в виду «черного Эрота». Упоминает он и о другом, еще более загадочном, истоке образа. Его собственные утверждения, не подвергнутые толкованию, могут быть полны глубочайшего смысла, а могут быть просто претенциозной чепухой. Не в этом дело. Главное, что не приходится сомневаться в психологической важности таких объяснений. Само собой разумеется, что для мужчины естественнее представлять себе любовь в образе женщины, как для женщины — в образе мужчины. (Правда, и Эрот, и Афродита — создание человеческой фантазии, существенно, однако, что первый рожден вторым.) Но Брэдли, не стыдясь, восторженно рисует здоровенного черного детину (эдакого чернокожего громилу), который явился будто бы навести порядок в его личной и творческой жизни. Более того (и здесь окончательное подтверждение нашей теории), если нам вздумается поглубже разобраться в том, кто же таков этот чудовищный «принц», нам достаточно сопоставить по звучанию два слова: «Принц» и «Пирсон». Точно так же и мифический мистер Локсий оказывается — лишь в слегка замаскированном виде — тем же нашим другом. Их даже выдает бросающееся в глаза сходство литературных стилей. Нарциссизм нашего объекта поглощает все персонажи и допускает существование только одного: самого себя. Брэдли придумал мистера Локсия, чтобы представить миру себя в драпировке мнимой объективности. Он пишет о Ф. Локсии: «Я мог бы его придумать». И придумал!

Я надеюсь, что мой старый друг, уронив умудренный взгляд на эти страницы (представляю себе, как он чуть улыбается своей смущенной иронической улыбкой), будет снисходителен к заметкам простого ученого. Хочу заверить его, что их породила не только хладная любовь к истине, но также и более горячая привязанность к человеку большого обаяния, к которому автор этих строк испытывает признательность и благодарность. Я уже писал выше, что жизнь Брэдли была согрета еще и другим чувством, более «мирским» и реальным, что у него была и другая любовь, любовь без мучений и душевных сложностей. Нежность ко мне, которую он так неумело скрывает, я не употреблю для доказательства его извращенности, в этом нет нужды (типично, например, само стремление умалить, принизить предмет своих пристрастий). Но не могу закончить эту маленькую монографию, не сказав ему, что знал о его чувствах и, пусть он мне поверит, высоко ценил их.

Фрэнсис Марло,
консультант-психолог

Принимаются заказы на мою новую книгу «Брэдли Пирсон, параноик из писчебумажного магазина», обращаться по адресу издателя. Письма в мой консультационный кабинет можно направлять ему же.

Послесловие Рейчел

Ко мне обратился некто мистер Локсий с просьбой высказать мое мнение о фантастических писаниях убийцы моего мужа. Сначала я предполагала вообще пренебречь его просьбой. Думала и о том, чтобы через суд воспрепятствовать публикации. Однако всему этому делу уже придана — и я уверена, не случайно — большая огласка, так что пресечь теперь эти излияния значило бы не скрыть их от публики, а, наоборот, повысить к ним интерес как к запретному документу. Уж лучше искренность и сострадание. Потому что к автору этого фантастического сочинения мы должны чувствовать — или, по крайней мере, стараться чувствовать — сострадание и жалость. Очень грустно, что, добившись «уединения», к которому Пирсон, по его собственным словам, всегда стремился, он оказался способен написать лишь какой-то детский бред, а совсем не то серьезное произведение искусства, о котором все время твердил и на которое воображал себя способным.

Я не хочу, конечно, быть жестокой. Шумиха, вновь возникшая вокруг этой кошмарной трагедии, причиняет мне глубокие страдания. Что и моя жизнь оказалась «разбита» — факт, от которого мне никуда не уйти. Однако надеюсь, что горе не сделало меня бессердечной. Я не хочу никому причинять боль. Но не думаю, чтобы моя искренность могла повредить Брэдли Пирсону: он слишком надежно защищен от ударов своими фантастическими представлениями и о том, что в действительности произошло, и о том, что он сам за фигура.

По поводу его изложения событий мне сказать почти нечего. В целом это типичный бред, интересный только для психиатра. Оговорюсь сразу: что руководило Брэдли Пирсоном, когда он это писал, не знаю и судить не могу. (Что руководит мистером Локсием, вопрос другой, к нему я еще вернусь.) Пожалуй, при самом доброжелательном отношении можно сказать, что он хотел написать роман, но дальше своих собственных фантазий так и не пошел. Думаю, многие романисты склонны перевоссоздавать прежде пережитое в духе своих сокровенных желаний, но, по крайней мере, у них хватает такта переменить фамилии. Б. П. (в дальнейшем буду пользоваться таким сокращением) дает нам понять, что обрел в тюрьме Бога (или истину, или религию, или еще что-то). Наверное, все, кто попадает в тюрьму, думают, что обрели Бога, иначе им просто не выжить. Я теперь уже не чувствую против него злобы, не испытываю жажды мести и особого желания, чтобы он непременно пострадал. Его страдания не восполнят моей утраты. Новая «вера», о которой он говорит, может быть вполне искренней, а может быть, как и вся книга, дымовой завесой для сокрытия нераскаянного злодейства. Если его пером водила злая воля, значит мы имеем дело с таким злодеем, перед которым беспомощен суд людской. Если же, что более правдоподобно, Б. П. сам верит или верит наполовину и в собственное «спасение», и во всю эту историю, тогда перед нами человек, чей рассудок не выдержал длительного напряжения. (Он, безусловно, не был помешан в момент убийства.) И тогда он, как я уже говорила, заслуживает жалости. Именно так я предпочитаю о нем думать, хотя действительного положения не знаю, да и не хочу знать. Когда Б. П. вошел в ворота тюрьмы, для меня он умер и перестал представлять интерес. Думать о нем с гневом, с обидой было бы слишком тяжело, да к тому же бесполезно и безнравственно.

Я не случайно написала выше: «детский бред». Б. П. принадлежит, так сказать, к типу Питера Пэна. Он не описывает своей достаточно долгой прошлой жизни, только вскользь упоминает, что в ней были романы, женщины. Такие люди любят туманно ссылаться на свое прошлое и вести себя как вечно двадцатилетние. (Он называет себя стареющим Дон Жуаном, как будто бы нет особой разницы между победами мнимыми и действительными! Я лично сомневаюсь, что у него в жизни было много женщин.) Психиатр, наверное, обнаружил бы у него «отсталое развитие». Вкусы в литературе у него были тоже детские. Он важно рассуждает о Шекспире и о Гомере, но, по-моему, первого он не читал со школьных лет, а второго — вообще никогда. А читал он — хотя сам, конечно, в этом нигде не признается — второсортную приключенческую литературу, таких писателей, как Форстер, Стивенсон, Малфорд. По-настоящему ему нравились книжки для мальчишек, примитивные приключения без любовных перипетий, ему нужно было воображать себя их лихим героем, храбрецом со шпагой и т. п. Мой муж часто говорил мне об этом, а один раз прямо высказал свое мнение Б. П. Тот расстроился и, помню, покраснел до корней волос.

Самого себя он рисует совершенно неверно. Можно подумать, что он действительно был таким ироничным, сдержанным, язвительным идеалистом. Правда, он признает за собой недостаток — «пуританизм», но, по существу, это все равно как если бы он лишний раз назвал себя высоконравственным и принципиальным. В действительности же он был абсолютно лишен чувства собственного достоинства. Внешность у него была дурацкая. (Никто бы не дал ему меньше его лет, куда там!) Скованный, нескладный человек, очень застенчивый и робкий и в то же время достаточно назойливый. Просто даже настырный. Изображать из себя писателя было ему психологически необходимо. Говорят, для неудачников это характерно. Он делает вид, будто пишет, а потом якобы все рвет, и без конца, до одури твердит, что, мол, вот какой он терпеливый и требовательный к себе. А я уверена, что он в жизни своей ничего не разорвал (кроме книг моего мужа). Он был помешан на печатном слове. Ему мучительно хотелось того, что было у моего мужа, — славы. Хотелось видеть себя в печати — любой ценой, и он постоянно обхаживал издателей, лишь бы что-нибудь напечатали. Он даже моего мужа просил похлопотать за него перед издателем. И вообще он вовсе не был стоиком и аскетом, а скорее напоминал мальчишку, который горит желанием пристроить свое сочинение в школьный журнал. В пожилом человеке это даже трогательно.

Б. П., конечно, очень страдал от чувства собственной неполноценности. Это был унылый неудачник, стыдящийся своего происхождения, своей необразованности и до нелепости стыдящийся своей службы, которая, как он считал, делает его смешным. И действительно, мы все над ним смеялись, хотя и по другой причине. О нем никто не мог — до той трагедии — говорить без улыбки. И он это, должно быть, чувствовал. Страшно подумать, но, вероятно, человек может совершить серьезное преступление, просто чтобы люди перестали над ним смеяться. А что Б. П. принадлежал к тем, кто не выносит, когда над ним смеются, можно убедиться по любой странице его книги. Весь этот его выспренний, с издевочкой над самим собой стиль — просто самозащита и в то же время предвосхищение возможной насмешки с чьей-то стороны.

И разумеется, он все переворачивает с ног на голову, описывая свои отношения с нашей семьей. Он, например, без ложной скромности пишет, что, мол, мы нуждались в нем. А на самом деле нуждался в нас он, он был при нас как настоящий приживальщик, иногда безумно надоедал. Он был очень одинок, и мы его жалели. Но я помню случаи, когда он собирался приехать, а мы придумывали самые нелепые отговорки или делали вид, что никого нет дома, когда он звонил у дверей. В центре, конечно, были его взаимоотношения с мужем. Когда он пишет, что якобы он «открыл» моего мужа, то это просто смешно. Муж уже был известным писателем, когда Б. П. выклянчил у одного издателя право написать рецензию на один из его романов, а после этого втёрся к нам в дом и стал, как однажды выразилась моя дочь, нашим «домашним животным».

Даже в своих бредовых писаниях Б. П. не может скрыть того, что он завидовал успеху мужа. По-моему, зависть была его единственной, всепожирающей страстью. Знал он также, что муж, хоть и хорошо к нему относится, смотрит на него немного свысока и посмеивается над ним. И это сознание его страшно мучило. Иногда чувствовалось, что он ни о чем другом думать не может. Он сам наивно признает, что ему была необходима дружба с Арнольдом, она давала ему право отчасти отождествлять себя с ним и разделять его успех, чтобы не сойти с ума от зависти и злобы. Б. П. сам служит себе обвинителем. Он признается в минуту откровенности, что изображает Арнольда необъективно. Это мягко говоря. (И дальше добавляет, что вообще ненавидит род человеческий!) И конечно, он никогда не «помогал» Арнольду, это Арнольд ему помогал сплошь и рядом. Его отношение к нам с мужем было отношением ребенка к родителям. Тоже, наверное, небезынтересно для психиатра. Но я не хочу распространяться о том, что очевидно и о чем достаточно говорили на суде.

Его измышления по поводу моей дочери, конечно, совершенно абсурдны. И его чувства, и ее — все какая-то фантасмагория. Моя дочь всегда относилась к нему как к «смешному дяде», и, конечно, она его очень жалела, а жалость можно принять за нежность, вернее, жалость — это вид нежности, так что в этом смысле она действительно была к нему нежна. Его великая «страсть» к ней — типичная фантазия. (Чуть ниже я объясню, откуда она взялась.) Разочарованные люди, не нашедшие места в жизни, вообще, мне кажется, склонны предаваться грезам. В них они находят утешение, хотя и не всегда безобидное. Они могут, например, выбрать кого-нибудь из малознакомых людей, вообразить, будто этот человек в них без памяти влюблен, сочинить целый роман с переживаниями, приключениями, развязкой. Б. П., как садомазохисту, нужна, конечно, развязка с плохим концом, с вечной разлукой, с невыносимыми страданиями и тому подобным. В его единственном опубликованном романе (он говорит, что будто бы опубликовал несколько книг, но на самом деле у него вышел только один роман) рассказывается как раз о такой несчастной романтической любви.

Точно такая же садомазохистская фантазия породила (разумеется, только в его уме) и ту сцену в начале книги, когда он якобы приходит к нам в дом и застает меня на постели с подбитым глазом, и т. д. и т. п. Я не раз замечала, что Б. П. любит намекать в разговорах с мужем и со мной, что, мол, ему, конечно, известно о наших семейных неурядицах. Мы потешались между собой над этой его причудой, не видя еще в ней ничего зловещего. Может быть, он действительно по своей холостяцкой наивности (потому что, в сущности, он так и остался на всю жизнь холостяком) принимал обычные семейные размолвки за серьезные разногласия. Но более вероятно, к сожалению, что он полусознательно все это просто сочинял, потому что ему так хотелось. Нельзя же, чтобы «папа с мамой» жили дружно. Он стремился мысленно унизить нас обоих и тем самым привязать каждого к себе.

В этом деле есть еще одна сторона, о которой мне, по-видимому, надо сказать здесь со всей откровенностью, хотя по разным причинам, отчасти очевидным, на суде о ней речи не было. Брэдли Пирсон, безусловно, был влюблен в меня. Нам с мужем это обстоятельство было известно не один год и тоже служило постоянным предметом для шуток. Вымышленные любовные сцены между Б. П. и мной нельзя читать без жалости. Из-за этой своей несчастной любви он и выдумал какую-то небывалую страсть к моей дочери. Это, конечно, дымовая завеса. Кроме того, здесь еще, безусловно, «подмена объекта», а также, как это ни печально, обыкновенная месть. (Возможно еще, что Б. П. не давала покоя глубокая привязанность, существовавшая между отцом и дочерью, он на эту тему в книге не говорит ни слова, но отсюда тоже шло, как это часто бывает, его ощущение собственной непричастности, ненужности.) Насколько чувство Б. П. ко мне повинно в совершенном им преступлении, не мне судить. Боюсь, что зависть и ревность сплелись воедино в груди этого порочного и несчастного человека. И больше на эти темы (которые я вообще бы не затронула, если бы меня не ознакомили со всей этой чудовищной ложью) я не скажу ни слова.

Нетрудно представить себе, как я расстроилась, когда прочла рукопись. Но, собственно, я не виню Б. П. за то, что он не постеснялся предложить ее для публикации. Во всяком случае, его можно понять, он состряпал эту бредовую чепуху, чтобы утешить себя в узилище страданий, а не мучиться укорами совести и не искать путей к раскаянию. За эту преступную публикацию я виню некоего самозваного мистера Локсия (или Люксия, как он, по-моему, себя иногда именует). В газету просочилось, что «Локсий» — *nom de guerre*[1] соседа по камере, к которому несчастный Б. П. воспылал неумеренной любовью. Под этим именем скрывается насильник и убийца, некогда известный музыкант-виртуоз, который небывало жестоким способом убил преуспевавшего собрата по профессии — в свое время об этом кричали все газеты. Возможно, что сходство в характере преступлений сблизило этих несчастных. Известно, что люди искусства необыкновенно завистливы.

В заключение я хочу сказать — и уверена, что могу говорить также и от лица моей дочери, с которой я временно потеряла связь: ведь она теперь, как все знают, известная писательница и живет за границей, — так вот, я не держу на него зла и, поскольку к нему следует относиться как к человеку с сильно неуравновешенной психикой, если не просто сумасшедшему, искренне сочувствую ему в его несомненных страданиях.

Рейчел Баффин

Послесловие Джулиан

Я прочла эту книгу. Прочла и другие послесловия, хотя другие авторы послесловий такой возможности, по-моему, не имели. Мистер Локсий сделал для меня ис-

---

[1] Псевдоним *(фр.)*.

ключение. (По разным причинам, о которых я могу догадываться.) Однако мне сказать почти нечего.

Это грустная история, в ней много настоящей боли. Для меня это были страшные месяцы, многое забылось. Я очень любила отца. Это, пожалуй, основное, что я могу добавить. Я его любила. Его насильственная смерть едва не свела меня с ума. Я была почти не в себе, когда шел суд над Пирсоном. И вспоминаю то время отдельными пятнами в тумане, отдельными сценами. Забвение спасительно. Люди забывают гораздо больше, чем принято считать, особенно пережив потрясение.

С тех пор прошло не так уж много времени. Но в молодости годы тянутся долго. Столетия отделяют меня от этих событий. Я вижу их издалека, уменьшенными перспективой, и себя вижу там ребенком. Это рассказ о старике и ребенке. Если судить о нем как о произведении литературы. Но я признаю, что там рассказывается обо мне. Остаемся ли мы теми же, какими были в детстве? Что в нас сохраняется неизменным? Я была тогда ребенком, и этот ребенок — я, но в то же время я не узнаю себя.

Приводится, например, письмо. Неужели я его писала? Неужели он сохранил его? Трудно себе представить. А какие вещи я — будто бы — говорила! Нет, не может быть — это измышления чужого ума. В каких-то случаях та девочка ведет себя слишком уж по-детски. Сейчас, мне кажется, я «умная». Возможно ли, что и умная я была когда-то такой девочкой! В других случаях там встречаются мысли, которые вряд ли могли прийти мне в голову. Мысли, которые просочились прямо из головы автора. Мой «образ» получился не очень убедительным. Какой-то растерянный, испуганный ребенок, очутившийся в совершенно небывалой ситуации. Нет, это кажется мне чистой литературой.

Мой отец был совершенно прав, когда не хотел, чтобы я бралась за писательство. А Пирсон был не прав, поощряя меня. Теперь я это понимаю. Пробовать писать в раннем возрасте бессмысленно: ведь в молодости ничего не понимаешь. Не владеешь мастерством и живешь в плену у собственных эмоций. Юные годы лучше употребить на учение. Пирсон пишет, что отец был невысокого мнения о моих способностях. В действительности наоборот. Отец вообще был такой человек, который говорит обратное тому, что думает. Из скромности или чтобы не сглазить. Так бывает.

Доктор Марло называет книгу Пирсона «холодной», и его можно понять. В ней очень много рассуждений. Но в каком-то смысле это, наоборот, очень «горячая» книга (слишком горячая), она полна искренних человеческих чувств. И поспешных суждений, иногда совсем неверных. Может быть, над ней, как над стихотворением, надо еще и еще думать? Может быть, всякий роман надо обдумывать еще и еще, и по-настоящему великий романист пишет только одну книгу. (Флобер?) Моя мать правильно называет меня писательницей, но ошибается насчет моей известности. (Я пишу стихи.)

Поэтому я скупо и осторожно распоряжаюсь словами. Пирсон очень проникновенно говорит о тишине. Это место мне понравилось. Он, вероятно, прав, что пережитое нам дороже, когда мы о нем молчим. Как и между двумя людьми, разговор с посторонним все убивает. Искусство сокровенно, сокровенно, сокровенно. Но у него есть свой язык, иначе оно бы не могло существовать. Искусство публично, публично, публично. (Но только хорошее искусство.) Искусство кратко. (Не в смысле времени.) Это не наука, не любовь, не власть, не служение. Но это их единственный верный голос. Их правда. Оно погружается в глубину и хранит молчание.

Пирсон не любил музыку. Я это помню. Помню, как он в сердцах выключает папин проигрыватель. (Агрессивное действие.) Я была тогда совсем маленькая. У меня перед глазами эта сцена. Он не выносил музыку. Мистер Локсий, наверное, очень хороший учитель. (Я, собственно, знаю, что это так, если только «учитель» подходящее слово.) Но разве в этом нет иронии? Пирсон всю жизнь трудился над искусством слова. Я видела его записные книжки. В них заметно, как много он работал. Слова, ряды слов. А теперь ему осталась только музыка и, быть может, никаких слов. Теперь только музыка и дальше — тишина. Почему?

Признаюсь, что книг, написанных Пирсоном, я не читала. По-моему, их было несколько. Моя мать здесь ошибается. Хорошим критиком я его тоже не считала. Мне кажется, что в Шекспире он понимал только вульгарную сторону. Но я восхищалась его жизнью, какой она мне виделась. Он представлялся мне примером — целая жизнь усилий и неудач. Удивительно было, что он продолжал делать усилия. (Иногда, правда, это казалось глупым.) Естественно, что отцом я восхищалась тоже. Тут не было противоречия. Может быть, вещий инстинкт учил меня, что публиковать мало — хорошо. (Поэт, рожденный романистом, должен оплакивать отцовское многословие.) Учил, что хорошо работать втайне и создавать миниатюры. Но все это мне только казалось. Пирсон публиковал столько, сколько мог. Если мой отец был Плотником, то Пирсон, конечно, — Моржом[1].

Это я пишу не от себя. Слова существуют, чтобы скрывать, искусство — это сокрытие. Истина выявляется в таинственности и строгости немногословия. Мои возражения касаются общих вопросов. Пирсон, по-моему, только из сентиментальности утверждает, что музыка — высшее искусство. Верит ли он в это сам? Он повторяет чужие слова. Бесспорно, тут влияние мистера Локсия. Музыка — это вид искусства и в то же время

---

[1] Персонажи из книги «Алиса в Стране чудес» английского писателя Льюиса Кэрролла (1832–1898).

символ искусства вообще. Самый всеобъемлющий символ. Но высшее из искусств — поэзия, ибо слова — это дух в его самом возвышенном состоянии, в его окончательной сути. Прошу прощения у мистера Локсия.

И потом, самое главное. Пирсон ошибается, считая, что его Эрот — это исток искусства. Хотя он и прибавляет, что одно — «лишь тень» другого. В том-то и дело, что я чувствую в этой книге жар, а не холод. Истинное же искусство бесконечно холодно. В особенности когда рисует страсть. Ибо страсть можно нарисовать только так. Пирсон замутил воды. Эротическая любовь не способна породить искусство. Точнее, способна, но только плохое искусство. Энергию духа за какой-то чертой можно назвать сексуальной энергией. Мне нет до этого дела. Все равно глубинный источник человеческой любви не является источником искусства. Демон любви — это не демон искусства. Любовь — это обладание и самоутверждение. Искусство — ни то ни другое. Смешивать его с Эротом, пусть даже черным, — самая тонкая и самая губительная из ошибок, какую может допустить художник. Искусство зависит от любви не больше, чем от политики. Ему нет дела до утешений, до того, что могло бы быть. Искусство знает только правду в ее самой неприятной, самой бесполезной и потому самой правдивой форме. (Скажите, вы, кто меня слушает, разве это не так?) Пирсон был недостаточно холоден. И мой отец тоже.

Но и это еще не объяснение. Пирсон пишет, что каждый художник — мазохист, упивающийся муками творчества. Может быть, правда, теперь он уже убедился в том, что это не так. (Возможно, что именно здесь ключ к его неудачам.) Это совершенно неверно. Молитвенное поклонение обращается на себя. Молящийся преклоняет колена, подобно Нарциссу, заглядывающему в зеркало вод. Доктор Марло пишет, что художники вмещают в себя вселенную. Да. Но в таком случае они не могут быть все поражены нарциссизмом. И конечно же, не все художники гомосексуалисты. (Какая чушь!) Искусство — это не религия, не молитва и не навязчивая идея. Хорошее искусство, во всяком случае. Над художником нет господина. Над ним нет никого.

Джулиан Беллинг

Мистер Локсий, ознакомившись с тем, что я написала, заметил, что я так и не высказалась в пользу одной какой-то версии: Пирсона или моей матери. Я уже несколько лет не виделась и не переписывалась с ними обоими. Разумеется, я подтверждаю (в целом) версию моей матери. Но и то, что говорит Пирсон, тоже по-своему верно. Что же до мистера Локсия, относительно которого строятся догадки, по-моему, я знаю, кто он. Он поймет, когда я скажу, что у меня к нему смешанные чувства. Только какое ему дело до правды?

Справедливость требует, чтобы я добавила еще вот что. Очевидно, девчонка, какой я была, любила того человека, каким был Пирсон. Но это была любовь, не подвластная словам. Его словам, во всяком случае. Как художник он потерпел неудачу.

ПОСЛЕСЛОВИЕ ИЗДАТЕЛЯ

Уже когда были собраны все прилагаемые материалы, мой дорогой друг Брэдли Пирсон умер. Он умер в тюрьме от скоротечного рака, который открылся у него вскоре после того, как он закончил свою книгу. Я один был с ним до конца.

Мне осталось, в сущности, сказать совсем мало. Я думал как издатель написать в заключение пространный очерк, содержащий критику и мораль. И с удовольствием предвкушал возможность сказать последнее слово. Но смерть Брэдли сделала пространный комментарий бесполезным. Смерть не может обезгласить искусство, она может лишь напомнить о паузах и пустотах. Так что мне почти ничего не осталось сказать. Читатель сам узнает голос правды. А если не узнает, тем хуже для него.

Не могу удержаться от нескольких, большей частью очевидных, замечаний по поводу послесловий. Миссис Беллинг пишет, отчасти справедливо, что слова существуют для сокрытия. Но авторам послесловий не удалось воспользоваться этим свойством слов. Перед нами люди, которые выставляются напоказ. Каждая из женщин, например, утверждает (или намекает), что Брэдли был влюблен в нее. То же самое утверждает и мужчина. Очень трогательно. Впрочем, это мелочь, этого следовало ожидать. В равной мере следовало ожидать и ложь. Миссис Баффин лжет, чтобы выгородить самое себя, миссис Беллинг — чтобы выгородить мать. Как кстати замутилась ее память! Такую дочернюю заботу можно понять, хотя мать и дочь давно прервали отношения. «Доктор»

Марло, говоривший правду на суде, теперь малодушно отрекается от нее. Я слышал, что ему пригрозили адвокаты миссис Баффин. «Доктор» Марло — не герой. Мы должны простить его за это. Как простил бы Брэдли, не видевший ни одного из этих огорчительных «послесловий» к своей книге.

И как бы ни поступил, что бы ни подумал Брэдли, невозможно не ужаснуться мелочности этих людей. Каждая заметка — неприкрытая самореклама, иногда тонкая, иногда грубая. Миссис Хартборн рекламирует свой салон, «доктор» Марло — свою псевдонауку, свой «консультационный кабинет», свою книгу. Миссис Баффин наводит глянец на свой и без того разрекламированный портрет в позе страждущей вдовицы. (Тут уже нечего прибавить.) Но, по крайней мере, она искренна, когда пишет, что Брэдли, оказавшись в тюрьме, перестал для нее существовать. Миссис Беллинг рекламирует себя как литератора. К ее осмотрительно написанному маленькому эссе я еще вернусь. (Признается ли она, что на ее литературный стиль повлиял Брэдли? Это она тоже всячески старается скрыть!) Кажется, будто живые всегда могут перехитрить мертвых. Только это пустая победа. Произведение искусства смеется последним.

Публикуя эту рукопись, я преследовал две цели. Во-первых, я хотел донести до читателей литературное произведение. Я по природе нечто вроде импресарио и уже не первый раз оказываю услуги подобного рода. А во-вторых, я хотел восстановить честь моего дорогого друга, коротко говоря, снять с него обвинение в убийстве. Что ни от миссис Беллинг, ни от «доктора» Марло я не получил никакой помощи, неудивительно, хотя и печально. За долгое время я повидал немало сыновей и дочерей человеческих и знаю: доброго от них ожидать не приходится. Для достижения своей второй цели я намеревался написать от собственного имени подробный анализ, своего рода заключение следователя с указанием на противоречия, с гипотезами и выводами. Но теперь я решил обойтись без этого. Отчасти потому, что Брэдли уже нет в живых. А смерть выводит истину на суд более общий и широкий. Отчасти же потому, что, перечитав рассказ Брэдли Пирсона, я убедился в том, что он говорит сам за себя.

Остаются еще две вещи. Одна из них — дать краткий отчет о последних днях Брэдли Пирсона. Другая — разобраться с миссис Беллинг (только по теоретическому вопросу, факты я оставляю на ее совести). Начну со второго и буду тоже краток. Искусство, дорогая миссис Беллинг, растение гораздо более цепкое и выносливое, чем вы полагаете, судя по вашему очень литературному эссе. Ваше красноречие, отдающее, мне кажется, романтикой и даже сентиментальностью, — это красноречие человека еще молодого. Когда вы станете взрослее в искусстве, вам будет многое понятнее. (Тогда вы, быть может, сподобитесь постичь и вульгарную сторону Шекспира.) О душе мы всегда говорим метафорами, их надо, употребив, тут же вышвыривать вон. Говорить о душе прямо мы можем, пожалуй, только с близкими. Вот почему философия морали невозможна. Об этом не существует науки. И нет таких глубин, доступных вашему взору, миссис Беллинг, или взору другого человеческого существа, с которых можно было бы определить, что питает, а что не питает искусство. Зачем вам понадобилось раздваивать этого черного верзилу, чего вы боитесь? (Ответ на мой вопрос многое бы вам объяснил.) Сказать, что великое искусство может быть сколь ему угодно вульгарным и порнографическим — значит сказать лишь самую малость. Искусство — это ведь радость, игра и абсурд. Миссис Баффин пишет, что Брэдли был комической фигурой. Все люди — комические фигуры. Об этом и трактует искусство. Искусство — это приключенческий рассказ.

(Почему, собственно, вы смеетесь над приключенческой литературой, миссис Баффин?) Конечно, оно также имеет отношение к правде, оно творит правду. Но глаза на правду ему может открыть что угодно. Например, эротическая любовь. Синтез Брэдли кажется наивным, возможно, что он и в самом деле наивен. За единством могут стоять различия, но за различиями — снова единство, а далеко ли может видеть человек и далеко ли должен видеть художник? Искусству дана собственная строгость. Над строгостью философии оно лишь смеется.

Что до музыки, о которой миссис Беллинг принципиально замечает, что она — образ всех искусств, но не их царица, то я не расположен этого оспаривать. Я, как никто, могу оценить верность ее суждения. Я известен как музыкант, но интересуюсь всеми искусствами. Музыка соотносит звук и время и тем самым обозначает крайние пределы человеческого общения. Но искусства не составляют пирамиду, они располагаются в виде круга. Они служат защитными внешними барьерами языка, усовершенствование которого — необходимое условие более простых форм общения. Без этих заграждений люди скатились бы до уровня животных. Что музыка указывает на безмолвие, это тоже образ, его употребил Брэдли. Всем людям искусства снится молчание, в которое им надлежит погрузиться, как иным тварям предписано возвращаться на нерест в океан. Творец форм обречен на бесформие. Иногда оно даже грозит ему гибелью. Что бы стал делать Брэдли Пирсон, если бы остался жить? Написал бы еще одну книгу, на этот раз великую? Возможно. Душа человеческая полна неожиданностей.

Брэдли умер хорошо, тихо, кротко, как подобает мужчине. Ясно помню простое удивленное огорчение у него на лице, когда доктор (я при этом присутствовал) объявил ему худшее. Такое же выражение лица у него было однажды, когда он случайно уронил и разбил большой фарфоровый чайник. Он произнес только: «О!» — и обернулся ко мне. Остальное свершилось быстро. Скоро он уже не вставал с постели. Торопливая рука смерти по-своему ваяла его и вскоре превратила его голову в череп. Писать он не пытался. Понемножку разговаривал со мной, просил объяснить разные вещи, держал меня за руку. Вместе мы слушали музыку.

Утром последнего дня он сказал мне: «Любезный друг... простите... я все еще здесь... докучаю вам». Потом он сказал: «Не хлопочите, хорошо?» — «О чем?» — «О моей невиновности. Она не стоит того. Теперь это не важно». Мы слушали Моцарта по его транзистору. Позднее он сказал: «Жаль, что не я написал „Остров Сокровищ"». К вечеру он совсем ослабел и почти не мог говорить. «Мой друг, скажите мне...» — «Что?» — «В той опере...» — «В какой?» — «Кавалер роз». После этого он надолго замолчал. Потом: «Как она кончается? Этот юноша... как его звали?..» — «Октавиан». — «Он остался с героиней или покинул ее и нашел девушку себе по возрасту?» — «Он нашел девушку себе по возрасту и покинул героиню». — «Ну что ж, и правильно сделал». Еще немного спустя он повернулся на бок, не выпуская моей руки, и закрыл глаза, словно собрался уснуть. И заснул.

Мне приятно думать о том, как я скрасил ему последние дни. Я чувствовал, что он всю жизнь страдал оттого, что меня не было; и вот в конце я мог страдать вместе с ним, и в последний час я выстрадал его смерть. Я тоже нуждался в нем. Он придал новую грань моему существу.

Что до моей личности, то я едва ли, «доктор» Марло, могу быть измышлением Брэдли Пирсона; ведь я пережил его. Правда, Фальстаф пережил Шекспира, но он не публиковал его пьес. Не занимаюсь я, позвольте вас заверить, миссис Хартборн, и издательским бизнесом, хотя не один издатель мне многим обязан. Выдвигалось, я знаю, и такое предположение, что и Брэдли Пирсон, и я сам - вымышленные литературные персонажи, создание одного второстепенного романиста. Страх может породить любые гипотезы. Но нет. Я существую. Пожалуй, ближе других к истине была миссис Баффин, несмотря на ее невообразимо примитивные понятия. И Брэдли тоже существовал. Сейчас, когда я пишу эти строки, передо мной на столе стоит маленькая бронзовая фигурка женщины на буйволе. (Нога буйвола починена.) И золотая табакерка с надписью «Дар друга». Осталась и история Брэдли Пирсона, написанная им по моему настоянию, нечто более долговечное, чем эти два предмета. Искусство — вещь неудобная, с ним шутки плохи. Искусство выражает единственную правду, которая в конечном счете имеет значение. Только при свете искусства могут быть исправлены дела человеческие. А дальше искусства, могу вас всех заверить, нет ничего.

Ф. Л.

Литературно-художественное издание

АЙРИС МЕРДОК
ЧЕРНЫЙ ПРИНЦ

Ответственный редактор Александр Гузман
Художественный редактор Валерий Гореликов
Технический редактор Татьяна Раткевич
Корректор Анна Быстрова

Главный редактор Александр Жикаренцев

Подписано в печать 06.02.2019. Формат издания 75 × 100 $^1/_{32}$.
Печать офсетная. Тираж 2000 экз. Усл. печ. л. 22,56. Заказ № 2044.

Знак информационной продукции
(Федеральный закон № 436-ФЗ от 29.12.2010 г.): 16+

ООО «Издательская Группа „Азбука-Аттикус"» —
обладатель товарного знака АЗБУКА®
115093, г. Москва, ул. Павловская, д. 7, эт. 2, пом. III, ком. № 1
Филиал ООО «Издательская Группа „Азбука-Аттикус"»
в Санкт-Петербурге
191123, г. Санкт-Петербург, Воскресенская наб., д. 12, лит. А
ЧП «Издательство „Махаон-Украина"»
Тел./факс: (044) 490-99-01. E-mail: sale@machaon.kiev.ua

Отпечатано в ОАО «Можайский полиграфический комбинат»
143200, г. Можайск, ул. Мира, д. 93
www.oaompk.ru, www.оаомпк.рф
Тел.: (495) 745-84-28, (49638) 20-685

ПО ВОПРОСАМ РАСПРОСТРАНЕНИЯ ОБРАЩАЙТЕСЬ:
В Москве: ООО «Издательская Группа „Азбука-Аттикус"»
Тел.: (495) 933-76-01, факс: (495) 933-76-19
E-mail: sales@atticus-group.ru; info@azbooka-m.ru
В Санкт-Петербурге: Филиал ООО «Издательская Группа „Азбука-Аттикус"»
Тел.: (812) 327-04-55, факс: (812) 327-01-60
E-mail: trade@azbooka.spb.ru
В Киеве: ЧП «Издательство „Махаон-Украина"»
Тел./факс: (044) 490-99-01. E-mail: sale@machaon.kiev.ua
Информация о новинках и планах на сайтах:
www.azbooka.ru, www.atticus-group.ru
Информация по вопросам приема рукописей и творческого сотрудничества
размещена по адресу: www.azbooka.ru/new_authors/

Y-VAK-18367-03-R

СОДЕРЖАНИЕ

Предисловие издателя 5
Предисловие Брэдли Пирсона 7

ЧЕРНЫЙ ПРИНЦ
Праздник любви

Часть первая 21
Часть вторая 257
Часть третья 375
Послесловие Брэдли Пирсона 466
Четыре послесловия четырех действующих лиц
   Послесловие Кристиан 482
   Послесловие Фрэнсиса 486
   Послесловие Рейчел 492
   Послесловие Джулиан 499
Послесловие издателя 505